戴夫·艾格斯作品

什么是什么

〔美〕戴夫·艾格斯 著 陈 伟 译

Dave Eggers

人民文学出版社
PEOPLE'S LITERATURE PUBLISHING HOUSE

著作权合同登记号:图字 01-2017-7058

WHAT IS THE WHAT

Copyright © Dave Eggers, 2006
All rights reserved.

图书在版编目(CIP)数据

什么是什么/(美)戴夫·艾格斯著;陈伟译.—
北京:人民文学出版社,2018
(戴夫·艾格斯作品)
ISBN 978-7-02-013654-4

Ⅰ.①什… Ⅱ.①戴… ②陈… Ⅲ.①长篇小说-美国-现代 Ⅳ.①I712.45

中国版本图书馆 CIP 数据核字(2018)第 006182 号

责任编辑　甘　慧　潘丽萍
封面设计　李　佳

出版发行	人民文学出版社
社　　址	北京市朝内大街 166 号
邮政编码	100705
网　　址	http://www.rw-cn.com
印　　制	山东德州新华印务有限责任公司
经　　销	全国新华书店等
字　　数	399 千字
开　　本	890 毫米×1240 毫米　1/32
印　　张	14.75
版　　次	2011 年 3 月北京第 1 版
印　　次	2018 年 12 月第 1 次印刷
书　　号	978-7-02-013654-4
定　　价	59.00 元

如有印装质量问题,请与本社图书销售中心调换　电话:010-65233595

目 录

001　前言

001　第一部　埃塞俄比亚之路

201　第二部　皮尼亚多

319　第三部　卡库马

前　言

从在马里尔拜①被迫与亲人分离，到埃塞俄比亚和肯尼亚难民营中度过的十三年，再到在亚特兰大经历与西方强势文化的冲突，以及在各地得到的慷慨帮助、遭遇的种种挑战，《什么是什么》是我人生最真切的记录。

读了这本书，你将对我以及我深爱的苏丹人民有所了解。持续二十二年的苏丹政府与苏丹人民解放运动组织/解放军②之间的内战开始时，我还是个小孩。无助之中，我长途跋涉，穿越众多饱受蹂躏的地区，被苏丹空军轰炸，躲避地雷，逃过野兽和人类的捕杀，最终幸存下来。我靠着吃不知名的水果、野菜、树叶过活，有时数天吃不到东西，多次濒临绝境。我一度以为全世界对落到我和南苏丹人民身上的不幸命运都视而不见。我的很多朋友和成千上万的同胞，都没能逃过这场劫难。愿上帝赐予他们永恒的安宁。

本书所记述的我的抗争之路，部分内容最初曾通过演讲的方式与公众接触过。我对很多听众讲述过经历，但还希望世界能了解我生活的全部真相。二〇〇三年秋，我对亚特兰大"迷途少年基金会"的创始人玛丽·威廉姆斯说，除了公众演讲，我还想以书的形式把生命历程告诉更多人。因为我不是作家，我问玛丽能不能替我联系一位作者，帮助我写自传。玛丽联系了戴夫·艾格斯，感谢上帝，我们见面后，立刻成了好朋友。我们达成一致，这本书的所有收益都归我所有，用以改善苏丹和其他地方苏丹人的生活。

经过多年努力，戴夫和我通过各种方式合作讲述和记录故事，比如用录音带、电子邮件、电话交流，还有多次面见访谈。二〇〇三年十二月，我们甚至一起去了苏丹，我也得以重回七岁就离开的那个村庄。我把我所知道的一切都告诉戴夫，通过这些材料，他创作了这部作品。

---

① 马里尔拜，南苏丹北巴赫尔-加扎勒州的一个村庄，瓦伦蒂诺的故乡。
② 苏丹人民解放运动/解放军，成立于一九八三年的苏丹南部地区反政府武装，前者为政治机构，本书中使用简称"苏人运"（SPLM）；后者为军队，本书中使用简称"苏人解"（SPLA）。

读者应当明白，这本书中一些事件发生的时候，我还年幼，所以我们不得不称《什么是什么》为小说。比如说，我无法重现十七年前的对话。但需要说明的是，书中所有重要事件都是真实的。这本书准确依照历史，书中所描绘的世界与我所认知的世界并无多少不同。书中最恐怖的事，在我们的时代也会发生，并且大多情况下也确实发生了。例如，从一九八三年五月十六日到二〇〇五年一月九日，超过两百五十万人死于战争以及与战争相关的原因；南苏丹四百多万人被迫离开家园，流离到国内其他地方；接近两百万人到其他国家避难。

　　我想完成这本书是出于信仰和对人性的信念，想帮助人们了解苏丹在全球社会中所处的位置和状态。我的经历是苏丹历届政府对自己民众所作所为的见证，戴夫和我把它写了出来，完成了这项任务，我感到很欣慰。虽然二〇〇五年的《全面和平协定》①给了南苏丹重建机会，以及二〇一一年通过全民公投脱离苏丹的机会，然而严重的人权侵犯行为在这个国家的达尔富尔地区仍在持续。

　　我很幸运能活到现在，将这些告诉大家，即使在最黑暗的时刻，我也深信终有一日能将经历告知读者。此书是一种抗争，使我的精神奋战不休。奋斗，提升我的信仰，鼓舞我的希望，坚定我对人性的信念。既然你我同在，我们携手一起，一定能改变这个世界！感谢您阅读《什么是什么》，祝您生活幸福！

瓦伦蒂诺·阿沙克·邓
二〇〇七年于宾夕法尼亚阿勒格尼学院

---

① 二〇〇五年一月九日，苏丹政府与苏人解在肯尼亚首都内罗毕签署《全面和平协定》，被视为第二次苏丹内战的结束。协议规定，六年过渡期满后，即二〇一一年一月，南方人民将就与北方统一还是独立的问题进行全民公投。

第一部

埃塞俄比亚之路

一

我没理由不应门，就过去开门。门上没有观察来客的猫眼，我直接拉开门，站在面前的是一个高壮的非洲裔美国女人，比我大几岁，穿着红色尼龙运动衫。她大声问我："先生，有电话吗？"

她有点眼熟。我几乎能肯定，一小时前从便利店回来时在停车场见过她。当时我看见她站在楼梯旁，向她笑了一下致意。我回答她说有电话。

"我的车在街上抛锚了。"她说。我发现她身后的天色快黑了，大半个下午我都在学习。"我可以用你的电话报警吗？"她问。

我不知道她为什么在需要修车时想报警，但同意了。她走进来，我想关门，可是她拦住了。"一会儿就好。"她说。我觉得让门开着有些不妥，但既然她这么要求，我就照办了。这是在她的国家，不是我的。

"电话在哪里？"她问。

我告诉她电话在卧室，话音未落，她就从我旁边冲了过去，壮实的身影闪过客厅，尼龙衣服嗖嗖作响。卧室门关上了，咔嚓一声上了锁。她把自己锁在了我的卧室里！我正想跟上去，这时听到后面有人说话。

"站在这里别动，非洲人。"

我转身看到一个非洲裔美国男子，穿着肥大的浅灰蓝色棒球外套和牛仔裤，脸被棒球帽遮住，看不清楚，一只手按着腰上的什么东西，像是要提住裤子。

"你们一起的？"我问他。我还没搞清楚这是怎么回事，有点生气。

"坐下，非洲人。"他冲沙发点了点头说。

我站着不动："她在我卧室里做什么？"

"给我坐下！"他恶狠狠地说。

我坐下后他露出枪柄让我看，原来他手里一直握着枪，我早该反应过来的。然而我什么都不知道，该知道的事我总是不知道。现在我才明白，这是抢劫！我真想身在别处！

　　说来奇怪，此刻我希望的竟然是回到卡库马。卡库马从不下雨，每年有九个月刮大风，八万名从苏丹和其他国家来的战争难民每天靠一顿饭过活。但此时，女人在我的卧室，男人用枪指着我。我只希望我身在卡库马，即使在那儿我住的是塑料布和沙袋搭的棚屋，只有一条裤子。我不能肯定卡库马的难民营里就没有这种犯罪，但我想回去。甚至去皮尼亚多也成，那是我在卡库马难民营之前住过的埃塞俄比亚营地。那里什么也没有，每天只吃一两顿饭，但在那儿我有自己小小的乐趣。我那时是个小男孩，很容易忘记自己是难民，离家千里，营养不良。无论如何，若说这是惩罚我想离开非洲的自大，惩罚我想在大学里避难、融入美国社会的美梦，我现在是经历磨炼了。我认错，我会回以低首鞠躬。我为何要对那个女人微笑？因为这笑已是条件反射，已成为习惯，我一定要改掉这种只能招致报应的习惯。来美国后，我多少次卑躬屈膝，以致开始幻想有人在拼命地向我传递一条信息，那就是"离开此地"！

　　我刚开始后悔和退却，心中又升起抵触。这种新的姿态让我挺直腰杆，开口对这个身穿浅灰蓝色外套的人说："你们两个，请离开这里。"

　　浅灰勃然大怒。我搅了局，我的话给他们进行中的抢劫制造了一点障碍。

　　"你在叫我做事？操你妈的！"

　　我瞪着他的小眼睛。

　　"你说，非洲人！你在叫我做事？操你妈的！"

　　女人听到我们的声音，在卧室里喊："你应付不了他吗？"她的同伙被我惹火了；她被她的同伙惹火了。

　　浅灰把头歪向我，眉毛一扬，向我走近一步，作势指了指皮带上的枪，似乎准备使用。但忽然间他肩部一松，低下头，盯着自己的鞋子，放慢呼吸，控制情绪。再抬起头时，他恢复了原状。

　　"你是非洲人，对吧？"

　　我点了点头。

"很好，那我们是兄弟。"

我可不愿赞同。

"既然是兄弟，那我要给你上一课。你不知道不应该给陌生人开门吗？"

这个问题让我嘴角抽搐。单单是抢劫的话，说不定还可以接受。我见过抢劫，也被抢过，虽然严重程度不及这次。来美国之前，我最值钱的财产是睡觉用的床垫，被抢的东西都微不足道：一次性相机、凉鞋、一令打印纸。那些东西当时对我也是有价值的，但现在我拥有电视机、录像机、微波炉、闹钟，以及不少生活用品，全是亚特兰大的桃树联合卫理公会教堂提供的。有些是二手的，多数全新，都是别人匿名捐赠的。每天看到它们，用到它们，我都身体发颤——这是我表达感激的身体语言，奇怪但真诚。但我预感，几分钟之内所有这些礼物都会被夺走。我站在浅灰面前，在记忆中搜寻上一次因粗心大意而被掠夺，感受这种罪恶是在何时。

浅灰一手握住枪柄，另一手按上我的胸膛："为什么不给我坐下瞧着？"

我退后两步，坐在沙发上。沙发也是教会送的礼物。我和阿科尔·阿科尔搬进来那天，有个穿着扎染衬衫的苹果脸白种女人送来的，她还道歉说没在我们到之前送到。教会的人经常道歉。

我抬头盯着浅灰，他让我想起一个人，一个曾射杀我两个同伴还差点杀了我的埃塞俄比亚女兵。她眼中也有一样的狂暴光芒，起初还装模作样让我们以为她是救星。那时我们正在逃离埃塞俄比亚，背后有数百埃塞俄比亚士兵追赶我们。他们朝我们射击，鲜血染红了吉罗河河水。那个女兵从高高的草丛中现身："过来，孩子们！我是你们的母亲！过来！"灰草丛中她只探出头，伸出双手。我犹豫了。我在血河岸边碰到的一起逃跑的两个男孩朝她走了过去。等他们走得足够近，她举起一把自动步枪射穿了他们的胸腹。他们倒在我面前，我转身就跑。"回来！"她继续喊，"回到母亲身边来！"

我在草丛里跑了一天，最后找到了阿科尔·阿科尔。后来我们一起发现了安静宝宝，救了她。那段时间，我们把自己当成了医生。这是很多年前的事情了，那时我十岁，也许十一岁，要确定这一点已不可能。我面前这个人，浅灰，永远不会知道这些事。他不会感兴趣。想到那天我们被埃塞俄比亚人驱赶回苏丹，成千上万的人死在河里，我有了反抗公寓里这个男人的勇气。我又站了起来。

那人看着我，好像一个父亲被孩子逼得不得不去做令他感到懊悔的事。他离我很近，我能闻到他身上有类似漂白剂的化学品味道。

"你要——你要——?"他闭紧了嘴，停了一下，从腰间掏出枪，反手挥出。我眼前一黑，上下牙撞到一起，天旋地转。

我一生中被很多种方式袭击过，但还从来没被枪托打过。我看到别人受难比我自己受难更多，这是幸运，但即使如此，我挨过饿，被棍棒、扫帚、石头还有长矛打过，搭乘过堆满尸体的卡车，看过无数年幼的孩子死在沙漠里，有些仿佛坐着睡着了，有些死前疯了好几天。我见过三个男孩被狮子拖走，被吃得七零八落。我看到他们被那野兽叼在嘴里，拖去草丛中吞食，近在咫尺，我都能听到肌肉被撕碎时发出的吧嗒吧嗒的声音。我还近距离目睹好友死在一辆翻了的卡车上，眼睛朝我睁得大大的，生命正从看不见的洞中流失。但现在趴在沙发上，手上鲜血淋漓，我发现自己在怀念非洲的一切。我怀念苏丹，怀念西北肯尼亚寂寥的灰色沙漠，怀念埃塞俄比亚黄色的不毛之地。

我只能看到攻击者的背部和手。他又把枪放到什么地方去了，双手抓起我的衬衫和脖子，把我从沙发扔到地毯上。我仰面倒下，后脑撞上桌子边缘，两个玻璃杯和一个闹钟收音机掉了下来。我倒在地上，脸上血如泉涌，但稍感安慰，觉得他大概会就此打住。我已经太厌倦了，仿佛只要闭上眼睛，面前的一切都会结束。

"闭上你的臭嘴!"他说。

这句话听起来色厉内荏，这给了我一点安慰。我发现他不是狂人，并不想杀我，也许只是受那个在我卧室里翻箱倒柜的女人指使。她似乎是带头的，但只关心我房间里的东西，摆平我是她同伙的事，这可不难。他似乎也不想给我更多的伤害，于是我放松了，闭上眼休息。

我厌倦了这个国家。虽然我感激，是的，我曾经珍惜在这里度过的三年生活中的点点滴滴，但现在已心灰意冷。我来到这里，我们四千个人带着对平静生活的渴望来到这里，渴望着和平、大学教育，还有安全的环境。我们期盼这片土地没有战争，远离悲惨。我们兴奋过度，迫不及待，想立刻拥有一切，住所、家庭、大学，能寄钱回家，高等学位，最后，还想有点影响力。但对我们大多数人而言，生活的改变仍然来得太慢，仍然一团乱麻——五年了，我仍然没攒够学分去申请四年制大学。我们在卡库马等了十年，不想在这里也等十年，盼望能尽快抵达下一站。然而多数人都没等到。过渡期间，我们有了不少打发时间的方式。我做了很多杂工，目前在一家健身俱乐部做前台接待，上最早的轮班，办理会员登记手续，向潜在会员介绍俱乐部的好处。这份工作并不光彩，但很稳定，很多人不懂这种稳定的重要性。无数人倒了下去，无数人自认失败。承受着生活的重压，做出的承诺无法兑现，这让我们很多人都堕落了。还有，我曾认为可以帮助我远离失望、超越尘俗的苏丹女人的榜样塔比莎·杜安妮·阿科，去了。

他们进了餐厅，又进了阿科尔·阿科尔的房间。我躺在地上，盘算他们能从我这里抢走什么。想到我的电脑放在汽车里将逃过一劫，我有些高兴。可是阿科尔·阿科尔的新笔记本电脑就没法幸免了。这是我的错。阿科尔·阿科尔是亚特兰大年轻难民领袖人物之一，电脑丢了，恐怕很多他需要的资料也就没了，包括所有的会议记录、财务记录、成千上万封电子邮件。我不能让这么多东西被抢走！阿科尔·阿科尔从埃塞俄比亚就和我在一起，我带给他的只有不幸。

在埃塞俄比亚，我曾与一头狮子对视。那时我大约十岁，被派去森林里捡木柴，狮子从树后悄悄潜近。我逃跑前有一刻呆立不动，那一刻如此漫长，足以让我记住狮子的脸，一双死亡之眼。它在后面咆哮，但没追上来。后来我喜欢将此归结为它觉得我是个难对付的敌人。我曾面对狮子，也曾十多次面对全副武装的阿拉伯民兵的枪口，他们骑在马背上，白色长袍在阳光下闪亮。我一定能阻止这两个小毛贼！我又站了起来。

"他妈的，躺下！"

我的脸撞上了地面,他开始踢打我,先踢肚子,再踢肩部,骨头撞得疼痛难忍。

"他妈的尼日利亚杂种!"

他似乎乐在其中,这让我担心。人开心时常会失误,会犯错。他踢了我的肋部七脚,又朝我的屁股踢了一脚,然后停下来。我吸了一口气,估量一下受的伤。不是特别重。我蜷在沙发角落,决定一动不动。我终于向自己认输,我从来就不是战士。我很多次从绝境中幸存下来,但从未与人近身搏斗。

"他妈的尼日利亚人!这么笨!"他胸膛上下起伏,手搁在弯曲的膝上,"怪不得你们这些狗娘养的还活在石器时代!"

他又踢了一脚,比前几脚轻,但正中太阳穴,我的左眼顿感一片白光。

在美国我也被叫过尼日利亚人——那一定是美国人最熟悉的非洲国家,但我从未被踢过。但我见过这样的事,在苏丹和肯尼亚什么样的暴力方式我都见过。我在埃塞俄比亚的一个难民营里住过好几年,见过两个年约十二岁的男孩打架,他们打得异常激烈,最后一个把另一个踢死了。当然他本来并不想要对方死,但当时我们年幼体弱,几星期没好好吃饭的人是没法打架的。死掉的男孩身体原本就经不起一点儿外伤,脆弱的肋骨扯紧了皮肤,已保护不了心脏。他还没倒地就断了气。事情发生在午饭前,孩子被运去埋到沙土地,之后我们吃了炖豆子和玉米。

我决定闭口,只等浅灰和他的同伙离开。他们不会逗留很久,很快就会带走所有他们想要的。我能看到他们在餐桌上打包准备带走的一堆东西:电视机、阿科尔·阿科尔的笔记本电脑、录像机、无绳电话、我的手机,还有微波炉。

天色渐暗,两位客人在我们公寓已有二十分钟上下,而阿科尔·阿科尔要几小时之后才会回来,如果他还回来的话。他的工作和我以前做过的一份差不多,是在一家家具展示店的后屋整理寄送给室内装修者的样品。

即使不上班，他也不常在家。阿科尔·阿科尔多年没有女伴，这回找到了女友，一个叫米歇尔的非洲裔美国女孩。她很可爱。他们在社区大学的课堂上相识，那是阿科尔·阿科尔无意间注册的一个绗缝课程。他走进教室，恰好坐在米歇尔身边，从此再也没离开。她身上有一种橘香，香味芬芳。从那以后我就越来越少见到阿科尔·阿科尔。有段时间我对塔比莎也抱有同样的想法，我想象我们在筹划婚礼，生一堆像美国人一样讲英语的孩子。然而塔比莎那时住在西雅图，这些计划太遥远了，也许我只是将此事浪漫化了。这在卡库马时也有过，那时我失去了一位挚友，我觉得如果我对他好一些，本可以救他的。然而如今大家都消失了，无论谁在爱着他们。

搬运我们财产的工序开始了。浅灰用手臂当托架，他同伙把东西往上堆——先是微波炉，然后是笔记本电脑，接着是立体声音响。东西堆到他的下巴后，女人走到前门，打开了门。

"他妈的！"她说，一边迅速关上门。

她告诉浅灰，外面停车场上停了一辆警车，那辆车挡了他们车的道。

"他妈的！他妈的！"她口沫四溅。

他们先是一阵惊慌，过了一会儿站到窗户的窗帘两侧，往院子里看。我从他们的对话中推断出，警察正和一名拉美男子谈话，但肢体姿态显示事情并不急迫。女人和浅灰越来越有信心，警察不是冲他们来的，便松了口气。但警察为什么还不走？他们想弄明白这一点。"那个狗娘养的怎么不去干自己的事？"女人问。

他们安定下来等待。我的前额似乎不流血了，我用舌头探了一下嘴部的伤口，下牙床的一颗门牙掉了，一颗白齿碎了，感觉凹凸不齐，就像起伏的锯齿形山脉。但现在不是担心牙科问题的时候，我们苏丹人也不是以整齐的牙齿闻名的。

我抬头看到女人和浅灰拿着我的背包，包里除了我在佐治亚州佩雷米特大学的作业之外别无他物。想到我将不得不去重抄一遍笔记而要花费的时间，又临近期中考试，我差点再次站起来。我瞪着访客，目光充满憎恨，上帝允许我多憎恨，我就有多憎恨。

我是个傻瓜。为什么要开门？我在亚特兰大这儿有个非洲裔美国人朋友，只是朋友，叫玛丽，她一定会为此大笑的。不到一周前，她就在这个房间里，坐在沙发上，我们和阿科尔·阿科尔三人一起看《驱魔人》。阿科尔·阿科尔和我想看这部电影很久了，我们都对魔鬼主题有兴趣，我承认驱魔这个概念迷住了我们。虽然我们自觉信仰坚定，也受过完整的天主教教育，但从未听说天主教神父也会驱魔。看了片子，我们都被吓坏了。阿科尔·阿科尔连开头二十分钟都没敢看完就回了自己的房间，关上门，打开立体声音响，做他的代数作业去了。电影里有个镜头，有人在外面敲门，这预示着不幸，我想到一个问题就暂停了电影。玛丽很有耐心地叹了口气，她已经习惯了我走路或开车时停下来问个问题，比如"为什么有人在高速公路安全岛上乞讨""那幢楼里每个办公室都有人吗"，等等。那时我问玛丽，在美国有人敲门时谁去应门。

"你想问什么？"她问。

"是男人还是女人？"我问。

她嘲笑我。"是男人。"她说，"男人是保护者，对吧？当然是男人去应门。为什么问这个？"

"在苏丹，"我说，"男人不可能去，总是女人去应门，因为来敲门的总是找男人。"

啊，我发现自己又掉了一颗牙齿。那两个朋友还站在窗口，不时撩起窗帘，看到警察还在那儿，就咒骂几分钟，然后垂头丧气地再次窥探。

一个小时过去了，我好奇停车场的那个警官为什么事而来。我开始生出希望，也许他其实知道抢劫事件，只是为了避免对峙而在等那两位朋友出去。可是，为什么他会明着现身呢？大概警官在忙着调查 C4 单元的毒贩？但住 C4 的是个白人男子。我能确定的是，和警官谈话的是与我隔七个房间的 C13 的埃德加多。埃德加多是我的朋友，他是个修理工。在我们做邻居的两年里，据他估计，他帮我省了两千两百美元的汽车修理费。作为回报，我开车送他去教堂，去上班，去北迪卡尔布购物中心。他自己也有车，但不愿开。我看见他的车轮毂上至少有六个月没安轮胎了。他喜欢修自己的车，也不介意修我那辆二〇〇一年的卡罗拉。埃德加多在修我的车时总是要我给他解闷。"讲些故事吧。"他说，他不喜欢收音机里的音乐。"这个国家哪里都放北方音乐，就亚特兰大除外。我在这里做什么呢？这不是个音乐迷的城市。给我讲个故事吧，瓦伦蒂诺。和我说说话，和我说话，讲些故事！"

他第一次要求时，我就讲自己的经历，从叛乱分子第一次抢劫我父亲在马里尔拜的店铺讲起。那时我六岁，叛乱分子在我们村里出现的时间与日俱增，他们最终都会加入苏人解。多数人忍了，有些人则反对他们。按当地的标准，我父亲是个富人，他在村里有一家杂货店，在几天步行路程之外还有另一家店。他自己就曾是叛乱分子，那是几年前的事了，如今则是生意人，不想惹麻烦。他不要革命，也不和喀土穆的穆斯林争吵。他说他们远在半个世界以外，并没有烦扰到他，他只想卖谷物、玉米、罐子、织品和糖果这些东西。

有一天，我正在父亲店里的地上玩，头上传来一阵喧闹声，三个男人要拿走他们想要的东西，其中两个端着步枪。他们声称这是为了叛军，而叛军会带来一个新苏丹。

"不，不！"埃德加多说，"不要讲打仗，我不想听有关战争的，我每天读三份报纸呢！"他指了指车下铺开的报纸，报上沾了润滑油，已变成褐色。"那些我看够了，知道你们的战争。讲其他的故事吧，讲讲你是怎么叫瓦伦蒂诺的，非洲来的人叫这个名字很奇怪，不是吗？"

于是我把受洗的经历告诉他。那是在我的故乡，我大约六岁。洗礼是我叔叔约克的主意，我父母反对基督教的思想，没有参加。他们是我的家族传统宗教的信徒，村子里想信基督教的仅限于约克这样的年轻人以及像我这样他们能哄骗的人。任何人改变信仰都是一种牺牲，意大利传教士任命的苏丹神父多米尼克·马通反对一夫多妻制，而我父亲有很多妻子，所以反对这片土地上新出现的这种宗教。还有一个原因是他认为基督教徒似乎要用很多书面语。我父母不识字，他们那个年龄的没几个识字。"你去你那个看书的教堂，"他说，"等你清醒过来，你会回来的。"

我穿着白袍，马通神父问问题时，约克和他的妻子阿登围着我。为了给我和接下来的另外三个孩子施洗，马通神父从乌韦勒①步行两天时间来到这里。在那之前我从未经历过这么紧张的时刻，另几个孩子说比起即将挨父亲一顿揍，这不算什么。但我父亲从不对我挥拳头，所以我不了解那种情况。

马通神父面向约克和阿登，一手拿着《圣经》，一手伸在空中。"你们愿意全心全意，让你的孩子受洗，成为上帝忠实的家人吗？"

"我们愿意！"

他们回答的声音远比我预期的大，我吓得跳了起来。

"你们这么说，已弃绝撒旦和他所有的权势、欺诈和不忠吗？"

"我们弃绝！"

"你们信仰曾受难被钉上十字架，死后第三天复活来拯救我们免于罪恶的神之子、圣母玛利亚所生的耶稣吗？"

"我们信仰！"

然后冰冷干净的水从我头上倾泻下来。马通神父在从乌韦勒走来的两天里一直随身带着这水。

随洗礼而来的是我的教名瓦伦蒂诺，是马通神父起的。很多孩子都用教名，但我的情况不同，几乎不用，因为所有人包括我自己都不知该怎么念。大家会读成瓦尔迪诺、巴尔德罗、白尼第诺，等等。直到我到了埃塞俄比亚的难民营，这个名字才被每个认识我的人使用。那时，经过多年战乱后，我奇迹般地再次遇到马通神父，他想起我的教名，告诉我出处，并示范如何大声念出来。

埃德加多非常喜欢这个故事。直到那时，他才知道原来我和他一样也是天主教徒。我们计划改天一起去做弥撒，但至今还没去过。

---

① 乌韦勒，现为北巴赫尔-加扎勒州州府（近代苏丹经过多次行政区划调整，原分为九省，一九九四年重新划分为二十六州）。

二

"看这个家伙,头上流了很多血,看起来真可怕!"

浅灰说的是我。他仍站在窗边,他的同伙去了洗手间,在里面已经待了很久。她用了我的洗手间,这一新的事态进展让我觉得将来不得不放弃这套公寓。他们对房子的冒犯已成事实,我真想在他们离开时把这儿一把火烧了。

"嘿,东尼娅,出来看看这个尼日利亚王子。怎么了你,以前没被抢过吗?"

她也盯着我了。她叫东尼娅。

"会习惯的,非洲人。"她说。

现在对我来说,警官在停车场上停留的时间越长,我被发现的机会也就越大。只要警察在那儿,阿科尔·阿科尔回来或者埃德加多来敲门的机会也就存在。埃德加多以前只敲过几次门——他更喜欢打电话,但也不是没可能。如果他敲门,这里发生的一切将无所遁形。

我的手机响了,东尼娅和浅灰不理会。几分钟后又响了起来。一定到五点了。

"看这个拉皮条的,"浅灰说,"手机每分钟都响!你是个皮条客吧,王子?"

要不是我立下规矩,手机会响个不停。有个大约三百人的在美苏丹人圈子,彼此保持联络,有时我联系他们,更多的是他们联系我。我们联系得可能太勤。他们都认为我和叛军,也就是苏人解,有直接接触的途径,会打电话给我验证传言,或就某个进展问我的看法。后来我说只能在晚上五点到九点之间给我打电话,那之前,我平均每天接七十个电话。我不是喜欢夸大其词的人。电话几乎不停,一次五分钟的谈话可能被八九个电话打断。博尔从凤凰城给我打电话,我正和他谈到他刚去开罗的哥哥的签证时，詹姆斯会从圣何塞打来电话说他需要钱。我们就工作、汽车贷款、保险、婚礼和南苏丹的事件等交换信息。苏人解的领袖约翰·加朗——可以说他就是发起内战的人，今年七月死于直升机失事后，打进来的电话就不遵守时间了。整整四天，我在电话线上就没下来，虽然我并不比其他人知道得更多。

很多情况下，苏丹的"迷途少年"指的正是我们。我们这群人大多不喜欢"迷途少年"这个外号，但它非常恰当。我们离家出走，或被送出家门，许多人是孤儿，成千上万的人在沙漠和森林中流浪多年。我们在各方面都孤立无助，不知前途何在。在卡库马那个世界上最大和最偏远的难民营中，我们很多人建立了新家庭。我和一个家乡来的教师住在一起，两年后他把家人都接到难民营，我们就像一家子，一共有五个男孩，三个女孩。我称女孩子为妹妹，一起步行上学，一起汲水。但后来只有男孩被安置到美国，在美国很少有苏丹女人和老人，这样我们事事都得彼此依靠。缺点是，我们成天都在传递毫无根据的谣言和可怜的无端猜疑。

我们刚到这儿时，在公寓里一住就是几周，只在必要时才出门。我们有个朋友，在美国住得比我们更久，前不久在回家路上碰上了抢劫。令人遗憾的是抢劫者又是个非洲裔美国年轻人，这让我们很想知道外界是如何看待我们的。我们感到被人关注、跟踪。我们苏丹人很容易辨识，地球上没有人与我们长得相似。我们甚至和东非其他地方的人也不一样。南苏丹很多地区与世隔绝，使得我们的血统少有改变。那几周我们待在房间里，不仅担心充满掠夺性的年轻人，还担心美国移民局官员对我们会改变主意。现在想想觉得好笑，那时我们多幼稚啊，对将来的看法何等偏颇。一切看似都有可能。如果我们过于惹人注目，或者有几个人陷入麻烦，似乎完全可能全体即刻遭遣返非洲，或直接入狱。阿科尔·阿科尔曾以为如果他们发现我们和苏人解有往来，我们就会被处决。在卡库马，我们中很多人在填表和接受官员面试时说过谎。我们明白如果承认与苏人解有过往来，就不会被送到亚特兰大、北达卡他和底特律，而是仍然待在卡库马。所以需要说谎的人说了谎。很久以来，苏人解就是我们生活的一部分，那些自称"迷途少年"的年轻人中,超过半数一定程度上都曾是红军①。但我们被告知不要去谈论这些历史。

于是我们待在房间里,除了偶尔打盹和下棋外,日夜看电视。当时和我们住一起的有一个人,除了在卡库马瞥过几眼之外从未看过电视。我在卡库马和内罗毕时看过电视,但是从来没有看过像我们在第一间公寓里的那种有一百二十个频道的电视。这在两三天里是看不完的,我们整整一周都看个不停。后来,我们又兴奋又沮丧,完全被搅糊涂了。黄昏时,我们中有一人会冒险出去买食物和其他必需品,总担心也会遭到非洲裔美国年轻人的袭击。

虽然苏丹老人们向我们警告过美国的犯罪情况,官方给我们介绍情况时却只字不提。十年之后,终于有人说我们要离开营地了,给我们上了两天的课,内容是我们到美国后会看到、听到的东西。一个叫萨沙的美国人讲了美国货币、工作培训、汽车、房租、空调、公交以及降雪情况。我们中不少人会被送往法戈和西雅图这样的气候区,为了具体说明,萨沙让大家传看一块冰。课上很多人从未摸过冰块。我摸过,但只是因为我是营地的少年领导者,在联合国院子里看过很多东西,包括粮食库房、日本和瑞典捐赠的运动器材、布鲁斯·威利斯的电影等。不过萨沙告诉我们,在美国,即使是最成功的人士也只能同时有一个妻子,我父亲却有六个。他也介绍了自动扶梯、室内管道系统、各式各样的法律,却没有警告我们十几岁的美国小孩可能会对我说滚回非洲去。这事第一次发生时,是在一辆公共汽车上。

到美国几个月后,我们开始大胆地走出公寓,其中一个原因是我们拿的钱只够生活三个月,这时需要找工作了。当时是二〇〇二年一月,我在百思买的库房上班,晚上八点换三次公共汽车回家。因为十八英里的路程要花费九十分钟,这份工作没能持续下去,但在当时我还是非常满意的。我每小时挣八块五毛钱,还有两个苏丹人也在那家百思买工作,我们都在

---

① 红军,在苏丹是对儿童军的称呼。

库房搬运等离子电视机和洗碗机。那天在回家的车上，我筋疲力尽，盼着回去看一盘在亚特兰大迷途少年中广为流传的录像带。那是有人录下的一场堪萨斯城婚礼，男方是苏丹名人，女方是我在卡库马见过的苏丹女子。我正要下车，两个十几岁的非洲裔美国少年冲我开口。

"你！"其中一个少年对我说，"你这怪物，是哪里人？"我转身告诉他我是苏丹人，这让他一愣。苏丹并非很有名。二〇〇三年，曾经在二十年前给我们带来战争的穆斯林伙同傀儡军队和关联民兵组织将战火烧到达尔富尔，在那之前，没有多少人知道苏丹。

"嗯，"那个少年歪着头打量着我说，"你是把我们卖出去的非洲人。"他唠叨了一阵子，显然认为我应该为他的祖先被当成奴隶贩卖负责。他和他的朋友跟了我一个街区，在我背后嘀咕，要我滚回非洲去。阿科尔·阿科尔也有过类似遭遇，现在我的两位客人也这么说。片刻之前，浅灰用怜悯的目光看着我，问："伙计，你们到这里来干什么？穿着人模人样、装作受过教育的样子？你们不知道在这里会被抓住吗？"

虽然我对那两个骚扰我的少年很不屑，但我比某些苏丹同胞更能容忍这类遭遇。非洲人对非洲裔美国人的成见是可怕的。我们看美国电影，发现这个国家的人都以为非洲裔美国人不是毒贩就是银行抢劫犯。卡库马的苏丹老人直截了当地告诉我们，要远离非洲裔美国人，尤其女性更要注意这一点。但后来我们在亚特兰大遇到的最初和最主要的帮助就来自一位非洲裔美国妇女，她只是单纯地想让我们和更多能帮助我们的人取得联系。那些苏丹老人要是知道这些，会多么惊讶！值得一提的是，我们当时对这种帮助很不解。有时候，我们视得到帮助为自己的权利，甚至在质问其他需要帮助的人时也这么想。在亚特兰大，我们看见失业或无家可归的人，或者在街角和车里喝酒的年轻人，总是说："去工作！你有双手，能工作！"但那是在我们自己开始找工作之前，我们还没意识到在百思买工作永远也实现不了大学梦和更高的目标。

我们在肯尼迪国际机场着陆的时候，得到保证会有三个月的房租钱和零用钱。我带着一张临时绿卡和医疗卡，以及国际解救协会提供的整三个月房租，被送到亚特兰大。我在百思买每小时赚的八块五毛钱不够花用。第一个秋天，我找了第二份工作，是在一家假日主题的商店，每年十一月开张，第二年一月初关门。我整理货架上的陶瓷，往微型花环上喷人造霜，每天拖七遍地板。这两份工作都不是全职，我税后每周挣不到两百美金。我知道在卡库马卖用植物纤维和橡胶做的运动鞋的人相对赚得还要多一些。

后来报纸上一篇关于亚特兰大苏丹人的文章让我们从很多善心市民那里得到了不少新的工作机会。我去了一家家具展厅，是设计师会去的那一种，在郊区，与其他很多同类展厅连成一片。我每天在展厅后间与面料样品为伴。我的工作是回收给设计师的面料样品，样品退回来后我要重新给他们寄送。对这份工作我不应感到羞耻，但不知为何，有时候我会。我干了近两年，所有时间都浪费了——坐在木凳上，编目录，微笑，道谢，归档，这些时间本该用来读书的，想到这里我就觉得无法接受。现在我在世纪健康俱乐部与健身中心工作，表面看起来很愉快，健身房会员冲我微笑，我也报以微笑，但耐心正在消磨。

浅灰和东尼娅已经吵了一阵子，他们对警察在停车场上的意图越来越焦虑。东尼娅责怪浅灰把车停在停车场上，她原想停街边的，那样更容易逃走。浅灰则说是东尼娅特让他停到停车场上的，这样能尽快离开。这场辩论持续了大约二十分钟，激烈的交谈之后是长长的沉默。他们的表现看来像是兄妹，我相信他们是一家人。他们谈起话来缺乏尊重，没有底线，正像美国的兄弟姐妹。

我这时原本应该和菲尔·梅斯一家在佛罗里达的庞特维德拉海滩。菲尔是我在美国的赞助者和导师，说可以给我在这儿生活上的过渡提供帮助。他是房地产业律师，帮我租房子、贷款买丰田卡罗拉，送我衣服、落地灯、厨房用具，还有手机，我头疼不止时带我去看医生。现在菲尔在庞特韦德拉海滩，两周前他邀我共度周末，游览佛罗里达大学。我没有答应，觉得这个行程时间临近我在佐治亚佩雷米特大学的期中考试。我明天有两门测验。

但是我一直想离开亚特兰大一段时间。

去的地方不一定是佛罗里达，我只是没法待在这里。我在这儿还有其他的朋友和支持者，比如玛丽·威廉姆斯，还有牛顿一家。但现在没有足够的东西能让我留在佐治亚了。这儿的苏丹人社会异常复杂，充满猜疑。每次有人想帮助其中一人，其他苏丹人就声称不公平，也要得到帮助。"难道我们不是一起徒步穿越沙漠的吗？"他们说，"难道我们不是一起吃过鬣狗和山羊皮果腹的吗？难道我们不都喝过自己的尿的吗？"当然最后一句是假的，大多数人肯定都没经历过，但这句话让人印象深刻。我们从南苏丹步行到埃塞俄比亚的路上，有些孩子喝过自己的尿，还有一些吃过泥巴以保持喉咙湿润，但是穿越苏丹的时间不同让我们的经历也截然不同。后期的几组得到苏人解更多的支持，有较多的优势。在我那组之后还有一组穿越沙漠，他们是坐着运水车去的！他们有士兵，有枪支，还有卡车！运水车对我们来说，象征着一切我们永远不会拥有的东西，也象征着等级中总是还有等级，即使在徒步孩子之中仍然有不同阶层的事实。即便如此，多年以后迷途少年的故事还是变得千篇一律，人人都说被狮子、鬣狗和鳄鱼攻击过，所有人都见证过穆拉林①（政府资助的马上民兵组织）的袭击，见证过安东诺夫②的轰炸，见证过抢人做奴隶。但并非所有人看到的事情都相同。从南苏丹走到埃塞俄比亚的鼎盛时期，大约有两万人，我们的路程迥然不同。有人和父母同时抵达，有人和叛军士兵一起，还有几千人是单独走的。但现在赞助者、报社记者等都期望故事有某种元素，迷途少年也一致愿意照办。幸存者讲述同情者想听的故事，尽可能地让人感到震撼。我自己的故事本就添枝加叶得够多的了，也就不能去批评别人的说法。

不知东尼娅和浅灰这两位朋友知道了这些是否会在意。他们对我一无所知。我好奇如果他们了解了我到这里的历程，会不会改变刚才对我所做

---

① 穆拉林，阿拉伯语，字面意思为"游牧民、流浪者"。
② 安东诺夫，俄式大型运输机或轰炸机。

的一切。我没指望。

他们又站到窗边,口中咒骂着警察。虽然还不到九十分钟,但这很让人费解,从来没有警察在这幢公寓大楼的停车场停留超过几分钟的。以前这里有过窃贼,但当时没人在家,几天就被人遗忘了。现在窃贼正光顾,警察却逗留不去,这不合常理。

东尼娅发出一声大喊。

"滚!猪,快滚!"

浅灰正站在餐厅椅子上,用手指拨开百叶窗帘。

"好!继续开!滚吧,他妈的!"

我很泄气,但同时,如果警察真的走开了,可能意味着我的两个客人立刻就会离开。他们哈哈大笑。

"天啊!我觉得他——"

"我知道!他是——"

他们笑不可抑。东尼娅大叫了一声。

接着他们迅速行动,东尼娅重新把立体声音响、录像机和微波炉堆到浅灰的手上。浅灰再次走到门口,东尼娅拉开门。这会儿我很害怕警察是假装离开,其实设下了某种陷阱,也许他正躲在角落里?这可能意味着这两人会被抓住,但也可能意味着更长时间的僵持、被当做人质,还有枪战。我发现自己也许希望警察已经走远了,这两人能迅速消失。

看来十分钟左右他们就会消失。在夜色的掩护下,他们越发无耻,走了两个来回,将屋子里值钱的东西都搬上车。接着他们站到了我身前。

"好了,非洲人,我希望你得到了教训。"东尼娅说。

"谢谢款待,兄弟。"浅灰加了句。

他们即将顺利逃脱,兴高采烈。浅灰跪到地上,拔下电视机插头。

"你抱得动吗?"东尼娅问。

"抱得动。"他回答道,从柜子上举起了电视机。这是个很大的老式电视机,十九英寸的球面像个铁砧。东尼娅拉住门,浅灰倒退着走了出去。两人没对我说话,关上门走了。

我躺在地板上，将信将疑。房间里有种不正常的气息。他们一走，房间顷刻间比人在的时候更陌生了。

我坐直了，慢慢站起身，感到头部的疼痛向背部散发缕缕炽热。我趔趔趄趄走进卧室，看看被破坏成什么样子。看起来和原先并无不同，只是少了相机、电话、钟和运动鞋。阿科尔·阿科尔的房间他们就没这么客气了，所有的抽屉都敞开倒空；他用满腔热情整理好的文件柜被翻了个底朝天，里面的东西，他从十一岁起签过名字的每一张纸，撒满了地板。

我走回客厅，顿住了脚。他们在这里！东尼娅和浅灰又出现在我家里！我吓坏了，他们不想留下目击者！我以前没遇到过这种事，但现在似乎能理解了。可是，他们要怎样射杀我，才能不惊动这栋楼里其他五十四户人家？

也许有其他办法杀我。

我站在门口看着他们。他们没有走过来，如果他们过来，我还来得及将自己锁进卧室，那样会争取到足够时间从窗户逃走。我慢慢地后退。

"站在那里别动，非洲人！他妈的好好地站在那里！"

浅灰手里拿着他的枪。电视机放在他俩之间的地板上。

"我们可以重新装一下后备箱。"东尼娅对他说。

"我们才不重装后备箱。他妈的我们必须离开这里！"

"你不会说要把这个东西放这里吧？"

"你想怎么做？"

"让我想想。"

正如我所言，我是个笨蛋。因为我是笨蛋，也因为我被善男信女们用刻板的道德准则反复教育，我有了坚持正道的力量。类似这样的环境里我很少想到这些。看着他们争论，我有了主意，又开口了。

"你们两个该离开了，够了。我已经报了警，他们马上就到。"我用平静的声音说，但说完最后两个字，浅灰向我走来，不停地说："你报了狗屁！傻瓜！"接着朝我挥动胳膊。我以为他是冲着我的脸来，就遮住头，但身躯失去了保护。生平第一次被这样打,我觉得自己要被打死了。被浅灰这样的男人在腹部全力猛击,是没法消受的,特别是像我这样一个高一米九、重一百三十斤,还是用很糟糕的方式造出来的人。肺似乎被他从胸腔里打出,我窒息,呕吐,最后歪倒摔了下去。扑向地面时,头撞上了一个坚硬的东西。眼下这就是结局了——瓦伦蒂诺·阿沙克·邓的结局。

三

我睁开眼睛,场景已经变了。多数的财产不见了,但电视机还在餐桌上。有人开了电视机。不知是谁插上了电源,有个男孩正在看电视。这孩子不到十岁,坐在一张餐椅上,双脚悬在空中摆晃。他膝上放着一部手机,没在看我。

这是幻觉,还是做梦?一个小孩子坐在我家餐桌边心满意足地看电视,这太离奇了。我盯着他,等他凭空消失,但他并没有消失。我的餐厅里是有一个十岁孩子,看着我被搬了位置的电视机!有人把电视机从客厅搬到了餐厅,还花了时间重新接上信号线。我的头阵痛起来,自打在肯尼迪机场降落后,五年来从来没有这么痛过。

我躺在地毯上,心想是不是应该再动一下。我不认识这孩子,也许他和我陷入了同样的麻烦?我试着感觉一下手臂,发现手被什么东西绑在了身后,我猜是电话线。

对我来说这也是第一次。我从未被这样绑过,虽然见过一些人被绑着手,甚至看着他们在我面前被处决。那是在埃塞俄比亚,我十一岁,亲眼看见七个被缚住的人在我和另外一万多个孩子面前被杀死。毫无疑问,那对我们来说都是个教训。

我的嘴被胶带封得紧紧的。我知道那是包装胶带,因为阿科尔·阿科尔和我一直用它来封住放在冰箱里的食物,浅灰和东尼娅一定用它缠住了我的嘴。胶带卷正放在我肩头的地上。我的声音和行动都被自己的东西束缚住了。

我不知道接下来会发生什么。我早就明白,枪杀通常没有预谋,只是因为遇到了反抗。我已放弃反抗,餐桌边还有个十岁孩子,我相信他们并不想杀了我。不过,我知道自己已经在这一串事件中迷糊了。我不知道袭击者在哪儿,是否会回来。看电视的孩子,你又是谁?我推测他们把你留下来看着我和电视机,很快就会回来把你和电视机都带走。我还是孩子时,曾多次被叫去看守苏人解士兵的AK-47。在战争中,据说很多时候丢了枪的叛军士兵会被苏人解处决,所以士兵在忙时常雇孩子去帮忙,我们都愿意做。有一次有个士兵和安纽克①女人寻欢作乐时,我看管过一支枪。那是我第二次抚摸那种枪,直至今天仍然记得那枪的热度。

然而思考和回忆让后脑勺灼痛,我闭上眼,很快又失去了知觉。我醒了三四次,不知道几点了,我被绑着在地板上躺了多久。房间里的钟已经没了,夜色和我第一次昏过去前一样黑。每次我醒来,那孩子都坐在餐桌旁,几乎没有换过姿势。他的脸离屏幕不到八英寸,眼睛一眨不眨。

我躺在那儿,头脑越来越清醒,猜测着这孩子的事。他一次也没有转过来看我。我看不见屏幕,但能听到电视机里爆发出大笑声,那是我到这个国家后听过的最糟的声音了。没弄错的话,这个孩子是来看守我的。我想我一定会离开亚特兰大,也许也会离开美国,去加拿大。我认识很多苏丹人定居多伦多、温哥华、蒙特利尔,他们让我也去,说那里犯罪现象少,工作机会多,有稳定的保险。我躺在这儿,想到一件事,我没有保险!曾经有过一年,但前不久我没有续保。四个月前,我辞去了样品面料的工作,全职读书,保险费看似成了不必要的支出。我估量了一下自己的伤势,眼下毫无头绪。我还能思考,这说明头部伤势不重,否则早已丧命。

没去加拿大的苏丹人搬到了大平原地区,去了内布拉斯加和堪萨斯等将牲畜加工成肉食的地方。他们告诉我从事肉类加工业薪水很高,在美国这些地方生活费用也相对低一些。奥马哈②接收了几千个苏丹人,包括迷途少年和其他人,其中很多人靠宰杀野兽和家畜为生。在我们祖国苏丹的很多地方,这些动物只有在婚礼、葬礼或者诞生礼等需要祭祀的场合,才作为祭品被宰。苏丹人在美国成了屠夫,在我认识的人当中这是最常见的职业。对比我们在卡库马的生活,我不确定这是不是大飞跃。料想应该是

---

① 安纽克,苏丹东南部和埃塞俄比亚西部沿河居住的部族。
② 奥马哈,内布拉斯加最大的城市。

的，屠夫也给他们的孩子创造了更好的生活，如果他们有孩子的话。听听，幼小的苏丹人作为移民后代，像美国人一样说话！这是现在，二〇〇六年的情形，此时很少有我没经历过的事了。

我抬头看了看沙发，想起了塔比莎。前不久她和我一起坐在这张沙发上，她的腿压在我的腿上。我们缠绕得那么紧，我不敢呼吸，以免惊动她。电视迷，我热血沸腾地思念她，这份热情我始料未及，似乎要将我整个儿吞没。前不久她在这儿陪我度周末，我们几乎没踏出房门一步。这很颓废，违背了我们成长的生活方式。她也从卡库马难民营来到美国，去了西雅图。我们两个在营地长大的孩子，那么多年后生活在美国，坐在这间房间的这张沙发上，为我们如何不远万里来到这里，前途又如此迷茫而摇头。她冲我细瘦的胳膊咯咯直笑，示范她能一把握住我的手臂，拇指和食指还能碰到。不论她做什么，说什么都不会触怒我或阻止我爱她。她到亚特兰大看我，这说明了一切。她就坐在我的沙发上，在我的房间里，穿着我前一天在迪卡尔布购物中心买给她的粉色贴身T恤衫，上面印着"购物是我的疗法！"几个光亮的银字，从左到右斜着一溜向上，感叹号下方的点是颗熠熠生辉的星星。她穿着这件衣服，我坐在她身边心醉神迷。我爱塔比莎，这让我觉得自己是个成年人，像是终于成长为一个男人了。有了她，我感到自己终于脱离了童年，脱离了贫寒与不幸。

那孩子查看冰箱，在里面他不会找到什么好吃的。我还没发现有美国人想吃阿科尔·阿科尔和我做出来的苏丹菜。我承认我们不是训练有素的大厨。初到这里的数周，我们不知道什么该放到冷冻箱，什么该放到冷藏箱，什么该放橱柜和抽屉。安全起见，我们把多数东西都放进了冷冻箱里，包括牛奶和花生酱，结果出了问题。

那孩子找到了他喜欢的东西，回到座位上。可以肯定，这个手拿芬达又坐下看电视的孩子，对我在非洲见过什么一无所知。我不指望他知道，也没有责怪他不知道。当我知道南苏丹之外还有另一个世界，还存在大海时，比他还要大很多。但我开始讲自己的经历和见闻时，我不比他大多少。从家乡启程去埃塞俄比亚,后来渡过血河去肯尼亚,那些年里讲述我们的经历给自己和其他人带来了帮助。在卡库马向联合国官员证明自己的情况时,或者现在我们想表明苏丹情况紧急时,我们讲最悲惨的经历。自从到了美国,我把删节版本讲给教堂会众听,讲给高中生听,讲给记者听,讲给赞助人菲尔·梅斯听,迄今为止大概讲过一百次了。菲尔还想知道所有的细节,于是我对他的讲述巨细靡遗。他的妻子只听了个大概,没法听下去。每周二晚上,在和菲尔妻子还有他们的双胞胎幼女用过晚饭后,他和我走上他家的螺旋楼梯,穿过门厅,走进粉红色的婴儿玩乐室,在那里我讲两个小时自己的经历。每当我知道有人在听,并且想知道所有我能想起的故事,我就能和盘托出。如果你曾将梦境写成日记,就知道只要每天早上写下细枝末节,就能让梦境重现。从记忆最清晰的部分开始,你能唤起前一晚把头靠上枕头后一夜所有的奇遇、憧憬与恐慌。

初到这个国家时,我会向对不起我的人默声讲我的经历。如果排队时有人插到我前面,无视我,推挤我,我会瞪他,盯着他看,同时无声地嘘他一下,心底对他讲个故事。"你无法理解,"我会说,"如果你知道我经历过什么,就不会想要雪上加霜。"在那人离开我的视线之前,我会向他讲吃了几乎全生的象肉后死了的邓,或者讲被阿拉伯骑兵掳走的双胞胎姐妹阿霍克·乌吉斯和阿瓦克·乌吉斯,如果她们活到现在,大概已经和他们或者买下她们的人生了孩子。"你怎么想?"这对无辜的姐妹大概不记得我,也不记得我们出生的村子了。"你想得到吗?"对那人说完后,我会继续讲我的经历,对着空气,对着天空,对着世上所有人,对着天堂里可能会聆听的人。说我"曾经"讲述这些故事是不对的,我现在也讲,也不仅仅讲给对不起我的人听。只要我醒着,呼吸着,故事就从我身上散发。我想让所有人都听到。在我家乡那样的小村子,绝少有书面文字,我有权利和义务将经历告知全世界,即使是悄然无声的,即使是全然无力的。

我只看见这孩子侧面,他和我当年并无太大不同。他的生命中发生过什么,正发生着什么,我不愿去贬低。他是一起持枪抢劫的同谋,正熬夜看守着受害者,这些年他的生活一定不平静。我不会去推测他在学校和家里被教过要做什么、不做什么。很多美国这儿的年轻人对同时代非洲人的生活一无所知，我和很多非洲同伴不同，我不怪他们。虽然有人不了解那些事，但也有很多人知道并重视我们在那片大陆上的遭遇。此外，我在卡库马读中学之前，对这个世界又知道什么？一无所知。在我踏上肯尼亚的土地之前，都不知道肯尼亚的存在。

电视迷，瞧瞧你，稳坐餐椅，好像那儿是床一样。

他用我们壁橱里的三件套毛巾拼成毯子盖住自己，露出小小的粉色脚指头。我不想拿他的人生和我的人生作比较，但是他蜷着的姿势提醒我，我们在去埃塞俄比亚的路上也是这么睡的。如果你曾听说苏丹的迷途少年，想必也听说过狮子。很长一段时间里，我们遭遇狮子的故事博得了赞助者和接纳我们的国家的同情心。狮子增强了报道文章的感染力，美国对我们产生兴趣，这是首要因素。尽管后来怀疑渐起，但最令人意外的是，这些事件大多是真实的。和我一起徒步穿越苏丹的几百个孩子中，就有五个命丧狮口。

第一起事故发生在行程开始的两周后。夜间丛林中传出的声响让我们发疯，有些孩子再也不敢走夜路了。有各种各样的声音，每一种都可能意味着一个生命的结束。我们穿过灌木丛中的狭窄小道，感觉自己成了猎物。小小的人儿如果被野兽吃了，一定是悄无声息的，所以以前我们有家和家人的时候，从不在夜间穿行丛林。然而如今我们远离家乡，远离亲人，几百个孩子排成一列前行，很多人身无寸布，手无寸铁。在丛林之中，我们这些孩子都是食物。我们穿越森林，穿越草地，穿越沙漠地带，穿越南苏丹的无人区，脚下的土地往往泥泞不堪。

我想起第一个被狮子吃掉的孩子。当时一切如常，我们正鱼贯而行，邓也和以前一样抓着我的衣角跟在我后面。他和我走在队列中间，因为我们觉得那样最安全。半轮月亮高悬头顶，夜色美好。邓和我看着月亮升起，开始是红色的，然后橙黄、浅黄，接着变成白色，最后是银色，挂在天穹之顶。道路两侧草丛高深，夜晚比以往更寂静。我们先是听到了滑动的声响，声音很大。有野兽或人在我们队伍附近的草丛中潜行，我们继续行进，因为这种情况下我们总是继续行进。我们的领队是年龄最大的杜特·马约克，其实他也不过十八或二十岁。每当有孩子在黑夜中大声喊叫，他立即凶狠地训斥。夜里叫喊是被禁止的，因为可能给整个队伍招致不速之客。有时一条消息，比如有孩子受伤或倒下，会沿着队列依次传递上来，一个孩子低声告诉另一个，直至传到杜特那里。但这一晚，邓和我以为大家都发觉了草丛中的动静，就认为这声音很平常，没什么大不了的。

很快草丛中的声响大起来。那野兽在我们的队列旁时快时慢，时前时后，树枝折断，草丛伏倒，接着又一片悄然。声响一直跟随着队伍。草中的移动刚出现时，月亮挂在正上空，当滑行的声响停下来时，月亮已经下落，变得昏暗。

我们只看见了狮子的黑色侧影，身形宽阔，粗壮的四肢舒展，张大了嘴。它跃出草丛，从腿部扑倒了一个孩子。我的视线被前面的孩子挡住，没看到这一幕。我听到一声短促的哀鸣，然后清楚地看到狮子快速跑进另一侧草丛，嘴里利落地叼着那个孩子。野兽和它的猎物消失在深草丛中，哀号声片刻后就没了。这第一个受害的孩子名叫阿里亚斯。

"坐下！"杜特大喊。

我们一个接一个，队列从前往后，都坐到地上，仿佛一阵风把所有人都吹倒。一个孩子跑了起来，我记得他的名字是安杰洛。他以为跑离狮子比坐下更安全，所以跑进了深草丛。就在这时我又看见了狮子。这头野兽再次冲过小路，腾空跃起，迅速逮住了安杰洛。不一会儿，狮子叼着这第二个孩子，牙齿扣住他的脖子和锁骨，把他带去安放阿里亚斯的地方。

我们听到了呜咽声，但很快草丛又静了下来。

杜特·马约克站了片刻，无法决定该前行还是坐下。一个高个子男孩，叫科尔·加朗·科尔，年龄仅小于杜特，沿着队伍爬到杜特那里，对他耳语。杜特点点头，决定继续行进。于是我们又走了起来。从那时起科尔成了杜特·马约克最重要的顾问。有一回杜特失踪了数天，科尔就是这队孩子的领导人。感谢上帝我们有科尔，没了他，我们会因狮子、炸弹、饥渴而失去更多的孩子。

那晚遭遇狮子后,我们不愿停下。我们说,还不累,可以走到破晓。但杜特说休息是必要的。他判断这个地方有政府军士兵,我们需要睡眠,明早才能对我们身在何处知道得更清楚。我们不相信杜特的话,很多孩子都因安杰洛和阿里亚斯的死而责怪他。杜特不顾我们的抱怨,把我们集中到一片空旷地,让我们睡觉。虽然我们从日出就开始走路,但过了很久还是没有人合上眼。邓和我坐直了,盯着草丛,注意有没有东西在动,倾听是否有草丛推倒或树枝折断的声音。

没人背对着深草丛。我们组成对,背靠背坐着,这样有掠食者扑来时,就能警告另一个人。很快我们围成圈,睡觉的人被围在中央。我在圆圈中间找了个位置,尽力放松。同时,外圈的孩子也尽量向中心挤。没有人想置身危险边缘。

夜间我醒过来,发觉自己已不在中心。我感到寒冷,身边没有人,环目四顾发现圆圈已经移动过了。我睡着的时候,外圈的孩子往中间移动,这样圆圈往左挪了二十英尺,把我一个人留在圈外。于是我再往中心挤,意外地踩到了邓的手。邓打了一下我的脚踝,向我投来不满的目光,但接着又睡了。我在孩子中间找好位置,合上眼睛,决定再不被移到睡眠圈之外。

电视迷,在我们徒步中的每一夜,睡觉都是问题。每当我从黑暗中醒来,总看到别人睁开的双眼,嘴里喃喃地在祈祷。我想忘记那些声音和脸,闭上眼想家。我得想出最喜欢的回忆,拼凑出一个最美好的日子。这是杜特教我的方法,他知道这样我们才能以更好的状态前进,睡得好抱怨会少一些,需要的照顾也少一些。"想一想你最喜欢的早晨!"他对我们大喊。他总是在喊叫,总是充满精力地爆发。"现在想想你最喜欢的午餐!最喜欢的下午!最喜欢的足球!最喜欢的晚上!最喜欢的女孩!"我们坐下后,他沿着队伍走,边走边冲我们说,"现在想象一下最美好的日子,记住所有的细节,把这一天放在心里,最害怕的时刻,就想想这一天,想象自己正过着这样的日子。仔细体味这一天,保证你还没吃完想象中的早餐，就已经睡着了。"听起来不能让人信服。电视迷，但我告诉你，这方法真的有效。它让你的呼吸变缓，让你的注意力集中。我仍记得我想象的最美好的一天，那是由无数东西凝合而成的。我会用你能听懂的方法告诉你。这是我的日子，不是你的。我记住的这一天，比我在亚特兰大这里度过的任何一天都生动清晰。

四

我六岁,每天得在马里尔拜的学前班学几个小时。那所学校只有一间教室。我和一群年龄相仿的孩子一起学英文和阿拉伯文字母,他们有的比我大,有的比我小,但都差不了几岁。学校还不错,那时还不算乏味,但我宁可不去,于是我的"最美好的一天"这么开始:我到了学校,但课不用上了。老师说:"你们太聪明了!"让我们回家去玩,或者想做什么就做什么。

我回家去见分开才二十分钟的母亲,我觉得她在想念我。母亲是父亲的第一个妻子,和他另外五个妻子一起住在家中大院里,她对她们很友善,甚至亲如姊妹。她们都是我的母亲。是的,电视迷,这听起来很怪异。在南苏丹,幼童常常不知自己的生母是谁,父亲的多位妻子与众多孩子亲密无间。在我家,六个女人生的孩子一起玩耍,一家人没有隔阂,彼此毫无保留。母亲是村里的接生员,我的兄弟姐妹中除了一个外,都是她帮助接生的。他们大的十六岁,小的才六个月,院子里充满婴儿的叫声和笑声。有人要帮忙,我就去照看婴儿,他们哭闹时就抱起来,在火边烤干他们的湿衣服。

我从学校跑回家,坐在母亲身边,她在修一个被山羊嚼坏一角的篮子。我凝视着美丽的母亲。她在女人里算是高的,身高至少一米八,虽然和村里的女人一样身材苗条,却和男人一般矫健。她穿着亮丽的衣服,总是最耀眼的黄、红和绿色。她最喜欢黄色,有一条黄裙子是她的最爱,那是落日般绚烂的金黄。当她走过田野,穿过灌木丛,我总能看到她,只要她出现在我视线能及的地方,我立刻就能发现:只需看到那飘动的黄色身影,穿越田地走来,我就知道母亲来了。我常想,如果能永远地生活在她的裙边,依偎在她光洁柔软的腿边,感受她修长的手指抚摸我的后颈,给我什么都不换。

"阿沙克，为什么盯着我看呢？"她朝我笑，叫着我的名字问我。这个名字我一直用，直到后来在埃塞俄比亚和卡库马被众多的绰号取代。我的名字可真多。

我常在盯着母亲看时被觉察，这次又是。她把我赶走，要我去和朋友玩，于是我跑到大金合欢树那里找到威廉·K和摩西。他们待在简易机场附近盘曲的金合欢树下，旁边鸵鸟尖叫着在追狗。

摩西很强壮，电视迷，比我强壮，比你也强壮。他像成年男子一样肌肉凸出，脸上有个半圆形的伤疤，隐隐的粉红色，那是他跑过荆棘丛时自己划伤的。威廉·K身材相对瘦小，长了张大嘴，话说个不停，想到什么都说出来。他每天都是这样过的，早上一醒来就滔滔不绝，说他的想法和意见，说的最多的是谎话。他很喜欢撒谎。他编排别人的故事，编排自己的东西和想得到的东西，编排他的见闻，还有他那当国会议员的叔叔旅途中听来的事，一切都信口开河。他的叔叔见过长着鳄鱼腿的人，见过能一脚跨过房子的女人。他最喜欢捏造的是关于威廉·A的事情，我们这个年龄的孩子中另一个叫威廉的，是威廉·K的宿敌。威廉·K不喜欢别人和他同名，我觉得他想让另一个威廉感到不胜烦扰，就会改名或者直接搬离这儿。

就在这一天，需要时我就想象出来的这一天，我到金合欢树时，威廉·K正在讲故事。

"他直接从奶牛的乳房上喝奶。知道吗，要是你这样做的话就会生病，会长癣。说到这个，威廉·A的父亲是个半狗人，你们知道吗？"

摩西和我不太注意威廉·K，希望他自己说累了就闭嘴。这一天没发生这事，事实上从未发生过。沉默只会让威廉·K觉得要说更多的话，觉得他黑暗的无底洞嘴巴中应该发出点声响。

"我觉得同名很麻烦，但我不需要担心，因为他明年就不和我同级了。你们听说了没？他留级了。没错，他笨得像只猫似的。明年他就不在我们学校了，只能跟姐妹们待在家里。这就是直接从牛乳上喝奶的后果。"

几年后摩西和威廉·K割完包皮，准备妥当，将和其他孩子一起被送到牛场,学习如何照看家畜,开始是山羊,然后是牛。在"最美好的一天"里,我的哥哥阿伦、加朗和阿蒂姆就在牛场。牛场对男孩有极大的吸引力,在那儿没人管,只要看好牲畜,想睡哪儿就睡哪儿,愿意做啥就做啥。不过我是被当成未来的商人培训的,要学习父亲的生意,最后要接管马里尔拜和乌韦勒的店铺。

摩西用泥土捏牛,威廉·K和我在旁边看着。很多孩子和一些年轻人有捏泥牛的爱好,但这种事没有引起威廉·K和我的兴趣。我对这种消遣兴趣不大,威廉·K则从未觉得这有什么好玩的。他不知道捏泥牛和把泥牛藏在柳树洞里的乐趣何在,而自从几年前摩西开始捏牛之后,已经藏了数十个。

"这么麻烦干什么?"威廉·K问,"它们很容易就摔碎了。"

"不会的,不会都碎。"摩西静静地说,仍然沉浸在捏牛角的活儿中,他捏的牛角长长的,还拐着弯。"我弄了几个月了。"他冲着数英尺外几个歪歪斜斜立在地上的泥牛说。

"但是他们会碎的。"威廉·K说。

"不会碎!"摩西说。

"肯定会!你看!"

说着威廉·K踏上了一只泥牛,把牛踩成了土。

"看到了吧?"

这句话威廉·K还没能说出口,摩西便扑倒了他,一拳擂到他头上,接着用粗壮的臂膀打他。威廉·K开始还傻笑,但摩西狠狠地打了他的眼睛一拳后,他的笑容消失了。他又疼又懊恼,长声尖叫起来,打架的架势也立刻变了。挣扎中他压到了摩西身上,摩西双手交叉,挡在脸上,在我把威廉·K拉开之前,他朝摩西的胳膊上迅速地打了三拳。

在我的"最美好的一天"中,混战被一片亮光打断。那光线那么耀眼,我们只能眯起眼睛去看。我们从尘土中慢慢站起,向集市走去。亮光从集市上博克餐馆附近的一棵树的树干上发出。我们张大了嘴,梦游般走过去。走到跟前,才发现原来那不是第二个太阳,而是一辆自行车,崭新的，擦得闪亮，漂亮极了。

哪来的自行车？是谁的？显然这是整个马里尔拜最壮观的东西了。脚踏板银光闪闪，把手造型精美，车架的色泽和我们以前在村中见过的所有色彩都不同，那是蓝色、绿色和白色在河水最深处漩成的色彩。

约克注意到我们在赞叹这辆自行车，就走了出来，感受我们艳羡的目光。

"不错的自行车，是吧？"他说。

约克·尼布·阿伦是村中裁缝店的店主，刚从河对岸阿拉伯商人那里买了这辆自行车。商人有一卡车的新玩意儿，多数是机械制品，比如钟、钢床架、水烧开了会自己弹开盖子的茶壶等，让人一见难忘。

"花了我不少钱呢，孩子们。"

那一刻我们一点儿也不怀疑这个。

"你们要看我骑车吗？"他问。

我们重重地点头。

于是约克小心翼翼地骑上自行车，似乎骑上的是一头玻璃骡子。他踩脚踏板时太当心了，几乎没法让身体保持平衡。集市上的人有的为约克高兴，有的嫉妒他，取笑他花了这么多钱，看他骑得这么慢，一连串的羞辱和反问向他抛去。约克平静地一个个回答。

"约克，那东西和你走路一样快？"

"自行车是新的，约瑟夫，我得小心点！"

"你会摔坏它的，约克，娇气着呢！"

"会熟练起来的，戈里亚！"

戈里亚没有工作，多数日子都在酗酒，借钱不还，没人喜欢他。这一天，他证明了约克骑这辆漩涡色自行车有多慢。约克骑车经过他时，他在旁边步行随着，显示轻松漫步都比约克骑车快。

"我两条腿都比你这漂亮的自行车快，约克。"

"我可不在乎。有一天我会骑得飞快的，虽然现在还不行。"

"我看你是在弄脏轮子，约克，当心！"

约克冲着戈里亚微笑，平静地对着所有的旁观者微笑，因为他有马里尔拜最漂亮的东西，而他们没有。

约克把自行车停靠在树上，和我、摩西还有威廉·K一起夸赞它，接着话题严肃起来，大家对塑料膜有了不同的意见。自行车运过来时上面包了层塑料膜，看起来像是很多透明的袜子，盖住了车的金属管。约克双手交叉抱在胸前，审视着自行车。

"真遗憾，他们没说这层膜是否有用。"他说。

对此我们不敢发表任何看法，生怕约克会把我们赶走。

约克的哥哥约翰走了过来。他是马里尔拜个头最高的人，身材瘦削，双眼间距很小。"你当然要揭下塑料膜，约克。不管什么物品上的塑料膜都应该取下来，那只是运输时用的。我帮你……"

"不要！"

约克用身体挡住了他哥哥："再让我想想。"

这时族长的弟弟肯杨·卢奥和我们站在一起，他摸了摸下巴，提出了他的看法。

"揭掉塑料膜的话，一旦湿了就会生锈，油漆会逐渐剥落，晒着太阳最后褪色。"

这话让约克决定三思而后行，在有任何动作之前要多听听别人的意见。那一天，威廉、摩西和我去调查集市上的人，征询了几十个人的意见，发现恰好分成两派，一半人坚持塑料膜只是运输需要，得揭掉；另一半人断定塑料膜是用来保护自行车的，以防止各种可能的损伤。

我们把统计结果告诉约克，他仍在那里盯着自行车看。

"那为什么要全部去掉呢？"约克若有所思地自言自语道。

看起来他要采取最稳妥的法子了。约克为人谨小慎微，毕竟他有钱买自行车，靠的也就是这个。

傍晚时分，威廉·K、摩西和我经过游说后被授予了看守自行车的权力，我们要保护它，防止有人偷走它，破坏它，触摸它，甚至长时间观看它。其实约克并没有要我们看守，只是我们表示要坐在旁边，以免它损伤或被人细看,他同意了。

"我不会为这个付你们钱的,"他说,"我只要把车搬进屋里就安全了。"

我们才不关心报酬,就想在太阳落山时,坐在约克的屋外,盯着这件东西。自行车立在那里,撑脚架靠在约克的房子墙边。我们坐在自行车旁,阳光照在我们背上。虽然约克和他的妻子都在屋内,但我们大半个下午都守卫着自行车,几乎寸步不离。起先我们绕着院子巡逻,肩上扛着木棒当武器,但后来我们觉得全都坐在车边盯着就行了。

于是我们这么做了,仔细察看这架装置的外观。它比村子里其他自行车复杂得多,似乎齿轮也多很多,连接线和控制杆也多。我们争论多出来的东西是会让车跑得更快,还是本身的重量会让车速变慢。

电视迷,你无疑在想,我们是愚蠢的原始人,一个村庄里竟然没人知道是不是该把自行车上的塑料膜揭掉,这样一个地方当然容易受到攻击、饥荒或其他灾祸。这样想可能没错,有时我们接受事物很慢。是的,我们生活的地方与世隔绝,那里没有电视机,我应该告诉你这一点。我想你这么爱看电视,大脑需要不断的刺激,大概不难想象没有电视机对你会有什么影响。

我的"最美好的一天"到了下午,我倚在正碾稻谷的姐姐阿梅尔的身上。我常这么做,因为靠在她身上的感觉带给我很大的快乐。她蹲下时我靠在她身上,背贴着背。"小猴子,这样我没法干活啦!"她说。

"我起不来,"我说,"我睡着了。"

她闻起来好香。你可能不知道,有个香馥馥的姐姐是什么感觉,那是多么美好啊。所以我赖在姐姐身旁,装作睡熟了,还打起鼾。她往后一顶,把我推了开去。

"去找阿玛斯,不行吗?"她抱怨道。

真是个好主意!我对阿玛斯有种特殊的感情。她和姐姐同龄,比我大很多,但让我去找她是个非常好的建议。几分钟后,我在她家院子里找到了她。她正独自坐着挑拣高粱，看起来很累，因为她不仅在干活，还不得不一个人干。

我一见她，呼吸都不正常了。和姐姐同龄的女孩一般都不在意我的言行，她们把我当成孩子、婴儿或者小松鼠。但阿玛斯不一样，她倾听我的话，把我当成重要人物，好像我说的话很要紧。而且她美若天仙，前额高高的，小眼睛闪闪发亮。她笑不露齿，是我认识的女孩中唯一这么笑的。她走路的姿势也特别，带着一种独特的弹性，用前脚掌内侧撑地的时间比大多数人要长，步态就显得轻盈快活。有次我也试着这么走，模仿她时虽然小腿肚酸痛，但是感觉很开心。多数日子里，阿玛斯穿着绚丽的红裙子，裙子上有白鸟图案，周围是斜排的英文字母，像是扔进河水的花儿。我知道阿玛斯永远都不可能和我结婚，因为她有那么多吸引人的地方，等我长大后，她早就被别人求亲了。她已到了成亲的年龄，可能今年就会结婚。但在那之前她可以是我的。虽然我总是羞涩得不敢和她多说话，但是有一天，我鼓起了勇气，或是不经意间走近了她。于是这成为我"最美好的一天"中的一段。

"阿沙克！年轻人，还好吗？"她快活地说。

她常称我为"年轻人"，她这么叫着的时候，我立刻有种各方面都长大成人的感觉。我很确定自己明白这一点。

"我很好，阿玛斯小姐。"我尽可能正式地回答，知道这会让阿玛斯印象深刻，"我来帮忙可以吗？如果你需要，我有时间。如果你需要我帮忙，不管做什么……"

我知道自己很啰嗦，但没法控制。我飞快地跺着一只脚，想砍断嘴里的舌头。现在我只有想出个法子结束自己的胡思乱想，然后顺其自然。

"我怎么样才能帮到你呢？"我说。

"你真是位绅士，"她像以往一样极其认真地和我说话，"你真的能帮到我。可以帮我打些水吗？我马上要做饭了。"

"我去河里汲水！"我说，一脚已经离地，准备奔出去了。

阿玛斯掩齿而笑。我爱她超过爱其他人吗？我比爱自己家里的人更爱她吗？我觉得我经常会选择她，胜过任何人，甚至我的母亲。我被她迷住了，电视迷。

"不，不，"她说，"不必的，只要……"

但我已经离开了。我飞奔出去。我边跑边想她对我的速度会多么兴奋，我完成她的要求多么神速，我笑着的嘴越咧越开。跑到一半时，我的笑容凝住了：我没汲水的容器！

我改变了路线，往集市跑去，那里有大批商人和买东西的人。我快速地穿行于几百人之中，他们只能感到我带过的风。我飞过小店，飞过长凳上喝酒的人们，飞过玩骨牌的老人，飞过饭店和卖衣服、毯子和鞋子的阿拉伯人，飞过头顶着几束柴火的双胞胎姐妹阿霍克和阿瓦克·乌吉斯。她们和我差不多大，善良而勤劳。你好，你们好，我们招呼着。最后我跑进了父亲的店铺，上气不接下气。

"怎么回事？"父亲问。他戴着太阳镜。这副眼镜白天和多数晚上他都戴着，是他用一只小羊崽换来的，所以照料它像照料最好的母牛一样，细心而郑重。

"我需要杯子，"我喘息着，努力说出，"一只大杯子！"我的眼睛扫视店内，寻找合适的容器。这是这一带最大的店铺，能容纳六七个人，两面有砖墙，屋顶是波纹钢做的。我的眼睛对着货架快速转动，像一只被堵在屋内的麻雀。有几十件目标物可供选择，最后我抓起了柜台后的一只量杯。

"你这样的速度，根本没用，"父亲眼睛里带着笑意，"你拿给她时，有一半都会洒掉。"

他怎么知道的？

"你以为我没长眼睛吗？"父亲大笑着说。父亲的幽默感远近闻名，在所有不甚严重的灾难中，他总能找到一个笑的理由。他捧着肚子大笑，肩部和腹部都在颤动，眼角笑出泪来。人们常说，邓·阿伦在洪水中都能找到笑料。他们是带着喜爱这么说的，认为我父亲的镇定和周到的洞察力是他成功的一个原因。再怎么说，他拥有五百头牛，还有三家店铺。

他伸手从最高的货架上取了一只小塑料桶递给我,桶上有盖子。"这应该能把你要的都装在里面。我想阿玛斯会很高兴的。记住——"

我没听见后面的话。我又飞过集市,飞过集市路边围栏里关着的山羊,飞过一群老太太和她们的鸡,向着河边飞去。我沿着一条被各种长长的杂草包围着、布满深坑的硬土路,飞过踢着足球的孩子们,飞过阿科尔姑姑家的院子——甚至没瞟一眼她是否在屋外。

我比以前任何一次都快,来到了河边。再次小小地吹嘘一下,我一跳就跳过了钓鱼的孩子、洗衣服的女人,跳到了浅溪的正中央。

女人和孩子们都朝我看,似乎觉得我失去理智了。是吗?我浑身湿透,对他们微笑,把塑料桶浸到浑浊的褐色河水里。我装满了容器,可是里面有沉淀物,我不太满意。我得滤掉沉淀,但这得两件容器才成。

"我能借用一下你的盆吗?"我问一个洗衣服的女人。我从未和这个女人说过话。对于自己的勇气,我很惊讶。很快我认出这个女人是高年级部一个主任教师的妻子,那老师叫杜特·马约克,我也只是听过他的名声。听说杜特·马约克的妻子和他一样都受过教育,口舌灵活,也许会冷酷无情。她微笑着望着我,移开正在洗的衬衫,把盆递给我。她似乎很好奇地望着我这个小小的孩子(比你还小,电视迷),眼神焦急,装了一桶褐色的河水,准备拿盆做什么。我知道要做什么。我郑重其事地把桶里的水透过自己的衬衫倒进盆里,然后小心地把盆里的水倒回桶里。做完一遍,我没法判定水得多纯净才行,更重要的是,我不知道应该赶快把水带回去,还是尽可能地净化?最后,我过滤了三遍,拧上塑料桶盖子,把盆还给那女人。我爬上岸,喘息着低声道谢。

在岸边高处参差不齐的草丛中,我又飞奔起来。我意识到自己很累,开始绕着路上的深坑跑,而不再是跳过去。我呼吸变得粗重吃力,暗骂自己喘气太急。我可不想把水交给阿玛斯时,自己是一副跑不动、快断气的样子。我必须和出发时一样快,一样灵活。我强行用鼻孔而不是嘴巴来呼吸,快接近村子中心时加快了步子。

我路过姑姑家,这次她看到了我。

"这不是阿沙克吗?"她唱着。

"是,是的!"我说,可是发现自己呼吸急促,没法解释我为什么跑步经过,还不能停留。也许她像我父亲一样会猜想。父亲猜到我干的事与阿玛斯有关,我感到害羞,不过很短暂,很快我就不在意别人是否知道。阿玛斯是那么与众不同,所有人都欣赏她,我能作为她的朋友被人看到在为她所差遣,感到很骄傲。这个笑不露齿、步态轻盈,把我当成年轻人和绅士的美丽少女,是马里尔拜最优秀的女孩。

我跑过学校,一到空地就看见阿玛斯,她还坐在我离开时的位置上。啊!她也在看我!她的笑容清晰可见,虽然隔了那么远。我仅用赤足的脚尖点地,越飞越近,她的笑容从未停歇。看到我带着水,她很兴奋,也许还看到了水有多么纯净,经过了精心过滤,能用来做任何她想做的事。看看她!她睁大了眼睛看着我飞奔!她真是最了解我的人!我感到她没有比我大很多,一点也不大!

然而我满脸尘灰!地面上的凸起把我绊倒了,我的下巴在流血。绊倒我的是一根长满节瘤的树根,塑料桶摔到了前面。

我害怕抬起头,不想看到她在嘲笑我。我真是个傻瓜,一定失去了她的敬重和赞赏。现在她不会再把我当成一个能干的、速度飞快的年轻人,有能力去爱护她、关心她的需求了,而只是一个连平地都没法顺利跑过去的、脸啃地的可笑小孩。

水!我立刻去看。水没有漏。

我头抬得更高,看到她向我走来。她毫无笑意,表情郑重,如她一贯看我的那般郑重。我赶快跳起身,显示自己毫发无损。我站直了,感到下巴剧痛,但装作没事。她走近时,我喉咙发涩,呼吸不畅。我觉得自己真是个傻瓜,这世界如此羞辱我,太不公平了!然而我压住了所有想法,站得笔挺。

"我跑得太快了!"我说。

"你跑得真快!"她惊叹道。

她靠近我,手伸向我,掸去我衬衫和裤子上的灰尘,一边拍着我一边发出"哒哒"①的声音。我真爱她!她注意到我跑多快了,电视迷!她注意到了我所有的长处,别人都没注意到这些!"你是个真正的绅士,"她说,双手抚在我脸上,"为了我跑这么快。"

我咽了下唾沫,深吸一口气,又轻松起来,能够像男子汉一样清楚地说话了:"这是我的荣幸,阿玛斯小姐。"

"你确定自己没事吗,阿沙克?"

"是的。"

确实没事。后来当我走回家时——我打算晚饭前在姐姐身上多靠两次,我想到的只是婚礼。

几天后有一场婚礼,男方叫弗朗西斯·阿科尔,我不大认识他,女方是阿比塔尔·童·东,我在教堂听说过她。还会有一头小牛作为祭品,这次我要设法靠近去看,就像我上一次亲眼看着作为祭品的小牛如何进入另外一个世界一样。那次我看到牛的一只眼睛,看着它四蹄乱踢。那只牛眼直勾勾地盯着苍穹,好像从未转过去看那些正在宰它的人。我觉得这让宰牲变得相对容易一些。小牛似乎没有怨恨结束它生命的人,勇敢而顺从地接受了自己的夭亡。下一次婚礼,我要再到小牛垂死的头边,看它是如何死的。

我喜欢看婚礼,可是近几个月婚礼太多了。喝酒和跳舞都太多,我常被那些喝多了的男人吓到。我想这次在弗朗西斯和阿比塔尔的婚礼上,我能否躲开喜宴,待在里面不出来,能否不穿我最好的衣服和大人说话,而是藏到床底。

不过或许阿玛斯会参加,她可能会穿新裙子。我知道她所有的衣服,见过她所有的四条裙子,但她可能会穿新裙子参加婚礼。阿玛斯的父亲是位重要人物,拥有三百头牛,在这一带裁断过多起争端,所以阿玛斯和她的姐妹常有新衣服穿,甚至还有面镜子。她们把镜子放在小屋里,老是站在镜子前面,笑着整理头发。我知道这些是因为我曾多次从她们家院子上

---

① 哒哒,在非洲和澳洲存在的一种发音方式中,用来表示同情、责难或愤怒的意思。

方的一棵树上见过镜子，听过她们的笑声。那棵树有个很隐秘的位置，可以知道很多小屋内发生的事。在树枝上我看不到特别的东西，但能听见她们谈话。偶尔我能看见闪光，那是阳光透过她们家茅草覆盖的屋顶，照射到她们的耳环或手镯上，把光线折射进镜子，然后返照到村中常年不散的飞尘之中。

五

电视迷，这些村庄里有人！现在也有！村里大约有一万五千人居住，虽然你觉得不像那么回事。如果你看过村子的照片，从头上飞过的飞机上所拍的照片，你会惊讶这里少有人类活动的迹象。很多地方酷热难当，但南苏丹没有连绵不绝的沙漠，这里有森林和草原，河流和沼泽，有数百部落，数千氏族，数百万人民。

我躺着，发觉嘴上的胶带在松动。口中唾液和脸上汗水减弱了胶带的黏性，于是我开始加速这个进程，翻动嘴唇吐出大量唾液。胶带逐渐脱离皮肤。你，电视迷，完全没有注意到这些。你似乎没意识到地上还有个被绑起来塞住嘴的人，而你正在这个人的家里看电视！我们对最荒唐的处境也见怪不怪了。

我完全知道什么叫浪费青春，也知道孩子如何能被利用。和我一起徒步的那些孩子，最后约有一半当了兵。他们都是自愿的吗？只有极少数。被征召时他们只有十二三岁。我们都以不同的方式被利用了。被利用去打仗，寻找粮食，获取人道援助组织的同情。甚至我们上学读书也是被利用。这种事以前发生过，在乌干达和塞拉利昂也发生过。叛军利用难民吸引援助，制造假象让人觉得，只是两万多个无家可归的人，在自己家园烽烟四起时急需食物和住所。然而平民营地几英里之外，就有苏人解的训练和谋划基地。两个营地之间有稳定的渠道输送给养和新兵。"援助诱饵"，有时我们有这个名字。两万孤儿身处沙漠深处，显然对联合国、救助儿童会和世界路德教联合会有很大吸引力。可是，在人道世界向我们提供食物的同时，苏丹人民解放军，作为为丁卡①而战的叛军，跟踪我们每一个人，等我们长到适龄，他们带走那些年龄够大的、健壮的和不满现实的孩子。

---

① 丁卡，南苏丹最大的部族，瓦伦蒂诺即属于这个部族。苏人解的创立者约翰·加朗也出自丁卡。

这些孩子长途跋涉,翻山越岭前往邦加的训练营,那是我们最后一次看见他们。

电视迷,我几乎无法相信自己,在这个时刻,我竟然在考虑救你。我想先救自己,然后救你。我可以扭动着脱绑,然后说服你跟着我比跟着东尼娅和浅灰更好。我可以和你一起偷偷溜走,离开亚特兰大。我们两个都换个不同的环境,也许盐湖城或圣何塞就不错。或许我们该远离这些城市,远离所有的城市。我想我的城市生活结束了,电视迷。但不管我们去哪儿,我想我会照顾你。就在不久前,我和你一样。

但首先我们得离开亚特兰大。你得远离这些使你落入这种境况的人,我也得离开这个没法再待下去的地方。

这里情势紧张、过于政治化。亚特兰大有八百苏丹人,却无法和睦相处。这儿有七座苏丹人教堂,总是相互斗争,仇恨渐增。这里的苏丹人退化成部落制,退化成我们很久以前就放弃了的种族隔离一样的制度。在埃塞俄比亚我们不会分成努尔人①、丁卡人、富尔人②或者努比亚人③。那时我们年纪尚小,不知这些区别是什么意思,即使明白,我们接受的教育也是将所谓的差异置之不理。我们在埃塞俄比亚都是孤身一人,而去往一个比刚离开的地方只是稍微好一点的地方,在路上就目睹数百人死去。

几乎从刚到这儿开始,就已不可能重拾苏丹的生活。我没去过喀土穆,说不清那里的生活如何,听说外观较为现代化。但在南苏丹,任何一种评估都认为我们比工业社会落后几百年以上。有些不存偏见的社会学家,可能不赞同"一个社会落后于另一个"这种观念,反对第一世界、第三世界这样的划分。但南苏丹不属于任何一种世界。苏丹是不同的,虽然我也无法给出恰当的比较。南苏丹很少有汽车,可能走几百英里也看不到一辆车。铺好的路只有几条,但我在那儿生活时一条都没见到。如果有人从东向西直线飞越整个国家,绝不会飞过一个不是由茅草和泥土盖

---

① 努尔,苏丹境内以及埃塞俄比亚边境的部族,是南苏丹第二大部族,人数仅次于丁卡。
② 富尔,苏丹西部达尔富尔地区最大的部族。
③ 努比亚,苏丹东北部的部族,另有一部分归属埃及南部,古代为独立王国。

的房子。这是一片荒蛮之地,我从未羞于这么称呼它。即使和平能够持续下去①,我也怀疑接下来的十年里,这个地区能取得进步,把人民生活提高到东非其他国家的水平。我认识的人都不希望南苏丹保持现状,都期望有变革发生。南部的首府朱巴有苏人解的坦克穿行,那里现在充满自豪,大大地化解了我们对于苏人解的怀疑和他们带来的苦难。如果南部取得了自由,那也是通过他们的努力取得的,虽然过程如此混乱。

我发觉嘴上湿透了,胶带已经粘不牢。我吹了一下,惊喜地发现左半边胶带脱开来。如果我想说话就能说了。

"打扰了。"我说,语调温和,声音轻柔。没迹象表明他听到了我的话。"小伙子!"我的音量提高到正常,不想惊吓到他。

依然没得到回应。

"小伙子!"我又大点声说。

他微微地朝我转身,面带疑惑,仿佛发现沙发也会说话,然后又转向了电视机。

"小伙子,我能和你说话吗?"我的声音更大、更坚定了。

他呜咽一声,站了起来,被吓到了。我只能猜他们告诉他我是非洲人,在他心中这一分类不具备说话的能力,更别提说英语了。他向我跨了两步,停在客厅的入口通道上,仍然不确定我是不是还会开口。

"小伙子,我要和你说话。我能帮你。"

这让他又回到了餐厅。他拿起手机,按键,放到耳边。他听着,但没人接。我想他同伙对他说过如果我醒了,或者有什么意外,就打电话。现在我醒了,却没人接电话。他考虑了一下自己的困境,最后有了办法:又坐下把电视机音量调大。

"拜托!"我大喊。

他跳下了椅子。

"孩子!你必须听我说!"

---

① 本书写作完成时,战争已停止,所以说"即使和平能够持续"。

他去找解决方法，开始翻抽屉。我听到金属的碰撞声，担心他做出过激的事情。他翻了五六个抽屉和橱柜，最后手持一本电话簿走出餐厅。他把电话簿拿来放到我头顶上方。

"小伙子！你做什么？"

他丢下了电话簿。这是我生平第一次看见有东西朝我砸来却不能灵活闪避。我使劲转头，电话簿仍然直直地落到脸上。原本头就痛，面颊在地上也有撞伤，这下子雪上加霜。电话簿滑到前额，压着我的太阳穴。他觉得达到了目的，回到餐厅，音量又上去了。这孩子认为我和他不是一个物种，我是另一种生物，一种可以被电话簿压碎的生物。

痛得不是很厉害，但这种象征意义令人不快。

六

　　迷迷糊糊地睡了不知几分钟还是几小时，我睁开眼，看到那孩子在头顶的沙发上熟睡。他盖着毛巾拼成的毯子，躺在沙发一头，双脚整齐地塞在靠垫下。他发出啜泣声，正在做噩梦，面部像婴儿一样扭曲，使性子皱眉的表情使他显得小了几岁。但这时我不大同情他了。

　　看不见钟，感觉像是半夜。外面没有车流声，可能是午夜或者更晚。

　　阿科尔·阿科尔，我不想骂你，但是如果你选择回家，情况就完全不同了。我喜欢也欣赏米歇尔，为你能找到一位爱你的美国人而高兴，但此刻我认为你的行为不负责任。同时，我也奇怪为什么这些窃贼能确定你不会回来，而敢将他们的儿子或弟弟留在这里。这很难理解。他们如果不是太聪明，就是太莽撞了。

　　电视迷，我想知道你脑海中什么在困扰你。我有些为难——是再和你说话，把你从那些麻烦中唤醒？还是因为这个自以为能用电话簿砸碎一个非洲人脑袋的小男孩正被噩梦折磨，而享受一下小小乐趣？让你在沙发上啜泣似乎并不过分，电视迷。毕竟，如果我再开口，你会再拿什么东西砸我？我房间里有本大字典，我怕你会用它。

　　电话铃响了。不是我的，我的手机不见了。铃声是一首我不会去设置的流行歌曲。即使来这已五年，我学会的美国流行音乐还是少之又少，虽然多数朋友已经热情地接受了。

　　起来，电视迷，接电话！

　　铃声仍在响。打电话的人想让你放了我！也可能是警察在打电话！醒醒，孩子！

　　铃声响了三次，看来他不会醒了，我一筹莫展。冒着可能被更多东西砸头的危险，我使劲大叫，绝望中我的声音拔高了八度。尖叫声让这孩子蹦下沙发。电话又响了，这次他接了。

"怎么了?"他说,"我是迈克尔。"

电话中是个男声,洪亮而缓慢。

"她不在这儿。"

对方问了个问题。

"我不知道,她跟我说现在会来这里。"

男孩点头。

"好的。"

"好的。"

"再见。"

哦,他叫迈克尔。迈克尔,很高兴知道你的名字。这名字没"电视迷"那么怪异,也进一步让我确信你是你保护人的受害者。迈克尔是圣人的名字①。迈克尔像小男孩的名字。迈克尔是将战争带到马里尔拜的人的名字。很自然地想到,战争来临前,比如我们的那场战争,雷声阵阵,然后战火如倾盆大雨般降落。不过,迈克尔,在雷声之前,先是乌云密布。

也许你现在心情更坏了。你已经在这待了太久,原本像是冒险的事情如今变得单调乏味,甚至令人害怕。我不像你原想的那样没有威胁,你肯定在担心我会不会再开口。此刻我没什么要说的,不会大声说话,可是,你应当知道一九八三年将战争凶兆带到我们村子的那个迈克尔。

威廉·K在棚屋外悄声叫醒我。"起来,起来,起来,"他嘶嘶地低声说,"起来看这个。"

我不喜欢跟着威廉·K,很多次他要我去这儿去那儿,或者爬树,却只是去看狗刨的洞或者长得像威廉父亲的一颗干果。威廉·K头脑中的东西总是夸大其实,没有什么值得费神去看的。但正当他隔着门低语时,我听到一群人兴奋的喊声越来越响。

"快来!"威廉·K催促,"我发誓,这次真的是大事!"

---

① 指《圣经》中的米迦勒。

我起床穿衣,和威廉·K一起跑到清真寺,那里已经聚了很多好奇的人。我们从围在清真寺门口的大人腿下爬进去,跪直了身子,看到一个人。他坐在椅子上,那椅子很结实,是戈里亚·博尔用木头和植物纤维做的,在集市上和河对岸有售。坐着的人年纪很轻,和我哥哥加朗差不多大,刚到结婚成家、有自己的牛的年龄。他额头上有仪礼纹,说明不是我们村的人。在其他地区和村子,男人十三岁左右在额上刻纹表示成人。

只是此人——后来我们知道名叫迈克尔·卢奥,一只手被砍了下来,该长着右手的地方只有光秃秃的腕部。人群中大部分是男人,都在仔细看着这个年轻人的断腕,争论着应该归罪于谁。我仍然跪在地上,距离断腕能近些,等着听明白这是怎么回事。

"但是他们无权这么做!"一个男子大喊。

争论者主要有三个:双眼分得很开像头公牛的马里尔拜酋长,精瘦利落的酋长副手,还有一个圆胖的男子。最后一个人腆着肚子,衬衫被高高撑起,每次开口说话,肚子都要拱一下我的背部。

"他偷东西被抓,受到惩罚了。"

"这是暴行!这不是苏丹人的审判方式!"

断手人默默地坐着。

"现在是!这就对了,这是伊斯兰教法!"

"我们不能活在伊斯兰教法下!"

"我们没有活在伊斯兰教法下。他是在喀土穆被砍手的。你去了喀土穆,活在他们的法律下!你为什么要去喀土穆,迈克尔?"

很快三人将责任归到断手人的身上,因为如果他留在自己的村子,不去偷盗,就不会失去右手,或许还能娶妻。而现在大家都认为他再也不会娶妻了,不管他能拿出什么彩礼,没有女人想嫁给一个断手人。那天迈克尔·卢奥几乎没得到同情。

离开清真寺后,我问威廉·K这人怎么了。我听见了"伊斯兰教法"这个词,还有一些贬损阿拉伯人和伊斯兰教的话,但没人清楚地指出这些与迈克尔·卢奥的断手有何关联。我们去大金合欢树那儿找摩西,路上威廉·K说出了其中缘由。

"他两年前去了喀土穆,作为学生去的,后来钱花光了,就给一个很有钱的阿拉伯人干活,当砌墙工。他和其他十一个丁卡人住在城里贫民区的一间公寓里。迈克尔·卢奥说丁卡人都住那个区。"

丁卡人住在公认的穷地方,而阿拉伯人住在好地方,这让我觉得古怪。我告诉你,电视迷迈克尔,人上之人芒尼央①的自豪感是极强的,我曾读到人类学家对于丁卡人如此看重自己有多么惊讶。

"迈克尔·卢奥丢了工作,"威廉·K继续说,"也可能是工作结束了,没工作了。反正他说自己没活干了,付不起房租,其他人把他赶出公寓,他住进了城外的帐篷里。他说有数千丁卡人住在那里,都是非常贫穷的人。他们住在塑料布和树枝搭的棚里,很热,缺水少食。"

我记得那时不喜欢这个断手人,觉得他被砍手貌似罪有应得。他这么穷,住在塑料布搭的房子里!没食物,没水!过得那么穷困而旁边的阿拉伯人则很富有。这让我感到羞耻。我厌恶在马里尔拜集市上喝酒的男人,厌恶这个住在塑料布搭的房子里的人。现在我知道鄙视穷人和落魄者不值得赞赏,然而当时我太小了,不知同情心为何物。

威廉·K继续讲:"那时迈克尔·卢奥常在垃圾里找吃的。他和其他人在垃圾场仔细翻捡,找遍了城市的所有垃圾。他早上去垃圾场,那里有几百人,但迈克尔·卢奥年轻力壮,总是干得最好。他能找到罐子、盒子、鸡骨头。他吃掉能吃的,还能把其他东西卖掉。有次他捡到了个破收音机,卖给了一个修收音机的人,拿到钱后,买了个新住处。他需要大点的住处,因为他有了妻子。"

"他把妻子带到了喀土穆?"我问。

"不是的,他在那儿娶的妻子。他丢了工作后才找的。"

威廉·K似乎对这一部分不是很肯定,我们两个都觉得嫁给一个没钱没房的人不大合乎情理。

---

① 芒尼央,丁卡语,意为最早被选中的人、人上之人。

"他们住进了树枝和塑料布搭的新住处,从这里开始他讲的故事就悲惨起来。他妻子死了,因为他们喝的水是从城边一条水沟打来的,水质很差,她得了痢疾,又染了疟疾,没法送她去医院。所以她死了,死时眼珠都掉了下来。"

我很了解威廉·K,知道最后一句是假话。他的故事只要情节许可,总有人眼珠从脑袋上掉出来。

"然后他买的住所归他一人所有,他不需要了,就卖掉,然后用钱买了酒。后来就被警察带去医院,砍掉了手。"

"等等,为什么?"我问。

"我想他拿了些东西吧。他偷了别人的东西。也许是他做砌墙工的那个雇主,他回去偷了东西。我想是砖吧。等等,是砖,不过是以前偷的。他偷的时候妻子还活着,因为风总是把他房子的塑料膜吹跑,所以拿了砖,后来被发现了。他被抓起来,然后妻子死了,再后来就回这儿了。"

"那么是谁砍了他的手?"我问。

"警察。"

"在医院里?"

"他说那里有两个警察,一个护士,一个医生。"

接下来的数周,断手人和其他人添枝加叶,故事内容更加丰富,但主要情节和威廉·K讲的差不多。伊斯兰教法是伊斯兰人的法律,在喀土穆施行,在娄尔河和基尔河北面的苏丹多数地方也都作为法律实施。有一种恐惧与日俱增,那就是伊斯兰教法强加到我们头上的日子不远了。

电视迷迈克尔,这就是事情为何变得复杂,或者说相对复杂的地方。苏丹内战的大致经过,迷途少年永生不忘,为了显得更有戏剧性或出于自身利害,故事是这么说的:有一天,我们正在村子里,有的闲坐着,有的在河里洗澡,有的在磨谷子,忽然之间阿拉伯人袭来,烧杀抢掠。但这些罪行全都发生过,不过衅因仍有争议。是的,伊斯兰教法确实强行实施,形式是"九月法案"的大批成套法律,但新法令还没施加到我们村子,将来会不会也是个问题。更有决定性的原因是政府撕毁了让南部享有一定程度自治权的一九七二年《亚的斯亚贝巴协议》①，南部分化成三个地区，互相竞争制衡，都不再拥有任何实权。

迈克尔，你又睡着了，我很高兴你能睡着，可是你睡的时候仍然啜泣、踢打。也许你也是战争孤儿？我就当你是吧。战争有不同的形式和伪装，但总是循序渐进。我深信那是有步骤的，那些事件一旦发生，就不可逆转。苏丹陷入战争还有其他先奏，我清楚地记得那些日子。但是，再次说明，当时我没有像现在这样认识到这些，没有看到这些预兆，而以为那些日子一如往常。

我穿过周六集市上拥挤的人群，跑向父亲的店铺。每周六货车从河对岸开过来，集市熙熙攘攘，面积翻倍。整个地区买东西的人都来了，马里尔拜集市是方圆百里最大集市之一，集中了远近贸易。我像平时一样全速奔跑，跑到父亲的店铺，差点撞到萨迪克·阿齐兹身上那件宽大洁白的长袍上。

"你今天去哪儿了？"我父亲问，"向萨迪克问好。"

萨迪克伸手摸摸我头顶，然后按在我头上不动。他是居住在加扎勒河对岸的巴格拉部族的。赶集日阿拉伯人就会出现，旱季他们也会过来放牧。丁卡和巴格拉部族之间的紧张关系已经延续几百年，主要是因为放牧土地问题。北岸土地因干旱而开裂时，巴格拉人就需要肥沃的南岸土壤来放牧牛羊。后来酋长们磋商，通过结盟以及牛羊等物品的答酬，双方历史性地展开合作，有来有往。在放牧季节和赶集日，马里尔拜常出现很多巴格拉等地的阿拉伯人。他们在丁卡自由出没，操着一种丁卡语和阿拉伯语的混合语言，常住在丁卡人家里。双方部族的多数人保持着良好关系，有些地区还通婚，双方合作并相互尊重。

我父亲在巴格拉等地的阿拉伯商人中很受欢迎。他不遗余力地去博取

---

① 一九七二年第一次苏丹内战结束后签署的一系列协议，南苏丹获得一定程度上的自治权。一九八三年苏丹总统尼迈里终止了此协议，在全国范围内推行伊斯兰教法。

阿拉伯商人的满意,有时他的风趣让他如虎添翼。他知道自己的成功大部分要归功于能拿到北方人垄断的货物,所以一向热切地想让阿拉伯人知道,他们在他店里和家里总是受欢迎的。萨迪克·阿齐兹是我父亲最喜欢的贸易伙伴。他身材高大,大眼睛,手臂上筋骨突出,肌肉缠结。萨迪克有一双识货的眼睛,能找到最好的货物,比如机械农具、缝纫机、渔网、中国产的运动鞋等等。更重要的是,萨迪克总会带东西给我。

"你好,叔叔!"我说。称年龄比自己大的人为"叔叔"是一种习俗,以示亲近和尊敬。如果年龄比自己父亲还大,那要称"老爹"。

萨迪克神秘地扬扬眉毛,从袋子里拿出个东西,朝我抛来,我还没看清就一把抓住。我摊开手,是种宝石,看上去像玻璃,但里面有黑黄色的放射状条纹,如同猫眼,漂亮极了。我盯着看,不敢眨眼,连眼泪都出来了。

"做得看起来像是宝石,"萨迪克承认,"不过是玻璃品。"

他对我父亲眨眨眼。

"像星星一样!"我说。

"用阿拉伯语说?"萨迪克说。

萨迪克知道我在学校里学阿拉伯语,常常考我。我试着回答。"比噶泽纳贾玛。"我结结巴巴地说。

"非常好!"萨迪克微笑着说,"你是邓的儿子中最聪明的。我能这么说是因为其他儿子眼下都不在这儿。现在说'安拉乎-艾克拜尔'[①]。"

我父亲大笑,"萨迪克,别这样!"

"你相信真主至上,是不是,邓?"

"我当然相信,"父亲说,"但别这样。"

萨迪克瞪着我父亲看了好一会儿,然后脸色又变得晴朗。

"对不起,开个玩笑而已。"

他把手伸向父亲的手,轻轻握住。

---

① 阿拉伯语,穆斯林常用语,念诵赞主词,字面上意思为"真主至大"。

"好了,"他问,"我现在可以把阿沙克放马背上吗?"

两个人都低头看我。

"当然,"父亲说,"阿沙克,你喜欢骑上去吗?"

母亲说过萨迪克有种直觉明白男孩子喜欢什么,想要什么,因为每次他来时总带礼物给我,并且只要母亲不在近旁反对,他就把我抱到他高高的马鞍上,马就系在店外。母亲确实反对我骑马。

"就是这样,小骑士。"

我低头看他。

"他坐在上面很自在,邓。"

"我觉得他看上去很害怕的样子,萨迪克。"

虽然两个人在大笑,我却几乎听不见。

坐在马鞍上,我首先想到的是我多么强大!我比父亲还高,比萨迪克还高,当然也比任何同龄的孩子高!在马上我觉得自己完全长大,意气风发。我的目光能越过邻居的围墙,能远远地望见学校,能在视线齐平处看见一只蜥蜴在我们家房顶匆匆穿过。我庞大无匹!我和我能掌控的这匹马连成一体!我这伟大的念头被马齿打断了,马咬上了我的腿!

"萨迪克!"父亲大叫,猛冲过来,抓过我把我从马背上抱下来,"这畜牲在搞什么?"

萨迪克结巴了。"它从来没有这样过,"他说,似乎确实很迷惑,"对不起。你还好吗,阿沙克?"

我抬头看他,点点头,把颤抖的手藏到身后。萨迪克察看我的情况。

"真是勇敢的孩子!"萨迪克说,又把手搁在我头顶。

"我就知道这是个坏主意,"父亲说,"丁卡不是马背上的民族。"

我瞪着马的眼睛,我恨这个可恶的畜牲。

"有太多的丁卡人骑过马了,邓。如果阿沙克学会骑马,不是很好吗?这会让他在女孩的眼中更有吸引力。不是吗,阿沙克?"

这让父亲大笑,打破了紧张的气氛。"我觉得这方面他不需要帮助了。"父亲说。

两人低头看着我，放声大笑。我继续瞪着马，有点惊奇地发现自己已经不生气了。

晚上我和萨迪克一同吃饭。父亲的院子里来了十多个商人，都围在火边。我在店里见过几个，但多数都是陌生人。客人中还有其他巴格拉人，但我一直黏着萨迪克，把脚搁在他的皮拖鞋上。谈话间说起玉米的价格，还有马里尔拜北面的几群巴格拉人抢夺牲口的事。后来大家认定地区法院会解决这事，那里正坐着分别代表巴格拉、丁卡和喀土穆政府的人。大家吃喝了一会儿，父亲对面的一个高大的丁卡人开口说话了。他比其他人都年轻，脸上笑嘻嘻的。

"邓，你不着急起义的进展情况？"

他是带着灿烂的笑容说这话的，他的表情似乎永远如此。

"没有，没有，"父亲说，"这次没有。你们知道，上次起义我参加了，但这次我一无所知。"

其他人低声附和，似乎都希望赶快结束这个话题。可是笑脸人坚持不懈。

"可是他们现在在埃塞俄比亚，邓，似乎在筹划着什么事。"

他又笑了。

"没有，没有。"父亲说，他对年轻人摆了摆手背，但看起来装模作样，没说服力。

"他们有埃塞俄比亚人的支持。"笑脸人补充说。

这似乎让父亲惊讶，我很少当面看到父亲获知消息的情形。萨迪克从炖菜里取出一块扔给院子边上的山羊，对年轻人说话了。

"你想想，怎么苏丹军队二十个逃兵想回来让苏丹变成一个共产国家？真是疯了。苏丹政府会摧垮埃塞俄比亚的，任何小暴动也都会镇压住。"

"我不想争论逃兵会不会输，"年轻人说，"但在丁卡土地上，我没看到有多少人喜欢喀土穆的。他们能得到些支持。"

"永远不会。"萨迪克说。

"这次不会，"父亲补充道，"我们知道那会有什么代价，内战！如果我们再那么做，就永远没法恢复，那就到穷途末路了。"

大家似乎都同意这个形势判断，又静了下来，四周只剩下吃喝的声响，还有夜晚来临后森林中动物出没发出的声音。

"那么讲个故事怎么样，阿伦老爹？"萨迪克说，"跟我们讲讲创世之初的故事吧，我一直很喜欢听这个。"

"因为你知道那是真的，萨迪克。"

"对，太对了！我抛弃了《古兰经》，接受了你的说法。"

他大笑着催促父亲讲故事。父亲站起来，这故事他一贯是这么讲的。

"神创造世界时，先造了我们，芒尼央。是的，他最先造的就是芒尼央，最早的人类。他让芒尼央成为天底下人类中最高大最强壮的人……"

我很熟悉这个故事，但没见过父亲当面对非丁卡人讲述。我扫视这些阿拉伯人的面孔，希望他们不会受到感情伤害。所有人都在微笑，好像他们在听的是寓言，而不是创世的真实故事。

"是的，神让芒尼央高大强壮，让他们的女人格外漂亮，比大地上任何一种生物都漂亮！"

人群立刻发出赞同声，这次声音低得多，阿拉伯人也附和，紧接着所有人爆出一阵大笑。萨迪克用肘轻推我，低头对我露齿一笑。我也笑了，虽然不知有什么好笑。

"没错，"父亲继续讲着，"神完工后，芒尼央站在大地上等待指示，神问人类，'你们脚下是我最神圣和富饶的土地，我能再给你们一种东西，叫作奶牛……'"

父亲飞快转头，杯中的水泼了一些到火上，嘶嘶作响，冒起一缕青烟。他转向另一个方向，终于发现了要找的东西，那是次日要到集市上卖掉的一头奶牛。他指着远处的奶牛。

"是的，"他继续讲，"神教给人类家畜的概念。牛真是种好东西，各方面都恰好能满足芒尼央的需要。男人和女人知道牛能带来牛奶、肉食，还有各方面的富足，于是为这个礼物向神道谢。但是神还没完。"

"他永远不会完。"萨迪克说，引发了一阵大笑。

"神说,'你们可以收下牛,当作是我给你们的礼物,也可以收下'什么'。"父亲等着预想中的反应。

"可是……"萨迪克帮他问,"什么是'什么'?"他故意露出好奇的神情。

"没错,没错,这是个问题。于是初民抬头望着神,问这个'什么'是什么。'什么是"什么"?'初民问。神对他说,'我没法告诉你们,但你们还是得选,必须从牛和"什么"中间选一个。'男人和女人看到牛就在眼前,也明白有了牛就衣食无忧。他们知道牛是神最完美的创造物,本身就有一种神性。他们清楚,有了牛生活将风平浪静,只需供牛吃喝,牛就回报以牛奶,每年不停繁殖,让芒尼央幸福富足。于是初民知道,放弃牛而选择去弄明白'什么'为何,那就是傻瓜。人类选择了牛。神证实这是个正确的决定。神是在考验人类,考验他们能否清楚领会自己得到的东西的意义,是否欢欣于眼前的赠与,而不是拿去换一个未知之物。因为祖先们明白这个,神才允许我们繁荣兴旺。只要牛在,丁卡人就在。"

笑脸人头侧了过来。

"是的,可是邓叔叔,我可以问件事情吗?"

父亲注意到他很有礼貌,便坐下来,点点头。

"你没告诉我们答案:'什么'是什么?"

父亲耸耸肩,说:"我们不知道。没人知道。"

不久晚餐结束,之后的饮酒也结束了,客人们在父亲院子里的众多棚屋内睡觉。我躺在父亲棚屋里,假装睡熟了,其实在看着萨迪克,手中紧握着他送的玻璃宝石。

我听过很多次牛和"什么"的故事,但像这么结束的还是第一次。在父亲告诉我的版本中,神把"什么"给了阿拉伯人,丁卡人最初就得到了牛,阿拉伯人想偷走牛。神给了丁卡人肥沃富饶的上等土地,又给他们牛,虽然不大公平,但这是神的旨意,不可改变。阿拉伯人生活在沙漠之中,没有水,没有耕地,要想分得一些神的恩赐,只能去偷牛,然后在丁卡土地上放牧。

但是这天晚上父亲一点都没提到这些。我很高兴，为父亲骄傲，他为了维护萨迪克和其他商人的感情而改了故事。他确信阿拉伯人明白自己比丁卡人低等，但知道晚餐上向他们说这些是不礼貌的。

第二天早上，我最后一次看见萨迪克·阿齐兹。这一天是礼拜日，家人都已起床，萨迪克在屋外备马。我爬出棚屋，看他骑马离开，发现父亲也在那里。

"你确定不和我们一起走？"父亲说。

萨迪克笑了。"也许下次吧。"他笑着说，然后飞身上马，向着河的方向骑马走了。

这一天也是我最后看到士兵在村里站岗的一天。政府军士兵驻扎马里尔拜已经好多年了，每次十个左右，负责维持治安。礼拜拖到过午，结束之后我走到圣公会小教堂外面，等着威廉·K和摩西。我很怕参加天主教漫长的弥撒，也很高兴自己不在保罗·阿库恩神父聚集的人群之中。大家都知道他的布道要一直延续到黄昏时分。等到威廉·K和摩西结束，摩西换了衬衫后，我们走到足球场，士兵和村民们在那里用兵营里的两只球热身。士兵们大量时间都用来踢足球，打排球，余下时间则是抽烟，下午的时候喝酒。没人为这个说他们，村人很高兴有这些士兵来保护集市和附近的牲畜，不让穆拉林或者其他人抢劫。驻扎在马里尔拜的士兵种族和信仰各种各样，有丁卡的基督徒、达尔富尔的穆斯林、阿拉伯的穆斯林，等等。他们在兵营共同生活，关系相对缓和。他们的日子都是这么度过的：在村子附近稍稍巡逻一下，或者在我父亲店铺里闲坐，坐在茅草顶下，喝当地酿的一种叫阿雷基的酒，谈论退役后想什么样的生活。

比赛开始后，威廉·K、摩西和我在一个球门后头找了位置，盼望能拿到射偏了的球。年纪太小没法和大人一起踢球的男孩都各自找了位置，挤满球场四周和每个角落，等着机会去追被踢飞的球，然后把球扔回或踢回球场。当太阳落山，家家户户开始冒炊烟的时候，我摸到了两次球，每次都很准确地把球踢回场地里。这对我来说真是成功的一天。比赛结束了,大家握手,散了。

"穿红衣的小孩!"一个士兵喊道。

我转身,低头看着自己的衬衫,是红色的。

"想要好东西就过来!"

我跑向这个士兵。他身材矮小,宽脸,额头上有深深的努尔族文面。他拿出一小袋黄色糖果,我盯着看,但没动。

"拿几块吧,孩子。我给你的。"

我拿了一块,马上放到嘴里,但立刻后悔这么冲动了。应该藏到口袋里,等到特别时刻再吃。然而已晚了。糖在我嘴里,味道真好,像柠檬,但没那么酸,更像一个柠檬形状的糖块。

"谢谢叔叔!"我说。

"再拿一块,孩子。"士兵说,"你得知道什么时候能拿别人给你的东西。只有有钱人家的孩子才会这么小心。是不是这样,孩子?你家是不是什么都有,所以才这么挑挑拣拣的?"

我不确定是否如此。我知道父亲事业成功,是个有影响的人,但我不认为这就让我变得挑剔。士兵转身走开时,我仍在考虑如何回答。

几周后,战争全面爆发了。其实在苏丹部分地区,战争早就开始了。传言叛军正在杀阿拉伯人,有些村镇的阿拉伯人已被清除干净。叛军大规模地屠杀阿拉伯商人,烧毁他们的店铺。叛军多为丁卡人,遍布整个南部,向喀土穆发出了明确的信号:他们不会容忍丁卡土地上实行伊斯兰教法。叛军还没开始用苏丹人民解放军的旗号组织,零星地分散于南部地区。战争还没打到马里尔拜,但也快了。我们村子将会遭受最沉重的打击,先是叛军,后是民兵组织,政府授权他们去打击叛军及其积极或不积极的支持者。

我坐在父亲的店里,在地上玩一只锤子,把它当成长颈鹿的头和脖子。我用长颈鹿的缓慢优雅的方式移动锤子,倾下脖子喝水,抬头去够树上高高的树枝吃东西。

我悄无声息地移动锤子长颈鹿，慢慢滑过店里地面。长颈鹿四面张望。它听到了声音！什么声音？什么也没有。我觉得长颈鹿需要个伴儿，便从低货架上拿了另一只锤子。后一只长颈鹿找到了前一只，两只长颈鹿滑过大草原，脖子前伸，忽前忽后，轮流交换位置。

我把自己想象成一个生意人，处理父亲的业务，管理店铺，和顾客谈价钱，从河对岸订货，根据市场的细微变化调整价格，巡视乌韦勒的店铺，认识几百个叫得出名字的商人，轻松地在各个村子里穿梭，广为人知，受人尊敬。我像父亲一样成为举足轻重的人物，娶很多妻子。我会在父亲成功的基础上再开一家店，开许多店，也许拥有更多牛——六百头，一千头！只要能行，我会立刻拥有一辆自己的自行车，车上的塑料膜还紧紧地裹着。我一定不撕掉任何一处塑料膜。

一个影子盖住了我的长颈鹿。

"你们好！"父亲的声音在上方响起。

回答招呼的声音并不热情。我抬头看到三个人，其中一个肩上用白带子绑着一支步枪。我认识他。他就是那晚火边的笑脸人，那个问我父亲"什么"是什么的年轻人。

"我们需要糖。"三个人中个头最小的说道。他没带武器，但显然是领头的。他是唯一开口的人。

"没问题，"父亲说，"要多少？"

"全都要，叔叔。你有的全要了。"

"那要很多钱的，朋友。"

"你有的都在这儿了？"

小个子拎起墙角的一个二十磅麻袋。

"全在这了。"

"好，我们拿走了。"

小个子扛起糖，转身离开。他的同伴已经到了门外。

"等等，"父亲问，"你的意思是不想付钱？"

小个子站在门口，双目在适应上午的太阳光。"我们得为起义提供伙食。你应该为作了贡献而高兴。"

"邓,你错了。"笑脸人说。

父亲从柜台后走出来,走到门口的那人面前。

"我当然可以给你一些。没问题的,我记得打仗的事,知道打仗需要伙食,没错。可是不能把整袋都给你,你知道,那样我生意就没法做了。我们得贡献自己的力量,这没错,不如我们双方都公平一些吧,我尽量多给你些。"

父亲拿了个小一些的袋子。

"不!不行,蠢货!"小个子大喊,声音之大吓得我站了起来,"我们就拿这袋,你应该感激我们没多拿东西。"

笑脸人和他那个用带子系着枪的同伴一起走回来,站在小个子身后,目光盯着我父亲。父亲逐一瞪回这些人。

"请不要这样。你们这么偷东西,我们怎么过日子?"

笑脸人走了一圈,差点踩到我。

"偷?你说我们是贼?"

"那我怎么称呼你们?你们就是这么做——"

笑脸人猛地打出一拳,父亲摔倒在地,躺在我身边。

"把他带到外头,"那人说道,"我要所有人都好好看着。"

三人把我父亲拖到店外,来到明晃晃的集市上,已经有一群人聚在那里。

"怎么回事?"邻店的童·童问。

"看好了,学着点!"笑脸人说。

三人把我父亲翻过去趴着,用父亲店里的绳子快速地绑了他的手脚。我母亲来了。

"住手!"她大叫,"你们这些疯子!"

扛枪的人用枪指着我母亲,小个子转身走到她跟前,极其轻蔑地看着她。

"你是下一个,女人!"

我转身跑进店铺暗处，以为父亲会被杀死，可能母亲也会。我藏到墙角谷袋后面，想象失去母亲我会如何。会被送去和祖母或外祖母一起过？我觉得应该是祖母，马蒂特，她会收养我。但到那里要走两天的路，而且再也见不到威廉·K和摩西了。我从谷袋后站起来，从墙角后向集市窥去。母亲站在父亲和三人中间。

"请不要杀他！"母亲痛哭，"杀他对你们没什么好处！"

她比小个子高一头，但是拿枪的那人用枪指着母亲，我无法呼吸，脑袋里响个不停，我使劲眨眼，否则双眼就睁不开了。

"杀了他，也得杀了我！"她说。

小个子口气忽然缓和。我从门里看见拿枪的那人放低枪口，但同时毫无征兆地飞起一脚，踢在父亲脸上。声音沉闷，像手掌拍奶牛肚皮发出的声响。他又踢了父亲一下，这次声音不同，是爆裂声，像用膝盖抵碎一根木棍发出的声音。

那一刻我身体里有东西断了。我感觉到了，不会弄错。仿佛体内有几根扯紧了的弦，将我绷直，撑住大脑、心脏和四肢，而就在那时，其中一根细脆的弦，断了。

那一天，叛军正式现身，马里尔拜变成战争中的村子，成为叛军和政府军的争夺对象。足球赛已被遗忘。叛军晚上到来，四处抢劫，而白天政府军士兵巡查村子，重点巡查集市，散发着恐怖的气息。他们的步枪有的扳起扳机，有的没有。他们怀疑每一个陌生人，年轻人碰着就被盘查。你是谁？你支持叛军吗？对军队的信任消失了。没涉及此事的人都得选择立场。

我不再被准许在集市上玩，学校无限期停课。老师走了，传闻说他和叛军在一起，在国家的东南角靠近朱巴的一个地方受训。礼拜后，晚饭后，马里尔拜人就在路边不停地激烈讨论着。父亲对我说要待在家里，母亲看着我不让我出去，但我常溜出去，有时和摩西、威廉·K一起看到了一些事情。我们目睹了科隆·加尔的逃跑。

那是晚饭后，天已经黑了。我们爬上能听到阿玛斯和她姐妹们说话的那棵树。那里本是我的秘密，但有一天威廉·K看到我在上面，威胁着要说出去，除非允许他也上去。从那时起，我们夜间常常窥探，虽然很少成功。如果风很大，金合欢树枝叶摇晃，沙沙作响，会淹没下方棚屋里的声音，就什么也听不到了。我们看见科隆·加尔的那晚就是这样的晚上，没有星光，刮着旋风。我们听不见阿玛斯和姐妹们的说话，也懒得再等，正准备爬下去，这时待在最高树枝上的摩西看到了什么。

"等等！"他低声说。

威廉和我等着。摩西指向兵营，我们看到了他看见的东西。有五束光线在球场上跳动。

"是士兵。"摩西说。

手电筒的光线在球场上缓缓移动，然后分散到更远处。其中两束消失在校舍里，只在房子周围留下光晕。接着校舍又陷入黑暗，光线开始移动。

那是科隆·加尔，他正对着我们所在的树跑来。科隆是政府军士兵，但也是丁卡人，来自乌韦勒。他奔跑着，身上只穿白色短裤，没穿鞋和衬衫。他跑到我们悬空的脚下，我们看到他的肌肉和眼白在反光。接着他跑过阿玛斯家的院子，我们目送他的背影沿着出马里尔拜的主道，向南奔去。

几分钟后，两束手电筒光跟随而至。他们在我们所在的树下稍停了一下，转身走回兵营。搜查已经结束，至少在那晚是结束了。

科隆·加尔就是这样逃离军队的。此后几周，我们讲述这件事，每个人都听得津津有味，觉得很稀奇，但后来就见怪不怪了。政府军里到处都有丁卡人，他们陆续逃跑参加叛军。驻扎在马里尔拜的政府士兵原有十二个，很快就变成十个，然后九个。留下来的是从北方来的阿拉伯人和两个达尔富尔来的富尔部族士兵。群众的情绪也不利于他们继续在此驻扎。马里尔拜立刻坚定地同情叛军，因为叛乱的一个目的是要在喀土穆为南苏丹争取更多发言权，士兵们不是瞎子，对此看得很清楚。

终于有一天他们全都撤离了。马里尔拜清晨醒来，发现负责保护村子免遭抢劫和维持和平的士兵都消失了。他们的东西不见了，卡车也没了，走得干干净净。他们离开南苏丹，回到北方，跟着他们一起撤离的还有很多马里尔拜的富裕家庭。为政府工作的人，不管是做什么的，比如法官、办事员、收税员，都带着家人去了喀土穆。有路子的家庭都走了，去了相对安全的地方，北方、东方或者南方。马里尔拜和巴赫尔-加扎勒河很多地区已不再安全。

军队离开那天，摩西和我去了兵营，爬到士兵床下，找他们匆忙离去时可能落下的钱和纪念品。摩西发现一把坏了的小折刀，留了下来。我找到了一条没搭扣的腰带。兵营里仍然充满了男人的体味、烟味和汗臭味。

很快，集市上剩下的几个阿拉伯商人都打点铺子收拾行包走了。一周后，清真寺关闭了，又过了三天，被烧得一干二净。没人追究此事。士兵们走后一段时间里，叛军越来越多地出入马里尔拜。不久，叛军有了自己的名号：苏丹人民解放军。

几周之后，叛军也离开了。他们不在马里尔拜驻守巡逻，只在途经时才来，或是募兵，或是到我父亲店里拿他们需要的货。当马里尔拜人收割他们的庄稼时，叛军不在那里。

七

迈克尔的电话又响了起来。

孩子慢慢起身,一溜小跑到餐厅去接。我听不清对话,只听到了他说"你说是十块",接着是一串类似的抗议。

电话不到一分钟就打完了。我必须再与这孩子讲讲道理。由于我一动不动的表现,这会儿他也许能自在地和我相处,不怕我出声了。他明显对同伙感到失望,也许我能与他成为朋友,因为我仍希望他能明白他和我是一类人,而不是和那些把他留在这里的人是同类。

"小伙子。"我说。

他站在餐厅和客厅中间,在考虑是回沙发上睡觉还是再打开电视。我吸引了他片刻的注意,他瞟了我一眼,又移开视线。

"我不想吓到你,我知道在这里看着我不是你自己的主意。"

他又朝电话簿看了一眼,但电话簿正抵着我的太阳穴,过来拿就太接近我了。他从我身边走过,往卧室走去,消失在门厅后。我喉咙发干,想他最后太有可能带着大字典回来。

"小伙子!"我说,让声音传到门厅后,"不要再拿东西砸我了!如果你不想听,我会安静的。"

他站到我身边,第一次看着我的眼睛。他一手拿着我的几何课本,另一手拿着一条毛巾,我没能立刻反应出来哪个东西对我威胁更大。毛巾是要用来闷住我吗?

"你希望我安静点?如果你不朝我砸东西,我会保持安静的。"

他对我点点头,抬脚轻轻踩上我的嘴,把胶带推回原处。一个小孩用脚踩我的嘴!这太难接受了。

他消失在我视线外,但这还没完,他回来后在客厅里启动了一项建筑工程。

他先把咖啡桌推近电视柜，将我、桌子和柜架三者之间的距离缩小，然后从餐厅拖来椅子，放到我头边，再从沙发上把三个竖直的大靠垫中的一个拿过来，靠到椅面上。又从餐厅搬来一把椅子，放在我脚边，再拿一个靠垫靠上去。这样他就成功地把我挡在他的视线外。我只能看到头上的天花板，还有窗户和咖啡桌中间的一点点地方。我躺着，觉得他的建筑学眼光很了不起，但他接着做的事更让我惊奇。他把从我房间拿来的床单仔细地扯到两个靠垫上，在我上方搭成一顶帐篷。这太过分了，迈克尔。我对你已经没有耐心了。我受够了你，多希望你见过我的遭遇。知道感恩吧，电视迷，尊重一下别人！你见过战争是如何开打的吗？想象就在你身边，女人尖叫，婴儿被扔进井中，眼睁睁看着你的兄弟爆炸。我希望你和我同在那里感受这一切。

我和母亲坐在一起，帮她烧水。我找来柴火，往火上添，她对我帮忙表示赞赏。无论多大的孩子，像我这样能帮忙的可不多。母亲和六七岁的儿子之间有种亲密，这个年龄的孩子仍然是个小孩，娇弱得只想融入母亲的怀抱。对我来说，这是最后一次了，次日我就不再是孩子了。我将变成不同的东西，变成一只绝望的、只想求生的动物。我知道自己无法回到过去，所以回味着这些日子，这些我仍然幼小、能帮些小忙、在妈妈脚边爬行、晚炊时吹吹火的时刻。我喜欢回忆自己在那声响降临之前，是如何享受童年的最后时光。

那声音像偶尔飞过的飞机声，但更响亮也更刺耳，像切割声，一遍又一遍。嚓咔嚓咔。嚓咔嚓咔。我停下来听着。这声音是什么？嚓咔嚓咔。像是老货车发出的噪音，但那是从头顶传来的，布满整个天空。

母亲静静地坐着倾听。我走到棚屋门口。

"阿沙克，过来坐好！"她说。

从门中我看到一架飞机低空向村子飞来。是种很漂亮的飞机，通体暗淡黝黑，一点都不反光。我以前见过的飞机大体上都像鸟，有鼻翼、翅膀和胸腔，但这架机器看上去像蟋蟀。我望着它飞越村子，声音轰响阴沉，比我听过的任何声音都大。震动声摇撼肋骨，似乎要将我扯裂。

"阿沙克，过来！"

我听见母亲的话，声音如在梦里。这样的事情全然不曾遇过。接着出现了五架以上这种新飞机，硕大的黑蟋蟀从四面八方飞来。我走出小屋，呆立在院子中央，看见村子里的其他孩子也像我一样盯着天空，有些人指着那些轰隆发声的大蟋蟀又蹦又笑。

但这太奇怪了。大人们四散跑离飞机，有人摔倒，有人大喊。我看着人群奔跑，自己茫然不动，机器的音量让我不知所措。看着母亲们抓住她们幼小的儿子，拉回棚屋中；看着人们跑进深草丛，卧倒在地；看着一只蟋蟀飞过足球场，比其他飞机更低；看着在球场上踢球的二十个年轻人尖叫着跑向校舍。不知怎么我有些疲倦。然后空中传来新声音，像是在切割着机器，但并不是。

朝校舍奔跑的人逐一摔倒了。他们面向我摔倒，好像他们是朝我家、朝我这方向跑似的。瞬间十个人倒了下去，手臂伸向天空。扫射了他们的飞机朝我飞来，我望着这只黑蟋蟀越来越大，越来越响。我看见枪口掉转，有两人坐在飞机里，戴着头盔和我父亲的那种太阳镜。飞机越飞越近，我没法移动，脑中一片轰响。

"阿沙克！"

母亲握住我的手腕，用力把我拉到暗处。我发现我和她到了屋内。那切割声轰响着从头顶飞过，震耳欲聋。

"你这个傻瓜！他们会杀了你！"

"谁？他们是什么人？"

"军队！那是直升机。啊，阿沙克，我真担心！为我们祈祷吧。"

我开始祈祷。我躺到她的床底，祈祷起来。母亲坐直了，身体僵硬，打着哆嗦。飞机飞过头顶，又飞回来，轰响声又来了，再次充满了我整个头脑。

我躺在母亲身边，想知道父亲和兄弟姐妹以及朋友的命运。我知道，直升机飞走后，村子里的生活将一去不返。但这会结束吗？那些蟋蟀会离去吗？我不知道。母亲也不知道。从那时起，我开始明白生活不会永远持续下去。迈克尔，你知道自己明天会醒过来，会吃饭，世界不会毁灭，你有这种感觉，对吧？

一小时候后全结束了，直升机走了。马里尔拜的男人女人渐渐离开房子，又走进中午的太阳下。他们照料伤者，清点死者。

三十人被杀死了，其中二十个是男人，多数是刚才在那儿踢足球的，还有八个女人，两个比我还小的孩子。

"待在房子里，"母亲说，"你别看这些。"

第二天早上，军队的卡车回来了。数周前和政府军士兵一同离去的卡车返回来，同样装着士兵。和他们一起回来的还有三辆坦克和十辆路虎车，一大早就包围了村子。一等到天亮能动手，士兵们就跳下卡车，井然有序地烧毁了马里尔拜的村子。他们在集市中心引燃大火，从火中取出燃烧着的木柴和火把，扔到周围一英里半径内大多数人家屋顶上。阻拦他们的人都被射杀了。那之后的一段时间里，马里尔拜寸草不生。而作为这次惩戒对象的叛军，则又是连影子都没找到。

八

几天后我们离开了马里尔拜,迈克尔。我父亲连同他的店铺,既是政府军也是叛军的目标,于是他将自己和店铺都转移了。他关了马里尔拜的店,将家人分送到不同地方,自己准备去北面一百英里左右的乌韦勒,生意也都转移过去。他带着两个妻子和七个孩子,我被选中陪在他身边,但我母亲没有。她和其他的妻子、孩子仍待在马里尔拜,住在半毁的房子里。父亲向我们所有人保证,村子里现在很安全。周日去教堂之后,他把我们召集到院子里,说了他的安排。他说,最坏的日子已经过去了。喀土穆已经表明态度,勾结叛军的人已经受到惩罚,现在重要的是保持中立,明示自己没勾结过苏人解,也不可能勾结。如果父亲在马里尔拜没店铺,无论他是否愿意,都无法帮苏人解。这样无论政府、叛军,还是穆拉林,都不会惩戒他和我们。

母亲被留下来,她很生气,但什么也没说。

"希望你能和庶母们好好相处。"她说。

我说我会的。

"听她们的话。聪明点,多帮点忙。"

我说我会的。

我已经习惯了和父亲一起旅行。他去乌韦勒、瓦乌①等地做生意时,常选中我随他同去,因为将来父亲年纪大了没法再干时,我是要负责经营店铺的。如今父亲要把生意转移到乌韦勒,那是个较大的城镇,在南北铁路线上。乌韦勒地处南苏丹,人口多为丁卡人,但受控于政府,被当作喀土穆军队基地。父亲觉得那地方开店安全,能远离逐步升级的冲突。他仍坚信叛乱(或者别的什么叫法)很快就会全面爆发。

---

① 瓦乌,南苏丹第二大城市,人口仅次于朱巴,现为西巴赫尔-加扎勒州州府。

我们的货车晚间抵达，半梦半醒间我被抱到父亲安排的院子里的床上。夜里我被争吵声和摔瓶子声吵醒。一声尖叫，一声枪响刺破夜空。森林里的声音大都消失了，取而代之的是一群群人经过的声音，女人在黑夜里齐声高唱，鬣狗咆哮，还有上千只雄鸡在惊鸣。

上午父亲招待他的乌韦勒朋友时，我去逛集市。这是我第一次没和摩西和威廉·K一起玩。乌韦勒很大，比马里尔拜热闹多了。在马里尔拜，我只见过几间砖瓦房，但这里却有数十间，瓦楞屋顶的造型也比我以前见过的多很多。乌韦勒远比马里尔拜繁华，更城市化，但对我没什么吸引力。第一天我看见很多陌生事物，大都让人感觉不快，其中包括又一个断手人。他上了年纪，穿着破破烂烂的短袖套衫，颜色是花里胡哨的金色和蓝色。我跟着他穿过集市，看着他没手的胳膊在袖中摆动。我从未搞明白他是如何失去一只手的，但我猜这里会有更多的人四肢残缺。乌韦勒是个政府控制的镇子。

我看到一只猴子站在一个人肩头。那是只小黑猴，在主人肩膀上跳来跳去，一边尖叫一边抓牢主人的肩头。我看到卡车、小汽车、货车，第一次知道原来一个地方能有这么多车辆。在马里尔拜，到了赶集日会有两三辆卡车，但在乌韦勒，小汽车和卡车来来往往，同时有十几辆扬尘而过。到处都有士兵，他们紧张地怀疑所有新来的人，尤其是年轻人。

殴打、讯问事件每天发生。人们被拖到兵营的频率之高，让人觉得乌韦勒每个丁卡人早晚都会被审问，被带进去或轻或重地殴打，被迫诋毁苏人解，说出自己知道的苏人解同情者。然后下午被放出来，他招供出来的人就会被抓去审讯。远离集市就不会被骚扰，但因为苏人解转到了丛林和暗地，那些住在镇外的人被当成苏人解，或帮助苏人解、在野地和森林中密谋危害乌韦勒的人。

父亲虽然一直小心翼翼，对士兵们也照顾周到，不久后还是被怀疑串通叛军。

"邓·阿伦！"

"是的。"

两个士兵来到父亲店铺门口。

"你是从马里尔拜来的邓·阿伦?"

"是,你们知道的。"

"我们要收了这间店!"

"你们不能那么做!"

"今天就关门。谈完之后你可以再开。"

"谈什么?"

"你在这里做什么,邓·阿伦?为什么离开马里尔拜?"

"我在这开了十年店了,我有正当——"

"你为苏人解免费提供货物!"

"我要和博尔·杜特谈谈。"

"博尔·杜特?你认识博尔·杜特?"

父亲扭转了局势。不管在马里尔拜还是其他地方,博尔·杜特都是他最亲密的朋友。博尔·杜特留着灰色山羊胡子,长脸,常借钱给人并因此闻名,是他帮我父亲在乌韦勒开店的。他也是国会成员。总之,他是巴赫尔-加扎勒地区的丁卡人领袖中最有名的一个,当了八年的国会议员,而不让丁卡从他的区域中让渡出去,这可不是容易做到的事。

"博尔·杜特是反叛分子!"士兵说。

"博尔·杜特?小心说话,你在说一位国会议员!"

"他这个国会议员被听到在埃塞俄比亚的电台里讲话!他支持叛军,如果你是他朋友,你也是反叛分子!"

我看着父亲被带去审问。虽然他比那些少年士兵高,走在他们身边仍显瘦小柔弱。他穿着长长的粉红色衬衫,破旧的凉鞋,而士兵们穿着厚帆布军装,黑色厚跟的结实靴子。那天,我为父亲感到羞耻,也很愤怒。他没说要去哪儿,也没说会入狱、被杀,还是过一小时就回来。

次日早上他回来了。我看到他沿着路向我们走来,边走边喃喃自语。我的同父异母姐姐阿科尔向他跑去。

"你去了哪里?"她问。

他径直走过她，进了自己的棚屋，几分钟后出来了。

"阿沙克，过来！"

我跑过去，我们回身往集市走。他被带走的时候，店铺无人照管。我们一边走，我一边仔细看他的脸和手，有没有受伤或者虐打的痕迹。我查看他两只袖子，看看是不是有哪只手不见了。

"这个时刻生在这个国家真不是时候啊！"他说。

我们抵达后，发现店铺平安无事。周围都是阿拉伯人开的店铺，我们猜他们照管了父亲的铺子。可是，待在乌韦勒现在看来已不可行。

"我们要离开乌韦勒吗？"我问。

父亲倚在后墙上，闭上双眼。

"我觉得我们要离开乌韦勒。是的。"

博尔·杜特要来吃饭。我看着他从路上走来。他走路的姿势很出名，威风凛凛地昂首阔步，每一步都向前踢，仿佛要把水从鞋里甩出去。他胸膛宽广，挺得笔直，脸上总是显出或装出对一切事物都感兴趣的神情。

他推开门，进入我们院子，握住了我父亲的手。

"对不起，士兵们搞错了。"他说。

父亲甩掉了他的手。

"通常我会做些事情。"

父亲微笑着摇摇头，"当然你会的。"

"通常我能做些事情。"博尔补充道。

"我明白，我明白。"

"但是我现在的麻烦比你还多，邓·阿伦。"

他说他见错了人，现在正被监视着，频繁出入乌韦勒的事也被慎重看待。他拒绝了去喀土穆见国防部长的邀请。他言辞闪烁，不时回头望着集市，似乎全然不知所措。

"进到屋里来，博尔。"父亲说，挽住博尔的胳膊。

他低头进了父亲的棚屋，我迅速爬进去躺下，装作睡着了。

"阿沙克，出去！"

我不出声。父亲叹了口气，随我了。

"博尔，"父亲说，"和我们一同回马里尔拜吧。那里没有士兵，你会得到保护的。你在那儿有朋友，政府管不到那个村子。"

"不，不行。我得做些事情。我应该的。但是……"

博尔的话被打断了。

"博尔，拜托！"

博尔低下了头。父亲双手按住他的肩膀。这是个亲密的手势，我望向别处。

"不行，"博尔的声音听起来坚定了些，他抬起头，"我应该等到结束。如果离开，情况会更糟的，看起来更可疑。我必须待在这里，或者……"

"那么去乌干达，"父亲恳请道，"或者去肯尼亚。拜托！"

两人坐了一会儿。博尔放松了一下，点着了烟斗。烟叶的苦味充满了棚屋。博尔望着墙，仿佛那有个窗户，从窗里他能看到脱困的路。

"好吧，"他终于开口了，"我会去。我会去。"

父亲笑了，握住博尔的手。"你会去哪儿？"

"马里尔拜。我们去那儿，我和你一起走。"

博尔·杜特似乎很确定，坚定地点点头。

"好极了！"父亲说，"这让我很高兴，博尔，太好了！"

博尔·杜特继续点头，仿佛仍在说服自己。父亲在他身旁默不出声地坐着，不自觉地微笑着。两人一起坐着，外面动物在夜色下出没，乌韦勒的灯光将交错的影子投在城市各个角落。

第二天早上，博尔·杜特出事了，是谁干的无疑很清楚。一群妇女在捡柴路上发现了他。我父亲很沮丧，然后着手安排返回马里尔拜的事情，决定次日就启程，要备好一辆货车，我们得立刻收拾院子。

我想去看看博尔·杜特，说服了一个我认识的当地女孩一起去。

"我们去看看吧。"我说。

"我不想看他。"她说。

"他不在那儿，"我撒谎，"他们已经把他埋了。我们就去看看坦克压的痕迹。"

我们顺着泥土和泥浆中的痕迹进了森林，地上的履带压痕更深了。有时遇到灌木丛或树根，车痕就消失不见。

"你见过坦克开动吗？"她问。

我说见过。

"速度快还是慢？"

我不记得了。我想到坦克的时候，脑子里出现的是直升机的画面。"非常快。"我告诉她。

"我不想走了。"她说。

她先看到了一个人，坐在车痕尽头的一张椅子上，双腿交叉。他独自僵坐着，双手搁在膝上，背挺得笔直，仿佛在站岗。椅边泥地里有张毯子，是毛织品。毯子是晨光中河水的那种灰白色，缠结在坦克留下的压痕中。我跟那女孩说那里什么也没有，虽然我明白那是博尔·杜特。

她转身回家。我跟上。

次日一早，我们一家正要启程，一串子弹扫射在院子四周的波纹钢栅栏上。这是给我父亲的警告。

"政府想让我们离开，"父亲说，把我们最后一包行李扔上货车，然后爬上车到我们身边，"在这个问题上我和政府一致。"他说，笑了好一会儿。我的庶母们不觉得有趣。

我们离开马里尔拜三个月，回去后只看见一个个焦土圈。我不知道其他人家房子还在不在，应该还有一些，留在马里尔拜的家庭都挤了进去。父亲的家没了。我们离开时，院子虽然受损，但仍有三间棚屋和一间砖房。现在却什么都没了，只剩下破瓦和灰烬。我从货车上跳下去，站在以前父亲住的砖房的框架中。一堵墙还矗立着，烟囱完整。

我看到姐姐阿梅尔从井边回来。

"穆拉林刚来过，"她说，"你们怎么在这儿？"

她的桶是空的。井水已经污染了，死羊和半具烧焦的尸体被扔了进去。

"这里不安全，"她说，"你们为什么离开乌韦勒？"

"父亲说这里安全，比乌韦勒安全。"

"这里不安全，阿沙克，一点也不。"

"但是叛军在这里，他们有枪炮。"

我听说过马纽科博尔民兵，那是巴赫尔-加扎勒地区的一个反叛组织，偶尔会在马里尔拜出现。

"你见到叛军了吗？"她提高音量，"找找看有枪炮的叛军，猴子！"妈妈来了。

她的黄裙子像一阵风掠过地面，在我哭泣之前来到我面前。她一把抓住我，把我搂得透不过气来。我嗅着她的胸口，让她用水和凉衫下摆给我洗脸。她一定要我和我父亲离开马里尔拜，说此地最不安全，在所有村子里，这是军队最大的目标。喀土穆给出了明确的讯息：如果叛军继续作乱，就杀掉他们的家人，强奸他们的女人，奴役他们的孩子，偷走他们的牲口，投毒他们的井水，洗劫他们的家园，烧焦他们的土地。

我跑向威廉·K的棚屋，发现他正在自家房子的背阴处玩耍。他家的房子已被烧毁，但样子比村子里其他棚屋都好一些。

"威廉！"

他抬头瞟了我一眼。

"阿沙克！真的是你？"

"是我！我回来了！"

我跑向他，冲他胸口打了一拳。

"我听说你要回来。你现在是个大城市的孩子了？"

"是的。"我说，试着做出大城市孩子走路的样子。

"我觉得你可能还是一样笨。你识字吗？"

我不识字,威廉·K也一样,我这么对他说。

"我识字。只要能找到的,我都读。"他说。

我想和他一起逛逛村子,找摩西。

"我没法去,"他说,"我妈妈不准我离开。看!"

威廉·K指给我看一圈木棍,首尾相连围住了他家的院子。"她不在时我不能越过木棍。他们杀了我哥哥约瑟夫。"

我一点都不知道这事。我记得约瑟夫,年纪比我们大很多,在我叔叔婚礼上跳过舞。他非常瘦小,大家都觉得他体弱。

"谁杀了他?"

"马兵,穆拉林。他们杀了他和另外四个人。还有集市上的那个独眼老人,因为他说得太多,他们就把他杀了。他用阿拉伯语骂那些强盗,他们先用枪射,然后用刀子杀了他。"

我觉得这死法似乎很愚蠢。只有非常糟糕的战士才会被穆拉林这些巴格拉强盗杀掉。我父亲说过很多次,穆拉林都是非常差劲的士兵。

"我很难过你哥哥死了。"我说。

"也许他没死,我不知道,他被拖走了。他们射中了他,然后绑在马后面拖走了。就在这里。"

威廉把我带到他家附近路边一棵小树旁。

"就在这里他们朝他开枪。那时他在那儿。"

他指着树。

"那个人骑在马上,冲着约瑟夫喊:'不准跑!再跑我就开枪了!'于是约瑟夫停了下来,转身看着马背上的那个人。就在这时他开枪了。就射在这地方。"

他手指按在我的喉咙上,用力往下压。

"他摔倒了,他们把他绑在马后,就像这样。"

威廉·K躺到地上,"拉住我的双脚。"

我抬起他的双腿。

"好,拉我!"

我拉起威廉·K沿着路走,他开始乱踢。

"停下!太疼了,该死!"

我放下他的脚,知道一松手威廉·K就会跳起来打向我胸口。果然没错,我没闪躲,因为约瑟夫死了,我再也不知道那时发生了什么。

母亲给我铺床。我在床上的小牛皮毯子里左右翻滚暖身。

"别再想约瑟夫了。"她说。

晚饭后我就没想约瑟夫,这时却又想到了。我的喉咙被威廉·K用手指按过的地方很痛。

"他对他们做了什么?为什么枪杀了他?"

"他什么也没做,阿沙克。"

"他一定做了什么。"

"他跑了。"

"威廉·K说他停下了。"

母亲叹了口气,在我身边坐下。

"那我就不知道了,阿沙克。"

"他们还会来吗?"

"我想不会来了。"

"他们会到我们这里来吗,会到村子里我们这一块来吗?"

我隐约有种希望,巴格拉人只会攻击马里尔拜外围地区,不会攻击重要人物的家,比如我父亲。然而他们已经攻击过父亲的家了。

母亲用指头在我背上画,圆圈里套着三角形。从我记事起,当我无法入睡时她就这么抚慰我。她一边在我背上慢慢地画圈,一边默默地哼着。她在我腰部和肩部中间,每用食指画两圈,接着就画一个三角形。

"别担心,"她说,"很快苏人解就来了。"

圆圈,圆圈,中间一个三角形。

"带着枪?"

"是的,他们和马兵一样,都有枪。"

圆圈，圆圈，中间一个三角形。

"我们的人有巴格拉人那么多吗？"

"我们的战士一样多，也许更多。"

我大笑，坐了起来。

"我们要杀了他们！我们把他们都杀掉！只要丁卡人有枪，我们就把所有巴格拉人像畜牲一样杀光！"

我想看着这件事发生。我格外期待这件事。

"不会发生战斗的，"我大笑，"几秒钟就结束了！"

"没错，阿沙克。现在要睡觉了，合上眼睛。"

我想看着叛军射杀那个杀了威廉·K的哥哥约瑟夫·科尔的人。科尔什么都没做！我闭上双眼，想象着阿拉伯人从马背跌落，鲜血四溅。如果我在附近，我会站在他们身前，用石头砸他们。我眼前有那么多马背上的阿拉伯人，至少有一百个，都死了。他们都被叛军射杀，威廉·K和我用脚踩他们的脸。多光荣啊！

早上我找到了摩西。他和他母亲以及一个叔叔住一起，住在他叔叔家的被烧毁一半的棚屋里。摩西不知道他父亲去了哪里，期盼他们随时会回家，虽然他叔叔似乎不知他的下落。摩西认为他父亲现在是个士兵。

"哪一方的啊？政府军还是叛军？"我问。

摩西不确定。

摩西和我在又冷又暗的校舍里游荡。里面空荡荡的，墙壁被弹孔穿透。我们把手指伸进弹孔，一个，两个，三个……数不过来了。摩西的手比我大，能一次把五指伸进五个弹孔。校舍废弃了，马里尔拜一片死寂。集市现在只有少数几家店，要买大量货物得去乌韦勒。只有年长的妇女去才行，所有北上去乌韦勒的男子都会被扣留、入狱，或者被消灭。

马里尔拜大多数男人都离开了，留下的不是很老就是很小，所有十四岁到四十岁的人都走了。

我们望着两只鸵鸟互相追逐啄抓，摩西朝它们扔了块石头，它们停了下来，把注意力转向我们。村里人都知道鸵鸟很温驯，但告诉我们鸵鸟能迅速杀死任一个男孩，几秒之内就能把我们这样体型的人开膛破肚。我们躲到一棵焦黑的树后，树干烧得乌黑。

"丑鸟！"摩西说，然后想起了什么，"你听说了约瑟夫被枪杀了吗？"

我告诉他我已经听说了。

"从这里穿了过去。"摩西说，接着像威廉·K一样，把手指按在我的喉咙处，用力往下压。

九

迈克尔,你想知道我何时永远离开那里的吗?

那日天高气爽,回到马里尔拜还不到一周,父亲去瓦乌做生意了。像以往一样,母亲抬头示意时,我就添柴。她在烧水,又是我捡来的柴火。我看到她的目光越过我的肩头。

告诉我,你的母亲在哪儿,迈克尔?你见过她受惊吓吗?孩子都不应该看到。脸色呆滞、目光涣散的母亲;眼睁睁看着危险逼近却束手无策的母亲;觉得再也救不了孩子的母亲。目睹这些,孩子的童年就结束了。

"啊,天啊。"她说,双肩垮了下来。她把热水溅到我手上,我尖叫几声,接着听到隆隆声。

"那是什么?"我问。

"过来!"她低声说,飞快地扫视院子,"你的姐姐们到哪儿去了?"

我没看到母亲看到的东西,但听到了声音,一阵颤动从脚下传来。我去找姐姐,但知道她们在河边。哥哥们在放牛。不管他们在哪儿,要么没碰上轰隆声还安全,要么已经碰上了。

"过来!"母亲又说了一遍,拉我到身边。我们开始跑。我抓住她的手,但落到了后面。她放慢脚步,拉着我胳膊把我扯起来。她跑着,扯着我,最后把我抱上肩头。我屏住呼吸,希望她能停下。我在她肩头才看见了她看到的东西。

像低云的影子,飞快滑过大地。那隆隆声是马群在奔腾,这下我看清楚了,一群骑马的人遮天蔽日地驰来。我们速度慢下来,母亲开口说话。

"你要躲到哪里?"她喘息着问。

"到树林里。"一个女人的声音。

我被放到地上。

"躲到草丛里,"那女人告诉我们,"从那儿我们能跑到帕朗。"

我们和那女人蹲在草丛中。她年纪很大，身上有肉臭味。我发现我们是在去河边的路旁，离姑姑家不远。我们躲得很好，藏在阴影中，周围都是厚实的灌木丛。从藏身之处，我们看着村子被暴烈地洗劫，尘土四扬。一些马驮着两个人，有人骑着骆驼，后面拖着有轮子的车厢。我听到后面有噼啪枪响。马匹左冲右突，在草地上狂奔。他们从四面八方而来，汇聚到村子的正中心。迈克尔，穆拉林就是这样攻打村镇的，四面合围包抄。

"上一次还只有二十人的。"那女人说。

这次却有两百，三百，甚至更多。

"这是最后一次了，"母亲说，"他们会把我们都杀光。阿沙克，对不起，今天我们挺不过去了。"

"不，不会，"那女人斥责她，"他们要的是牲口，还有食物，然后就会离开。我们还会待在这里。"

就在这时，射击开始了，像是政府军士兵扛的那种黝黑的大枪。天空被枪火照亮，突突突的声音从村子的每一个角落里传出。

"天哪！啊！天哪！"

那女人哭了起来。

"嘘！"母亲说，伸手去抓她的手，终于抓住了。"小声点，"她让那女人镇定下来，"嘘！"

一辆驮着两个人的马飞奔而过。后面的人朝后坐，枪口左右瞄准。"安拉乎-艾克拜尔！"他大喊着。

十几个声音应和着："安拉乎-艾克拜尔！"

一个人点燃了火把，猛扔到医院的屋顶。另个一人骑在大黑马上，准备一种圆形的小型武器，扔进圣公会教堂，炸开了墙壁，掀掉了屋顶。

我正想去寻找阿玛斯，就看见一些马兵围着她的棚屋转，四匹马载着六个人。他们从四面看守着棚屋，接着扔出一个火把。屋顶先是闷烧、变黑，最后火焰腾空而起，向下蔓延，吞没了棚屋。褐色烟浪滚滚，一个年轻人的身影现出，举手投降。四周枪声大作，他的胸口飚出鲜血，跌倒在地。棚屋里再没人出来，很快传出惨呼声。

"阿沙克!"

母亲在我身后,嘴巴贴近我耳边。

"阿沙克!转过来看我!"

我望着她的眼睛。那真的很痛苦,迈克尔,她已绝望,以为我们死定了。她眼中死灰一片。

"我带着你没法逃得快,明白吗?"

我点点头。

"所以你必须快跑。知道吗?我知道你跑得很快。"

我点点头。我相信我们能活下去。我一定能!

"但如果你和妈妈一起跑,你就会被发现。明白吗?妈妈很高,马兵会看见。是不是?"

"是的。"

"我们要跑到你姑姑的房子里,可是我要你一个人跑,好吗?你一个人跑好一点。"

我答应了。我们在草丛中向着河奔跑,朝姑姑家院子跑去,远离村子中心,远离牛栏,远离一切马兵想要的东西。我跟在母亲后面,望着她的光脚拍打地面。我从未见过母亲这样跑过,我很担心。她跑得太慢,个子又高。黄裙子、高个子、慢速度,这些都可能让她暴露,我真想赶快把她藏起来。

一阵马蹄声传来,我们碰到一个马兵,他拉住马,手中高举着枪,俯视着我们。

"不许动!丁卡人!"他用阿拉伯语厉声说。

母亲僵硬地站直了。我躲到她腿后。那人的枪仍然高举指天。我决定只要他放低枪口,我就跑。马兵一手指着我和母亲,冲着他来的方向高呼。另一个马兵纵马奔来,放慢马速准备下马。这时一件事救了我们:他的脚缠住了。挣扎中他的枪走火打中了马的前腿,马哀号一声,抽搐着向前倒下。那人像玩偶一样被抛出,仍被乱作一团的缰绳和步枪带缠住。先前那个马兵下马去帮他,就在他背对我们时,我们溜了。

很快我们到了姑姑马拉英家。那里很安静，攻击的声音遥远而模糊。马拉英不在家。

我们爬上她的谷房梯子，坐在谷堆上，互相埋住对方，把谷子往身上堆，往下沉。母亲的眼睛前看后顾。"我不知道这是不是最好的法子，阿沙克。"

一声尖叫打破了宁静，显然是马拉英。

"啊，天哪！啊，天哪！"母亲低语。

她用手掩住脸。过了片刻，她鼓起勇气。

"好吧，就待在这里。我得去看看她怎么了。我不会走远的。好吗？如果什么也没看到，我马上回来。待在这里，不要出声，行吗？"

我点点头。

"你能答应我不大声喘气吗？"

我点头，已开始控制呼吸。

"好孩子。"她说，抚摸了一下我的脸，然后向后退出门去。我听到她踩梯子的声音，她下楼时棚屋震动，然后就静悄悄了。一声枪响，这次很近。马拉英又尖叫一声，接着又是静默。我一边等，一边往谷子里挖，把自己埋到肩膀处。我竖耳倾听，做好准备。

院子里传来脚步声，有人靠近了。但这人如此安静和小心，让我生出希望：是母亲！我悄悄爬出谷堆，移到入口处，准备她来找我。我从入口处往外张望，只看到几英寸的范围。我没看见走动的人，但听到了脚步声。接着闻到一种味道，像是兵营的味道，五味混杂还有点香。我放轻脚步回到谷堆中。迈克尔，我不明白自己为何能悄无声息，为何那人没发现我。这是上帝的决定，是他让阿沙克·邓那时没有发出半点声音。

迈克尔，那人走后我跑向教堂。有人告诉过我教堂总是安全的，那里墙壁结实，所以我跑到那里去。一进去就发现果然是个安全的地方，至少暂时是。我躲在破桌子下的阴暗处，茅草墙上有个小洞，我就在洞的下方。我等了几小时。从那个老鼠大小的洞里，我能看见村里的情况。我受得了的时候，就从洞里往外瞧。

村里被围困的人学到了教训，逃跑的人被射杀。女人和孩子被赶到足球场，一动不动地站着。一个成年男子错站到他们中间，结果被枪杀了。被围困的人又学到了，成年男子应该逃跑，或者反抗，然后被杀掉也行。成年男子对马兵没用，他们要的是妇女、男孩、女孩。马兵把他们集中到足球场上，有二十多人守着。其他地方，马兵们做事井然有序，有些人像是专门负责烧建筑物，另一些人纵马驰骋，边开枪边高喊阿拉伯语，兴之所至，就放手去干。

想站到球场上妇女和孩童队伍中的那个成年人死了，他被绑住脚，拖在两匹马后面，很多巴格拉人觉得这样做很有趣。我现在能想象约瑟夫是什么状况了。

一个拿着另一种步枪的人，从马背上跳下，单膝撑地。他的枪细而窄，枪管较长。他瞄准远处一个目标，开火，对结果很满意，换了位置，又开火，这次打了四枪才笑了。

一个较高的马兵，穿着白色短上衣，手拿一把长刀，刀几乎和我个头一样高。我看到他追着一个正朝森林跑的妇女，高举着刀。我转过头去。我把头埋在地上，从一数到十，再抬头，看见她淡蓝色的裙子铺在地上。

一群马兵聚集在足球场上，十个人下马，捆绑一群女孩。我正想寻找阿玛斯，就瞧见了她。她站着，脸色平静，双手绑在背后，双腿也被松松地捆着。二十英尺外，一个年轻妇女朝着民兵尖声喊叫，我知道那是阿拉伯语骂人的话。她穿着红白相间图案的亮色裙子。我从未听一个妇女说男人和山羊发生过性关系，但她就这样大声说强盗们。有人拔出刀，面无表情地刺穿了她。她倒下了，裙子的白色部分染红了。

两个一组的马兵将其余女孩一个接一个地举上马背，绑紧。他们把女孩扔上马鞍，然后用绳子捆牢，仿佛她们是一块毯子或一束柴火似的。我看到他们抓起了我认识的那对双胞胎，阿霍克和阿瓦克·乌吉斯，把她们分别绑在两匹马上。两个女孩哭泣着，马起步的时候将手伸向对方。有一会儿阿霍克和阿瓦克发现她们距离很近能握住手，于是抓住对方。

一小时后,行动结束。想反抗的丁卡人已经反抗过,现在都死了,余下的人被绑在一起要被带去北方。洗劫接近尾声,穆拉林一个都没受伤,这对他们来说是大获全胜。我搜寻摩西和威廉·K,但都没看到。我能看见摩西的棚屋,像是有人躺在门口。

就在这时树后发出一声枪响,一个皮肤比其他穆拉林更黑一些的马兵从马背上倒了下来。他慢慢滑下,头部重重撞到地上,一只脚仍挂在马镫上。十个马兵立刻包围了那棵树,愤怒地喷出一串阿拉伯语。他们瞄准枪口,开火,二十多发子弹瞬间射出,一个人影从树上跌落,肩部重重着地,死了。他穿着马纽克博尔民兵组织的橘黄色制服。我再仔细看,是马纽克博尔。他是这一天唯一出现的叛军成员,迈克尔。后来听说他被卸成六块扔进了我父亲的井里。

"起来!"

我听到熟悉的声音,转过视线,看见摩西站在他叔叔棚屋附近的一个人身旁。那是个躺在地上的女人,双拳紧握摆在身体两侧。

"起来!"

那女人是摩西的母亲,她在棚屋里被火烧,逃了出来,但现在没动静了。摩西很愤怒,他用脚轻推母亲。他已神志不清。隔了很远我也能看出她已经死了。

"起来!"他大喊。

我想跑向摩西,把他拉进教堂和我一起藏着。但我害怕离开藏身地。现在马兵太多,如果冒险出去,我们两个肯定都会被抓住。可他只是站在那里,等着被人发现,我知道他对周围的危险已经失去了察觉力。我得跑过去!我决定要过去,也决心承担由此带来的危险。我们要一起逃!但就在这时,我看见他转身,也看见了他看见的东西:一个马兵朝他走去!他骑在高高的黑马背上,奔向摩西,摩西在马的影子下如婴儿般弱小。摩西跑了起来,飞快绕过他家房子的灰烬,马兵也跟着转弯,一把刀高举过头。摩西沿着一道围墙跑,但发现没有出口。马兵压了过去,我转开了视线。我坐下,想把自己埋进土里,埋进教堂里。摩西去了。

夜幕降临，很多强盗离开了村子，有些人驮着俘虏，有些人驮着他们在村里和集市上搜到的东西。但还有几百人留在村子里，吃喝休息，剩下的屋子还都熏烧着。看不见一个我们的人，大家不是跑了就是死了。

夜晚来了，我准备逃走。必须等到足够黑，才能在夜色掩护下顺利跑远，必须等到足够大的声音，才能掩盖我可能发出的动静。当动物在丛林中出没时，我知道自己不会被发觉了。我看到马里尔拜活动中心在五十码开外，只需要跑这么远就行。我开始行动，趴到地上，躲在屋顶的阴影下，忐忑不安。我屏息等待，后来发现没人看到听到我，就进了森林。

那是我最后一次看见这个村子，迈克尔。我跳进树林，跑了一小时，最后发现一个空树干，我倒退着腿先进去，钻到里面。我在那里躺了几小时，侧耳倾听，听着动物主宰夜晚，听着远方着火的声音，以及零星的自动步枪枪声。我毫无方向。我能继续跑，但不知自己身在何处，又能去哪里。除了跟着父亲外，我从未走到比过河更远的地方，如今我孤身一人，远离道路。我可以继续走，但一条路也不认识。很有可能找到一条路，结果直接把我带给穆拉林。但现在我怕的不仅是他们，这时掌管森林的不是人，而是狮子、鬣狗。

草中传来噼啪巨响，我蹦出树干，跑了起来。我的动静太大了，穿行草丛间，似乎是叫全世界都来注意我，都来吞噬我。我想放轻脚步，却看不清落脚处。眼前一片漆黑。这是个没有月光的夜晚，我只能伸直了手，摸索前行。

迈克尔，如果你没见过南苏丹的黑夜，就不知道夜有多黑。远处没有城市，没有街灯，没有路。没月光的时候，你会被自己愚弄，看见影影绰绰的东西，但其实并不在眼前。你想相信自己能看见，然而什么也看不见。

在灌木丛中跌跌撞撞走了几个小时，我看见远处有橘色亮光，是火光。我趴下，匍匐着向那个方向爬去。我已筋疲力尽，浑身流血，那火光就算是巴格拉人，我也想让自己被抓走。我宁愿被绑起来带到北方，我不

085

在乎了。不久身下的灌木丛消失了,我爬上了一条路。我站起身,向橘色的火光跑去。我的喉咙作呕,肋骨疼痛,双脚被荆棘刺伤,骨头敲打着硬路面。我默默跑着,感谢脚下硬土没发出声音。离火光近了些。从早上开始我就没喝过水,但知道到了火光处就可以要水喝。我放慢脚步,但仍然呼吸粗重,没听见鞭子声、皮带抽打声,也没听到人声。我走得很近,都能闻到他们骆驼的臭味。这些人离火不远,但不和火堆边的人在一起。

我蹲下,听到他们的谈话声,说的是阿拉伯语。我跪在地上,沿着路缓缓挪动,期望能在说话的人发现我之前走到火边。但很快我知道说话人就是看守火堆的。谈话声就在火堆旁,这堆火一定是穆拉林生的。

"谁在那里?"一个声音问。距离非常近,我跳了起来。

有人几乎是正对着我过来。我能看清他们了,是两个人骑在骆驼上。那动物体型庞大,遮蔽了夜空。两个人穿着白衣服,一个人背后有东西突出,我能看出那是一支枪的形状。我屏息,把自己变成一条蛇,向后退去,离开道路。

"是个丁卡小孩?"一个声音说。

我倾听着,那两人也倾听着。

"丁卡小孩还是兔子?"那个声音问。

我继续蛇行,半分半分地挪动,双脚探索着身后的路。但后来踢到一堆树枝,发出很大声响。

"等等!"一个人嘘声道。

我停了下来,那两人听着。我一声不出地趴着,把呼吸藏到土里。那两人也很善于藏匿行迹。他们站着倾听,骆驼也站立着倾听。仿佛是几天几夜的静默。

"丁卡小孩!"他嘘声道。

这个人现在说的是丁卡话。

"丁卡小孩,出来喝点水吧!"

我屏住呼吸。

"或者是个丁卡女孩?"另一个人说。

"过来喝点水！"第一个人说。

我一动不动，似乎又过了几天几夜。我趴着，望着两人和骆驼的轮廓。一骆驼在路上排便，两人又开始说话，现在是阿拉伯语。很快，两人开始走动。他们沿着路慢慢走，我保持不动。两人走了几步停下，希望他们一动我也跟着动，但我屏息趴着，把脸埋在土里。

终于两人骑上骆驼走了。

然而这一夜还没结束。

我知道自己必须离开道路，现在这路上满是巴格拉人。我跑离道路，黑夜的时光交织杂糅，不辨形色。我的双眼看到了黑夜看到的东西，双耳听到了自己的呼吸，还有比呼吸声更响的声音。我跑着，脑中闪现各种想法，夹杂着祈祷。"保佑我，主啊！保佑我，祖先之神啊！"安静点！那光芒是什么？城镇的灯光？不。停下。根本没有光。诅咒这双眼睛！诅咒这呼吸！安静。安静。"保佑我们的主啊，我呼唤您，将穆拉林赶走吧！"安静。坐下。低声呼吸。低声呼吸。"保佑我吧，主，保佑我的家人顺利逃脱吧！"需要水。等待晨露。从树叶上呷水。需要睡眠。"啊，天空之神啊，让我安度今夜吧！把我藏好，让我安静吧！"再跑。不。不。是的，跑。一定要跑到人群中。必须跑，找到人，然后休息。跑。"啊，雨神，让我找到水吧！不要让我渴死！"安静。安静。"啊，灵魂之神，你为什么这么做？我什么也没做，不应遭此报应。我是个孩子。我是个孩子。你把这样的遭遇加到一只羔羊身上？你无权这么做！"跳过木头。啊！痛！那是什么？停下。不，不。一直跑。继续跑。那是月亮吗？那光是什么？"我的祖先！恩盖特，阿瑞斯·马奎，约克罗尔，请听着我的声音！阿伦·阿盖特，听着我！约克马相，听着我！聆听我，怜悯这个孩子！聆听阿沙克·邓，将他从困境中救出！"那是月亮吗？那光是什么？

我呼吸声太大了，每一声都像一阵大风，像大树倒下。奔跑和坐在草上等待、观察时，我都觉得自己呼气声音太过响亮。我屏住呼吸，想消除这声响，但再张嘴时呼吸声却更大了。这声音充斥我的耳朵，填满了我周围的空间，我确信这就是我的末日了。呼吸平静之后，我听到其他声响，很快听到人声,是丁卡语,唱着丁卡歌。

我向歌声跑去。

是个老人在唱歌,嗓音低哑。我跑到近前没有慢下来,像只野兽一样从树林里闪出,几乎把他撞翻。

他大叫,我也大叫。看清我是个孩子,他捂着胸口。

"啊,你吓死我了!"

那人喘息着。我道歉。

"你在草丛里的声音像条鬣狗。啊,孩子!"

"对不起,老爹。"

"我老了,吃不消这种事。"

"对不起,"我重复着,"太对不起了。"

"如果一只野兽从灌木丛中窜出来,只需对着我喘气,我就被送到另一个世界了。啊,我的孩子!"

我告诉他我从哪儿来,见到了什么。那人说会把我带回家,让我安全地待到天亮,然后我们可以做出一个明智的行动方案。

我们上路,路上我期待他能给我些食物和水。这两样我都需要,从早上开始我就没吃没喝,但我被教过不要乞求。于是我等着,期待老人能考虑到我还是孩子,又孤身一人在黑夜中,而给我饭吃。然而他只是哼着歌,在路上慢慢走。终于他开口了。

"狮人到这儿有一段时间了。我上一次见到时他们还很年轻。他们骑着马?"

我点点头。

"没错。这些堕落成禽兽的阿拉伯人,有狮子一样吞食生肉的胃口。他们不是人!这些狮子一样的动物嗜血,嗜好战争,他们奴役别人,违反上帝的法则。他们变成了禽兽!"

他默不作声地走了一会儿。

"我认为上帝通过这些狮人给我们传来信息。很明显,上帝是在惩罚我们，现在我们需要弄清楚的是上帝不满我们哪一点。这是个谜。"

我不知道老人带我去哪儿，但过了一会儿看见远方有微弱的火光。我们到了火光处，那儿的人和善地迎接我们。他们认识老人，问我从哪里来，见到了什么。我告诉他们，他们说他们也是跑出来的。他们给我水，我看到火光映照之下他们红彤彤的丁卡人面孔，觉得这一晚是世界末日，太阳再也不会升起了。火中的红脸都是灵魂，我已经死了，所有人都死了，夜晚永不会结束。我太累了，没法弄清，也没法再去关心。在他们的低语声和散发的体温中，我睡着了。

我在紫色的晨光中醒来，周围有四个男人，除了一个之外都是老人，还有两个女人，其中一个在给孩子喂奶。火堆很冷，我感到孤单。

"你醒了，"一个老人说，"好，我们很快就要出发了。我叫约克。"

约克瘦得皮包骨头，穿着件磨破了的蓝色长袍。他屈膝坐着，头靠在膝边，双手有气无力地搁在膝头。一个女人问我是哪里人，说话时对着正吮奶的孩子的脸。我告诉她我是马里尔拜人。

"马里尔拜！离这儿可很远。你父亲是谁？"

我说父亲叫邓·尼贝克·阿伦。约克有了兴趣。

"他是你父亲？是个生意人？"他说。

我说是的。

"你是他的哪个孩子？"他问。

我告诉他我的全名，阿沙克·尼贝克·阿伦·邓，父亲第一个妻子的第三个孩子。

"很遗憾，阿沙克·邓，"他说，"你家有人死了，是个男人。"

约克和两个女人都说他们听说名为邓·尼贝克·阿伦的生意人家里出了事。

"不是你父亲就是你叔叔，"一个戴着眼镜的年轻人说，"其中有一个死了。"

"我想应该是你父亲，"喂奶的女人说，仍望着孩子不抬头，"是个有钱人。"

"不对，"年轻人说，"我大概能肯定是弟弟。"

"你很快就能搞清楚，"那个母亲说，"你回家就知道了。啊，别哭！对不起。"

她手伸过昨晚那堆火的灰烬来抚摸我，但距离太远了。我决定不相信她，她对我父亲一无所知。我用手背擦擦鼻子，问他们是否知道回马里尔拜的路。

"向那个方向，要走半天，"约克说，"但你现在不能回去，马兵还在那儿，到处都是。和我们待在一起吧，你可以跟着杜特·马约克走，他正要去那边察看情况。"

我后来知道戴眼镜的年轻人叫杜特·马约克，认出他是马里尔拜的教师，教年纪大一些的孩子，我在河边说过话的女人是他妻子。他自己比孩子也大不了多少。

天亮后，我选择和杜特·马约克一起走。吃了些坚果和羊角豆后，我们离开了。杜特年龄不过二十，个头比一般人矮，肚子微圆。他的脸很小，头和肩的距离很近。他从我们路过的树上摘叶子，撕碎丢在草上。他从眼镜后头透出一股学究气，对所有事物似乎都很感兴趣，比如对我、我的家人，或者沿途偶尔看见的脚印，比我印象中的任何人兴趣都大。

"你那时躲在牛棚里？"他问。

"不是。"

"我想你是太小了。他们来的时候你在哪儿？"

"在家，在我家房子里。"

"你父亲是个聪明人，我喜欢他，又风趣又能干。我很难过你没了亲人。你有你母亲的消息了吗？"

我摇摇头。

"嗯，这次村子是被烧光了。很多女人被烧死在自家房子里。穆拉林这么做还是第一次。你家房子是在富人区，是大房子——马兵喜欢烧这样的房子。这次被烧了，对不对？她跑出来了吗？"

"是的。"我说。

"也许她还平安。肯定是这样。她跑得快吗?"

我没说话。

"好吧,跟我走吧,孩子。能看到的,会看到的。"

我们出发时太阳刚升起,走到太阳变得又高又小时,杜特爬上一棵树,把我拉上去。我们能看见远方空地上的马里尔拜,四周尘土飞扬。

"好了,他们还在。"他说,"那是他们的马,他们偷的一些牲口。阿沙克,你看见尘土的地方就是穆拉林。我们有阵子不能回马里尔拜了。我们明天再来察看。来!"

我跟着杜特下了树,向着昨晚睡觉的火堆方向走。走了一小时后杜特停下来,疑惑地四面张望,然后完全掉了个方向。整个下午,他不时停下,似乎在头脑中计算,也用手掐算。每次算好后,他会果断地再次起步,自信满满地踏上新路,我紧跟着。过了一会儿,在渐渐变暗的光线中,这样的程序又再次发生。他停下来,望着太阳,环顾四周,用手掐算然后选条新路再次出发。

我们再次抵达营地时,太阳已经落山。

"你们两个去哪里了?"喂孩子奶的母亲问。

"你早上就出发了!"约克嘲笑他。

杜特置之不理。"巴格拉人还在那儿,"他说,"我们明天再去察看。"

"你迷路了,"那女人说,"你受过教育,但没方向感!"

他生气了,置若罔闻。"吃的在哪儿,玛丽亚?我们得等多久?给我们吃的和水!我们走了一整天!"

这天夜里我和那些男人女人住在一间他们搭的棚屋里。下半夜我听到声响,像是父亲留宿在庶母房里时,我在屋外听到的那种声音。我继续闭着眼,待在火边。似乎过了不久,我醒了,天色微明。我睁眼看到人群中一位老人的脸,他从未开口。

"我们得起来了,孩子。再说一下你的名字?你是已故的邓·尼贝克·阿伦的儿子——保佑他的灵魂。"

他的声音轻如羽毛,带着颤音。

"阿沙克。"我说。

"对不起,阿沙克,我应该记住的。我们有计划了,你和我们一起走,我们会加入另一队人,他们昨晚睡在附近。过去看看。"

"杜特在哪里?"

"瞎逛去了,他一直这样。来!"

颤声说话的这个人带我到一块空旷地,大约有一百多人聚在那里,都是妇女、孩子和老人,还有许多牲口,有山羊、鸡和四十多头牛。

"我们要去喀土穆。"他说。

迈克尔,我年龄虽小,但也知道这个主意很荒唐。

"杜特一起去吗?"我问。

"杜特走了,他不喜欢这个计划。可是他连走出自家棚屋的路都找不到。你和我们在一起会安全。"

"在喀土穆?"

我想起断手人。

"我们在那里会安全,"喂奶的女人说,"和我们一起去。你可以做我的儿子。"

我不想做她的儿子。

"但为什么要去喀土穆?"我问,"和阿拉伯人在一起?怎么能?"

"已经有人去了喀土穆,"老人颤声说着,"这是条广为人知的路子。我们在那会受到保护,不被穆拉林抢劫,在营地里会有吃的。那里有安全的避难所收容我们这样的人,那里的人对打仗没兴趣。我们待在那儿,直到这里安定下来。"

我别无选择,只能和他们一起走。我很担心他们的计划,但之前跑了两晚,腿很痛,而且和这么多人在一起,不再孤单,我也满足了。我们走路的时候,我把手搭在牛的腰腿上,牛发出的臭味让我感到温暖。我们一直走到正午,需要说话的时候就低声耳语,想带着牲口一起悄悄溜出这一带。约克是这队人的领导,他相信只要过河到了北方就安全了。真是个奇怪的计划。

不久我们遇到了一个人,穿着马纽克博尔民兵的橘黄色制服,看到我们他感到不可思议。

"你们是什么人?你们要做什么?"

"去喀土穆。"老人说。

穿橘黄色衣服的男人走到我们跟前,拦住去路。

"你们疯了?你们要带着四十头牛去喀土穆?谁定的计划?你们所有人都会被杀!离这不远就有穆拉林,你们直冲着他们走。"

老人缓慢地摇头。

"你才应该担心,"他说,"你有枪,我们没有武器。他们不会伤害我们。我们不是你们一伙的。"

"愿上帝帮助你们!"穿橘黄衣服的人说。

"我相信上帝会帮我们的。"老人说。

那人低声咕哝了几句,往我们来的方向走了。我们的队伍沿着原先的路继续前进。片刻后,那个士兵的声音远远地从后面传来:"再走一百码你们就会看到他们!从你们现在的位置再往前一百码,你们就死定了!"

这时牛群站定不走,老人们开始争论。一些人的看法是如果我们平静地过去,就不会有麻烦,马里尔拜陷入麻烦的唯一原因是村子和苏人解牵扯太多。如果我们这群人谴责叛军,表明自己的意图是去喀土穆,就会被准许通过。另一派人认为这种看法很愚蠢,穆拉林并不效忠政府,也没有不满苏人解,他们要的只是牛和孩子。于是就在路上,老人们争论,牛吃草,这样的状态保持了好一会儿,直到论战被隆隆的马蹄声打断,尘土飞扬而至。

转眼间穆拉林来到我们面前。

队伍四散逃去。我跟住了一个人,他看起来跑得最快,冲进了草地,爬到一簇茂盛的灌木丛下,在茅草盖住的木头和树枝后躲好。我旁边的这人年龄比我父亲大,极瘦,胳膊上青筋突起,一顶又大又软的帽子遮住了双眼。

"军队!"戴帽子的人望着马背上的人点头说道。有七个马兵,其中四个穿着传统巴格拉服装,三个穿苏丹军军装。"我看不明白了。"他说。

多数的牛都留下了,没从路上走散,现在被两个穿军装的士兵看管。队伍停了下来,没人说话。很长时间内,似乎什么事都不会发生。或许所有牵涉进来的人都在等着事情发生。果然如此,忽然间一个老人跑进树林,他笨手笨脚,速度又太慢,两个士兵从马背上跳下,大笑着追去。随后传来枪响,两人回来,而老人没有回来。

其中一个政府军士兵转过头,似乎看到了我和戴帽子的人。我的呼吸又太响了,双眼太大了。我们都低下头。

"他们看见我们了。我们走吧。"我低声说。

戴帽子的人忽然站了起来,一点儿预兆都没有,双手高举投降。

"到这儿来,阿拜德!"士兵说,这是阿拉伯语奴隶的意思。戴帽子的人向他走去,我望着他的后背,看见那些马中间的孩子、妇女和牛群,想起了阿玛斯,想起她接受命运站在那里的样子,立刻愤怒起来。那一刻我应该一动不动,但我怒不可遏。"去你的!"我暗想,然后转身拔腿就跑,他们在我背后朝我高喊:"阿拜德!阿拜德!""去你的!"我边跑边想。"我以上帝和家人的力量诅咒你们!"我预料到随时都可能中弹,但仍然跑着。"诅咒你们!诅咒你们所有人!"我可能就在诅咒他们的时候死掉,上帝会明白,来世这些人会听到我的诅咒。

他们朝我开了两枪,但没打中,我跑进灌木丛。他们没追我。我在下午渐暗的浅红色的天色中跑,一直跑到天黑。我跑过灌木丛,想找寻自己人,或者一条好走的路,但一无所获。黑夜降临后,我已经无望再找到道路或小径了。

但最终我还是找到了一条路。发现路后,我坐在附近一棵树后休息,观察着这条路,留意人声,想确定路上没人。过了一会儿,我听到一个人沉重的呼吸声,只通过呼吸的声音,我就能判定这是个身材高大的人,正在遭受痛苦。从树后我看见了一个高大的丁卡人,步伐坚定。他背挺得笔直,似乎很年轻,只穿了白短裤。我想这个人也许可以救我。

"叔叔!"我说,奔向他,"打扰一下!"

他转向我,但他的脸被从头颅上剥了下来,皮肤融化了,一片湿湿的粉红色,眼白突出,眼睛一眨不眨,遮盖眼睛的眼睑已经没了。

他把脸靠近我,烂掉的皮肤上纵横交错都是红色的血管。

"什么?是什么?不要盯着看我的脸!"

我转身要跑,但他抓住了我胳膊。

"跟我来,孩子,拿着这个。"

他将布袋给我,几乎比我还重,我想抓住,但掉到了地上。那人用手背打了我一耳光。

"扛着,孩子!"

"我扛不动,我不想扛!"我说。

我告诉他我只想回马里尔拜。

"去做什么?被杀吗?你以为我从哪儿拿到这个的?你以为我在哪里丢掉了脸,蠢孩子?"

我认出他是谁了。他就是那个士兵,科隆·加尔!在第一次洗劫前开小差离开军队的那个。我们在阿玛斯家的树上,看到他从底下跑过,后面跟着手电筒光线。

"那天我看到你了。"

"你什么也没看到。"

"我看见你跑了,我们在树上。"

他对这个没兴趣。

"我要你仔细看着我的脸,孩子。我要你这么做。你看到这张脸了?这就是曾经信任他人的人的脸。你明白了一个信任别人的人身上发生了什么?告诉我发生了什么!"

"他的脸被抢了。"

"好！对！我的脸被抢了，这么说真恰当。我活该！我曾说过我是阿拉伯人的朋友，阿拉伯人提醒了我，我们不是朋友，永远也不会是！我和阿拉伯人一起参军，可是叛乱发生后，阿拉伯人不认我了。他们计划把我带到北方杀掉。我知道的。我离开军队后，他们跟踪我，找到了我，把我的脸扔进火里。这张脸是对以为可以和那些人和平共处的丁卡人的教训！"

我扔下布袋，又跑了。我知道从这个无脸人身边跑开不礼貌，但后来又想："去你的！所有人！"以前我从未大声咒骂或者暗骂别人，但现在我骂了，而且骂了一次又一次。他喊我，我继续跑。他骂我，我继续跑。我跑着，咒骂他和一切我叫得出名字的东西。"去你的无脸人，去你的穆拉林，去你的政府，去你的土地，还有拿着没用的长矛的丁卡人！"我跑过草地，跑过一处树林，跑过干涸的河床，在另一处树林看到一棵大金合欢树，就像我与威廉·K、摩西常去玩耍的那棵，在树根处我找到个树洞，爬了进去，待在里面听着自己的呼吸。我现在是找洞睡觉的专家了。"去你的灰尘！去你的蠕虫！去你的甲虫！去你的蚊子！"我跑的时候没有回头看，躲到树洞里之前不知道后面有没有人跟着。我从漆黑的树洞中往外看，什么也看不见、听不到。不久，夜的黑翅膀扑扇下来，黑暗裹住了我，树洞中我只露出双眼，只有我的呼吸声存在。树洞外则充斥着夜间野兽发出的声音，我用小石子堵上耳朵，隔绝声响。"去你的森林！去你的野兽，每一只野兽！"

早上我醒来，摇头甩掉耳中的石子，起身走出去，跑起来，每当听见声响或远远地看见人影，就爬行。我这样连跑带爬又加走，过了一个多星期。一找到自己部族的人，我就问他们马里尔拜的方向，他们有时候知道，多数时候一无所知。"去你的没方向的无助的人！"我找到的人中一些是本地的，一些是从北方来的，还有一些是从南方来的。所有人都在转移。我找到村庄或者人居时，停下来要水。他们说："你在这里很安全，孩子，你现在安全了。"我在那儿睡觉，知道自己并不安全，马匹、枪支和直升机随时会来。我没法逃脱这个围剿我们的圈子，不知何时才是尽头。我遇见了一位老妇人，是我见过的人中年纪最大的，她正坐着和她的孙女做饭，她孙女和我差不多大。老妇人说这就是尽头，快要结束了，我只需要和她们一起静静地坐着，等着。这将是丁卡的尽头。她的声音嘶哑刺耳。但如果这是众神和大地的旨意，她说，那么就随它去吧。我向祖母点点头，在她怀中睡着了，但次日早上就离开了，继续跑。我跑过曾经是村子而现在一无所有的地方，跑过从里往外烧掉的公共汽车，玻璃上贴着手和脸。"去你的所有人！去你的活人！去你的死人！"

第一缕晨曦中我跑过一片机场，看见一架白色小飞机，还有一家人以及他们的代理人。他穿着奇怪的衣服——后来我知道那是西装，拎着一只黑色小手提箱。他身后几英尺处是那一家人，包括一个男子、一个女人和一个五岁女孩，都穿着高档衣服。女人和孩子坐在一件大行李箱上，穿西装的代理人正激动地和飞行员说话，我看到那飞行员个头矮小，肤色比我们浅很多。

"这些人是重要人物！"代理人说。

飞行员不为所动。

"这个人是国会议员！"代理人说。

飞行员爬进驾驶舱。

"你一定得带走他们！"代理人哀号。

但飞行员没有带走他们。他飞走了，背着太阳飞去，那一家子和代理人被扔在机场上。没有人重要到可以飞离这场战争，至少在那些日子里不行。

我继续跑。

十

迈克尔醒了，四处走动。他以为已经摆平了我，放心地去搜索整个房子。他经过我身边去了浴室，搜完那里后，阿科尔·阿科尔卧室房门发出吱呀声。我不知道迈克尔在找什么，但阿科尔·阿科尔睡觉的房间里没有多少东西。他在墙上挂了两幅画，一幅是上《圣经》研习班得到的耶稣画像，另一幅是他妹妹不大清晰的大幅照片。他妹妹住在开罗，在一家饭店做清洁工。

迈克尔来到门厅，进入我的房间。我的房门没有发出噪音，只有擦过地毯的微弱摩擦声。我听见迈克尔打开壁橱，紧接着拉起百叶窗。我知道他拿起了我床头的两本书，雷克·华伦的《标杆人生》和特蕾莎修女与罗哲修士的《寻找上帝之心》，因为我听到两本书一本接一本落到地板上的声音。弹簧床发出吱呀声，然后静了下来。他拉开衣橱抽屉，然后又关上。

迈克尔是个好奇的男孩，东翻西找让我觉得他更具人性了。我又开始喜欢他，谅解之情回到心中。

"迈克尔！"我脱口而出。

我没料到自己会喊他的名字，可是为时已晚。我只好再说一次，想想自己为什么喊他。

"迈克尔，我有个建议给你。"

他还在我房间里，我没听到走动的声音。

"迈克尔，我向你保证，你一定想听这个建议的。"

他一言不发，没有从我的房间出来。

我听到床头柜抽屉被拉出的声音。想到他会看到塔比莎的照片，我的胃揪了起来。他无权看那些照片！我怎么能忘掉这个破孩子曾经摸过那些照片？照片对我的内心平静太重要了。我知道自己看它们看得太多，像是在自我惩罚，阿科尔·阿科尔曾为此训斥我。然而它们给我以安慰，让我不再痛苦。

照片有十多张，多数都是用迈克尔同伙偷走的那台相机拍的。一张照片上面是塔比莎和他的弟弟们，在西雅图一个市场里拍的，四个人一起抬着一条巨大的鱼。她站在中间，很容易看出他们是多么敬爱她。另一张照片里是她和最好的朋友维罗妮卡以及维罗妮卡的小宝宝马修。维罗妮卡也是苏丹难民，小宝宝是在美国出生的，照片中他胸前有个一团褐色的圆形东西，那是塔比莎第一次尝试做出来的美式生日蛋糕。宝宝脸上涂了巧克力，塔比莎和维罗妮卡都在坏笑，一人捏着宝宝一边的面颊。她们还没意识到让马修毫无节制地吃糖会使他在接下来的二十二个小时内没法入睡。最好的一张照片是她以为我已经毁掉的一张，她曾经坚持让我毁掉。她在我的卧室里，戴着眼镜，这让这张照片变得很稀罕，独一无二。那是一天晚上睡前拍的。我拍的时候，她生气了，直到次日中午都不和我说话。"扔掉！"她大喊，然后更正，"烧掉！"我在水槽里烧掉了，但过了几天她回西雅图之后，我从数码相机里又冲印了一张。很少有人知道塔比莎戴隐形眼镜，几乎没人见过她戴眼镜，眼镜很大，很难看，镜片像挡风玻璃一样厚。她睡觉时眼镜放在身边，以便去洗手间时用。但我爱她戴眼镜的样子，希望她多戴戴。大大的镜框下，她的迷人程度稍减，似乎更让我相信她是属于我的。

我们在卡库马的一节家政课上相遇。她比我小三岁，非常聪明，所以我们两个在一个班。营地里要求年轻人不论男女都上这门课。苏丹老人大为惊骇，男人上烧饭课？他们觉得太荒唐了。但我们多数都不在意。我极其喜欢这门课，尽管并无烹饪或者其他课程涉及内容的天赋。只是塔比莎对家政课没兴趣，甚至逃课。她很少上课，来上课时，每当我们称呼为斯帕图拉老师的苏丹女子，想让我们相信，家政课程在我们将来的生活中有多么有用时，她就大声嘲笑。斯帕图拉老师不喜欢塔比莎的嘲笑和轻蔑的叹息。当斯帕图拉老师演示如何炒蛋时，塔比莎却看她的简装本小说，这点她也不高兴。她一点儿都不喜欢塔比莎·杜安妮·阿科。

但是男孩们和年轻人却很喜欢塔比莎。不可能不喜欢。

卡库马的班上有不少女孩，比在皮尼亚多要多，但仍占少数，最多十分之一，而且还不能持久。每年都有女孩因为要在家干活或准备嫁人而离开学校。女孩到了十四岁，只要不是畸形都会被求婚，被送回南苏丹，成为能负担起所需彩礼的苏人解军官的妻子。她们大多很高兴回去，因为对女孩而言，待在卡库马生活并不好。女孩们被迫拼命工作，如果离开营地捡柴会被强奸。她们在卡库马没有发言权，没有未来。

但没人告诉塔比莎这些，也可能有人告诉了，但她毫无畏惧。

她和三个弟弟还有母亲住在一起，她母亲是受过教育的妇女，决心要在这种环境下尽可能给予塔比莎最好的生活。塔比莎的父亲很早就死于战争，母亲拒绝被丈夫的家庭收留。在苏丹，很多时候死者的兄弟会接收他的妻子和孩子，但是塔比莎的母亲不愿意这样。她离开了她的村子伊罗尔，来了卡库马，知道在肯尼亚即使是在难民营中生活，也会给她的孩子提供一个更开明的世界。

我很感激她母亲的勇气与智慧。每当塔比莎来上家政课，每当她眼波流转，每当她得意地笑，我都心怀感激。她是卡库马最迷人的女孩。

终于我们成了恋人，或者说，是卡库马少年所能有的那种关系。我多次告诉她我爱她。我说这些话时，和多年以后在美国说的时候含义并不相同。后来，我知道我是像男人爱女人一样爱她。在卡库马时我们年纪太小，小心翼翼，很纯洁。即使在那样的营地里，年轻人当众展露情爱也是不合适的。礼拜之后我们碰面，一起散步，或者在做礼拜时悄悄溜走。我们在营地一起参加活动，和朋友们吃饭，排队领取口粮时聊天。我凝视着她的瓜子脸、明亮的双眸、饱满的面颊，那时就是我的一切。但那是什么？也许什么也不是。

她比我先离开卡库马。这可不一般，因为苏丹人中极少有女孩移居美国，在营地里还有健在的父母的更是几乎没有。塔比莎声称这是运气，但我认为这是在整个过程中她母亲聪明操作的缘故。安置难民的传言成真后，她母亲很明智，知道美国对举目无亲的未成年人感兴趣，而与父母一起住在卡库马的不太可能得到考虑。她让孩子说谎,而她自己消失,住到另一个营地去了。塔比莎和三个弟弟被按照孤儿处理,因为年龄比我们大多数都小,所以被选中,较早获得通过,甚至到了美国之后也被安置到一起。

塔比莎的母亲仍留在卡库马,她和弟弟们被安置到一套两居室公寓中,位于西雅图郊区的布瑞恩,他们一起进高中上学。塔比莎很快乐,很快变成了一个美国人。她的英语是美式英语,不是我学的肯尼亚式英语。毕业后,她得到比尔和梅琳达·盖茨基金会提供的奖学金,进入西华盛顿大学念书。

等到我来到美国,几乎已是两年之后,她已经忘记了我,我也忘记了她。当然不是全然记不得了,但我们知道最好不要继续这样的爱情。卡库马出来的苏丹人被送往世界各地,我们知道自己的命运不由自己做主。后来我在亚特兰大定居,很少想到塔比莎。

有一天我和一个住在西雅图的人通电话,他是三百迷途少年之一,时常打电话给我。当时南苏丹达成停火协议,他想听听我的看法,因为他以为我和苏人解走得很近。我正向他说明他的错误,我知道的并不比他多,这时他说了,"你知道谁在这儿?"我说不知道。"我想是你认识的人。"他说着就把听筒交给了别人,我以为下一个声音会是男声,结果是女声。"喂,是哪一位?喂?线那头是只老鼠吗?"她说。这是怎样的声音啊!塔比莎成长为一个女人了!她的声音变得低沉,似乎很成熟,极好地适应了这个世界。这种随和的自信压倒了我。我知道是她。

"塔比莎?"

"当然,亲爱的。"她用英语说,口音几乎与美国人一模一样。她在高中两年学到了很多东西。我们不着边际地谈了几分钟,最后我脑中最重要的问题冲口而出。

"你有男友吗?"

我一定要知道。

"当然有了,甜心。"她说,"我三年没见到你了。"

她这是从哪儿学到的词啊，"亲爱的""甜心"？让我欣喜若狂的词。那天我们聊了一小时，那个星期之后又聊了几个小时。

她在和别人约会，我很失望，但也不觉奇怪。塔比莎是个优秀的苏丹女孩，美国又很少有单身苏丹女性，也许有两百，也许还不到。迷途少年空运活动带来几千苏丹人，其中只有八十九个女人，不少还已经结婚，结果造成的女性稀缺让很多我这样的男人处境困难。如果我们转向苏丹人社会之外，我们能提供什么？我们没钱，只有教堂捐赠的衣服，与其他两三个难民合住一套小公寓，就算不是最悲惨的，也差不多了。当然也有无数找到真爱的例子，女方有非洲裔美国人、美国白人、欧洲人，但总的说来，在美国的苏丹人想找的是苏丹女人，这意味着多数人得想法子回卡库马甚至南苏丹去。

可是塔比莎，在美国有那么多人觊觎她，最终却选择了我。

"迈克尔，拜托！"我说。

我想把他弄出房间，带回餐厅，在餐厅我能看着他，能知道他不是独自与我的照片在一起。

"我要和你谈谈，你会感兴趣的！"

我真蠢，以为他会理解我。但可以说我很擅长对付小孩子。在卡库马我是少年领袖，负责监督六千小难民的课外活动。我为联合国难民署工作，帮助策划体育活动、组织球队、演出戏剧等。到美国后我交了很多朋友，但大概都没艾莉森对我重要，她是安妮和杰拉德·牛顿的独生女。

牛顿一家是最早对我感兴趣的美国人，甚至比菲尔·梅斯还早。我到美国才几星期，有人要我在圣公会教堂上演讲，讲的时候我遇到了安妮。她是非洲裔美国人，长着泪滴形眼睛，小手冰凉。她问我有什么要帮忙的，我不知她该怎么帮，她说吃饭时我们可以商量。于是我去吃晚餐，和安妮、杰拉德还有艾莉森一起吃饭。他们家境富裕，住在一所舒适的大房子里。他们开门欢迎我，让我一切自便。艾莉森那时十二岁，我二十三岁，但很多方面我们像同龄人。我们在他们家的汽车道上打篮球，像孩子一样骑自行车,她告诉我在学校里和一个叫亚历山德罗的男孩的所有事情。艾莉森喜欢意大利血统的男孩。

"我应该给他写封长信吗?"有一天她问我,"男孩子喜欢信吗?说太多了,过分热情会不会吓到他们?"

我对她说,如果信不长,写个便条似乎是很好的主意。

"可要是那样,便条没法长久保存,我就没法取回了。这太冒险了,你是不是这么想的,瓦伦蒂诺?"

艾莉森是我认识的最有才华的年轻人,当时是,现在也是。她今年十七岁,但即使是在十二岁时,她雄辩的口才有时都非常可怕。她出口成章,仿佛都是事先写好的。她语调低沉,双唇动也不动。因为她和我认识的所有十多岁孩子都不同,我曾很好奇地去看她如何在学校里与同龄人交往。她十三岁时就认定自己是成年人,也希望被当作成年人。即使只有十二三岁,她也穿戴式样保守的衣服和眼镜,头发紧束脑后,看上去像三十岁。但她依然爱好青少年的乐趣。是艾莉森教我如何把别人的生日输入手机,我才去问每个认识的人生日,让有些人感到不解,但我觉得是极大的乐趣,有一种条理感的乐趣。安妮建议我有时应该还把自己当成青少年,她说我的童年被剥夺了。但我不确定这是否就是我觉得和艾莉森亲近的原因,或者是我同情迈克尔的原因。

人可以这样区分:有些人看问题仍具有年轻人的眼光,另一些则没有。我发现很容易站在孩子的角度去思考,并遥想我那命运多舛的少年岁月,虽然那常令我痛苦。

"迈克尔。"我又说,吃惊地发现自己声音听起来很疲倦。

我房间的门关上了。我在这边,他在那边,就是这样。

路过机场那天上午,我在一棵树上睡了几小时,醒来看见一大群男孩,就在一百码外。等到眼睛适应了光线,我又看了看。他们约有三十人围成圆圈坐着,一个男子站在边上使劲打着手势。我认出这些孩子是丁卡人,而且他们也没在跑,于是爬下树走向他们。竟然有这么一群人,真是难以置信。我走近发现那是杜特·马约克，就是马里尔拜高年级学生的老师。他瞧见我并不惊讶。

"阿沙克！好，很高兴看见你还活着，现在你安全了。这里还有其他从你们村子来的。看！"

我死命看着这个叫着我名字的人。他真的是杜特·马约克？他从里衣袋掏出一张碧绿的纸，还有一小截橙色铅笔，记下了什么东西，然后把纸折起，重新放回衣袋。

"你怎么到了这里？"我问。

"嗯，我没疯，阿沙克。我太清楚了，不想去喀土穆。"

真的是杜特·马约克。他穿着干净的好衣服，看上去像大学生，或者正准备参加商业活动似的。他的灰色棉裤一尘不染，排扣衬衫雪白，脚蹬皮凉鞋，头戴米黄色帆布软帽。

我扫视着这队人，都是我这个年龄群的男孩，有的大一些，有的小一些，但身材都接近。所有人都面有饥色，疲惫不堪，看到我都不高兴。有几个手里拎着袋子，但多数都和我一样两手空空，大概也是连夜逃离了他们的村子。他们我一个也不认识。

"我们要去比尔派姆，"杜特说，"你知道这个地方吗？我们往东走到比尔派姆，在那里你会很安全，没有这里的一切危险。我们过一会儿就走，你会有东西吃。这些孩子都和你一样没了家，都需要避难所。你听过避难所这个词吗？是个英语词。这就是我们要找的东西，孩子。比尔派姆，对不对，孩子们？"

孩子们都不高兴地望着杜特。

"然后等这边都结束了，你们就回来，回你们家人身边，回你们的村子，回任何还保留下来的地方。我们现在只能这么做。"

这一大群孩子只是沉默着。

"每个人都准备好了吗？收拾你们所有的东西，出发！我们向东走！"

我和他们一起走。我别无选择。我不想再在夜间独自一人跑，决定跟他们走一天一夜，然后再想怎么办。于是我们出发，走向冉冉升起的太阳。我们或者结对走，或者独自走，多数排成纵队。第一个早晨，我们充满精力，步伐坚定，这种状态在以后的日子里再也没有出现。我们走着，以为随时都会抵达终点。对比尔派姆，对战争，对这个世界，我们一无所知。路上我听到旁边孩子说杜特在喀土穆读过书，在开罗学过经济学。杜特是我们这队人中唯一超过十六岁的，其他孩子对他的信任无可动摇。但走得越远我就越确定，我不属于这个队伍。这些孩子明确知道他们的家人遇害了，而我，不管那天在火边老人和喂奶的女人说了什么，我都说服自己相信我并没有这样的遭遇。太阳西沉时，我追上杜特。

"杜特？"

"在。阿沙克，你饿了吗？"

"不，不饿，谢谢你。"

"那很好。因为我们没食物了。"

他微微笑了。他经常自己觉得很有趣。

"那怎么了，阿沙克？你想在前面和我一起走？"

"不，谢谢。我在后面挺好的。"

"那好，我正准备告诉你，只有我选中的人才能在前面和我一起走，我对你还不熟。"

"好的，谢谢你。"

"那怎么了，我能帮你做什么？"

我停了片刻，确定他已经准备好听我说话。

"我只想去马里尔拜，不想去比尔派姆。"

"马里尔拜？你从树上就能看到马里尔拜！记得吗？马里尔拜现在是巴格拉人的地盘了。那儿什么也没有。没有房子，没有丁卡人，只有尘土和马匹，还有遍地鲜血。你都看到了。那里没人住了——阿沙克！别这样，阿沙克！"

他从我脸上看出了什么。我筋疲力尽，就在这时崩溃了。那些马里尔拜死去的人，还有这些闷闷不乐的孩子的家人，他们遇到的事情很有可能甚至极有可能我的家人也遇到了。我想象他们被劈开、被刺穿、被烧焦的画面；我看见父亲从树上坠落，还没着地就死了；我听到母亲被困在我们家着火的房子里尖叫。

"阿沙克，阿沙克，别这样。不要这个样子，停下！"

杜特抓住我的双肩。他眼睛很小，藏在重重叠叠的褶皱之后，仿佛他已经学会只让最少量的光线进入。

"我们这队人不哭，阿沙克。你见过谁哭吗？没人哭。你的家人可能还活着，很多人都在袭击中幸免于难。你知道的，你自己就活下来了，这些孩子也活下来了。你父母可能逃出来了。我们从无数条路上逃出，每个人都奔向太阳升起的地方，那就是比尔派姆。我们要去比尔派姆，因为有人告诉我那里对孩子而言是安全的地方。所以我们到了这里，你，我，还有这些孩子。没有马里尔拜了。如果你找到父母，也不会是在马里尔拜找到的。你明白吗？"

我明白。

"不错，你善于听人劝，阿沙克。要仔细听，听有道理的话，这很重要。如果我想和人讲道理，我会找你的。好了，我们得出发了，天黑前我们有很长的路要赶。"

我走起路来变得充满自信。我坚信和这样的一队人在一起，一定能找到家人，或者被家人找到。我走在队伍靠近尾部的地方，三十多人排成一队，都和我年龄相近，有几个大一些，头发长到肩部。和这么多孩子，还有能干的领导杜特在一起，我认为是个好主意。有些孩子几乎已经成人，我觉得很安全，因为一旦遇到阿拉伯人，我们不会束手待毙。这么多孩子一定能做些什么的。并且，要是我们有枪的话！我向杜特提出了这一点。

"那会很棒，是的，"他说，"我有过一支枪。"

"你开过枪吗？"

"没错，是的，我开过很多次。"

"我们能有枪吗？"

"我不知道，阿沙克。枪很难弄到，我们会留意。我想我们可能会遇到愿意帮我们的带着枪的人,但现在我们有这么多人是安全的,我们的人数就是武器!"

这么多孩子排队一起走,我们肯定会出名,我父母会来找我的。这似乎很合逻辑,于是我将这个想法告诉了走在前头的男孩,他叫邓。以邓的年龄来说,他太矮小了,头相比瘦弱的身体显得过大,肋骨清晰可见,纤细得像是鸟翅上的骨头。我告诉邓说我们会更安全的,如果和杜特待在一起,很有可能就会找到家人。邓大笑。

"去你们村子的阿拉伯人怕孩子吗?"他问。

"不怕。"

"他们向孩子开枪吗?"

"是的。"

"那你凭什么认为阿拉伯人会因为我们人多就害怕?别傻了。他们连我们的哥哥、父亲都不怕,如果找到我们,要么劫走,要么杀死。我们并没有更安全,阿沙克。恰恰相反,我们从来没有安全过。没人比我们更容易被杀掉。"

迈克尔,我说过,你的故事肯定也很悲伤,我不会不信。我不认为那两个留你在这儿的人是你父母,那么你的父母在哪里呢?肯定不是个快乐的故事。可是你有衣穿,有饭吃,身体健康,牙齿完好,肯定也有自己的床睡觉。

但那些孩子就没这么幸运了。我没有听多数人讲他们的故事,因为我们知道大家都来自相似的环境,对我们来说听到更多暴力和损失,并不是有趣的事。我只跟你讲邓的故事,或者让邓来讲,就像他跟我讲的那样。那时刚到傍晚,我们正走过一片比马里尔拜相同季节更炎热的土地。我们已经离家很远。

邓的村子和我的村子并无多少不同。穆拉林来袭时,他正在几英里外的牛场。枪击开始后,年纪大一些的孩子都趴倒在地。穆拉林很快到了牛场。

"我跑了,"邓说,"我跑回村子,以为这是最佳选择,但那里正是马兵要去的地方,跑去那里真是太笨了。我冲着家奔跑,但家里已经着火了。阿拉伯人喜欢烧房子,你见过他们烧房子吗?"

邓总是问我这样的问题。

"我跑向学校,"他继续说,"那是水泥墙波纹钢屋顶建筑,虽然简易但似乎更安全,我知道不会烧起来,因为老师经常这么教我们,盖的方式就是防止失火的。所以我跑到学校躲了进去。我蹲在储物柜里,在学校里待了一整天。"

藏在那里似乎很傻,因为穆拉林常去那里找孩子。但我没跟邓说这个,只是问他阿拉伯人有没有到学校找人。

"来了!当然来了!但我藏的橱柜是金属做的,我在底层,身上套了个麻袋,他们没看到我,虽然确实有人打开了橱柜。我在那里待了两天,他们把整个村子都烧了。"

我问邓他怎么能在那么小的地方待那么久。

"噢,很惭愧,我弄脏了裤子。当时我大便了,一直没弄明白为什么他们没闻到。我拉在裤子上,现在还觉得羞愧。后来我穿着那条裤子走了很多天,阿沙克。同一条裤子!我在橱柜里待了两天,一次都没出去。从橱柜钥匙孔里我看见天亮了,天黑了,一共看到两次亮了,又黑了。外面一直有马匹和阿拉伯人的声音。他们睡在学校里,我能听见他们。"

"他们没再打开橱柜看?"

"开了!他们打开了很多次,阿沙克。大便成了我的朋友,不是敌人!每次他们打开门闻到我弄出的粪便味道,就捂住鼻子。这让我很高兴。我用粪便惩罚这些阿拉伯坏蛋!我很自豪。他们开了十次壁橱,每次都捂住鼻子,又猛地关上。我安全了。每次他们都踢门,这些愚蠢的混蛋都以为有动物死在里面了。"

邓知道这样骂人的话,我大为惊奇。

"最后阿拉伯人离开了学校,我再也听不到声响,就慢慢开了门。那样不吃不喝地坐着,弄得我全身酸痛。我出去后,学校里没看到一个人,但外面有人。多数人都离开了,可还有一些人留了下来,其中几个骑着骆驼,还有几个是士兵。我不知道他们为什么留下,但他们住着我们的几间还没被烧毁的房子。两个人住在我祖母家,出入房子仿佛是他们自家似的,这让我感到恶心。我在学校里躲到天黑,然后离开了。就我一个孩子,夜又很黑,逃走不是很难。我不停地跑,远离村子让我觉得安全。我跑到天亮,看到了一个村庄,两个丁卡人把我带进去,给我饭吃。他们刚听到我的声音时吓了一跳。我从草里钻出,其中一人拿起枪对着我。他有支小手枪,手掌大小,像这么大。"

邓向我伸出他瘦骨嶙峋的小手指。

"两个人吓坏了,但接着就看清就我一人,一个小孩。他们闻到了我身上的味道,冲我大叫了一阵子。我道歉了。他们把我带到小溪边,推了下去,还踢了我,让我待在里面清洗干净。我脱掉衣服,用力擦洗,看着粪便在溪中散去。"

滑稽的是,迈克尔,即便邓在跟我讲这些时,身上仍有臭味。他真的很难闻,恶臭无法从他衣服上洗掉。不过,应该说我们身上都很臭,只凭嗅觉几乎不可能区分出我们。

"我跟了这两个人一段时间,"邓继续说,"我不知道我们是去哪儿,但是跟着两个能干的人我感觉好多了。只是我们一直躲躲藏藏,他们听到声音就害怕,遇到人就躲。我问为什么,他们说怕阿拉伯人和士兵。他们也是从其他丁卡地方跑出来的。我们夜里走路,每当遇到有人的村子,他们就让我溜进去偷吃的。我爬进棚屋,拿些干果和肉,或者任何能找到的东西。有次我偷了只山羊。我用芒果把山羊引到树林里,这是那两个人的主意,他们说用芒果把山羊引过来。芒果是我前一晚偷的。我做了,结果成功了。山羊走过来,他们用石头杀了山羊,这晚我们吃了一些山羊肉,带上余下的。两个人很擅长这样的主意,诡计多端,知道很多把戏。我和这两个人成功搭档,到了一个被苏人解占领的村庄。我们遇到一个似乎正在村界巡逻的叛军士兵,我的两个搭档原本要进村,立刻又转身想藏进灌木丛。士兵和这两个人很像,开始盘问他们。你们在这儿做什么?为什不在卡波埃塔？这个小孩是谁？诸如此类。我觉得士兵认识这两个人。士兵让他们在那儿等着，回去叫其他人来。他刚转身要回营地，两个人中的一个一刀刺进他的后背，刀就插在他这里。"

邓指着我的背心。

"轻而易举地就刺进去了。我很惊讶。苏人解士兵一声没哼向前扑倒，就此了结。然后我们又跑了。那晚我们逃跑、躲藏，夜里的某个时候，我想到这两人应该是苏人解成员。他们参加了叛军，又当了逃兵，他们是不允许逃跑的。如果逃了，任何人都可以杀死他们。你听过这个吗？"

我没听过。

"这时我下决心离开这两个人。问题是同样的事肯定会在我身上发生，他们两个害怕因为逃离军队而被苏人解枪杀，我害怕因为离开他们而被他们杀死。他们似乎很擅长杀人。这很奇怪，阿沙克。我不知道该怎么办。你知道该怎么办吗？"

我说我也不知道。

"然后我们走得更远，我等待机会逃离他们。在一起八天后，我们在一条路上走，我看到一辆卡车。两人跑进树林，等着卡车过去。车靠近时我看见上面有叛军，想出了主意。我跳出去，跑向卡车，知道两个逃兵不会开枪射我，否则叛军就会发现他们。我跑向卡车，高声叫喊让他们停下。他们停下拉我上去。我坐进卡车，和所有的叛军坐在一起。起先很吓人，因为他们都有枪。他们都疲惫不堪，看上去很凶狠，似乎讨厌我。但我默不作声，后来因为我安安静静的，他们都喜欢我了。我和他们一起坐车去了另一个村子，他们允许我和他们待在一起。我是叛军了，阿沙克！我在他们的营地住了几星期，和一个叫马莱克·库阿敕·马莱克的苏人解军官住一起，他是个重要人物，这里有个大伤疤。"

邓用手指画线，从我的太阳穴拉到耳朵。

"他说那是炸弹炸的。他当了我父亲，说我很快也会成为战士，他要训练我。我做他助手，为他汲水、擦太阳镜、开关收音机。他喜欢叫我打开收音机，而不是自己做。我们一起听叛军电台，有时听BBC世界新闻。

他对我是好父亲,我能和他这样的军官吃一样的食物。我以为就这样会永远做他的儿子,阿沙克。我很高兴和他住一起,希望能有多久就有多久。"

那天,能住在一个地方不走的想法,对我似乎特别有吸引力。

"有一天政府军来了。马莱克不在家,我听到坦克来了。所有的叛军散开,各就各位开始战斗,眨眼之间坦克从树林之中喷火,一切都炸了开来。我拔腿就跑,一个人跑到一辆被烧毁的卡车边。晚上我躲进这辆被烧得一干二净的卡车,一直等到听不见任何枪声。次日早上,我一个人也没找到。马莱克走了,叛军走了,政府军士兵走了。于是我向着我认为叛军会去的方向走,后来发现了一个被袭击过的村子,在那儿遇到一位妇女,她很和善,正准备去瓦乌。我跟她上了一辆汽车,准备去瓦乌和她一起生活。她说那里安全,我可以做她儿子。我上了汽车,车开了一会儿就睡着了,然后被喊叫声吵醒,汽车停住了。我往窗外看,有十个带着枪的叛军,正冲着司机大喊。他们逼所有人下车,让大家解释要去哪里。然后他们带走——"

"你从哪儿得到的这件衬衫?"

杜特走到队列尾部我们身边,对邓产生了兴趣。他被邓的衬衫逗乐了。

"我父亲给我的,"邓说,"他从瓦乌买的。"

"你知道这件衬衫是穿来做什么的?"

"不知道。"邓说。

邓知道杜特是在嘲笑他的衬衫。

"我父亲说这是件高档衬衫。"

杜特微笑,伸出胳膊揽住了邓的肩头。

"这件衬衫叫礼服衬衫,孩子。人家结婚时穿的,你穿着一件结婚时穿的衬衫!"

杜特扑哧一笑,"可我从未见过粉红色的。"接着他大笑起来。

邓没有笑。杜特这么说很残忍,意识到这点,他想鼓舞大家的心情。"我们这队人多好啊,"他大声对我们所有人说,"你们走起路来都是好样的！继续走！我们要一直走到天黑，天黑前会到一个村子，那里有吃的。"

我忘了邓正在跟我讲故事，忘了让他讲完。每个孩子都有类似的故事。有很多地方，他们以为会在那儿长住下去。有很多人，帮了他们然后又从他们的生命中消失。他们的故事中充满了烈火、战斗和背叛。我再也没听到邓故事的后半段，一直都想知道。

我们路经一片陌生的土地，看见田野已被烧焦，山羊被开肠破肚尸首分离。我们看到马蹄和车痕，还有漂亮的子弹匣。我从未一天走这么远的路，从早上开始就没有歇过，没吃东西。我们喝的水是从一个扁桶里分的，那扁桶是杜特找来的，我们轮流背着。

我们走了一整天，来到一个没到过的繁盛的村子。这个村子安然无恙，人们四处活动，很像我们在马里尔拜时的生活。女人们头顶柴火和水罐，男人们坐在小集市上玩骨牌、喝酒。村子看起来没遭受任何冲击。我跟着队伍走到村子中央。

"所有人都坐下，"杜特说，我们坐了下来。"待在这儿，不准站起来，不准打扰别人，不准走动。"

杜特进了村子。女人们经过我们身边，放慢速度但又走开了。落在她们后面的一条狗一路嗅着地到了我们坐着的地方，狗毛很短，有斑点，颜色很奇怪，一些地方几乎是蓝色的。

"蓝狗！"邓说。狗走到邓身前，舔他的脸，然后把鼻子探进他的腿间。"蓝狗！这条蓝狗喜欢我们，阿沙克。看这条蓝狗，还有它的斑点多奇怪！"

狗看上去真是蓝色的。邓挠挠蓝狗的耳后，它马上背部着地躺下。邓使劲摸狗的肚子，狗两腿乱抽。我们停在一个陌生的村子里休息，抚摸一条快乐的狗，这一切多古怪啊。

一群大一些的孩子靠近我们，其中最大的一个立刻撵走狗，站在邓和我身前。他站得很近，我从下往上看只能看见他的宽脸下侧。他穿着光亮的白鞋，像云一样洁白，仿佛从未沾地。

"你们去哪儿?"他询问。

"比尔派姆。"我说。

"比尔派姆？比尔派姆是什么？"

我发现我不知道。"是个要走很多天路才到的大镇子吧。"我猜。我一点都不知道它有多大，也不知道要走多远才到，但想让我们的旅程听起来明确，而且重要。

"为什么?"穿着白云一样鞋子的男孩问。

"我们的村子被烧了。"邓说。

我不想告诉这个男孩马里尔拜的事情。看到这个村子完全没有受到打仗的影响，我羞于我们没有好好地反抗阿拉伯人，让村子被烧掉，而这里安然无恙。我想，这根本不是世界末日，也许阿拉伯人只烧毁了最弱的人的村子。

"被烧了？谁干的？你们没打他们吗?"

"巴格拉人。"邓说。

"巴格拉人？为什么不打他们?"

"他们有新式枪支，"邓说，"速度很快，一眨眼就杀掉十个人。"

那个男孩大笑。

"你们不能留在这儿。"另一个男孩说。

"我们没打算留。"我说。

"好。你们应该继续走，你们就是走路的孩子。你看起来有病，得了疟疾？"

到了这时，我受够了他们，再不想听他们说一句话。我转身背对他们，背上立即挨了一脚。是那个白云鞋男孩。

"我们这里不欢迎乞丐，听到没有？你没家人吗？"

我不理他们，但邓站了起来。他的头只到白云鞋男孩的胸部，站在这个营养充足的男孩身边，邓像只虫子。

"孩子们！"

头顶传来杜特有力的声音，骚扰我们的男孩都散开了。杜特从集市上回来，身边有个身形高大的老人，穿着红色长袍，拿着一根手杖，步伐轻快，显得心满意足。他停在孩子们围成的圆圈边缘，吓了一跳。他深深地叹了口气，迷惑不解。

"我跟你说了，我们有很多人。"杜特说。

"我知道，我知道。这是怎么回事？一群孩子走路去比尔派姆？"

"这是我们的希望，叔叔。"

酋长又叹了口气，审视我们这群人，面带微笑摇着头。片刻之后，酋长双手握住手杖，坚定地敲敲地，走回村子。

"太好了，孩子们，酋长答应给我们吃的。请原地坐好，不要问人要任何东西。酋长让几个妇女给我们准备木薯。"

真的，很快我们周围一些棚屋有了不小的动静，妇女和女孩开始忙碌，准备食物。弄好之后，我们有了吃的。一些人直接用手抓着吃，碟子数量不足，有几十个孩子没分到，杜特说不必用碟子了。吃过后，酋长给了杜特两袋果子、两桶水。因为不准停留，我们继续上路。

那一天我原本一直感到双腿沉重乏力，这时有了力气，头脑也变清醒了。我想弄明白接下来将发生什么。虽然担心家人，我对自己说，我很安全，他们也很安全，在团聚之前，我可能会经历一些冒险。我想看一些东西。听说有宽到鸟也飞不过的河，鸟儿会半途坠落，被无边的河水吞没；有高到仿佛大地竖立起来的山；有像人睡觉时轮廓的地形。我想看过这些再回到父母身边，跟他们讲旅途见闻。想着这些，我体内的弦又绷紧了，不得不深呼吸以放松。

我们走在暮色之中，沿途路过形形色色的人们，但夜色吞没一切后，我们又变得孤单，路也仿佛消失了。

"一直走，"杜特说，"路很新。"

此前我已多次在黑暗中行走，能在月光下甚至伸手不见五指的黑夜里走。可是离家如此远，看不到路，我的神经绷得紧紧的。我得一直看着前面孩子的后背，不停迈步，稍有延迟就会掉队。步速跟不上的孩子和出列小便的孩子，要大声喊叫才能再找到队伍。夜里常发生这样的事，这些孩子被人鄙视,有时还被拳打脚踢。发出声音可能会暴露队伍,夜晚来临野兽出没时,这是很麻烦的事情。

邓走在我后头,一直抓着我的衬衫。这天晚上,最小的孩子喜欢抓住前面孩子的衬衫走,以后的晚上也是这样。我和邓当然属于徒步孩子中最小的。乐于助人的孩子把一只胳膊从袖子里抽出,把袖子给后面的孩子牵着。很多孩子这么带他们的弟弟。队伍中有很多对兄弟,早上点名时,我听到他们的名字,感到羡慕。我对哥哥们的现状一无所知,活着?死了?还是在一口井的井底?

那晚我们在一片空旷地停下,孩子们被叫去森林里捡柴,但杜特叫的孩子不想去。森林里人迹罕至,草丛摇动,阵阵作响,还有嘶嚎声传出。

"我不去。"一个外表强壮的孩子说。

"什么?"杜特厉声说。

显然他自己也又累又饿,没有耐心。

"你不想生火?"杜特问。

"不想。"那孩子说。

"不想?"

"不想,我才不关心他妈的什么火!"

杜特一拳打在那孩子脸上,那孩子哀号着跌倒在地。这是杜特第一次打人。

"你,你,你!"杜特说不出话来,看起来和被他打倒的孩子一样震惊,但他没有退让,"去,快去!"

很快杜特又挑了三个孩子。火生起来了。火势旺盛后,我们围着坐下。大多数人立刻进入梦乡,但邓和我没睡,盯着火焰。

"我不想打那个孩子的。"杜特说。

邓和我发现他是在和我们说话。我们属于少数没睡的孩子。这种情况下我们不知道说什么才合适,就什么也没说。我转而问杜特那个老人说过的话:马兵已经堕落成野兽了。还没人跟我解释,为什么首先遭到攻击的是马里尔拜。我告诉杜特那人说的话,说巴格拉人已经变成野兽,被鬼魂

115

控制，成了狮人。

杜特瞪着我，眨了眨眼，冷笑。

"他真这么说？"

我点头。

"然后你就信了？"

我耸耸肩。

"阿沙克，"他说，然后长时间地盯着火光，"不是我不尊重这个人，但狮人是不存在的。他们是普通的阿拉伯人。我给你们两个讲个故事，讲这事是如何发生的，虽然你们不能全听懂。你们想听吗？"

邓和我点头。

"我是教师，所以我这么想。看见你们这么坐着听，我就想讲给你们听。你们确定想听？"

邓和我说想听。

"好吧。我应该从哪儿讲起呢，嗯，有个叫苏瓦尔·达哈卜的人，他是喀土穆政府的国防部长①。"

邓打断他："喀土穆是什么？"

杜特叹了口气："真的？你不知道喀土穆？那是政府所在地，邓，是整个苏丹的中央政府，你不知道？"

邓还是不解，"可酋长才是国家的领导人。"

"酋长是你们村子的领导人，邓。现在你们肯定听不懂这个故事了。"

我催他试试看，于是杜特花了点时间解释政府架构、部落和酋长、前国会这些概念，还有统治喀土穆的阿拉伯人。

---

① 全名阿卜杜勒·拉赫曼·苏瓦尔·达哈卜（1934— ），一九七五年起任南方步兵第一师参谋长、总司令部作战副参谋长、行政部长、军需部长等职，一九八二年任副总司令兼任军需部长，晋升为上将，一九八四年任武装部队总司令兼任作战部长，一九八五年三月任总司令兼任国防部长，同年四月发动军事政变，推翻尼迈里政权，任过渡军事委员会主席。一九八六年四月召开制宪会议，宣布解散过渡军事委员会，将总司令职务转交副总司令，退出军界卸职。

"你们两个知道安那亚那,是不是?蛇毒①。他们是苏人解之前的反叛组织,你们的父亲很可能参加过这个组织。你们两个的父亲都参加过。"

邓和我点头。我知道父亲曾是安那亚那的一名军官。

"嗯,现在我们的苏人解有些目标仍然照旧,但也有新目标。你们记得直升机的第一次攻击?"

我们说记得。

"嗯,直升机是政府的,他们针对一个叫克鲁比诺·博尔的人做出反应。这人曾参加过苏丹军队。还记不记得军队里既有丁卡人,也有阿拉伯人?阿沙克,我知道你记得的。有不少士兵驻扎在马里尔拜。"

我说确实记得。

"克鲁比诺曾是陆军少校,负责第一零五营,这个营驻扎在一个叫博尔的大城。博尔位于南苏丹称为上尼罗河的地区,那里的部族和你们相像,但有所不同。我们都是丁卡人,不过风俗习惯相差很大。你们可能听说过,很多部族成年时要文面。还有另一个城镇,男人都抽烟斗。虽然风俗不同,但我们都是丁卡人。你们明白吗?这是片辽阔的土地,孩子们,比你们想象中更为浩瀚,再大几倍也不为过。"

邓和我点点头。

"好。克鲁比诺和他的人马在博尔驻扎一段时间,喜欢上那里了。给予南苏丹人这样的权力是与安那亚那签署的和平协议的一部分。在博尔,克鲁比诺与他的人马和人民融合在一起,多数人将家人接过去,在那里幸福地生活,不需要辛苦工作。你们见过这样的士兵,他们不大喜欢搬家。然后有一天,有谣言说他们要被转送到北方,他们没法接受驻扎到离家那么远的地方。喀土穆又没像先前允诺过的那样付钱,这让事态雪上加霜。后来喀土穆的人终于知道克鲁比诺在策划叛变,就攻打第一零五营。克鲁比诺·博尔带领整个营逃到了埃塞俄比亚。那就是我们要去的地方,孩子们。比尔派姆在埃塞俄比亚,你们知道吗?"

---

① 安那亚那在马地语(苏丹和乌干达使用的一种语言)中,意为蛇毒。

听到这里我们打断了故事。邓和我以前都没听过埃塞俄比亚这个词，不知道是什么意思。

"那是个国家，就像苏丹也是一个国家。"杜特说。

"如果和我们一样，为什么在其他地方？"邓问。

杜特很有耐心。

"在埃塞俄比亚，"他继续讲，"一个叫约翰·加朗的人加入了克鲁比诺的队伍，他是苏丹陆军上校，也逃离了军队。之后驻扎在阿约德的第一零四营也逃到埃塞俄比亚，到了这时已成为一种运动。那里有几百个受过精良训练的战士，大多是丁卡人，这就是新叛军，也就是苏人解，新内战由此爆发。到这为止，你们明白这些事情吗？"

我们点头。

"约翰·加朗发动反叛运动，达哈卜将军非常愤怒，喀土穆政府也很愤怒。他们想打垮叛军，但叛军人数众多，装备优良，师出有名。因为这些原因，他们非常危险，埃塞俄比亚还帮他们，这让叛军更具威胁。"

"那么叛军是有枪的喽？"我问。

"枪？当然有。我们有枪，有炮，还有火箭筒，阿沙克。"

邓哈哈大笑，欣喜若狂。我面带微笑，深感自豪。我说服自己，叛军和那些打我父亲的人不一样，或者叛军的风纪好多了。

"政府对新叛军的出现很愤怒，"杜特继续说，"所以派了直升机，焚烧村庄以惩罚他们支持叛军。摧垮一个村镇很容易，是不是？摧垮一支军队就难多了。随着越来越多的人逃去埃塞俄比亚受训，苏人解持续壮大，甚至打赢战役，攻城略地。对政府而言，形势严峻，他们遇到了大麻烦，所以需要更多士兵和枪支。但维持一支军队花费昂贵，政府得支付薪俸，提供食物和武器。于是达哈卜将军采取和之前多届政府类似的战略：武装其他人来做军队的事。他给几万阿拉伯人提供自动武器，其中包括巴格拉人，很多来自巴赫尔-加扎勒河对岸，还有几千人来自达尔富尔。你们见过这些人，还有他们的枪支。自动步枪射两发子弹的工夫，这些枪能射一百发。我们没法防御这种枪。"

"政府为什么不用付钱给这些人?"我问。

"嗯,问得好。你们可能知道,这些巴格拉人因为放牧草地等问题,已经和丁卡人打了很长时间。后来南方部落和阿拉伯部落之间取得了相对的和平,已经维持了许多年,但就是达哈卜将军破坏了和平。他煽动巴格拉人的仇恨,给了他们这些武器后,他们知道相对丁卡人有绝对优势。他们用AK-47,而我们用矛棍和皮盾。多年来的平衡被打破了。可是政府怎样付钱给他们的?很简单,他们告诉马兵,作为替他们服务的交换,马兵可以劫掠沿途任何想要的东西。达哈卜将军让他们去铁路沿线的所有丁卡村庄,带走任何想要的东西——牲口,食物,集市上的任何货物,甚至还有人。这是奴隶制的复活!这可是在一九八三年!"

我们对年份没概念。

"就在几年前。"杜特说,"你们记得是什么时候开始的?"

我们点头。

"他们突袭村子,先在夜间包围,村人即将醒来时,他们从四面八方骑马突进,恣意烧杀劫掠。所有的牲口都被偷走,没带走的都射杀。任何反抗都招致报复行动。男人被当众枪杀,女人被强奸,房屋被焚烧,井水被投毒,孩童被绑走。相信你们都看到了。"

我们确实都看到了。

"这对巴格拉人而言非常有用,他们自己的农田正苦于干旱,又丧失了牲口,收成甚微,就偷我们的牲口,卖到达尔富尔,从那里牲口又被卖到喀土穆。这样获益极大。北方的牲口供应飞速增长,甚至过剩,牛肉价格大跌。这些都是丁卡人的牛啊,是我们的嫁妆,我们的家产,衡量我们男人的标准!从这些村子里偷牲口和粮食,抢我们的人做奴隶,很大程度上解决了巴格拉人的问题。你们知道为的是什么吗,孩子们?"

我们不知道。

"他们离开去抢我们牲口时,谁在照管他们自己的牲口?啊哈,这是他们偷我们女人和孩子的一个目的。我们看管他们的牲口,他们才能继续攻打我们的村庄!你们能想象吗?真是恶心。可是巴格拉人不是天生就坏的,他们多数都和我们一样,是牧人。巴格拉在阿拉伯语中意思就是'放牛的',我们也用它指其他牧人,比如达尔富尔的雷扎盖特人、科尔多瓦的米塞瑞亚人。他们都是逊尼派穆斯林。你们知道穆斯林,对不对?"

我想起了萨迪克·阿齐兹,自从上次见到他后,我还是第一次想起他。

"我们村的清真寺被烧了。"我说。

"民兵多是年轻人,他们迁徙放牧时习惯了和牲口相伴。在他们的语言中,穆拉林是迁徙者的意思,这就是他们,马背上的人,他们懂得这片土地,习惯带枪来保护自己和牲口免遭野兽攻击。战争爆发后,这些穆拉林才更像民兵组织,武器更先进,也不再看护牲口,而是抢劫。"

"可是我们为什么不也拿枪呢?"邓问。

"从哪里拿到枪?阿拉伯人那里?喀土穆那里?"

邓垂下头。

"我们现在有枪了,邓。没错。可这很不容易,花了很长时间。我们的枪是第一零四营和第一零五营离开苏丹时携带的,还有埃塞俄比亚人给我们的。"

杜特向火里添柴,拿了些果子放进嘴里。

"可是马里尔拜有些人也穿着军装,"邓说,"他们是什么人?"

"政府军。喀土穆越来越懒,直接派军队帮助穆拉林。他们不在乎,所有人都去了。他们的策略是把所有能派的人都派去摧毁丁卡。你们听过'涸泽而渔'这句话吗,他们就是要抽干所有可能产生叛军或者支持叛军的池塘,摧毁整个丁卡大地,这样整个地区就不会再产生叛军。穆拉林打过来,迫使人们离开家园,像我们这样的丁卡人都走了,他们就搬到我们空出的土地。他们在好多方面都赢了,抢我们的牛,占我们的地,还让我们的人照看从我们这里偷去的牛。我们的世界被颠覆了。我们到处流浪,远离生计、农田、家园、医院。喀土穆想毁灭丁卡大地,让这里不能住人,然后我们需要他们来恢复秩序,什么都得依靠他们。"

"所以这就是那个'什么'。"我说。

杜特看着我，良久之后，又去添柴。

"也许吧，阿沙克。可能是，我不知道。我不知道'什么'是什么。"

我们犯困了，坐着就瞌睡了。

"我讲得你们都睡着了，我就知道，"杜特说，"我是教师，习惯这样了。"

我们醒来时，队伍又壮大了。那晚之前只有三十几个孩子，现在是四十五个。等我们走了一天，晚上再休息时，变成六十一个了。接下来的一周内，更多的孩子加入，最后队伍人数几近两百。孩子从我们行经的村镇里跟来，夜间从灌木丛中冒出来，跑得上气不接下气。有独自来的，也有成群结队加入的。每当我们的队列扩大，杜特就打开他那张碧绿的纸，写上新来孩子的名字，然后再折起来塞进口袋。他知道每个孩子的名字。

我渐渐习惯步行，习惯腿和膝关节的疼痛，习惯腰腹的疼痛，习惯从脚上拔刺。起先寻找食物还不困难，每天路过村子，都能得到足够的干果、种子和谷物。但我们人数越来越多之后，这件事就不容易了。人越来越多，迈克尔！每一天都有男孩加入，偶尔也有女孩。很多时候，我们在施舍的村子吃着东西，杜特和村里的长者商议，等到吃好上路，那个村里的孩子就成了队伍的一部分。其中一些男孩女孩父母仍在，很多时候正是这些父母把孩子送来跟我们走。那时我们还不明白原因，这些父母为什么愿意把他们的孩子送去光着脚走向一个未知之地。可这样的事常有。不过比起我们这些别无选择而长途跋涉的孩子，被家人自愿送来的孩子通常装备要好得多。这些被送来的男孩女孩带着替换衣衫、大包小包的食物，有些人还穿着鞋，甚至袜子。但很快这些不平等就不存在了。没过几天，每个成员便都和其他人一样一无所有。他们用衣服换了食物、蚊帐，以及任何能负担得起的奢侈品，然后就后悔了。他们后悔一开始不知我们走向何方就加入了队伍。我们没人一天走过这么长的路，可仍不停地走，每天都走得更远。没人知道，我们再也回不去了。

十一

有钥匙插进门上。迈克尔,恐怕你有麻烦了,因为阿科尔·阿科尔回家了,所有这一切都要重新算账了。要是我能通过他的眼睛看到这一幕多好啊!他会毫不留情地收拾你和你的同党。

门锁转动,门开了。我看到的是东尼娅的笨重身形。

"瞧瞧这是谁醒了!"她低头看着我说。"迈克尔!"她大喊。她换了衣服,穿着黑丝缎套装。迈克尔从我房间里冲出来道歉,但她截住他的话。"他妈的赶快准备好了,"她厉声说,"小货车来了。"迈克尔去了浴室,回来时穿着旅行鞋,开始系鞋带。不知道他来时为什么把鞋放在浴室。

又来了一个人,不是浅灰,进了餐厅。他比浅灰矮小,指节长而疏松。他估摸着电视机大小,盯着它像是在掂量有多重。他拔下信号线,把电缆接线盒放在台上,将电线绕在手上,蹲在电视机前,放倒电视靠在胸前,转眼之间就出了门。

东尼娅走过我,身上有强烈的草莓香水味。她又进了我的卧室,仔细检查抽屉,仿佛她就住这里而忘了什么东西似的。想到她也发现了塔比莎的照片,我的胃又一次揪紧。一想到她握着照片,我就想吐。

迈克尔穿上鞋,手拿芬达,站在门边。他看也不看我,我嘴张大了好一会儿,准备说些什么,但最终决定什么也不说。我可以让他们不要绑我,但这可能提醒他们留下目击者比处理掉我更危险。

很快东尼娅又出现了,和新来的那人站在门口。她又一次扫视屋内,只是不看我。她把迈克尔推出门,迈克尔没有回头看我。东尼娅现在满意了,关上门。他们走了。

这结局和他们离去的突然让人吃惊。这次他们出现在公寓里不超过两分钟,但她的气味仍在空中缭绕。

我又独自一人了。我恨亚特兰大这个城市，这想法一刻不停。我一定要离开这个地方。

几点了？我意识到再见到阿科尔·阿科尔之前可能还需要熬一整天。如果幸运，他会在上班前回家。但他前天就走了，住在米歇尔家，在那儿他留有牙刷和替换衣服。今晚他不会回来，可能直接从她的住处去上班。如果这样，我只能一直躺在地板上，最早要到明天下午六点钟，不，要八点半，他明天下班后要上课。

我想高呼，觉得声音虽然含混，仍然可能大到惊动邻居。我试了，然而声音小得可怜，只是低沉的微弱呻吟。

很快我就可以濡湿胶带，双唇就能自由，但胶带绑在头上，难以用舌头抵得足够低。我一定要让人听到，向邻居示警，引人到门口。一定要报警捉拿夜盗。我需要水，需要食物，需要换衣服。这种折磨必须结束。

然而这些并未结束，我躺在地板上，在阿科尔·阿科尔回家前可能还要躺二十四个小时甚至更久。他已经离家三天了，没打过一次电话。如果他打我电话，我没接也没回电，他就会发现事情不对。到了这地步还是有其他选择的，楼里有人，我得让他们发现我。

我可以踢地板，把脚抬高，落下的声音可能被楼下的人听到，虽然隔着一整块地毯。我和楼下邻居讲过一次话，他们是正派人，有三人，两女一男，都是年过六旬的白人。他们不是很富有，三个人住在我和阿科尔·阿科尔两人住的这间公寓一样大的房间里。其中一个女人很健壮，一头银发，从事一份需要保安制服的工作。另两个我不确定做什么工作。

我知道他们是基督教徒，福音派的。他们曾把资料放在我们门下，我知道他们和埃德加多讨论过信仰。埃德加多和我一样都信天主教，但这些邻居仍然想让我们改信他们的宗教。我对他们的改宗劝说没有感到不快。有次我出门上课，那个待在家里的老人雷恩走近我，先是想谈谈奴隶制。他看起来很真诚，有一张营养过剩婴儿般的脸。他读过一些关于苏丹长期存在奴隶制的文章，他的教堂正要捐些钱给一个福音派组织，计划去苏丹赎出一些奴隶。"有几十个。"他说。

这是非常好的事，大概几年前已经完成了。福音派教会界一发现这个地区存在强抢奴隶的事情，就有了热情。问题很复杂，但和苏丹的很多事一样，并没有喀土穆想让西方世界相信的那么复杂。一九八三年，穆拉林一旦得到武装，并能免罪，又开始抢夺奴隶。

楼下的基督教邻居，今晚你们在哪里？在家吗？要是我叫喊你们能听到吗？光敲地板行吗？你们能听到我踢地板吗？我抬起仍紧绑在一起的双腿，从膝盖以下，聚起全部力量使劲撞击铺着地毯的地板。撞击声很轻，并不能引人注意。我又试了一次，更重一些。我踢了整一分钟，喘不过气来。我等候反应，也许有扫帚敲击声作为回应。然而什么也没有。

基督教邻居们，因为你们感兴趣，我跟你们讲讲强抢奴隶和贩卖奴隶的事。奴隶交易起源于几千年前，比我们信仰的宗教历史还要悠久。你们知道这个，要么也想象得到。阿拉伯人过去常袭击南苏丹村庄，并常有南部的与那些村庄敌对的部落帮助他们。这对你们来说不是新闻。非洲发生过很多起这样抢劫奴隶的例子。一八九八年，英国人正式废止奴隶制，但奴隶事实上仍继续存在，虽然没以前那么盛行。

战争开始时，穆拉林被武装起来，将"被偷走的人"（我父亲如此称呼他们）带往北方，在阿拉伯人之间交易。基督教邻居们，你们听过的很多东西都千真万确。女孩被迫在阿拉伯人家里干活，成为小妾，生下她们主人的孩子。男孩照料牲口，也常被强奸。我必须告诉你们，这是阿拉伯人最严重的罪行。丁卡文化中没有同性恋，暗地里也没有，根本就没有同性恋行为。这样，鸡奸，尤其是强行鸡奸无辜孩子的行为，不弱于穆拉林犯下的其他罪行，让战争火上浇油。我这么说，并非不尊重美国或者其他国家的同性恋行为，只是陈述事实。孩子被阿拉伯人鸡奸足够驱使苏丹战士英勇战斗。

必须说，在这场战争中，几乎所有丁卡人都学会了说苏丹阿拉伯人的坏话，我们都忘了认识的北方朋友，忘了曾经和他们相互依赖、和平共处。这场战争让太多的人，他们的人、我们的人，都变成种族主义者。是喀土穆的领导推波助澜，让事态浮出水面，有时凭空捏造，新的仇恨带来了空前残酷的行动。

最奇怪的是,这些所谓的阿拉伯人和南部人民没有不同,尤其是外貌。你看过苏丹总统奥马尔·巴希尔吗?他皮肤几乎和我一样黑,但是他和他的伊斯兰教前任一样,瞧不起丁卡人和努尔人,想把我们都转化掉。喀土穆的领导人过去一直试图让苏丹成为世界伊斯兰教原教旨主义者的中心。大量中东阿拉伯人对黑皮肤的巴希尔和他引以为傲的苏丹穆斯林朋友始终怀有偏见,苏丹内外有很多人根本不认为他们是阿拉伯人。

可是北苏丹的黑皮肤阿拉伯人仍然鼓吹将南苏丹的丁卡人变成奴隶。基督教邻居,喀土穆是怎么为此辩解的?首先他们说这一切都符合几百年来的"部落协定"。如果逼得更紧,他们声称这不是绑架,而是双方同意下的安排。九岁的女孩被绑在骆驼背上,带到四百英里外的北方,被迫充当军队军官家仆干活,她不是奴隶吗?喀土穆说,不是。他们说女孩是自己选择去的,她的家人迫于生计,和军官签下协定,军官因此雇佣她,喂养她,给她提供更好的生活,直到她的亲生家庭能再供养她。无耻的喀土穆领导人又一次让人吃惊,他们否认过去二十年间存在奴隶制,坚持说南苏丹的人自己选择在阿拉伯人家做没有报酬、被殴打强奸的仆人。太多的阿拉伯人用的阿拉伯语中,南苏丹人从来都等同于奴隶。

这几乎让人觉得可笑。告诉你们,这就是他们所声称的!他们也让别人相信这个。他们说,这是当地微不足道的部落冲突或文化惯例。一个被派往苏丹调查奴隶制盛行的美国外交官回来后,就有这种想法。他们愚弄了他,他应该知道自己被愚弄了。我亲眼见过奴隶,看到他们被绑走。我的朋友们也看见了。第二次攻击时,他们就带走了双胞胎姐妹阿霍克和阿瓦克·乌吉斯。现在,当各个村子想要回以前被当成奴隶的孩子和女人时,遇到了问题。有些女人被带走时很小,只有六七岁,对家乡毫无记忆,现在十八九岁了,因为被绑架时太过幼小,不会说丁卡语只会说阿拉伯语,对我们的习俗一无所知。其中很多人在北方有了孩子。大量的妇女和绑架他们的人生了孩子,她们被废奴主义者发现解救后,不得不抛下孩子。对于这些妇女来说,即使返乡,也是极其艰难的。

这些都发生了，都被允许了，这是犯罪行为。

我暴怒起来，不停地踢，挺动身体，像条鱼满地乱弹。留意听，基督教邻居！听着你们楼上的兄弟吧！

依然毫无动静。没人在听，没人在那儿等着听到上面的人的动静。我没预料到，你们并没有像我一样的耳朵。

十二

步行最初几周,我们满怀希望。一天下午,我们到了一个叫高克阿罗喀绰的村子。在村外,女人们聚在路边围观我们的队伍。现在孩子的数目超过两百五十个。

"看他们多恶心啊!"看着我们通过的女人说。

"他们头真大,就像鸡蛋竖在树枝上!"

女人们捂住嘴,做作地大笑。

"有了,"一个妇女说,她年纪大点,像棵盘曲的老金合欢树,"他们像汤匙!会走路的汤匙!"

女人们嗤嗤地笑了,继续朝我们指指点点,挑出看上去特别奇怪或者情况糟糕的孩子。

先头部队一进村子,我们就知道自己不受欢迎。"反叛分子不准进来!"酋长快步来到路上,说,"不行!不行!继续走,不要停!走!"

酋长嘴叼烟斗,伸出双臂堵住进村的路。他挥动双手,仿佛以为挥出的风可以把我们吹走。

杜特上前开口说话,之前我从未见过他语气这么坚定。

"我们要休息,我们会在这儿休息!否则你会听到叛军的问候!"

"可我们没什么能给你们的,"酋长说,"两天前我们刚被叛军抢过。你们可以坐这儿休息,但没吃的给你们。"

酋长视线扫过我们,我们的队伍仍继续从路上涌入村子。孩子一个接一个从树林里走出,挤满了村子。他把嘴里的烟斗掉了个个。

"这么多人,没人喂得起。"酋长说。

杜特不慌不忙:"你要想想你说这话有什么后果!"

酋长顿住了,大声哼了一下,顺从了,第二次哼软多了。杜特转向我们:"坐在这儿,我回来前不要走动。"

127

杜特跟酋长去他家院子。我们饥渴交加地坐在草地上休息,对这个村子很愤愤不平。杜特和酋长的会谈持续很久,不应该这么久的。烈日当空,考验惩罚着我们。我们都不在背阴处,不敢离开,但很快就坐不住了。一些孩子走开几百码坐到树阴下。另几个年龄大些的孩子自己想办法去找食物。我们看着他们摸进附近人家,找到一葫芦的坚果,拿着逃走了。

这引起了混乱,先是女人尖叫,然后十几个男人去追。他们没抓住三个小偷,就手执长矛找上我们其他人。两百五十个孩子四散奔逃,最后都上了一条出村的路,就是刚刚进村的那条。我们跑了一个小时,几乎跑完了刚花一整天走过来的路。追赶我们的人抓住了几个跑得慢的孩子,惩罚他们。这就是我们走路花的时间比较长的原因:我们走的不是直线,绝对不是。

我们停下后,科尔集合大家,清点人数。少了六个。"杜特在哪里?"他问。

我们不知道。科尔是这里年龄最大的孩子,所以每个人都望着他,希望他知道。他不知道,这下麻烦了。

"我们待在这里,等杜特回来。"他说。

五个孩子受了伤,其中一个肩头被长矛刺中,科尔把他背到一棵树下,给他水喝。科尔不知怎么帮他,唯一能帮他的地方就是那个刚刚刺伤他的村子。我们一无所有,没人帮别人处理过任何创伤。

三个孩子把受伤最重的孩子送回村子求治。我不知道后来这几个孩子的遭遇,也再没有见过他们。我宁愿相信他们被村人收留了,相信那些村人正为自己的所作所为而懊悔。

这几天糟透了。杜特一整天都没回来,只剩科尔负责。这本身并没什么不好,科尔的方向感似乎比杜特好很多,也不像杜特那样对行程没把握。可杜特是我们的领导,虽然他常带来坏运气。后来他回来不久,黑暗中一只狮子从我们行走的路上跳出,叼走了两个孩子,在深草之中吞噬了他们。我们没有停下细听。

我们遇到其他路人,他们警告我们说这个地区有穆拉林。我们时刻准备逃跑,每个孩子都做好了民兵出现时该怎么做的打算。每到一个新地方,我们第一件事就是察看躲藏地点和逃跑路线。我们知道传言是真的,他们就在附近,因为邓就戴着他们的头巾。

那天我们走了一天,双腿像灌了铅,但目光警觉。邓看见一块白色的东西挂在一棵树的枝头,迎风飘动。我举起邓,让他拿到那东西。科尔证实那是巴格拉人戴过的头巾,我们没去琢磨它怎么挂到了树上。

"我能戴吗?"邓问科尔。

"你想像阿拉伯人一样戴这东西?"

"不,我换种方式戴。"

果然他把头巾松松地包在头上,看上去很滑稽,但他说感觉凉爽。他竭力不让头巾遮住眼睛,也不让它掉下去,却难做到。戴着它没什么好处,但我没说什么。我知道一块这样结实的布料,早晚有用得着的时候。

这一切很快就结束,我回家了。在家里我帮母亲生火,哥哥们就在院前玩耍,父亲坐在露天的椅子上,脚边有杯酒。我能听到村子远处隐隐有歌声,那是唱诗班在练习他们一天唱四百多遍的圣歌。小鸡唧唧,雄鸡喔喔,狗汪汪吠着翻篮子想找吃的。一轮明月挂在马里尔拜上空,我知道村中年轻人会出门惹是生非。周遭的这些动静让漫漫长夜无从入眠,所以我也不怎么想睡觉。我躺下,醒着倾听,想象每个人都在做什么,每个声音是什么。我琢磨人声,琢磨说话的人距我多远。为了母亲我夜里大都闭着眼,在这样的夜晚,总有几次,我睁眼发现母亲也睁着眼,这时我们会交换一个困顿的笑容。今晚就是这样,我发现自己又回到了母亲温暖的家里,依偎着她的黄裙,感受她的体温。回家真好。我告诉家人我的冒险经历,他们深深地沉浸其中,为之感动。

"看他,"一个声音说,"梦到妈妈了。"听起来像是邓。我跟他说过我的家人,说过很多事情。

我睁开双眼，邓在那里，但我们不在我母亲房中。转眼之间，心中的一切温暖都凉了。我露天睡在孩子围成的圈子里，风像刀割一样，比我们以前行走的每一个晚上都刺骨。

我一动不动。邓站在我身边，他身后不是母亲房中温暖的深红和黄褐色，而是无月之夜的漆黑。我闭上眼想回到梦中，虽然知道这很傻。多奇怪啊，身体真切地感受到冰冷，梦却让你温暖。多奇怪啊，睡在这些孩子之中，睡在围成的圈子里，睡在漆黑的夜空下。我真想痛揍邓一顿，因为他不是我母亲，不是我哥哥。但没了他我没法活，每天看着他的面容，这是我仅剩的依靠了。

队伍里有许多孩子变得古怪。一个孩子白天晚上都不睡觉。他连续多天拒绝睡觉，因为他总要看着是否有东西过来，是否有危险降临。最后他被留在一个村子里，一个妇女将他抱在膝头照顾他，几分钟内他就睡熟了。另一个孩子身后拖着一根木棒，在地上画线，以为这样就能知道回家的路。他这样做了两天，直到一个较大的孩子夺去木棒，在他头顶掰断。还有一个孩子以为步行是个游戏，蹦蹦跳跳地跑着，招惹其他孩子。他和他们玩捉人游戏，但发现没有人愿意和他玩。一个孩子看烦了他的活蹦乱跳，在队伍后头狠狠地踢了他一顿，他才安分下来。一个叫阿吉英的孩子更奇怪，把所有分给他的食物全省下不吃，包在随身携带的衬衫里。食物多是野豆糊，他每天从衬衫里取出黏黏的一团，蘸满三个手指，舔干净，又把衬衫包好，一天只做一次。他是在准备好应付几周没食物的状况。但大多数孩子埋头走着，很少说话，因为没什么好说的。

"蓝狗！"

被手执长矛的人赶出村子四天后，我们又遇到那条蓝狗。邓第一个瞧见。

"真的是同一条？"我问。

"当然是。"邓说，跪下来抚摸它。

这条狗比上次见到时要肥多了。我们不明白狗如何离家这么远,难道这些日子它一直跟着我们?在我们视线之外,但一直和我们一起前进?前头听到骚动声,是孩子们说话的声音。我们走过去,蓝狗不情愿地跟着我们。

原来,蓝狗并没有远离家乡。我看到这里的树很眼熟,很快我们发现这就是那个无忧无虑的村子。我们绕了个圈,沿着走过的路走了很多天,又回到不久前来过的热闹村子,就在这里有穿着簇新白鞋的孩子嘲笑我们,有妇女给我们吃的,送我们上路。他们不承认穆拉林有威胁,但现在他们都消失了。曾经有个村子的地方,眼下什么都没了。房屋仿佛都升到了天上,只在原址留下黑圈。一切都被彻底抹除了。

然后我看到了尸体。灌木丛和棚屋的废墟中有肢体和人头。远处,蓝狗在嚼什么东西,我们终于明白它为什么发胖了。

深草中钻出一个妇女,她向我们队伍跑来,身上系着的襁褓兜住一个婴儿。等到她跑近些,一个婴儿变成两个,原来是双胞胎。这个妇女痛哭起来,不停地尖叫。她一只手裹着粉红色的布,浸透鲜血。孩子们在村中四处查看损毁的地方,摸着我永远也不会去摸的东西。

"回来!"杜特大喊。

但他没法控制孩子的好奇心。不是所有人都亲眼见过穆拉林和他们制造的现场,他们都散了开去,一些人也去找被丢弃的食物吃。他们冲入村子,幸存者从隐蔽处一个个现身了:妇女、老人、孩子。孩子多是男孩。带着两个婴儿的妇女哭个不停,科尔让她坐下,想让她平静下来。我坐下不去看她和之后出现的其他妇女。我用手指堵住耳朵。我已经全知道了,我厌倦了。

我们在那里过夜。村中仍有食物,我们觉得这里刚遭过攻击,是最安全的地方。休息时,越来越多的人从树林里和草丛中出来。他们和杜特谈话,交换信息。第二天早上,我们带着十八个新加入的孩子离开村子。他们都很安静,没一个穿着云一样白的鞋子。

"我肚子疼,"邓说,"阿沙克。"

"怎么了?"

"你肚子也疼吗？好像有东西在里面乱动？你有吗？"

已经很多天了，我已经对此失去了忍耐力。每个人肚子都疼。我们肚子都变得又硬又圆，对饥饿产生的疼痛已经习以为常。我解释了一下这个原因，希望能缓解邓的恐惧，让他安静点。

"但这次疼得不一样，"邓说，"疼的地方比以前低一点，像是有人打我，戳我。"

我自己也很饿，很难对邓生出同情心。我的饥饿感起伏不定，感觉到的时候则无处不在，肚子里，胸膛里，胳膊里，大腿里。

"我想我妈妈。"邓说。

"我想回家。"他说。

"我不想走了。"他说。

我走到队伍前头，这样就不必听邓的废话了。我们大多数人都很坚忍，知道抱怨无用，邓说这些太对不起大家了。

下午，空中隐约传来一声轰响。我们停住，又听到一声，这次清晰多了，是枪声。枪声一次次响起，一共五声。杜特让队伍停下来听。

"坐下。坐下等着。"他说。

他跑到前面，回来时开口大笑。

"他们杀了头大象！快来！今天大家都有肉吃！"

我们拔腿就跑，没人听完杜特的话，但都听到了肉这个字。我们跟着杜特和科尔·加朗·科尔跑。

我跑着跳过石头和灌木丛，速度如此之快，脚下的大地都飞了起来。所有人都边跑边笑。我们已有几个星期没吃过肉了。我很高兴，但一边跑一边思想斗争。我太饿了，饥饿感遍布全身扯裂着我，但我们的氏族认为大象是神圣的，马里尔拜没人盘算过杀大象，更别说吃大象了。但我仍然向大象奔去。没一个孩子犹豫，跑起来百病全无，一点都不像刚走了这么远路的样子。那一刻，我们不是奄奄一息的孩子，不是刚刚还在走路的那些孩子,而是即将享受鲜肉盛宴的饥饿的孩子。

跑近一些,我们看见一座灰色小山,周围全是孩子,几百人足足围了十层,一个孩子爬上这头动物的头部,从头骨往下撕扯象耳。另一个抵着大象站着,一只手和手腕消失不见,肩膀红红的都是血。过了一会儿他的手才抽出来,鲜血淋漓。原来子弹在象身上射出一个枪眼,他把手插进了大象体内。不管哪个部位的肉他抓起就生吃,动物的鲜血从他脸上滴落。

大象旁边有两个穿军装扛枪的人。孩子们撕扯大象时,我观察着这两个人。

"他们是什么人?"我问科尔。

"这是你们的军队,"他说,"是丁卡的希望。"

杜特、科尔和其中一个士兵帮着割象皮。我望着他们。他们从象背开了条长长的口子,孩子们十个一组,把象皮往外剥,扯下来拉到地上。没了皮的大象像火苗一样红。孩子们跳到大象身上,又撕又咬,手里一抓满象肉,就跑开到树底下像鬣狗一样啃起来。

一些孩子迫不及待地跑开去吃,另一些不知道是否应该弄熟了再吃。这时是早上,很多孩子不确定在大象旁这个地方还要停留多久,走时是否可以把肉带走。

苏人解士兵生了一大堆火,杜特叫五个孩子收集木柴,壮大火势。科尔在象的另一侧也生了一堆火,我们这些还没吃的孩子用树枝串起来烤肉。

士兵高兴地看着我们吃,态度友善地和我们说话。我坐在邓身边,看他吃。虽然他笑也不笑,不像其他孩子那么欢欣鼓舞,我看着他吃还是感觉非常高兴。他的眼眶发黄,嘴角开裂,长出白疹。他尽量地吃,直到吃不动。

吃完后,我们全都留意着叛军。他们围着一棵大蒺藜树坐着,我们围住他们,盯着他们看。

杜特马上制止。

"让他们有点地方呼吸,孩子们!你们跟蚊子似的。"

我们退后几步,但慢慢地又靠上去了。士兵们微笑着,他们喜欢被关注。

"我们在高克阿罗喀绰遇到了麻烦。"杜特说。

"什么麻烦?"一个叛军问。

杜特叫来一个受伤的孩子,孩子的腿被长矛刺伤。

"谁干的?"叛军士兵问。

这个人叫马韦恩,他怒气冲冲猛地站起来。杜特解释发生的事情,说我们平静地经过一个村子,村人拒绝给食物,还投掷长矛追赶我们。他略掉了偷果子的部分,也没有孩子认为有必要提。我们满心骄傲和期待,看着马韦恩的怒火上升。

"他们对小红军做这样的事?对手无寸铁的孩子?"

杜特尝到了复仇的感觉,加油添醋:"他们追了我们整半天!他们不欢迎叛军,叫我们叛军,还骂苏人解!"

马韦恩大笑,"酋长很快就会看到我们!是不是一个抽烟斗的?"

"对!"杜特说,"他们很多人抽烟斗。"

"我们知道这地方。明天我们就拜访这个村子,和他们讨论讨论如何对待小红军的事!"

"谢谢您,马韦恩。"杜特说,换了种极其尊重的语气。

马韦恩向他点点头。

"再吃一点吧,"他说,"能吃多少就吃多少!"

我们一边盯着他们一边吃。每个士兵周围都围了二十个孩子,吃时眼睛都不离士兵。士兵们看起来很高,是我们几个月来见过的最魁梧的人。他们很健康,肌肉虬结,脸上写满自信。这就是能与穆拉林和政府军战斗的人!体现我们愤怒的人!兑现我们祈求着的所有希望的人!

"你们打赢了战争吗?"我问。

"哪场战争,杰施阿玛?"

我愣了一会儿:"你说的这个词是什么?"

"杰施阿玛。"

"这是什么意思?"

"杜特,你什么都没教这些孩子吗?"

"这些孩子还不是杰施阿玛,马韦恩。他们太小了。"

"小?你看有些孩子,已经可以打仗了!他们是战士!看那三个!"

他指着三个仍在火上烤肉的大点的孩子。

"他们是很高,可是还小,和这边的孩子一样大。"

"我们等着瞧吧,杜特。"

"你们打赢战争了吗,马韦恩?"邓又试着问,"和穆拉林的战争?"

马韦恩看了一眼杜特,又回头看邓。

"是的,孩子,我们就快打赢了。但是战争是打苏丹政府的。你知道的,对不对?"

虽然杜特已经解释过很多次,但我仍然不解。我们的村子是被穆拉林攻击的,可叛军放着村子不顾,去打其他地方,打政府军。那时我感到困惑,直到很多年后才明白。

"你想握着它吗?"马韦恩指着他的枪说。

我想,非常想。

"坐下,对你来说很重。"

我坐下,马韦恩调了调枪,然后把枪放在我膝盖上。我担心枪会很烫,但枪搁在我裸露的腿上时,我感到很重,触感却很凉。

"很重,是不是?想想要整天扛着,杰施阿玛。"

"杰施阿玛是什么意思?"我低声问,知道杜特不想让我们知道这个问题的答案。

"就是你,孩子,意思是红军。你们就是红军。"

马韦恩笑了,我也笑了。那时,我喜欢身为军队一部分的感觉,喜欢被用战士的昵称称呼。我用手摸遍枪的表面,觉得形状非常奇特。枪上四处都是突起,有很多伸向不同方向的把手,不像我能想到的任何东西,我只得仔细端详,记住子弹是从哪头射出的。我把手指伸进枪筒。

"这个出口这么小。"我说。

"子弹不大。子弹不需要大,它们很锋利,飞得够快,能射穿钢铁。你想看子弹吗?"

我说想看。我见过弹壳,但从未摸过没发射过的子弹。

马韦恩仔细翻他衬衫前口袋,拿出了一枚金色的小小东西,放在掌心。像我大拇指头那么大,一端平整,另一端突出。

"我能握着吗?"我问。

"当然。你太有礼貌了,"他很诧异,"战士从来不讲礼貌。"

"烫吗?"我问。

"子弹烫不烫?"他大笑,"不烫,枪让它变烫,现在很凉。"

马韦恩把子弹放在我掌上,我心跳加速。我相信马韦恩,可不能肯定子弹会不会穿透我的手掌。子弹躺在我掌心,比我预料的轻,一动不动,没有割我的皮肤。我拈起子弹,靠近眼前,先闻了闻,看有没有火或者死亡的气味。闻起来只有金属的味道。

"让我闻闻!"

邓伸手来抓,子弹掉到地上。

"小心点,孩子们,这很贵重。"

我冲邓的胸前打了一巴掌,找到子弹,抹掉表面尘土,用衬衫擦了擦,不好意思地递给马韦恩。

"谢谢你。"马韦恩说,收回子弹,又放回衬衫口袋。

"杀这头大象用了几发子弹?"邓问。

"三发。"马韦恩说。

"杀一个人要几发?"

"什么样的人?"

"阿拉伯人。"邓说。

"一发就够了。"马韦恩说。

"这支枪能杀多少阿拉伯人?"邓问。

"子弹有多少发,就能杀多少人。"马韦恩说。

邓有很多问题,马韦恩都愿意回答。

"你们有多少发子弹?"

"我们有很多子弹,我们正在想法弄到更多。"

"从哪儿弄?"

"埃塞俄比亚那里。"

"我们正要去那儿。"

"我知道,我们都要去埃塞俄比亚。"

"谁?"

"你,我,所有人。南苏丹的所有孩子,成千上万的人都去。你们是很多队伍中的一支。难道杜特没跟你们说?杜特!"他冲杜特大喊,杜特正在设法打包一些象肉,"你到底有没有教这些孩子?跟他们什么也没说?"

杜特发愁地看着马韦恩。邓还有更多问题。

"是阿拉伯人杀丁卡人容易,还是丁卡人杀阿拉伯人容易?"

"只要子弹一样,都会死。子弹可不认人。"

这让我和邓都感到失望,但邓加紧继续问。

"为什么我们没有枪?我们能用这支枪吗?"

马韦恩头往后一仰,大笑。

"看到了吗,杜特?这些孩子已经准备好了,他们现在就想打仗!"

我们不停问问题,直到吃不动象肉,直到马韦恩烦了我们。太阳落山,夜幕降临,士兵们住在附近一间空屋里,我们围成圈睡觉。所有人都酣然入睡,在叛军附近我们感觉安全,复仇之念在心中跳动。

我睡在邓旁边,知道未来的日子里,我们会找到更多这样的食物。我想象着我们已经进入一个地区,这里有很多打猎的叛军。有猎人的地方,就有死象等着被吃掉。大象是完美的食物,身量够大,能提供几百个孩子所需要的肉,肉质营养价值又高。我再也不管祖先们怎么想。我们是红军,我们需要吃肉!

早上我迅速爬起,很多星期以来第一次感觉这么强壮。邓在我旁边,我让他继续睡。我去找士兵,但整个营地一个也没看到。

"他们已经走了,"杜特说,"他们去拜访高克阿罗喀绰的酋长去了。"

我大笑,"拜访得好!"

"我真想也去。"杜特说。

战斗!光想着已经很满足了。我的想象力被枪点燃,用枪的力量直截了当解决高克阿罗喀绰村的事!几周以来我第一次渴望冒险,我想前进,想看看前方路上有什么。我想象着和我们一样的其他队的孩子,都在去埃塞俄比亚的路上。想着叛军战士,想着他们的枪,想着他们为我们而战的意愿,我从这些想法之中汲取力量。我第一次感到我们也有力量,感到丁卡也能战斗。

太阳又成了我的朋友,我向往着经历世事,奋发向上,活下去。我环顾四周其他孩子,他们都相继醒来,收拾东西。邓还在睡。看到他惬意地熟睡,没有抱怨,我很高兴,就没叫醒他。

我朝士兵们睡觉的屋子走去。他们已经离开,我看到里面有其他孩子的身影,他们在找吃的或者其他东西。什么也没有。我们离开屋子后,看到大多数孩子都坐在自己的小组里,准备出发。我到自己的小组里坐好,想起了邓。

"杜特,"我说,"我想邓还在睡觉。"

然而邓不在我刚才见到他的地方。我旁边的几个孩子举止怪异,避开我的视线。

"到这儿来,阿沙克。"杜特说,胳膊环住我肩膀。

我们走了一小会儿,他停下,指着远处。我看见邓在那儿睡觉,只是换了个地方,脸上盖着那件阿拉伯人的白头巾。

"他不是在睡觉,阿沙克。"

杜特的手在我的头顶搁了一会儿。

"别走过去,阿沙克。你不会想像他一样病倒吧。"

然后杜特转身向一群年龄大些的孩子讲话。

"去收集些树叶,大的。得很多树叶才能好好盖住他。"

三个孩子被挑出来把邓的尸体抬到这个地方最大最老的树下，安置好后将树叶盖在他身上，以抚慰死者的灵魂。杜特念了祷文，我们又开始行进。邓没有被埋起来，我也没见到他的身体。

邓死后，我闭口不说话，对谁也不说话。邓是第一个死的，不久后不断有孩子死去。没有时间去埋葬死者。孩子们死于疟疾、饥饿和感染。每次有孩子死去，杜特和科尔尽量敬重死者，但我们不得不继续上路。杜特从口袋里拿出名册，标注何人死于何时何地，然后我们继续走路。如果有哪个孩子病了，就独自一人走，怕传染上其他人，也不想太了解他，因为他肯定很快就死。我们不想让他的声音长留脑海之中。

死去的孩子数目达到十个、十二个，杜特和科尔越来越害怕。他们不得不每天背着孩子。每天早上都有新的孩子太过虚弱，无法走路，杜特整天背着他，希望能遇到个医生，或者有村子收留这个孩子。有时会有，但通常不会。我不再去看杜特将死者埋在哪儿，或者藏在哪儿，因为我明白随着行程的继续，他越来越马虎。每个人都很虚弱，虚弱到应对危险时也思维不清。我们沿途已将衣服都换成了食物，几近赤裸，大多数人都赤着脚。

可为何高空轰炸机还对我们有兴趣？

我看见它时，所有孩子都看见了，三百个脑袋一齐上仰。起初声音和货机或偶尔飞过的小飞机并无不同，但轰隆声震动肌肤，飞机也比我记忆中飞这么高的要大。

飞机飞过我们上空，消失了，我们继续走路。我们学过如果遇到武装直升机沿路飞来，要躲树下或灌木丛中，但如果遇到安东诺夫，只知道要把所有反射阳光的东西拿走或藏起。镜子、玻璃，所有能反光的东西都不能用。当然有几个孩子最初有这样的东西，可现在早就没了。所以我们继续走，想都没想我们会被当成目标。我们只是几百个衣不蔽体、手无寸铁的孩子，大多不满十二岁，飞机怎么会对我们感兴趣？

然而几分钟后，飞机折返了，很快传来呼啸声。杜特朝我们大叫，让

139

我们快跑,但没告诉我们往哪儿跑。我们往四面八方跑去,两个孩子选错了方向,跑到一棵大树下,那儿正是炸弹的落地点。

仿佛是一拳从地底打穿了大地,爆炸将大树连根拔起,烟雾和泥土被抛到五十英尺高空,尘土遮天,一片昏暗。我被掀翻在地,待在那里不动,脑袋嗡嗡作响。我抬头看到遍地是孩子。空中安静了一会儿,孩子们爬起来靠近弹坑,我看着,头晕目眩动弹不得。

"不要靠近!"杜特说,"他们不在那儿了。走!躲到草里!走!"孩子们还是走近弹坑往里看。他们什么也没看见,里面什么都没有,两个孩子凭空消失了。

我没考虑到轰炸机可能会返回,可是它很快就又来了。轰鸣声又一次刺破云层。

"离开村子!"杜特大喊,"离开房子!"

没人动。

"离开房子!"他大叫。

飞机出现了,我跑离弹坑,但一些孩子往弹坑跑。"你们要躲到哪儿去?"我问他们,发现他们无法开口。我们六神无主,四处奔逃。

我听到身后又有一声呼啸,比上一次更短促,然后又一拳从地下打出,天又变暗了。有一刻四周静默无声,死寂一片,然后我飞上了天。大地旋转,转过我的右耳,撞到我的后脑勺。我背部着地,疼痛如凉水流动传过头部。我什么也听不见,躺了一会儿,四肢毫无知觉。我的上空全是尘土,但正上方有个蓝色圆窗,我睁大眼睛看进去,我想那是上帝。因为无法移动,我感到无助,感到宁静。我不能说话,听不到声音,动弹不得,但这一刻心中满是奇怪的安宁。

有声音唤醒我,是笑声。我跪起,但不敢双脚落地。我再不要相信大地了。我跪着呕吐,又躺倒了。天逐渐变亮,我又尝试了一次,先跪起来转动脑袋,眼冒金星,四肢刺痛。我跪了一会儿,恢复了视力。

头脑清醒后,我举目四望。孩子们在乱转,有些坐着吃玉米。我双脚着地,慢慢站起,感到极不自然。双脚渐渐地完全承受了身体的重量,可还是觉得四周嘶嘶的气流令人晃晃悠悠。我伸展手脚,左右活动。我站着直到四肢停止颤抖,过了段时间感觉又像正常人了。

五个孩子被炸死,三个当场死亡,另两个双腿被炸烂,活生生地看着血液从身上流出,染黑土地,然后死去。

我们再上路后,没人说话。活着的孩子也大多失魂落魄,他们不抱任何希望了。其中一个叫莫尼希尔,他的鼻骨几年前因和其他孩子打架而骨折。他双眼紧闭,不言不笑。我试着和他说话,但他言语简短,很快结束对话。轰炸之后,莫尼希尔双目无光。

"我不能这么被猎杀。"他告诉我。

我们走在薄暮之中,穿过一片曾经人烟繁盛,而眼下空无一人的地区。那天傍晚天色很漂亮,粉红色、黄色和白色漩在一起。

"被猎杀的不只是你,"我说,"我们都在被猎杀。"

"是的。我不能像这样被猎杀。树林里和天上的每个声音都让我崩溃,我像被攥在掌心的鸟一样发抖。我不想走了,只想静静待着,那样至少还能知道会有什么声响。我什么声音都不要听,不要随时担心被轰炸、被吃掉!"

"你和大家一起去埃塞俄比亚比较安全。你知道这是真的。"

"我们是靶子,阿沙克。看看我们,这么多孩子,所有人都想我们死,上帝想我们死。他要杀死我们。"

"再走几天,你会感觉好些的。"

"我要离开队伍,找个村子。"莫尼希尔说。

"别这样。"我说。

但他很快就付诸行动,留在下一个路过的村子。虽然村子荒芜,杜特也跟他说穆拉林会回到这个村子,莫尼希尔还是不走了。

"来日再见了。"他说。

在村里,莫尼希尔找到一个安东诺夫炸出的深洞,爬了下去。我们见惯了孩子因各种原因死掉或者离队，就和他说再见。队伍继续行进，而莫尼希尔在洞里一动不动待了三天，享受里面的静寂。他在弹坑里挖了一个穴，从一间被烧毁一半的屋子上取来茅草盖住，造了个小门遮住入口，以躲避野兽。莫尼希尔没遇到任何访客。不管是野兽还是人，没一个知道他在里面。第一天他饿了的时候，爬出洞，爬进村子，在一间屋里火灰堆中找到块骨头，上面粘了焦黑的羊肉，只够吃三口，但他心满意足。他喝水坑里的水，然后爬回洞中，整日整夜待在里面。第三天他决定死在洞里，因为里面很温暖，没有声音。他准备好了，所以真的死了。和我一起走的孩子没一个看见莫尼希尔死在他的洞里，但我们都明白这个故事是真的。在苏丹，孩子太容易死了。

十三

我躺在地板上,踢着地板呼唤基督教邻居,忽而镇定,忽而焦躁,动摇不定。面对困境我有时很冷静,知道阿科尔·阿科尔来了一切就会结束,可是每过一小时我都感到一阵焦躁,心中生出无名之火。我挣扎着,拳打脚踢想挣开束缚,但越挣扎,捆绑反而越紧,我痛得流泪,后脑勺阵阵刺痛。

绝望之中忽然出现一线曙光,我发现自己能滚动。我太笨了,居然没早些发现。我立即滚起来,直直地向前门滚去。我下巴蹭着地毯往一侧滚,滚了五圈后碰到了前门。我抬起双腿,把自己蜷成一团,深吸一口气,头晕目眩但知道找到了解决方法。我用捆住的双脚踢打着门。

现在就算我没把门踢倒,也肯定能引起外面人的注意。厚重的门上撑着金属条,撞击门框发出声响,声音够大。踢着踢着,我很快发现自己很有节奏。声音很大,一定有人听到了。我一边踢,一边嘴角挂上微笑,知道外面每个人都发现有人遇到麻烦了。亚特兰大有人正在遭难,被殴打!这人来这个城市只是为了上学和安定的生活,如今正被绑着躺在公寓里!他在踢门,声音很大!

听着我啊,亚特兰大!我大笑,泪水滚下额角,因为我知道有人会来到门前,可能是基督教邻居,可能是埃德加多,也可能是路过的陌生人,他们会问,"谁在里面?怎么了?"他们会感到内疚,因为本可以早一些做些什么,而不是只是听着。

我开始数踢了几下。二十五,四十五,九十。

数到一百二十五下,我停了下来。我无法相信撞击声竟然没有引人来到门前,沮丧感比被绑缚和被枪托砸的疼痛感更甚。这些人去哪儿了?我知道有人听到了,不可能听不到,可他们认为事不关己。开门!让我再站起来!如果我手能动,就能站起来,能解开嘴上胶带,告诉你们这里发生了什么。

我继续踢。一百五十。两百。

没人来门前?这不可能。外面太过嘈杂无法听到我的声音?只要一个人就行!一个人来到我门前就够了。

大多数迷途少年来到美国后,玛丽·威廉姆斯是他们最早认识的人之一。她是通往所有帮助和指导的桥梁。玛丽眼神清澈,嗓音清脆。她是迷途少年基金会的创办人,这是个非营利性组织,创设目的是帮助亚特兰大迷途少年适应这里的生活、进大学读书和找工作。我来这儿一周后,阿科尔·阿科尔带我去见她。我们在雨中离开公寓,搭乘公共汽车去她的办公室,那里有两张办公桌,位于亚特兰大市中心一幢矮而宽的铬钢玻璃建筑物中。

"她是谁?"我问阿科尔·阿科尔。

"她是个喜欢我们的女人。"他说,接着解释说她就像营地里的援助人员,但不领薪水,她和员工都是志愿者。这对我是个陌生的概念。我好奇,是什么在驱动她和她的同事不计回报地帮助我们?这是我常问的问题,其他苏丹人也常有同样的问题:这些人是怎么了,为什么要花这么多时间帮助我们?

玛丽一头柔软短发,她热情地用双手握住我的手。我们坐下谈基金会的工作,谈我的所需。她听说我会做公共演讲,问我是否愿意给教堂、大学和小学做演讲。我说愿意。她的办公桌周围有很多小泥牛,很像小时候摩西捏的那种。亚特兰大的苏丹人一直在捏泥牛,玛丽拿去拍卖为基金会筹集资金。玛丽的母亲叫简·方达,她为基金会的运行提供支持和办公场所。听说简·方达是著名的女演员[①],因为人们愿意出钱买有简·方达签名的东西,她也在一些泥牛上签字。

那天我和玛丽简单聊过我的需求和计划之后,参观了办公室,我记得

---

① 简·方达(1937—),美国演员、作家、社会活动家,曾获两届奥斯卡最佳女主角奖。

当时自己感到迷惑不解。我被带去看一个庞大详尽的陈列柜,里面有几百件颁给简·方达的熠熠生辉的塑像和奖章。我沿着柜子缓缓走动,眼睛一眨不眨,都发干了。得承认我喜欢看奖杯和证书。我看到一个白种女人的很多照片,但和玛丽·威廉姆斯一点不像。玛丽是非洲裔美国人,简·方达却是白种女人,我隔了一会儿才想到这一点。仔细看完玻璃柜里的东西,关于玛丽我有了更多的问题。办公室里的很多照片上,简·方达都穿着粉红色和紫色的紧身运动装,她似乎很有活力。离开办公室后,我问阿科尔。阿科尔能否解释一下。

"你不知道玛丽?"他说。

我当然一无所知,于是他讲了玛丽的故事。

玛丽六十年代后期生于奥克兰黑豹党①家庭,父亲是首脑人物,一位勇敢杰出的黑豹党成员。她有五个哥哥姐姐,家庭很贫困,不断地搬家。她父亲曾多次入狱,罪名与革命运动相关。获释后,他吸毒,做一些零碎的杂活。她母亲曾是当地焊接工人联合会中第一位非洲裔美国女人,最后死于酗酒和毒品。身处这样的环境,玛丽被送去圣巴巴拉参加一个为内城区②孩子举办的夏令营,该夏令营由女演员简·方达举办并运作。经过两个夏天的课程,简·方达深入了解了玛丽,最终带她离开瓦解中的家庭,收养了她。玛丽从奥克兰搬到圣莫尼卡,在那儿和简·方达的亲生孩子一起长大。十五年后,玛丽在报上读到了迷途少年,不久就成立了她的组织,这时她已读完大学并在非洲从事过人权工作,而她的姐姐在十五岁时沦为妓女,死于奥克兰街头。基金会启动资金由简·方达和泰德·特纳③提供,听说泰德·特纳是位水手④,拥有很多家电视广播公司。后来我分

---

① 黑豹党,二十世纪六十年代后期以及七十年代活跃的美国黑人政党,主张武力夺权,一九六五年创立于加利福尼亚奥克兰市。
② 内城区,城市中心一部分,通常年代较久远,尤指那些低收入、少数民族居住的拥挤的住宅为特色的地区。
③ 泰德·特纳(1938—),美国有线新闻网(CNN)创始人,现任美国在线一时代华纳的副主席,超级富豪,著名慈善家。
④ 泰德·特纳曾是帆船运动员,一九七七年赢得美洲杯帆船赛冠军。

别见到了简·方达和泰德·特纳，发现他们非常体面，记得我的名字，热情地用双手握住我的手。

亚特兰大的迷途少年不止一次与这样的名人发生联系，我不懂其中原因，但猜测是玛丽的工作成果。她竭尽所能让我们受到关注，同时为基金会集资。最后虽然没能奏效，但其间我与吉米·卡特①甚至安吉丽娜·朱莉②握过手。安吉丽娜·朱莉在亚特兰大一个迷途少年公寓里待了一下午，那是不同寻常的一天。之前几天，我听说有个年轻的白人女演员要前来和一些迷途少年交谈。和以往一样，为了谁代表我们、为什么能代表，发生很多争论。因为我在卡库马领导过很多年轻人，也位列被选中出席的人，但其余的苏丹年轻人不服。我不在乎，因为我想出席，以确保我们的生活境况描述确切，没有夸大。我们二十个人挤进在亚特兰大住得最久的一个迷途少年的公寓里，接着朱莉小姐走了进来，一个戴棒球帽的灰发男子陪着她。两人坐在沙发上，苏丹人围绕着他们。我们都想发言，都想被听到，虽然也一直想表现得礼貌些，说话声音不要过大。我必须承认，见到她时根本不知她是谁，只听说是个女明星，但她看上去并不像演员。她和我在卡库马格外迷人的戏剧指导老师格莱迪丝小姐有着同样稳重的仪态和多情的双眸，于是我立刻喜欢上了她。朱莉小姐听我们讲了两小时，然后告诉我们说想亲自去卡库马看看。我相信她是真心这么打算的。

初到美国的几个月里，发生了很多趣事。玛丽·威廉姆斯常给我打电话，我也给她打电话。我们的关系帮了我大忙。治疗头疼和在卡库马受伤的膝盖时，我遇到了麻烦，玛丽打电话给简·方达，简·方达带我去看她在亚特兰大的私人医生。这个医生后来给我的膝盖动了手术，极大地改善了我的灵活性。玛丽非常慷慨，可是一直被她帮过的一些苏丹人的态度伤害。从她几乎要哭出来的眼睛里，我看出她已经筋疲力尽，无法再为我们的事情服务了。一次生日晚会上，我第一次明白她的处境有多困难，明白

---

① 吉米·卡特（1924— ），一九七七年至一九八一年任美国总统，离任后从事人权工作，二〇〇二年获诺贝尔和平奖。
② 安吉丽娜·朱莉（1975— ），美国演员，曾主演过《史密斯夫妇》《古墓丽影》等电影。

相比她的付出,她得到的感激那么少。晚会所有东西都由她一手安排——食物、亚特兰大老鹰队的比赛门票、史上最著名苏丹人、前NBA球员、将很大一部分收入转给苏人解的马努特·博尔①的个人演讲。可是,关于玛丽和迷途少年基金会的工作,仍有抱怨和猜疑声:她滥用捐款了吗?她没法让迷途少年读大学?

我到这个国家才几个月,身穿西装坐在一场职业篮球赛的场边。想想这幅画面!想象着十二个苏丹来的难民,都穿着西装!虽然这些由教堂和赞助人捐赠的均码西装,都过小了,不甚合体。我们端坐着想弄明白一切。比赛还没开始就呆住了,一队十二个不同肤色体格健美的美国年轻女孩,身穿紧身舞衣,呈扇形散布在球场上,伴随着吹牛老爹②的歌曲,表演了一场极其亢奋刺激的舞蹈。我们都盯着旋转的年轻女孩,她们展现出十足的力量感和强烈的性感。转开视线可能不礼貌,但跳舞的人让我感觉不适。我生平听到的最响的音乐,还有高达一百二十英尺的天花板、数千座位、铬钢玻璃、横幅、拉拉队、势不可挡的音响系统,这些体育场的大场面似乎是专门设计用来让人疯狂的。

片刻之后,另一组拉拉队队员用一种看上去像冲锋枪的装置远远地往看台投射T恤衫。我盯着枪看,枪管里藏着十件卷起来的T恤衫,能发射四五十英尺远。亚特兰大老鹰队的这些年轻拉拉队队员分发衣服和微型篮球,想激发人群的热情,可她们任务艰巨。亚特兰大老鹰队的对手是金州勇士队,两支球队本赛季成绩都很差,所以一万七千个座位的球场里只坐着寥寥几百人。

那晚观众中有相当一部分是苏丹人。我们有一百八十人,其中十二个被选中和马努特·博尔一起坐在场边。我们就这样坐在曾打过职业篮球赛的最高的人身边,观看篮球赛。真是怪事,这晚的一切在我一生中本应是

---

① 马努特·博尔(1962—),生于苏丹,丁卡人,后到美国打球,成为NBA球星。身高2.31米,曾是NBA最高的球员。
② 吹牛老爹(1969—),美国说唱歌手、制作人,原名肖恩·约翰·康姆斯,在美国流行乐坛有举足轻重的地位。

正面的，然而却不是。第一声不和谐的音符是一个没得到场边座位的迷途少年走过来，大声抱怨所有的不公，甚至对马努特抱怨。当这个年轻人（我不会提他的名字）为不平而咒骂时，玛丽的名字被一遍遍地提及，说是她惹的麻烦。

"她怎么能这么做？"他问，"她有什么权利？"

这晚我很看不起这人。最后引座员要求他回到自己位置上去，我们尴尬地把注意力转回球场。跳舞的人继续跳，几个亚特兰大老鹰队球员穿着巨大的鞋子，慢跑到博尔面前和他握手。他们身材看上去比电视上见到的更为高大。博尔坐在位子上没起身，显然站起来对他不像以前那么容易。我们都看着博尔和这些美国球员说话。他们快速握手，聊上几句，然后球员回到自己的队伍中。几个老鹰队的球员瞥过我们这些博尔的客人，似乎马上猜出我们是谁。

这既让人振奋，又让人羞愧。我们这些人从未这么健康过，但身在这些 NBA 球员身边显得孱弱而营养不良。就算我们的队长马努特·博尔，也是小小的头，巨大的脚，像一棵树上挂了过大的树枝。我们队伍的外表暗示所有的苏丹人都吃不饱饭、发育不良。我们不管穿什么西装，都无法显出舒适自在的样子。

这场比赛是生日庆祝晚会的开端。晚会是玛丽和志愿者为纪念我们共同的生日而举办的。比赛后，我们在隔壁的 CNN 中心庆祝生日。玛丽通过泰德·特纳的关系找到了这块场地。赞助人带来了烤鸡、豆子、色拉、蛋糕和汽水。在我抵达美国之前，迷途少年基金会前一年曾举办过类似的聚会。为什么我们在同一天庆祝生日？这是个好问题，答案俗套但有趣。我们在联合国难民署的卡库马办公室开始办安置手续时，援助人员尽可能准确地给我们指定年龄，但生日都是同一天：一月一日。我不知道为什么是这一天，似乎联合国为每个人随机挑一个日子也很容易，可他们没这么做。虽然有很多孩子自己挑了个日子，多数人还是接受了，把一月一日定为自己的生日。不管怎么说，在各种官方文件中再改生日可是件麻烦事。

有人从遥远的杰克逊维尔和夏洛特赶来参加晚会。我们扎堆谈天，人群中还有赞助人及其家人。每个难民都有一到两个美国赞助人，有年轻的上班族夫妇，有戴着卡车司机帽的上了年纪的人，也有退休老人。他们虽然社会经济地位各异，但几乎清一色是白人。到场的这些美国人多数为三十到六十岁之间的妇女，热情能干，是人们常在学校和教堂看到的那类志愿者。

这么多人聚在这儿，真是太了不起了。我目光扫过人群，看到一对兄弟，我们十多岁的时候，我教过他们踢足球。还有一起上英语课的，在卡库马一起参加剧社的，在营地里卖鞋子的等等。这是我第一次跟十几个以上来自卡库马的人聚在一起，几乎惊呆了。我们都活了下来，现在西装革履站在富丽堂皇的大厦里。我们相互拥抱着招呼，笑逐颜开，很多人处于震惊中。

有一组人打扮得与众不同：运动装、遮阳帽、棒球帽、篮球衫，耀眼的金表和金链。我们称他们为"夏威夷特勤组"①，因为他们刚从夏威夷回来。在那儿他们充当布鲁斯·威利斯主演的一部电影的临时演员。这是真的，迷途少年基金会一个志愿者认识洛杉矶一位正在找东非人做临时演员的选角导演，电影由一位叫安东尼·福奎阿的非洲裔美国人执导②。这个志愿者送去十个亚特兰大苏丹人的照片，他们都被雇用了。这十个人刚在岛上住了三个月回来了。他们在那里住五星级酒店，一切所需都有人照应，薪酬也很丰厚。如今他们回来了，决心要摆出一副去过了不得的地方的样子，和没去的人档次不同了。其中一个人在夏威夷衬衫外套着六条金链。还有一人穿的T恤衫上印着他和布鲁斯·威利斯的合影，这人后来整一年里每天都穿这件T恤衫，由于洗的次数过多，威利斯先生的脸都磨破了，像鬼一样。

"夏威夷特勤组"沾沾自喜，装模作样的时候，其他人费力地想表现出不为所动的样子。有人替他们高兴，或者为这些怪诞行径而和他们一起

---

① 一部美国电视剧的名字。
② 安东尼·福奎阿（1966— ），美国导演，执导过《生死狙击》《亚瑟王》等。文中提到的这部电影名为《太阳之泪》，由布鲁斯·威利斯主演，讲述拯救尼日利亚难民的故事。

笑，这是好的情况，坏的情况是有人嫉妒，很多人都嫉妒，然后又去责怪玛丽。谣言说是她在挑选谁去夏威夷时从中操纵，是谁给了她这样的权力？迷途少年基金会停摆的种子就在这天晚上播下。从那天起，玛丽做什么都被认为做错了。我并不认为苏丹人特别爱争吵，但亚特兰大这些苏丹人只要其他人得到了什么，似乎总要找理由觉得自己受冷遇了。我们接受工作和推荐变成难事，收到教堂或赞助人送的任何礼物总是又感激又不安。亚特兰大有一百八十双眼睛紧紧盯着我们，而任何东西都不够分，没法公平分配。一段时间后，我们不接受礼物，不接受学校和教堂演讲的邀请，或者一起退出社区，这样才安全，才能不被人说三道四。

后来跳起了舞，尽管现场只有四位适合做舞伴的女子，还只有两个是苏丹人。跳舞之后，马努特·博尔致辞。他耸立在众人之间，表情严肃，像个老学究。他的演讲先用丁卡语，然后用英语，以照顾人群中的美国人。他敦促我们在美国守规矩，要让我们做模范移民，努力工作，读大学。他说，如果我们行为端正、自律严格、志向远大，东道主美国人就会喜欢我们，我们的成功也会鼓励美国政府带更多苏丹难民到美国。他解释说，是否成为仍在营地和苏丹的受苦的苏丹人的希望，取决于我们。

"记住，时间就是金钱！"他激励大家。

他停下来等待反应。

"在美国，你们不能迟到！"

又一次长时间的停顿。

马努特讲话中气不足，每句话开头几个词声音很大，然后再低声补上后面的话。他发言时，我们都静静地站着，点着头。我们极为尊敬马努特·博尔，他为了给苏丹带来和平竭尽所能。就在几年前，苏丹政府希望他去喀土穆，要任命他为体育和文化部部长。出于对祖国的忠诚，并视此为让伊斯兰政府更多关注自己部族的机会，马努特接受任命并飞往喀土穆。一到那里，他被告知职位还不是他的，除非他声明放弃基督教，改信伊斯兰教。他拒绝了，后果很严重。苏丹政府大为难堪，据传，马努特差点没能活着离开，通过贿赂才得以离开苏丹，返回康涅狄格。

"你们再也不在非洲了！那些日子结束了！"

这些话了无新意。他不论与我们哪一个谈话，都清楚地知道我们不惜一切代价想得到大学学位，还有寄钱回苏丹的能力。

"让你们的祖先感到自豪！"他大呼。

玛丽一边看着，一边忙着解开食物包装，感谢赞助人，清扫，握手。在我记忆中，这是最后一次见到她为我们忙碌时还有几分快乐。之后几个月我和玛丽逐渐相熟——就是她和我们一同看《驱魔人》的，她向我倾吐与她帮助的其他苏丹人相处的困难。他们冲她大吼，质疑她的工作能力，说她不称职时还常牵扯她的性别。我承认很多苏丹男人都认可这个借口。每当有新的指责针对她，比如说浪费捐款，偏心，诸如此类，她就退得更远。当然她别无选择，对不怀疑她的人抱有好感也是人之常情。我仍然支持她，因为我看到太多苏丹人大大受益于她的帮助。我对她表露耐心和同情，我承认自己从中得到了好处。她带给我最重要的礼物是菲尔·梅斯。

基督教邻居，虽然很多赞助人和你们一样，都是善心的虔诚教徒，被迷途少年的悲惨命运感动，但我到亚特兰大几个月后，还没有赞助人。美国政府提供的三个月房租钱眼看就要花完，我又不断被头疼折磨，经常无法动弹，疼痛还可能导致失明。我想开始新生活，无数的事需要别人帮忙：驾照，汽车，工作，大学录取通知书等。

"菲尔会帮你全办妥的，"一个雨天，我们在迷途少年基金会办公室里等着时，玛丽拍着我的膝盖说，"他是我找到的最好的赞助人。"

大多数赞助人是妇女，只有少数几个男人，给我的赞助人是其中之一。我知道一旦消息传出去，很多人会对我反感。可我不在乎，我需要帮助，已经对亚特兰大年轻苏丹人的钩心斗角绝望了。

和菲尔见面我很紧张。我们都相信，苏丹人随时可能碰上任何事情，这么说并非开玩笑。尤其是我以为见面当天上午，一进迷途少年基金会办公室，就可能被移交移民局官员，然后被遣返卡库马或者其他什么地方。我信任玛丽，但怀疑菲尔·梅斯是某种特工，他不喜欢我们到美国后至今的所作所为。后来菲尔告诉我，他从我的姿势能看出我的惶恐和紧张。只要受到欢迎，远离危险，我就感到庆幸。

我穿着蓝裤子等在大堂。裤子是教堂捐赠的，对我来说太短，腰又太宽，但很干净。白衬衫很合身，我前一晚熨了整整一小时，早上又熨了一次。

一个穿着牛仔裤和马球衫的男子走出电梯，他相貌端正，三十多岁，看上去像典型的亚特兰大白种人。他就是菲尔·梅斯。他微笑着向我走来，双手握住我的手轻轻摇动，注视着我的眼睛。我越发肯定了，他要把我驱逐出境。

玛丽让我们单独相处。我简要讲述了自己的经历，看得出他被深深感动了。他看过迷途少年的报道，但当面听我讲述细节仍觉得难过。我问他的生活，他讲了些自己的事。他说他是房产开发商，生意不错。他在佛罗里达的盖恩斯维尔长大，是一位昆虫学教授的养子，这位教授离开学术界当了修理工。他四岁时养母离开家庭，养父独自抚养他。菲尔曾是运动员，没能读成大学，毕业后找了份体育比赛解说员的工作。后来他读了法学院，搬到亚特兰大，结了婚，开了自己的公司。十多岁时他发现自己是被收养的，就去寻找亲生父母。结果让他很迷惘，他常对自己的生活、出身、本性和养育之恩感到困惑。看到我们和迷途少年基金会的报道后，他决定向这个组织捐款，和妻子斯黛西一起捐了一万美金。他给基金会打电话，和玛丽交谈。玛丽对他的捐款意向非常兴奋，问他除了钱之外，是否还愿意捐其他的，愿不愿意来办公室，捐出一些时间。

于是他坐到了我身边，显然我俩都陷入了困境，他正在做思想斗争。他原先并没有计划当赞助人，但几分钟之内，他知道如果这一天只写张支票就走，我还是会和以前一样，迷惘而无助。看着他挣扎着要做决定，我很为他难过。如果不是这种情况，我会告诉他捐钱就行了，但我知道自己需要指导者，类似如何治疗头痛这样的问题，我都需要人指点。我盯着他，想表现得像是个能一起打发时间的人，可以带回家见太太和不满周岁的双胞胎女儿。我微笑，努力表现得容易相处、友好礼貌，不会给人带去痛苦和麻烦。

"我喜欢孩子们!"我说。有时我忘记要把"孩子"复数形式后面的"们"字去掉。①"我很擅长和他们相处,"我补充道,"你给我的任何帮助,我会用照顾孩子和努力工作来回报。我会很高兴做任何事。"

可怜的人。我想我加大了选择难度,最后他站起握手的时候几乎要哭出来。"我会做你的赞助人和指导者。"他说,"我这就去帮你找工作,帮你找辆车和公寓,然后再看读大学的事。"我知道他会的。菲尔·梅斯是位成功人士,也会为我做成这些。我用力握他的手,笑了,陪他走向电梯。回到基金会办公室,我往窗外看,他从楼里出来,就在我下方。我看着他进了轿车,那是辆锃亮的黑色好车,就在我站着的地方的玻璃正下方。他坐在驾驶座上,双手搁在膝头,大哭起来。我看着他肩膀耸动,看着他双手掩面。

在菲尔和斯黛西家吃晚饭是件意义重大的事,我一定要留个好印象。我得表现得讨人喜欢、知恩图报,务必让他们的孩子喜欢我。可我不能一个人去。那时我没车,阿科尔·阿科尔正要去参加一个迷途少年聚会,我就让他捎我一程。我把上次和菲尔碰面时穿的那件衬衫洗了又熨了——当时那是我唯一合适的衬衫。我又熨了卡其裤。阿科尔·阿科尔和我坐进车里,他告诉我路上他还要接两个苏丹难民,派尔和道欧。

"什么?"我怒了。我计划让阿科尔·阿科尔陪我走到门口,因为觉得自己一个人做不到这点。现在难道要三个苏丹人护送我?那菲尔和斯黛西会开门吗?

"别担心,"阿科尔·阿科尔说,"我们把你放下就走。"

我们把车停在路边,从步道走过去。房子巍峨雄伟,在苏丹只有尊贵显要,比如部长和大使才住这么大的房子。草坪郁郁葱葱,树篱修剪成方形和球形。

---

① 瓦伦蒂诺用的"孩子们"原文为 childrens,即在 child 的复数形式 children 后面又错误地加了一个复数后缀 s。

我们按了门铃。门开了,是菲尔和斯黛西,各抱着一个双胞胎女儿。我看到他们脸上写满了震惊。

"嗨……"斯黛西说。她金发碧眼,身材娇小,声音清晰但犹豫。她望了望菲尔,仿佛责怪他忘记告诉她来吃晚饭的是四个苏丹人,而不是一个。

"进来,进来!"菲尔说。

我们进去了。他们关上我们身后的门。

"吃烧烤没问题吧?"斯黛西说。

我转头去看阿科尔·阿科尔,给了他一个眼色,催他离开,但他正忙于惊叹这幢房子。显然阿科尔·阿科尔、派尔和道欧已经忘了他们计划中的聚会。他们留下吃了晚饭。

房子内部比外部更惊人,天花板约有三十英尺高,客厅洒满阳光,旋转楼梯通往楼上的房间,楼上有内台俯瞰客厅。书架排到墙顶,角落有台巨大的电视机,嵌在搁板间。所有摆设都是白色和黄色的,房间显得很明快。餐厅延伸出一块半岛形状的大理石,上面搁置着闪亮的银碗,盛满新鲜水果。

我们来到屋后门廊,菲尔守着烤架,上面有六个逐渐变焦的汉堡包。我想对婴儿微笑,但他们立刻打击了我,他们看到我茄子般的肤色,参差不齐的牙齿,大哭起来。

"没关系的,"菲尔说,"他们见谁都哭。"

"你们以前吃过汉堡包吗?"菲尔问我们。

阿科尔·阿科尔和我以前在餐馆里用过餐,在亚特兰大吃过汉堡包。

"吃过,吃过。"我回答。

"你们知道汉堡包里面夹的是什么吗?"

"知道,当然知道,"阿科尔·阿科尔说,"是火腿[①]。"

[①] 英语单词"汉堡包"(hamburger)中含有"火腿"(ham),但美国的汉堡包一般没有火腿。俗语说"茄子中没鸡蛋,汉堡包中没火腿,菠萝里既没苹果又没松树(There is no egg in eggplant nor ham in hamburger, neither apple nor pine in pineapple).",就是利用这种文字游戏。

听起来像是个轻松的笑话，和我们犯过的很多错误一样，我们的知识有很多漏洞，美国人常因此发笑。刚搬进公寓时，我们不懂空调如何工作，也不知可以关掉，整个一星期穿着衣服盖着毯子、毛巾和所有的布料睡觉。

我们把这个经历告诉菲尔和斯黛西，他们很喜欢。阿科尔·阿科尔又跟他们讲卫生棉的故事。有另两个迷途少年，前不久赞助人第一次带他们去一家大百货商场购物。他们有五十块钱要花，不知从哪儿开始。他们一路逛着，后来挑了个别致的盒子放在购物车上。他们的赞助人是个五十岁的女人，笑着想解释盒子里装的其实是卫生棉。"女人用的。"她说，她不知道他们懂得多少女人的生理周期问题。其实他们一无所知。她最终弄明白了，原来他们只是想要包装盒。他们说盒子很漂亮，就买了带回家，在咖啡桌上摆了好几个月。

我们想摆出一副好的吃相，但梅斯家的桌子上有许多陌生食物，我们不知道哪个能吃，哪个不能吃。色拉看上去和我们以前吃过的不一样，阿科尔·阿科尔都不敢碰。蔬菜看着眼熟，可是没有煮过，阿科尔·阿科尔和我更喜欢熟的。所有新鲜蔬果对我们都是问题，在卡库马的十年里我们没吃过这样的东西。我喝了放在我面前的牛奶，这是我有生以来喝的第一杯西式牛奶，接下来的几小时内导致了很多问题。我当时还不知道自己患有乳糖不耐症。在美国的第一年，我一直和胃交战。

吃过晚餐，菲尔把餐巾放到桌上。

"你们有自己的说法，嗯，比方说，丁卡有什么格言？"

我望着阿科尔·阿科尔，他也望着我。菲尔又说了一遍。

"对不起，我只是对谚语感兴趣，知道吗？比如我们说，'一针及时省九针'，意思是……"菲尔顿住了，看着斯黛西，斯黛西没能帮到他，"好吧，我不知道这句是什么意思。但你们知道我在问什么吗？就像你们的父亲和长辈会对你们说的话？"

四个苏丹人面面相觑，希望有个人能给出令人满意的答案。

"抱歉。"阿科尔·阿科尔说，走向洗手间。一出餐厅，他大声地清了清嗓子。我看向他,他做手势让我跟着他。我也说声抱歉,很快和阿科尔·阿科尔在梅斯家的洗手间里不停地交头接耳。

"你知道他要的是什么吗?"他悄声问。这事很紧迫,早期那些日子什么事都很紧迫,我们以为任何问题、任何回答都可能危及我们的整个世界。我们两个都以为如果没能取悦菲尔,他就可能改变主意,拒绝帮我。

"不知道,"我说,"我还以为你知道。你的丁卡语比我好。"这是事实,阿科尔·阿科尔掌握这门语言及其方言成语的能力一直比我强很多。

我们在洗手间一起待了五分钟,凑了两句觉得能符合菲尔要求的俗语。

"这儿有一条,"阿科尔·阿科尔坐上餐桌说,"是苏丹人民解放军一个高官说的:'牙齿偶尔会咬到舌头,但舌头解决问题的方法不是去找另一张嘴。'"

阿科尔·阿科尔笑了,我们也笑了。除了阿科尔·阿科尔外,没人知道这条谚语是什么意思。

洗过碟子后,阿科尔·阿科尔、派尔和道欧离开,菲尔让我留下,这样我们能聊聊。斯黛西道了晚安,把孩子带去她们的房间。菲尔和我走上宏伟的楼梯,进入婴儿玩乐室。我从未在一个地方看过这么多玩具,这里看上去像儿童中心或保育园,但只是为两个孩子准备的,而不是几十个。墙上画着壁画和儿童读物中精灵和飞牛的插图。还有毛绒玩具、立体拼图、玩具小屋,都是白色、粉红色和黄色的。房间尽头有张宽阔的成人写字台,上面放着笔记本电脑、电话机和打印机。"家庭办公室。"菲尔解释说。他告诉我,只要我需要,什么时候都可以用。

房间里只有一把椅子,我们就坐在地板上。

"那开始吧。"他说。

我不知道该怎么办,就说了我想说的:"是上帝让我们相遇的。"

菲尔赞同,"我很高兴。"

我问墙上画的是什么,菲尔跟我讲爱丽丝漫游仙境、鸡蛋男孩、大灰狼和小红帽的故事。房间渐渐变暗,菲尔打开台灯,光线流转照映出一串剪影，绯红的马、柠檬绿的大象飞过墙壁和窗户。

"我觉得你该告诉我整个故事。"他说。

自从到了亚特兰大，我还没跟人讲过全部经历，但我真想都告诉菲尔·梅斯。他看起来是个非常好的人，我知道他会倾听的。

"你不会想全听的。"我说。

"我想，真的想。"他让我放心。他把手上拿着的一只毛绒马放到身边地板上，仔细摆好让马站立着。

我很满意他这么慎重，开始讲我的经历，从马里尔拜的日子讲起。我讲母亲穿着落日般黄色的裙子，讲父亲的店铺，讲把锤子当长颈鹿，讲战争降临马里尔拜的那天。

后来这成了例行之事，每周二我去吃晚餐，饭后斯黛西带双胞胎睡觉，我和菲尔坐在玩乐室地板上，聊苏丹战争和我的经历。其余日子里，菲尔帮我办其他事。

一个月之内，我开好了银行账户，得到一张取款卡。他为我安排驾驶学习，说只要我准备好了，他就为我担保车贷。我们和斯黛西带着双胞胎去百货商场，他们向我解释各餐该吃哪种食物。之前我连三明治都没吃过，阿科尔·阿科尔和我都不擅长做饭，每天只吃一餐。我们不知道其他吃饭方式，时常担心食物吃完。我想这些事情让菲尔不停地感到惊奇。我们知道的东西多么少啊，他一定认为所有理所当然的东西我们都不知道。他向我解释公寓里的恒温器，如何写支票，如何付账单，哪辆公交车去哪儿。后来他和我共同签署车贷买了我的丰田卡罗拉，这车大大缩短了上下班时间。我去家具店展厅，再去佐治亚佩雷米特大学，花的时间不到原先乘公交车的三分之一。我再不想乘公共汽车了。

跟菲尔在一起学的东西很多，但我始终能跟得上他，菲尔看起来也没有负担过重。他由衷高兴地向我解释最基本的事物，比如怎样在炉子上烧水、冷冻室和冷藏室的区别等。他始终如一地仔细慎重回答每一个问题，只有没法帮忙的时候才显得失望，特别是关于阿科尔·阿科尔的问题。阿科尔·阿科尔没有他这样的赞助人，而是和其他六个苏丹人一起有一个六十多岁的女赞助人，不像我能得到专一照顾。阿科尔·阿科尔从未说过只言片语，我也没说，但显然我们都看出他也很需要菲尔的帮助，而菲尔也显然没法帮到他。

阿科尔·阿科尔比我早十八个月到美国，当然远比我更适应这里的生活。他有车，有固定工作，在佐治亚佩雷米特大学上课，同时也是亚特兰大苏丹人领袖，时常挂在电话线上，调解各个团体之间的纷争，在亚特兰大等地组织和参加聚会。我到了亚特兰大一段时间后，第一次参加的大型聚会是在堪萨斯城，在那儿我遇到了鲍比·纽迈耶。

会议是鲍比·纽迈耶计划和组织的，有双重目的：第一，他是电影制作人，想拍一部关于迷途少年经历的电影，要和我们谈谈这个计划；第二，他想为美国苏丹人建一个全国性的网络，我们借之可以交流信息和资源，为苏丹人游说美国政府，将钱和想法带回南苏丹。

二〇〇三年十一月一个周末，我们三十五个人来到堪萨斯，那里确实值得一看。我们住在万豪酒店集团提供的万怡酒店里，每人一间房间。我们有一份三天日程的详细时间表，整个活动的高潮是在附近路德教会活动室里的大聚会。后来发现，严格遵照日程表是不可能的，每个人到的时间都不同，日子也有不同，很多人找不到酒店。等所有人到齐，要赶时间的事就太多了。我们在酒店里有间会议室，在那里光叙旧就用了两个小时。参加聚会的苏丹人分别安置在达拉斯、波士顿、兰辛、圣迭戈、芝加哥、大瀑布城、圣何塞、西雅图、里士满、路易斯维尔等地。我认识多数来自卡库马和皮尼亚多的人，不认识的也都听说过。他们都是出色的苏丹年轻人，十多岁起就善于组织活动，声名在外。

第一天早上，我们聊完就座后，见到了鲍比·纽迈耶。玛丽·威廉姆斯告诉过我他的事。其实，鲍比想拍讲述我们生活的影片，主意是玛丽出的。我们身着最好的西装，坐成半圆形，鲍比问候我们所有人。我立刻注意到，他看上去不像是安排了这次聚会、制作了很多好莱坞流行电影的强势人物。他头发是红色、棕色和金色的混合，邋里邋遢，衬衫没有塞好，还扣错了纽扣。他讲话的时候有点弓背，歪着身子站着，似乎随时准备走动。他讲了几分钟后，看起来急于将程序转交给他的同事。他的同事是位女子，叫玛格丽特，将要担任鲍比想拍的这部电影的剧本作者。

玛格丽特站起解释她想讲的故事情节，非常清晰，我觉得很不错，但其他与会者不这么认为。很快事情变得复杂，有人质疑谁将从这部电影中获益，还有人说为什么用这种方式讲故事而不是另一种。迷途少年代表们一个接一个地站起提出自己的理论。如果你没听过苏丹人演说，我得解释一下，我们站起发言时，意见很少有言简意赅的时候。有人说这是受了约翰·加朗的影响，他能滔滔不绝讲八个小时却没说到重点，这一点很出名。无论如何，我们这一代苏丹人很喜欢发言。只要有话题讨论，很可能房间里所有人都会参与，可能每个人都需要五分钟来表达自己的观点。即使是个小型聚会，就像这次在堪萨斯，我们只有三十五人，也意味着任何给定的主题，不管有多么琐碎，发言也会长达两小时。各人的发言结构内容大同小异，总是先站起，整理一下衣服，清一下嗓子，然后开口。"我一直在听着大家讨论，"他会这么开篇，"我有些想法得说说。"接下来是他的一段自传，有些观点可能早已被人说过。因为每个与会者都觉得很有必要让自己被人听到，同样的观点常常出现六七次。

在堪萨斯会上，每个人都想维护自己的利益。出身苏丹努巴地区[①]的代表想确保努巴的情形能被正确表达出来，出身博尔的代表想确定会有关于博尔急需的东西。可在任何实际行动之前，这些都得仔细讨论。这样在堪萨斯这种会议虽然开了很多次，实际却一无进展。有一个"迷途少女"出席了堪萨斯会议，她想知道苏丹女难民能得到什么。"迷途少年！"她说，"总是迷途少年！迷途少女呢？"这种争论在堪萨斯会议上持续了一段时间，在后来的会议上也频频发生。没人不同意她，但我们都知道她的到场，还有我们得将八十九个迷途少女的需求作为因素考虑进所有事宜，会大大妨碍事情的进展。

[①] 努巴，广泛分布于南苏丹的一个部族，有多支，并使用不同的语言。

堪萨斯会议陷入僵局,我却有了大量的时间去了解鲍比。我成了他的电影和全国网络的顾问之一。最终,我尽力帮他筹划了一次规模更大的会议,十八个月后在凤凰城举行,由当地的迷途少年赞助人安·惠特组织。我觉得当时鲍比和我们一样被难住了,他深为苏丹人散居各地这个事实烦恼。凤凰城的会议中心能够招待至少一千名迷途少年和他们的亲属,比如配偶和子女。会议规模之大超出所有人预期,一个大宴会厅一度同时容纳了三千二百名苏丹人。

可是,凤凰城的这个周末是那么炎热,每个与会者都抱怨。"这里比卡库马还糟糕!"我们笑称,"卡库马至少还有风。"凤凰城的气温超过四十三度,虽然只有在室外才能感受到,而我们几乎不离开会议中心。所有活动都在一个宽敞的大厅里举行,那里未经装修,只是简单搭了台子,摆了几千把椅子。会议目的是召集大规模聚会,策划美国苏丹年轻难民代表大会。我们想选出领导委员会,委员会成员将组织好其他几千人,成为苏丹流离失所年轻人的国际喉舌。这个周末临近结束,约翰·加朗的亲自来访将让会议达到高潮。我们大多数人自从十岁或十二岁在皮尼亚多见过他之后,将是首次再见到他。

在凤凰城见到这么多的卡库马人真让人吃惊。还有西装!所有人都穿着正装。见到这些人真好。迷途少女也来了很多代表,八十九个在美国的迷途少女可能有四分之三都到场了。她们每个人讲话的声音比三个迷途少年都大。迷途少女不容轻视,没人敢低估她们。她们既漂亮又凶猛,英语始终比我们地道,头脑更灵活,时刻准备反击。至少在美国这种背景下,她们要求所有人的尊敬,也确实得到了。

活动顺序合理,非常隆重。凤凰城市长致辞为这一天揭幕。国际危机组织的约翰·普伦德加斯特[①]讲了世界对苏丹的看法以及可能要发生的事情。我们一九八九年在皮尼亚多见过约翰·普伦德加斯特,至少还有一些

[①] 约翰·普伦德加斯特(1963—),美国人权活动者、作家,长期在非洲从事人权活动,著有八本关于非洲的书。

人记得他。鲍比和安多数时间都想隐到幕后，以表明会议虽然通过他们的努力才顺利进行，却是属于我们的。这次会议我们可能胜利，也可能失败。

我不知道结果算是胜利还是失败。我觉得胜利被我们习以为常的分歧掩盖了。全国委员会提名时，大约四十个被提名者站到台上，每人发表一个简短演说。这天晚些时候，他们作为候选人由与会者投票选举。揭晓后，有人愤愤不平，甚至发生了小混战。原来被选上的人大多是巴赫尔-加扎勒人，也就是我那个地区的，来自努巴的人感觉没有被充分代表。接下来的烧烤晚会以及一些苏丹团体表演娱乐节目中，仍然火药味十足，甚至后来的两天会议里，也一直都吵吵闹闹。最后一天，大门紧闭上锁，卫兵等距离站好，我们被要求坐下，不准动。

就在这时约翰·加朗进来了。可以说就是他将内战带到我们的家园，战争杀死了我们的亲属，迫使我们走上前往埃塞俄比亚之路，还有后来的肯尼亚之路，经由肯尼亚，我们又移居美国。这间大厅里很多人对约翰·加朗的复杂感情一言难尽，是他引发和推动了内战，也是他带来独立的希望。在众多保镖的簇拥之下，他走进大厅，人群发出狂热的欢呼，他踏上讲台。

站在我们之中，他显得非常兴奋。讲坛上的他显然认为自己是对我们影响最大的人，是我们的精神导师——也许是我的想象，但我敢肯定不是想象。他上一次对我们讲话是约十五年前在皮尼亚多对难民作的演讲，他续接那次开始讲。

会议之后，我想理清各方团体的需求和责任，想和阿科尔·阿科尔等人一起作为中间人提出各方可接受的折衷方案，让全国委员会运转起来。我和鲍比密切合作，提出各种方案来挽救大会。我们越聊越多地谈到个人问题，比如我在亚特兰大的生活、学业，即将到来的夏天有什么打算等等。因为他对我们大家都很好，也因为我极想离开亚特兰大一阵子，多少时间都行，我问他是否可以跟他去洛杉矶过一个夏天，做任何他觉得我适合做的工作。提出这个要求我自己也觉得奇怪,更奇怪的是他同意了。于是我去了他舒适的家中,和他、他妻子黛博及他们的家人住在一起。他们家有四个孩子,从十七岁的长子到三岁的小比莉,我自觉融入其中,也尽心尽力。我在他们的游泳池里游泳,学打网球,帮忙做饭和采购日用品,需要的时候照顾年龄较小的孩子。我也学到了什么事可以做、底线是什么。我睡在詹姆斯房间的下铺——在这所房子里我一直睡得很安稳——有一天早上起床晚了,发现其他人都去吃早饭了,只剩我一人。我用高普·肖尔教我的方式整理了自己的床,也整理了詹姆斯的。后来黛博看到两张床都整理好了,想知道我为什么这么做。我告诉他詹姆斯是我的小弟弟,而且两张床都整理好,房间里显得更美观一些。她接受了,但告诉我再也不要这么做。她说,詹姆斯十二岁了,应该自己整理床铺。

我觉得纽迈耶一家的大方有些不理智,甚至鲁莽,难以理解。他们欢迎我参加家庭的每一个活动,包括和家人朋友一起开活动房车外出旅游,从洛杉矶到大峡谷。旅途中鲍比十多岁的儿子泰迪和他的朋友给我起了个外号叫"瓦城"①。也是在旅游时,我差点把活动房车开下悬崖。那就是鲍比对我太有信任的缘故,他都没问我是否拿到了驾照,而自从我到了他那儿之后从未在他面前开过车。他没问我驾驶技术如何,也没问我开这么大一辆车是否掌控得了。车开到亚利桑那,他的家人都在车厢里,他简简单单地就把钥匙给了我,让我来操纵。他坐在我旁边笑着,我发动了车。

我把油门当成了刹车时,他放声大笑。公路笔直而且车少的时候,和开我的丰田车原理并没有多大区别,但当转弯和避车时,却有很大的不同。我不想回忆跑偏那一刻离崖边有多近,车子终于转回没掉下去,但鲍比几乎一句话也没说,只是看着我。我把车拉回路上时,他到后面睡觉去了。

那个夏天,我离开洛杉矶,计划再去过感恩节,和鲍比也时常电话联系。申请大学有很多事要做,他和菲尔一起帮我。我差不多修完了获得亚

---

① 一首歌的名字,由加利福尼亚瓦列霍乐队组合 N2Deep 演唱。

特兰大专科学校佐治亚佩雷米特大学准学士学位所需的学分，鲍比在帮我转四年制大学。我们几乎每天都谈这事，他时常寄宣传册给我。

然而这年夏秋，一切都很不顺利。我努力营造的东西、周围的很多物事似乎都分崩离析了。菲尔和斯黛西由于工作需要搬回佛罗里达。虽然我们还通过电话聊天，通过网络发信，但我想念他们的家，想念每周二的晚餐和双胞胎。迷途少年基金会于二〇〇五年解散。玛丽再也承受不住压力，因为对她组织工作的诸多猜疑，捐款也不再有了。今日基金会不掌握资金，不负责联系赞助人，不再帮助苏丹人。玛丽仍替几个迷途少年付大学学费，但已经向前看了。现在她在进行一项自行车越野旅行，结束后也要离开亚特兰大，到国家公园做一名管理员。

约翰·加朗死于二〇〇五年七月，此时他促成苏丹人民解放运动（现为苏人解的政治机构）和苏丹政府签订和平协定仅过一年，担任苏丹副总统仅三周。当时他乘直升机从乌干达到苏丹，中途飞机坠毁在丛林中，机上人员全部遇难。起先有猜疑说可能是暗杀，但没有证据支持这样的观点，后来世界各地的大多数苏丹人都接受他的死亡是意外事件。我们只能感谢在他死前和平协定已经签好。南苏丹没有其他领导人有能力做成这件事。

鲍比死于二〇〇五年冬天，终年四十九岁，他孩子的年龄和夏天我们在一起时相同——十七岁、十二岁、九岁和三岁。当时他在多伦多制作电影，在酒店健身房锻炼。我想他是骑固定健身自行车时感到心跳过速，胸部刺痛。他离开踏车坐下，疼痛停止后，没有离开健身房寻求治疗。他就是他，又骑上踏车，几分钟后便倒了下去。心脏病突发，非常严重，他没有躲过大难的希望。

在这一切发生之后，我仍然在亚特兰大，而现在正躺在自己公寓的地板上，被电话线绑着，不停地踢着门。

十四

渡过尼罗河本不应耗费这么长时间,但我们有几百甚至几千人在岸边,船却只有两只,而且对岸距离太遥远,没法游过去。起初一些孩子想像狗刨水一样游过去,但他们低估了河水的威力。河水很深,水流迅疾,三个孩子被冲到下游,再也没人见过他们。

我们其余的人等着。每个人都在等。去埃塞俄比亚的路已经走了大约六星期,到了河边,我们的队伍和其他行人混杂到一起,有成人,家庭,上了年纪的男人女人,婴儿。我第一次意识到步行去埃塞俄比亚的人不光是孩子。岸上有几百成年人和比我们还小的孩子,我们听说前头有几千人,后头也有几千人。

岸边长着深深的草丛,近水的草里满是蚊虫。我们没有蚊帐,睡在露天,用木柴和竹子生火,但这没法抵挡住蚊子。夜里有哭声传来,成人呻吟,孩子哭号。这是蚊子的盛宴,每个人身上都叮着几百只,根本没有解决方法。我们等待渡河期间,肯定有几十人染上疟疾。从此岸渡到彼岸,花了四天时间。

过河就有一个村子,我们在村中受到了欢迎。这里的居民紧邻沙滩而居,种植玉米。他们把食物分给我们,我差点因为他们的慷慨赠与而晕倒。我们坐好,村中妇女送来干净的水,甚至还有炖菜,每碗都有一小块肉。孩子们几分钟之内吃完,倒地就睡。他们吃饱了肚子,没法保持清醒了。

醒来时,橘黄色的太阳已经落到树梢,我听到一个声音。
"你!"
身前我只看到孩子,有些在水里洗澡;身后有条路,只有漆黑一片。
"阿沙克!"
声音很熟悉。我抬头往上看,树上有个身影,修长有力,像头豹子。

"是谁?"我问。

那身影从树上跳到我身边沙地上,我退后准备跑,但那是个孩子。

"是你!阿沙克!"

"不是你吧!"我站住了说。

是他,威廉·K。隔了多久了啊。

我们拥抱在一起,一句话也没说。我喉咙绷紧,但哭不出来。我再也不知道如何哭了。可是我多么感激,我觉得上帝带走了邓之后,将威廉·K作为礼物送给我。自从穆拉林去了马里尔拜之后,我再没见过他,在尼罗河边碰到他似乎完全不可能。我们冲对方笑着,都太激动了,无法坐下。我们离开其他孩子,奔向河边,然后沿着沙滩散步。

"摩西怎么样了?"威廉·K问,"他和你一起来了吗?"

我从未想到威廉·K会不知道摩西的命运。我说摩西死了,被马兵杀了。威廉·K跌坐在沙地上。我陪他坐下。

"你不知道?"我问。

"不知道。那天我没看见他。他们枪杀了他?"

"我不知道。他们要杀他时我扭过头没看。"

我们望着岸边光滑的岩石,坐了一会儿。威廉·K捡起几块石头,丢进褐色的水中。

"你的父母呢?"他问。

"我不知道。你父母呢?"

"他们要我在雨季回家,我想他们现在正等着我回去。所以一下雨我就得回家了。"

听起来他是一厢情愿,但我没有表示意见。我们静静地坐了一会儿,我感到去埃塞俄比亚的旅程不再艰难了。和好友威廉·K一起走让行程变得可以忍受。我能肯定他也这么想,因为他不止一次用眼角余光瞥我,仿佛在确证我是真的,确证一切都是真的。

过了很久——时间之长让人吃惊,我们才记起开口问对方如何到了这里,怎么会和一群向东走的人待在河边。我告诉他我的经历,然后他说了他的遭遇。他和我一样，第一天逃出来，跑了一整夜，第二天又跑了一整天。非常幸运，他遇到一辆带人去艾德达因①的巴士，他在那里有亲戚。他知道艾德达因在北方，但车上所有的丁卡人都肯定地说那儿安全，因为艾德达因是个大城，很久以来丁卡人和阿拉伯人就混居在那儿，基督教徒和伊斯兰教徒相安无事。和我逃跑之初一起走的那群人中的老人一样，他们觉得在政府控制的城镇里最安全。

"那里暂时是安全的，"威廉·K说，"我叔叔和婶婶们住在那儿，叔叔是砌墙工，为雷扎盖特人干活。这是份像样的工作，他能供养我们所有人。我们住的周围有几百个丁卡人，想做什么都能做到。那里约有一万七千丁卡人，所以我们觉得安全。

"阿拉伯牧主雷扎盖特人掌握镇上实权。那里还有富尔、萨格哈瓦②、朱尔③、贝尔蒂④等部落的人，是个繁华的大镇，很安宁，至少我叔叔是这么说的。我到那儿不久，一切都变了，不满情绪高涨。镇上民兵越来越多，丁卡人讨厌他们。穆斯林对非穆斯林的行为也不一样了。镇上有个基督教堂，是很久之前雷扎盖特酋长帮助建造的，现在这个教堂成了穆斯林人的眼中钉。这个民族的人因为苏人解而迁怒于丁卡人和基督教徒，每次他们听说苏人解打了胜仗，就更生气。春天，雷扎盖特人来到教堂，将教堂烧了。教堂里有很多人正在做礼拜，但是他们不管，还是烧了。两个人被烧死在里面。然后雷扎盖特人去了丁卡人居住区，烧了很多房子，又有三个人死在那儿⑤。

"我们吓坏了，丁卡人知道那里再不是安全之地。一天早上，叔叔带

---

① 艾德达因，南达尔富尔州城镇，位于州府尼亚拉到喀土穆的铁路线上，是地区商业中心。
② 萨格哈瓦，非洲部落名，主要居住于苏丹西部达尔富尔地区和乍得东部，多信奉伊斯兰教，但仍保持一些自己的民族传统。
③ 朱尔，居住在苏丹西南部朱尔河附近的部族。朱尔在丁卡语中有"异族人"或"非丁卡族"之意。
④ 贝尔蒂，有两支，一支在北达尔富尔州首府法希尔东北，另一支十九世纪迁往东达尔富尔和北科尔多凡。两支部族都为伊斯兰部族，但风俗习惯已完全不同。
⑤ 历史上此事发生于一九八七年三月二十七日晚上，下文所述的"艾德达因大屠杀"事件发生于次日。

我到警察局,已经有几百丁卡人去了那里以求安全。警察帮助我们,要我们到火车站附近的希莱特斯卡哈迪德街区会合。我们在那儿挤了一夜,所有人都决定第二天一早就启程走回南苏丹。南苏丹有苏人解保护我们。

"第二天早上,政府官员和警察把我们转移到火车站,告诉我们在那儿最安全,会有火车把我们运出城镇。我们被送出去后可以安全地回南苏丹,或者去任何想去的地方。

"他们帮忙把所有人都装上火车,装进运牛的车厢,一共有八节车厢。大多数人都很高兴能离开,而且不需要步行。他们说想让男人和少年在一节车厢,这样能看着他们,确保他们不是苏人解。我对这一举动感到担忧,但叔叔说不必担心,他们想确定男人没带武器,这是很自然的事情。叔叔和堂兄们登上了专门装男人的车厢。

"我和婶婶还有堂妹们上了另一节车厢。叔叔在第一节车厢,我们在第五节。车厢里非常拥挤,近两百个妇女孩子与我们在一起,几乎无法呼吸。我们轮流把嘴贴近车缝,呼吸车外的空气。很多孩子在哭,很多人生病了,我旁边的女孩吐了我一背。

"过了两个小时,我们听到叔叔在的第一节车厢里传来很多叫喊声,然后是枪声。从我们所在的地方看不见任何东西,不知道是军队和苏人解打起来了,还是有其他什么事。然后我们听到燃烧的嘶嘶声和噼啪声,接着,几百丁卡人的叫喊声像波浪一样传来。雷扎盖特人也在叫,冲着丁卡人大喊。'他们在放火!'我们的车厢里有人大喊。'他们在放火烧人!'所有人都开始大喊。我们喊了很长时间,可是被困住了。

"我不知道车门是怎么开的,但门一开我们就冲了出去。然而对大多数人来说为时已晚,一千多人被烧死,叔叔也死了。我们和其他数百人一起逃离这个城镇,躲进树林,后来去了一个苏人解的镇子。最后婶婶想到我应该加入徒步孩子队伍。"

我们抵达河边之前,威廉·K已经到了几天,他路上曾搭过汽车,然后加入了人数更多的另一队徒步孩子。那些孩子大多已经继续上路,威廉留在河边享受河边妇女的款待。他比我们健康,似乎对前途很乐观。

167

"你听说没有,我们离埃塞俄比亚很近了。"他问。

我没听说过。

"我听说离这儿不远,只有几天路程,到那儿我们就安全了。我们只需要穿过几段沙漠,如果跑的话可能一天就够了。也许你和我应该跑在前头,先到那里。然后一下雨我们就回家。如果你父母不在马里尔拜,你还有我父母,我们可以做兄弟。"

生平第一次,我喜欢威廉·K的编造。那天下午他说了很多,说他知道父母已经安全抵达埃塞俄比亚,因为他沿路一直问人有没有见过长得像他父母的人,而路人都立即说见过。虽然他可能最近才恢复体力,可是我看到有个孩子对任何事情都热情洋溢,感觉真好。几个星期以来,我们其他人几乎都没法说话了。

"这是个新来的孩子吗,阿沙克?"

杜特发现我们坐在河边。

"这是威廉·K,是我们村的。"

"马里尔拜?不会吧。"

"是的,叔叔。"威廉·K说,"我父亲是酋长助手。"

杜特似乎立即发觉了威廉是个大话王,虽然是个无伤大雅的。他点了点头,什么也没说,坐下和我们一起望着尼罗河上的渡河人。他问威廉·K为什么他这个马里尔拜酋长助手的儿子会和我们一起到了河边,威廉·K简单说了自己的经历。作为回应,那天下午杜特讲了一个故事,比他以前讲的巴格拉人和他们的新武器更为离奇。

"你在艾德达因遇到麻烦我不觉得奇怪,威廉·K。南方民族和北方民族的历史并不愉快,阿拉伯人一直比丁卡人有更先进的武器,也更精明。要到了埃塞俄比亚我们才能扭转这种劣势。你们听过英格兰人吗,孩子们?"

我们摇头。我们只知道埃塞俄比亚一个外国。

"他们是非常遥远地方的人,与我们截然不同,但他们很强大,武器比你们见过的所有巴格拉人的都更多更好。你们能想象吗?巴格拉人可是你们想得到的最强大的人。"

我试着去想象,想着比穆拉林还要厉害的人。

"十九世纪,那是很久以前了,英国人染指南苏丹,就是我们走过的这片土地。是他们帮忙将基督教传给丁卡人。有一天我会跟你们讲一个叫戈登将军①的人,他想废除这片土地上的奴隶制。但现在我和你们谈这个——讲到这里,你们听得懂吗?"

我们听得懂。

"这段历史的另一方是埃及。埃及是另一个强国,他们的民族和北苏丹人有些相似,是阿拉伯人。埃及人和英国人都对苏丹产生了兴趣——"

我打断他的话:"你说的产生兴趣是什么意思?"

"他们想要这里的东西,想要这片土地。他们想要尼罗河,就是我们刚刚渡过的这条河。英国控制了非洲很多国家。这很复杂。他们想影响整个世界。于是英国人和埃及人达成协议,同意埃及人控制苏丹北部,那里是阿拉伯人的天下,英国人控制南部,就是我们熟悉的这片土地,我们这样的丁卡人和其他民族住的地方。这对南方人有利,因为英国人是奴隶贩子的敌人。事实上,他们说要消灭当时盛行的奴隶贸易。英国统治南苏丹的手段温和,给苏丹带来了学校,孩子在学校里学基督教,也学英语。"

"所以他们叫英格兰人②?"威廉·K问。

"嗯……没错,威廉。不管怎样,英格兰人算是给这片土地带来一些好处,因为他们控制了伊斯兰势力的蔓延,保护我们不受阿拉伯人攻击。但在一九五三年,那是很久以前,我还没出生,大概是你父亲出生的时候,阿沙克,埃及人和英国人签了个协议,让苏丹独立自治。这是第二次

---

① 全名查理·乔治·戈登(1833—1885),英国军官,外号"中国人戈登"和"喀土穆戈登",一生事迹主要发生在中国和苏丹。一九六〇年随英法联军来到中国,参与火烧圆明园。一八六三年在松江任洋枪队指挥,镇压太平天国运动,战后同治皇帝授予他最高军阶提督称号。在中国有较大影响,天津和上海解放前各有以戈登之名命名的路。一八七六年成为苏丹总督,致力于打击达尔富尔奴隶贸易。一八八四年再次担任苏丹总督,被起义军围困于喀土穆,最终战死。

② 英语和英格兰人是同一个词。

世界大战后——"

"什么?"我问。

"哦,阿沙克,我没法去解释这个。就是说英国自己卷入了一场大战,相比那场战争,我们眼下的冲突微不足道。也因为他们扩展到整个世界,没法再维持下去,决定将苏丹的控制权交给苏丹人。这是个非常重要的时刻。很多人认为苏丹将一分为二,北方和南方,因为两个地区虽然在英国人统治下被熔合在一起,但毕竟两边的文化特征毫无共通之处。但这就是英国人在我们国家播下的灾难种子,时至今日仍在肆虐。实际上,看看这个。"

杜特从口袋里掏出一小沓纸,我们这才知道他除了珍视的孩子名册之外还有其他的纸。他有很多张纸。他快速翻动,翻到一张满是皱褶的黄纸,展开给我看。上面印刷的字和我见过的都不一样,我要是能读,就能长出翅膀飞走了。想起我不识字,他一把夺回。

"花了我很长时间翻译,现在将我的辛苦成果给你们了。听着,已获批准的政府政策遵循以下事实制定:南苏丹人民毫无疑义属非洲人和黑人,则我们对他们的明显责任是尽我们之力,站在非洲人和黑人一方,而不是站在中东阿拉伯人一方,推动他们发展经济,这适合南苏丹。只有通过发展经济和教育,这些人将来才能具备自己站起来的能力,不论他们最终是与北苏丹休戚与共,还是与东非荣辱一体,抑或是二者兼具。"

威廉和我几乎一句也没听懂杜特的话,但他似乎很满意。

"这是英国人写的,他们那时正在考虑如何处理退出苏丹的问题。他们知道让苏丹成为一个统一国家是错误的,知道我们不会统一,永远也不会。他们为之犹豫不决,称之为南苏丹难题。"

我不大明白这是什么意思。

"你们的命运,我们所有人的命运,五十年前被英格兰的一小群人决定了。他们完全可以在南北之间划一条线,但信了阿拉伯人的话,没这么干。英国人曾有机会问南苏丹人希望和北方分离还是统一,南方的酋长们不可能希望和北方统一,对不对?"

我们点头，但我想知道这是不是真的。我想起马里尔拜的赶集日，想起萨迪克等父亲店铺里的阿拉伯人，商人间曾经和平共处。

"但酋长们希望统一。"杜特继续说。"他们弄巧成拙，被阿拉伯人耍了。阿拉伯人贿赂了酋长们，允诺他们很多事情，最后酋长们相信了统一的国家有很多好处。这很蠢。但不管怎么说，现在一切都会改变。"杜特站起身说，"在埃塞俄比亚我们会有最好的学校，比我们以前读过的都要好。教你们的是苏丹和埃塞俄比亚最好的教师。你们要为新时代做准备，再也不会被喀土穆蒙骗。等打完仗，南苏丹会成为独立国家，最终由你们这些孩子继承。听起来怎么样？"

我说听起来很棒，但威廉·K却睡着了。我也快睡着了，杜特走开了，我只想在威廉·K身边好好休息。就在我不确定能否继续走下去时，他来了，在我的世界里复活了。我和莫尼希尔一样钻进穴里了吗？我不知道。但要是没了威廉·K，我都忘了我不是在这次行程路上出生的，忘了在上路之前还曾经活过。没了威廉·K，我还以为自己生在这里的深草丛中，以为道路是前面的孩子踩出来的，以为我从未有过家，从未在屋里睡过，从未饱食过热乎乎的饭菜，从未带着安全感入睡，知道太阳再次升起后会发生什么、不会发生什么。

就在河边，我和威廉·K重聚，我满心欢喜地闭上眼睛。带来清凉的云朵恰到好处地来了，将慈悲的阴凉遮住我的眼睑。我睡着了。

然而到了傍晚，随着雷声的到来，这种生活结束了。

"起来！"

杜特冲我们大喊，说战争就要打过来了。他没告诉我们谁打谁，在哪儿打，但我们能听到远方有枪声和迫击炮开炮的隆隆声。于是我们没在这个村子逗留，枪响后没多久，我就离开了。太阳变红西沉，我们向沙漠进发。村人告诉我们，离埃塞俄比亚不远了，只要穿越沙漠就行，一星期后，我们就会走到苏丹的尽头。

我们先是扔了所有的东西。杜特说，如果不携带让人觊觎的东西，强盗就不会光顾，我们就更安全。我们吃掉找到的和省下来的食物，扔掉没法穿身上的所有衣物。我吃了一直系在手腕上的一小袋种子，很多孩子甚至脱掉了上衣。我们骂杜特的这条命令，但是别无选择，只能信任他。我们总是信任杜特。那时，我们是孩子，他是上帝。

我们连夜赶路，和战场拉开距离。第二天一早休息了几个小时后，继续上路。

起初几天，我们颇有信心，行进速度也不慢。孩子们以为大约几天后就会抵达埃塞俄比亚，新生活开始的日子不远了，这唤起了威廉·K的梦想，他用谎言编织了一张美丽的网罩住了我们。

"我听见杜特和科尔聊天。他们说我们很快就到埃塞俄比亚了，几天内就到。可是我们会遇到食物问题。他们说粮食太多了，我们每天得花一半时间吃东西，要不粮食会烂掉。"

"你撒谎，威廉，"我说，"嘘！"

"我没撒谎，我刚听他们说的。"

威廉·K远在杜特和科尔半英里外，他没听过任何人说起这样的话。他继续捏造。

"杜特说，我们每个人得从三户人家中挑选。他们会带我们去三家人家，我们必须挑一家。会有橡胶地垫，像皮鞋皮一样，屋里永远干净凉爽。还有琳琅满目的毯子，五颜六色的上衣短裤，都得从中挑选。在埃塞俄比亚，问题大多是因为我们不得不挑这些东西。"

我想堵住他的嘴，可他的谎言如此诱人，我悄悄听着。

"我们的家人也在那儿。杜特说了，我们离开巴赫尔-加扎勒之后，有飞机去那儿把所有人都带去了埃塞俄比亚，所以我们到了之后，家人都在那儿。他们现在可能正挂念着我们呢。"

他的谎言如此美好，我几乎要流泪了。

然而水没了，粮食也没了。杜特听人说过在沙漠里能找到食物，能凑合喝上一点水，是谁说的我不知道，但这两点都错了。几天之后，我们步伐变得迟缓，孩子们开始丧失理智。

第四天早晨，我醒来发现一个叫约克·邓的孩子正朝我身上撒尿。他是沙漠里第一批发疯的孩子之一。天气酷热难当，而我们已经三天没吃东西了。我被约克·邓撒尿弄醒后，扯他的腿把他拽倒，他仍在一圈圈地尿着。我走到睡眠圈另一侧，又躺了下来。约克·邓的尿味随处可闻。他每天都朝别人撒尿。道欧·肯杨也疯了，别人叫他的名字他不知回应，双目深陷无光，张着嘴却什么都说不出。我们都看到他双唇开合乱动，却默默无声。

下一个就是威廉·K。他先是无法入睡，整夜坐在睡眠圈中心，谁在旁边就踢谁。我们觉得他很烦人，如果只是这样，似乎还不能表明他已经丧失了肌体控制官能，可他接着朝所有人撒沙子。他手里似乎总抓着一把沙，任谁和他说话他都撒到对方脸上，有时还管对方叫威廉·A，那个他在马里尔拜的宿敌的名字。

我是第一个收到威廉·K沙子礼物的人。我问他是否能借用他的小刀，他就朝我撒沙子。沙子撒进我嘴里，弄痛了眼睛。"享用一下沙餐吧，威廉·A！"他说。

我累得没力气生气和还击。我肌肉虚弱，反复抽筋，时常晕眩。我们都尽力走直线，但平衡感都很差，就像一队酒鬼，摇摇晃晃，跌跌撞撞。我心跳过快，杂乱无章，浑身颤抖哆嗦着。大多数孩子状况比我更差。

我们找到什么就吃什么，最宝贵的东西是种叫阿布的水果，这是种根茎，单叶冒出地面，搜寻者如果看到叶子就可以把它拔出来。一些孩子很擅长找这种单叶，但我什么也看不到。有时一个孩子忽然就往某个方向冲出去，开始挖掘，而我一无所见。有多出来的阿布时，我试着吃了，味道很苦，难吃极了，但含有水分，所以很宝贵。

杜特每天把我们派到树林里找吃的，如果有树林的话。但他警告不要走远。

"不要走开太远，你们相互之间也靠近些。"杜特说，"这个地区部落的人会抢你们这样的孩子。他们会杀掉孩子，或者绑走去照看牲口。"

如果幸运，我们每天能吃到一汤匙食物，喝一捧水。

第五天，开始有人死去。

"看！"那天，威廉·K说。

他顺着前面孩子手指的方向望去，所有人都看过去，离路边不到二十英尺处有个死去孩子的干缩尸体。那孩子和我们一般大，属于几天前经过此地的其他队伍，只穿着条纹短裤，靠在一棵小树上。小树垂下枝条，仿佛想为他遮阳。

科尔立即站到队伍和死孩子之间，让大家继续走路，别去探查尸体。他担心死孩子可能携带病菌，而且这艰难的日子里每一秒钟都很宝贵。他说我们只要醒着就得不停走路，走得越快，就能越早找到有水和食物的地方。

然而，路过死孩子后仅仅过了几个小时，我们队中的一个孩子也走不动了，径直坐在路上。我们看到前头的孩子绕着他走或跨过去，威廉·K和我也绕了过去，不知道自己能做什么。后来杜特听说有人走不动了，就回头找到他，一下午都抱着他，但后来我们听说他差不多那时就死了。他死在杜特怀中，杜特只好找一个合适的地方让他在那儿安息。

接着我们又看到路边有死去的孩子，到第二天下午前一共看到八个，都是走在前面的队伍里的。我们自己的队伍中死了三个。那天以及之后几天，每当有孩子快要死时，都先说不出话，喉咙太干了，讲话需要很多力气，然后眼珠深陷，眼圈变黑，叫名字没有反应，步速缓慢，脚拖着地走，加入需要多休息一些的孩子队列。最后，垂死的孩子找棵树，靠着树坐下睡觉，头一碰到树，就生机断绝，肉体重归尘土。

死神每天都带走孩子，方式大同小异：少有预警，无声无息，迅速决然。一张张熟悉的面孔，有的吃饭时曾坐我旁边，有的我曾看到在河里捉鱼。我开始想知道，他们的命运难道一模一样？死神为何带走这个，而不带走另一个？我时刻都想弄明白个中原委。死掉的孩子可能做了什么事，加速了他们的死亡。也许是吃了烂叶子，也许是太懒了，也许是没我强

174

壮,速度没我快。很可能不是随机的,上帝是将虚弱的人挑出带走。大概只有最强壮的人才能成功抵达埃塞俄比亚。埃塞俄比亚那地方只容得下最优秀的孩子,这是威廉·K的说法。他的感官已经恢复正常,话比以前更多了。

"上帝在筛选能成功走到埃塞俄比亚的人,"他说,"只有最聪明和最强壮的人能成功。其实那里只能容纳我们一半人,其实就一百个孩子。所以会死更多人,阿沙克。"

我们来不及悼念死者。进沙漠十天了,如果不能很快穿过,所有人都会死在其中。与此同时,战争的脚步在追赶着我们。白天我们听到远方有直升机的声音,杜特尽力帮助我们躲藏。到后来我们夜间走路。我们以为坦克要来杀我们的那天,就发生在夜间走路的时候,当时我们刚休息了几个小时。

我在睡梦中感到大地震动,坐起来发现其他孩子也都醒了。两道光柱刺破暗夜。

"快逃!"

我们没看见杜特,科尔叫我们快跑。我相信他的命令,去找到又呼呼大睡的威廉·K。他站起来清醒后,我们听着机车的声音,看到远处的照明灯,就在黑暗中跌跌撞撞地跑起来,先朝着光线,后来掉头跑。三百个孩子四散奔逃,威廉·K和我跨过摔倒在地的孩子,跳过停下来想躲到灌木丛里的孩子。

"我们要停下吗?"我边跑边低声说。

"不行,不行,跑!一直跑!"

我们继续跑,想要离灯光最远。我们肩并肩跑着,孩子们的叫声和机器轰隆声越来越远,我觉得跑对了方向。我往右边望去,却没看到威廉·K。他原先一直在我右边的。

我停下脚步,放低声音呼唤威廉·K。黑暗中我听到孩子的哭泣声。直到第二天早上,我才知道夜间发生了什么,是谁在哭,又是为了什么哭。

"跑,快跑!他们来了!"

一个孩子飞快跑过,我跟上他。我对自己说,威廉·K躲起来了,他很安全。我跟着那个孩子,但很快他也不见了。很难形容这些天来沙漠里的黑夜是多么黑。

我在黑暗中跑着。没人让我停下,我就一直跑。我听着自己火车开动一般响亮的呼吸,边跑边伸出胳膊保护自己,以防撞上大树和灌木。我不停地跑,直到被什么东西抓住,忽然从全速奔跑中停住,就像昆虫撞上蜘蛛网。我想挣脱但被挂住了,全身上下像火烧一样疼痛,腿上和胳膊上嵌入了齿状的东西。我晕了过去。

醒来后我还在原处,太阳已经升起。我撞上了一个铁丝网,平行的铁丝上嵌着星形刺。铁丝网勾住了上衣的两处,一个星形刺深深刺入右腿。我挣扎着让衬衫挣脱铁丝网,腿上传来阵阵剧痛,我屏住呼吸。

我摆脱了铁丝网,但腿上汩汩冒血。我用一张叶子包住伤口,只是手捂住叶子时不方便走路。天色渐红,我朝着一个方向走去,觉得孩子们在那边。

"是谁?"

灌木丛中传出一个声音。

"我是个小孩。"我说。

看不到人影,那声音似乎是从粉红色的天空里冒出的。

"你为啥这样走路,一只手按在腿上干吗?"

我不想和空气说话,于是闭口不言。

"你是个生气的孩子还是个快乐的孩子?"那声音问。

一个蓝色身影背对着热浪滚滚的天空出现了,他大腹便便,戴着帽子,像靠近一头困兽一样慢慢靠近我。这个大肚子口音奇怪,我很难听懂他的话,不知该怎么回答,于是答非所问。

"我是和徒步孩子一起的,老爹。"

这人来到我身边。他的帽子上有伪装图案,像苏人鯀士兵马韦恩的军装,但伪装更出色,灰褐的色彩与周围景物融为一体。我看不出他的年纪,大概比杜特大,比我父亲小,长长的臂膀和笔挺而灵活的步态有点像我父亲。但他肚子太大了,非常大,自从我们村的胖子大赛之后,我没看过肚子这么大的人。胖子大赛每年举行一次,战争爆发后才停办。在这项比赛里,来自全地区的人拼命喝几个月牛奶,过着尽可能久坐不动的生活,肚子最大、最让人印象深刻的人获胜。内战爆发后这种比赛已成泡影,但眼前这人却像个参赛者。

"让我看看你为什么按住腿。"他边说边蹲下看我的膝盖。

我让他看伤口。

"啊,嗯,是倒钩刺。我家里有东西治。跟我来!"

我跟着大肚子去了,因为我太累了,根本逃不动。我看见他的房子在前方,看上去造得很好,孤零零地矗立着,周围毫无人迹。

"我背你试试看?"他问。

"不用了,谢谢你。"

"啊啊,我明白了,你很骄傲。你是个要去埃塞俄比亚当兵的孩子。"

"不是。"我说,他肯定搞错了。

"杰施阿玛?"他说。

"不是,不是。"我说。

"杰施阿玛,小红军?没错,我一直看你们路过。"

"不是,我们只是走路,走去埃塞俄比亚,去读书。"

"先读书,然后当兵。是的,我想这样最好。进去坐一会儿,我帮你治腿。"

在他的坚实的房子外面,我犹豫了。他不认识我,但以为知道我的一些事。他看到和我一般大的孩子路过,像马韦恩一样叫他们小红军。这人有点狡猾,进他家太不可靠了。但在苏丹,被人邀至家中总是有东西吃,尤其是对旅行者来说。能吃上一顿的前景压倒了安全方面的考虑。我进了这人的大屋,看到了它,天哪,是辆自行车!看上去就是马里尔拜的约克·尼布·阿伦买来的那辆,型号一模一样,崭新的,银光闪闪。不过这辆车上的塑料膜已经揭开,显得更为光彩夺目。

"啊！你喜欢自行车。我就知道你会喜欢。"

我说不出话来，使劲眨眼。

"拿着。"

这人给了我一片碎布，我接过准备按到伤口上去。

"不不，让我来。"他说。

这人拿起布，裹住我腿上的伤口并绑紧。看他的处理方法如此简单，我几乎笑出声来。

他示意我坐下，我坐了下来。我们坐着彼此打量了一会儿，他长了张猫脸，颧骨高耸，双眼很大似乎总是含着笑意。他手搁膝头，掌心向着我，手指长得出奇，每根有六七个指节的长度。

"很久以来你是第一个来这儿的人。"他说。

我重重地点头，以为这个大肚子失去了妻子和家人。苏丹到处都有这样的人，在这个年龄孤身一人。

他飞快地将地毯推开，下面有个用硬纸板和植物纤维做成的门。他拉起门，我看见下面有个深洞，装满了食物、水和一罐罐的未知液体。他快速关上舱门，复原地毯。

"给。"他说

他在一个碟子上放了一小堆花生。

"给我的？"

"啊啊啊！真是个害羞孩子。你怎么这么害羞？你应该饿到不顾害羞了！有的吃就吃吧，孩子。吃！"

我飞快地吃着花生，起初一次拿一粒，接着抓了一把塞进嘴里。这比我前几周吃的东西加起来还多。我狼吞虎咽，感到花生糊强化了胸膛和双臂，让头脑也变得清醒。这人又装了一碟花生，我这次吃得慢了些。我感到需要平躺，就躺了下来，仍然一粒粒吃着花生。

"你从哪里买的车？"我指着自行车问。

"重要的是车就是我的，小红军。你骑过自行车吗？"

我坐起身摇摇头，他的目光显得更乐了。

"啊,不会吧,那真没面子。我可以让你骑一下试试。"

"我会骑!"我固执地说。

他仰头大笑。

"这孩子从未骑过车,居然说会骑。跟我一起吃点东西,我们弄清你会做什么、不会做什么,小兵。"

在这人的家里我感觉舒适,虽然说不出原因。我担心太阳升得更高时队伍会继续前进,但我在这有吃的,有人照料伤口。我考虑留在他这里,因为那样似乎很可能不会死。

"你为什么住在这儿?"我问。

这人严肃起来,仿佛在理解这个问题背后的含义,过了片刻,没发现有什么,便缓和下来。

"我为什么住这儿?我喜欢这个问题,谢谢你提出。是的。"

他舒舒服服地坐好,冲我咧嘴大笑,对问题本身却似乎没兴趣回答。

"我太没礼貌了,"他又把地毯推到一边,取出一个塑料桶递给我,"给你花生,却没给你饮料冲下花生!喝吧。"

我接过桶,被凉冰冰的桶身吓了一跳。我旋开白色盖子,搁在膝头,把容器倾斜着靠近嘴。水凉得难以置信,我睁大双眼,几乎咽不下去。我喝着凉水,一股冷线贴着皮肤下面流过喉咙,然后流进胸膛和四肢百骸。这是我喝过的最冷的水。

我又问了另一个问题:"我们在哪儿?"

这人接过水桶,重新放回地下。

"我们离一个叫西特的镇子不远。你们的队伍会路过那里,很多队伍都路过西特。"

"那么你是住在西特?"

"不是,我哪里也不住。这地方不存在。离开这儿后你就不知道是从哪儿离开的,你一定要忘记到过这里。懂吗?我哪里也不在,这里不存在,这就是我为什么还活着的原因。"

不久前我还感激这人,还想问他我能否留下来永远和他在一起,但现在我觉得他疯了，我应该离开。很奇怪，一个人有时能正常说话，有时又失去理智。就像外表光鲜的水果，里头却烂了。

"我要回队了。"我站起身说。

这人满脸惊恐。

"坐下，坐下，我还有更多吃的。你喜欢吃橙子吗？我有橙子。"

他又把手伸进洞里，这次一直探到整条胳膊的长度，抽回时手上多了个新鲜圆润的橙子。他把橙子递给我，我迫不及待地吞了下去。他又用地毯盖住地洞。

"我没住在任何地方，你应该记住这点。你为什么觉得我活着，孩子？我活着是因为没人知道我在这儿。我活着是因为我不存在。"

他从我手里拿过水，放回地下。

"外面的人你杀我，我杀你，没被枪打死、炸弹炸死的人，上帝想用疟疾、痢疾杀死他们，还有其他数不清的方式。但要是一个人不存在，就没人能杀死他，对吧？所以我成了鬼魂。你没法杀死一个鬼魂吧？"

我没有回答，因为这人其实不存在。

"和你接触，我是自找麻烦。我给了你吃的，见了你的面，但我知道没什么好怕的，没人会寻找你这样的孩子。你们有多少人？几千？"

我告诉他，能想到多少，就有多少。

"那么没人会注意到你。说完话我送你回去，你永远不能说见过我，同意吗？"

我同意。我忘了是什么让我开口问"什么"的事，但似乎如果有人知道答案，或者猜到答案，那么就应该是眼前此人。他独自生活，储藏了这么多东西，甚至兵荒马乱之中还长得这么胖。所以我问了他。

"你说什么？"他问。

我重复一遍问题，并解释了故事。这人没听过这个故事，但很喜欢。

"你自己觉得'什么'是什么？"他问。

"AK-47？"我不知道自己在想什么。

他摇摇头，"不对，我想不是。"

"马?"

他又摇头。

"飞机?坦克?"

"别说了,你想的不对。"

"教育?书?"

"我觉得这些不是'什么',阿沙克。你得继续找。你有其他想法吗?"

我们默默坐了一会儿,他能感到我泄了气。

"你想骑这辆自行车吗?"他问。

听了这话,我找不出合适的词来表达感受。

"你没想到能骑,是不是,听话的孩子?"

我摇摇头:"真的要给我骑吗?"

"当然啦。没说出之前我也不知道会给你骑,从未想过会把车给别人骑,但想到你要去埃塞俄比亚,可能死在路上,我就给你试试。"

这人看见我脸色暗了下来。

"不,不,对不起!我是开玩笑的,你不会死在路上,不会的。你们人多,你会安全的。上帝在保佑你。你现在吃饱了花生,正有力气呢。我只是开个玩笑,要是你陷入危险,那才荒唐呢。很荒唐。你会好好的!来,试试这辆自行车!"

"好的。"

"但你从来没骑过。"

"是没骑过。"

大肚子叹了口气,说自己疯了。他把自行车推到屋外,辐条在阳光下闪闪发光,车身锃亮。他演示如何坐上车座,我坐上去,他扶住车身。这是全苏丹最令人惊叹的自行车,而我正坐在它豪华的黑色皮座上!

"好,我要推动了,你得踩动脚踏板,明白吗?"

我点点头,车轮开始转动,很快就转得飞快,但那人把住车身,我觉得很稳当。我踩动脚踏板,但脚踏板似乎自己就在转动。

"踩啊!孩子,踩啊!"

181

他跟着我和自行车一起跑,一会儿怒吼一会儿大笑,上蹿下跳。我踩着脚踏板,脚落下又升起,肚子里一阵翻腾。

"对!做得很好,孩子,你在骑车!"

我笑了,望着前方,努力控制住肚子,肚子绞痛仿佛想将其中物事卸到尘土中去。我使劲咽着口水,望着正前方,告诉肚子要安静。肚子服从了,允许我开始思考。我在骑车!感觉像是在飞,风猛烈地刮在脸上。我突如其来地想到阿玛斯,要是她能看到我这样多好,她一定觉得了不起!

"我要放手了。"这人说。

"不要!"我说。

但我觉得我能做到。

"行,行,"这人说,"我要放手了。"

他大笑着松开手。

"我放开了!继续骑,小红军!稳住方向!"

我没法稳住方向,车身立刻倾斜,车轮转动变慢,我像马里尔拜那个马兵一样摔到车下。我的腿撞上带树根的硬土块,伤处又裂开了,开口比以前更大。几分钟后,我回到大肚子的屋里,他又帮我护理了伤口。他不停道歉,但我说是我自己的错。他说我第一次骑自行车,已经骑得很好了,我笑了。要是能再骑一次,我敢肯定会成功的,但我知道如果找不到归队的路,就再也见不到他们了,可能就要和这人一起待到战争结束,战争还不知道什么时候能结束。我告诉他我得走了。看见我要走,他并不太伤心。

"请不要告诉任何人自行车的事。"

我说我不会告诉别人。

"你保证?"他说。

我保证做到。

"好。自行车在打仗时候是秘密。自行车是秘密,听话的孩子。现在把你还给军队,我带你回去。你从哪条路跑来的?"

前一天晚上我跑出来的时候，似乎跑了几个小时，但走回队伍用的时间短多了。离开这人秘密的房子不远，我就看到了大队孩子。杜特不在其中，这天早上似乎没人关心他不见了，也没人关心我不见了。我打听发生了什么事，得知昨晚逃散时十二个孩子不见了。三个掉进井里，两个死了。几百个孩子队形散乱，无精打采。我告别大肚子，找到了威廉·K，他捡到一大块塑料布，正想折起来放到口袋里。塑料布虽然折了十几次，但还有他身体那么大。

"你往哪边跑了？"威廉·K问。

我指了指刚刚走来的路。昨晚威廉·K朝相反方向跑了，但只跑了很短时间就藏到一棵猴面包树的树根中去了。

"你听说发生什么了吗？那隆隆声和灯光是什么？"他问。

我摇摇头。

"是我们自己，不是什么东西。"

夜里没发生袭击，没有枪炮，也没人开枪，只是一辆路虎车夜间路过。没人知道是谁的车，但不是敌人的，甚至可能是辆援助车。

上午晚些时间杜特来了，他怒气冲冲地召集大家。

"你们夜里不能听到声音就乱跑！"

我们都摸不着头脑，没有争辩。

"昨晚跑丢了十二个孩子，我们知道有两个掉进那两口井里死了。太多孩子掉井里了，这种死法真差劲，孩子们！还有另外几个，神仙才知道他们跑哪儿去了！"

我同意掉井里死掉是种很差劲的死法，但我肯定这是科尔的责任，夜里是他让我们跑的。不过当时一片混乱。离开大肚子和他的自行车一个小时之后，他是不是真的出现过，我已经没了把握。我对谁也没讲起他。

吃下的食物给我带来了能量，怀揣大肚子的秘密也给了我力气，可我仍觉得自己快死了。倒钩刺撕裂了腿上皮肤，伤口非常大，从膝盖到腿肚子下侧拉了条对角线，一整天都在慢慢流血，就连威廉·K也觉得这意味着我快死了。根据我们的经验,多数有大伤口的孩子都要死。那几天孩子们看见我的伤口都不想靠近我,他们猜测疾病已在我身上生根,在我体内溃烂。

威廉·K知道我在担心,想减轻我的恐惧。

"在埃塞俄比亚他们很容易就治好这样的伤。那儿的医生是最棒的。你往下看看腿,会说,怎么啦?伤口怎么不见了?伤口没了,被他们擦掉了。"

我笑了,但看着威廉·K我感到担心。他看上去病得很重,他就是我的镜子。我看不到自己,所以靠看别人,尤其是看威廉·K来判断自己的健康状况。我和他吃相同的食物,体质相似,所以观察他能看到自己变得多瘦,眼眶陷得多深。这一天我看起来情况不妙。

"其实在埃塞俄比亚人们都不生病的,"威廉继续说,"因为那儿的空气和水质不一样。听起来很神奇,但是真的。除了笨人都不生病。笨人也可以去看医生,医生说,'别人都不生病,就你生病,真是太笨了。不过我能治好你,因为这是埃塞俄比亚,没什么治不好的。'这是有天晚上我听杜特说的,你那时睡着了。"

威廉是个不可救药的大话王,但这话让我很高兴。

"我们能歇一会儿吗?"他问。

我很高兴能停一下。通常我们能坐下休息一会儿,直到感觉好一些,同时队伍又没走出视线。几分钟后,看着其他孩子拖着腿经过,威廉和我感觉有了点精神,又上路了。

"今天我感觉有点不一样,"他说,"我想是头更晕了。"

每走一步我的骨头都颤动一下,左腿有种奇怪的刺痛感,脚后跟每次触地都感到一道冷电闪过。威廉讲我的伤势,讲埃塞俄比亚,讲他长大后会变得多么强壮。他的话让我感觉很好,所以我允许他继续说。长大后的情况是他最喜欢的话题,总是细节丰富,而且非常精确。

"我会长成大块头。我父亲不太高,但哥哥们都很高,我会和他们一样,可能更高。我可能会成为苏丹最高的人之一。一定会这样的,我没得选择。那样我会成为伟大的战士，手握很多杆枪。我还会开坦克。大家看到我的时候，眼珠子都要掉下来。回家后我们站岗阻挡巴格拉人的进攻，我妈妈会骄傲的。我们有枪，轻而易举就能保卫家乡。我哥哥约尔是大个子，他已经娶了两个妻子，可他还年轻，有了更多头牛后，还会娶更多妻子。他懂得养牛，又很聪明，所以会有很多牛……"

我边听威廉说话边跟着他的脚印，低着头走路，没能立刻注意到其他孩子都跑离道路进了树林。我左右张望，看到他们四散跑进林子爬上树。能爬树的都爬了上去，身体太虚弱的就待在树下，希望有东西落下来。

树上满是鸟儿。

我跑到一棵没人的树前，发现爬起来比以前要困难得多。威廉·K也跑到这棵树下，站在我下方。

"我爬不上去，"他说，"我觉得我今天爬不动。"

"我扔给你。"我说。

我在树上找到一个鸟巢，里面有三颗小鸟蛋。我还在树上就迫不及待连壳带羽毛吃了两颗，在大脑思考之前就吃得一干二净。吃了两颗后我才想起树下还有个威廉·K。我跳下树，发现威廉·K侧躺着，双眼紧闭。

"醒醒！"我说。

他睁开眼睛。

"我跑了之后感到头晕，"他说，"叫我下次不要跑。"

"下次不要跑。"

"不，不，请别讲笑话，阿沙克。我太累了。"

"吃颗鸟蛋吧，味道糟极了。"

有孩子找到满窝幼鸟的鸟巢，拔掉小鸟身上已经长出的绒毛就把鸟吃掉了。他们囫囵吞下，连头带脚加骨头。我看到科尔吐出一块鸟喙，这时我又发现一棵还没人搜过的树。

"我去给你找一只，待在这里。"我对威廉说。我已经感到有了力气，一边享用了另一颗鸟蛋，一边跑到那棵树下，一爬上树枝，就听到了破空声，是直升机螺旋桨旋转的声音。一眨眼的工夫我们全跳到地上，没头苍蝇一般乱跑开来。然而无处可躲。我们身处的地方只有矮树，树枝几乎光秃，毫无遮掩，而其余的地方全是沙漠。一些孩子待在原地，十个孩子躲到树上。我们抱住树枝，贴着树皮伸直身体，双臂抱紧，脸贴在粗糙的树皮上想装成树的一部分。破空声越来越近，三架黑色直升机贴着地面飞进视野。飞机撕裂空气，猛刮着树，可是没开火。

很快破空声渐渐远去，直升机飞走了。

这比安东诺夫轰炸我们更令人不解，杜特和大家都搞糊涂了。为什么飞得这么近看到这么多靶子，却不开火？我们永远搞不懂苏丹军队是怎么想的，有时我们值得他们消耗子弹和炸弹，有时却不值。

杜特决定夜间行路。夜里没有直升机，于是那晚我们没有停歇。杜特觉得我们吃了鸟蛋和鸟，都有了力气，就连夜赶路，走了一整夜。第二天我们要睡到夜晚再度来临。

"我还有更多埃塞俄比亚的消息。"威廉·K开始了。

"说吧。"我说。

"好。传说那儿的苏丹人都很健康。人们都尊敬我们，我们要什么有什么。每个丁卡人都当上了酋长。这是他们说的，所以我们都是酋长，要什么就有什么，每人有十个人帮忙提供所需。如果我们要吃东西，就说'给我这个吃的'或者'给我那个吃的'，他们就跑去拿。这不难，因为到处都是食物。他们特别崇拜我们这样的人，我觉得这可能跟走了多远有关。我们走得最远，所以我们能选择住在哪儿，能有更多的仆人。我们每人有二十个仆人。"

"你刚才说是十个。"

"没错，通常是十个，但我们有二十个，因为我们走的路远。我刚刚告诉你了，阿沙克，你要留心听。你得知道这些事，否则对埃塞俄比亚人不敬。只可惜摩西不能和我们一起看到这些。也许他也能看到，可能他已经到那了。我敢肯定他已经到那了。他想办法到了那儿，正在等着我们。他真幸运。"

虽然我能接受威廉·K说的一些内容,但知道摩西不在埃塞俄比亚,永远也不会去。他被马兵追到,命运早已注定。

"是的,"威廉·K继续说,"我们将要得到的东西,摩西已经得到了,现在正嘲笑我们呢。'你们怎么来得这么慢?'他说。我们得快点,对不对,阿沙克?"

威廉·K听起来状况不大好。我有点高兴这是夜里,不用去看他深陷的双眼和肿胀的肚子。我知道自己看上去也一样。看见威廉就是看见自己,这是双重的烦恼。沙漠的漆黑之夜,我们看不见苦痛,气温也凉爽。

"看那个。"威廉·K抓住我的手臂说。

远方地形凸起,画出一条参差不齐的天际线。我以前从未见过山脉,但眼前就是。威廉·K确信我们接近目的地了。

"那就是埃塞俄比亚!"他低声说,"我没指望这么快到的。"

威廉·K和我远远地落到队伍后头,没法问杜特和科尔我们到了哪里,但威廉的说法很有道理。我们前方影影绰绰的大地远比以前见过的更为辽阔,可能容得下地球上所有的大象在里面漫步。威廉·K边走边揽住我的肩头。

"到了那座山,我们就进入埃塞俄比亚了。"他说。

我没法不同意,"我想你是对的。"

"不算坏,阿沙克。走到埃塞俄比亚不太远。你觉得呢?我们这么近了,不是很糟糕,对不对?"

路不远了,但所有人状况持续恶化。那天我们没有走到埃塞俄比亚,第二天也没有走到。我们整日整夜睡觉,几乎停顿不前。我们脚步沉重,双臂像脱离了身体。我腿上的伤口感染了,除了威廉·K之外我没有朋友,其他人不愿走近我,尤其是见过秃鹰之后。那天一早我打了个瞌睡醒来,发现一团阴影遮蔽了阳光,挡住了视线。我起先以为睡过头了,杜特要找我麻烦,要来踢醒我,但那影子忽然张开双臂扭过头,我才发现是只秃鹰。它跳上我健康的那条腿,盯着我的伤腿。我跳起来后退,秃鹰嘎嘎大叫，又跳着跟了上来。它一点儿都不怕我。

后来所有孩子都遇到了这个麻烦。如果在一个地方停留时间过长，秃鹰就盯上我们。在太阳下睡超过一个小时必然招来腐食鸟。我们只好学机警些，唯恐还活着就被鸟啄吃了。

就在我撵走想吃我的鸟的这天，威廉·K变得与往日不同，脸上现出一个个颜色比肤色稍浅的圆斑。他抱怨肚子疼、头晕，但接着我也感到了肚疼和头晕。威廉·K仍然滔滔不绝，因此我以为他的状况和其他人并没什么不同。

"看！"威廉·K说。

我顺着威廉·K手指的方向，看到前面有一个黑块。我们走近些，一只秃鹰从黑块上飞走。那是个比我稍大点的孩子的尸身。

"真蠢。"威廉·K说。

我叫他不要这么说死人。

"但真得很蠢！走这么远，却死在这儿！"

随后路边的尸体随处可见，孩子、婴儿、女人、男人。每走一里路我们都看到路边树下有孩子和男人的尸体躺着。不久以后，出现的尸体身上穿着苏人解军装。

"士兵怎么会这样死掉？"威廉·K问杜特。

"他喝错水了。"杜特说。

"我们还有多远，杜特？"

"就快到了。我们离'不远'不远了。"

"好，好。'不远'是个好词。"

那天我们一路穿过最荒凉的土地，热浪滚滚。午前的风像是有皮肤毛发的东西，太阳是我们的大敌。但同时我对埃塞俄比亚的光辉梦想更加鲜活，细节更丰富。在埃塞俄比亚，我有自己的床，那床跟马里尔拜酋长的床一样，塞满稻草，还有瞪羚皮做的毯子。埃塞俄比亚有医院，有集市，食物应有尽有，包括柠檬糖！我们被悉心照料，体重恢复，不用再每天走路，有时根本什么事都不用做。椅子！我们在埃塞俄比亚有椅子。我坐在椅子上听收音机,埃塞俄比亚所有的树下都有收音机。牛奶鸡蛋这样的食品应有尽有,肉也很足,还有干果和炖菜!有干净的水,我们可以在里面洗澡,每家都有井,每口井里都有冰凉的水可喝。多凉的水啊!我们在喝前得等一等,因为太凉了。我在埃塞俄比亚有个新家,有一个父亲一个母亲,他们把我抱到身前,叫我儿子。

我们看到前方一棵小蒺藜树下有一群人,一共十一个,围成内外两圈坐着。我们走近些看到两个人病得很重,其中一个似乎已经死了。

"他死了吗?"威廉·K问。

最靠近威廉·K的人冲到他身前,用瘦骨嶙峋的大手手背在他胸口推了一下。

"你要是不继续走,也会这样!"

那人泛黄的双眼中闪动着暴怒。其他士兵不理会我们。

"他怎么了?"威廉·K问。

"走开!"那个士兵咕哝着。

威廉坚持不懈:"他挨枪了吗?"

那人瞪他:"放尊重些,忘恩负义的小东西!我们在为你们而战!"

"我没忘恩负义。"威廉·K抗议。

那人哼了下鼻子。

"请相信我!"威廉·K说。

那人态度逐渐缓和,过了一会儿,他相信了威廉的真诚。

"你们是哪里人,小红军?"他问道。

"马里尔拜。"

那人神色一松。

"我是沙克沙克人。你叫什么名字?"

"威廉·肯杨。"

"啊哈,我想我认识你亲戚,希易特·肯杨·康一定是你叔叔。"

"他就是我叔叔,你见到他了吗?"

"没,没有。我希望能告诉你他的消息,但我走的时间比你还长。你们距离埃塞俄比亚不远了,几天后就能到。我们刚从那儿回来。"

我们和这些士兵坐了一段时间,一些孩子很高兴看见他们,但他们的状况让人担忧。这些人带着枪,属于一个叫"拳头"的部队,这名字听起来很有本事,可这些"拳头"兵正在挨饿,垂垂将死。带枪的成年人离开埃塞俄比亚,回苏丹的路上快要饿死,我们要去的是什么样的地方啊?

死去的士兵比起沿途看见的任何一个死孩子都让我不安,我对旅途的信念动摇起来,脚步变得勉强而缓慢。

对照威廉·K,那天我看上去情况很差。我双颊深陷,双眼有蓝色眼圈,舌头发白,隔着短裤能看到髋骨的形状。喉咙像是塞满了木屑和杂草,一吞咽就感到剧痛。孩子们边走边按住喉咙,想按点湿气进去。我默默地与大家一起继续走着。这个下午极其漫长,我们的步幅远比不上刚开始行走时那么大,每一步都很小。这天,威廉·K频繁地要求停下。

"就停下来站一小会儿。"他说。

我们停下来,威廉手搭在我肩头,靠着我休息。他长吸三口气,说又能走了。我们不愿落后。

"我觉得很沉重,阿沙克。你也这么觉得吗?"

"是的,我也觉得,威廉。所有人都这么觉得。"

下午天气较为凉爽,能透过气来。前头一路传话过来说有人发现了一只犬羚尸体,他们已经赶走秃鹰,正想在尸骨上找些可以吃的肉。

"我又得休息了,"威廉·K低声说,"我们坐一会儿。"

我认为不应该坐下,但威廉·K已经朝一棵树走去,很快头靠树干坐了下来。

"我们得继续走。"我说。

威廉·K闭上双眼:"我们需要休息。和我一起休息吧,阿沙克。"

"他们找到了一只犬羚。"

"那真好。"

他抬头看我,笑了。

"我们得去拿点肉，否则一转眼就没了，威廉。"

我看着威廉·K眼光闪烁，眼睑缓缓闭上。

"这就去，"他说，"就坐一小会儿，这对我很有用，求你了。"

我站在他身前，为他遮住阳光，让他能有片刻的安宁，然后说该走了。

"还不是时候。"他说。

"肉快没有了。"

"你去拿点。能不能拿一些，再回来给我？"

上帝原谅我，我那时以为这是个好主意。

"我会回来的。"我说。

"好。"他说。

"眼睛不要闭上。"我说。

"好的，"他抬头看着我，点了点头，"我得休息一下，我觉得这对我有用。"

他缓缓闭上双眼，我跑去取我们的那份肉。我离开后，威廉·K的生命消失了，他的肉体重归尘土。

现在人更容易死了。死去的邓和活生生的邓之间隔了一夜，我以为死亡总发生在黑暗中，需要好几个小时的时间。然而威廉·K的死不同，他只是停下脚步，坐到树下，闭上双眼就走了。我带着指头大小的肉返回，想与他分享，发现他的身体已经冰冷。

我们还是婴儿时，我就认识他了。我们的母亲把我们放在一张婴儿床上，我们一起学走路，学说话，没他相伴、不一起奔跑的日子很少。我们就是同一个村里的好友，希望能永远活在童年，永远做朋友，永远生活在村子里。但过去的几个月里，我们离家走了那么远，我们不再有家，身体如此虚弱，和以前判若两人。而现在威廉·K的生命已经终结，身体躺在我的脚下。

我在他身边坐了很久。我望着他的脸，他的手在我手中又变暖了。我驱赶苍蝇，不愿抬头。我知道秃鹰正在上空盘旋，自己没法阻止它们扑上威廉·K。我决定要埋葬他，就算因此跟不上队我也要埋葬他。看过打了败仗的"拳头"部队已死和垂死的士兵，我对我们的行程和领队们再也不抱任何信念。我们这样走下去，死下去，所有的孩子都会死光。已经开始的将会继续下去，这看起来确然无疑。

我用尽全力挖掘，虽然时不时需要休息。这些动作让我头昏眼花，喘不过气来。我不能哭，体内没有多余的水分供我挥霍。

"阿沙克，快来！"

是科尔，我看见他远远地朝我招手。队伍已经集合，准备出发。我决定不把威廉·K的死告诉科尔。他是我的，我不想别人碰他。我不想要他们告诉我如何埋葬或遮住他，或者应该将他抛弃在死去的地方。我没有埋邓，但我要埋威廉·K。我向科尔挥手，告诉他我很快就去，转身继续挖。

"现在就来，阿沙克！"

坑很浅，我知道埋不住威廉·K，但能够阻止饥饿的腐食鸟一段时间，时间长到足够我走远，我就看不到它们飞下来。我在坑底放了树叶，下面看不到土，让他的头部有个干净的靠枕。我把威廉·K拖到坑里，用树叶盖住脸和手，折起膝盖让他双腿曲起以节省空间。我又需要休息了，坐了下来，感到一点点的满足，因为知道在我挖的这个坑里他毕竟能够容身。

"再见了，阿沙克！"科尔大喊。我看见孩子们已经离开，科尔等了我一会儿，转身走了。

我不想离开威廉·K，想和他一起死去。在这个时刻，我腰酸背痛、筋疲力尽，感到自己能和他一样闭上眼睛睡过去，睡到身体变冷。但接着我想到了父母，想到了兄弟姐妹，又想起了威廉·K幻想的埃塞俄比亚神话。这世界很可怕，但我还不想离开。这些足够让我再次站起来。我站起身，决定继续走，我要一直走，直到走不动。我要埋好威廉·K，然后追上孩子们。

我不敢看着第一层土落到威廉·K的脸上，于是用脚后跟倒踢上去。

等到他的头被盖住,我堆上更多的土和石块,直到像一座真正的坟。完成后,我对威廉·K说,我很抱歉。我很抱歉,因为一直不知他病得这么重。我很抱歉,没能让他活下去。我很抱歉,我是他世上最后一个见到的人。我很抱歉,他没能和父母道别,只有我知道他躺在哪里。我明白,这是个乱世,让我这样的孩子埋葬威廉·K这样的孩子。

我虽然和大家一同走,但不愿说话,时常想离队不走。每当我看到残余的房屋或者中空的树,都想放弃一切停下来,住到里面去。

我们整夜赶路,临近中午已接近埃塞俄比亚边境,这时遇上一场怪雨。苏丹此地这个季节不应该下雨,但大雨倾盆而下,下了一整天。我们喝着雨滴,将携带的所有容器都装满雨水。连续几个月来,我们都渴望雨露,期盼脚下的土地能有湿气,但施恩的大雨也带来祸害,这时我们反倒希望走在干旱然而结实的地上了。等我们到了古摩罗,已没有一片土地没湿透,都成了沼泽。有一块高出地面的地方,杜特带我们走过去。

"坦克!"

科尔最先发现那些坦克,我们停下蹲到草丛间。我不知道苏人解有自己的坦克,刚开始以为坦克是苏丹政府军的,是来杀我们的。

"这里应该是苏人解的地盘。"杜特边说边走向村子。

三辆军用卡车停在村子中央。村子遍遭火焚,但我们很高兴看到有三个苏人解士兵从一辆巴士里走出。杜特小心翼翼地走上前。

"欢迎,孩子们!"其中一个士兵对我们说,他穿着迷彩裤和靴子,但没穿上衣。我们冲他绽开笑颜,心下肯定这回有的吃、有人照料了。

"现在请你们离开,"他说,"你们得出去。"

杜特走上前,说我们和他们是同一战线上的,我们需要食物,在雨停前需要干地休息。

"我们什么都没有。"一个疲惫的声音说。是另一个士兵,只穿着短裤,看上去和我们一样营养不良,无精打采。

"这里是苏人解的地方?"

"我猜是的,"第二个士兵说,"我们没他们的消息,他们把我们扔在这儿等死,这仗都是笨蛋们打的。"

一共十一个士兵等在古摩罗,属于另一支打了败仗的营,这支营不像"拳头"有个外号。这些人被抛弃在古摩罗,没有供给,联系不上伦拜克等地的指挥官。杜特解释说不想增加这些士兵的苦痛,但他有三百多个孩子,都没法连夜走路,想休息。

"我真的不关心你怎么办。"第二个士兵说,"什么也别拿,我们什么也没有。你想怎么办就怎么办吧。"

这样古摩罗被选为这天的休息地,我们散开钻到卡车底下和坦克背后等淋不到雨的地方。不久一些孩子想找吃的,要进沼泽捉鱼。第一个士兵,他叫蒂托,不准他们离开。

"这里有地雷,孩子们,你们不能乱走。苏丹军队在这里到处埋地雷。"

他跟孩子们讲不清,于是杜特走了过去。

"你们都知道踩到了地雷会是什么样子?"

所有人都点头,但杜特不信,于是做了个演示。他跪在地上,要一个志愿者装作踩到他的手。志愿者踩的时候,他发出一声类似爆炸的喊声,抓起那孩子的一只脚将他掀倒。那孩子啪地一声摔了个仰八叉,噙着泪水,又怒又疼,爬起来走回汽车下面他的地方去了。

没过多久,孩子们就不听命令了,几十个孩子四散走开。很多人都很饿,决心去找食物。三个孩子进了草丛,我问他们去哪儿,希望他们是去捉鱼,那样我也同他们一起去,但他们没回答就走下了小山。我坐在卡车下,头埋在膝盖中,想起威廉·K,想起了对他感兴趣的腐食鸟。我又想起了阿玛斯和母亲,还有母亲的黄裙子。我知道自己就快死了,也许母亲也死了,那样我就能和她在一起。我不想死了之后还要等她。

一声像气球爆开的声音传来,然后是喊叫声。我没去探查,我不想看。我知道有孩子踩上了地雷。接着很多大人过去救孩子。一个孩子失去了一条腿,另两个死了,就是我想跟着一起去的那三个孩子。古摩罗没有医生,断腿的孩子晚上也死了。

一些孩子休息了,但我决定不睡。抵达埃塞俄比亚之前我决不闭眼。我感觉不到自己是活的,也很确定自己快死了。我在树上吃了鸟蛋,在有自行车的人那儿吃了花生,比其他孩子吃得多,但腿上的伤不会愈合,每天晚上我都感到虫子在伤口里蠕动。走路时,我前面的孩子一片模糊,他们走近我的时候,声音恍惚。我的耳朵感染,视力不可靠。下一个被死神带走的人一定是我了。

士兵们帮杜特处理死去的孩子后,其中一人看到我在卡车下面,蹲到我身前。这时雨小了一些。

"到这儿来,小红军。"他说。

我一动不动。我不是不礼貌,而是这时根本不在意士兵,不管他要我做什么都不关我事。我不想帮忙去埋尸体,他想让我做什么我都不想做。

"这是命令,小红军!"他大吼。

"我不是你们军队里的。"我说。

他立即伸手迅速抓住我,飞快地把我从卡车下拖出,拉我站直了。

"你不是我们的一分子?为什么不是?"他问。我看到他是那个叫蒂托的士兵,满脸伤疤,眼睛发黄,还有红眼圈。

我摇头。我决定,谁的一分子我都不是,甚至不属于徒步孩子。我想回到有自行车的那人家里,回到有橙子和冷藏水的地方。

"你就想这样死在这里?"蒂托问。

"是的。"我说,尽管如此还是为了自己的无礼而羞愧

蒂托粗暴地拉我穿过村子来到一堆木柴旁,那后面有两条人腿,身体的其他部分遮在树叶下。他的双脚青一块紫一块,趴满了蛆。

"看到这个人了?"

我点头。

"这是个死人,原先和我差不多,年龄相当,身强力壮。他曾经打下一架直升机。你能想象吗?丁卡人能打下直升机!当时我在场,那可是件壮举,可是他现在死了。为什么?因为他不想再强壮了。你想和这个死人

一样吗?"

我太疲倦了,根本没反应。

"你能接受这个吗?"他大吼。

"所有人都要死了,"我说,"我们来这儿路上看到死兵。"

这话似乎让蒂托感到惊奇,他想知道我们在哪儿看到了死兵、有几个。我告诉他后,他变了想法。他明白了他们并非被战争遗忘在沙漠里的唯一一队士兵。我想这消息给了蒂托力量,看到他跑回汽车告知同伴,我也感到有了力量,意识到刚刚是神志不清了。

黄昏时分,蓝色的天空逐渐变黑,我们安顿好,准备入睡,这时地平线上出现一个身影。杜特看见了,站在村边眯着眼睛远远眺望。身影渐近,是个男孩。

"是我们的人吗?"杜特问。

没人回答。蒂托在坦克后睡熟了。

"科尔,那个孩子是我们队里的吗?"

科尔耸耸肩。

我眯着眼睛看,发现地平线上的一个孩子变成了许多孩子,然后出现了几百个身影。我坐起身,杜特和科尔双手叉腰站着。

"天哪,这是什么人?"

杜特叫醒蒂托,问他是否认识这群正朝古摩罗而来的孩子。

"我们不认识你们这些人。"蒂托不耐烦地说,他被叫醒有些不高兴,但看到一大群人靠近,有了精神。

远方的这群人越来越近,我们队的所有孩子都盯着这另一群孩子,他们人数更多,四个一排,源源不绝。很快我们看到了其中有妇女、幼儿,还有带着武器的男人。蒂托感到不安。

"这究竟是怎么回事?"

这是条苏丹人组成的大河,流向古摩罗。他们看上去比我们强壮,步伐轻快坚定。他们携带着包、篮子、手提箱、麻袋,最神奇的是,还有一辆运水车。

"水,"蒂托说,"那是苏人解运水车。"

"运水车?"杜特低声道,"我们有运水车?"

从湿漉漉的地平线上出现的队伍共有八百多人,也许有上千人,由五十多名士兵护送。士兵们全副武装,身强体健,守护着步行者。他们最前头的人开始进入村子。杜特很高兴,他看见了他们的食物和水,召集了我们。

新来士兵中的第一个走到杜特和蒂托身前。

"你好,叔叔!"杜特开心地说,几乎热泪盈眶。

"你是谁?"新来的士兵问。他戴着棒球帽,全身穿着军装。

"我们是徒步孩子中的一些,"杜特说,"和你们一样。我们今天早些时候刚到这里。在这儿见到你们真是太好了!我们很饿!也没干净水喝。他们喝水坑里的水、沼泽里的水。我见到运水车,我想是上帝亲自送给我们的。我们要死在这里了,真的需要一些水车里的水。我们已经死了很多人了。我们应该怎样……"

"我们会给士兵食物,"新来的叛军士兵说,"但你们不应当在这里。"

"不应当在这个村子里?"杜特愕然,沙哑着嗓子说。

"我们要这个村子。我们有一千人。"

"嗯,我们只有三百人,肯定还有地方。我们真的需要帮助。在沙漠里我们死了十九个孩子了。"

"可能说得没错,但现在你们必须在我们余下的人到来之前离开。这些是重要人物,我们护送他们去皮尼亚多。"

杜特望着陆续抵达的人,有一些全家都在,大人穿着精美的衣服。但他们当中也有很多孩子,年龄很小,外表看上去和我们相似,要说有区别的话就是这他们吃得很好,眼窝没有深陷,肚子不胀,穿着衣衫和鞋子。

"叔叔,"杜特又说,"我尊重您,尊重您的处境,只是想问您今晚我们可不可以共用这块地。天已经快黑了。"

"那么你们最好现在就走。"

197

这个士兵已经打定主意，杜特语无伦次起来。

"去哪儿？我们要去哪儿？"

"我可不会给你画地图。动起来！把这些蚊子赶走！"

他厌恶地瞥了一眼我们所有人，看到我们肋骨凸出，眼睛鼓起，遍体鳞伤，嘴上围着白圈。

"可是叔叔，我们和你们是一样的，难道不一样吗？你们的目标和我们不一致？"

"我不知道你们的目标是什么。"

"我没法相信，这太荒唐了。"

我听到一声重击声，和上次我父亲在店里挨打时一样。我转过头去，杜特躺倒在地，额角被枪托打得鲜血直流。那士兵站在他身前。

"确实很荒唐，博士，你用的这个词不错。给我滚开！"

士兵举起枪，对空开枪："滚出这里，你们这群虫子！滚！"

新来的士兵将我们逐出村，见人就打。孩子们有的跌倒流血，有的跑了起来。我边跑边感到前所未有的愤怒，对他们的怒气甚至比对穆拉林还强烈。这时我意识到，流离失所的人中也有社会等级，而我们正处于最下层。在所有人眼里我们都微不足道，无论是政府、穆拉林、叛军，还是条件好一些的难民。

我们在古摩罗边缘的沼泽里安顿下来，在脚踝深的水里休息，努力想入睡。我们孤独地又围成圈，听着森林里的声响，望着远方运水车的灯光。

到埃塞俄比亚又花了两天时间。抵达之前我们不得不渡过一条又深又宽的尼罗河支流，叫吉罗河。住在河边的人有船但不给我们用，所以我们只得游过去。

"谁第一个过去？"杜特问。

岸边有三条鳄鱼在晒太阳，第一批孩子涉入水中时，它们也潜入河里。孩子们大叫着从河里跳回岸边。

"来，看着，"杜特说，"这些鳄鱼不会攻击人，它们今天不饿。"

他走进河里开始游泳，轻松地划水，头露出水面，眼镜一点都没湿。杜特似乎无所不能。一些孩子看到他游到河中央，又叫了起来。我们以为他一转眼就会消失，但他毫发无损地游了回来。

"我们必须走了。谁要想留在这儿，就留下。我们今天要渡过这条河，之后离目的地就很近了。"

我们眯起眼睛看对岸有什么，视野中能看到的东西和河这边没什么区别，但我们相信一旦渡过河，一切都不一样了。

我们很少有人会游泳，于是科尔和杜特，还有会游泳的孩子拉着不会游的。每次需要两个会游的拉一个不会游的，所以花了很长时间。被带去对岸的孩子都勇敢而安静，努力让双腿不沉得太深。这天渡河时没人遇到攻击，但在将来这几只鳄鱼会渐渐习惯于吃人肉。

我在等着被带过河时，感到几周来从未有过的饥饿。也许这是因为我知道在河边村子里有真正的食物，也一定有法子弄到。我独自一人走过一户户人家，想找法子换点食物，或者偷点。我这辈子从未偷过东西，但此时诱惑变得如此之大。

一个孩子的声音从我身后响起："你，小孩，从哪里来的？"

是个和我差不多大的孩子，与我们丁卡人看上去没什么不同。他说着一种阿拉伯语，我很惊讶自己居然能听懂。我告诉他我从巴赫尔-加扎勒走到这里，但这对他毫无意义。这里没有巴赫尔-加扎勒。

"我想要你的上衣。"这孩子说。接着另外一个看上去像是他哥哥的孩子走过来，插话说他也想要我的上衣。交易立刻达成，我告诉他们我要用上衣换一杯玉米和一杯绿豆。

大一些的孩子跑进他们的棚屋里，带着食物回来。我将仅有的上衣给了他们。很快我又回到河边徒步孩子队伍之中，其他人也和村民换了东西，正在做饭吃东西。我赤身裸体，只穿着短裤，煮熟玉米飞快地吃掉了。在等着被带过河之际，那些还没吃过东西的孩子都用身上有的东西去做交易。有些人卖了额外的衣衫，以及携带和捡到的不管什么东西，比如芒果、鱼干、蚊帐等。我们都不知道，就在一小时的路程之外有一个难民营，在那里我们将住上三年。那里叫皮尼业多，等抵达之后，我会咒骂自己将上衣换了一杯玉米的决定。一个孩子把所有的衣服都换了，完全赤裸，并且一直要赤裸六个月之久，直到营地收到从世界其他地方运来的第一批旧衣服。

傍晚时分，终于轮到我渡河了。我刚吃过，感到很满足，可杜特和科尔似乎很疲倦。他们带我过河时，多数时间都仰泳，缓缓地向后划水，常会误踢到我。抵达遥远的对岸后，我和其他孩子坐在一起休息，等待心跳平复。夜幕降临，杜特和科尔终于将孩子都带过了河。我们感谢他们带我们过来。他们带领我们从河边穿过一片茂密的树林，来到一片空旷地，这期间我一直靠近科尔走路。

"这就是了，"科尔说，"我们到了埃塞俄比亚。"

"不会的，"我说，以为他在开玩笑，"我们什么时间到那儿，科尔？"

"我们已经到了，就在这里。"

我望着这片土地，和河对岸我们刚刚离开的苏丹境内一模一样。这里没有房子，没有医疗设施，没有食物，没有水喝。

"这不是那里。"我说。

"这就是那里，阿沙克。现在我们能休息了。"

田野里已经散布着一些苏丹成年人，那是在我们之前抵达的难民，他们病怏怏地躺在地上，奄奄一息。这不是我们要去的埃塞俄比亚。肯定还要走更远。

我们不在埃塞俄比亚，我想。这不是那个地方。

中国

第二部

皮尼亚多

十五

我先听到了他的声音。阿科尔·阿科尔走近了。他边走边打电话,讲着英语,声音高昂,听起来真好听。我抬头看到他的身影经过窗户,然后听到钥匙擦着门,接着插进锁孔。

他开了门,手垂到身侧。

"你在做什么?"他用英语问。

看到他我喜出望外,我原先暗自担心再也见不到他了。我努力发出几声感激的咕噜声。他跪下解开我嘴上的胶带。

"阿沙克!你没事吧?"

我过了一会儿才平静下来。

"到底怎么了?"他问。

"我被袭击了,"我终于说出话来,"我们被抢劫了。"

他花了好长时间才明白这一幕是怎么回事。他的目光落在我的脸上、手上和腿上,然后扫视房间,仿佛更好的解释会自己冒出来。

"帮我松绑!"我说。

他飞快地找到把刀子,跪在我身边割断电话线。我把双脚伸向他,他解开了线结,改用丁卡语说话。

"阿沙克,到底发生什么了?你在这儿躺多久了?"

我告诉他几乎一整天了。他扶我站起来。

"我们去医院。"

"我没受伤。"我说,虽然自己也不知道。

我们走进盥洗室,阿科尔·阿科尔在明亮的灯光下查看我的伤口。他用毛巾浸着温水小心地清洗伤口,开始时呼吸急促,慢慢才平息下来。

"可能得缝几针,我们走吧。"

我坚持要先报警,想让他们能立刻开始查案。他们肯定需要第一现场以跟踪下去，而且袭击者还没跑远呢。

"你尿了裤子。"

"我躺了一整天呢。现在几点了？过午了吗？"

"一点一刻。"

"你怎么这时间回家？"

"我回来取今晚用的钱，准备下班后去米歇尔家。我原本应该十分钟后到回店里的。"

阿科尔·阿科尔看上去很想回去上班，又想照顾我。我去房间里拿了套换洗衣服，进洗手间淋浴、换衣，花了很长时间大解。

阿科尔·阿科尔敲了敲门："你没事吧？"

"我太饿了，你有吃的吗？"

"没，我去买些。"

"不要！"我几乎从马桶上跳起来，"别去！有什么我就吃什么。别走！"

我照照镜子，额角和嘴边的血迹已经干了。我用完洗手间，阿科尔·阿科尔递给我半块火腿三明治，那是从冰箱冷冻室里拿出的，已经用微波炉烤好。我们坐到沙发上。

"你在米歇尔家？"

"对不起，阿沙克。是谁干的？"

"不是我们认识的人。"

"要是我在就不会发生这事了。"

"我觉得也会。看看我们，我们能做什么？"

我们讨论报警，先快速检查一下报警是否有问题。移民文件有效吗？有效。有还没付的停车罚单吗？我有三张，阿科尔·阿科尔有两张。我们盘算一下，如果警察要我们付罚单的钱，活期存款账户里是否有足够的钱。算好应该有。

阿科尔·阿科尔拨了电话。他告诉调度员事情的经过：我被袭击了，我们被抢劫了。他忘记提到那人有枪，但我估计现在这个不重要，警车来了之后我有足够的时间详细描述整件事。我会被带到警察局，看罪犯照片，看谁像袭击我的人。我略微想象了一下自己在指证东尼娅和浅灰，透过一间审讯室指着他们。我想到会知道他们的全名，他们也会知道我的。让他们为此付出代价让我满足，不过我首先得搬离此处，因为他们的同伙也知道我的地址。在苏丹，个人恩怨会演变成家庭甚至整个氏族的对抗，这种对抗不到问题彻底解决，决不善罢甘休。

阿科尔·阿科尔和我坐在沙发上，逐渐沉默起来。警察就要来这间公寓，这让我们越发焦虑。我遇到车的事和警察的事总是运气不佳。我自己有车三年，遇到六次事故。二〇〇四年一月十六日，我在二十四小时内就遇到三次。虽然都是小事故，发生在红灯处、私人车道和停车场，但我不免好奇是不是有人在捉弄我。今年以来，被拖车的痛苦成了家常便饭，因为停车罚单被拖过，还因为行车执照过期被拖过。后一件事发生在两周前，那天我超过一辆从一家肯德基开出的警车，警车跟上我闪烁警灯，我立即靠边停下。警察是个高个子白人，双眼隐在太阳镜后，他立刻跟我说可以把我送进监狱。"你想进监狱吗？"他突然大声问我。我正想开口，被他打断了，"你想不想？想不想？"我说不想，问他为何会进监狱。"在这儿等着。"他说。我在车里等着，他返回自己的车。很快我知道他让我靠边停车是因为车牌标签过期了，我需要换个新的不同颜色的。他没让我入狱（他说了这样的话，"我顶着风险救了你，孩子"），而只是让我将车留在高速公路上，后来车被拖走了。

"我想我得回去上班。"阿科尔·阿科尔说。

我没说话，知道他正在抉择，想陪我去医院，但首先得估测一下给上司打电话会有多大难度。他一直担心可能随时因为任何原因被解雇，请一下午的假不是个容易的决定。

"我告诉他们发生了什么。"他说。

"没必要陪我的。"我说。

"不行，我去打电话。也许他们会让我周末工作来补偿。"

他打了电话，但不太顺利。阿科尔·阿科尔和我们多数人一样，都已经明白这个地方有各式各样自相矛盾的工作规则。近来规则很严格，但有时显得因人而异，很不公平。我做面料归档工作时，同事的工作守则似乎和我大为不同。她每天迟到，虚报工作时长。我在的时候她无所事事，让我做所有的工作。她说我是她的助手，虽然没这回事。我不能报告她缺乏职业道德，没有办法只能工作比她辛苦一倍，薪水却只及她的三分之二。

"我想知道这样的事情他们会不会鸣响警笛。"阿科尔·阿科尔若有所思地说。

"我想会。"

"你觉得他们能抓住那样的人吗？"

"肯定能。那两人看上去像罪犯，警察一定有他们的照片。"

想到东尼娅和浅灰被追捕抓获，我心中充满了极大的满足感。这个国家一定不会姑息那种罪行，我想起这是官方人员第一次为我行动，这想法让我晕眩。

十分钟过去了，然后二十分钟。我们已经列好了主要丢失物品清单，但现在时间比我们预料的多，就开始统计较小的失窃物品。我们把所有丢失电器的使用手册收集好，如果警察需要型号就可以用到。这些信息应该能帮他们找回被盗物品，保险公司也会想要这些信息。

"你得再把所有人生日都输入手机了。"阿科尔·阿科尔想起来。

我将所有认识的人生日输入手机，他是少数几个知道后没有嘲笑的朋友之一。他觉得这很合理，因为能串起一年之内的所有时间点，标明在哪个日子里你能感激你认识的人，能知道多少人称你为朋友。

阿科尔·阿科尔开始收拾公寓——桌子、灯、仍在地板上的沙发靠垫。阿科尔·阿科尔擅长动手，做事有条不紊。他做家庭作业总是提前一天做好，多留一天再检查一遍。他的车每两千五百英里就换一次机油，开车时仿佛车管局测试官时刻都坐在车里。在厨房里，他做每件事都使用正确的设备。安妮和杰拉德·牛顿给了我们很多烹调用具、杯垫和其他厨房用品，他们平时花大量时间做饭、看厨艺电视、读烹饪书。阿科尔·阿科尔知道他们送的每一件东西的用途，放置得井井有条，经常费好大劲找机会将这些东西一一用上。上周我看到他带着护目镜切洋葱，护目镜的带子上写着:"洋葱,为哭泣的人准备。"

半小时后,阿科尔·阿科尔想到也许警察记错了地址。他开门去看停车场里有没有巡逻警车,也许警官去了其他房间查对。我告诉他前一天有个警官在那里一待就是四十分钟,但看得出他很难理解这事。相反,阿科尔·阿科尔又给警察打了电话,得到敷衍了事的回应,他们说警车正在路上。

"我受了诅咒。"我说。这是我俩都想到的念头。"对不起。"我说。

他没马上宽解让我放下这个负担。

"不会的,我不这么想。"他撒谎道。自从我搬到美国,遇到的事不能有其他解释了。只有四十六名难民飞往纽约的航班定在九月十一日[①],其中就有我。我失去了好友鲍比·纽迈耶,塔比莎也离去了,现在又遇到这种事。老实讲,这简直让人发笑。念头刚转到这里,阿科尔·阿科尔大笑起来。我也微微笑了,我们明白对方在笑什么。

"他们连闹钟都拿走了。"他说。

阿科尔·阿科尔选我真是选错了。没错,还有糟糕的人,有些苏丹年轻人自以为是,什么事都搞得一塌糊涂,我不是那样,阿科尔·阿科尔也不是,但我从未给他带来什么好运。我们坐下后,我觉得很难正视他。我们相识很久了,但一起住在这儿也许是我们经历过的最糟糕的情况。我觉得我们真可悲。他仍在家具店上班,我在社区大学上三门补习课。我们是苏丹的未来吗?看起来不像。不是因为我们总是遭遇麻烦,常被灾难殃及,我们是自找的。我想是我们看世界的视野太窄,在美国我们看不见麻烦正朝我们逼近。

敲门声响起的时候,已过了五十二分钟。

我站起身,但阿科尔·阿科尔打个手势让我坐下。他抓住门把手,转动。

"等等!"我大喊,刹那间以为东尼娅又来了。他没有犹豫,打开房

[①] 阿沙克到美国是在二〇〇一年,即"九·一一"事件发生的那一年。

门。门外是个小个子亚裔女子,梳着马尾辫,上身穿着警察制服。她没戴帽子,裤子和上衣也不搭配。阿科尔·阿科尔请她进门,看着她,毫不掩饰自己的好奇。

"听说你们这儿发生了暴力事件。"她说。

阿科尔·阿科尔请她进来,关上门。她扫视客厅,没看到血迹。她的脚尖正踩着地毯上血迹的边缘。阿科尔·阿科尔凝视了一会儿血污,她顺着他的视线望去。

"哈!"她说,退身离开血迹。

"你们哪个是受害者?"她双手叉着腰问,望望我,又望望阿科尔·阿科尔。我坐的地方距她四英尺远,嘴上和额角还有干了的血。她重新把注意力转回我身上。

"你是受害者?"他问我。

阿科尔·阿科尔和我同声说是,然后他站起来指着我的脸:"他受伤了,警官。"

她微微笑了,歪着头大声叹了口气。她开始问我问题,问有几人、是何时。

"你认识行凶者吗?"她问。

"不认识。"我说。

我讲了昨晚和今早的事情经过,她在一个皮封面记事本上记下了几个字。她身材纤细,身上各处都很瘦小,黑发高颧骨,手势也像她人一样整齐、细巧。

"你肯定你不认识那些人?"她又问了。

"不认识。"我又说一次。

"那么你为什么开门?"

我再次解释那女人想借用电话,警官摆了摆手,似乎对这个回答不满意。

"可是你不认识她。"

我告诉她我不认识。

"你也不认识那个男的?"

"不认识。"我说。

"从来没见过他们?"

我说回家上楼时见过那个女人。警官对这个有了兴趣,在记事本上写下了什么。

"你们有保险吗?"她问。

阿科尔·阿科尔说他有,找出了保险卡。她接过卡,皱了皱眉。"不,不是这个。是租户保险,"她说,"保偷窃的,就像这样的情况。"

我们发现没保那种险。我告诉她那女人用我手机打了至少一次电话。

"这应该有用,阿科尔先生。"她朝我说,但没有记在记事本上。

"我是阿科尔·阿科尔,"阿科尔·阿科尔说,"他是瓦伦蒂诺。"

她道了歉,说我们的名字真有趣。她不可避免地要问到我们的出身,把名字当成了引子。她问我们是哪里人,我们告诉她是苏丹人,她眼睛一亮。

"等等,达尔富尔,对吧?"

现在达尔富尔确实比它所在的国家还要出名,我们简单解释了一下地理。

"苏丹,哇,"她一边心不在焉地检查前门上的锁,一边说,"你们在这里做什么?"

我们告诉她在这里工作,正想去读大学。

"那么你们经历过大屠杀?是受害者?"

我坐了下来,阿科尔·阿科尔想跟她讲清楚。我任由他解释,心想她也许会再打开记事本,记下更多袭击细节。阿科尔·阿科尔解释了我们是哪里人,和达尔富尔人的关系。只有说到那个地区有人来亚特兰大定居,她才显得有些兴趣。

他们去了我们在克拉克斯顿的教堂,警官。神父凯拉奇·詹基将我们的注意力带到教堂后方,每个人都转过头,看到八个新来的人,三个男人、三个女人,还有两个不到八岁的孩子,多数身着西装和其他正装。小男孩穿的是卡罗莱纳黑豹队运动毛线衫。我们向他们打招呼,做完礼拜后,惊讶地发现他们也在我们当中。大家很好奇,想知道他们打算做什么。达尔富尔人多为穆斯林,星期日混在丁卡人当中参加基督教礼拜,这情况前所未见,不符合他们的习俗。自古以来,达尔富尔人更认同阿拉伯人而不是我们,虽然他们长得像我们远超像阿拉伯人。长期以来我们对他们的感情也很复杂,因为很多袭击我们村子的穆拉林强盗都是达尔富尔人,我们花了很长时间才明白,这些人并非我们的压迫者,他们正受苦于新一阶段内战,像我们一样也是受害者。于是我们随他们去了,他们对我们也一样。现在一切都不同了,盟友在变化。

阿科尔·阿科尔讲完后,警官叹口气,合上记事本。

"好了。"她说,又看了一眼血迹,递给我一张名片大小的纸,上面写着"申诉卡",阿科尔·阿科尔接了过来。

"这是说他遇到的事算是抱怨[①]?"阿科尔·阿科尔问。

"是的,"她几乎笑出来,接着发现他是在反对用这个名词来称呼犯罪,"你的意思是……"

我说被人用枪指着脑袋似乎比"抱怨"严重得多。

"我们就是如此称呼这样的事情的。"她边说边合上记事本。她在记事本上记下的字不超过五个。

"你们去看看医生,好吧?"

她走了,我没法去看医生,此时的挫败感达到了极点。等待警官前来的五十分钟里,我累积了那么多的愤慨和对报仇的渴望之情,现在无处发泄,我瘫倒在床上,任由它们淌过床单,流经地板,渗入大地。我一无所有了。我们这些难民曾经红极一时,有人帮助,有人抬举,但如今人见人厌,再无人过问。在这儿如果遇上麻烦,总是我们的错。

"我很抱歉,"阿科尔·阿科尔坐在我床边,说,"我们该去医院,对

---

① "申诉卡"为案件或交通事故中当事人填写的记录事件经过的表格,字面意义为"抱怨卡",阿科尔·阿科尔误会了其意思,以为警官将犯罪当成投诉。

不对？你头上感觉如何？"

我告诉他疼痛很严重，似乎还在向全身扩散。

"那我们要去医院，"他说，"出发吧。"

阿科尔·阿科尔带我去皮埃蒙特医院。他开我的车，我依照他的建议坐后排座位。我躺下来，希望这样能缓解头上的疼痛。我透过车窗望着飞驰而过的天空和叶子已经落光了的树木，疼痛却有增无减。

十六

我来过这家医院。到亚特兰大不久,安妮·牛顿带我来体检。她告诉我,这是亚特兰大最好的医院,她丈夫杰拉德曾因滑水运动事故来这里做过肩部手术。她丈夫是某种理财师,常不回家吃饭,我和他不大熟。安妮说这是最好的医院,我很高兴到这里来。医院里处处都很舒适,我能感受到医生训练有素,专业能力出众,医院资金充沛,器具都经过消毒,物品都包装密封好。自动门悄无声息地开启,我的担心不翼而飞。

"你可以回家了,"我跟阿科尔·阿科尔说,"可能要花点时间。"

"我等着,"他说,"等到他们给你治疗。然后你需要接的时候打我电话。我想大概可以回去上一个小时左右的班。"

我们走进接待区时是四点钟,一个三十岁上下的非洲裔美国人,穿着蓝色短袖实习医生衫,坐在接待台边。饶有兴趣地看着我们,浓厚的小胡子下露出好奇的笑容。我们走近,他像是要登记我脸上和头上的伤情,问我发生了什么,我简要地告诉他事情经过。他点点头,显得很同情。我莫名地感激起他来。

"我们很快就给你治好。"他说。

"非常感谢,先生。"我说,双手伸过柜台握住他的手。他的皮肤粗糙干燥。

他递给我一个写字夹板。"填上空格处就好了,然后……"说到这里他伸手从空中竖直砍下,手心向外对着我,闭上眼睛摇摇头,仿佛在说,这很简单,没什么大不了的。

阿科尔·阿科尔和我坐下填表,很快我填到保险公司名字那一行,我顿住了。阿科尔·阿科尔开始思考。

"这是个问题。"他说,我知道这确实是个问题。

我参加过十八个月的保险,但开始上学后就不参加了。我每月挣一千二百四十五块钱,学费四百五十块,房租四百二十五块,还有吃饭、取暖等费用,再算上保险费就入不敷出了。

我尽量填满表格,将写字夹板交给那人。我注意到他的名牌:朱利安。

"我可以付现金,不管你们做什么治疗。"我说。

"我们不收现金,"朱利安说,"不过别担心,没有保险我们也给看。就像我说的,不费吹灰之力。"他又反复做直上直下的手势,这让我安心。他一定能疏通必要的关节,会亲自保证能马上治好。我从接待台返回时,阿科尔·阿科尔正要坐下来。

"他说这样也给我看,你现在就可以走了,"我说,"你该回去上班了。"

"没关系的,"阿科尔·阿科尔说,他看着杂志,没有抬头,不知为何挑了本《渔猎》,"我等到你进去。"

我张口要反对,但停住了。我想他留在这儿,就像他考驾照和申请第一份工作时想我在身边一样,像以前有几十次遇到重要事情时需要对方一样。两人一起比独自一人更坚强,能做得更好。于是阿科尔·阿科尔留了下来,我们看头顶的电视,我翻阅了一本篮球杂志。

十五分钟过去了,我强压失望之情。等待高水平医疗,十五分钟不算太长,但我本指望朱利安能做得更好些。朱利安和这家医院大概不觉得我的伤情很重要,没大喊着把我放到轮床上立即推进走廊,快速推进门内。想到这里我很失望,这很没道理但我没法不去想。我闪过一个念头,也许阿科尔·阿科尔和我可以设法让我头上再流点血,一小点就成。

二十分钟、三十分钟过去了,我们开始专注地看娱乐体育台的一场大学生篮球赛。

"你觉得这是没有保险的缘故吗?"我低声对阿科尔·阿科尔说。

"不会的,"阿科尔·阿科尔说,"你说过会付钱的,他们只要知道你会付钱就行了。你给他看信用卡了吗?"

我没给他看。阿科尔·阿科尔恼了。

"嗯,给他看看。你有花旗银行的卡。"

我们来了之后,朱利安就没离开过接待台。我一直看着他填表,整理文档,接电话。我向他走去,靠近他的工作台时掏出钱包。

他先开口说话。"不会太久的,"他低头看看写字夹板说,"喔,你的名字怎么读?哪个是名字?邓?"

"瓦伦蒂诺是名,邓是姓。"

"啊,瓦伦蒂诺,我喜欢这名字。你坐着就——"

"对不起,"我说,"我想知道治疗耽搁了是不是因为觉得我付款能力有问题?"

我看到朱利安张大嘴,决心在他误解我之前把话说完。"我想证明我肯定能付款。我知道你们不收现金,但我有信用卡,"我把崭新的花旗银行金卡从钱包里拿出,说,"足够付款的,担保过了,信用额度是两千五百美金,所以你们不必担心我不付钱就走。"

他脸上的表情显示我说了很没教养的话。

"瓦伦蒂诺,所有来这儿的人我们都得医治,这是法律规定的。我们不能拒绝你,你也不需要出示信用卡。放松一下,看看乔治敦大学队的比赛,我保证你的伤口很快就缝合好。我自己就能做,但我不是医生,他们不让我碰针线。"说到这里他灿烂地一笑,然后迅速收敛笑容,意思是谈话到此为止。

我又谢了他,回到座位上向阿科尔·阿科尔解释情况。

"我跟你说过了。"他说。

"说过了?"

这时阿科尔·阿科尔的手机响了,他竖起手指示意不要说话。真是个气死人的家伙。他接了电话,用丁卡语飞速交谈。是卢奥·马约克,他是我们一员,住在新罕布什尔,做酒店门房。据说他很了解曼彻斯特[1],比在那里出生长大的人还要了解,当然主要是他自己说的。他们热烈地交谈,笑声不断。阿科尔·阿科尔看到我瞪着他,低声说:"他在婚礼上。"

---

① 曼彻斯特,指美国城市,为新罕布什尔最大城市。

通常我会关心是谁的婚礼，但此时我没有心思去了解细节。我猜应该是冰天雪地的曼彻斯特的一场婚礼，参加者都是苏丹人。阿科尔·阿科尔开始向卢奥解释他和我现在正在医院里，我在他面前摇摇手，让他不要说这个。我不想卢奥或其他人知道我的事，那会毁了庆典的。电话会没完没了，几分钟内，会谣传成我昏迷或死了，大家会觉得再跳舞不妥。很快阿科尔·阿科尔挂了电话，将手机放进腰带皮套。似乎一夜之间，亚特兰大每个苏丹人都弄了个腰带皮套装手机。

"你记得杜特·加朗吗？"他问，"他在和阿杜艾·尼贝克结婚，那边有五百人。"在苏丹，婚礼不设限制，不管认不认识新郎新娘都可以参加，各种花销，致辞，庆祝节目，没完没了。当然美国的苏丹人婚礼和苏丹的不同，比如没有祭祀，不检查白床单上的血，但精神上是相似的。从现在起，婚礼将越来越多。第一批迷途少年过不多久就能拿到公民身份，之后卡库马和苏丹的新娘将如潮水般涌来，美国的苏丹人人口将迅速翻倍，然后再翻一番。大多数人准备生儿育女，他们新娶的妻子也不会反对生孩子。

阿科尔·阿科尔继续说了一会儿，提到了这个那个我认识的迷途少年。我没心情和他谈话。谈婚礼让我想起塔比莎，想起我们可能本已举行的婚礼，我可不愿在今天这个挨打又被抢的日子想起这些。

六点了，朱利安。我们在等候室整两个小时了。头还在痛，但没先前那么剧烈。我指望着你能帮忙，朱利安。不是因为你有非洲血统，而是因为医院里很安静，急诊室其实没有病人，而我坐在等候室干等，希望伤口不严重。你帮我，然后打发我回家似乎轻而易举。我想不通为何你要我待在这儿瞪着你。

"现在没希望回去上班了。"阿科尔·阿科尔说。

"对不起。"我说。

"没事。"

"我们给利诺打电话？我今晚本应和他见面的。"

我们商定可以给利诺打电话,只告诉他一人。阿科尔·阿科尔拨通电话,先让他对我们在哪儿保密,然后才告诉他位置。

"他要赶过来,"阿科尔·阿科尔说,"正在借车。"

其实我没看出利诺过来有何意义,我随时会得到医治,而他住在离医院二十分钟车程的地方。我跟阿科尔·阿科尔说,几乎能肯定,利诺过来路上会迷路,要多用一倍时间。但万一还得继续等,利诺到场会带来轻松的气氛。他已经开始通过网络相亲,有很多故事可讲。这些约会故事都以失败告终,但总是能引起大家的兴趣。不过很快话题将转到结婚,然后再转到利诺回卡库马找老婆的计划。利诺正准备去,他期望非常高,但整个过程旷日持久,花费不菲。

利诺笑口常开的哥哥加百利最近走了这么一趟,那不是件易事。加百列二〇〇〇年来美国,读了一年高中,目前在亚特兰大郊外的装瓶厂工作。他去年决定要娶妻,选择去卡库马找新娘,美国苏丹人现在流行这种方式。他传话给仍在营地里的熟人,说要找人结婚。他有个叔叔,是前苏人解成员,开始为他寻访,时常通过互联网传照片给他看。其中的一些女孩加百列认识,另一些他不认识。加百列喜欢来自他们那个上尼罗河地区的,但他叔叔说这类女孩不多。不久加百列锁定四个目标,年龄在十七到二十二岁之间,都不上学,在卡库马亲戚家里做家务。她们都愿意借助成为迷途少年太太的机会,跳到美国。

在卡库马,人们把去美国的苏丹人当成名人,以为他们有数不清的财富。相对来说,我们是很富足,住着温暖干净的公寓,有电视机、便携CD机,那些仍在卡库马的人几乎都没法理解大多迷途少年拥有汽车的事实。所以有机会嫁给这样的人极具吸引力。不过现在有了障碍,女方坚持要看未来新郎的照片,就在十年前根本不可能发生这样的事。现在女人要审查男人!

偏偏现在这事发生了,让我笑个不停。加百列相貌正派,但从传统标准来看不够英俊,他的照片送过去后,失去了两个新娘候选人。剩下两个都是十八岁,彼此是朋友,似乎都满足于嫁给加百列,虽然她们和家人对他还不够了解。到了这时该谈谈新娘的价钱了。其中一个女人叫朱莉亚,和她住一起的家庭成员大约有十五人,她很有魅力,高挑,身材好,长颈,眼睛很大。她父亲在努巴被手榴弹炸死了,但叔伯都很有兴趣谈她的价钱,因为他们将是受益人。按苏丹习俗女人无法接受彩礼,如果父亲死了,彩礼由叔伯们接收。

这个女孩的叔伯团早就明白手上有个美女,指望能卖个高价。他们的要价是卡库马曾出现过的最高价之一:两百四十头母牛,约合两万美金。可以想象,像加百列这样在牛肉加工厂挣九块九的人,过去两年里能存下五百块钱就不错了。于是加百列等着另一个条件稍逊的准新娘开价,那个姑娘虽然不是美得惊人,但也像甜美。她比竞争对手矮一些,体态稍有不如,但据说持家有方,性格也好。她与母亲及继父生活在一起,他们的要求更合理些:一百三十头母牛,约合一万三千美金。

加百列得为此做些事情。这个价他也出不起,但很少有人独自一人付钱,这是全家人的事,叔伯、堂兄弟和朋友们也从中帮忙。加百列去找了美国和卡库马的亲戚朋友,最后加在一起能拿出一百头母牛,约合九千美金。加百列通过中间人选定了要价低的准新娘,将出价转告她在卡库马的家人,结果被拒绝了,没有还价的余地。他不得不再凑余下的三十头牛,否则就没新娘可娶。他只想起一个有能力帮他的人,是仍住在苏丹的一个富有的叔叔,就去求助。加百列打了个卫星电话去伦拜克,那是个大村子[①],距离他那位叔叔家大约需要步行一天。转给他叔叔的口信是这样的,"我是加百列,阿古托的儿子,我想娶一个卡库马女孩,你能帮我吗?能给我三十头牛吗?"消息传到伦拜克两天后,转到他叔叔那儿,三天后,回信被带回伦拜克,电话再打给亚特兰大的加百列,答案是可以。有钱的叔叔乐于给他母牛,同时问他知不知道他叔叔刚刚代表本地区当选为国会成员。好消息传向四面八方。

于是这次婚配达成一致,加百列要做的事情是这些:将牛价转成肯尼

---

① 伦拜克,湖泊州州府所在地,实为城市。本书中提到的村镇、城市并无严格区分。

亚先令；确定安排；寻找去内罗毕的航班和去卡库马的通道；花三个月准备好去肯尼亚的签证和旅行许可；一到卡库马就和新娘及其家人见面；拜访卡库马自己所有的亲戚，给每个人捎去钱、礼物、食品、珠宝、运动鞋、手表、iPod、利维斯牛仔裤；安排婚礼；在卡库马举办婚礼（婚礼将在铁皮屋顶的路德会教堂举行）；返回美国后办理新娘赴美手续。他先得等上两年，成为入籍公民后才能办手续。等待期间，他得祈祷新娘在卡库马没有被其他苏丹人勾引，或者捡柴时没被图尔卡纳人强奸。任一种情况发生了，她都不再值得拥有，他也就损失了一百三十头牛。解除婚约总是很难要回牛。

朱利安，我再次联系上塔比莎时，还没考虑结婚。我得先从大学毕业，要想大学毕业得先在社区大学上英语课的同时存好钱。我算过，还得六年时间才能做好准备和人结婚，不管是和苏丹人还是其他地方的人。这样，当塔比莎说她和西雅图的某人约会时，我并没有伤心欲绝。那人是前苏人解成员，名叫杜卢马·马姆·阿特。

不管怎样，我们开始聊天。第一次谈话后，第二天我们就开始聊，从此电话不断。她泰然自若地走进了我的生活，每天给我打三次，四次，七次电话。早上她打过来说早安，也常打过来说晚安。很多细节都显示我们在谈情说爱，但接着我们电话中很多时间都在谈论杜卢马。我在卡库马从未见过此人，只是听闻过，他打篮球小有名气，除此之外的事情都是听塔比莎讲。她打电话抱怨他，谈她的忧虑和应对办法。她说他恶言谩骂，想以苏丹方式对待她，没工作，跟她借钱。我边听边出主意，尽量不显露急于见到他们分手。

可是我很急，因为我迅速深深爱上了塔比莎，不可能不焦急。电话里的那些时光，那难以言表的美妙声音，蕴藏着深沉的乐章、聪慧和妙语。我在卧室里、餐厅里、浴室里、公寓天台上和她聊天。她似乎不可能还和杜卢马约会，因为我们每天要聊六个小时的电话，她哪有时间给杜卢马？

"你想我去你那儿拜访一下吗？"有一天她问我。

我知道她是要考验我。她准备离开杜卢马和我在一起,想先看看能否爱上我本人。

两周后她到了亚特兰大。看到眼前长大了的她,那感觉很奇异。她处处显露出女人味,相貌引人注目。她自己打开车门,没等我去开。虽然是她来看我,但最初那一瞬间似乎没认出我。卡库马最后一次相见后已经过了三年。三年多的时间,还有数千英里的距离。瞬间疑惑之后,她似乎接受了现实的我。

"你长胖了!"她抓住我的双肩说,"我喜欢!"她看到我的新肌肉和粗壮的颈部。很多营地里认识的人都说我的身体再不像昆虫了。

她抓住我肩头的那一刻,我们面对着面相视,像一对儿那样,距离那么的近,都很难直视她那完美无瑕的脸庞。塔比莎在我这儿过夜的消息给亚特兰大苏丹人带来了多姿多彩的话题。那时,像我们这样的男人连续几天几夜在家款待女人,尤其是苏丹女人,并不多见。这还在阿科尔·阿科尔遇到他的米歇尔之前,那个周末他大部分时间都关在自己的房间里,不知道如何应对这种情况。对我来说,那个周末也是个转折点。不论醒着还是睡着,塔比莎和我朝夕相处,耳鬓厮磨,我感到一切曾经的梦想,现在都实现了,我憧憬的日子开始了。

第二天,我们坐在沙发上看《亡命天涯》。是她想看的,我已经是第三次看了。看的时候她告诉我,她已经离开了杜卢马。她说起先他心烦意乱。

果真如此,那个周末杜卢马打电话给我,显得很激动。他说要向我吐露秘密,像两个男人一样谈话。他说塔比莎是个妓女,跟很多人睡过,还会继续睡。我丁点儿都不信,他说着这些话时,我凝视着塔比莎,她正躺在我床上看一本《魅力》,那是我们出去吃早饭时她买的。他说她怀过孕,孩子是他的,她去堕了胎。她不想要这孩子,不愿听他的。他说她不顾反对,杀了那孩子,什么样的女人会这么做?他说她被糟蹋了,一钱不值。我一边听,一边望着塔比莎,她穿着睡衣俯卧在床上,双脚翘起搭在一起，慢慢地翻着书。杜卢马说的每一句虚假阴险的话，都让我更爱她了。我挂了电话，回到塔比莎身边，一起享受慵懒奢侈的上午。我从未告诉她杜卢马打过电话。

阿科尔·阿科尔浏览一遍茶几上的杂志，找到了感兴趣的东西，拿了本《新闻周刊》给我看，封面故事是关于苏丹的。一个嘴唇开裂、眼睛发黄的达尔富尔女人望着镜头，显得绝望而反叛。你知道她想要什么吗，朱利安？相机推近她时，她瞪着镜头，无疑想讲述她的一些故事。如今故事已经被讲出了，无数的谋杀和强奸已被证明，或者可以从少数报道中推测出。全世界都想知道如何应对苏丹达尔富尔遭受的暴力。那里有几千非洲联盟的军队，但达尔富尔的面积有法国那么大，达尔富尔人更希望有来自西方的部队，西方军队训练有素，装备更为精良，少受贿赂影响。

这引起你的兴趣了吗，朱利安？你看上去博学多闻，有同情心，尽管有限。你听了我在自己家里被攻击的经历，你握着我的手看着我的眼睛承诺给我治疗，可我却一直等着。我等着某个人来决定什么时间我能接受什么样的照料，也许是帘后或门后的医生，也许是某个看不见的办公室里的官老爷。你穿着制服，在医院里工作了一段时间，就算你没把握，我也会接受你的治疗，可是你就是干坐着以为自己爱莫能助。

阿科尔·阿科尔和我浏览一遍达尔富尔的文章，看到文章顺便提及了石油及其在苏丹冲突中扮演的角色。应该承认，石油不是达尔富尔发生的事情中最重要的，但朱利安，利诺能告诉你石油在他被迫离开家园这件事中起了什么作用。你知道这些吗，朱利安？你知道是乔治·布什，老布什，发现了苏丹地下有大油矿？是的，据说是这样。那是一九七四年，当时老布什是美国驻联合国大使，当然他曾是石油商，看到一些苏丹卫星地图，可能是他通过某种途径接触到的，也可能是他的石油伙伴制作的，这些地图显示这一区域有石油。他将此事告知苏丹政府。第一次大规模勘探由此展开，这也是美国石油商参与苏丹事务的肇始，某种程度上也是战争的发端。如果没有石油，战争还会持续这么久吗？绝无可能。

朱利安，石油的发现紧跟在《亚的斯亚贝巴协议》签订之后发生，这个协议结束了持续十七年的第一次内战。一九七二年，苏丹北方和南方在埃塞俄比亚开会，签署了和平协定，协定有很多条款，其中包括共享南部所有自然资源，双方各取百分之五十。喀土穆同意了这点，但当时他们以为南方主要自然资源是铀矿。《亚的斯亚贝巴协议》签订之际，还没人知道有石油，于是发现石油时，喀土穆很关注。他们签的协议中写的是所有资源对半分……可没说石油！和黑人共享石油？决不！他们觉得这很糟糕，我想就在这时喀土穆的很多强硬派开始考虑废除《亚的斯亚贝巴协议》，将石油据为己有。

利诺一家住穆格莱德盆地，那是位于南北界线附近的一个努尔地区。对他们很不幸的是，雪佛龙石油公司在那里发现了一处大油田，而喀土穆已经授权勘探，将这一地区改名为阿拉伯语的"团结"。你喜欢这个名字吗，朱利安？团结的意思是很多人、很多民族结成一体。是不是太有讽刺意味了？更甚一步，一九八〇年喀土穆想重新界定南北分界线，将油田划归北方！感谢上帝，他们最终没能得手。可是，他们要弄出些事情，将住在当地的努尔人排挤出去，将他们赶出油田，以保证将来没有干扰。

一九八二年，政府对付住在油田上的人，比如利诺一家，手段变得严厉。穆拉林携带自动武器现身，与他们后来出现在马里尔拜时一模一样。他们想将努尔人赶走，由巴格拉人或私人武装保护油田，以预防任何反叛力量擅闯。于是一如既往地，马兵携带着枪支而来，肆意劫掠施暴。不过起初他们较为温和，这是传给住在油田上的努尔人的信息：离开此地，不要回来。

利诺一家没有离开村子。他们没明白这条信息，或者明白了但置之不理。六个月后，苏丹政府军士兵来到村子，明确告知他们的建议，要求努尔人立即搬走，渡河搬到南方。努尔人被告知，他们的名字将被登记，将来会收到土地、房子、庄稼和任何需要放弃的财产的赔偿金。那天利诺一家连同所有村人把姓名给了士兵，士兵们就离开了。但即使如此，利诺一家也没有搬走。他们很固执，朱利安，很多苏丹人都很固执。你一定听说过开罗被人践踏的上千苏丹人。这事发生在不久前,一千多苏丹人挤住在开罗的一个小公园内,要求公民权或者回国的安全通道。几个月过去了,他们没有离开,要求没有得到满足就不会平息。埃及人觉得不关他们的事,看到苏丹人住的那个公园觉得脏乱不堪,很刺眼,最后出动军队拆了这片贫民窟,过程中杀了二十七个苏丹人,包括十一个孩子①。苏丹人真是个固执的民族。

于是利诺一家留了下来,他们和其他几百个人决定就留在原先居住的地方。一个月后,一个团的民兵和军队滚滚而来。他们像上次收集姓名一样平静悠然地踱进村里,跟谁也没说话,一就位就开始射击,一分钟内射杀了十九个人。他们将一个人钉在树上,将一个婴儿扔进井里。他们总共杀了三十二个人后,爬上卡车离开了。那天,幸存的村人收拾家当逃向南方。到了一九八四年,利诺的村子和附近所有位于油田上方的村子,都再无努尔人,雪佛龙可以随心所欲地钻井了。

"嗨,病人!"

利诺到了。他穿着蓝色细条纹左特装②,脖上戴着金链。上帝帮了我们,在亚特兰大有家商店,很多苏丹人在那儿买衣服。朱利安正在看东西,抬起头来,被利诺的服装逗乐了。我们三个用丁卡语快速交谈,他产生了兴趣。我碰上他的目光,他又低头看书。

现在是七点钟,我们到这里三个多小时了。

利诺坐到我们旁边的一张椅子上,抓起遥控器。他快速切换一遍频道,问我们为什么等了这么久。我们解释了。他问我们有没有保险,我说没有,不过我表示过可以付现金或者用信用卡。

"这没用,"利诺说,"他们不相信你。凭什么信你?他们觉得你不会付钱,我想他们会一直等到你走人。你得想办法证明你会付钱。"

我不觉得利诺看得比我准,但他的话又让我怀疑起朱利安和这家医

---

① 指二〇〇五年十二月二十九日,发生于开罗穆斯塔法·马哈茂德公园的事件。
② 左特装,流行于二十世纪四十年代早期的一种男式服装,其特点是裤子高腰、裤口狭窄、和大翻领、厚衬垫、宽肩的长上衣。

院，怀疑自己在这儿能否得到治疗。

"给菲尔打电话，或者黛博。"阿科尔·阿科尔说。他说的是黛博·纽迈耶，鲍比的遗孀。我也在想着同样的事。我本想打电话给菲尔，但他家有很小的孩子，夜间不好给他打电话。我知道双胞胎七点就睡觉了，过去我常把她们放床上。我也可以打给安妮和杰拉德·牛顿，但立刻停了这念头。他们会过分担心，立即带着艾莉森赶来医院。我不想打乱他们的生活。我只想打个电话，想有个懂得这种情况下规则的人打电话给朱利安，再打给我，解释一下情况。黛博住在加利福尼亚，现在应当在家。我拨了她的电话，纽迈耶家的小女儿比莉接了电话。

"瓦伦蒂诺！"她说。

"你好，小朋友！"我说。我问她的游泳课怎么样了。有几个早上我曾开车送她去泳池，坐在水泥地上看她初学自由泳。她不敢把头沉入水中看反光的池底，我向她微笑，想让她自信起来，但没起作用。她整节课都在哭，晚上也不想说上课的事。

片刻后黛博接了电话，我原原本本地讲给她听。黛博在好莱坞工作了很多年，参与过电视剧"惊奇故事"的制作。听了我的话她表示惊疑。她说我像个喊狼来了的孩子，不过每次我说有狼就真的有狼。她说要和接待台的人讲话，我带着些许自豪，将手机递给朱利安。他半眯着眼注视着手机。

"哪一位？"他问我。

"是我的一位赞助人，从洛杉矶打来，想了解一下我接受的治疗。"

朱利安做个鬼脸，把电话放到耳边。他和黛博讲了几分钟，脸色时而不满，时而欢愉。讲完之后，他将手机交给我。

"他说他们缺人手，"黛博说，"我冲他发火了。但我不知还能做什么。真希望我能赶过去帮你，瓦尔。"

我问她觉得我还要等多久。

"嗯，他说随时都可能。你已经等了多久了？"

我说接近四小时了。

"什么？那里很忙吗？难道那里是疯人院①？"

我告诉她这里很安静，非常安静。

"听着，再过半小时如果还没给你治疗，给我打电话。如果你还没见到医生，我会让他们好看。我有办法。"

我谢了黛博，觉得有了她就完全不一样了。她倦倦地叹了口气，这叹气声我听过很多次。黛博精力充沛，但她说我的事总是挑战她的乐观精神。

"瓦伦蒂诺，我就是搞不懂为什么上帝总是针对你。"她说。

我们都默默想了一会儿这念头。我们都知道，那个问题没有答案。

"诊疗后给我打电话，"她说，"如果问题严重，你飞来这里，看我的医生。不过我觉得你会没问题。等会儿打电话。"

这是黛博的国家，如果她说我会得到治疗，那么就不关钱或者保险的事。我相信她。

我回到等待室，利诺和阿科尔·阿科尔又在打电话，和曼彻斯特婚礼上不同的人讲话。朱利安现在明显不高兴了。他们的聊天声音很大，而且他还不得不向黛博解释情况。我不想打扰他，不想打扰黛博，不想打扰任何人，只想能自立于这个世界，不需要问任何问题。然而现在我仍有太多的问题，这让朱利安等人觉得讨厌。他们以为自己知道答案，明白我。可是朱利安，你还什么都不知道呢。

---

① 疯人院既指精神病院，又指使吵吵嚷嚷的热闹地方。

224

十七

朱利安，步行去埃塞俄比亚只是个开头。是的，我们穿越沙漠和沼泽，已经走了几个月，人数越来越少。南苏丹遍地烽火，但听说在埃塞俄比亚我们将会安全，那里有食物，有干燥的床铺，还有学校。我承认一路上纵容自己的幻想，随着边境越来越近，我已在憧憬每人都有家和新家庭，有高楼、玻璃、瀑布，装着鲜艳橙子的碗摆在干净的桌子上。

可是，我们抵达的埃塞俄比亚却不是这种地方。

"我们到了。"杜特说。

"这不是那个地方。"我说。

"这里就是埃塞俄比亚。"科尔说。

看起来毫无变化。没有房子，没有玻璃，没有干净桌子上装满橙子的碗。一无所有。除了一条河外别无他物。"这不是那个地方。"我又说了一遍，接下来的几天我反复说着这句话，其他孩子都厌烦了我，有些人以为我疯了。

应该说，我们到了埃塞俄比亚之后确实安全些了，也能休息。我们能停下了，这很奇怪，不走路很奇怪。第一个晚上，我们在原地又睡了一夜。我已习惯白天走路，习惯夜间走路，习惯曙光初露时走路，但现在太阳升起后，我们不走了。遍地都是孩子，大家都无事可干，其中一些人只是坐等死亡。

四处都有哀号声。寂静的夜间，叫喊和呻吟声盖过了蟋蟀和青蛙的鸣叫，像暴风雨一样传遍营地。仿佛那么多的孩子一直都在等待安歇，如今在皮尼亚多安顿下来，体力已然耗尽。孩子们死于疟疾、痢疾、蛇咬、蝎蜇，还有其他的各种无名疾病。

来到埃塞俄比亚的孩子数量众多，几天之内就有了几千个。孩子们抵达后不久，大人和家庭、婴儿也来了，大地上挤满了苏丹人，几周之内便形成了一座难民城市。人们只是坐着等待食物，四周围着叛军和埃塞俄比亚士兵，场面壮观。这儿变成了皮尼亚多难民营。

一路上很多人都丢掉或卖掉了衣物，我们中只有一半人还有衣服蔽体，一种等级体系迅速形成，上衣、裤子和鞋子三样东西都有的孩子被认为是最富有的，其次是有其中两样的。我有一件上衣、一双鞋和一条短裤，很幸运地被当成中上阶层，可是多数孩子赤裸着身体，没有任何东西遮蔽保护，这成了难题。

"你们等着，"杜特对我们说，"会好起来的。"

杜特现在很忙，不断出入营地，总是和年长的人开会，常常几天不见人影。他回来后，会来见我们这些跟他来的孩子，让我们放心，说皮尼亚多很快就会变成我们的家。

但有段时间我们每个人都得自己寻觅食物，自己照顾自己。我像很多孩子一样去河里捉鱼，但我毫无经验。我来到河边，那里到处都是孩子，有人用竿子和线，有人用简陋的长矛。我第一天捉鱼时，带着一根弯树枝和在一辆卡车下捡到的铁丝。

"这个没用，"一个孩子对我说，"你这样钓不到鱼。"

他很瘦，瘦得跟我手里的树枝差不多，看起来轻飘飘的，一阵轻风就能吹跑。我没对他说话，把铁丝一头抛进水里。我知道他说得没错，但我不能就此承认。他的音调高得古怪，很悦耳，好听得让人难以信任。但他是谁？为什么觉得他能这样对我说话？

他叫阿科尔·阿科尔。那天下午他帮我找到一根合适的树枝和一根线，我们拿着钓竿和阿科尔·阿科尔自己削的长矛一起涉入水中，之后的日子里我们也是这样一起捉鱼。如果谁看到了鱼，我们就设法围住，阿科尔·阿科尔将树枝刺入水中，想叉住鱼。我们很少得手，偶尔能在浅水里找到条死鱼，就烧了吃，有时也生吃。

阿科尔·阿科尔成了我在埃塞俄比亚最好的朋友。在皮尼亚多，他和我一样小，非常瘦，比其他人更皮包骨头，但他很聪明，诡计多端。在找东西方面他是高手，甚至我还没意识到我们需要的时候他就已经找到了。有一天他找到一只满是洞孔的空罐子，留下来带到我们的棚屋里，清洗干净，补上洞，就变成了个不错的杯子——没几个孩子拥有杯子。最后他寻到了钓鱼线、一个没坏的大蚊帐，还有能绑在一起当毯子用的麻袋。他总是与我分享，但我从未带给他什么东西。

埃塞俄比亚军队提供一些食物。士兵们将一桶桶的玉米和植物油滚入营地，我们每人分到一盘东西吃。我感觉稍好了些，但很多孩子吃撑了，很快病倒。我们把身边所有的东西都拿到附近村子里换了玉米和玉米粉。不久后听说野菜能食用，而且遍地都是，就去挖野菜。但随着时间推移，越来越多的孩子加入，挖菜人数过多，野菜很快变得稀缺，然后绝迹。

每天都有更多孩子抵达，还有全家一起来的。我天天看到他们渡河。上午，他们来了；下午，他们来了；醒来后发现更多人在夜间来了。有些日子一天来一百多人，有些日子更多。一些队伍和我们很像，数百个羸弱的孩子，半数赤裸，有几个大人。有些队伍只有妇女、女孩和婴儿，由背着枪的苏人解年轻军官护送而来。人们源源不绝地前来，他们渡河的时候，我们知道这意味着食物得再多分出一份了。我开始怨恨看见自己的人民，厌恶他们来这么多人，厌恶他们缺衣少食、满身病痛，厌恶他们双眼鼓出、哭泣哀号。

有一天，一群孩子向新来的一队人投掷石块。扔石头的孩子被痛打一顿，以后再也没发生这种事，但在我心中，我也扔了石头。我想朝妇女扔石头，朝孩子扔石头，还朝士兵扔石头。但我朝谁都没扔。

营地有了秩序后，生活改善了。我们被组织起来，划分成不同的组：一组，二组，三组……一共十六组孩子，每组人数都超过一千，下面有一百人的小组，小组下面还有五十人的小组，再下面是十二人的小组。

我被安排为一个十二人小组的组长，小组包括十一个孩子和我自己。我们十二人，我叫他们"十一人"。阿科尔·阿科尔是副组长，我们在一起吃住，一起干活儿——取食物、水、盐，修理棚屋、蚊帐等。我们因为来自同一个地区、方言相近而被分在一组，但我们让自己相信，我们是"全明星"组，比其他组高出一筹。

除了阿科尔·阿科尔，还有阿瑟贝·肖尔·盖特，他说话坦率，非常勇敢，能搭讪到任何人，并很快成为朋友。他认识皮尼亚多难民主席、联合国援助人员，还有埃塞俄比亚商人。噶姆·阿特出奇的瘦高，是营地里发号施令的二号人物哲卡克·巴拉克的远房表亲。阿科克·阿内和阿科克·克瓦宁皮肤都是浅紫铜色的，因为他们年纪较大，比其他人凶，很多孩子都怕他们。加朗·博尔是捉鱼好手，也擅长寻觅能吃的水果、野菜，他是后来加入的，替代一个不知道名字的孩子，那个孩子只在"十一人"待了几天，为了解渴喝了水坑里的水，很快得痢疾死了。我想，要提的孩子太多了，朱利安。

但还有艾萨克·阿赫·阿罗尔！他是"十一人"中唯一走得和我一样远的人。来埃塞俄比亚的孩子步行出发地遍布南苏丹，但多数都来自一个叫博尔的地方，那里离埃塞俄比亚边境不远。我走了几个月，很多孩子只走了几天。艾萨克·阿赫·阿罗尔来自我家乡巴赫尔-加扎勒地区，他叫我"出远门的"，我也叫他"出远门的"，所有人都叫我们两个"出远门的"。直到今天，我遇上一些出自皮尼亚多的孩子，他们仍用这个外号称呼我。

我还有其他名字，朱利安。在马里尔拜就认识我的人管我叫阿沙克或马里尔迪特，在皮尼亚多我通常是"出远门的"，后来在卡库马我是瓦伦蒂诺，有时又是阿沙克。在美国这里，我被叫了三年的多米尼克·阿伦，直到去年改了名字。我经过努力，结合教名和适合的名字，正式使用瓦伦蒂诺·阿沙克·邓作为姓名。认识我的美国人可能会弄糊涂，但和我一起徒步的孩子不会。我们每个人都有六七个名字，包括绰号、教名、为了在卡库马生存和离开卡库马使用的名字。一人多名必不可少，个中原因难民心知肚明。

在皮尼亚多，我思念家人，想回家，但人家要我们明白，南苏丹一无所余了，回去只有死路一条。他们向我们描述的景象很惨，一切都毁了。我们仿佛是仅有的存活者，也必须靠我们才能创立新苏丹——待我们回到那个荒无人烟、等待新生的土地后。我们被安置在皮尼亚多，为在这儿能得到的安全保障和稳定生活而心存感激。我们有固定的饮食、毯子、棚屋这些一直渴求的东西。据我们所知，我们是孤儿，但多数心存希望，以为战争结束后能再见到全家人，或者部分家人。这一信念并无支撑，但我们每天枕着希望而眠，带着希望醒来。

在皮尼亚多最初几个月里，只有孩子负责维持营地秩序。我们组多数孩子年龄偏小，负责汲水。我的任务是去河里取饮用和做饭用的水，每天我带着一个扁桶跋涉到河边，装满水再拎回营地。我被告知岸边的水不适合使用，需要涉水到河中央去汲最干净的水。

可我不会游泳。我可能还不到四英尺高，河水每天都比这个高度深，水流湍急。我只能找其他高个子孩子或者年轻人帮我打到质量最好的水。我每天得去河边四次，每天四次求人下河灌满扁桶。我真想学会游泳，可是没有时间，也没人教我。在别人的帮助下，我每天上午打两次水，下午再打两次，拎着六升的扁桶回营地。这重量对于我这样虫子般的孩子来说太重了，每走十步就得休息一次，连小步也包括在内。

有时我遇见当地的孩子，他们属于一个叫安纽克的河边民族。他们在水边玩耍，在沙滩上盖房子。我把扁桶藏到深草丛里，和孩子们一起蹲着，帮忙挖沟，用泥巴、沙子、树枝盖房子。然后我们跳进水里，笑着相互泼水。每当这时候，我会想起就在几个月前，我也是像他们一样的孩子。

一天清晨，天空仍是金黄色的，我和安纽克孩子一起玩耍后回到营地，立刻被一个老人截住。

"阿沙克，水呢？"他问。

我不知道他在说什么。我是个健忘的孩子，朱利安，但我觉得这可能和营养不良有关。

"我们派你去河边汲水，你的扁桶呢？"

我一言不发，转身跑回河边，跳过沿路的木头和坑洞。我很少跑得这么快。来到河边，我发现岸上空无一人，孩子们都走了。我带着扁桶摸索着走下河，触到河底时，脚碰到个大石头。我立刻退后。那是块大岩石，长满黑苔，在暗处很难看清，于是我蹲下看底下是否有什么动物。我的脸靠近时，猛然闻到一股臭味。那块石头是个人头！是具男尸，死了有段时间了，在河里飘着。尸体其余部分藏在水面下。死人眼睛朝着河底，双臂伸在两侧，臂膀随着水流轻轻晃动。他手腕上绑着绳子，躯干肿胀仿佛要爆开来。

后来，尸体被查明为苏丹年轻人，是苏人解新兵。他被捅了三刀。苏丹老人猜测是安纽克人杀的，可能是偷东西被抓住了。他们以这个死人作为教训：如果苏丹人偷窃，就会被河边民族杀死。

那天之后我不想再去河边。我整天想到那个死人，晚上想得更多。虽然埃塞俄比亚的生活称不上舒适，但还算安全，我以为不会近距离接触凶杀事件。但皮尼亚多也有罪恶，当然会有。我第二天睡了一天，躲开大人叫我去干活儿、吃饭、玩耍的命令。一切还都没完。没有安全。我觉得埃塞俄比亚一无是处，并不比在苏丹更安全。这里不是苏丹，我远离亲人。为什么要远离家乡？我没有足够的力量和活力来承受这些。

大人们说我不会再见到有人被刀子捅，这种事再也不会发生。然而事实并非如此。更多的苏人解士兵被杀，更多的安纽克人遭报复被杀死，安纽克人和我们这些闯入者的关系迅速恶化。有人指控说苏人解士兵强奸安纽克女人，结果苏丹人反过来也被杀，或受私刑处罚。苏人解武器有优势，烧了安纽克人的房子，杀了反抗者，冲突升级。很久以后，安纽克人在岸边枪杀了两名苏人解士兵，引发了一场被称为"皮尼亚多-阿真嘎大屠杀"的事件。安纽克的阿真嘎村子被付之一炬，女人、孩子和牲畜被杀害。之后，阿真嘎安纽克人逃离，寻找安全的环境，但仍有些人留在当地，结成一伙狙击手，目标很简单，而且经常得手：射杀苏人解士兵或任何苏丹人。真的。两年后我们最终被赶出埃塞俄比亚。在渡吉罗河时，安纽克人衷心地加入在我们背后、朝我们开火的行列，吉罗河血流漂杵。

但苏丹人和安纽克人一度和平相处，难民营中甚至很有安全感。几个月后，国际援助团体确认了皮尼亚多后，给安纽克人也带来新的粮食来源，营地和河边村落的交易兴盛，双方都很愉快。

虽然我们被告知不要私自去河边村落，阿科尔·阿科尔和我还是去了。他很胆大，而我们又无聊。在村子里我们被所有人盯着，他们都怀疑我们是来偷东西的。但我们还是逛了一天，观察水边人家的生活，窥视棚屋里面，闻着食物香味，期待不用恳求就有人能给我们吃的。有一天这真的发生了，但阿科尔·阿科尔没和我在一起，他去了机场看那天下午要降落的飞机。

"你过来。"

一个在屋前做饭的女人用安纽克语对我说。我在马里尔拜的一个庶母有一半安纽克血统，所以我懂一些这种语言，能听得懂这个女人的话。我停下来，走向她。

"你们在营地有的吃吗？"她问。她年纪不轻，比我母亲大，差不多是祖母的样子，背驼嘴巴松，牙齿掉光了。

"是的。"

"进来吧，孩子。"

我走进小屋，屋里有南瓜、芝麻、豆子的香气，墙上挂着鱼干。女人在屋外忙着做饭，我坐在墙边，背倚着一袋面粉休息。她进屋往一只碗里倒了面粉和水，我吃完后她拿出一碗玉米糊，往里面加了一杯酒，这种调配方法我从未见过。我吃的时候，她悲苦地笑着，张开没有牙齿的嘴巴。她叫阿茹罗，一个人住。

"你们的人要往哪儿去？"她问。

"我想我们哪儿也不去。"我说。

这让她很惊讶。

"你们哪儿也不去？为什么留在这儿？"

我告诉她我不知道。

"你们留在这儿的人太多了。"她说。她很苦恼,这消息跟她预想的不同。河边的人都没把苏丹人当成永远的客人。"在你们离开前,你随时可以来这儿。一个人来,你可以每天都跟我一起吃饭,阿沙克。"

朱利安,她说这些的时候,像母亲一样抚摸我的面颊,我一下子崩溃了。我骨头酥软,躺在地上,在她身前颤抖,双肩耸动,伸出手背抹眼泪,想把泪水推回眼里。我再也不知如何应对这样的慈爱。女人将我抱到胸前,我有四个月没有被抚触过了。我想念妈妈的身影,想念倾听她体内声音的感觉。我都没意识到,我的感觉已经冰冷了那么久了。这女人给了我她的怀抱,我想住在其中,直到再回家。

"你应该待在这里,"阿茹罗在我耳边低语,"你可以做我儿子。"

我没有说话。我和她一起待到晚上,考虑是否真能做她儿子。和半裸的孩子们一起住营地不可能比住这儿舒服,但我知道不能留在这儿。留下意味着抛弃了回家的希望,认这个女人为母亲就是不承认可能仍活着的母亲,而母亲可能整个余生都在等我。于是,躺在安纽克女人的膝上,我想,她看来像什么?我母亲?我摇晃不定的记忆轻如薄纱,与阿茹罗在一起的时间越多,我母亲的形象就越遥远模糊。我告诉阿茹罗我没法做她的儿子,她仍给我吃的。我每周来一次,尽我所能帮忙,替她汲水,给她一部分我的口粮和她没法弄到的一些东西。我去那儿,她给我吃的,让我躺在膝头,几个小时之内,我又是有家的孩子了。

过了一个月,我胃不疼了,头也不晕了,各个方面都感觉良好,感到自己像个真正的人,像上帝造人的本意了。我几乎可称得上强壮、健全,但健康的孩子有事情要做。

"阿沙克,过来。"有一天杜特说。杜特现在是营地的高层领导,因为我们一起走来,他能保证我和"十一人"的需求能实现,但他希望我有所回报。

我跟着他,得知我们要去医疗帐篷,那是埃塞俄比亚人建造的,里面有在苏丹打仗受伤和在皮尼亚多患病将死的人。我从未进过帐篷,只闻过它的味道,风吹过时带来腐臭味。

"里面有个人死了,"他说,"我想让你帮忙抬,然后我们埋了他。"

我没法反对。我的命都是杜特救的。

帐篷里面,青蓝色的灯光下有个用纱布裹起的尸体,旁边有六个孩子,都比我大。

"过来。"杜特说,指挥我到死人脚边。

我抬起这人左脚,其他六个孩子各自抬起这人冰冷身体的一处。我们沿着路走,杜特抓住死人双肩倒退着走。我看着云朵,看着草地,看着灌木丛,就是不看死人的脸。

我们到了一棵盘曲的大树下,杜特叫我们挖坑。我们没有铲子,就用指甲刨地,将石头和土推到一边。多数人像狗一样掘地,将土从两腿之间扒开。我找到一块边缘为碗状的石头,用它来铲土。一个小时后,我们挖出一个六英尺长三英尺深的坑,杜特指挥我们在坑底铺上树叶,我们捡树叶将坑里盖成绿色。杜特和大一点的孩子将尸体抬进坑里,将这人的脸孔朝东摆放。我们不明白为什么这样,但杜特让这么做时我们也没有问。我们遵照指示用树叶盖住尸体,完成后推上土,直到看不见死人。

这是皮尼亚多墓地的开端,我参与了多次埋葬,这是第一次。因为我们饮食有限,危险又多,孩子和大人不断死亡。许多日子里,我们只能吃上一顿饭,黄玉米粒和几颗白豆。我们喝不干净的河水,有很多病菌,于是许多人死于痢疾、腹泻和多种无名病痛。皮尼亚多几乎没有医疗人员,被送到皮尼亚多一号卫生所的都是那些病入膏肓、无药可治的人。当一个孩子没法自己起床,或拒绝吃饭,想不起自己名字时,他的朋友将他裹在毯子里带去卫生所。任何进入卫生所的病人都没有离开,这点大家都知道,于是帐篷以"第八区"的名字闻名。营地有七个区,孩子们在里面居住和工作,而第八区成为他们在世上最后的地方。"阿克尔·马韦恩在哪里?"有人这样问。"他去了第八区。"我们回答。第八区是来生。第八区是尽头。

埋葬第八区人成为我的工作。我和其他五个孩子一起每周埋五到十具尸体，每次我们都抬着相同的部位，我总是抬左脚。

"你是个埋葬工。"有一天阿科尔·阿科尔说。

我微笑，当时觉得这是份有点威望的工作。

"这不是好工作。我觉得不是。"阿科尔·阿科尔说，"我觉得这对你有点不好。你为什么做这个工作？"

说得仿佛这事我有选择权似的，事实并非如此。杜特叫我去，我只能同意。他答应我做埋葬工有好处，包括额外的口粮，甚至另一件上衣，这意味着不久以后我能有两件——这在皮尼亚多很奢侈。

但不久杜特监督埋葬的职责转给了一个残酷而神经紧张的人，我们叫他皮带扣指挥官。每天他都在士兵工作服外面戴着个银红相间的皮带扣，这皮带扣又大又可笑，看到的人都会忍俊不禁。但他以之为荣，为它的尺寸和光泽而自豪。皮带扣每时每刻都光灿灿的，我们从未见到他不戴皮带扣。他雇了一个叫罗尔的孩子负责每天晚上擦皮带扣，然后再戴回去。谣言说这位指挥官每晚仰天而睡，因为他不愿脱掉用皮带扣扣紧的裤子，侧卧或俯卧皮带扣会顶着肚子。我们对皮带扣指挥官评价不高，对他的服饰也没什么好印象。

皮带扣指挥官对抬尸和埋葬有一系列规定，有些有道理，有些完全没道理，也没任何意义。抬尸时，为了逝者的尊严，我们要尽量放平尸体，得有人在下面蹲着走，让尸体背部不拖着地。挖坟时，坑的四面都得保持完美的九十度垂直。放尸体时，尸体双手得搭在腰间，头微微右倾，然后盖上一条毯子，用土填上。没人质疑这些规定，质疑毫无意义。

我已经做惯了埋葬，每天至少协助掩埋一具尸体，有时有两具、三具、四具，多数是孩子。掩埋孩子既是幸运也是不幸，幸运的是他们比成年人轻，不幸的是当我们想到埋的是孩子时总是难以承受，尤其是认识的孩子，谢天谢地这种情况不多见。皮带扣指挥官总记得盖住第八区人的脸，我们不问他们是谁，尽管时常能猜到。我们不想知道谁是谁。

埋孩子我们只需四个人的掩埋队去抬，埋成人则需要六人或更多。我唯一拒绝自己去埋的是幼儿。我告诉皮带扣指挥官不愿埋幼儿，从此后就不用去埋幼儿。幼儿不多见，因为父母宁愿自己埋，掩埋队埋的幼儿都是母亲死了或失踪了的。墓地迅速扩大，向四面扩张，掩埋质量也有所改变。

有一天我们抬着一个死孩子从医院去墓地，路上看到一条鬣狗在和地底的某个东西打架，似乎正想从地下拖一只松鼠上来。我扔石头想吓跑它，但它不走。两个孩子带着木棍和石块跑近，冲它大叫，最后它转身跑了。我看到了鬣狗在咬什么，那是人的手肘。这时我们才知道其他掩埋队埋得很马虎。我们重新埋了那人。完成后我看见杜特朝我打手势，就走近见他。他住在一间能睡四个人的结实房子里。

"坐下，阿沙克。"

我照做了。

"对不起，让你干这样的活儿。"

我告诉他我已经习惯了。

"是的，但你不应该。我想象的营地不是这个样子的，我们来埃塞俄比亚的旅程也不应该是这个样子。我想让你们在这里的生活更好一些。我想让你读书。"

杜特满是褶皱的小眼睛望着营地，我想让他宽心。"没关系的，"我说，"这是暂时的。"

他张嘴想说话，但什么都没说出来。他为我的辛苦劳动向我表示感谢，从床上的一个袋子里拿了两个大枣给我。我离开杜特的帐篷，替他担心。我见过他迷惘的时候，但这种失望之情还是第一次见到。杜特尽职尽责，乐观向上，看他这样我更加疑惑。我并没指望长期以来的读书承诺能够兑现，但我确实想过，我们在埃塞俄比亚这样的日子是暂时的。我一直以为战争结束后，终有一日和我一起来的队伍会一起走回苏丹，每路过一个村子，就留下以前住这个村子的人，孩子人数渐少，直到"出远门的"的地方，最后的人回家。我走的距离最远，但很快就能找到回家的路，然后有无数故事可讲。

我白天有很多奇怪的想法,梦境就出现在我身边。起立和快速转身时,我感到晕眩,四肢麻木,眼冒金星,偶尔混乱到看见曾经认识的人。我看见父亲,看见庶母的孩子,看见家里的床。我经常看到河里的死人头,脸皮被剥掉,就像那个无脸人的脸。

早上醒来时,我经常以为在自己的床上,过一会儿才意识到不在家中,即使能回家也要很长时间之后。我对幻视看到身边出现家人的面容逐渐习以为常,起初他们吓坏了我,但很快反而变成一种安慰。我知道他们来得快去得也快。那些日子里,我周围到处是鬼魂,我已经接受他们,接受生活在满是影子的世界中。

但有一天,我看到的摩西不肯消失。那时我正在河里洗我的第二件上衣,他在我身边出现,微笑着像有个大秘密。这不是我第一次幻觉见到摩西,我时常想象他和我在一起,用他的力量和战斗意志保护我,可今天河边摩西的形象在微微晃动,歪着头眯着眼睛,仿佛想让我认出他是真的。但长期以来,我已经被这些幻象欺骗得够多的了,不管是他的还是别人的。

"你的嘴巴没了吗,阿沙克?"

我回身继续洗衣服,以为幻象随时会消失。这个幻象会说话,这让人不安,但并非没有先例。有一次我醒过来看到我同父异母弟弟塞缪尔跟我说马的事情。他想知道我有没有见到他的新马,还骂我偷他的马。

"阿沙克,你不认识我吗?"

我知道眼前这个孩子是摩西,但真的摩西已经被穆拉林杀了。他死前的那一刻我见到了。

"阿沙克,跟我说话。是你吗?难道我疯了?"

我投降了,跟幻象说话。

"我不跟你说话,走开。"

听到这个,摩西的幻象站起来走开了。我以前没见过幻象这样。

"等等！"我站起来扔掉上衣说。

摩西的幻象继续走。

"等等！摩西，是你吗？"

等我跑近摩西的幻象，他愈发像真的了，不再是幻象，我的心怦怦直跳，仿佛要找个出口从身体里跳出。

终于摩西的幻象转向我。是真摩西！我抱住他，拍着他的背，看着他的脸。是摩西。他长大了一些，但还是原来的样子，微微有些肌肉。确实是摩西。

我解释了幻象问题，说分不清真实和虚幻。摩西大笑，我也大笑，轻轻打了一下他的胳膊，摩西回应打在我胸口，更重一些，我用肘还击。很快两人你一下我一下，在地上扭打起来，力道逐渐加强，超过了我们两人的预料。最后摩西挣脱我，真的疼得叫出声。

"怎么了，伤到哪里了？"

他转身撩起上衣，背上有一条条的深红色伤疤。

"谁干的？"我问。

"我的故事很奇怪，阿沙克。"

我们走到一棵树下坐下。

"你见到威廉了吗？"他问。

我没想到他此时会问起威廉。

"没有。"我说。

我们离家很远，所以我觉得说这样的谎话是可以的。我不愿想威廉·K，让摩西讲他的故事，他就讲了。

"我还记得那场火，阿沙克，你记得吗？但火光不全是橙黄色的。村子被烧起来的时候，你看到了吗？阳光底下火苗有的是无色的，有的是灰色的。你看见了吗，火怎么会是透明的呢？"

我记不起那天火的颜色，在我意识中火要么是橙黄色，要么是红色，但我相信摩西说得没错。

"记得我当时慢慢呼吸,"摩西继续说,"我在浓烟之中呼吸,小屋里呼吸逐渐困难,吸一小口气就咳嗽,但我还是努力不停地呼吸,很快感觉虚弱。我很累,想睡觉,但我知道这不是睡觉。我知道发生了什么,知道自己要死了。我母亲已经死了,我知道,就在屋外。我知道一切,但不记得是怎么知道的。也许我不知道,只是觉得自己知道。"

我记得看到了摩西母亲。她衣不蔽体,一边脸已被烧毁,辨认不出,但其余部位没有烧伤。

"于是我跑了。我冲出门,跳过母亲跑了起来。我不想看她,因为我知道她已经死了。我气她把我留在屋里,觉得她真蠢,知道我在屋里窒息还把我留在里面。因为她快死了还把我抛下,我生她的气,觉得她又弱又蠢。"

"摩西,不要说了!"

我记得摩西站在他母亲身边大喊大叫。我羞于当时没去救他,没告诉他我看见了。

"对不起,阿沙克。我就是这么想的。后来我为她祈祷,求她原谅我那些想法。我跑着,看到远处的学校。"

"可他们也烧了学校。"我说。

"我没想学校能保护我,只想里面可能有人,他们能告诉我该怎么办。我穿过村子,还在咳嗽。到处都是浓烟,还有倒地流血的人的叫声。我跳过路中间两个老人的身体,第二个人抓住我的脚踝,他还活着。他抓住我告诉我应该和他躺一起装死。但他浑身是血,一只眼睛烧瞎了,嘴中流血。我不想和血人躺一起,继续跑。"

"那是集市上的醉老头。"

"是的,我想没错。"

"我也看见他了。"

"他死了。"

"是的,他死了。"

"我没见到穆拉林,当时我以为他们走了,但接着听到马蹄声。他们很多人围住村子,边骑马边喊'真主至大!真主至大!'你听到他们喊了吗?"

"是的,我也听到了。"

"我往右边集市望去,看见两个骑马的人,还很远,我肯定来得及跑到学校。可是我跑不快,我很虚弱,又没方向感。马蹄声更近了,声音很响,我脑袋里全是猛烈的马蹄声,以为马会从我身上践踏而过,随时都可能踩到我的后背和头。有东西打到我,我觉得肯定是马蹄。我跌倒了,头摔到地上,尘土迷了双眼。我听到有人下马走来,然后我就到了半空。那人一手抓着我的肋下,一手抓着我的腿把我举了起来。那一刻我以为自己死定了,一把刀或一颗子弹将结束我的生命。"

我又想告诉摩西我看见他被一个马兵追,但没说,很快要说也来不及了。我对追逐的记忆和摩西的记忆不同,悄悄地替换成他的说法。

"接着我的脸碰上了皮革,他把我放上马鞍,绑在上面。我感到后背捆了根绳子,勒入皮肤。他想把我捆在马上,这花了他几分钟时间。他打了一个又一个的结,每打一个磨我皮肤的绳子就多了一道。最后我们开始移动。他抓了我,我知道自己成了奴隶。"

"你看见阿玛斯了吗?"

"起先没看到,后来看到了一次。我们开始行走,我没骑过马,立刻呕吐了。我能看见底下的大地,尘土遮住眼睛。被马驮着跑像一麻袋的骨头被抛来掷去。你骑过马吗?"

"马走的时候没有。"

"很可怕。后来情况也没变好,跑了几小时我都没法习惯。终于马停下了,我还在马背上。绑在马上,我能感觉到马在呼吸。我听见那些人吃东西和谈话,但他们没把我放下马鞍。我在马上睡了过去,过了一阵子睡着的时间越来越多。我没法保持清醒,醒的时候看见身下大地飞驰。我在夜里醒来,中午醒来,黄昏醒来。两天后我被扔到地上,有人告诉我那儿就是我睡觉的地方,就是在马蹄中间。早上我梦到头被往太阳里摁。梦中的太阳很小,和大盘子差不多大,我的头被按在上面。很烫,像是要融化头

239

发和头盖骨。我醒来闻到烧焦的味道，像烤肉，然后发现不是在做梦：阿拉伯人正用烧红的铁棒烫我的头。他在给我打烙印，在耳后打了个横转过来的数字'8'。"

摩西转过头让我看。耳后有个粗糙的记号，凸起的疤痕呈紫红色。

"'现在你永远知道主人是谁了。'那人对我说。我疼痛难忍，昏了过去。被举起来时我醒了，又被扔到马鞍上，他又把我绑上，这次更紧了。我们又骑了两天，停下时到了一个叫乌姆高兹的地方，那里有点像政府军的军营，有几百个我这样的丁卡和努尔男孩，都不到十二岁。我和他们都被锁在一个大牲口棚里，没有食物。牲口棚里到处是老鼠，每个人都被咬了。里面没有床，夜里我们不想躺地上，因为老鼠一点儿都不怕我们，会来咬我们。你被老鼠咬过吗，阿沙克？"

我摇摇头。

"我们决定睡觉时在外围围一个圈，看住老鼠，我们拿着树枝，外圈的孩子吓退老鼠。我们就是这样睡的。你知道睡眠圈吗，阿沙克。"

我说我学过这种睡觉方法。

"第二天我们被带到一间房子里，被放在吊床上。像是间诊所，里面有护士。她们把针插进我们胳膊抽血。我看见血从一个孩子胳膊上抽出，又吐了。但护士很体谅，这很奇怪。她们清扫了呕吐物，给我水喝，然后把我放回吊床，另一个护士把我放倒，俯过身一手抓着我胳膊，另一手按住我胸口。她们将针插进我胳膊，这样抽了两袋血。阿沙克，你胳膊上插过针吗？"

我告诉他没有。

"有这么长，中空的。"

我不想听关于针的事。

"好吧。但针很大，针尖有个弯角，就这样刺进去。"

"别讲了！"

"好。过后护士给了我一些甜柠檬汁，然后送我回牲口棚。在里面我听到一些孩子说他们已经来了好几个月，每周或者一周多一点时间就要抽一次血。他们是被用来当作政府军士兵的血源。政府军每次和苏人解打过仗后,孩子们都被带出牲口棚抽血。"

"那么你就待在那里了?"

"待了一阵子。但后来有段时间毫无声息,没有更多的人受伤,我想我们没有用了,至少不需要这么多人了。在乌姆高兹过了四天,我又被绑到马上,和大约一百个穆拉林走了。这次非常遥远。就在马背上的时候,我看见了阿玛斯。我听到有年轻女孩叫喊,说着我的语言,然后看见她在另一匹马上,离我很近。抓她的人一边大笑一边用枪打她。有一瞬间我们视线碰到了一起,但很快看不到她了。以后也没见到。在离家几百英里的地方见到她,这很奇怪。"

我体内的弦又崩断了。我一言不发。

"我们骑了很多天后,在一间房子前停下了。那是幢漂亮的房子,主人是个重要人物,叫阿迪尔·穆罕默德·哈桑上尉。带我来的人和他有点联系。我听到他们谈话,得知我被作为礼物送给哈桑。哈桑谢了他,两人进屋吃饭,我还绑在马上留在外头。他们整个晚上都在屋里,而我被留在马背上。我盯着地面,想思考一下自己可能在哪儿。最后我被解下来,带进这人的房子。你见过苏丹政府军军官这样人的家吗?"

我摇摇头。

"那房子不是你能想象到的,阿沙克。地板非常平整,所有东西都一尘不染。窗户是玻璃做的,屋内还有自来水。我成了这人的仆人。他有两个妻子,三个孩子,孩子都很小。我以为孩子会很友好,但他们比他们父母还残忍。孩子学着打我,朝我啐唾沫。对他们来说,我就是头牲口。四个月的时间里,我被迫在院子里看管山羊和绵羊,打扫房间,洗地板,帮助做饭,服侍用餐。"

"只有你一个仆人?"

"那儿还有另一个苏丹人,是个女孩,叫阿科尔,和你姐姐阿梅尔差不多大。阿科尔多数时间在厨房做事,但也是哈桑的小老婆。她怀了哈桑的孩子,所以哈桑妻子恨他。那妻子发现阿科尔哭着叫妈妈,就朝她大吼，威胁要用刀子割断她喉咙，叫她母狗、奴隶、畜牲。我学了很多阿拉伯词，都是听得最多的。她叫我'真遮'，意思是肮脏的异教徒、野蛮人，还给我起了个名字叫阿卜杜勒。他们送我进一所《古兰经》学校，给我改名叫阿卜杜勒。"

"他们怎么会送奴隶去读书？"

"这样的人想让人人都变成穆斯林，阿沙克。于是我装成好穆斯林，以为他们对我会友善一点，但没有。他们无缘无故地打我，孩子们尤其喜欢用鞭子抽我。大一点的孩子，比我们要小，只要和我独处，就一刻不停地鞭打我。我根本无法报复，就跑，在院里不停地跑，直到他追不动。我想杀了那孩子，想了很多计划。"

我的视线无法从摩西脸侧的"8"字形上移开，烙印在阳光下变了色。

"在那里三个月后，我决定要逃跑。我告诉阿科尔说我要逃跑，她以为我疯了。我打算夜间逃。第一次逃的时候，几乎立即就被抓住了。我跑到隔壁院子，一条狗叫了起来，狗的主人打着手电筒出门抓住了我。我只逃了很短一段时间。哈桑大大嘲笑我，带我进院子，让我蹲下。我像青蛙一样蹲下，他叫三个孩子出来，让他们踩我。他们坐在我背上，大笑着把我当成驴子，哈桑也大笑。他们叫我蠢驴，孩子喂我吃垃圾。他们说我必须吃，我只好吃了，给什么我就吃什么，肥肉、茶叶袋、烂菜。"

"我很难过，摩西。"

"不，不必这样。这是我脱身的关键。吃了垃圾后我吐了，那天夜里吐了几个小时，后来病了两天。我站不起来，没法干活。阿科尔帮了我，我感觉好了点。在恢复的时候我有了主意，决定一直装病。"

"这就是你逃掉的方法？"

"很简单。我让自己一直病着，吃东西的时候就想任何能让自己呕吐的事。我想了吃人，吃长颈鹿皮，吃小孩手，然后就会吐个不停。很快哈桑决定不要留我在身边，说我是件糟糕的礼物，要卖了我。有一天来了两个人，一人骑一匹骆驼，穿着白袍，遮住了脸和脚。他们把我扔上骆驼背，我被带到了几天路程之外的一个叫申迪的地方。我又一次和其他丁卡与努尔男孩一起被关进牲口棚,这个牲口棚比前一个小。几个孩子已经在那里关了一个多星期。他们告诉我这是个买卖奴隶的城镇,奴隶贩子在这里买奴隶,卖给利比亚、乍得、毛里塔尼亚等很多国家的人。我在这间牲口棚里待了两天,没有任何东西吃,五十个人只有一桶水喝。"

"你被卖了吗?"

"是的,阿沙克!我被卖了两次。第一次卖给了一个苏丹阿拉伯人,他年纪不轻,带着儿子。他们看起来很古怪,买了我,我跟着他们,直接走出村子,没有任何捆绑或牵绳之类的东西。他们有匹骆驼,但我们三个人都步行。我们走了很多天,徒步或者三人都坐到骆驼上。这很不舒服,但他们不凶。他们几乎不说话,我也不问问题。我根据太阳的位置知道在往南走,打算看看会走多远,最后找个机会逃跑。"

"你在哪儿跑掉的?"

"我不需要逃跑,阿沙克!我说过我被卖了两次,第二次就是我自由的原因。我们在一个树林里营宿了三天,几乎什么都不做。他们白天叫我捡柴,除此之外我们就坐着,他们有时在阴凉处睡觉。第二天,另一个阿拉伯人来找他们,他们交换了些信息,那人离开了。第三天,我们天一亮就起身上路,走到中午,到了一个机场,看到二十个其他丁卡人,有我这样的男孩,有妇女、女孩,还有一个老人。周围有十个阿拉伯人,有些骑在马背上,有些带着武器。他们看上去有的是奴隶贩子,有的是穆拉林。那两个带我来的阿拉伯人带我到那群人中去,我感到很害怕,阿沙克!我以为他们这一路上带我来是为了将我和其他丁卡人一起杀掉。但这不是他们的打算。"

"他们谁都没杀?"

"是的,没杀。我们对他们有价值!就是这种感觉。一架飞机飞来,在跑道上着陆,飞机里出来两个人,皮肤是白的。你见过这样的人吗?"

我说没见过。

"一个是很胖的男人,一个是高个子女人。他们的飞行员看上去像是这里的埃塞俄比亚人。白人对拥有这些丁卡人的阿拉伯人讲了一会儿话。

他们有一个袋子,后来我发现里面装满了钱。这就是我第二次被卖的经过,阿沙克!"

"这两个人买了你?为什么?"

"他们把我们都买了,阿沙克。这很奇怪。他们付了所有人的钱,然后告诉我们,我们自由了。二十个人都自由了,但我们不知道身在何处。阿拉伯人转身朝西走了,我们等在原地。白人和我们一起等了将近一下午,最后来了两个丁卡人,身穿干净的白衬衫,衣着体面,开着辆看上去崭新的白色大车。于是很多刚刚还是奴隶的人坐上车,我和另一个孩子坐车顶,其余的人在车边走。我们开了好几个小时,天黑时来到一个丁卡村庄。我在那里吃饭、睡觉,过了好几个星期,最后有人叫我去参加徒步孩子队伍。"

"你和很多人一起走的?"

"路上不坏,阿沙克,我还搭过运水车。"

那时我很嫉妒摩西,但没告诉他。感谢上帝给了摩西这点小恩赐。我跟摩西讲了威廉·K的事,后来我们一直坐在河边,摩西一句话都没说。

和摩西一样,很多被绑架的孩子偶然获得自由,或者自己逃出来,寻路来到了皮尼亚多。营地里不断听说这样的故事,但摩西是我知道的唯一得到白人帮助的孩子,关于他们的信息很少。我个人不相信摩西说见到的人皮肤是白色的,直到我自己也见到了这种人。那是在我到埃塞俄比亚之后三个月左右,这时摩西也成了"十一人"之一。到这时,世界其他地方,或者至少人道主义援助组织,已经发现这里有大约四万名难民,其中一半是孤儿,就住在埃塞俄比亚边境上。

我被棚外激动的谈话声吵醒。

"你还没见到他?"

"没见到,你是说他是个白色的人?他的头发是白的?"

"不,皮肤是白的,每一处皮肤都是。他白得跟粉笔似的。"

我坐起身,爬到棚外,还不够清醒,没去想太多这三个"十一人"在说什么。我站起撒尿，看见营地里四处都是孩子在扎堆热切地讨论着，每群有十几个。有事情发生了，和刚才跟我住一起的孩子说的那些话有关。我正想把他们的对话拼凑到一起，抬头看见几百个孩子的脑袋一齐转了过去。顺着他们的视线，我看到一个看上去像是内里翻到外头的人。他像是不存在，被擦去了。我不禁打了个寒战，我看到烧伤、断肢等残废或反常情况也是这种反应。

我向这个被擦去的人走去，过了一会儿才发现撒尿后裤子忘了提。我系上裤子，跟着人群，向被擦去的人那儿聚集。我寻找摩西，想问他见到的人是不是就是这样，但哪儿都没看到他。白人在几百码外，我们走近时，孩子们的嗡嗡低语声逐渐变小。一个大一点的男孩冲到我们面前。

"停下！不要打扰这位卡瓦扎①！你们靠得太近他会逃开的，几百个孩子跑向他，他会被吓跑。散开！"

我们回到棚屋，回去干活儿，但一整天关于这个新来的人说法层出不穷。第一种说法称他是苏丹政府派来杀我们的，他将清点所有孩子的数量，然后算好清除我们需要多少武器。他数完之后，夜里就会动手杀人。这种说法很快被揭穿，因为我们发现大人不怕他，还跟他谈话握手。局面随之转到另一个方向，第二种观点说他是来拯救我们所有人的神，将带我们回南苏丹，战胜穆拉林。整一天，这想法广为大家接受，只有我们在追踪这个神做了哪些事之后，才显得不那么可信。他多数时间都和几个大人一起盖一间储藏粮食的棚屋，这事对神来说似乎太微不足道了，就是小神也不会做。随后几个大一些的孩子说了几种略有不同的观点。

"他替政府做事，不过是秘密的。所以他套上白皮肤。"

"他里面被翻到外面了，正在苏丹寻找恢复正常的方法。"

最后我听够了种种说法，就去问杜特。

"你们从未见过白人？"他大笑。

杜特觉得很有趣，但我不知道我怎么会见过白人，一点也不觉得有

---

① 卡瓦扎，中东和南亚地区的一种称呼和姓氏，皮尼亚多营地里用来称呼外国人。

趣。他脸色变得和蔼,叹了口气。

"白人来苏丹有很多种原因,例如他们想教给我们天国的事……我知道马里尔拜没有白人,但乌韦勒教堂里也没有白人传教士吗?"

我摇摇头。

"嗯,好吧。他们也为了石油而来,这是我们这样的人民受苦的源头,那是另一个故事了。我们先谈谈他们来的另一个原因。他们来帮助被攻击和受压迫的人。有时白人代表他们的军队来察看这里的事,白人的军队是世上最强大的军队。"

我想象着穆拉林军队,不同的是他们骑着白马,皮肤是白色的。

"那么是哪种原因让这个白人来皮尼亚多?"我问。

"我还不知道。"杜特说。

我决定再等两天,等知道的信息更多些,离这个里翻外的人更近一些。第二天,情况更清楚了,白人有个名字,不是叫彼得就是叫保罗,是法国人,代表一个叫什么联合国难民署的地方。他是来帮大人盖粮仓的。据说,如果他喜欢遇见的人,就会带来粮食装满粮仓。多数孩子都认可了这条信息,但很多人还是警惕地看着这个人,以为他可能带来任何东西,可能是拯救,也可能是死亡、火灾。

对这人的兴趣上升到一定程度后,我接近他近距离观察。他的皮肤一见难忘,有几天真的跟粉笔一样白,有几天则透着粉红,像猪皮或者山羊肚皮的颜色。他四肢上长满了一团团的黑毛,也很像猪,不过毛更长些。

这人出汗比我见过的人都多,每时每刻都从脸上抹汗,似乎这是他每天的首要工作。我发现自己在为他难过,因为他流汗,也因为他那么多地方像猪。皮尼亚多的炎热不适合他,我担心他会燃烧起来。他看上去很虚弱,烈日让他难受。他总是随身带着一瓶水,用皮带系在腰后。他出汗、抹汗、喝水,很快就一个人坐在无花果树下。

我去阿茹罗那里问她这个白人的事,她也听说过他。我问这个里翻外的人来这儿是好事吗,是什么好事呢?她想了很长时间。

"这位卡瓦扎很奇怪,孩子。他很聪明,脑袋里有你不会相信的东西。他懂很多语言,知道很多村庄、城市的名字,会开飞机,开汽车。白人生来就知道这些事,他这些方面很在行,这对我们很有用,很有帮助。只要见到白人,就意味着情况将有好转。所以我觉得这人对你们有好处。"

礼拜之后,我问神父同样的问题。

"这是件大好事,阿沙克,"他说,"要知道,白人是亚当和夏娃的后代,关系很近。你在书中看过耶稣的画像,不是吗?亚当夏娃和耶稣还有上帝都是这样的皮肤。白人很虚弱,皮肤在阳光下会烧起来,因为他们更接近天使的状态。天使如果来到地球,也一样会烧起来。所以这人来这儿是传达上帝的信息的。"

我开始绕着这个叫彼得或保罗的人转悠,距离更近了,很快他似乎注意到了我。有一天他坐在无花果树下,摩西和我走到他附近,装作没有在看他。

"卡瓦扎在朝你笑!"摩西说。

这让我为难。我原先觉得如果白人注意到我,就会坏事,所以只要他转向我,我就移开视线赶紧回家。我更希望在他干活儿时从安全的距离远望着他,在他休息时观察他。他总是一个人在大无花果树下休息。白人独自休息这讲得通,因为他需要接收上帝的启示,在吵闹的人群中很难听清那些启示。我把那些启示也想象成精巧之物。对这个白人来说似乎很恰当,他看上去很温和,像是个安静的神,如果他真的是神或者神使的话。

很多天夜里,我躺在棚屋里睡不着,蚊帐离我的脸很近,夜色很近,夜间的喧哗也很近,我想自己是否可以问问彼得或保罗知不知道马里尔拜和我家人的事,知不知道他们的命运。如果这人是亚当夏娃的直系后裔,在无花果树下和上帝沟通,他肯定也知道我的亲人是否还活着,眼下又在哪里。说不定他还能把我送回马里尔拜。如果我父母遇害了,他能让他们活过来,能将村子恢复到穆拉林黑云袭击前的状态。似乎完全有可能。如果他能做到,难道他不能也停止南苏丹的战争吗?也许他没法一个人做到,但通过呼唤上帝和其他的神,他们为什么不能调停战争,为什么不能看在皮尼亚多孩子的分上,让我们都回家呢?如果这些没法实现,我觉得我应该让步,至少要问一下这人能不能宽恕马里尔拜。我知道神常常让人类打仗,假如战争一定得继续,也许马里尔拜可以排除在外。我每天夜里清醒的时间太长,睡在身边的"十一人"都睡熟了。我盘算着怎样才能接近这个白色神使,怎样能让他帮这些忙而又不显得烦人。但有一天,彼得或保罗走了,再也没人见过他。没人知道原因。

但不久后更多的白人涌入皮尼亚多,还有非洲各地来的援助人员。我远远地看到一个个代表团快步走过营地,总有一个苏丹大人小心地为他们带路。有时我们被拉去为客人唱歌,或者刷欢迎标语。但这就是我们和他们的最近距离。访客从不深入营地,通常抵达当天就离开。

不久物资卡车每天来三趟,我们每周能吃上至少十二顿饭,而以前只能吃七顿。我们体重增加,营地里处处都有项目在进行,新挖了水井,开放了医疗设施,来了更多的书和铅笔。我们渐渐有些满足,肚子也能吃饱了,开始想回家的事情。摩西是第一个说想回苏丹的孩子。

"我们这儿有食物,情况稳定,"他说,"这说明家里局势安全。我们该回家了。为什么要留在这里?我们离家有一年了。"

我不知道该怎么办。这想法似乎很疯狂,但就像阿茹罗质疑我们为什么出现在这个地方一样,我也开始想为什么不上路回家或者去其他地方。

"可我们没有大人陪同,"我说,"会被杀死的。"

"我们现在认识路了,"摩西说,"找到二十个人就够了,也许需要一支枪,几把匕首,还有长矛。包里可以装上食物。不会再像以前来这儿那样了,需要的东西我们都有。"

真的,孩子们到处都在议论战争有没有结束,很多人觉得是回去的时候。我们的计划传到大人那里后被阻止了。一天夜里杜特怒气冲冲地来到我们棚屋。以前他从未进来过。

"仗还没打完!"他大吼,"你们疯了吗?你们知道苏丹有什么在等着你们?比以前更糟糕了,你们这些傻瓜!在这里你们安全,有吃的,以后还能上学。你们想离开这里？你们能走出沙漠吗？有些人还没猫大！我已经听说有两个孩子夜里离开了营地，你们以为他们会怎样？"

我们认识那两个离开的孩子，但不知道他们后来如何。

"他们刚过河就被强盗杀了。你们这些孩子甚至走不出安纽克！"

他边说边发狂地挥舞着胳膊，然后平息下来。

"要是你们有谁想走，就走吧！你们太笨了，这儿不能留你们。我不想要你们，我只要有大脑的孩子。走吧，等秋天学校开学，我只要聪明的，知道这儿有什么、沙漠不会有什么的。再见！"

他大步走出棚屋，边走边嚷嚷。几个"十一人"不信强盗的事，他们想不出强盗有什么理由杀小孩，但杜特发火后，大家的浮躁立刻不见了。能上学的前景太美妙了，我们都深切地想相信。但摩西没有被说服，他越来越愤怒，这导致他经历了比申迪那次还要糟糕的冒险。

"瓦伦蒂诺！"

有一天，我在去做弥撒的路上——弥撒总在靠近埃塞俄比亚人住的地方一棵树下举行——听到有人远远地喊。我很长时间没听到这个名字了，转身看到一个神父朝我走来，身影很熟悉。那是在马里尔拜为我洗礼的马通神父。他说他一直在访问埃塞俄比亚的营地，现在在调查皮尼亚多的孩子。除了杜特和摩西之外，他是我在营地里见到的第一个在家乡就认识的人。我默默地站了一会儿，盯着他看，那一瞬间以为第一次遇见他的那个世界，有着我故乡的世界，能在他身边重新变出。

"孩子，你还好吗？"他一手摸着我的头。我感觉好极了，但还说不出话。

"跟我来。"他说。

马通神父在营地里待了两周，那些日子我一直跟在他身边。我不知道为什么他把时间花在我一个人身上，但感激能和他在一起。我问了他上帝和信仰的问题，对于他的回答，也许我是唯一这么关心的。

"瓦伦蒂诺是谁？"有一天我问他。

那时我们和往常一样一起散步,他停下脚步。

"你不知道?"

"不知道。"

"我没告诉过你吗?他是我最喜欢的圣人!"

他从未告诉过我这个,也没告诉过我为什么给我起这个名字。

"他是谁?"我问。

我们正路过机场,一群士兵正从一架货机上卸下巨大的货箱。马通神父站着看了一会儿,转身和我走向营地。

"他生活在很久以前,孩子,比你祖父的祖父的祖父还早,这中间的祖父比星星还多。他和我一样是个神父,普通的神父,名字就叫瓦伦蒂诺。他在罗马工作,那在一个叫意大利的地方,在遥远的北方,白人在那里生活。"

"那么他是个白人?"我问。我还没想过这点。

"是的,一个无私的人。他向群众布道,但对囚犯也有兴趣。当时罗马很多人因为各种罪名无端入狱,瓦伦蒂诺神父不想让他们失去聆听福音的机会,就找到这些囚徒,传达主的话,这些人也信了教。看守不喜欢这事,恨他去那里,恨他带给囚犯光明,就惩罚了他。他被关进牢里,挨打,被驱逐。但他一次又一次地设法向囚犯布道,不久甚至让看守的盲女儿皈依了。"

我们边走边说,没留意已经靠近了埃塞俄比亚军营。我们听到人声,很快走近一群聚在一起的士兵,他们正望着前面场地上的搏斗。那像是一种摔跤,但参与的两人只有一人穿着军装,看起来在移动,另一人穿着安纽克式样衣服,像女人一样叫喊。我们又改变了路线。

"他时常去拜访那女孩,女孩还没你大,孩子。他们一同祈祷,提起她的失明。她很小时就失明了。"

他又用手摸我的头,我又有了家的感觉。

"但看守发现神父的成果后暴跳如雷。他女儿将上帝的语言带进了他的房子,这就是瓦伦蒂诺的终结了。他被关进牢里拷打,但那女孩知道他被关在那里，就去会他。他被用铁链拴在地上，但他们仍祈祷，她在牢房外头睡了很多夜。其中一天夜里，他们睡前祈祷时，一束光芒透过栅窗照进牢房，萦绕在瓦伦蒂诺和那女孩身边。神父不确定是不是一位天使，但他紧紧抱住看守的女儿，光芒在牢房里飞舞，像燕子一样盘旋，最后通过来时的栅窗飞走了。神父和看守的女儿又陷入黑暗之中。"

"那是什么？"我问。

"那是上帝的使者，孩子。没有其他解释了。第二天早上，女孩醒来，又能看见东西了。她的双目自从婴儿时期就失明了，但现在又能看见了。因为这个奇迹，瓦伦蒂诺被砍了头。"

我问马通神父为什么最喜欢这个圣人，为什么用他的名字给我命名。我还不清楚答案，尽管我想马通这时已经指望我明白了。他把手从我头上移开。

"我觉得你有让别人见到光明的力量，"他说，"我想你会记住这是什么意思，从中汲取教训。有一天，你会找到你自己的看守的女儿，给她带去光明。"

十八

预言大多不会成真。幸好如此。马通神父加到我身上的预期历经多年也渐渐从我心头消失,但感谢上帝它们消失了。摆脱了这种压力,我的思想一度比那些年间更清醒了。

刚过午夜,利诺睡着了。朱利安没法帮我们,或者不愿帮我们,进了接待台后的办公室,他无疑已经看厌了我们三张脸。阿科尔·阿科尔在看头顶的关于理查德·尼克松的纪录片。他爱看美国政治或者任何政治的内容。如果南苏丹真的独立了,他在那儿肯定有间办公室。现在喀土穆政府里已经有很多南苏丹人,但阿科尔·阿科尔说只有《全面和平协定》规定的二〇一一年南方独立公投成功之后他才回去。而全国伊斯兰阵线和苏丹总统奥马尔·巴希尔会不会允许这事发生,还有待观察。

阿科尔·阿科尔放在我们中间桌子上的手机振动起来,在桌上慢慢地顺时针打转。他往口袋里找,我拿起手机递给他。这个时间有电话,我猜是非洲打来的。阿科尔·阿科尔翻开手机接电话,眼睛忽然睁圆。

"什么?在朱巴!不会吧!"阿科尔·阿科尔猛然站起走开,经过朱利安身边。利诺根本没反应。我跟上阿科尔·阿科尔,他把手机递给我。

"是阿金。他发狂了,你跟他说。"

阿金是我们在卡库马的朋友,现在为南苏丹新政府工作,住在朱巴,正参加培训要成为一名工程师。

我接过电话。

"瓦伦蒂诺!我是阿金!给CNN打电话,告诉他们战争又开打了!"

他上气不接下气,我请他放慢些。

"一颗炸弹刚爆炸了,也可能是迫击炮。他们刚刚轰炸了我们!大爆炸!打电话给CNN让他们派人来摄影。得让世界知道,巴希尔又攻击我们了。战争回来了!我以后再给你电话——你打电话给CNN!"

他挂了电话,阿科尔·阿科尔和我面面相觑。电话里背景声混乱嘈杂,有机器开动的声音。阿金在朱巴,当然清楚发生了什么。我的心沉了下去。如果战争又开始了,我知道就算自己身在美国,也承受不住。我觉得我们所有人都无法承受。只有知道南苏丹有重建的可能,家人安全,我们才能安心。但疯狂的血肉战争重来,我知道自己肯定承受不住这样的重压。

"我们该打电话给 CNN 吗?"阿科尔·阿科尔问。

"为什么要我们打?"我问。

"我们住在亚特兰大①,你见过泰德·特纳。"

说得不错。我决定先给玛丽·威廉姆斯打电话,从她那儿开始。正在按键时,阿科尔·阿科尔的手机又响了。我接了。

"瓦伦蒂诺,对不起,我弄错了。现在没事了!"阿金长呼一口气,似乎忘了要解释清楚。

"怎么了?"我喊道,"发生什么了?"

他说是假警报。兵营里有爆炸发生,但只是内部小失误造成的事故。

"对不起,吓到你了,朋友。"阿金说,"顺便问一下,你还好吗?"

利诺头靠着后面的墙,仰面睡得正香。我看着他的脑袋慢慢地滑向右边,压下去的重量加大,脑袋落到肩头,他惊醒了,看看我,一瞬间似乎很惊讶见到我。他喝醉酒般地笑了笑,又睡着了。

接到阿金的电话后已经过了一小时,一位年纪大一点的白人妇女接了朱利安的班,她一头黄发,发型像一片云,从前额蔓延到后背。我接触到她的目光,正想走近向她恳求,她站了起来,跑到隔壁做一件紧急事去了。这里没人当我们是病人了,没人知道要对我们做什么。我们就是摆设。

于是我继续和阿科尔·阿科尔一起坐着。

---

① CNN 的总部位于亚特兰大。

假如是和塔比莎在一起，就算是坐在等候室里，也激动人心。像很多陷入热恋的情侣一样，最初几个月我们在最无聊的环境中都心满意足。我们做的事情称不上好玩，也称不上有想象力。两人都没钱去餐馆吃饭或看各种演出，通常待在公寓里在电视上看电影甚至体育节目。有个夏夜，我的卡罗拉送交埃德加多修理去了，我们整一夜都在等市区公共汽车和乘车。那是个等候之夜、街灯之夜，也是狂喜之夜。在市中心等候乘公共汽车回家时，我们在奥林匹克公园里散了一会儿步，她鼻尖擦着我的脖子，悄声说她太想吻我了，想脱掉我的衬衫。她电话中的声音很诱人，当面听到无可抗拒，在耳边更是火辣得要爆炸。这是亚特兰大公共汽车等候亭里发生过的最浪漫的事。

可是我们分别后，她行为古怪，情绪起伏无常。有时她一天打我七个电话，如果我某天没法接电话，她的短信会显得猜疑不安，甚至言辞残酷无情。等我们修复关系，电话聊天又变得令人愉快，她却又好几天不知去了哪里。她的消失没法解释，再次出现时，我忍不住总是想着她去哪儿了，去干吗了。我经常勉力去理解破译她的表现。"你在跟踪我吗？"某一天她这么问我，过了一星期又觉得自己才是跟踪者。我对她的行为困惑不解，就去问我的小朋友艾莉森·牛顿。"听起来她有别的感情了，"她说，"那种情况的标准表现就是这样，躲起来，回来时欲盖弥彰，自己在做的事情就怀疑你也在做。"我不相信艾莉森的话。那是我最后一次就类似问题征求她的建议。

我想找点吃的，离开等候室走进橙红色的门厅，路过的墙上挂着医院历任管理者的照片和年轻人的艺术品，其中有当地一所高中学生的水彩画和蜡笔画，每一幅都可出售。我一件件地仔细看，多幅主角是宠物，四幅是图派克·沙克①，还有两幅是平静的湖面上歪歪斜斜伸展开去的泊船台。艺术品的尽头有个落地窗，望进去是休息室，里面光线很暗，家具图

---

① 图派克·沙克（1971—1996年），非洲裔美国著名说唱歌手、演员，一九九六年在拉斯维加斯被枪击致死。

案是深紫红色和蓝色的方格花纹。我看到两台自动贩卖机，想开门进去，但里面有一家人正在沙发上熟睡，年轻的父亲睡在一侧，头枕着放在沙发靠手上的粗呢行李包，身边是三个孩子，两个女孩一个男孩，都不到五岁，一个靠着另一个躺着。他们脚下有个粉红色小背包，茶几上放着剩饭。很可能他们的母亲在这里看病。他们身后的停车场上，一棵孤零零的树被从底下照亮，光秃秃的树枝反射出蔷薇色的光芒。从我站着的地方看去，熟睡的一家子仿佛就睡在树下，树木伸展出来的巨大枝条正保护着他们。

我虽然可以进去买点吃的，但不想惊醒他们，就在门外坐下，看塔比莎的信。我打开钱包，抽出放在其中的纸，有三封塔比莎的电子邮件。有次我们约好了打电话，前一天夜里我把信打印出来，想跟她谈谈她的心情和矛盾的表现，准备引用信中内容。三封信都是一个星期之内写的。那晚我没有勇气质问她，但把信折了起来放到钱包中，现在我用读信来惩罚自己，来记住塔比莎写信时向我剖白的方式——那远比我们在一起时更动情。她很少当面说"我爱你"，但在信中，在夜间写信时，她能说出。

第一封信：

我的瓦尔：

　　我就想跟你说我爱你，愿神灵让我们的爱情热烈甜蜜。我爱你亲爱的，在我心中总看到你朝我微笑。我爱你美妙的微笑，永远不会餍足。我如此爱你，一刻也不能停止想你，因为你是如此地既可爱又迷人，既敏感又爽朗，彬彬有礼，讨人喜欢，叫人赞叹。我太想你了，这星期聊得那一会儿根本不够。

　　我以为你会给我打电话，但没接到。不知你有没有打过。

爱你爱你爱你的塔比莎

第二封信是两天以后：

瓦尔：

你好，我不知道昨天你有没有打电话给我。就想让你知道，昨天上体育课时我的手机、化妆品和润肤露被偷了。在拿到新手机之前我没法接电话。我不知道要多久才能拿到新手机。

我还好，就是觉得对一切都很迷惘，我也想不明白我们是否应该在一起。亚特兰大太遥远了，有时我觉得如果你真的在乎我，就应该搬过来。你知道我没法搬过去，因为要在这里读书，弟弟也都在西雅图。但如果你真的像你说的那样爱我……

大概拿到新手机前我们只能通过电子邮件联系了。也许这对我们有好处，让我们暂时休息一下。

喜欢你的塔比莎

一周后，她拿到了手机，信是这样的：

亲爱的：

昨天我想到你了，就在睡前，然后做了一个关于我们的甜蜜热烈的梦。别问我梦里发生了什么，我想在电话里跟你讲，我们两个都枕在枕头上时，我在你耳边讲。今晚你能不那么早睡吗？那样我就能给你打电话了。我最晚在你那边的时间十点到十一点之间给你打电话。

我是不是说太多了？请让我知道。你去哪儿了？你在躲避我吗？请别跟我玩游戏。我需要知道你爱我，因为就算爱情这样重要的事情没什么波折，人生已经够变化无常的了。

急切想知道的塔比莎

我想塔比莎很喜欢被人追求，喜欢我在遥远的地方等她，思念她。我想象她一边跟朋友说我是个"不错的小伙子"，一边还留意新的机会。我不是说她另有所遇，只是说她是个有魅力的姑娘，乍然面对这个国家中的各种诱惑，她需要被关注，就跟需要爱情一样，甚至更甚。

不管怎样，塔比莎并不是第一个让我困惑混乱的女人。在埃塞俄比亚，也有四个这样的女孩。她们是姐妹，像皮尼亚多这样的难民营能有她们那样的女孩，是件令人惊奇的事。被她们迷住的不仅仅是我，但最后只有我一个成功地和她们在一起。在埃塞俄比亚那个难民营里，所有人都听说过皮尼亚多贵族女孩，但塔比莎也知道她们，这就奇怪了。

有一天我们说到我的名字。塔比莎刚跟一个年纪大一些的美国朋友提起，说在和一个叫瓦伦蒂诺的人约会，她朋友解释了这个名字的含义。塔比莎听到鲁道夫·瓦伦蒂诺①的故事后，立刻打电话给我，带着一种以前没有的嫉妒，问我是不是和这个名字的含义一样有女人缘。我没有自夸，但也不否认有些女人或女孩很喜欢我在身边。"那你在女性方面这样成功，有多久了？"她带着笑意还有点谴责，不自在地问。我说从记事起就这样了。"甚至在皮尼亚多你也和女孩约会？"她问，期待得到否定的回答。

"是的，在那儿是有几个女孩。"我告诉她，"特别是四个姐妹，名叫阿古姆、阿伽、阿肯和雅尔·阿克彻，她们……"

她打断了我。她认识这四个女孩，"她们是伊罗尔人？"她问。我说她们真的是伊罗尔人，这时我才联系起来，塔比莎当然认识这些女孩。不仅认识，还和她们是亲戚，是她们的表妹。知道这些后，塔比莎的嫉妒之情暂减，尤其是我跟她讲了贵族女孩的事之后。

一九八八年，我们到了皮尼亚多几个月之后，奇怪的事情发生了：他们开办了学校！营地有了新主席，名叫皮杨·邓，我们都觉得他富于同情心，正直，虚心而讲道理。他和我们一起玩耍，一起跳舞，在瑞典救助儿童会和联合国难民署的帮助下，他为一万八千名小难民办起了学校。有一天他召集大家，当时营地里没有椅子，也没有麦克风和扩音器，我们就坐在地上，他扯开嗓子冲我们喊。

---

① 鲁道夫·瓦伦蒂诺（1895—1926），美国意大利裔演员，以性感著称，被称为"拉丁情人"，极受女影迷热爱。

"学校将是你们的！"他大吼。

我们欢呼。

"你们将是苏丹有史以来得到最好教育的人！"他大喊。

虽然不理解，我们还是欢呼。

"我们要开始建学校！"

我们再次欢呼，但很快声音平息了下来。我们渐渐明白，盖校舍这任务要落到自己头上。果然如此，第二天，我们被派去森林里砍树、割草。我们听说过森林中很危险，据说有野兽，并且当地人认为森林属于他们，我们得避开他们。虽然有很多危险，我们还是被派进森林里，几乎立刻就有孩子迷了路。第一天，一个叫博尔的孩子进了森林，他的一条腿在八天后被发现。野兽吃掉了其余部位。

但等到那时，材料已经收齐，学校开始建设：每个屋顶下四根柱子，上头覆盖茅草，有时候能找到塑料布就覆盖塑料布。我们一星期内盖了十二间校舍：一校、二校、三校，如此等等。学校建成后，我们到开阔地集合，后来那块地成了操场和宣布重大事情的地方。两个人向我们发言，一个苏丹人一个埃塞俄比亚人，他们是营地的共同教育主管。

"现在你们有学校了！"他们说。

我们欢呼。

"每天，你们要先操练，操练完上课，上完课后在晚饭前要干活。"

我们的热情又被泼了一瓢凉水。

但营地生活的其他方面渐渐改善。随着联合国的来到，衣服等东西也到了，所有的孩子都热情欢迎这一新情况，他们终于可以放松一下了，尤其是那些年纪太大没法赤裸的孩子，自从到了埃塞俄比亚他们就没穿过衣服。只要有货物运抵，大些的孩子就去搬回大包，里面装有衣服，标签上写着"英国赠"或"阿联酋赠"字样，然后带回小组。我们分到的第一份物品抵达时，我负责给"十一人"分发衣服，为防止争议，我们坐成一圈，我从包中掏出衣服，一次一件，按顺时针方向分发。衣服常常不适合收到的人，但这不打紧，我知道他们会在"十一人"内或者其他人那里调换。这很有必要，因为我们收到的第一批货物有一半是女装。如果我们不是那么急着想穿上衬衫、鞋子和裤子，恢复我们以前的模样，这可能会很有趣。不穿衣服我们没法遮盖伤口和凸出的肋骨，赤身裸体或者身上挂着破布，暴露出我们的境遇有多么悲惨。

等到学校开学时，大多数人都调换成功，有了衣服穿，第一天坐下上课时，感觉真的像是学生，学校也真的像学校。教室是茅草屋，有屋顶没四壁。第一天上课，五十一个男孩坐在地上等着，后来一个男人大踏步走进来，自我介绍说他是康迪特老师。他身材高瘦，头非常小。他把自己名字写在黑板上，我们都觉得很了不起。只有几个孩子认识点字母，但我们仍盯着黑板上的白色记号，眨巴着眼睛，高兴地看着下一笔是什么样子。

第一天的课讲字母。康迪特老师声音响亮尖利，似乎很不耐烦要跟我们讲这些东西。第一天里，感觉他是想把这节课和所有讲字母的课，还有写作课、全部的语言内容在一个小时内秋风扫落叶般地讲完。他只想做做姿态教教字母，然后赶紧教完。

A B C

他写了这三个字母，大声念出来，示范发音。因为没有铅笔或纸，康迪特老师带我们到屋外，我们用树枝和手指头学着将字母画在地上。

"写整齐点！"他在黑板那儿大喊，"你们有三分钟，写错了就擦掉重写。写好三个字母，自己满意了就举手，我会去检查。"手一只只举了起来，康迪特老师开始转着圈子去看。

我从未写过字，第一次想在地上画字母B的时候，康迪特来到我身后，发出不以为然的喷喷声。他弯下腰，一把抓住我的手指在地上画，写了一个正确的B。他用力地把我的食指往地里摁，指甲都弄破流血了。

"你们必须写得更好！"他在我们头顶大喊，"你们一无所有，只能好好学习！你们不明白吗？我们的国家一团糟，我们唯一能重振的方法就是学习！因为我们先辈的疏忽，独立被偷走了，现在我们能改正！你们很多人都没了父母，但你们有教育！现在，如果你们足够聪明，能弄懂，你们就会得到教育！教育就是你们的父母！你们的兄长扛枪打仗，枪声停下后，你们将握着笔再打下一场。你们明白我在跟你们讲什么吗？"

说到这里他声音嘶哑，缓了下来。"我希望你们成功，孩子。只要我们想建立新苏丹，你们就必须成功。要是我不耐烦了，那是因为我没法等这场见鬼的战争结束，没法等你们认清自己在废墟之上的角色。"

回棚屋路上，康迪特老师成了话题中心，让我们着迷、争论。

"你听到那个狂人了吗？"我们说。

"教育是你们的父母？"我们说。

我们大笑，模仿康迪特老师的腔调说话，觉得他跟横穿沙漠来埃塞俄比亚的很多大人、孩子一样，在路上疯了。

学校开办不久，另一件怪事发生了：他们让女孩也来上课。整个皮尼亚多女孩都很少，据我所知所有学校根本就没有女生。但一天早上，五十一个学生坐在黑板前地上，上康迪特老师的课，看到来了四个新生，都是女孩，坐在前排。康迪特老师蹲在四个新生前面跟她们说话，像家人一样摸她们的头。我弄不明白了。

"同学们，"康迪特老师站直了身子说，"今天我们有四个新生，她们叫阿伽、阿肯、阿古姆、雅尔·阿克彻，你们对她们要尊敬、礼貌，因为她们都是好学生。她们也是我的甥女，希望你们在她们身边要留意言行举止。"

说完他开始上课。我坐在四个女孩后面三排，那天一整天都盯着她们的脑后看。我研究她们的脖颈和辫子，仿佛从缠绕的发结上能看清世界和历史的秘密。我扫视一眼看看其他孩子是不是和我有相同问题，发现很多人都和我一样。那天我们什么都没学到，但渐渐觉得生活的重心变了，一切追求的目标都变了。这四姐妹，阿伽、阿肯、阿古姆、雅尔·阿克彻，每一个都举止优雅，衣着考究，冷艳动人，研究她们远比研究黑板上和教室周围地上写的东西更值得。

我们没法像以前一样吃饭睡觉了，做好晚饭却食而无味，曙光初露时才能入眠。黑暗中我们一直醒着，谈论着四姐妹。起初没人知道哪个是哪个，康迪特老师介绍得太快太简略了。"十一人"各自说出自己记得的部分，才拼凑起四个名字。用同样的方法，我们给每个人汇总档案。可以确定，阿伽年龄最大，她个子很高，扎着辫子，粉红裙子上点缀着惹眼的白花。阿肯是老二，脸庞圆圆，睫毛长长，红裙上面有蓝纹，头发上系着相配的发夹。阿古姆和阿肯身高相仿，可能一样大，不过阿古姆苗条很多，她看上去最不专心听课，永远都是倦倦的、懊恼的神情，所有人所有事都让她恼火。雅尔·阿克彻显然最小，比阿古姆和阿肯小几岁，比我和"十一人"大约小一岁。但她也比我们高，我们比四姐妹都矮，也远比不上她们成熟，这个事实让四个女孩更迷人，更高不可攀。

整一夜我们仔细剖析四姐妹的每一个已知细节，慢慢地想到一个似乎没有答案的问题：第二天她们真的还会来吗？第三天呢？如果会来，对我、对摩西等"十一人"、对五十一个学生，似乎好得过分了。我们真的能如此幸运？那意味着学校和我们知道的世界将被整个儿颠覆。

第二天早上，"十一人"和我一个个都迷迷糊糊地走路上学。大家都睡眠不足，思路不清。进教室时我们看见了四姐妹，她们坐在后排椅子上。我们坐在前面。

"好了，"康迪特老师开始讲，"显然你们到了女孩在场就没法集中注意力的年龄了。"

我们默不作声。"他怎么知道的？康迪特老师真聪明！"我们想。

"我调整了一下座位，帮你们集中精神，相信你们这些学生会觉得今天上课更吸引人。好，今天我们继续讲辅音……"

我们别无选择，只能看着康迪特老师听他讲课。但我们没准备听课，另有打算。我们其实已经分配了任务，每两三个人负责近距离观察四姐妹中的一个，获取尽量多的信息。现在除非转过头去看，否则无从观察她们。后来只有课前课后或我们都在外面写字时，才有机会探寻真相。

通过上课前、上课后、在地上练习写字时的侦查，第一个星期过完后，我们知道了四姐妹的衣服、头发、眼睛、四肢等更多的信息。但她们没和我们说过话，上课时不发言，不和男生交谈。我们知道她们全都美丽聪明，衣着考究，我这样的孤儿永远也比不上。她们衣服很干净，没有裂口破洞，色彩艳丽，是最耀眼的红色、紫色和蓝色。她们的头发精心盘扎。我以前从来没有兴趣和女孩一起玩，因为她们动不动就哭，一般都不愿摔跤，但那几个星期每天夜里，随着睡意袭来，"十一人"的谈话声渐渐细弱，我躺在棚屋里，想自己为何这般幸运，班上竟然有这样惊人的贵族四姐妹。看起来，上帝一直有个计划。上帝将我和家人分开，送我来这个凄惨的地方，如今看来是有用意的。我想，先是苦难，然后就是光明。有苦难就有恩惠。我被安放在皮尼亚多显然是要和这些美丽的女孩相会的，她们有四个之多，这说明上帝想补偿我生命中遇到的所有不幸。上帝真是高尚正直。

我发现自己举手更勤了，通常回答总是正确，说不定我比几天前变聪明了。我坐在前排，虽然离四个女孩更远，但我得坐在康迪特老师能注意到的地方，由此也被他的甥女注意到。我回答问我的每个问题，夜里也勤奋学习。我一定要让女孩们注意到，如果上课是我唯一能见到她们的机会——确实是这样，因为她们住在营地另一侧，重要人物都住那里——在这个时间里我一定要闪闪发光。

每次我答对了，康迪特老师都会说："很好，阿沙克！"如果能不被察觉，我会回头瞄一眼他的甥女，看她们有没有留意。但她们似乎从未留意。

然而"十一人"当然留意到了，他们无休无止、毫不留情地搅扰我。我在学校的光芒忽然掩住了其他人，这让他们有点担忧，想知道我会不会一直这样让他们日子不好过。

"你为什么突然对读书感兴趣了，阿沙克？"他们问。

"教育是你的父母吗？"摩西说。

他们的纠缠逼我承认策略。

"我才不管什么该死的教育是谁父母！"我说。

"十一人"笑倒在地。

"你们知道我为什么举起该死的手,都给我闭嘴。"

但我没能成功。我尝试得越多,四姐妹似乎就越无动于衷,然后我就加倍努力。放学后我帮忙干活儿,擦黑板,整理康迪特老师的纸张和书本。上课开始时我负责点名,这既有好处又有坏处。我喊到"十一人"名字时,不得不正视他们洞若观火的目光,每个人都朝我坏笑,有几个眨着眼睛嘲弄我。但点完他们的名,我终于能喊出阿伽、阿肯、阿古姆、雅尔·阿克彻的名字,这样,我成了四姐妹唯一正眼看的男生,成了她们唯一讲话的男生。"到!"四姐妹说,"到!""到!""到!"

我一个室友称她们皮尼亚多贵族四姐妹,这个绰号立刻传开了,或者加点变化,叫贵族女孩,班上五十一人和营地其他地方的人都这么叫她们。营地里还有其他家庭、其他姐妹,但只有她们这么齐刷刷地都非同一般。四姐妹不可能不知道自己有这个绰号,没人怀疑她们会不喜欢。她们明白我们尊重她们,但似乎没有特别注意到我。

日子渐渐过去,我开始怀疑自己的策略。我是班上最好的学生,但她们一点儿也不注意我。我开始担心她们不在意学习成绩,不管是我的还是其他孩子的。很可能她们不想和我这样的孤儿交往。她们是康迪特老师的甥女,孤儿却大不相同,很多事情时常提醒我们,我们处于社会的最底层。我们衣衫褴褛,衣不蔽体,房子看上去像小孩盖的,当然,其实就是。到美国后,一个营地里的老朋友送了我一套"万能工匠"玩具作为礼物,其中有根细长的暗榫像极了我们在皮尼亚多盖第一间棚屋时用的树枝,我忍不住笑了。阿科尔·阿科尔和我在茶几上复制了十二人小组的房子,然后都笑得更厉害了。太像了,我们都被震晕了。

我花了整个学期的时间,对贵族女孩的努力终于有了成果。学校要放假一个月,放假前一周,有一天放学回家时,阿古姆来到我面前,说了几句话。那似乎不可能,我也没当是真的,就什么也没说。我不相信她真的在跟我说话。但她真的说了?说了什么?我把那些词拼凑起来,呆呆地望着她的眼睛和睫毛,她的嘴巴距离我那么近。一切发生的如此迅速,我的人生忽然之间就改变了。

"阿沙克,我姐姐有事要问你。"她是这么说的。

阿伽,姐妹中最大最高的那个,忽然出现在她身边。

她姐姐踩了她一脚,她打了一拳作为回应。我不知发生了什么,但似乎情况不错。

"你想到我们家吃午饭吗?"阿伽问。

这时我发觉自己一直踮着脚站着,赶紧放了下来,暗自希望她们没有察觉。

"今天吗?"我问。

"是的,今天。"

我想了一会儿,时间不短,足够想出妥帖的回答。

"我不能答应。"我说。

简直没法相信这是从我口中说出的。你能相信是我说的吗?我拒绝了皮尼亚多贵族四姐妹!为什么?因为我曾学过,绅士是要拒绝邀请的。这是我父亲说的,当时是在一个暖和的夜晚,我正帮他关店门。但后来我才知道,那个背景不能照搬到眼下来,父亲说的是有关通奸、男人的尊严、对女性的尊重,还有婚姻的神圣什么的。我后来才想起,他并没说过要拒绝去吃午饭,但此时,我自以为这是绅士的举止,于是拒绝了。

阿古姆和阿伽脸上立刻晴转多云。

"你不答应?"

"对不起,我不能答应。"我边说边后退。

我退着撞到教室的一根柱子,柱子差点倒下压到我,我绕了开来,扶正柱子,然后跑回家。一个小时之内,我暗自得意,自觉在情感和冲动的掌控上没有出现偏差。我是自我克制的模范,真正的丁卡绅士!贵族姐妹一定也明白这点。想了一个小时后,我明白了这意味着什么,我正处心积虑想给她们留下印象,刚才却拒绝了她们的午餐邀请!那正是我一直盼望着的啊,和她们一起单独相处,听她们谈天,了解她们怎么看我,怎么看学校和皮尼亚多,又是怎么到了这里,吃她们母亲做的饭——吃饭,真正的吃饭,丁卡妇女做的饭!我真是个傻瓜。

我准备挽回。该怎么做?我得接受邀请,现在拒绝了,得想办法挽救。我可以说是开玩笑。我能装出刚刚那是在开玩笑吗?能骗住她们一会儿吗?

学期即将结束,期末考试也要到了。学校宣布要放假一个月,如果我不能挽回局面,就得等到春天学校再开学才能见到她们。我在树下找到最小的雅尔,她正在看教科书。

"你好,雅尔。"我说。

她没有说话,瞪着我仿佛我偷了她的午餐。

"你知道你的姐姐们在哪儿吗?"

她默默地指了指正朝我们走来的阿伽。我站直了,向阿伽露出请求原谅的微笑。

"我不该说不的,"我说,"我想去吃午饭。"

"那你为什么说不?"阿伽说。

"因为……"

我犹豫了。我们说话时,阿古姆也来了,在这种压力下,我福至心灵,灵机一动。我烦恼了一星期,找不到恰当的借口,但就在这危急关头,想到一个绝妙的主意。

"我是担心你们的母亲怎么看我。"

阿伽和阿古姆都有了兴趣。

"什么意思?"

"我是丁卡的马洛儿-杰尔尼昂①人,不会讲你们的方言。我们习惯不同,你们的母亲一定不会接受我。"

"哦!"阿伽说。

"我们还以为你脑袋出毛病了。"阿古姆说。

---

① 马洛儿-杰尔尼昂,北巴赫尔-加扎勒地区丁卡部落通称。

阿伽、阿古姆，甚至还有雅尔都咯咯地笑了起来，显然她们至少有两人谈论过我，还细致探讨过我的心理状态。

"别为自己是丁卡马洛尔人担心，"阿古姆说，"她不关心你是哪里人，会喜欢你的。"

阿伽急切地凑近阿古姆耳边低语几句，然后改口说："但为了安全起见，我们也许不告诉她你是丁卡马洛尔人。"

两人又耳语了一阵。

"我们就说你是二区人，不是孤儿组的。"

我不吭声。

"可以吗？"阿伽问。

我毫不在乎，只关心自己的开局是否有效。我稍微扮演受了委屈的样子，假装身为丁卡马洛尔人，我感到自卑，配不上和她们在一起。真的起作用了，她们觉得接受我是慷慨的行为，我第一次拒绝了也表现得有面子。我暗自庆贺自己在压力之下获得了成功，但仍装出不是很渴望的样子。我得继续小心谨慎，提防其中危险。

"那是最好，"我郑重地点着头说，"你们的舅舅呢？"

"他很晚下班，"她们说，"晚饭前不回家。"

就在这时，两个姐姐突然又注意到了最小的妹妹雅尔，她们看着她，仿佛有刺刺入她们的脚后跟似的。

"你什么都不准说，雅尔！"

小姑娘眯起眼，满是抗议地瞪了她们一眼。

"不准说，雅尔！否则你以后别想睡安稳，你睡觉时我们把你的床抬到河里，你醒来会发现身边全是鳄鱼！"

雅尔的小圆眼还是充满反抗，但眼角露出一丝恐惧。阿伽逼近了她，身影压住雅尔小小的身体，小妹终于呜咽着同意，"我不说。"

阿伽又转身看我。

"放学后我们在协调中心碰面。"

我知道这个地方，那是不用参加操练的孩子课间和放学后闲晃的地方。在协调中心,我会遇到有父母的孩子,他们父母在营地,是有钱人家的孩子,比如教师、士兵和军官的子女。

下课后,我跑回家,一到家我就发现不该回家。我在棚屋里停了一会儿,想想是否有能做的事情,最后换上另一件上衣,浅蓝色的,然后跑到协调中心。

"为什么换了衣服?"阿伽说,"我更喜欢另一件。"

我暗骂自己。

"我觉得这一件才好。"阿古姆说。

她们已经为我争吵了!我真是太幸福了。

"你准备好了吗?"阿古姆问。

"去吃午饭?"我问。

"是的,去吃午饭,"她说,"你真的准备好了?"

我点头。我用力地点头,因为我真的想吃饭了。但我们得先穿过营地,这段路将是我走过的最不平凡的路,我还没走就知道,它载满了我三个多月来编织的美梦,还有所有的期盼与惶恐。

于是我们出发。我走在万众瞩目的贵族姐妹中间,左右各有两个女孩,向她们家走去。是的,营地注意到了。完全可以说,班上的每个人都嫉妒死了,震惊死了。我们穿过一个个街区,每走一步,都有孩子为我们这个五人队伍目瞪口呆,他们显然觉得这是种约会,是了不起的事情,绝不是普通的散步。这是游行,是展览,是宣告:皮尼亚多贵族姐妹很骄傲能与我在一起,这让大家都觉得神奇。"他是谁?"观看游行的人都好奇,"和皮尼亚多贵族姐妹在一起的那人是谁?"

是我,阿沙克·邓,有女人缘的阿沙克·邓。

我瞥到了摩西,威廉·K会说他的眼珠子都掉了下来。我笑了,忍住不笑出声来。我爱这一切,但同时我自己一团糟,手脚不听使唤,记不得怎么走路了,几乎被水管绊倒,这才发现自己想着腿脚想太多了。我缓慢抬腿,但抬得过高,膝盖几乎撞到肚子。阿古姆发觉了。

"你在做什么?"她问,"在取笑士兵吗?"

我羞怯地笑了。

"阿沙克!"她说,显然觉得满意,"这么做真不该。"

听到她的笑声,我双腿放松了,又像能控制肢体的正常人走路了,但双臂还是像脱离了紧张的身体,沉重无力,没法挥动。我放弃了。

可我没有抱怨。我正和皮尼亚多贵族姐妹在一起!我们路过第十街区,第九街区,八、七、六、五,女孩们问我问题,真希望她们别问。

"你父母在哪儿?"阿古姆问。

我说不知道。

"你什么时候和他们分开的?"

我简短地告诉她们我的经历。

"你什么时候能再遇到他们?"雅尔问,阿伽在她肩头捶了一下。

我烦了这些不停的问题,告诉她们我不知道什么时间能再见到家人、怎么才能见到,希望这样说能一劳永逸地让这些姐妹换个话题。的确有效,她们不再问了。

她们家是营地里最让人赞叹的房子之一,四周围着石头砌的墙,一条小径引向门前,里面有四间不同的房间——起居室、厨房和两间卧室。自从我离开家后,这是我见过的最大的房子,不像我们在马里尔拜和南苏丹其他地方的棚屋,它是砖房,看上去很结实,不是临时房屋。

我站在她们家门口,双腿发软,赶紧靠到墙上撑住自己。门开了。

"嗨,姑娘们。"她们的舅母说。她站在我们面前,是那么的美丽,就像她的甥女们一样,只不过是个成熟的妇人。她将注意力转向我:"这就是你们谈到的男孩,明星学生?"

"这是阿沙克。"阿伽边说边从舅母身侧进了房间。

"你好,阿沙克,我丈夫说你是年轻人模范。"

"谢谢你。"我说。

她邀请我进门,让我坐在椅子上。椅子!自从到了皮尼亚多后,我只坐过一回椅子。很快食物也准备好了,是丰盛的香肉汤,还有新鲜的面包和牛奶!这比我梦想得更美好。正当我在喝最后一口牛奶时,阿伽抓住我的手，把我从椅子上拉起来。

"我们去研究科学。"阿伽边说边拉着我进了四姐妹的卧室。门被踢上了，雅尔跺了跺脚，从另一边出去，走开了。

我一个人和三个年龄大点的女孩待在她们的卧室里。她们每人一个床位，其中两个是上下铺。墙壁是白色的，上面挂着海洋和城市的画。阿古姆和阿肯坐在单人床上，我和阿伽面对面站着。在这个时刻，我竭力控制自己不要排便。在接下来要发生的事发生之前，就是这样了。

阿伽握住我的右手开口说话，阿古姆和阿肯注视着我们，看上去都满怀期待，也知道接下来会有什么对白。

"我们来玩捉迷藏吧，"阿伽说，"首先，你要找到我藏在这儿的东西。"

阿伽指着她的胸，我倒吸一口凉气。即使现在回想，我也不相信会有这事，我会被选来做这样的实验。但真的发生了，就和我说的一模一样。她接下来说的话至今仍在我耳边萦绕，闭上眼睛、躺下休息时就能听到。

"你得用手找到。"

我瞄了一眼另两个女孩寻求帮助，她们冲我点头。她们都参与这事了！我觉得能把手伸进阿伽的衣衫下，比用耳垢生出火还难。我站着傻笑，不知所措。

"这儿!"阿伽飞快地拉着我的手伸进她的衣服下面。

今天我还能感觉到她肌肤的热度吗？我能！她的皮肤非常温暖，像鼓面一样紧致，上面有一层薄汗。我抚摸着她温热的肌肤，屏住呼吸，那触感让我震惊，和触摸自己或男孩的皮肤完全不同，我感觉自己像要爆炸了。

"你得找找看!"

我努力伸手匆匆摸遍阿伽的身体，不知道哪儿是哪儿。"好的，做得不错，"她说，"我想你找到了。"

"现在该我们在你身上找了。"阿古姆说。

"我猜藏在那里。"阿伽指着我的短裤说。

这就不同了，我不敢去看。是的，好几双手伸进了我的短裤。她们乱摸乱戳时，我的目光越过阿伽的肩头，盯着墙壁，怀疑上帝这时或者今天会不会把我打倒在地。

一会儿工夫，三个女孩都在我短裤里找到了丢失的东西，很满意，又说她们的裙下也有丢失的东西。我只好去阿伽的裙下找，然后是阿肯裙下。但阿古姆不知出于什么原因，说她裙下什么东西也没有藏。

过了段时间她们决定去游泳。女孩们取了毛巾出门，给了我一条。我假装对这个主意感到高兴，但路上想到了一个麻烦。我担心某个问题，不过接着找到了解决方法，就不再去想了。女孩们带我到了一段树荫掩映的河里，迅速拉起裙子从头上脱去，裸着身体。三个贵族女孩穿着内裤，站在浅水中，我的喉咙就像在沙漠中步行的时候一样发干。这一切都太不同寻常了。战前在马里尔拜从未有过这样的事情，我这样年龄的孩子（八九岁，也许十岁）会有三个这样的女孩邀请一起去河里裸泳！然而这儿有太多事情不同，我对自己的处境感到惴惴不安。我历经苦难，远离家乡踏上行程，目睹同伴死亡，跨过叛军士兵白骨，而如今这是我的回报吗？如果我知道有这样的回报，我还愿意经历那些吗？值得吗？因为事实上，我家乡不太可能发生这种事，那里规矩更严格，到处都是眼睛。但到了营地，身在埃塞俄比亚，祖国又在开战，我们抛弃了很多习俗，像这样的事，还有在卧室里贵族女孩身上找东西的事都成为可能，而且多次发生，各种尝试花样百出。这一刻我在河边望着女孩在浅水嬉戏，感到很高兴，但后来发生的事多少抹杀了一些快乐。

"脱掉短裤，阿沙克。"阿伽说。

我心惊胆战，不敢置信，僵直地站着。

"阿沙克，你站在那儿干吗？"

"我要穿着裤子游。"我结结巴巴地说。

"不行，不能穿着裤子，否则一整天都不干。脱掉！"

"我看着你们游就行了。我喜欢这儿。"我指着一片沙滩说，飞快地坐到沙地上，尽力让自己显得坐在那里很开心，对一切都感到兴奋。我甚至把腿埋到沙里，粘牢大地，暗示搞突然袭击把我推进水里是不可能的。

"下来，阿沙克！"阿古姆命令我。

来回僵持了一段时间，我坚决不脱短裤，女孩们弄不懂我为什么一定要穿着裤子游泳，她们的舅母也好奇地看着我，我刚才想到的策略行不通。

我得找机会解释我的困境，但此刻时机不对。我可以说，我跟你们见惯的那些男孩不一样，你们在我短裤里搜索的时候大概没有发觉。我们部族的男性要受割礼，我知道她们那个地区的丁卡人没这个习俗。皮尼亚多贵族姐妹要是看见我这个安瓜拉——切除了包皮的男孩，肯定会尖叫着逃到水中。

最终阿伽走上岸，大踏步笔直向我走来。她在我面前站了一会儿，带着十足威胁的笑容，然后把我的短裤拉到踝关节。我没有反抗，根本来不及，而且她们主意已定。于是我站在她们面前，裸露出没有包皮的生殖器。

女孩们久久地盯着看，然后我们都恢复正常，或者是装作若无其事。我和女孩们继续玩耍，但接下来的一个小时内，她们只要有机会就瞄向我的腿间，不明白我的生殖器是怎么了。她们从未见过这样的。

"丁卡-马洛尔人都是这样的吗？"阿伽小声问。

阿古姆点点头。我听到她们在讨论，但装作没听到。

我们继续玩耍，但我知道一切都变了。之后我回十二人小组，皮尼亚多贵族姐妹回四区，我以为再也不会和她们交往了。"十一人"要我交代每一个细节，我决定不说，因为知道一旦说出，会立刻传遍营地，大家就不觉得贵族女孩高贵了，会认为她们不正经。营地里几万人中一定有一个男人，也许还不止一个，会冒险抢走她们中的一个，这么说并不夸张。我跟"十一人"说，我和四姐妹只是吃了顿美味午餐，讲了她们家的装饰有多么华美。他们听到这些已经满足了，这些细节对他们已经够奢侈的了。那天夜里，我知道自己肯定睡不着了，躺在床上回味着每一个细节，脑袋里全是那些时刻，根本没法再和"十一人"说话。

但第二天，她们又叫我去吃午饭，我大为震惊，简直不能相信，毫不犹豫地答应了。她们的邀请和我们的友谊，抛开了部族和地区的狭隘偏见，超越了皮尼亚多难民营的等级体系。我又去了她们家，喝了肉汤，进了卧室。就算到了今天，我还能描述出卧室里面每一件物品，记得地板上每一处刻痕、床铺胶合板上的每一处节疤的位置。我无数次去她们家玩捉迷藏，谢天谢地，我们找东西的本领极差，而且从来没有进步，于是我得不停地找啊找。我在埃塞俄比亚那一年里，很多日子就这样度过。那一年在我经历过的岁月中，绝不是最糟糕的。

十九

"我们走,瓦伦蒂诺。"

朱利安站在我面前。他回来了。

"核磁共振检查。跟着我。"

我站起来跟着朱利安出了急诊室,来到走廊里。地板有粪便的味道。

"流浪汉在这儿大便,"朱利安告诉我。他的步子异常灵敏。我们到了电梯边,他按了按钮。

"很遗憾听到你被抢劫了,老兄。"他说。

我们进了电梯。凌晨一点二十一分。

"我也遇上过,就在几个月前,"他说,"差不多的事儿。有两个小孩,其中一个有枪,他们从商场里跟踪我回家,在楼梯上截住我。太蠢了。他们两个加起来才两百磅重。"

我又瞟了一眼朱利安,他身强力壮,不像被当作抢劫对象的人。但如果当时他穿着医院制服,也许那两人以为他很温和。

"他们抢走了什么?"

"抢走?他们什么都没抢走,老兄!我是老兵!他们胆敢对我不敬的时候,我刚从伊拉克回来五个星期。路上我就知道他们跟踪我,我有足够的时间决定怎么办,就定了个计划:我要打断带枪的那人鼻梁骨,拿他的枪杀掉另一个。没干掉的那个我要抓牢了,直到警察赶到。这人余生都将在恐惧中度过。嘿,你中间的名字是什么来着?你们怎么读的?"

"阿沙克。"我说,说的时候快速跳过第一个音节。在苏丹,"阿"这个音微不可闻。

"你听过沙克·卡恩[①]?"朱利安问。

[①] 沙克·卡恩(1953—),美国歌手,曾获十项格莱美奖,原名伊芙特·斯蒂芬。

我说没听过。

"那算了,"他说,"这个例子没用。"

他让我觉得羞愧,我没有好好反抗袭击我的人。我也经历过战争,但从未像眼前的这个朱利安一样受过训。我瞥了一眼他的胳膊,上面有刀疤和文身,至少有我胳膊的三倍粗。

电梯门开了,我们到了核磁共振检查室,里面有个印度人在等我们,他对我们两个都没说话。我们从他身边走过,进了一间中央有个圆丘的大房间,圆丘上有个洞,伸出一张平板床。

"你以前做过这个吗?"朱利安问我。

"没有,"我说,"我从未见过这样的机器。"

"别担心,不伤人的,别想到焚尸炉就行了。"

我躺到白色的床上,"我要睁着眼还是闭上眼?"

"随便你,瓦伦蒂诺。"

我决定睁着眼。朱利安离开我身边,我听到他几乎悄无声息地出了房间。床滑进圆丘内,只有我一个人了。

我上面的圆环呼呼作响,绕着我的头骨旋转。我想到了东尼娅和浅灰,想起他们逍遥自在,永不会被抓住。这时他们正把我的财产卖给当铺,把迈克尔留在什么地方,他还把那儿当成自己的家。他们觉得给了我教训,他们是对的。

上方的圆环里嵌着小圆环。小圆环开始旋转。

我对这个检测期望很高。我听说过核磁共振检查,玛丽·威廉姆斯、菲尔,还有许多找来查找我持续头痛原因的人,多次提过这个名字,如今我终于能知道我是怎么了,我会得知答案。在皮尼亚多有一天,马通神父在带状白云下教我"最后的审判",我这样的孩子都说害怕被审判,他减轻了我们的恐惧。"审判是解脱,也是宽慰,"他说,"人历经一生,不知道自己的所作所为是对是错,只有上帝的审判能确证他的人生之路。"那以后我多次想到他教的这一课。我对很多事都没把握,其中最主要的是,我一直是上帝的好孩子吗?我想自己大概做了很多错事,否则不会受到这么多惩罚。那么多我爱的人受到伤害,要是我没做错,上帝也不会认为这样恰当。

上方的机器持续响动,机器嗡嗡声让我放心,它似乎信心十足。

我知道核磁共振检查并非来自上天的审判,但还是希望它能解决很多问题。为什么很多天早晨头还是痛?为什么脑后刺痛仿佛如有实质,卷须从后脑勺放射开来,刺入眼白?我希望知道这些问题的答案,即使诊断结果很可怕,我也会得到解脱。核磁共振检查可能解释为什么我在佐治亚佩雷米特大学有时成绩平平,我知道自己应该也能够得到优秀。为什么来美国五年却几乎原地踏步?又为什么我认识的每个人都要早逝,而且死亡方式还越来越让人震惊?朱利安,我见过的死亡你只知道一小部分。我还没跟你说过约尔的事。他是我在皮尼亚多认识的孩子,就在距离我几寸远的地方被狮子叼走。一天清晨,我们去汲水,路经深草丛,我脖子上能感受到约尔的呼吸,但忽然之间闻到了野兽的腥臭味,转头就看见约尔被狮子咬在嘴中,身子松软,已经死了。狮子漠然地盯着我,我们互相注视,那一刻仿佛几天几夜。狮子转身叼着约尔走了。朱利安,我不认为自己很重要上帝才选中我来特别惩处,但又一次感到包围我的灾难无孔不入。

小圆环转了一整圈停了下来。屋内阒然无声,接着响起了脚步声。

"还不坏,是吧?"朱利安来到我身旁。

"对,谢谢你,"我说,"很有趣。"

"嗯,这就好。我们回楼下吧。"

我站起身,倚着机器站了一会儿才站稳。机器比我预想的要暖和。"现在要做什么?"我问,"你要察看检查结果?"

"谁?我?不,不,不是我。"

我们路过玻璃后的操作人,我看到黑屋里的显示屏上有一张头颅剖面图,是我的?上面花花绿绿,像某个星球的天气预报卫星云图。

"那是我?"

"是你,瓦伦蒂诺。"

我们在玻璃前站了一会儿,观察屏幕变化,我想那是大脑的不同部位,从不同的角度看。这个陌生人不认识我,却能检查我的头,真是太冒犯了。

"是那人查看检查结果?"我问。

"不,也不是他。他只是技术员,不是医生。"

"哦。"

"要不了多久,瓦伦蒂诺。现在这儿没人知道怎么看扫描结果,知道的医生暂时不会来。你可以在刚才那个地方等。你饿吗?"

我说不饿,他怀疑地看了看我。

我们乘电梯回去。我问他有没有杀死两个孩子中的一个。

"我没做那事。他们骂我是狗,我得教训他们,我把其中一个扔得头撞墙,一脚踢中另一个的胸口,他还没来得及拔出枪。撞墙的孩子失去了知觉,挨踢的那个躺在地上。我膝盖抵着他胸口,拿起他的枪跟他玩了几分钟,比如把枪塞进他嘴中之类的把戏。他尿了裤子。然后我打电话叫警察,他们花了四十五分钟赶到了。"

"我也是这样,"我说,"五十五分钟。"

朱利安一只胳膊环住我的肩头,带着歉意似地挤我的脖子。电梯门开了,我隔着走道能看见阿科尔·阿科尔和利诺。

"你一定好奇哪种事情警察才跑步前来,对不对?"

因为朱利安在笑,我也勉强笑了一声。

"无论如何,"他说,"你想要什么,对不对?"

我迅速转头:"你说什么?"

"哦,没什么,老兄。我不小心说错了。"

我体内一股暗流涌动。

"你刚刚说了什么?请再说一次。"

"没什么,我就是说,'你想要什么?'就像'你要做什么'一样。你以为我说了什么?"

听到这些,暗流消失了。

"对不起。"我说。听到这个我不应该感到惊疑。朱利安问了"什么",

我想,他和我在被枪口威胁之后还要等近一小时警察才来,一定与那个"什么"有关。我等了九个小时才做核磁共振检查,与那个"什么"有关。我现在被带到急诊室,路过站起身的阿科尔·阿科尔和利诺,等待某位医生某个时间来判断检查结果,与那个"什么"也有关。

"希望我能加快这个过程,瓦伦蒂诺。"朱利安说。

"我理解。"我说。

我坐在床上,朱利安在我身前站了一会儿。

"你在这儿没问题吧?"

"没问题。你能跟我的朋友说我在哪里吗?"

"我会的,当然,不费吹灰之力。"

天花板上有个导轨,围住了我所在的区域,有帘子挂在上面。朱利安拉起帘子,把我一人留在床上,走了。我毫不怀疑朱利安想让我留在这儿,这样他就不用看见我坐在他面前的等候室里。但他回到接待台,怎么让阿科尔·阿科尔和利诺消失?

"对不起,朱利安?"我说。

他回来了。帘子刷的一下拉开,朱利安的脸现了出来。

"对不起,"我说,"你能跟我的朋友讲让他们先回家,说我很好?"

他点点头,满脸堆笑。"当然,我肯定让他们明白。我会告诉他们。"他转身要走,但又停下盯着写字夹板看了好一会儿,然后通过眼角看着我。

"你参加过战争,瓦伦蒂诺。那场内战?"

我告诉他没有,我没当过兵。

"哦,那很好,"他说,"我很高兴。"

他离开了。

二十

　　我差点当了兵，朱利安。我被一场大屠杀解救了。

　　皮尼亚多在慢慢改变，我觉得自己很蠢，没能早些知道他们在计划什么。现在我相信苏人解领导从最初就有明确的构想，如果他们为这种先见之明而内疚，那么我是既敬且畏。

　　我是在某一天开始觉察此事的，那是初夏时节，孩子们到处跳舞庆祝。天气潮湿，灰沉沉的天空压得很低，我和"十一人"一起吃饭。

　　"加朗要来了！"孩子们唱着跑过我们的棚屋。

　　"加朗要来了！"另一个十几岁的少年高声叫着，像小孩子一样蹦蹦跳跳。

　　"谁要来？"我问那跑过的少年。

　　"加朗要来！"

　　"谁？"我问。杜特讲过的课很多细节我已忘了。

　　"嘘！"少年斥责道，环顾四周，看有没有人听到。"加朗，苏人解的领袖，傻瓜。"他低声表示不满，说了一句，跑开了。

　　约翰·加朗真的要来了。我听过这个名字，但对他了解不多。饭后长辈们郑重其事地传达了他要来营地的消息，他们去了所有房间——我们现在住在砖房里，又冷又暗，但结实。于是营地一片混乱，没有人睡得着。之前我对约翰·加朗知之甚少，只有杜特很久之前对我说过的那些，但他来之前几天，各种真真假假的消息不胫而走。

　　"他是医生。""不是看病的医生，是农业博士。他在美国爱荷华读过书。""他在爱荷华的大学里得过高等学位。""他是在世的最有才智的苏丹人。""他当兵，拿过勋章，是最受称颂的丁卡人。""他是上尼罗河地区人。""他有九英尺高，像犀牛一样壮。"

　　我问过康迪特老师，发现这些话基本符合实情。加朗在爱荷华拿到过博士学位,这对我而言是如此新奇,我立即认定此人会带领南苏丹走向胜利和新生。

他来之前,我们要打扫自己的住所,然后打扫老师们的住所,最后打扫通往皮尼亚多的路。路上的铺石要漆上颜色,颜料分发给大家,于是石头变成白色、红色、蓝色,交相错杂。他来的那天,营地前所未有的漂亮。我感到自豪,至今仍记得那种感觉。我们有能力白手起家,创造生活。

他来的那天,皮尼亚多的居民沸腾了。我从未见过长辈们如此紧张,眼光狂热。加朗会去操场,因此大家都要去那里。早晨,摩西和我与营地其他人一同聚在那里,人数之多超乎想象。这是我第一次见到整个营地的人,大概有四万人聚在一个地方,一眼望不到头。到处都是苏人解士兵,有好几百个,从十几岁的少年到久经沙场的老兵。

大约一万六千名孤儿坐在扩音器正前方。等待约翰·加朗时,四万名聚集的苏丹难民唱起歌来。我们唱着南苏丹的传统歌谣,也唱应景新作的歌曲。有一名孤儿为这次聚会谱写了歌词:

> 约翰·加朗主席,
> 约翰·加朗主席,
> 主席勇敢如野牛,如雄狮,如猛虎
> 在苏丹的大地上
> 没有我们拥有的伟力,苏丹怎能解放?
> 主席的浩荡伟力
> 看苏丹!犹如黑暗时代的废墟
>
> 看主席!博士!
> 他扛着一支饱经沧桑的枪
> 看约翰·加朗,
> 他扛着一支饱经沧桑的枪

所有的根全被拔走

所有的根一个不留

只剩下萨迪克·马赫迪①这一条根

约翰会将他从我们的土地上拔走

我们会奋斗，解放苏丹大地，

我们会奋斗！扛着AK-47

红军军团会来到

我们会来到！

左手握枪

右手握笔

解放我们的家园，噢，呜！

  一首歌唱完后，又从头开始，反复不停地唱着。卫兵们终于来了，警卫先遣部队的到来预示着加朗本人即将到场。三十人步入操场，围住舞台，一个个都扛着AK-47，对我们露出怀疑和不悦的神色。

  我不喜欢这些卫兵。他们带的枪太多，看起来肆无忌惮，不太友善。我因唱歌和欢呼而激昂的情绪，蒙上了阴云。我将感受告诉另外一个叫"出远门的"的艾萨克。

  "他们来这里是保护加朗的，放心，'出远门的'。"

  "防谁？防我们？这不对，到处都是带枪的人。"

  "没有护卫，有人会刺杀他。你知道的。"

  最后出场的是领导们：副司令威廉·纽恩·巴尼②，指挥官卢尔·丁·沃尔③，然后是加朗主席。

---

① 萨迪克·马赫迪（1936— ），乌玛党主席，一九八六年四月至一九八九年六月间任苏丹总理，十九世纪末期反抗英国人的马赫迪的重孙。

② 威廉·纽恩·巴尼（？—1996），苏人解高级将领，仅次于约翰·加朗和克鲁比诺·博尔的第三号人物，努尔人，有丁卡血统，一九九六年死于南苏丹。

③ 卢尔·丁·沃尔，苏人解高级指挥官。

他确实身材高大，胸膛宽阔，蓄着奇怪的蓬乱灰胡子，天庭饱满，双眼细小，但眼神犀利，下巴前突。他威风凛凛，从哪个角度看，都显而易见他就是首领。

"好厉害的人。"摩西小声说。

"这人是天神。"艾萨克说。

加朗耀武扬威地举起双臂，大人们，尤其是妇女群情激昂，她们嚎叫着闭上眼睛，举起双臂。我们转身看到大人和新兵跳起舞来，疯狂地挥动胳膊。他们唱了更多赞美他的歌。

> 我们要整肃苏丹的旗帜
> 我们要改变苏丹的旗帜
> 因为苏丹已经迷茫

> 萨迪克·马赫迪堕落了
> 沃尔·沃尔堕落了
> 苏人解是一把刀，架在AK-47的枪尖上
> 英勇的人无所畏惧
> 抛洒热血将我们解放

> 红军——博士的士兵
> 我们要奋进，直到将苏丹解放
> 饱受蚊虫叮咬、饥渴的人们，
> 他是真正的解放者
> 我们要抛洒热血将苏丹解放！

接着约翰·加朗开始讲话。

"利用这次机会，我对艰苦卓绝奋战在前线的每一位苏人解战士送去我的革命问候和感谢！他们反抗政府的种种剥削与压迫，获得了一次又一

次的胜利,他们曾是、现在也是伟大的人!"

四万人中滚动着呐喊声。

"衣不蔽体,没有鞋穿,饥渴交迫,还有其他种种困难,然而苏人解战士已经向全世界证明,生活上的艰难不能阻挠他们为民族事业和正义而奋斗!苏人解战士再次证明了人类的古老经验,为尊严和正义而战的力量无穷无尽、百折不挠!"

我觉得他是个出色的演讲家,是我见过的口才最好的人。

我一边听约翰·加朗博士讲话,一边仔细观察围着他的士兵,他们正巡视着人群。加朗说起苏人解的起源,谈论不平之事,还有原油,土地,种族歧视,伊斯兰教法,苏丹政府的傲慢自大,他们对南苏丹的焦土政策,穆拉林等等。接着他说喀土穆如何低估了丁卡人,苏人解即将获胜。他一连讲了几小时,天色将暮,他似乎终于接近尾声了。

"苏人解士兵们,"他用低沉的声音说,"无论你们在哪里,此刻在做什么,是在行动还是在潜伏,面临多大的困难,感受如何,眼下又是何等处境,我向你们致敬,祝贺你们,苏人解战士!你们信念坚定,一心一意为建立新苏丹而作出了英勇牺牲!看看我们!我们将建立一个全新的苏丹!"

吼声仿佛大地开裂,女人呼喊,男人也呼喊着。我用双手堵住耳朵,挡住声音,但摩西把我的手扇开。

"但还有很多事要做,"加朗继续说,"前方还有很长的路要走。你们这些孩子——"加朗指的是坐在他面前的一万六千名少年。"明天就要上战场。你们会在战场上奋战,也会在教室里奋战。从今以后,皮尼亚多的面貌要发生改变,我们要严肃起来,这不是一个只会等待的营地,我们不能等待。你们这些年轻人是种子,你们是新苏丹的种子。"

这是我们第一次被称为"种子",从此以后,我们就以此闻名。讲演结束后,皮尼亚多一切都变了。几百个少年立即动身前往邦加参加军事训练,那地方是苏人解营地,在附近不远。教师也去军训了,从十四岁到三十岁的男人大多去了邦加,剩下的学生和教师重组了学校。

摩西也觉得是时候了。

"我想去军训。"

"你年纪太小了。"我说。

我觉得自己年纪很小,摩西也太小。

"我问了一个士兵,他说我够大了。"

"你要把我留在这里吗?"

"你也能去。阿沙克,你应该去。再说我们待在这里干什么呢?"

我不想去军训。皮尼亚多有那么多气势汹汹的年轻人,但我的血液中从来都没有攻击性。男孩们为了消磨时间或证明自我价值而想摔跤、动拳头——在皮尼亚多男孩们一有力气,就毫无缘由地打架,这种时候,我从来没有兴致。要是摔跤的不是朋友和喜欢的人,我都不会去关心。我想上学,只想见到贵族女孩,吃她们母亲做的午饭,在她们的衣服下面找东西。

"如果我们这些男人不去打仗,还有谁会去?"摩西说。

他以为我们是男人了,他头脑发昏了。我们体重不足八十磅,胳膊像竹笋一样细。但无论我说什么,都无法动摇摩西,就在那一周他上路了。他参加了苏人解,我好长一段时间没再见到他。

整个夏天工作繁重,动荡不安。约翰·加朗走后不久,另一位富有领袖气度的苏人解年轻军官来到皮尼亚多,并长驻在此。他叫梅耶·恩格,来此是负有任务的。与加朗一样,他是农业技术方面的专家,引水灌溉河畔田地成了他的任务。有一天我们看到他穿着白色的衬衫和长裤,身材修长,天鹅般优雅,后面跟着四个个头矮小、身穿褐色军服的丑小鸭似的助手,他们正忙着划分广阔的未开垦土地。第二天他又来了,带来埃塞俄比亚人和拖拉机,他们飞速地翻土,很快几十块整饬的长方形土地从河边伸展出来。梅耶·恩格办事效率很高,而且对如何提高效率津津乐道。

"你们知道这事有多快吗?"他问我们。他把我们三百人召集到河畔,

283

解释他的计划和我们在计划中的角色。

"你们眼前的这片大地每块地方都藏着粮食，全都是。只要我们依靠这条河，投入精力，合理开垦这片土地，它就能提供我们要的食物。"

我们觉得这想法不错，但也知道开垦最难的事会落到孤儿头上。果然如此，一连几周，梅耶·恩格指导我们使用锄头、铁锹、手推车、斧头和镰刀。埃塞俄比亚人的大型机械早已不见，之后很久，我们都忙于干这种体力活。最终我们种下了西红柿、豌豆、玉米、洋葱、花生和高粱。我们劳碌的时候，梅耶·恩格眼睛闪闪发光，仿佛看到了土地富饶的前景，他走在我们中间，循循善诱。

"你叫什么名字，杰施阿玛？"有一天他问我。

与我一同干活的"十一人"都发现这位伟人来到了我们中间。我告诉梅耶·恩格我的名字，但他并不用来称呼我。

"杰施阿玛，你有没有想过，等干完那天，这片土地会是什么模样？你有没有看到未来遍地都是粮食？"

我对他说我看到了，说想到那些觉得兴奋。

"好！好！"他说。他伫立眺望身后一排排的几百名男孩，他们都弯腰挥舞着锄头和铁锹。看到这些瘦骨嶙峋的男孩在夏日下干活，他有一种愉悦感。

"遍地都是！"他呼喊道，"遍地都是未来的粮食啊！"

接着他大步流星走过队伍。

待他听不到我们，我周围爆发出一阵哄笑声，"十一人"笑不可抑。从那天起，梅耶·恩格就得了个外号：未来粮食先生。此后数月，我们指着任何东西都说那是"未来的粮食"，比如石头，铲子，手推车等。阿科尔·阿科尔模仿得最像，表演得也最来劲。他会随手指着某个东西，遥望天际，宣称："你看到那树了吗，杰施阿玛？是未来的粮食啊。那个轮胎？是未来的粮食啊。那堆肥料？那双旧鞋子？未来的粮食！"

秋天来了，营地的变化更彻底，成了军事化管理区，纪律严明，我们不断被要求做各种杂务。还有很多人透露，我们在这里是有重要原因的，是要被喂肥了，一等长大，或者还没长大，但苏人解形势危急，就要去打仗。很多教师从邦加受训归来，开始让我们列操。每天早晨，我们被带到操场，排队做操，和大人一起喊节拍。然后我们把农具当成 AK-47 端着，在操场上列队来来回回地走，边走边唱爱国歌曲。列操结束后，我们接到当天的指示，还有新的条规。各种条条框框如同家常便饭，不断出台。

"我知道你们大多数人都在学英语，"有一天，一名新教师说，他刚从邦加来，大家叫他"秘密指挥官"，"有些人已经达到熟练的程度。但我得提醒你们，这不是说你们能用英语去跟援助人员交谈。你们不准和任何非苏丹人说话，不管是白人还是黑人。明白了吗？"

我们表示明白了。

"如果有援助人员问你们问题，不管什么原因，你们都要遵守几条纪律。首先，你们得尽量装作害羞的样子。不和援助人员说话，就算他们问你们问题也不要说，这对营地、对你们自己都有好处。明白了吗？"

我们告诉秘密指挥官，我们明白了。

"最后一件事，如果有人问你们有关苏人解的事，你们要说不知道。你们不知道苏人解是什么，从未见过苏人解，对这几个字的含义一无所知。你们只是在这里寻求安全和教育的孤儿，明白了吗？"

这就比较难理解了，但联合国和苏人解之间的对立随着时日的推移，愈加明显。每个月都有新设施建成，设备源源不断运抵，联合国相关事物越来越多，而苏人解在营地的影响也与日俱增。这两派甚至把一天分成了两半。入夜之前，营地主要是搞教育和补充营养，我们上课，吃得也健康，在联合国观察者看来，无非是一大群没家的孩子。但到了夜间，营地属于苏人解。这个时段苏人解分享我们和其他难民的食物，开展行动，执行赏罚。偷懒和举止不当的人要被藤条抽打，很多孩子已经骨瘦如柴了，挨了藤条雪上加霜，甚至一命呜呼。当然抽打是夜里进行的，处于国际观察者的视线之外。

营地里的孩子对叛军领袖意见不一，有不少人，也许是多数人，都迫不及待地想去邦加受训，领取枪支，学习杀人，为他们的村子复仇，杀阿拉伯人。但也有不少像我这样的人，对战争有隔膜感，只想读书写字，等待这些疯狂过去。而要与苏人解一起作战，为他们的军队出力，也不是那么容易。几个月来，我听到传闻，说邦加非常艰苦，训练严酷无情。我知道有人死在那里，虽然有种种解释，而且没法确认。在那儿孩子疲惫不堪，挨打，想逃跑就被枪杀，丢了枪的孩子也被枪杀。我知道邦加传来的消息有些是假的，但在隐瞒和夸张之间总有真相。准备与阿拉伯人作战的人，首先得与他们的长辈作战。尽管如此，每周都有孩子自愿离开相对安全和舒适的皮尼亚多，前往邦加受训。就这样从夏至冬，"十一人"中去了四人，他们最后全都送了命。马扎尔·迪耶尼参战，一九九〇年死在南苏丹战场。牟·马约尔加入苏人解，一九九二年在朱巴被杀。阿鲍·比斯加入苏人解，一九九五年在卡波埃塔被杀，死时也许才十四岁。孩子没法当好战士，这就是问题所在。

我们的日子整个变了。以前就是读书、踢球，还有简单的家务，如汲水，现在农场劳作之外又加上了其他体力劳动，还有很多不该小孩子去干的活儿。

每天早晨，我们到操场列队，长辈们对某支队伍发出指令：你们去帮康指挥官的妻子盖一个羊圈；对另一个队伍：你们去森林捡柴；再一个队伍：你们去帮这位长辈的堂弟盖间新屋。放学吃完午餐，我们就知道该去哪了。

我花了两周时间，为生物课老师的一个朋友盖房子。一有活儿我们就被叫去干，不管大事小事。我们在菜园种菜，盖户外厕所。不管哪个长辈要我们洗衣服，我们就得洗。很多苏人解成员在附近的邦加训练时，把家人带到皮尼亚多生活，我们得在河里洗他们的衣服，给军官的妻子送水，或者干他们随口指派的活儿。我们干活儿一点儿酬劳都没有，付出劳动却连讨一杯水喝都不行，想都别想。有一次我和"十一人"——实际上是十人，艾萨克在装病，为一个新来的军官家盖好房子，走到刚刚搭好门的小屋前，想要点水喝，军官的妻子走出房门生气地看着我们。

"水？开玩笑吧？滚开，你们这些蚊子，到水坑里去喝！"

干活儿经常要干到天黑，也有些时候下午就结束了，我们可以玩耍。皮尼亚多到处都有人踢球，通常没有边界线，甚至连球门都没有。一个男孩拿到球后，会运球跑开，很快后面跟上一百个男孩，他们只想碰到球。营地里一直有新球可踢，据说是约翰·加朗送的。但即使在这种傍晚时分，长辈也有突如其来的想法。

"嗨，你！"他冲着在尘土里追逐足球的一群光脚男孩大喊道，"你们三个，到这里来。我有件事给你们做。"

我们就得去。

没人想进森林，因为有人在林子里失踪过。最早死的两个孩子是被狮子吃掉的，这事广为人知，于是大伙儿都不愿进林子找木料，遇到这活儿都想躲开。要是被叫去林子里干活儿，有些孩子就发疯。他们躲到树上或逃走，有些逃到邦加去当兵受训，不管怎么样就是不想进那片有孩子失踪过的森林。过了几个月，情况愈加严重。森林提供的材料日渐耗尽，男孩们为了打草、捡柴和找木杆子就得冒险到更远的地方，越走越远，深入到未知的地方。又有人没回来，但活儿还得干，屋子越建越多。

有一天刮起大风，吹走了几十户长辈家的屋顶，我们六个人被派去重建屋顶。艾萨克和我正忙着干活儿，秘密指挥官找到了我们。

"你们两个去林子里。我们没柴了。"

我尽可能地把话说得礼貌而合乎规矩："不，老师，我不想被狮子吃掉。"

秘密指挥官发火了："那么你们就挨打吧！"

听到这话真是太好了。无论被怎么打，我都不愿去冒被吃掉的危险。秘密指挥官把我带到军营，用藤条抽我的腿和后背，他打得很用力，但没下狠劲。打完后，我抑住笑容，带着胜利感跑走了。我忍不住放声高歌，唱给自己听，也唱给夜空听。

很快没一个孩子愿进林子，鞭刑加重了，但减轻刑罚的方法也随之出现。快要挨打的人有一套大范围的借衣服的系统，通常受刑通知可以提前至少几个小时得知，能去借些内衣和短裤，只要穿在身上不是太明显，能穿多少就穿多少。鞭刑总是在晚上进行，谢天谢地，这样多穿的衣服就不那么容易被发现了。

过了几周，老师们或出于懒惰，或失去了以军事纪律规范我们的兴趣，命我们犯了事就互相鞭打。虽然起初有几个男孩真的一路打到头——后来他们为自己的兴致付出了代价，但新的体系产生了，施刑者只打地面而不打受罚者的后背，打人的装出使劲的吆喝，被打的也发出痛苦的喊叫。

新的严格军事化纪律让人反感，但我们却坚强起来，没人死掉。大多数人还在长体重，能干活儿，能跑。粮食足够多，而粮食实际上提供了一个下午不干活儿的好借口。在我们十二人的小组里，每人轮流烧一天饭，轮到那天可以不去上学，放学后也不用干杂活儿，因为表面上看要忙着为其他十一人做饭。粮食每周分发一次，由卡车运来。我们被派去把粮食扛回营地，存放在一排波纹钢棚屋里。粮袋里装满了玉米粉、大豆、小扁豆、植物油，袋子和我们一样大，常常得两人才能搬动。

每隔十一天便是我的休息日，那是个好日子。前一天晚上，我带着微笑入睡。这天越近我越情绪高涨，感到晕眩。这一天来到后，"十一人"去操场和学校，我继续睡觉，醒来就想着该做什么饭，去河里汲水时在想，回程也在想。我们午饭都只会做汤，轮到我，我想做一道除小扁豆之外的汤。每天都喝小扁豆汤，"十一人"大多也满足于烧这种汤、喝这种汤，但作为小组组长，我想在自己当值的这天烧点好的，让"十一人"有非同一般的感觉。

我要检查一下存货，看看有哪些富余的东西可以拿去做交易。比如说，如果我们有多余的粮食，就能拿到河边去换一条鱼。有了鱼就能做鱼汤，"十一人"非常喜欢鱼汤。他们上学时，我忙着煮汤，并考虑晚饭做什么。但煮汤花不了一天时间，能有些闲暇。哪怕有长辈发现我在偷懒，我也能告诉他："我今天煮饭。"长辈就无话可说了。当好一个负责的厨师是很重要的。

我厨艺不错，但刚开始煮汤并不容易。营地初建时，没有碟子也没炊具，食物甚至是汤都是装在谷袋里。袋子是结实的塑料编织袋，食物不会渗漏下去。过了好几个月，我们才有了炊具，又过了几个月，才有了碟子，每人领到一个铝盘。整个皮尼亚多时期，没人吃早餐，但过了一段时间，我们开始喝早茶，虽然并没有茶叶分发给大家。我们得把一部分口粮拿到镇上去换茶叶和糖。没有东西换糖，或是店里没糖时，我们学会了找蜜蜂，从蜂窝里提取蜂蜜。

有一天我正在煮饭，一个邻居跑来。是个叫戈尔的圆脸男孩，他显然有什么消息，但我不是他朋友，他看到周围没人，失望之情溢于言表，只有我来当听众了。

"美国攻打科威特和伊拉克了！"

我不知道科威特和伊拉克是什么。虽然戈尔是个聪明孩子，但我还是被他的世界时事知识深受刺激。我以为我们在皮尼亚多受相同的教育，但还有不平等存在，这很难解释。

"他们要把科威特从萨达姆·侯赛因的手里解放出来！他们带了五十万军队要收回科威特，干掉侯赛因！"

我不懂装懂了几分钟，终于抛下自尊，要求他彻底解释一番。戈尔告诉我，萨达姆·侯赛因是伊拉克的独裁者，一直给苏丹军队提供枪支和飞机，也给喀土穆提供过资金和神经毒气。驾着直升机扫射我们村子的有些就是伊拉克飞行员。

"那么美国打他们是好事？"我问。

"是啊！是啊！"戈尔说，"就是说美国很快也要攻打喀土穆了，他们要消灭世界上所有的穆斯林独裁分子。确切无疑，我能保证。上帝通过美国人发话了，阿沙克。"

他走开了，去找更多的男孩，好去教育他们。

一段时间里，这种说法很流行，说伊拉克和科威特的战争最终会让苏丹的伊斯兰原教旨主义倒台。然而这事没发生。苏人解那年运气不佳，败战失地，叛军开始遮掩，正如有些人预料中的一样。

有一天上午十点，学校宣布集会，不用上课了，我们涌出教室。
"去操场！"老师下令说。
我问阿科尔·阿科尔这次集会是干什么，他也不知道。我又问了一个长辈，他厉声斥责我。
"去操场就是了！你会喜欢的！"
"我们下午还要干活儿吗？"
"不用了，今天下午是教育时间。"
我和阿科尔·阿科尔愉快地走向操场，下午做什么都比干活儿好。很快人越聚越多，我们坐在前排。一位叫吉尔·川昂的苏人解指挥官那星期也在营地，我们以为这次集会是对他示敬的。

秘密指挥官在那里，皮带扣指挥官、未来粮食先生、康迪特老师，还有所有其他营地里的长辈也都在。我找了找杜特，但没找到他。数月来他很少在营地里出现，和他一起步行来的孩子编排出各种事来：他如今是苏人解的指挥官，他在亚的斯亚贝巴大学里等等。不管怎样，那天我们都很想念他。我环顾四周，发现聚集的大多数男孩都与我年龄相近，从六岁到十二岁，只有极少数年纪更大些。所有的孩子都喜笑颜开，不一会儿又唱起歌来。邓·帕南，最有名的唱爱国歌曲的歌手，也是叛军里的名人，拿着话筒站在我们面前。他唱了上帝和信仰，又唱了南苏丹人在阿拉伯人的压迫之下受苦受难，坚贞不屈。他开始唱那首皮尼亚多男孩写的歌，欢声雷动。

　　　　我们会奋斗，解放苏丹大地
　　　　我们会奋斗！扛着 AK-47
　　　　红军军团会来到
　　　　我们会来到！

左手握枪

右手握笔

解放我们的家园，噢，呜！

这时有十五名士兵进入操场，肩并肩面向我们站成笔直一排。接着又过来一队人，浑身湿透，被用绳子绑成一串推到操场上，一共七个人，看上去都营养不良，有几个头上和脚上的创口在流血。

"这些人是谁？"阿科尔·阿科尔悄声问。

我不知道。他们在我们面前跪成一排，没有在唱歌。苏人解士兵穿着干净的军装站在他们后面，手中握着 AK-47。其中一个被绑的人跪在我前面，很快我碰上了他的目光，他愤怒地瞪视着我。

邓·帕南唱完歌，吉尔·川昂拿起话筒。

"孩子们，你们是苏丹的未来！这就是为什么我们叫你们种子。你们是新苏丹的种子！"

我周围的孩子欢呼起来，我还是瞪着那个被绑的人。

"不久苏丹就是你们的了！"吉尔·川昂高喊。

孩子们的欢呼声更热烈了。

指挥官说，等到战争结束，我们就要去修复敬爱的祖国，满目疮痍的苏丹等待种子回归，我们会回去，只有用我们的双手、脊梁和头脑才能重建南苏丹。我们再度欢呼。

"在苏丹和平之前，我们必须保持警惕。我们的队伍中不能有弱者，不能容许任何变节。你们同意吗？"

我们都点头。

"你们同意吗？"指挥官又问。

我们说同意。

"这些人是叛徒！是异类！"

我们看着这些人，他们衣衫褴褛。

"他们是强奸犯！"

吉尔·川昂似乎期待我们激烈反应,但我们沉默着,不明所以。我们年龄都还太小,不知强奸为何物,也不知这种罪行有多严重。

"他们还把苏人解的机密透露给苏丹政府,把苏人解的计划泄露给皮尼亚多的卡瓦扎。他们危害了这场运动,想毁掉我们一起创造的所有成果。你们将要继承的新苏丹,他们在上面吐口水!如果我们听之任之,他们就会败坏我们所有的东西。如果给他们机会,他们会勾结政府,我们都会变成穆斯林,在阿拉伯人的靴子和伊斯兰教法之下求饶!孩子们,我们能让他们这么做吗?"

我们高喊不能。我想这些人当然应该为背叛而受罚。我恨这些人。意外的是,其中一个人开口说话了。

"我们什么都没干!我们没强奸!这是掩盖事实!"

这个抗议的人被枪托打了头,向前扑倒在地。其他囚犯壮了胆,纷纷抗辩起来。

"你们都被骗了!"一个瘦小的囚犯大喊道,"这些都是谎言!"

这人也被枪托打了。

"苏人解在撒谎!"

这人被从脖子后面踢了一脚,栽倒在地。

吉尔·川昂似乎对他们不服罪感到惊讶,但他觉得这是个机会。

"看,这些人在对你们撒谎,新苏丹的种子们!他们真无耻,满口谎言,对我们所有人说假话!我们能容忍他们撒谎吗?我们能让他们看着我们的眼睛,用他们的背叛来威胁新国家的未来吗?"

"不能!"我们大喊。

"我们能不处罚这种背叛吗?"

"不能!"我们喊道。

"好,我很高兴你们一致同意。"

话音刚落,士兵们跨前一步,两个一组站在被绑的人身后。他们把枪对准每个人的脑袋和胸口,开火。子弹穿透身体,尘土飞扬。

我尖叫起来。一千个孩子尖叫起来。他们杀了这些人。

但有一个没死。指挥官指着一个还在踢蹬和喘气的囚犯,一名士兵跨步上前再次开枪,这次打在脸上。

我们想逃跑。头几个想逃离操场的孩子被老师打倒并挨了鞭子,其他人站着不敢动,但忍不住哭了起来。我们边哭边喊着父母,虽然已经多年没见过父母,而且有的人知道父母已经死了。我们想回家,想逃离操场,逃离皮尼亚多。

指挥官突然间解散了集会。

"谢谢你们。下次再见!"他说。

于是孩子们四散逃开。有的抱住距离最近的大人,颤抖着哭泣。有的就地躺下,蜷缩着啜泣不止。我回过身呕吐,然后跑了,边跑边吐,一直跑到康迪特老师家。在房间里我看到他已经坐在床上,瞪着天花板。我从未见他脸色如此苍白。他无精打采地坐着,双手软软地摊在膝头。

"我太累了。"他说。

我坐在他下面的地上。

"我不知道我留在这里做什么,"他说,"事情越来越看不懂了。"

我从未见康迪特老师对任何事情表示过怀疑。

"阿沙克,我不知道我们能否找到出路。这不是出路,不是我们最好的法子。我们做得不够好。"

我们一直坐到黄昏,我回家见"十一人"。"十一人"变少了,现在只有九个。两个男孩下午离开后没回来。

那天之后,很多孩子不再参加集会,不管是出于什么目的的集会。他们躲在棚屋中装病、去诊所、跑去河边,编造各种理由缺席集会。因为没法清点出席者的人数,他们也不太会被责罚。

枪决之后,各种说法流传。那些人被处死是因为犯了各种事,但据营地里的传闻,强奸犯是无辜的。其中一人和一位苏人解军官觊觎的女人私奔,军官就陷害新郎,说他是强奸犯。而那女人的母亲不同意婚事,与军官勾结,声称新郎的朋友们也强奸了新娘。罪名就成立了,那些人被宣告有罪,然后就当着一万个少年的面被处决。

朱利安，论我的年纪，差不多也该被送去受训了，但我逃脱了这一命运，原因是埃塞俄比亚武装力量推翻了门格斯图①总统，我们四万多人都被迫离开皮尼亚多。我后来得知，政变已经策划了一段时间，埃塞俄比亚未来几年一直在解决这个问题。起初是埃塞俄比亚多个全然不同的团体借助厄立特里亚分离主义者的帮助，结成联盟。埃塞俄比亚叛军需要厄立特里亚的协助，反之亦然。作为交换，埃塞俄比亚叛军允诺，只要政变成功，厄立特里亚就可以独立。政变真的成功了，但之后两个国家之间的关系却错综复杂起来。

消息传来时，我正要离开教堂。教堂靠近埃塞俄比亚援助人员的居住区，弥撒结束后，我们看到他们男男女女都在哭泣。

"政府被推翻了，门格斯图走了。"他们哭道。

有人让我们收拾所有东西准备离开。我回到棚屋，里面空荡荡的，剩下的九个人在我之前走了，他们留了张便条："河边碰头——九人留。"我把自己储藏的粮食和毯子都塞进一个谷袋，能找到的都带上。一个小时不到，所有的孩子和家庭，还有叛军都聚集在空地上，准备放弃皮尼亚多。遍地都是营地难民，有些在跑，有些泰然自若，仿佛在邻村信步。接着天色陡然变了。

暴雨如注。我们的计划是渡过吉罗河，在对岸集合，可能是普查拉。到了水里，人群显然没组织好。大雨之下一切都灰濛濛、乱糟糟，我们的撤离秩序全被冲走了。在河边我没找到"九人"，举目望去，基本上都不认识。我远远看到皮带扣指挥官坐在一辆吉普车顶上，拿着一个破扩音器，模糊不清地吼着指示。河边泥泞不堪，大家在大雨中跋涉，都湿透了。我们到河边的时候，河水涨得很高，水流湍急，浪头席卷着树木和垃圾。

第一声枪响听起来遥远而微弱。我转向枪声传来的方向，什么都没看

---

① 全名门格斯图·海尔·马里亚姆（1937— ），埃塞俄比亚政治家、军事统帅、独裁者，一九八七年起任埃塞俄比亚首任总统，一九九一年五月二十一日被反政府武装人民革命民主阵线推翻，流亡津巴布韦。

到,但枪声继续传来,而且更响了。攻击者就在附近。枪声更多,我听到几声喊叫。上游一个女人嘴里吐出一股鲜血,摔倒丧了命,沉到了水里。她被一个看不见的枪手击中,水流很快就把她冲到我们这边。恐慌开始了。我们数万人涉入浅滩,很多人都不会游泳,留在岸上必死无疑,但跳入汹涌的波涛中也太疯狂了。

埃塞俄比亚人发动攻击了,和他们一起的还有厄立特里亚军队,安纽克人也参与其中。他们想要我们离开他们的国家,要为上千起犯罪和侮辱复仇。苏人解想带着吉普车、坦克和大量辎重离开这个国家,但埃塞俄比亚人认为这些东西是他们的,有理由反对叛军这样离开。子弹和炮火划破天空,大家全都加快速度,但死亡也开始了。

我在淹到腹部的浅滩中迟疑了很久,周围的人都下了决心,要么跳进河中,要么顺水跑到下游,寻找更窄的河段或一只船,找到解决方法。

"渡河吧,过了河我们就安全了。"

我回身。是杜特,我再次跟他走。

"可我不会游泳。"我说。

"靠近我,我拉你过去。"

我们找到了一段较窄的河段。

"看!"

我指着对岸,两条鳄鱼躺在河边。

"没时间担心了。"杜特说。

我尖叫起来,浑身都僵了。

"它们上次也没吃掉你,记得吗?大概他们不喜欢吃丁卡人。"

"我不行!"

"跳下去!游起来,我跟在你后头。"

"我的袋子怎么办?"

"扔掉,你没法带走的。"

我扔下装着所有东西的谷袋,跳了下去,张开双手划水,只把头露出在水面。杜特就在我旁边。"很好,"他低声说,"很好,继续向前。"

我在河中前进，感到水流在把我往下游冲。我一直盯着那两条鳄鱼，它们纹丝不动。我不停地划水。身后忽然传来巨响，回身只见一群士兵跪在岸边草地上，朝渡河的人开枪。我看到河里到处都是孩子的脑袋，夹杂着垃圾的白色河水包围着他们，子弹和大雨一起飞泻。所有人都想把身子藏在水下游到对岸，到处都是尖叫声。我划着水，双脚乱蹬，再向对岸的鳄鱼望去，它们不见了。

"鳄鱼！"

"是的，我们得快点游。来吧，我们人多，有数量上的优势。阿沙克，游起来，不停划水！"

很近的地方传来叫声，我转头看到一个男孩被鳄鱼咬住了。河水泛出血红，孩子的脸不见了。

"不要停，现在它没工夫来吃你了。"

我们游到河中央，我听到水下有嘶嘶声，子弹和炮弹在上方噼啪作响。每次耳朵沉入水下，脑袋里就灌满了嘶嘶声，像是鳄鱼正朝我靠近。我尽量把耳朵浮在水上，但头一抬高，就觉得子弹会打入后脑勺，于是我又沉下去，听下面尖厉的嘶嘶声。

绝望的呼喊从撤退的岸边传来，我回头看到一个带枪的丁卡人朝河里大叫。"带我过去！"他喊道，"带我过去！"他附近的河里有个人，但游开了，另一个人跳下河游起来，带枪的男子朝他们两个喊道："我不会游泳！带我过去！帮帮我！"但那两人继续游，他们不想等着去帮带枪的人。然后带枪那人把枪对准游泳的人开火了。他们距离我只有五十英尺远。带枪的男子杀了一个游泳的人，接着他的肩膀爆开血花，他被埃塞俄比亚人的子弹击中了。他侧面倒下，一头栽倒在泥泞的岸边。

那天我得以渡河，只能说是运气。我双脚触及地面，瘫倒在岸边。就在这时，前面二十英尺远的地方一枚炮弹炸开。我没看到杜特。

"跑到草丛里！"

谁在说话？

"快走！"

我爬上岸,有人抓住我胳膊。还是杜特。他举起我,扔在旁边的草丛中。我们都趴着回头望着河里。

"我们在这里不能动,"他说,"否则他们看到会开枪,现在他们正朝远处开炮,我们在这里是安全的。"

我们趴了三十分钟,大家纷纷爬上岸,从我们身边跑了过去。从高高的岸上,我们望过去一目了然,能看得很远。

"闭上眼睛。"杜特说。

我说好的,然后把脸埋在土里,但偷偷地望着下方的屠杀。几千个孩子和大人,还有婴儿都在渡河,士兵开枪有时任意乱射,有时候精心瞄准某一个。我们这边有少数几群苏人解士兵在还击,但多数士兵都已经逃走了,抛弃了手无寸铁的苏丹平民。埃塞俄比亚人选定目标,这些目标绝大多数都没武器。混乱中安纽克人也出现了,加入埃塞俄比亚军队来打我们。安纽克人压抑已久的仇恨爆发了,用大刀还有几支步枪驱赶苏丹人,将我们逐出他们的土地。他们对着跑向河里的人又砍又射,还朝渡河的人开枪。炮弹爆炸,白色尘土掀起二十英尺高。女人把婴儿丢在河里,不会游泳的孩子淹死了。一个女人可能前一刻还在游水逃离,后一刻就被一梭子弹击中,或是一股炮弹的烟尘罩住,然后不动了,被水流冲去下游。有些死人被鳄鱼吃了。那天河水五色杂陈,绿的,白的,黑的,褐的,红的。

夜幕降临后,杜特和我离开岸边。没跑多远,我意外地看到了阿科尔·阿科尔。他就站在那里左顾右盼,在路中央不知该何去何从。杜特和我差点撞到他。

"好了,"杜特说,"你们在一起了。普查拉见。"

杜特回身跑向河边,去找受伤和迷路的人。那是我们最后一次看到杜特·马约克。

"我们怎么办?"我问。

"我怎么知道?"阿科尔·阿科尔说。

方向不明，草丛仍然很深，我担心里面潜伏着狮子和鬣狗。我们很快遇上了另两个男孩，他们比我们大几岁，看上去很强壮，都没受伤。

"你们去哪里？"我问。

"普查拉，"他们说，"大家都在那里，到了普查拉再看下一步往哪儿走。"

我们和他们一起走，虽然还不知他们姓名。四个人一起跑，阿科尔·阿科尔和我发现这两个人行动敏捷果断，很适合同行。我们嗅着空气中的烟火味，穿越暗夜，穿越潮湿的草地。长风猛烈，带着浓烟朝我们刮来，周围的草丛被吹得乱晃。我有种感觉，我会一直这么跑下去，一直都得跑，也一直能跑得动。我没觉得累，眼睛似乎能透视黑夜中的一切，和这些孩子在一起，我感到安全。

"到这里来！"一个女人说。我循声转身望去，看到一个穿着军装的埃塞俄比亚女人。"过来啊，我带你们去普查拉！"她说，其他几个孩子朝她走去。

"别去！"我说，"看看她穿着什么！"

"别怕我，"她说，"我就是个女人！我是个母亲，想帮你们这些孩子。过来吧，孩子们！我是你们的母亲！到我这里来！"

不认识的两个孩子朝她跑去，阿科尔·阿科尔和我待在一起。他们跑到距离她二十英尺的地方，她转身从草丛中提起一支枪，两眼一翻，射穿了高个子男孩的心脏。我看到那颗子弹从他后背穿了出来。他跪倒了，往一侧摔倒，头先着地，然后是肩膀。

其他人还没来得及跑，她又开枪了，这次打中了另一个强壮男孩的胳膊，冲击力让他转了一圈，然后倒下。他挣扎着站起来跑，最后一颗子弹射穿他的锁骨，从胸口射出，这孩子立刻上了天堂。

"快跑！"

是阿科尔·阿科尔，他从我身边跑过去。我没动，我被这女人震住了，她又把枪对准我。

"快跑！"阿科尔·阿科尔又说，这次他从后面抓住我的衬衫。我们逃离她，钻入草丛，匍匐前进，仓皇逃命。那女人还在朝我们大喊。"回来！"她说，"我是你们的母亲，回来，我的孩子们！"

阿科尔·阿科尔和我无论跑到哪里，人们都会逃开。黑夜中没有信任，没人会等着看清是谁。夜色更深后，枪声停止了。我们猜埃塞俄比亚人不会追我们到普查拉，他们只是把苏丹人赶出他们的国家。

"看。"阿科尔·阿科尔说。

他指着路当中两大束绑在一起的草叶。

"这是什么意思？"

"是说我们不能走这条路。有人警告我们这条路不安全。"

每当我们看到路上有打结的草叶，就另选一个方向。夜晚万籁俱静，很快天色黑透。阿科尔·阿科尔和我走了几小时，避开了很多路，不久就开始怀疑是不是在兜圈子。最后我们来到一条大道上，路上有小汽车和卡车的车辙，都是以前留下的，已经干了。道路上没有障碍，阿科尔·阿科尔认定这条路通往普查拉。

我们走了一小时，暖风猛烈地刮着，这时候听到某种生物的声音。那不是成人的声音——我们一路上听过很多成人的呻吟声、呕吐声，那是个婴儿在小声哭泣。听到婴儿发出这种哽咽的喉音我感到害怕，那像是一只快死的猫在叫。我们很快找到了这婴儿，大概六个月大，躺在母亲身边，那母亲趴在地上，已经死了。婴儿想要吮奶，尝试一会儿便放弃了，小手紧握开始哭闹。

婴儿的母亲腰间中弹，可能在河里就被射穿了，但爬了这么远才倒下，沿路都是血迹。

"我们得把婴儿带走。"阿科尔·阿科尔说。

"什么？不行。"我说，"婴儿要哭，我们会被发现的。"

"我们得把婴儿带走。"阿科尔·阿科尔又说了一遍，蹲下身把赤裸的婴儿举起来。他取下婴儿母亲的裙子，包住婴儿。"我们不能把婴儿留在这里。"

阿科尔·阿科尔包好婴儿，抱在胸前，婴儿安静下来。

"看到了吧，是个安静宝宝。"他说。

我们带着安静宝宝走了一会儿，我觉得这孩子在劫难逃。

"孩子吃死人的奶就会死。"我说。

"你这傻瓜，"阿科尔·阿科尔说，"胡说八道，安静宝宝能活下去。"

我们轮流抱着安静宝宝，走路时她不怎么出声。直到今天我也不知道她是男孩还是女孩，但我觉得是女孩。我紧紧抱着她，她温暖的额头靠在我肩膀和下颌间。我们跑过小堆篝火，穿过漫长而寂静的黑夜，一路上，安静宝宝靠在我胸口或肩上，睁着眼睛，一声不发。

半夜，阿科尔·阿科尔和我发现一群人坐在路边草丛里。有十二个人，大多是女人和老人。我们把找到安静宝宝的事说给女人听，一个脖子淌血的妇女说可以留下她。

"别担心这个孩子。"我说。

"是个安静的宝宝。"阿科尔·阿科尔说。

我把孩子从肩头举起，她睁开眼睛，女人把她抱过去，她安安静静的。阿科尔·阿科尔和我继续向前走。

我和阿科尔·阿科尔遇到一大群正在路上暂时歇脚的男人和孩子，和他们一起前往普查拉。到了那里，见到了活着从皮尼亚多逃来的人，我们听说"九人"中有八人渡过了河，两个人亲眼看到阿科克·克瓦宁淹死了。

我们想接受这事实，但做不到。我们装作他没死，想以后再悼念他。

几千苏丹人坐在一个废弃的简便机场周围的空地上，阿科尔·阿科尔和我挑了块树下的长草地。我们把草推平，打算睡在上面。刚推平，就开始下雨了。我们没有蚊帐，但阿科尔·阿科尔找到了一床毯子，我们并排躺着，像兄弟俩一样盖一床毯子。

"有蚊子咬你吗？"我说。

"当然。"阿科尔·阿科尔说。

晚上我们扯着毯子，都往自己这边拉，两人都没睡着。蚊子太饥渴了,我们根本没法睡觉。

"别扯了!"阿科尔·阿科尔小声不满地说。

"我没扯。"我一口咬定。

但得承认,我在扯毯子。我累得不知道自己在干什么。

夜里,阿科尔·阿科尔和我问长辈要麻袋,每人得到一只。我们把麻袋系在一起,做成蚊帐,大到几乎能包住我们俩。我们把麻袋蚊帐绑在毯子上,看上去足够了。我们颇感自豪,期望睡在它底下。我们还说好不在推平的草地附近撒尿,以免吸引蚊子。

但不久下雨了,我们的准备工作付诸流水。水渗到麻袋下,我们坐起来,把麻袋弄高,这时候蚊子就蜂拥而入。我们彻夜未眠,淋着雨,两手不停地拍打蚊子,筋疲力尽,到后来浑身湿透,被咬得满是鲜血。

这场雨杀死了很多孩子。雨水渍坏了我们的身体,引来很多蚊虫,蚊虫又引发疟疾。大雨让我们变得虚弱,就像泥牛一样,雨下个不停,泥土变软散架,过不了多久就分崩离析,看不出牛的样子。雨对普查拉苦难中的人就是这样,尤其是那些没妈的孩子,他们在雨的威力下散架了,软成了泥。

到了早晨,阿科尔·阿科尔和我趴着看那些已经来到普查拉和陆续前来的人。从曙光初露到暮色暗沉,整天都有人来。我们遥望着远处田野,人群密密麻麻,树木都消失不见了。

"你觉得杜特在这儿吗?"阿科尔·阿科尔问。

"我看不在。"我说。

我觉得如果杜特在附近,我们会知道的。我必须相信,杜特还活着,正把其他孩子带到安全之地。我知道人们不只到普查拉一处,如果他们在夜间步行,那么带队的肯定是杜特。

"你觉得安静宝宝在这儿吗?"阿科尔·阿科尔问。

"我想是的,"我说,"也可能马上就到。"

那天我们寻找安静宝宝,但看到的婴儿全都在哭号。他们的母亲一边照料他们一边照料自己的伤口。到处都是受伤的人,但都是轻伤,因为只有轻伤者才能走到普查拉。吉罗河里死了几千人,来普查拉路上又死了好几百。谁也帮不了他们。

"我不想看这些人了。"阿科尔·阿科尔说。

"什么人?"

"丁卡人,所有这些人。"他说,朝他们抬了抬下巴。

附近有位母亲在给一个婴儿喂奶,同时用双脚勾着另一个孩子。只有母亲穿着衣服。旁边还坐着三个哭叫的婴儿,其中一个胳膊烧坏了,看上去像我从马里尔拜逃亡时遇到的那个无脸人的脸。

"我不想变得和这些人一样。"阿科尔·阿科尔说。

"我也不想。"我表示同意。

"我真的不想成为他们当中一员,"他说,"永远不要。"

离开皮尼亚多的人在普查拉重新组织起来,大多数人都在路上丢了所有的东西。营地乱成一团,由塑料布、小堆篝火、毯子、肮脏的衣物组成,破烂不堪。没有食物,在这块只能勉强喂饱几条狗的地方,三万个人在寻找食物。

阿科尔·阿科尔和我与另两位从北巴赫尔-加扎勒来的男孩走到了一起,钻进附近的森林,寻找树枝和野草。我们搭了一个 A 字形的小屋,茅草做顶,泥巴做墙,大多数时间都待在里面,旁边的篝火烧个不停,以保持干燥和温暖。我们守护着这堆火,让火苗够旺好取暖,但也不能太旺以免火苗跳到屋顶,把我们都烤熟。

"最好死了算了。"一天晚上,阿科尔·阿科尔说,"我们做点什么去死吧,怎么样?比如离开这里,和苏人解一起打仗,然后就死掉算了。"

我同意他的想法,但仍然反驳。

"上帝想带走我们的时候,自会带走的。"我说。

"闭嘴,少说这种废话。"他大吼道。

"那么你想自杀?"

"我想做点事,不想永远待在这里。大家在这里病得越来越重,我们都在等死。如果等下去，我们会染上病，然后就渐渐不行了。这群人都在死，我们也是其中之一，只不过比其他人死得慢些而已。还不如离开，去打仗，死得痛快些。"

那天夜里，我觉得阿科尔·阿科尔可能说得没错，但我没再说话。我盯着小屋的红墙，火光暗下去，我们躺在黑夜中，呼吸慢慢变冷。

二十一

该离开医院了。他们骗了我,朱利安忘了他的许诺,不见了。等候室里阿科尔·阿科尔和利诺走了。我走近新出现的护士,她有一头云一般的黄发,站在接待台边。

"我要走了。"我说。

"可你还没医治呢。"她说。我只等了十四个小时就想走,她实在感到奇怪。

"我来这儿好久了。"我说。

她欲言又止,似乎这对她很新鲜。我说我会打电话来问核磁共振检查的结果。

"好的,"她说,"当然……"她在一张名片上写下我可以打的电话号码。在家里遇袭之后,我已经收到了两张名片。我并不认为自己要求过特殊照顾,或者期待过警方能有豪言壮语。天亮大家醒来后,菲尔、黛博和我的苏丹朋友听说后会激起义愤,打电话声讨这些医生。

但现在我该离开这里了。我没车,也没钱乘出租车,打电话给人要求搭车时间也太早了,于是决定步行回家。这时是凌晨三点四十四分,我五点半得去上班。我推开自动门,走出急诊室,离开停车场,开始步行回公寓。我要淋浴换衣,然后上班,俱乐部里有基本医疗药物,我会尽量自己处理好伤口。

我沿着皮埃蒙特路走,街上空无一人。亚特兰大不是一个步行的城市,更别说这个时候了。如水的静夜中,路过的汽车照亮街道,就像我步行到卡库马之前的那几夜一样,同样的,我边走边思考是不是应该继续活下去。

等我们最终走到卡库马时,我几乎瞎了。路上我没有感到去埃塞俄比亚路上的那些幻觉。

这是最困难时光的尾巴。这一年是流浪的一年,我离开吉罗河后,先去了普查拉,然后高尔科,再接着是纳若斯。强盗、更多的轰炸、更多的孩子不见了,最终,一天早上我醒来后发现看不见东西了,就算是想睁眼也极为疼痛。

一个朋友伸过手来摸我的眼睛。"眼睛看起来状况不大好。"他说。纳若斯没有镜子,我只能相信他我眼睛患病了的话。到了下午,他的判断被证实了,我感觉眼皮下仿佛倒进了沙子和酸液。纳若斯只是我们的暂居地,在肯尼亚北面一百英里处,气候与肯尼亚相似,风中带着红色沙尘。

我等着眼睛自愈,但情况却越来越坏。染上这种他们叫做尼英图克[①]的眼疾的不止我一个,可是其他人两三天后情况就好转了,我的眼睛过了五天却肿胀到睁不开。长辈建议了各种治疗方法,我眼睑上泼了很多水依然疼痛,感到非常沮丧。瞎着眼活在战乱中的南苏丹,这太难接受了。我向上帝祈祷,不论你是否要带走我的视觉,只请你赶快决定,不要让我疼个没完。

一天夜里,我们都躺在披棚下——纳若斯没有能住人的棚屋,听到小汽车和卡车的声音,我知道我们很快又要搬家了。政府军要来了,纳若斯将被攻占,我们这些孩子要在联合国难民署的监护下步行前往肯尼亚的洛基察吉奥。我不想站起来,也不想走路,动都不想动,但我被拖出披棚,强制加入队伍。

我双眼蒙上绷带,拖着步子走,像盲人一样。我牵着前面的人衣服下摆走路,不管他是谁。尽管我知道很快就会跨越边境进到一个没有战争的国家,却没了装满橙子的碗的梦想。我知道,世界哪儿都一样,在一个地方受苦和到另一个地方受苦,之间的区别微不足道。

离开埃塞俄比亚时,一路上死了那么多的孩子。我们一共有几千人,但很多人受了伤,洒了一路的血。这是我见到死亡人数最多的一次。女

[①] 尼英图克,丁卡语,指一种角膜炎。

人、孩子，还有安静宝宝一般大小的婴儿，安静宝宝不可能存活下来，那似乎毫无指望。回首那一年，我只看见断断续续、颜色失真的画面，仿佛时睡时醒的梦。我知道我们先在普查拉，然后是大约三个小时路程外的高尔科，那里连绵的阴雨持续了三个月。高尔科也有苏人解士兵、非政府组织和粮食，最终还有学校。在那儿我们听说叛军分裂了，一个叫里克·马扎尔①的努尔军官决定离开，开展自己的反叛运动，称作苏人解纳西尔派，这个派系一段时间里给苏人解带来的困难不亚于喀土穆。战争中发生了战争，加朗的丁卡叛军跟马扎尔的努尔叛军打了起来，几万人就这样死去了。残忍的内斗让世界以不同的目光审视苏丹的大规模杀害事件，对整个世界来说，内战越变越复杂，不可理喻，部落冲突乱作一团，分不清谁是正面谁是反面。

那一年大部分时间我们都在高尔科。正当冲突转移、国家陷入更深的混乱时，有一天，美国的篮球明星马努特·博尔来看我们。他乘着一架单引擎飞机而来，向留在营地的孩子问好。我们只在传说之中听过他，现在他真的出现了。他走出飞机，那里面似乎装不下他。我们听说他成了美国人，他出现的时候我们很惊讶他竟然不是白人。不久以后，我们被政府雇佣的民兵组织攻击，传言很快就会被轰炸，于是一天长辈告诉我们，该永远离开高尔科了。我们遵照命令再次启程，前往纳若斯。几星期后，在联合国的催促下，我们步行去肯尼亚。在肯尼亚，他们说我们将会安全，永远地安全，因为这个国家是民主、中立和文明的国家，国际社会正在那儿为我们建避难地。

但我们得抓紧走出苏丹，因为苏丹军队知道我们的位置。白天，我们能看到武装直升机，它们飞到头顶的时候，我们散开躲到树底，趴在地上祈祷。两个多星期里，我们主要在夜间走路。我们觉得肯尼亚很近了，情

---

① 里克·马扎尔（1952—　），苏人解高级军官，努尔人，一九九一年组立苏人解纳西尔派，现为南方半自治政府副总统。

况危急，土地荒凉，所以走得比以前任何时候都更匆忙、更艰苦。接近边境线时，天气更坏了。我们数天走在大风中，很多人都觉得永不停息的大风是想逐回我们，逼迫我们掉头。

从风中的气息我知道这是片满是沙尘的大地。我脱了上衣裹在头上，保护脸上不受风吹沙打。眼睛感染折磨了我多天，现在只能辨认出大物体的轮廓，模糊而暗淡，还被睫毛隔断。

沿途时有卡车经过，载着状况最糟的步行者，有时带水和食物给我们。我虽然眼睛肿得张不开，但还没资格搭货车，因为双脚正常，两腿还能走路。但我多想搭车啊。被搭载的感觉！我望向卡车，想着要是在里面被运载着前行，那该有多好。

每当卡车开过，孩子总是想攀上后车厢，但每次卡车都会停下，司机把他们赶下，扔到砂石地上。"等等！"前方有个声音哭喊着说，"等等！停下！"

就这样一个孩子被援助卡车轧了。我到了孩子被碾的地点时，他已经不见了，也许被拖到了路边，但黑色血迹仍清晰可见，就像前方山脉的轮廓一样。

我从皮埃蒙特路转到罗斯韦尔路，回家要走这条路。大清早走在亚特兰大的街头，路很漫长但并非不愉快。我看见东方有道紫光，知道那光线会越来越亮。

每当我发觉自己对这个国家感到绝望的时候，就习惯性地去想我在这里拥有的而在非洲没有的一切。如果我想计较这里的生活困境，这种习惯就很讨厌。这当然是个悲惨的地方，一个悲惨而又精彩的地方，我深爱着这里，在此得到的东西远比我期望的多。五年来，我想去哪儿就去哪儿，坐过三十九次飞机去全国各地，驱车大约两万英里去看亲戚朋友、峡谷塔楼。我去过堪萨斯城、凤凰城、圣何塞、旧金山、圣迭戈、波士顿、盖恩斯维尔。在芝加哥，我只停留了十六小时，甚至没去多看看这个城市。我是去西北大学演讲的，出机场后迷了路，最终站到讲台上对十几个学生演讲时，他们正要离开演讲厅。我去奥马哈看过一场小联盟棒球赛，还有一次是去那儿看雪花像大氅般包裹城市，转眼间覆盖一切。在奥克兰，我搭乘地铁，没法相信世上竟然有地铁这种东西。直到今日我还觉得地铁不现实，我是不会再乘了，除非将来我觉得它可靠。我去过七次孟菲斯见我叔叔，在那里进过一个庞大的绿色玻璃金字塔。在纽约，我从渡船上望见自由女神像，愕然发现这女人在走路。图片我大概看到过一百次了，但从未想到她是迈步的姿态。女神像令人震惊，远比我想象的更为美丽。我去过南卡罗来纳、阿肯色、新奥尔良、棕榈滩、里士满、林肯、得梅因、波特兰，这些地方多数都有迷途少年。二〇〇三年，我去了西雅图，在华盛顿州的一次医生会议上发表演讲。他们请我给他们讲讲自己的经历，我应约了。在西雅图，曾把电话递给塔比莎的那个朋友，有一天把我带到她那儿。

　　说来奇怪，我对塔比莎多数时间是远远地爱，每次遥望着她，感情就随之加深。也许这听起来有问题。我们在一起时，我也很爱她，在房间里或沙发上，我们双腿交缠，两手相握。但我印象最深的，却是望着她走过街道，望着她朝我走来，望着她踏上破旧的自动扶梯。我们曾经在商场里——听上去我们很多时间都在商场里度过，我想确实如此，她去买想买的东西，我去美食广场给我俩买饮料，约好在一楼的问讯台碰头。我坐在问讯台附近等了她很久，塔比莎迟到是经常的事。当她手提两个购物袋，最终出现在自动扶梯顶端时，脸上乍然浮现笑容。她笑得如此美妙，商场里所有的动静都为之停顿。正在购物的人停下脚步，不再说话，孩子们不吃也不跑了，喷泉凝固了。就在那时，她刚踏上的自动扶梯停下了。她往下一瞧，空着的那只手捂住嘴，满脸惊讶。她低头看着我笑了。她相信这电梯是为她而停，快活地走下来，那样子只有心满意足、无拘无束的人才能做到。她穿着粉色紧身T恤，合体的黑色斜纹棉布长裤，我知道自己看得目不转睛。她走了二十六级台阶到我身边，我知道自己眼睛眨都没眨。我盯着她看时，她看到我不眨眼地呆望着她，往下看看又望开了。我知道她到我身旁,会开玩笑地打我胳膊一下,埋怨我这么盯着她看。但我不在乎。我贪婪地望着她走下楼梯的样子,藏好了这份记忆,她的模样便能永存心头。

塔比莎回西雅图后,开始担心杜卢马的事。他的电话比以前打得更勤了,激动地在塔比莎的电话答录机里留言威胁。塔比莎夜里能听到公寓外有动静,有次杜卢马在门下留了张纸条,对她狂乱地指责、哀求。她跟我说了这些新出现的情况后,我催她回到亚特兰大,到我身边。她说她做不到,期终考试就要到了,而且不管怎么说,如果她感到不安全,还有弟弟可以帮忙。

我决定给杜卢马打电话,谈谈他的行为。打过之后,结果不错。我自觉一向擅长调解,能平息怨恨、协调纷争,我从他的角度出发和他交谈,着眼于调和我们三人之间的问题。谈话时,可以说气氛友好。我觉得他可以相信,他的心理已经平衡。他说已理解塔比莎和我约会,给周围的人打过电话打听我,现在对我很了解,我是个好人,他很满意。他说已经有准备放她走了。我感谢他对这一切这么理解,也说他是个好人。我说放手让自己珍爱的女人离开是件困难的事,不过我还是发现他乖戾、易激动。我们像朋友一样互道晚安,他让我改天再给他打电话,我说会的,但其实并不想再打。

然后我打电话给塔比莎,大大嘲笑了一通杜卢马拧成麻花的心理,也许他在苏人解当兵的时候,中了神经毒气,大脑受损了。记得那天我不顾一切地想和塔比莎在一起。她在电话那头很快乐,看不起杜卢马还有他疯狂的言语,但她担心,我也担心。我想飞过去陪她,或者她到我身边也行。我会永远咒骂自己优柔寡断,没有付诸行动。她在西雅图,而我在亚特兰大,我们仍让遥远的距离横亘我们中间。我本可以轻松地为她离开这座城市,这儿没有什么能留下我。但她在读大学,我想等她读完这学期的课程,于是我们觉得最好留在原地。我记不起有多少次骂我们的徘徊不前。如果再爱一次,我再也不会等待,怎样爱得最好就怎样爱。我原以为我们还年轻,将来有的是时间。这种想法太可怕。爱,永远没法等待。

我站在自己公寓的门外，终究觉得自己不该进去。我不知道自己回家干什么，家里地毯上还有我的血，我又孤身一人。去埃德加多家怎么样？但我从未进过他家的门，这个时间不告而访也不大好。

我想走，离开这儿进车里，但车钥匙在公寓里。我考虑了几秒，想自己能不能忍受进公寓找到钥匙的那段时间。我觉得应该能，于是转动门钥匙。

在房内，我在脑海中闻到东尼娅的草莓香水味，然后是那个孩子的味儿。他是什么味道？甜甜的味道，孩子的味道，睡眠时还焦躁不安的味道。我头抬得高高的，不想去看地上的血迹，也不想看可能仍在地上的沙发靠垫。我在厨台上找到钥匙，抄在手中，快步离开房间。现在就连门关上的声音都不同了。

我钻进车里，决定去上班前在车里睡上一个小时，就在停车场。但停车场太靠近那两个袭击者和他们的车，还有基督教邻居，这些都是参与了事件或对发生的事置之不理的人和物。我胡思乱想各种可能。开到某个公园去睡？找个地方吃早饭？开去牛顿家？

最后一个主意似乎很好。我开始工作和读书后，见牛顿一家少了些，但他们说家门永远为我敞开。今天早上这个时刻，我知道我需要去那儿。我可以轻轻地敲他们家窗户，厨房早餐角的那扇窗户，杰拉德醒得很早，他会来到门前欢迎我进去。我可以在他们家电视房里那套组合沙发上打一会儿吨，一边闻着房内狗、大蒜和空气清香剂的味道，一边好好地睡上一个小时。我会感到安全，感到有人爱我，虽然牛顿家其他人在我走后才知道我去过。

我离开乱七八糟的公寓，开车去他们家，只有几英里的路程。我沿着高速公路开，周围都是连锁店，然后进入迂回的林荫路，附近有广阔的草坪，整齐的篱笆，形状像微型谷仓的邮箱。我刚认识牛顿一家时，每周去他们家三天，在那儿吃晚饭，度过整个周末。

我们一起外出看亚特兰大勇士队的比赛，逛公园，看电影。他们一家都很忙，杰拉德是三家非盈利机构的董事，总是在工作；安妮热心参加教堂活动，他们还为我挤出时间，让我感到内疚。但我觉得自己也能帮上忙，帮艾莉森理解一些事情，比如战争、苏丹、非洲，甚至还有亚历山德罗，也许这也算互利。认识他们几个月后，我们一起在他们家屋外草坪上拍了张照片，艾莉森坐在草坪上，我和安妮、杰拉德站着。

"圣诞节贺卡要用这张照片。"他们说。

我没听错吧？他们要把我也放到圣诞节贺卡上？十天后，他们寄来一张绿色折叠贺卡，上面贴的照片就是我们拍的那张，四个人微笑着站在他们家郁郁葱葱的院子里。卡片上他们打上了一行字："节日快乐新年平安-杰拉德、安妮、艾莉森、多米尼克（我们来自苏丹的新朋友）"收到这张贺卡我觉得非常荣耀，也为被他们用这种方式接纳而感到光荣。我把贺卡用胶带贴在卧室墙上，就在床头柜上方。起先我放在客厅展示，但来我们家的苏丹朋友有时会嫉妒，向朋友炫耀这样的友谊不礼貌。

想到那张贺卡，我的心暖洋洋的，让我进一步想象走进牛顿家的拱门，但到了他们家房前，又觉得这计划很荒唐。我在干什么？凌晨四点四十八分，我停在他们家黑魆魆的屋外，往里面看有没有灯光。一片黑暗。难民不确定东道主的慷慨是什么限度时，就用这种方式。凌晨五点敲他们家的门？我疯了。

我开上路，停到离他们家一个街区的地方，如果屋里有人醒了，也不会看到我。我决定就在这儿等到上班时间。我也可以提前上班、淋浴，也许可以在俱乐部的礼品店买件新衬衫和裤子，在那儿我买衣服可以打七折，以前我曾享受过这种优惠。我可以冲洗干净、换上新衣服，看起来焕然一新，对谁也不讲发生了什么事。我厌倦了找人帮忙。在亚特兰大需要帮助，在埃塞俄比亚和卡库马需要帮助，我厌倦了。我厌倦了面见、拜访各种家庭，厌倦了既是又不是那些家庭的一员。

和杜卢马通电话、与塔比莎一起嘲笑他之后几星期，我又去了洛杉矶和鲍比·纽迈耶在一起。他组织了迷途少年在犹太教大学聚会，十四个迷途少年从全美各地飞来，讨论全国性组织的计划，还有能跟踪散居各地的所有成员进展的网站，也许还包括关于达尔富尔的统一行动或声明。我们刚刚落座准备开始上午的讨论，我的电话响了。迷途少年似乎都有手机上的麻烦，觉得不管身处什么环境，有电话就必须马上接，所以会议定下了规矩，开会时不准打电话。于是我没接塔比莎的电话。第一次休息时，我在过道看短信，是早上十点半发来的。

"阿沙克，你在哪儿？"她问，"立刻回电。"我回了电，结果转到了语音信箱。我留言说今天会一直很忙，开完会再打电话过去。后来她又打电话过来，但那时我关了机。下午四点，我开机后，第一个打进的是阿科尔·阿科尔。

"你听到消息了吗？"他问。

"什么消息？"

他长长地停顿了一下。"我等会儿再打给你。"他说。

过了几分钟他打过来。

"你听到塔比莎的事了吗？"他问。

我说没听到，他又挂了电话。我只能猜测塔比莎试过通过阿科尔·阿科尔联系我，她大概很烦闷，甚至抱怨我的失踪，还有无情。以前不管什么时间想联系上我，却没联系上，她都会说这样的话。

电话又响了，还是阿科尔·阿科尔。

他告诉我他知道的事：塔比莎死了，杜卢马杀了她。塔比莎一直住在她朋友维罗妮卡的公寓里，以为在那儿能安全避开杜卢马。杜卢马发现了她，打电话威胁说要过去。塔比莎态度轻蔑，不顾维罗妮卡的劝说，说你敢过来试试。维罗妮卡不想开门，但塔比莎不怕。她臂弯里抱着维罗妮卡的宝宝，开了门锁。"我来对付那个可怜的家伙。"她对维罗妮卡说，打开了门。杜卢马跳了进来，手拿一把匕首，往塔比莎的胁下直刺，孩子被抛到半空。维罗妮卡接住孩子，杜卢马把塔比莎推到地板上。维罗妮卡无能为力地望着杜卢马刺了塔比莎二十二刀。最终他慢了下来，收手了。他站直了，呼吸沉重，看了看维罗妮卡，疲倦地笑了笑。"我得确认她死了。"他说，然后站在塔比莎的身前等着。

等到塔比莎死了，杜卢马走出公寓，从一个天桥上跳了下去。我问阿科尔·阿科尔他有没有死。他没死，目前在医院里，脊椎摔断了。

我离开会场，独自一人走了段时间。校园俯瞰着高速公路，路上车辆来来往往，带着噪音冷漠地飞驰而过。这一切太快了，无法相信，无法感觉到。但我肯定，在我踽踽独行的那一个小时里，完全只有我一个人。我的生命中没有上帝，甚至脑中的想法一度是有生以来最黑暗的。

我回到会场，告诉鲍比和其他几个人发生了什么事。那天会议停止了，他们想安慰我。我想直接飞到西雅图，但阿科尔·阿科尔叫我别这么做。他说塔比莎的家人都很伤心，她的弟弟不想见我。我还不能面对她死去的现实，第一天里我一直思索着原因和答案、复仇和信仰。

"上帝对我有意见。"我对鲍比说。我们在从会场开车回家的路上。他有一阵子没说话，他的沉默让我觉得他同意我的话。

"不，不会，"最后他说，"不是这样的，只是——"

但我肯定有一条信息正传达给我。

"对这一切我很抱歉。"鲍比说。

我跟他说他不需要抱歉。

鲍比努力寻找适当的言辞，让我不要自责。关于上帝在塔比莎被害一事上的意图，他要我去读些东西。但那一段路上，他多次大喊着拍打方向盘，把双手插进头发中。

"也许这是个愚蠢的国家，"他说，"也许我们只会逼人发疯。"

这是距离今天四个月前的事情。虽然脑海中回响过低声的质疑，虽然有时确实不信上帝，但我的信仰没有改变，因为我从未感觉到上帝干预过任何事。也许我以前没从老师那里接受过这方面的教育，说上帝引导风向将我们吹翻或载我们前行。但那天我们开车时，我听到这些话，发现自己拉开了自己和上帝的距离。以前我有些朋友带来的麻烦比愉快要多，我觉得他们不是益友，就想法子拉开距离。现在我对上帝和信仰也有和对那些朋友一样的看法。上帝存在于我的生命中，但我不想仰仗他。我的上帝不可靠。

塔比莎，与你相聚之前我会一直爱你。我们这样的恋人会得到安排，肯定有的，在来生或者不管什么样的形式，一定会有为我们所做的准备。我知道你对我不够有信心，还没有在所有人中选定我，但现在你走了，让我可以当作你正要决定我就是你的唯一。也许这么想不对，我知道除了我和杜卢马，你还喜欢其他男人给你打电话。我们还年轻，都没有定好计划。

塔比莎，我时常为你祈祷。最近我在读特蕾莎修女和罗哲修士写的一本叫《寻找上帝之心》的书，每次重读，都发现有不同的段落看上去是为我写的，描述我没有你时的感受。书中罗哲修士这么对我说："基督之后四百年，北非有个叫奥古斯丁的信徒，他屡遭亲友死亡的不幸，有一天他能对基督说，'我的心灵之光不让阴暗接近我。'在他的审判中，圣奥古斯丁意识到复活的基督从未离开过他，一直都在，那是他黑暗中的光芒。"

这些语句多次帮过我，但我也多次发现这些话空洞无力，无法令人信服。我很尊重作者，但他们似乎不知人的灵魂中会隐藏着狂怒的一面。他们经常要我用祈祷来回答自己的疑问，可祈祷太像画饼充饥了。但即使我很灰心，再读其他地方，还能找到新的一段像是对我讲的话。是这里了，特蕾莎修女写的："苦难，如果有人共同承担，共同忍受，就是快乐。记住，基督受难的痛苦总是终结于基督复活的快乐，所以当你心中感受到基督所受的苦难，记住复活就要到来——复活节的快乐即将来临。"她给出一段祷文，过去几周里我祷诵了很多次。这一天凌晨时分，街灯发出琥珀色的光芒，头顶枝叶悬垂，我坐在车里低诵这段祷文。

> 耶稣我主，让我们醒觉
> 只有我们自身不断死亡
> 以及自我中心的欲念消失
> 我们才能醒悟，才能澄澈

因为只有与你一同经历死亡
我们才能与你一同复活

塔比莎，没有你的这几个月里，当我念及你会在哪儿，是去了天堂、地狱，还是某个炼狱，总是感到难以承受，想杀人，又想自杀。我痛苦地挣扎，想杀了杜卢马，在最黑暗的时刻，觉得活在人世毫无意义。我每天晚上喝酒，让自己能暂时放松一会儿。通常两瓶啤酒可以让我入睡，即便只是断断续续的睡眠。阿科尔·阿科尔起先很担心我，但他看到我情况渐有好转了。他知道我以前经历过这种心境，知道我曾经站到自我了断的悬崖边缘，但又走开了。

塔比莎，我没有跟你讲过那些黑暗的日子，那时我还很小。阿科尔·阿科尔也不知道，如果他那时和我在一起，我也不会陷落得那么深。我们在高尔科失散了，但都在去肯尼亚卡库马的路上。我们走的是同一条路，只是日子不同。我最后看到阿科尔·阿科尔是在救助儿童会的医疗帐篷里，他正接受脱水治疗。我很胆小，以为他死定了，觉得没法承受，于是没道别就跑了，和另一队人离开了营地，想避开马上就要来到的他的死亡，避开所有的死亡。我和第一批人一起，进入了正等待我们的肯尼亚风沙之地。

塔比莎，我徒步的最后几天是摸黑走的。我的眼睛肿得睁不开，走路看不见东西，总是想抬高脚以免绊倒，但拖着腿很难迈过路上的石头。我又累又不辨方向，头脑昏乱，就像今天早上这样。早上我挨了打，又思念你。那天夜里似乎是年幼的徒步孩子死掉的好时机。是的，我能继续活下去，但日子越过越糟糕，毫无好转迹象。随着时间推移，我在皮尼亚多的生活越来越差，恐怕现在阿科尔·阿科尔也死了。我在朝着肯尼亚进发，对那儿能有什么却一无所知。我记得自己想象过埃塞俄比亚的高楼和瀑布，跨过边境却大失所望，只看见跟离开的地方相同的荒芜景象。很多年来，上帝怎么对待我们这样的孩子一直很明确，我们的生命没有价值。上帝用无数方式杀死了我这样的孩子，无疑还会有更多的方式。肯尼亚的领导人也会推翻重来，就像埃塞俄比亚的一样，还会有一条吉罗河。我知道我们无法再承受那样的打击，一旦再发生，我不会有力气逃跑、游泳，也不会有力气抱着一个安静宝宝。

所以那晚我不走了，坐着看孩子们拖着沉重的脚步走过。停步不前就是极大的解脱。我太累了，比我发觉到的还要累。我坐在滚烫的路上，感到前所未有的轻松。我的身体那么喜欢这种休息，我想自己能不能像威廉·K一样闭上眼睛就离开人世。我没感到距离另一个世界很近，但威廉·K大概也没有感觉到。威廉·K只是坐下来休息，一会儿就走了。于是我躺下，头枕在路上，望着天空。

"嘿，起来！你会被碾死的。"

是一个过路的男孩的声音。我默不作声。

"你没事吧？"

"我没事，"我说，"请你继续走吧。"

夜空清澈，群星悠然闪烁。

塔比莎，我闭上眼睛，努力回想母亲。我想象她穿着黄裙沿路走来，那缕明黄就像落日的色彩。我爱看她沿着路向我走来，她走过来的一路上我目不转睛。她到了我身边，我告诉她我无力再撑下去了，撑下去只会继续受苦，也看着别人受苦，然后等着再受苦。在我的想象中，母亲没有说话，因为我不知道她会对这一切说些什么，就让她保持沉默。然后我赶走想象，死去的时候似乎应该赶走脑海中的一切想法，一切幻象，集中精神去死。

我等着，头枕在石头上，等待死亡来临。我仍能听到孩子们窸窸窣窣的脚步声，但很快没人打扰我了，这似乎是个好兆头。也许他们以为我已经死了，也许暗夜大风中他们根本没看到我。我感觉像到了某种边缘，也许只是浅浅的睡眠，这时听到有人停下脚步，站到我身前。

"你看上去没死。"

是个女孩的声音，我装作没听见。

"你睡着了？"

我不回答。

"我在问你，你有没有睡着？"

这声音在我耳中那么响亮，真烦人。我仍一动不动。

"我看见你眼睛闭得更紧了，知道你还活着。"

我心中一个劲儿地骂她。

"你不能睡在路中间。"

我继续想用闭眼的方式离开这个世界。

"睁眼！"

我眼睛闭得更紧了。

"你这么用劲，怎么睡得着？"

这是真的。我睁开一条缝，看到女孩的面孔距离我面前不到五英寸，她比我小一点儿，是少数步行女孩之一。

"请不要管我。"我低声说。

"你看上去像我哥哥。"她说。

我又闭上了眼。

"他死了，但你很像他。起来！我们是最后面的人了。"

"拜托，我在休息。"

"你不能在路当中休息。"

"我以前在路上休息过，请不要管我。"

"那我跟你待一起。"

"我要永远留在这儿。"

她拽住我的衬衫拉我起来。

"不会的，别傻了，起来！"

她把我拖起来，我们一起走。这女孩名叫玛丽亚。

我觉得比起跟她在黑暗中争辩，和她一起走更简单些。我明天也可以死，她不能一直看着我。于是我跟她一同走，让她高兴，也让她安静。晨曦初露时，我们和其他一万个孩子到了沙漠中心。有人告诉我们，这就是

317

我们的下一个家。这一天，我们站在这片土地上等着，卡车和红十字会的车辆运来了更多的人。这里荒无人烟，满是沙尘，没一个丁卡人会考虑定居此地。这里干旱荒凉，寸草不生，大风永不停息。但沙漠的中心会变成一座城市。这里是洛基察吉奥，很快就会成为地区国际援助聚集地。向南一小时的路程就是卡库马，那里零星地居住着肯尼亚的牧人，称为图尔卡纳人，但一年之内，将有四万苏丹人去那儿。那里将成为我们的家园，一住就是一年，两年，十年。在一个地方住十年，而那个地方，除非走投无路，没人想在那儿过上一天，一个也没有。

你在那儿，塔比莎。那时你和我一起，我相信你现在也与我同在。我曾经想象母亲穿着落日色彩的裙子向我走来，我这样来寻求安慰，现在我也想象着你穿着粉红色的T恤衫，从自动扶梯上走下，瓜子脸上绽放灿烂的笑容，四周的一切都停顿了。

第三部

卡库马

二十二

塔比莎去了之后，菲尔常打电话给我。安妮和艾莉森也打过电话，他们说只是和我聊聊天，但我知道其实是担心我的健康和心理状况。我猜他们已经看不懂我了。他们现在知道在美国的苏丹人会杀人，还会自杀，然后呢？他们想，也许瓦伦蒂诺也会？我承认有好几个星期我哪里也不想去，几乎没去上课，工作也请了假，天天躺在床上或看电视，要么就是漫无目的地乱开车。我试着去读描写悲伤的书，把手机关了。

鲍比说，是这个国度的疯狂害死了塔比莎。她死后那黑暗的几周内，有时我忍不住想，美国就是罪犯的同谋。在苏丹，从未听说年轻人杀害女人。马里尔拜从未发生过这种事情。我想家族中任何一人都不记得有这种事儿，不论何时何地都没有。这里生活的重压改变了我们，有些东西正在流失。

苏丹男人开始自暴自弃，风格大变。不久前，密歇根有个苏丹人杀了他的妻子和无辜的孩子，然后自杀。我不知道具体是哪个城市，也不知道事件的完整始末，但此事美国的苏丹人无不耳闻。据说这人的妻子想去佐治亚的雅典城看望她的家人，但他不让去。我不清楚缘由，不过在传统苏丹社会，身为丈夫并不需要理由，丈夫对妻子具有支配权，妻子可能被殴打，甚至一连被打几个月。所以他们吵架了，妻子挨了打。丈夫觉得他已经表明态度，但第二天妻子还是走了。之前几周她没告诉丈夫就给自己和女儿买了去雅典城的机票。也许她觉得可以自己做主，也许根本不在乎丈夫的意见。但密歇根的这个男人很在乎。当妻子女儿在雅典城看望姑妈和表亲时，他在家里怒气冲天。照我说，男人丢面子这事儿可能产生可怕的后果。妻子女儿回来后，他用周末刚买的刀把她们堵在门口，在门厅里杀了她们，一小时后自杀身亡。

我忍不住想，杜卢马是学了这个人，学了这种有权惩处离开自己的女人、自己却无须受到惩罚的观念。这在苏丹也是不可能发生的事情。苏丹男人不会杀死自己的孩子，也不会自杀。在南苏丹，很多人虐待妻子，妻子被殴打抛弃，但这种事却从未发生过。

有人说这是妻子的错，她们有了新想法，而男人墨守成规，不愿去适应，彼此间起了冲突。塔比莎可能堕过一次胎，也可能没有——我没有问她，因为我无权过问，然后她主动离开了杜卢马。这些做法在传统苏丹社会从未有过，即使在道德环境相对松弛的卡库马也很罕见。在南苏丹，连婚前性行为都非同小可，通常会让女人根本无法嫁人。处女更受欢迎，一家人家如果出嫁的女儿是处女，往往能得到更为丰厚的彩礼。跟美国人讲这些常收到有趣的反应，他们不相信在没有妇科检验的情况下居然可以判定女人是不是处女。

苏丹人的做法很简单。婚礼前一夜，两三个新娘的娘家人，通常是新娘的姑姑，将一张洁净的白床单铺在婚床上。婚礼那天夜里新郎可以和新娘相会，那些妇女躲在房内，或守在房门外。新郎第一次进入新娘时，新娘发出惨呼。妇女们等到能进去，立刻去检查床单上的处女膜落红，以证明自己的侄女的确是处女。她们把证据拿在手，回去告诉新郎和新娘双方的亲戚。

但在美国，出现了婚前性行为。果断的年轻姑娘也决定和愤怒的苏丹青年断绝关系。他以为她是为了钱离开他，只因为我的名字在卡库马很有名，他就断定我在亚特兰大是个富人，这在他心中打了个死结。他在暴怒中给她打了几个电话，用很难听的话骂她。他警告她，甚至威胁说如果她胆敢弃他选我的话，他就会走极端，做出不可挽回的事情。

我有点恼塔比莎的是，她居然没把他的威胁当真，这真令我觉得近乎疯狂。杜卢马参加过苏人解，打过机关枪，曾在尸横遍野的战场上出生入死。这种人的威胁岂是说说而已？然而她没有对我讲过那些警告。我虽然知道他会说到做到，但以为他已经被我们的电话安抚好了，以为他接受了她已对他不感兴趣的事实。

菲尔在电话中和鲍比一样，为我在他的国家中遭遇不幸向我道歉。鲍比没有宗教信仰，但菲尔是个虔诚的信徒，我们详尽地谈了我们的信仰中遭受考验的问题。菲尔说起他遇到重大危机或遭受无谓痛苦时信仰动摇的一些经历，我觉得很有趣。我不知自己是否有过怀疑。我更愿意责备自己：我做了什么事，导致灾难降临到我和我爱的人身上？不久前，东南部的迷途少年准备在亚特兰大发起一个聚会，一辆来自北卡罗来纳格林斯博罗市装满与会者的车在高速路上翻了，司机丧生，两名乘客受伤。次日，另一个格林斯博罗市的迷途少年，因这起事故心神错乱，加上生活中的其他失意，在家中地下室上吊自杀。难道我所遭受的诅咒如此之强，笼罩了我认识的每个人？还是只因为我认识的人太多？

我并不是指这些死亡只是对我的考验，因为我知道上帝决不会仅仅为检验我一个人的信仰是否真诚就带走这些人，就带走塔比莎。我不会去揣测上帝带走她的动机，但她的死促使我思考信仰和生命。我仔细回顾自己的经历，有没有犯错，是不是一直是上帝的好孩子。虽然我想坚持方向，祈祷时加倍诚恳，定时参加弥撒，我还是意识到这是开始新生活的时候了。我以前也这样做过，每次都是旧生活结束、新生活开始的时候。我的第一段生活在离开马里尔拜时结束，从那以后再也没回去，也没见过家人。在埃塞俄比亚也有类似经历，那里我住了三年，意识到在苏人解的大计划与南苏丹的未来之中我会处在什么位置。最终，我们到了卡库马，我又开始思考了。

步行去肯尼亚后，当玛丽亚在路上发现我想回归上帝时，有几个月的时间我一直在想自己到底为什么被生在这个世上。这似乎是个严重错误，是一个不能兑现的承诺。卡库马有个乐手，过去是那里唯一的乐手，他整日整夜用拉巴卜琴①弹着同一支曲子，旋律欢快，歌词的意思却相反。"是你，母亲，是你，"他这么唱，"是你，给了我生命，是你，我怨恨。"接着他责怪他母亲，还有丁卡大地上所有母亲，她们给了孩子生命，却只能

---

① 拉巴卜琴，一种弓弦乐器，出现于公元八世纪之前，随着战争和伊斯兰贸易传播于北非、中东以及欧洲和远东部分地区，是小提琴的远祖。

让他们生活在西北肯尼亚的肮脏之中。

西方世界总有种观点,认为难民营是暂时的现象。巴基斯坦地震①画面传出后,看到幸存者住在连绵不绝的泥板岩色帐篷里,等着入冬前得到粮食或救助,多数西方人以为这些难民很快就会回到自己家中,那些帐篷六个月内、顶多一年内就会拆除。

但是,我是在难民营长大的。在皮尼亚多住了近三年,高尔科近一年,卡库马十年。在卡库马,帐篷小区逐渐扩大成一大片难民窟,由棚屋和用撑杆、麻袋和泥巴造的房子拼凑而成,那就是我们在一九九二年到二〇〇一年间居住、工作和上学的地方。那里即便不是非洲大陆最糟糕的地方,也一定相差无几。

虽然如此,那里的难民们仍有自己的生活。就像其他地方的人一样,我们吃饭、谈笑并长大。有货物买卖,有婚嫁喜事,有婴儿出生,有疾病也有康复,也常有人去第八区,从此脱离苦难。我们这些年轻人去学校读书,一边为格莱迪丝小姐和塔比莎那样的女孩神魂颠倒,一边竭力保持清醒,集中精神,保证一天能吃上一餐。我们尽量避免与来自索马里、乌干达、卢旺达的其他难民以及西北肯尼亚的原住民发生冲突,还得时刻留意来自故乡的消息,留意家人的音讯,留意任何离开卡库马的机会,不论这机会是暂时的还是永久的。

在卡库马的第一年,我们一直认为随时可能重返家园,以为会不断收到苏人解的捷报,普遍的乐观情绪让我们以为喀土穆的投降为期不远。一些孩子陆续得到家里的音讯——谁活着,谁死了,谁逃到了乌干达、埃及或更远的地方。苏丹人继续逃离,散布到世界各地。而我在卡库马等待消息,父母和兄弟姐妹的任何消息。战火仍在持续,每周都有数百难民涌入,我们也渐渐接受了卡库马可能永远存在,我们也许要在这里一直住下

---

① 巴基斯坦地震,指二〇〇五年十月八日发生于巴基斯坦的南亚强震,共造成八万多人死亡,三百五十多万人流离失所。

去的现实。

这就是我们的家。一九九四年的一天，高普·肖尔·科隆愁眉不展。在难民营我当他是父亲，我从未见他如此慌乱。

"我们真得把这地方整理一下。"他说，"一定得打扫干净，造更多的房子，然后再清理干净。"

一连几个星期，他每天早晨都这么说。早晨是他最焦虑的时候，他说每天早上种种责任感就像咆哮着的鬣狗扑到他身上。

"你觉得再造两间房子够吗？"他问我。

我说应该够了。

"不管怎么样，永远都嫌不够。"他说。

他不敢相信妻子和女儿就要到这个地方来了。

"我真不敢相信她们要来这里了，来这个老鼠洞！"

那时我已和高普·肖尔一起在卡库马生活了近三年。高普来自马里尔拜，到卡库马之前曾在纳若斯和其他很多地方停留过。当一万多个和我一样徒步穿越黑暗和沙尘的孩子来了之后，卡库马诞生了。营地迅速扩大，不久就容纳了几万苏丹人，有的是全家一起，有的是家中几口人，有的是孤儿。一段时间后卢旺达人、乌干达人、索马里人，甚至埃及人也来了。

初抵营地时，我们住在自己盖的矮小的避难棚里，几个月后，终于得到了联合国难民署提供的撑杆、防水油布和其他材料，能建个像样点的家。很多像我一样的孩子，还有来自我们家乡和其他地区的家庭都住了进去，共用资源，共尽义务，保持家族的传统。营地人口越来越多，两万、四万，甚至更多，一直扩展到干燥的不毛之地；内战仍在持续，毫无消停的迹象，营地的将来也变得稳定，包括高普在内的许多人原本认为卡库马只是在南苏丹局势好转之前的临时居住所，现在也把整个家庭都接了过来。

对于高普将他的妻子和三个女儿接到这种地方，前景如何，我什么都没说，但私下里很是怀疑。卡库马是个可怕的地方，不适合居住，也不适合孩子的成长。可他别无选择。在马里尔拜东面的尼阿姆勒诊所里，他最

325

小的女儿已被诊断为患了一种骨病，那里的医生准备安排送她去卡库马附近条件更好的洛皮丁医院。但高普不知道究竟何时才能转院，所以花了大量时间打听消息，只要逮到一个洛基察吉奥的人，或者任何跟医疗和难民转送有关的人，就千方百计地打探。

"你觉得她们在这里会开心吗？"高普问我。

"和你在一起她们会开心。"我说。

"但这地方……这地方像是人住的吗？"

我没有回答。这里虽然条件差，但从一开始就很明显，这个营地不同于皮尼亚多、普查拉、纳若斯以及我们待过的其他地方。卡库马有预先规划，最初就由联合国运作。起初的工作人员几乎全是肯尼亚人。这些使得营地运作有序，然而内外的愤恨也同时滋生。图尔卡纳人在卡库马地区生活了千年，忽然间有人要分享他们的土地，要他们立即割让数千亩土地给几万苏丹人，后来又加上索马里人，而这些人和他们的文化背景完全不同。图尔卡纳人憎恨我们的出现，与此同时，苏丹人也憎恨肯尼亚人，因为他们好像把营地有薪酬的工作都抢走了。他们做着我们苏丹人在皮尼亚多更能胜任的事情，还能拿到报酬！此外，肯尼亚人在不厚道时认为苏丹人就像吸血虫一样，好吃懒做，稍不如意就满口牢骚。营地里还有少数欧洲大陆、英国、日本和美国来的援助人员，他们都小心谨慎地避免与非洲人抵牾，当营地爆发短暂骚乱时，都会撤出去。这些事情并不经常发生，但这么多民族的人挤在一处，人群复杂，食物匮乏，苦难深重，冲突也就在所难免了。

卡库马的生活是什么？那是生活吗？关于这个有过争论。一方面，我们活着，这意味着我们在生活，吃饭，交友，学习，恋爱。但另一方面我们又不知在何处。卡库马不存在。正如我们当初听说的一样，卡库马这个词在肯尼亚语里就是"虚空"的意思。不管这个词是什么含义，这个地方不像个地方。这里是炼狱，比皮尼亚多更像炼狱，皮尼亚多至少还有一条不会断流的河，很多方面都和我们离开的南苏丹相似。卡库马更热，风更大，土地更贫瘠。这里草木不生，没有森林提供原料，数英里内几乎什么东西都看不见,我们只能依赖联合国提供一切。

我到营地不久,摩西再次在我的生活中出现,然后又离开了。那时卡库马还没成形,我每天都沿着围墙散步,看谁来了,谁没有来。我看见苏丹人和图尔卡纳人争吵、欧洲援助人员和肯尼亚人争吵,看见家庭重建、人们结交新的朋友,甚至还看见秘密指挥官热情洋溢地向一群比我只大几岁的孩子讲话。我一直避开他和其他苏人解的人,因为我知道他们打的是什么主意。最初几周,我沿着营地边缘走,发现阿科尔·阿科尔终于也到了,原先"十一人"中的三个也来了。

我看见摩西时,场景并不激动人心。那是在卡库马头几个月的一天清晨,我从一群正裹在长毯里熟睡、头脚露在外面的年轻人身上跨过,就看到了他,摩西。他和一个同龄人在一起,正在小罐头盒里生的火上用平底锅烤阿思达馕①。他同时也看到了我。

"摩西!"我大喊。

"嘘!"他示意,快步向我走来。

他带我离开他的同伴,我们沿着营地边界散步。

"在这儿别叫我摩西。"他说。他和营地里的很多人一样,都改了名字。这是为了避开苏人解军官,他们可能在搜寻他。

和上次见面相比,他像换了个人。长高了几英寸,壮得像头牛,额角严峻如同一名真正的男子汉。但那狡黠的微笑、明亮的笑眼,让我觉得他还是那个摩西。他立刻跟我讲他当兵时的事,说的时候激动得喘不过气来,像是在描述一位极有魅力的女孩。

"不,不,我不是战士。我没打过仗,只是参加了军训。"他这么回答我的第一个问题,我顿时松了一口气。

"但这个军训,阿沙克,可和这儿的生活完全不一样,和皮尼亚多也不一样。那里很艰苦。在这儿我们担心食物,担心虫子,担心大风,但

---

① 阿思达馕,阿拉伯人的一种常见面食,外观类似馒头,传统上早餐时食用,也可作夜宵。

在那儿却要担心有人要杀我!我肯定他们想杀我!他们在那里杀了不少孩子。"

"用枪射杀?"

"不,不是。我想不是。"

"不像在皮尼亚多,处决囚犯那样?"

"不是的,不像那样。用不着子弹他们就能把人逼死。那么多孩子!他们挨打,被逼得筋疲力尽,被赶进了天国!"

我们走过一个小帐篷,里面有个白人摄影师正在给一位苏丹母亲和她羸弱的孩子拍照。

"你开过枪吗?"

"是的,我打枪那天天气很好。你开过枪吗?"

我告诉他我没有。

"他们给我枪的那天,天气好极了。是卡拉什尼科夫冲锋枪。我们等了很久,终于等到让我们去射靶。天啊,枪太厉害了,开枪时枪好像在射你,他们把这个叫后坐力。我的肩膀到现在还酸呢,阿沙克。"

"哪只肩膀?"

他指了指右肩,我对着他右肩重重地捶了一拳。

"别!"

我又朝他打去,这次力道难以承受。

"别打!"他挡住了我。

我们扭打在一起闹了几分钟,因为又累又饿,我们发觉自己没力气好好摔跤。我们比在皮尼亚多时更饿,一天只吃一顿饭,晚上和其余时间尽量减少活动以节约能量。不知为什么,联合国在皮尼亚多提供粮食比在卡库马容易一些。我们站起来继续走,路过了一群苏人解家属居住的棚屋。

"他们给了我五发子弹,我射击时帮我稳住枪。我们卧倒,腹部贴地以保持静止。很疼,不过看到子弹从枪里打出去我很高兴。我脱靶了,子弹不知打哪儿去了,再也没找到,大概打到天上了。"

我说军训看起来挺好的。

"不,阿沙克,一点儿也不好,没有人觉得军训好。我曾经被单独挑出来受罚,他们觉得我做错了什么事。有一天队列时我迟到了,他们认定我是惹麻烦的人。后来我发现他们把我和另外一个摩西弄混了。但他们仍然觉得我是个坏家伙,还是惩罚了我。他们把我放进一个围栏,就是关牲畜的那种围栏,我在那里站了两天。没法坐下,直到睡过去之前我一直站着。他们让我从黎明睡到日出,也许就两小时。那里比阿拉伯人家里还糟糕。我在阿拉伯人家里时,很容易就去恨他和他家那些孩子。但在这里我却想不明白,我去邦加是军训和打仗的,他们却打我,甚至还想杀我!我发誓,这是真的!说是军训,说是要把我们训成男子汉,但我知道他们其实是想杀了我。你有没有感到过有人真的想杀你?就杀你一个?"

我思索了一下,觉得自己也不能肯定。

"我们整天都在跑,阿沙克。我们跑上山,再跑下来。边跑教官边打我们,大声训斥我们。但孩子们没那么坚强,那些教官又不够明智,他们把自己的教练方法强加在我们身上,却没想到孩子们实在太虚弱了,一个个皮包骨头。你能一边挨打一边跑上山顶吗,阿沙克?"

"不能。"

"所以孩子们跌倒了,很多人摔断了骨头。我看到一个孩子摔倒,那时我们正从山上往下跑,有个教官在训斥他。孩子叫丹尼尔,和我差不多高,但更瘦,我一看到他就觉得他不应该来邦加。他年龄最小,跑得很慢,比你走路还慢,这让教官很生气。他们不想让他留在营地,就像不想让我留下一样。所以他们训斥丹尼尔,还叫他大粪。大粪成了他在邦加的名字。"

我们都笑不可抑,从未听说有人叫大粪。

"我们经常跑上山,再跑下来。有一次跑下来时天几乎黑透了,太阳已落山,很难看清东西。有个教官叫弗朗西斯同志,他对所有人都很残酷,不过之前我没见他为难过丹尼尔。那天晚上丹尼尔到哪儿他就跟到哪儿,有时跑在他旁边,有时在他前面倒着跑,总是吹着哨子。他有个哨子,就在丹尼尔的耳边吹。"

"那丹尼尔呢？他怎么做？"

"他很伤心，但没有生气。我猜他可能在装聋。他似乎像没听见任何声音，只是一个劲儿地跑。后来弗朗西斯踢了他一脚。"

"踢了他？"

"山坡很陡，阿沙克。所以被踢后他像是飞起来了，我看他飞了有二十英尺远。他原先正跑着，本来就有冲力。他飞起来时，阿沙克——对不起，我是说瓦伦蒂诺，他飞在半空时，我胸口很难受，感觉糟透了，心都沉了下去。丹尼尔飞下山去，下面全是石头，我知道这下完了。落地时发出像是树枝被折断的声音。他躺倒在地，一动不动。"

"他死了吗？"

"立刻就断了气。我看到他的肋骨露了出来。我从来不知道有这种事儿。你知道肋骨能刺穿皮肤吗？"

"不知道。"

"三根肋骨穿了出来，阿沙克。一出事我就走了过去。教官以为丹尼尔会站起来，所以什么也没做，还在那儿吹哨子。但我听到了那声音，就走到丹尼尔身边。他睁着眼，目光好像穿过了我。那是死人的眼睛！你明白死人的眼睛是什么样的，我知道你明白。"

"是的。"

"然后我看到了肋骨，像动物骨头一样。宰杀动物时会看见那种骨头，白色的，带着血，是吧？"

"是的。"

"就像那样。肋骨也很锐利，由于折断了，刺出来的部分很尖，像弯刀一样。我站在那儿，教官大声叫我继续跑。我转过头，那里还有另两名教官。我猜他们知道事情糟了。他们打我，我跑下山。我看见他们围着丹尼尔。三天后他们告诉大家丹尼尔死于黄热病。但谁都知道这是谎言，从那时起孩子们开始逃跑，我也是那时离开的。"

摩西和我绕了营地一圈，回到了他刚才和同伴一起生火煮阿思达馕的地方。

"我们还会再见面的，对吧，阿沙克？"

我告诉他那是当然，会再见的，但其实后来见面并不多。几星期里，我们一起在营地里游荡，谈论所见所闻。不过摩西说完他的故事后，没有兴趣再谈论过去的事。他将身在肯尼亚视为好机会，似乎常常在想该怎么利用这个机会。初期他做些小买卖，银器、杯子、纽扣、针线等，本钱很小，但一天内就能翻三倍。他动作总比我快，而且坚持不懈。重聚后不久的一天，摩西说有个消息要告诉我。他说他有个叔叔，很久以前就离开苏丹住在开罗，最近发现摩西到了卡库马后，准备安排他去内罗毕读私立学校。除了他还有其他人有这个机会。每年有几十个孩子被送到肯尼亚的寄宿学校去读书，有些人通过奖学金，还有一些人通过各种途径找亲戚，或被亲戚找去。

"对不起。"摩西说。

"没关系的，"我说，"给我写信。"

摩西从未写过信，因为男孩之间不写信。终于有一天，他走了，正好在留下的人的难民营学校开学之前。此后我有近十年没有听到他的消息，直到发现我们两个原来都到了北美生活——我在亚特兰大，他在不列颠哥伦比亚大学①。每隔几周，他给我打电话，或者我打给他。他的声音总是充满宽慰和鼓舞人心的力量，他永不会被打倒。他先去内罗毕读书，后来去了加拿大，即使耳后留下一个"8"字形的烙印，也不妨碍他勇气十足地往前闯。任何东西都不能让摩西却步。

玛丽亚和同样来自她家乡的养父母住在一起。在卡库马，不完整的家庭都建了自己的新家。玛丽亚原先和三个姑娘以及其中一位的祖父住在一起，后来那老人死了，三个姑娘不是结婚就是回苏丹，只剩下玛丽亚等人领养。有一天我找了她一上午，终于在卡库马一个角落看到了她的身影。她正在往晾衣绳上晾男人的衣服。

---

① 不列颠哥伦比亚大学，位于加拿大温哥华地区的著名大学，当地华人一般简称为卑诗大学。

331

"玛丽亚!"

她转过身，笑了。

"睡虫！我上周在学校里找过你。"

我不介意她叫我睡虫。在卡库马我有很多名字，这个是最有诗意的。路上玛丽亚在夜里救过我的命，她怎么叫我，我都没意见。

"你今年读几年级?"我问。

"标准五级。"她说。

"嚯！标准五级!"我向她深鞠一躬，"真是个非同一般的女生!"

"他们也这么说。"

我们都大笑起来。我本不知道她学习成绩这么出类拔萃。她年纪比我还小，居然已上了标准五级。在那个班里她一定是最小的。"这些都是你的衣服?"

我指着一条垂到地上的裤子，衣服的主人身高至少有六英尺半。

"是我父亲的。他原先是我们村摆弄自行车的。"

"修理自行车?"

"修自行车，也卖自行车。他说原先和我爸爸很熟，不过我不记得他。现在我和他在一起，他管我叫女儿。"

玛丽亚说有很多事情要做，比以前做过甚至听闻过的都多。每天都是日常杂务和功课，太阳落山后总是筋疲力尽，累得说不出话。和她住一起的那人正等着两个儿子来营地，玛丽亚知道他们来了之后，她的工作量会变成原先的三倍。她把衣服都挂好后，看着我的眼睛。

"你觉得这地方怎么样，阿沙克?"

她看我的方式和多数苏丹女孩完全不同，一般她们不会这么直视你的眼睛，不会这么直接地说话。

"你说卡库马?"我问。

"是的，卡库马。这里除了我们什么也没有，你不觉得很怪吗？只有人和沙子！我们砍了所有的树，割了所有的草，来造房子和生火，结果呢?"

"你想说什么?"

"我们就留在这儿？永远留在这儿，直到死？"

那之前我从未想到要老死在卡库马。

"战争结束前我们留在这儿，然后我们就回家。"我说。这是高普·肖尔乐观的口头禅，我觉得自己被他说服了。玛丽亚听了大笑。

"你不是认真的，是吧，睡虫？"

"玛丽亚！"有个女人的声音从棚屋里传来，"姑娘！过来！"

玛丽亚做了个苦涩的鬼脸，叹了口气。

"再开学时我在学校里找你。再见，睡虫！"

高普·肖尔是个教师，他有谋有识，与苏人解有着若即若离的关系。我们一起建的住所，被公认为周围最好的房子之一。我们利用联合国提供的撑杆和塑料篷布，造好了房子，在屋顶覆上棕榈叶，这样可以日凉夜暖。墙是泥墙，床用麻袋堆成。但卡库马夜晚太热，我们一般都睡外头。我们就在露天睡觉，我也在外面借着月光或者共用的煤油灯学习。

和康迪特老师一样，高普要我为了苏丹的将来而勤学不辍。他也想象一旦战事结束、南苏丹独立，我们这些在皮尼亚多和卡库马接受教育、受益于国际社会援助的专业技术与材料的人，能有准备去领导一个新苏丹。

但对我们而言，很难看到这些将来，因为我们眼中的卡库马一团谜沙。床垫上积满沙尘，书和食物上也蒙着沙土，甚至从未听说过吃饭没吃到沙子的。我们借来的或别人给的钢笔很少能正常使用，一小时内沙尘就会堵住笔管。只能用铅笔，即便铅笔也是珍稀品。

我每天晕倒十几次。每当快速站起来时，眼角就发黑，醒来发现自己躺在地上，奇怪的是从未受伤。阿科尔·阿科尔把这个叫"走入黑暗"。

阿科尔·阿科尔仍和营地里的孤儿住在一起，很懂那些流行的说法。他和六个男孩、三个前苏人解士兵合住一间房子。其中一个男人大约二十岁，失去了右手，我们叫他芬格斯。

粮食总是短缺。以农业为生的苏丹人不能在营地里养牲口，图尔卡纳人又不准苏丹人在营地外养。卡库马没有地来种庄稼，土壤也不适合任何作物生长。水龙头附近能种少许蔬菜，但相对于四万难民的需要，其中很多人还患有贫血病，这微不足道的菜园几乎等于没有。

每天学校里都有学生因病缺席。我这个年龄的孩子，正是长身体的年纪，但是吃的东西却缺乏足够的营养，于是腹泻、痢疾和伤寒肆虐。开学初期，每当有学生生病，学校知道后就鼓励大家为那个孩子祈祷。如果他返回学校，大家为他鼓掌，尽管有些孩子觉得最好和刚刚病愈的人保持距离。如果他没有康复，老师们课前会把我们召集到一起，告诉我们坏消息，那一定是这个孩子死了。我们中有些人会哭，有些人不会。有很多次，我不记得自己是否认识那个孩子，就等哭着的孩子停止哭泣，然后继续上课。不认识那孩子的学生偷藏着一点满足，因为他的死意味着大家当天可以早点放学。一个孩子死了便停课半天，我们可以回家睡觉，可以休息，更好地去抵抗自己身上的疾病。

过了段日子，由于死去的孩子太多，我们没时间为每一个哀悼了。认识的人悄悄地悼念，健康的人希望自己永不得病。课仍得上，再也不会放半天假了。

这让学习变得困难，想要在学业上取得进步近乎空想。很多孩子对此过于沮丧，干脆不来上学。我所在的初中班上原有六十八人，最后只有三十八人进入高中。但这里比在苏丹要安全些，也只有这点好处。我饿，但每一天都满怀感激，因为眼下我是自由的，没有苏人解征兵的威胁。总体上，在这儿较少挨打，报复行为和好战思想也少。那段时间，我们不是火种，不是小红军，我们只是孩子。又过了些日子，我们有了篮球运动。

在卡库马自从我发现了篮球运动后，立刻就认定自己很在行，以为会像马努特·博尔一样被送到美国去打职业篮球赛。营地里，篮球运动不像足球那样受欢迎，但吸引了数百名个子高的或速度快的孩子。足球场上一大群人挤在一起传球，相比之下，我们更喜欢篮球场，在那里能获得更多的接触球的机会。乌干达人熟悉篮球运动，所以擅长战略，索马里人速度快，但苏丹人的长腿长手远胜他们，在这项运动中占据绝对优势。一起打临时比赛时，不论对手组成什么样的队伍对付苏丹人，我们总是团结抗战。不管对手的外围投篮有多准,后卫速度有多快,能召集多强的力量,我们始终能赢得比赛。这给了我们强烈的自豪感,以为自己是非洲之王,一定是被上帝选为芒尼央了。

在家人到达之前的几天,高普设想了很多他妻子女儿没能赶到卡库马的景象。他觉得她们也许会被强盗枪杀。我告诉他那根本不可能,她们会和很多人一起来,很安全,也许还有辆车。高普听了后,一两个小时内还算高兴,然后必然又陷入躁乱之中,把他的床拆了又装,又开始疑心重重。"如果女儿认不出我怎么办?"他每天问我六次。我也记不得父母的样子了,对于高普的问题无言以对。更糟的是,当时高普的女儿比我离家时更小,小得多。那时他的三个女儿都不到五岁,而现在八年过去了,没有一个见到高普就能认出他。

"他们当然认识你,"我说,"女儿都认识自己的父亲。"

"你是对的,你是对的,阿沙克。谢谢你,我想得太多了。"

每天高普都在等待来卡库马的人的消息。偶尔我们收到关于难民行进的只言片语,就会期待他们的抵达,并做好准备。已经三年了,每周仍有近千人新来,营地继续向外扩张数英里,以至于早上散步时我每天都有新路可走。卡库马扩充为一期、二期、三期、四期,成了一个难民的城市,还有自己的郊区。

新到的人多数来自苏丹各地,尤其是靠近肯尼亚的村庄,但几乎没有马里尔拜附近的。我问过的人大多没听过我家乡村庄的名字。如果有人听说过北巴赫尔-加扎勒的消息,都异口同声地说那地方已被从地球上抹去了。

"你是北巴赫尔-加扎勒人吗?"一个男子说,"那里所有人都死了。"

另一名失去了右腿的老人说得更具体,"北巴赫尔-加扎勒现在是穆拉林人的天下了,成了他们的牧场。他们已经接管了那地方,再也回不去了。"

有一天我正在学校前的水龙头边,一个我不太熟的孩子带来了我家乡的消息。这个名叫桑蒂诺的孩子跑过来说,洛皮丁医院有个来自马里尔拜的人。另一个孩子在医院治疟疾时和那人聊天,听他提到了我家乡。那人说甚至记得我叫阿沙克·邓。所以我应该立刻想法子去洛皮丁。这是许多年来第一次有人从马里尔拜来卡库马。

但接着我想起认识的一个叫丹尼尔·杜特的孩子,他也曾等着家里的消息,结果得知家人都死了。几个月后,丹尼尔宁可自己永远不知道。在怀疑但存有希望中度过一生,远比知道每个人都已死去更容易。知道家人已死,会让你依稀看见他们是如何死的,曾经受过什么苦,死后身体有没有被糟蹋。所以我没有立刻去医院找那个马里尔拜来的人。一周后我听说他走了,也没有不高兴。

高普在等他的妻子和女儿时,营地宣布了人口统计的公告,这让他心中无法平静。为了给我们提供服务和粮食,联合国难民署和卡库马的很多援助机构需要知道营地里有多少难民,于是一九九四年他们宣布要清点人数,说也许只需要几天时间。我可以肯定这件事的组织者觉得简单必要,也不会引起争议,但苏丹那些上了年纪的人,决不这么认为。

"你觉得他们是计划好的吗?"高普·肖尔说出他的满腹疑问。

我不明白他这么问是什么意思,但不久就知道了他和大多数苏丹老人深切关心的是什么。一些有学识的老人不由自主地想起了殖民时代,那时非洲人被迫在脖子上挂着身份标识牌。

"清点人数会是新殖民时期的借口吗?"高普·肖尔若有所思地说,"很有可能,极有可能!"

我没有说话。

与此同时,反对人口统计的理由还有现实考虑,而不仅仅是象征性的,比如很多老人猜想,统计后口粮将减少而不是增加。如果发现我们的人口比预测的少,世界各国的粮食捐赠就会减少。卡库马年轻人和老人中广泛传播的更大的恐惧是,联合国统计人口是为了把我们全部杀死。围墙造好后,这种恐惧感更强了。

联合国人员设置了出口关卡,有六英尺高,像过道一样。围墙保证我们在清点时能只通过关卡一次,这样就只会被点一次。围墙建好后,即便那些原先不太担心的人,以苏丹年轻人为主,也开始严肃地关注起来。那看上去真是个带着恶意的东西,迷宫一样的围墙,不透明的橙色。很快,受教育程度最高的人也逐渐怀疑这是个清除丁卡人的计划。我这个年龄的多数人都听说过大屠杀,都觉得这计划就像在德国和波兰清除犹太人一样。猜疑愈传愈盛,我不大相信,但高普相信。他是个理性的人,对苏丹人民遭遇的不公念念不忘。

"孩子,什么不可能?"他问,"瞧瞧我们这是在哪里!告诉我,这年头的非洲有什么不可能!"

但我没理由不信任联合国,他们在卡库马给我们提供吃的已经好几年了。虽然粮食不足,但他们供应给每一个人,要说他们过了这么久后才来杀我们,简直是无稽之谈。

"没错,"他分析道,"但是你想,可能现在粮食已经吃光了。没了粮食,没有了更多的资金,还有,喀土穆为了杀我们已经付钱给联合国。所以联合国有两个理由,一是节省粮食,二是除掉我们拿钱。"

"但是他们这么做怎么逃脱罪名?"

"这个简单,阿沙克。他们会说我们得了一种只有丁卡人才得的病。总有些病只有特定的人才得,就这么回事。他们会说这是丁卡人瘟疫,所有的苏丹人都死了。他们将我们杀光后,就这么辩解。"

"这不可能。"我说。

"是吗?"他问,"卢旺达呢,不可能?"

我仍觉得高普的看法不可靠,但也知道我不该忘记,如果丁卡人都死了,有很多很多人会非常高兴。有几天的工夫,我弄不清究竟为什么清点人数。与此同时,虽然我们没有参与,公众情绪逐渐坚定起来,尤其是后来传出的消息说,所有被清点的人在被点过后,手指要蘸上墨水。

"为什么是墨水?"高普问。

我不知道。

"墨水是种安全手段,确保苏丹人被根除。"

我没说话,他于是详加说明。他这么假说:如果联合国没有在我们丁卡人排队时动手,就会杀掉手指上带有墨水的人。墨水能抹掉吗?他想,也许可以吃到肚子里去。

"这看起来就像他们对犹太人做过的事。"高普说。

那些天大家谈了很多关于犹太人的事情,这很奇怪。不久前,我认识的孩子大多还以为犹太是个灭绝了的民族。我在学校了解大屠杀前,在教堂里曾粗略地学过,犹太人在杀害救世主耶稣中出过力。那些教学从未提及犹太民族作为人类一族仍在地球上繁衍生息,我们以为他们是只存在于《圣经》故事中的神话人物。

人口统计前夜,整个的围墙,将近一英里长,被人拆毁了。没人承担责任,但许多人暗地里都很满意。

最后,与肯尼亚的营地领导人开过无数次会后,苏丹老人们被说服,清点人数是合乎情理的,为了给难民们提供更好的服务,这是必须的。围墙重新建好,几星期后实施了人口统计。但从某个角度看,那些恐惧人口统计的人是对的,它并没有带来好处。清点后,粮食减少,服务也变少了,甚至有几个小项目被撤了。完成清点后,卡库马一天之内少了八千人。

人口统计前联合国难民署为何误数了我们的数量?答案称为"往返再生"。这在卡库马很常见,在大多数难民营都很流行。世界任何地方的难民对这个概念都很熟悉,即使叫法不同。其本质是一个人离开营地,以另一个人的名义再次进入,这样就保留了第一张口粮卡,再进入时以另一个名字又拿一张。这意味着往返再生的人可以吃到双倍东西,或者卖掉多余的口粮,能买到或取得联合国不提供但他需要的东西,比如糖、肉和蔬菜。多余的口粮卡带来交易,为卡库马提供了第二经济的坚实基础,使得成千上万的难民免于贫血和相关疾病。任何时候卡库马管理人员都清楚他们比实际多供养了八千人,没人对这个数字上的小小欺骗有负罪感。

口粮卡经济让商业成为可能，不同团体在既有框架下的适应、操控和生存能力不同，不久就分出了社会等级。处于顶端的是苏丹人，因为我们的绝对人数在营地处于主导地位。但从个体来看，埃塞俄比亚人处于最高社会等级——这个国家几千个中产阶层的代表被门格斯图驱赶出境，他们住在卡库马一期，拥有大部分的繁荣商业。他们生意上的竞争对手是索马里人和厄立特里亚人。厄立特里亚人找到了与埃塞俄比亚人共存的方式，虽然在国内他们的同胞彼此失和①。同时，索马里人和班图人之间关系紧张，班图人是从另一个肯尼亚难民营达布②迁徙过来的一群人，他们长期受苦。早年班图人在莫桑比克被当作奴隶，十九世纪移居索马里，在那里忍耐了两百年的迫害，无法拥有自己的土地，各个层次上都不能有政治代表。二十世纪九十年代内战吞噬索马里，他们的境况更加悲惨，农田和家园被劫掠一空，男人被杀，女人被强奸。卡库马最终有大约一万七千班图人，即使在这儿他们也不是一直安全的。他们的数量之多，引发了很多苏丹人的愤恨，苏丹人认为营地是他们的。

地位仅次于商人的是苏人解军官。再次是乌干达人，他们只有四百人左右，多数依附于一个与当权的国家抵抗运动③不和的组织，称作约瑟夫·科尼贵族抵抗军。乌干达人没法回去，他们在家乡大都享有盛名，被高价悬赏要他们的头颅。营地里还有零星的刚果人、布隆迪人、厄立特里亚人，还有几百卢旺达人，他们被很多人怀疑参与了种族大屠杀④，在故乡不受欢迎。

接近最底层的是缺乏依靠的孤儿，即迷途少年。我们没有钱，没有家

---

① "二战"后，厄立特里亚与埃塞俄比亚组成联邦，后被埃塞俄比亚吞并。二十世纪六十年代以后，厄立特里亚人武装反叛，寻求独立。一九九一年埃塞俄比亚政权被叛军推翻。一九九三年四月举行了公民投票，厄立特里亚以99.8%的赞成票脱离埃塞俄比亚，并于同年五月二十四日宣布独立。其后两国关系紧张，时有军事对峙，故厄立特里亚人与埃塞俄比亚人不和。
② 达达布，位于肯尼亚东北，距索马里边境约一百公里，主要接收索马里难民。
③ 国家抵抗运动，乌干达国内的一个政治组织。
④ 指卢旺达种族大屠杀。一九九四年四月六日，卢旺达总统座机遇袭，总统当场丧生，其后不到二十小时，卢旺达开始了长达一百天的种族大屠杀，近百万人惨死。

人，也毫无指望。如果能加入一个家庭，就能从这个底层上升一步。和高普·肖尔住在一起让我有了点地位和权利，但我知道一旦高普的家人到了，家庭口粮将很困难，很多必需品也会短缺。家中有那么多姑娘，这意味着必须有更多收入，而一张额外的口粮卡将打开财源。

有一天高普说："孩子们到了后，我们中有一个得去往返再生一下。"

我知道这是必然的。我每周领到自己的口粮，高普在妻子和女儿到了后，有资格领整个家庭的口粮，但家庭口粮不够五个人吃。我们知道往返再生的最佳时机是紧接在人口统计之后，再往后我们能拿到多少粮食会受到更多关注。

"我去！"我说，明白肯定是我去。

我说只要他的妻子和女儿一到我就去，高普对我的提议假装很惊讶，但我知道他期望我去。在卡库马，往返再生总是年轻人去做，我也想证明自己对家庭的价值，在她们到来后能立刻赢得她们的重视。

之后几周，阿科尔·阿科尔和我在棚屋外躺了很多个晚上，在清新的蓝色月光下做作业，谋划我的往返再生之路。

"你还得再找条裤子。"阿科尔·阿科尔说。

我不知道为何我还要条裤子，但是阿科尔·阿科尔这么开导我：我需要裤子，有了裤子我就能买到山羊。

"一条裤子就成了。"他估计。

我问阿科尔·阿科尔我要山羊干什么。

"有了山羊，你才有钱。"

我请他从头说起。

他说我需要裤子，因为我离开卡库马后，会去苏丹的纳若斯。在苏丹，人们找不到卡库马的这种新式中国裤子。如果我把这样的裤子带到纳若斯，可以换头山羊。我需要山羊是因为如果能带一只壮实的山羊回到缺乏山羊的卡库马，就能把这头牲口卖上两千先令甚至更高的价格。

"你冒着生命危险出去的同时，也能挣些钱。"

这是我第一次听说走这么一趟还存在危险。确切地说，过去我知道如果离开卡库马，在去洛基察吉奥的路上以及过了那儿之后，可能会遇到强盗，图尔卡纳或特坡萨强盗，最好的情况是被他们洗劫一空，最坏情况则是洗劫后被杀掉。我原以为这些危险过去才有，但显然不是。然而计划仍在继续完善中，高普也加入了我们。

"你应该多带几条裤子去！"有天晚上吃饭时，高普大声说。阿科尔·阿科尔那时正和我们一起吃晚饭，他常来这儿吃饭，因为高普会做饭，但阿科尔·阿科尔不会。

"更多的货物，更多的山羊！"高普大叫，"你也能真的让这趟值了，既然已经冒了失去生命和所有东西的危险！"

自那之后，计划又扩张了。我要随身带上两件衬衫，一条裤子，一条毯子，都是新的或者看起来新的。用这些东西我至少能换三头山羊，在卡库马卖到六千先令，这些钱能满足高普一家几个月的必需品用度，甚至买些糖和黄油之类的奢侈品。这笔钱和额外的口粮卡会让我成为家里的英雄，我梦想着给将来的妹妹们留下深刻印象，她们会尊敬我，叫我叔叔。

"你可以开家自己的店了。"一天晚上阿科尔·阿科尔说。

这是真的。我立刻爱上了这个主意，后来这也成了大计划的一部分。很久以来我一直想在棚屋外开一家杂货店兼小吃店，卖食品，也卖钢笔、铅笔、肥皂、拖鞋、鱼干，还有手头能拿到的任何一种汽水。因为认识我的人都信任我，我有自信，只要货物定价合理，就会卖得很好。一旦我有了些资本，杂货店的库存将不是问题。我记得父亲在马里尔拜开店的经验，也知道在这种情况下客户关系至关重要。

"那你需要的货物就不止两件衬衫和一条裤子了，"阿科尔·阿科尔提醒说，"你得有两条裤子，三件衬衫，至少两条毯子，羊毛的。"

最终计划成了现实。一有机会我就离开，路上一安全就上路。高普的堂弟给了我一个背包，是个很结实的塑料包，有拉链，还有很多隔开的空间。我在里面放了两条裤子，三件衬衫，一条羊毛毯，还有为了行程准备的一袋干果、薄脆饼干和花生酱。我打算一早就走，从卡库马四期悄悄溜

341

走，然后步行大约一英里走上去洛基的主路，之后一直沿着主路走，避开肯尼亚警察、营地守卫和过往车辆。

"可是你不能白天走！"高普听了一部分计划，叹道，"晚上走，你这个傻瓜。"

晚上我不会被任何人看见，于是计划再次变更。离开卡库马的正当途径是携带经批复的难民旅行文件，但我没有离境的合法事务理由，就算有，申请这样一个文件可能要花上数月时间。如果和联合国难民署有关系，可能让申请加速，但我不认识熟到足以冒险帮我的人。

还有一个最有效速度也最快的补救办法，就是贿赂沿途的肯尼亚警卫。卡库马从来就不是有门的营地，难民只要想出去就能出去，但一走上主路就会被哨站里或路虎车上的肯尼亚警察拦住，旅行者必须出示难民旅行文件。这时，没有文件的旅行者将不得不适当给警官一点甜头，让他们视而不见。所以夜间旅行更好一些，原因很简单，值夜班的警官少，正派的更少。

于是我终于准备好出发了。但首先我们要等到高普的家人，确证仍然会有三个女儿、一个妻子来。虽然几个月前她们捎信来说四个人会一同到，但在苏丹，这样的保证不作数。高普和我对此避而不谈，但知道可能真的如此，这么长的旅途，什么事都可能发生。

她们终于到了，每个人都安然无恙，但她们的出现毫无预兆。那天早上，高普·肖尔和我一起去水龙头想再多打些水，这样几天内就不必再打。快走到水龙头时，我们看见远处一辆红十字会面包车穿越沙尘驶来。在营地我们这个区很少看见面包车，我们也都想知道，是她们吗？于是站住了。一周前高普收到口信说他的家人可能很快就被送来，但从那之后就没了音信。我们看见面包车接近我们住所时减慢了速度，停下时正在我们门前！高普跑了起来，我跟在后面跑。高普跑得不快，我很快超过了他。我们跑进面包车里的人能看到的地方之后，高普开始高喊，他的声音听起来狂热嘶哑。

"啊哈！啊哈！你们来了！你们来了！"

我们还在几百码之外，她们还听不到。

一个身体虚弱的极小的女孩，穿着白裙子，第一个从面包车里出来，后面跟着另两个同样穿着白裙子的女孩，一个比一个高。她们站在那里，在阳光下眯着眼看，掸平身上裙子。跟在她们身后的是个美丽的女人，穿着绿衣，绿得像雨水浸湿的象耳叶。她站定了，用手遮住刺目的阳光，打量着卡库马。

"你们来了！你们来了！"

高普在喊，但是还没近到能让她们听到。他边跑边大力挥动着双手。很快他跑得够近，绿衣女人能看见他了，但仍然只是沙尘中一个模糊的身形。我跑在前面，能清楚地看到他的家人。

"喂！"他大喊。

她转头看向他，目光像在看醉汉或者说胡话的疯子那样带着厌恶。司机帮她们从车后拿出几个包，放在房前地上。

"是我！是我！"高普大喊，显然他朝她们跑去，让女孩和她们的母亲不安。

高普跑到一百码以内后，似乎改变了主意。他放慢速度，停了下来，忽地闪到路边。我跟着高普躲进附近的民居迷宫中，离开大路和他家人的视线。他跃过邻居家的矮墙，钻过晾衣绳，穿过邻居养的一群可怜的瘦鸡，来到了我们合住的屋子后门。他进了房间，我紧随其后。我能听到前门有人在敲门，声音很大，不耐烦的样子，我猜那是红十字会的司机。

高普在他的房间里。

"不要应门！"他请求我，"让我换件衣服！"

我守在门前。

"我不想让她们知道，我就是刚才在路上大喊着跑过来的人。"

到了这时候，我也猜得差不多了。我在门前等着高普擦洗妥当、整理干净。不一会儿他出来了，焕然一新，穿着他最好的白色衬衫和干净的卡其裤。

"我没问题吧？是不是？"

我点点头，开了门。高普大踏步走出去，张开双臂。

"我的老婆！我的女儿！"

他一个接一个地举起女孩，从最大的开始，到最小、最柔弱的那个结束。后来他们收拾行包和吃饭时，他一直抱着那个小小的女孩，抱了大半天。他的家人从苏丹带来了很多食物，他和我则带着女人看我们为她们盖的房子。

"有个疯子在路上追，"他妻子一边给女孩们的床铺床单，一边说，"你听到他了吗？"

高普叹了口气："这里什么人都有，亲爱的。"

我和高普的妻子阿延还有他们的女儿阿布克、阿登、阿沃特渐渐熟悉起来。家庭结构的大重构改变了我的生活，也改变了每个人的条件。因为高普夫妇需要自己的卧室，我们新盖了一间，女孩们则搬进他和我原先合住的那间。高普夫妇不想让我和他的女儿住一间房，又专门给我盖了一间。造这间房子时，我们有了个主意：像我这样年纪的孩子很少有自己的房间，高普和我知道许多孩子会很高兴搬进来和我们同住，这样也会带来更多的收入和粮食，于是就向阿科尔·阿科尔和另外三个也是高普学生的孩子发出邀请，我的房间按照能住五个孩子的要求建造。完工后，一周内整个家庭由两口人变成十口人。

现在有四间棚屋了，都连在一起，中间有一间厨房和公共活动室，是为一个大家庭所造的，这么多年轻人搬了进去。至于我们这么多孩子能否相处好，这从来就不是问题。这里别无选择，每个人都得变成完美的机器，我们这些所有的元件必须同步运作，安静而毫无抱怨。

每天，我们八个孩子都在六点起床，一起走到水龙头，用扁桶装我们淋浴用的水。水龙头六点开始放水，营地里我们这个区大约有两万人，这时每个人都得来取自己的洗漱用水，做饭和洗衣服用的水稍后才取。在几年后联合国挖掘出更多的井之前，水龙头开始放水时队伍总是排得很长，通常超过一百人。回家后我们都淋浴，再穿上上学的衣服。那些年，卡库马人都不吃早饭，一直到一九九八年后才有足够的粮食来做早餐，所以如果说我们离家前消耗了什么东西的话，那只有水和茶。每天的粮食只够吃一餐，这一餐是晚饭，放学或者下班后，大家聚在一起吃。

只经过一个小于一千的数的入学测试，我们都进了同一所学校，步行不多远就到。每天先集合，集合上宣布公告，我们都会收到当日该做什么的教导。通常这教导与卫生和营养有关，这种奇怪的主题说明我们吃得有多糟糕。集合上也常常公告过失和处罚。如果有学生做了坏事，当场就有惩罚，或是快速鞭笞，或是当面训诫。然后是祷告或唱圣歌，因为学校的所有学生都是基督教徒，至少据我所知都是。即便有伊斯兰教信徒，他们对自己的信仰也很低调，不会在那时或者在被称为"基督教指示"的例行环节上表示抗议。

班上有六十八个学生，整天都待在一间教室里，坐在地上，而各科老师，英语、斯瓦希里语、数学、科学、家政、地理、农业，以及美术工艺与音乐等课的专家们，进进出出这个房间。我喜欢学校，也被老师们宠爱，但有很多同学都辍学了。他们对读书没有耐心，看不到好处，去了集市上挣钱。他们卖了口粮买衣服，再在营地里卖衣服赚钱。当然他们不断地离开卡库马参加苏人解，我们很快就会听说谁被枪杀，谁被烧死，谁被手榴弹炸掉了胳膊或腿。

分发粮食的日子里，我们这些孩子会被派去联合国大院里排队。联合国人员或世界路德教联合会人员先查验每个接收人的身份证和口粮卡，然后从卡车上铲下粮食。回家路上，我们头顶或肩扛装着谷物与高粱的袋子，走上一英里路，走一阵歇一阵。我们都抱怨领口粮这事，偶尔碰上谁睡过头或者排队迟到，错过了发粮，就没法带回口粮，全家都会受影响，这时就得寻找替代方案并实施，以保证家人能吃上东西。现在到了我开始往返之旅的时候了。

我带上了背包，好鞋，和——

"你有帽子吗?"高普的女儿阿沃特问我。

"为什么我要有帽子呢?"

"你回来的时候,如果洛基有人认识你怎么办?"

这个阿沃特真是个聪明的女孩。于是我在背包里装上了阿科尔·阿科尔珍视的休斯敦太空帽。终于,一切都准备好了。全家人送我出发时,正值午夜。高普似乎并不担忧我的生命问题,于是我轻声道别,女孩们也同样向我道别。阿科尔·阿科尔陪我走到卡库马边界,我转身要走时,他抓住我的胳膊,祝我好运。

"你带了口粮卡了吗?"他问我。

我还真带了口粮卡,真是个严重的错误。如果我被图尔卡纳人抢劫,被肯尼亚警察审问,或者在洛基被官员要求掏空口袋,原先的口粮卡就会被夺走,就失去了这次旅程的全部意义。于是我把口粮卡交给阿科尔·阿科尔。我们像男子汉一样互相拍了拍对方的背,我在夜色之中离开,没有携带任何证明身份的文件。我清清白白,谁都不是。

我已听说了,如果沿途碰上肯尼亚警察,就会被索贿,然后很快放行。后来遇到的事和听说的一模一样,在卡库马几英里内,这事发生了三次。每组警卫索要五十先令,他们异乎寻常地客气,像生意人做生意一样。我也跟从路边小贩买水果似的。

黑夜中我欢快地走着,想着自己的旅途是多么迷人,确信一定会成功。顺利的话,只要三天,我将带着六千先令和另一张口粮卡回到卡库马。

凌晨时分我抵达洛基,土路上空无一人,我睡在一个叫救助儿童会的公益组织院子里。很多年来这个组织一直给南苏丹饥民提供食物。洛基到处都是这类公益组织的临时工作点,多数都不过是简陋的木棚或土屋,用木栅栏或波纹钢门围起。救助儿童会在当时甚至直到今天都和苏丹人很贴近,他们一直愿意帮助我们来卡库马或者去苏丹。

醒来时,首先看到一双脚,有人站在我身边,正和栅栏外的另一人讲话。我认识这个几乎踩到我的人,他叫托马斯,他比我大一点,参加过苏人解,但在加朗和马扎尔闹分裂时离开了军队。他和栅栏外的那人说完话,把注意力移到我身上。

"那么你是怎么了?"他问。

我把大致计划告诉他。

"你有多少钱?"

我告诉他只剩五十先令。

"那你还想从苏人运那里拿到文件?"

没人告诉我文件也要花钱买。我知道如果要进入苏人解控制的区域,需要一个苏人解/苏人运签发的身份证,但以为他们会免费给我。有人告诉我,苏人解会在文件上写上任何你希望的名字,我已打算好给他们一个相似的名字,符合我家乡起名字的方式,那样我就能答出关于我在苏丹的亲族的问题。带着新证件,我搭车回洛基,卖了羊,在洛基移民局办公室递上证件,说我回苏丹会有危险。我会被作为难民处理,顶着新名字被核准进入卡库马。

"没钱了,哈?"托马斯说,"你昨晚才出发!"

托马斯歪着头,带着一副稀罕的笑容看着我。

"蹩脚的计划,阿沙克。你选好了新名字了吗?想必你会很高兴摆脱阿沙克这个名字。"

我告诉他新名字是瓦伦蒂诺·邓。

"不坏,我喜欢。瓦伦蒂诺,附近有几个也叫瓦伦蒂诺的,不会惹人怀疑。听着,这儿有五十先令,你可以在下次路过时还我。我在各处做买卖,常到这里。带着这五十先令,和你原先的加一起有一百先令,只要苏人运同情你,那就成了。扮个可怜相看看,瓦伦蒂诺·邓。"

我嘴角往下拉,做出苦脸,润湿眼眶。

"哇,不坏,瓦伦蒂诺!感人!你有车可搭吗?"

我没车搭。

"上帝!我从来没遇到过像你这样没准备的旅行者。你再装一次可怜,我就告诉你哪里能找到车去纳若斯。"

我又做了一次。

"可怜的,孩子。我祝贺你!好了,现在就有辆从苏丹来的卡车,就在这条路上不远处,其中一个司机是我朋友,是我妻子的表兄。几分钟后车就回苏丹,准备好了吗?"

"准备好了!"我说。

"好,"他说,"来了。"

这时真有辆车停了下来,是辆标准板式卡车,常见的装满乘客的那种。看起来像做梦一样,才睡醒不到五分钟,这么快就有辆直达的车可以乘!卡车震颤着在救助儿童会门前停了下来,托马斯对司机讲了几分钟,然后对我打了个手势。引擎隆隆地发动了,轮胎碾过砾石。

"上去!傻瓜,快上!"托马斯冲我大喊。

我抓起包,跑着追上卡车,跳上后保险杠。我转身向托马斯挥手道别,但他已经走进了院子,没再看我。我把包扔上去,爬进后门,前脚踩到一个柔软的物体。

"对不起!"我喘着气说。

我明白是踩到了别人的身上。车厢里挤满了人,至少有十五个。然而他们脸色灰白,布满鲜血。都是死人!我踩到的是一个人的胸口,但他并不会发出任何抗议声。我从他身上跳下,又踩到了一个女人的手,她也不会有任何反对。我单脚站立,另一只脚悬在一个男孩曝露在外的肠子上,那孩子只比我大一点点。

"当心了,孩子!这里活着的人不多!"

我转身看到车厢尾部趴着一个男人,已经上了年纪,像树根一样蜷曲着身体。"对不起。"我说。

卡车猛然一拉,老人的头撞到了后门上,发出一声呻吟。

我们正在移动,卡车很快加速。我抓紧车厢一侧,想不去看车厢里面。我抬眼望天,一股味道扑鼻而来,令人作呕。

"你会习惯的,"那人说,"这是人的味道。"

我想动一下脚,却发现无处可落,车厢地板上浸满鲜血。我想跳下车,但卡车开得太快了。我往前看,想让司机注意到我。卡车驾驶室副驾驶位探出了个脑袋，一个男人兴高采烈地攀在车上，坐在车窗边缘，回身看着我。他看上去像是苏人解士兵，不过这一点很难判断。

"你在后面怎么样，小红军？"

"我想下去。"我结结巴巴地说。

貌似叛军的人大笑。

"我要走回去，求你了，求求你了，叔叔！"

他笑得眼泪都流了出来。

"啊，小红军，够了！"

他溜进了驾驶室。

过了一会儿，卡车突然一转，我站立不稳，膝盖撞上了一个死去的士兵的断腿，那士兵眼睛睁得大大的，直勾勾地望向太阳。我又站了起来，扫了一眼车厢里的东西。尸体横七竖八，仿佛随意扔在那儿，没有用东西固定。

"很可惜，是的，"老人说，"离开苏丹时大多数人还都活着。我一直在赶秃鹰，昨天有条狗跳上了车，它饿了。"

卡车又跳动了一下，我的脚一滑，碰到了某个黏糊糊的东西。

"那些狗喜欢吃人，直接就冲脸部去。你知道这个吗？还好驾驶室有人听到了狗叫声，停车射杀了那条狗。现在我们就剩四个人了。"他说。

车上有四个人还活着，但很难找到他们，我不确定老人说的对不对。我瞥了一眼他旁边的一个人，初看起来这人双臂被藏在后头，不过接着我明白了，我看到他肩部的白骨，原来他的双臂都被截去了。

卡车又猛地转向，我右脚踩到了一个十多岁孩子的胳膊，他穿着蓝色迷彩服，戴着软帽。

"他还活着，我想，"老人说，"虽然今天他还没开口说过话。"

我又跳了起来，听到卡车驾驶室里传来大笑声，他们是故意猛转方向的，每次都是。兴高采烈的男人又从副驾驶位窗户探出头。

"司机很抱歉，小红军，"他说，"路上有只蜥蜴，他很怕压死这么个上帝的造物！"

"求你了，叔叔！"我说，"我不想留在这里，我想下去！只要你们稍微开慢一点，我就跳下去。你们不用停车！"

"别担心，小红军！"貌似叛军的人说，他的面色和声调忽然变得严肃起来，甚至带有同情心，"我们在洛皮丁医院把受伤的人放下，翻过山就把尸体埋掉，不管你去哪儿，回苏丹的一路上都是空车。"

卡车一颠簸，那人头撞到了上窗框，他立刻缩回车里，冲着司机大喊。卡车减速了一下，我觉得有机会了。

"搭这辆车吧，孩子。"

是那个老人。

"否则你怎么去苏丹？"他说。

他看着我，似乎是第一次看我。

"不过，你为什么要回去，孩子？"

我没打算实话实说，想再拿一张口粮卡。对一个正在生死线上挣扎的人说这些似乎有点荒唐。南苏丹的人有他们自己的麻烦，相比之下，人人都有饭吃、安全的卡库马的这点儿手法不值一提。

"找我家人。"我说。

"他们死了，"他说，"苏丹死了。我们不会再在那儿住，现在肯尼亚就是你的家。开心一点吧，这里是你的家，以后也永远是你的家。"

我脚下传来一声叹息。那个十多岁的男孩翻了个身，他双手合在耳下，仿佛正舒适地在家里枕在羽绒枕上一样。我低头看了他一眼，觉得应该把注意力放在他身上，因为他看上去最平和。我飞快地审视着他——我无法控制双眼，心中咒骂它们的速度和好奇心。我发现这孩子的左腿没了，用柏油帆布做的绷带绑扎在断腿上，橡皮筋像蜘蛛网一样，一直捆到腰部。

现在我知道那次搭车还不到一小时，但那天却觉得无比漫长。我捂住嘴，仍然阵阵作呕。浑身发冷，脖子僵硬，觉得这辆卡车上聚齐了恶魔的种种恶行。我知道自己正在经受考验。我一直待在车上，直到卡车终于减速，靠近了去洛皮丁医院的岔道上。

我毫不犹豫地跳到路边，摔倒在地。我巴望着逃离卡车，在诊所里找个避难所。接触到坚实的土地，我需要一点时间重新适应这个世界，来确定自己是否还活着，有没有被投入地狱。我站起来，发现手脚能动弹，便开始跑。

"等等，小红军！你去哪儿？"

我跑离卡车，卡车正缓慢地通过一连串的路面凹坑。我跑起来，轻松超过卡车，瞄准院子尽头的一间屋子。

洛皮丁有一排帐篷和几间天蓝色房顶的白砖房，有金合欢树，屋外有为候诊病人准备的塑料椅。我跑到一间屋子的后头，差点撞倒了一个拿着假肢的人。

"小心点，孩子！"

这是个肯尼亚中年人，对我说的是斯瓦西里语。他身边都是新制成的腿脚、胳膊、人脸等等。

"嘿，小红军！快过来！"

是卡车上的那个士兵。

"拿着这个，戴上。"

肯尼亚人给了我一个红色面具，对我来说有点小。我低头戴上，从眼洞里能往外看清东西。肯尼亚人系紧面具。

"谢谢你！"我说。

他脸上始终带着微笑，有明显的双下巴，大塌肩。

"不用谢，"他说，"他们还在找你吗？"

我从墙角处张望，卡车里的两个人正朝房子走去。他们进去待了一会儿，抬着一个帆布担架回到卡车那里。他们先把那老人抬下来，带他进了房子，然后又回来抬那个断了一条腿的少年。少年躺在担架上，和他躺在卡车里一样的姿势，似乎无比舒适。他们就是洛皮丁下车的仅有的两个乘客，剩下的都死了，或者快死了。两人把担架扔进后车厢，司机爬进驾驶室，那个貌似叛军的嘲弄我的人一只手拉住车门把手站住。

"小红军！该走了！这次你可以坐驾驶室了！"他喊道。

351

这下我拿不定主意了。要是不搭这车,很可能没其他车可搭。我从屋后走出,叛军模样的人直视着我。他放开搭在车上的手,歪头瞪着我,但没有动,我也没动。在面具下我觉得安全,我知道他认不出我。他转过头,冲着树林大喊,寻找刚才在车上的孩子。

"对不起,孩子!"这人喊道,"我保证我们会把你带到苏丹,又安全又舒服。最后的机会了!"

我踏步上前,向卡车走去。肯尼亚人抓住我的胳膊。

"不要去!他们会把你卖了换钱的。苏人解会很高兴找到新兵。那些家伙带你去能赚到大钱。"

这真是个困难的决定。

"如果你一定要回苏丹,我送你回去,"肯尼亚人说,"我不知道怎么送,但会送的。我只是不想你在那边被杀掉。你太瘦弱了,没法打仗。你知道他们会怎么做,对吧?军训两周,然后把你送到前线。请你一定在这里等一会儿,等他们离开。"

我太想上卡车了,他们让我和他们一起坐在驾驶室里,送我安全地跨越边境,我想相信这话是真的。不过我发现自己却相信素不相识的肯尼亚人,而不愿相信自己的同胞。这种事时有发生,总让人想不通。

我仍站在卡车上那人目所能及之处,他又打量起我来。戴着面具的感觉太愉快了,我隐身了!

"最后的机会了,小红军!"他对着他以为是正在找的孩子说。

他手遮阳光,还在想搞清楚为什么这个戴面具的孩子看上去面熟。我鼓足勇气,还是站着不动,最后他转身走向卡车,上了车,在飞扬的尘土之中离开了。肯尼亚人和我望着卡车消失在橘黄色的烟尘之中。

我不想脱下这张新面孔。我知道肯尼亚人不愿意把它给我,有一瞬间想戴着它跑掉。我再回卡库马或进苏丹时,面具也许会让我不被人发现。我迷醉于戴着这张新面孔面对整个世界的感觉。一张新脸!没有任何记号、污点,不会泄密的脸!

"面具大小不适合你,孩子。"肯尼亚人说。他把手放在我肩上,抓得很牢,我知道没可能逃脱了。

我脱下面具,递给肯尼亚人。

"他们会把尸体带到哪儿?"我问。

"他们应该带回苏丹,不过不会这么做的。他们会把尸体丢到溪谷,带着付过钱的乘客回苏丹。"

"他们在溪谷里会把尸体埋起来?"

"不会埋的。有区别吗?埋起来被蠕虫甲虫吃掉,不埋被野狗鬣狗吃掉。"

他叫亚伯拉罕,做假肢的,也算是医生。他的店铺在医院后头一棵很大的树下。他说只要我等一个小时,就给我午饭吃。我很乐意等。我不知道医生午饭吃什么,但想象中那很豪奢。

"你在做什么?"我问。

他正在加工某个东西,像是手臂或者小腿。

"你住哪儿?"他问。

"卡库马一期。"

"上周听到爆炸声了吗?"

我点点头。那声音短暂清脆,像是地雷被引爆的声音。

"是个士兵,很年轻的苏人解士兵,正在营地里和家人见面。那是卡库马二期。他带了些纪念品给兄弟姐妹看,其中一件是手榴弹。所以我到这儿来了,给这个士兵的弟弟造一个新手臂。他九岁,你多大了?"

我不知道,我猜自己十三岁。

"我从一九八七年起就做这个了,洛皮丁医院开设的时候来了这里。那时有五十张病床,一个大帐篷。人们以为医院是临时的,但现在病床有四百张,每周还在增加。"

亚伯拉罕在冷却了的塑料上切刻。

"这是给谁的?"我拿起刚才戴的面具说。

"有个孩子脸被烧坏了。这种情况有很多,孩子们想看炸弹。去年有个孩子被扔到了火上。"

353

他把作品举到阳光下。那是条很细的胳膊，适合比我小的人。他将假胳膊翻来覆去，看起来很满意。

"你喜欢吃鸡吗，孩子？该吃午饭了。"

亚伯拉罕带我去院子里排队吃自助餐。有二十个穿着蓝白制服的医护人员在排队，他们人种混杂，有肯尼亚人，白人，印度人，还有一个看上去像浅肤色阿拉伯人。亚伯拉罕帮我拿了盘子，装满鸡肉、米饭和生菜叶。

"坐过来，孩子，"他说，冲着树下的小凳子点头，"你不会想和医生们坐一起的，他们要问很多问题，你永远不知道那会有什么结果。我不知道你现在有什么麻烦。"

他看到我的眼泪落到鸡肉和米饭之上：我已经几个月没吃肉了！他咬了一口鸡腿，盯着我。

"你遇到了什么麻烦？"

"我没麻烦。"我说。

"你怎么离开卡库马的？"

我犹豫了一下。

"告诉我。我是个造假肢的，不是移民官。"

我跟他讲了偷溜出来和贿赂警察的事。

"真奇怪现在还这么容易，对吧？我爱我的国家，不过贪污就像空气和土壤一样，是我们生活的一部分。住在肯尼亚不坏，对吧？等你足够大了，我敢肯定你有办法离开营地去内罗毕，在那里你能找到工作。我肯定，甚至可能会去读书。你看起来很聪明，而且那儿的苏丹人成千上万。你父母在哪儿？"

我告诉他我不知道。鸡肉的美味让我晕眩。

"他们肯定好好的。"他边说边仔细研究他的鸡肉，选择一处再咬一口。他嘴巴里塞满东西，点了点头："我能确定他们还活着。你见到他们被害了吗？"

"没有。"

"那么还有希望。也许他们也以为你死了,你却在肯尼亚吃着鸡肉,喝着汽水。"

我相信亚伯拉罕的话,因为他受过教育,是肯尼亚人,也许有我们在营地里接触不到的信息。卡库马与世隔绝,似乎完全不可穿透。我们见过也接触过各地来的人,但实际上没有任何希望去其他地方看看,包括去洛基之外的肯尼亚其他地方。于是我把亚伯拉罕的话当成是预言家所说的。

我们吃完了午餐。这顿饭味道鲜美,饭量也远超我的食量,胃还不习惯一次吃这么多。

"你怎么回卡库马?"亚伯拉罕问。

我说我还想试试去纳若斯。

"这回不行,孩子。你一路上已经看到了。"

他是对的,当然是。我筋疲力尽,计划已经破产,所能做的只有返回卡库马,一无所得,也一无所失。我谢过亚伯拉罕,彼此希望能再相见,他把我送上一辆去洛基的救护车。我在洛基等去卡库马的车辆,不管什么车都行,最好司机还不问问题。我没看到托马斯,就没冒险进入救助儿童会的院子。我在洛基的土路上来回走动,希望天黑前机会能自己跳出来。我知道入夜之后图尔卡纳人会把我当成目标。

"嗨,孩子!"

我转身,是个塌鼻头的男人。看上去像图尔卡纳人,不过也可能是其他地方,比如肯尼亚人、苏丹人或者乌干达人。他对我说的是阿拉伯语。

"你叫什么名字?"

我告诉他我叫瓦伦蒂诺。

"你那里有什么东西?"

他对我包里装了什么很有兴趣,我让他看了一眼。

"啊,好极了!"他说,忽然笑了起来,嘴巴咧得像吊床一样宽。他说听说有个很聪明的苏丹年轻人有卡库马镇上的衣物。他看起来很友善,甚至很可爱，于是我对他讲了这次的旅行，卡车、尸体、亚伯拉罕，甚至破产的计划。

"那么，也许不是一无所得，"他说，"所有的东西，裤子、衬衫、毯子，加起来你要多少钱？"

我们接连谈了几个价格，最后定在七百先令。这不是我原先期望的价格，不过远超我在卡库马能卖到的，是我买这些衣物时花的钱的两倍。

"你很会做生意，"那人说，"很精明。"

我从未想过自己做生意很在行，不过显然他的评价看上去没错：我刚把我的钱翻番。

"七百先令！"他说，"我得付这些钱，你难住我了。我在洛基这里从未见过这样的裤子。今晚我把钱带给你。"

"今晚？"

"是的，我得在这儿等我妻子。她也在医院里，正在接受感染检查。她和我们的孩子在一起，孩子怕是有种危险的咳嗽，不过他们说几小时后她就回来，然后我们回卡库马。八点钟你在那儿吗？"

那人把包从我手里拿走，我发现自己在说：没错，当然了，八点我会到那儿。他身上有种可以让人信赖的东西，也可能是我累得失去了判断能力。总之，我祝他安好，给他妻子孩子送去祝福，祝愿他们三个身体健康。那人带着我的衣物走了。

"你不需要知道我住哪儿吗？"当他渐渐走远，走进一家店铺的暗红色灯光中时，我问他。

那人转身，看上去不慌不忙。

"我想我会去找著名的瓦伦蒂诺的！"

我还是给了他地址，然后出去走上返回卡库马的路。走了一小会儿，我意识到自己被骗了，那人永远不会去卡库马。我刚刚把衣物给了一个陌生人，将我仅有的货物扔到了空气中！回卡库马的路上，我看到卡车经过，没有搭车，全程都是徒步。我身上也没有贿赂用的钱，只在暗处行走，因为知道如果被抓住，一切都完了，作为难民曾经拥有的所有权利都将失去。我从一个灌木丛猛冲到另一个灌木丛，从一条沟闪到另一条沟，时而爬行，时而贴着地面走，大声喘气，就像第一次从家里跑出来时一样，每一次呼吸都像大树倒下，脑袋被这些噪音弄得发疯，然而我活该遭受这些报应，我不配更好的待遇。我怒气冲冲地用三种语言咒骂自己的愚蠢，只想带着这愚蠢躲到地缝中去。

二十三

我每个月都做一回同样的梦,间隔之准让人吃惊。总在星期天下午打盹时,梦来了。整一周都得上班读书,唯有星期天无事,我看会儿书,在营地散会儿步,到下午三四点钟就躺下,头躲在棚屋遮阴处,双腿晒在阳光下,就这样美美地饱睡一觉。

但河流的梦让我不得安宁,每回梦见,我都颤抖着醒来,心绪紧张。

在梦中,一个人能同时成为许多人,我的这个梦就是这样。我是我自己,是康迪特老师,也是杜特。我在梦里知道这些,正如人总是知道梦中人是谁而不是谁。我与他们两人混成一体,漂浮在一条河上。这条河有点像我家乡马里尔拜的河,又有些像吉罗河,河里与我一同漂浮的还有数十个孩子。

他们是我认识的孩子。有几个我在卡库马领导过,有几个出生在营地里,还有几个从未走过少年时代:威廉·K,邓,他们在路上就被上帝带走了。我们都在河里,我想在河里给学生们上课。这些学生大约有三十名,都在河里踩着水,我也在踩水,对浮在河里的孩子大声讲述英语动词形态。波涛汹涌,我在这么艰难的条件下还要教这些孩子,感到筋疲力尽。而这些孩子一边踩水,一边聚精会神地听讲,浪头不时打破河面宁静,他们在浪涛中时隐时现。我始终觉得河水冰冷,这种冷令人振奋,就像在有倒钩网的荒漠中那个不存在的人给我的水。

我浮上一个冰冷的浪头,片刻间能看到所有学生的脑袋,他们努力望着我,听我说话,但我随即沉到浪底,只见褐色的水如墙壁般高耸。每逢梦中这一时刻,波涛壁立,我就又变回自己,此后梦境大多在褐色的水下展开。我会发现自己到了河底,周围遍布水生植物的绿色触手,河底还有尸体。那些想听我讲课的孩子此刻沉到河底,我的任务是把他们托回水面。我知道这是自己的活,干起来驾轻就熟。我会看到水底有个孩子没死，只是坐在河床上，我双手插到他臂膀下，把他推上去。就这样简单。

我看到一个孩子，就游到他身下，双手搀着他胳膊，把他举起来。我做这些时知道这样孩子就安全了。只需将他送到水面，他就会活过来呼吸空气。我这么做时，也有点担心自己会累着。有太多的孩子需要送上去，而我在水下待得太久，自然会疲倦，有些孩子便救不成了。但我的担忧毫无凭据。我在梦中从不感到疲累，也不需要呼吸。我在水下穿行，从一个孩子到另一个孩子，把他们举到空气里、阳光下。

"阿沙克。"他们对我轻语，我把他们推到水面。

"瓦伦蒂诺。"他们轻声说着，我把他们推上去。

"多米尼克！"他们轻声说着，我把他们推啊推。

此时我十八岁，已在卡库马待了六年，仍与高普·肖尔一家生活在一起。这段时间，这个梦我大约做了一百回，它的意义很清楚：我对下一队的孩子肩负责任。我们都在踩水，而我注定要去教书。于是在卡库马营地，我成了一名教师，同时也是多米尼克。

多米尼克这名字，至少在许多人心目中，取代了瓦伦蒂诺。虽然我不喜欢这绰号，它却紧跟着我。它是我与格莱迪丝小姐的纽带。格莱迪丝小姐是我的老师，也是公认的卡库马最惹人爱的女人，所以她给我取了多米尼克这名字，我也没有怨言。格莱迪丝小姐是我的戏剧指导老师，后来又教我历史，她是个光彩焕发、优雅过人的年轻女子。是格莱迪丝小姐介绍我与塔比莎认识，也是格莱迪丝小姐将我带到内罗毕的阳光下，有了逃离卡库马风沙和干旱的希望。我曾握着格莱迪丝小姐的手，听德博拉·阿戈克讲故事，她是个行游的接生员，知道我家和村里的事情。对我和卡库马众多年轻人而言，这都是一段非常时期，即使那年留在南苏丹的丁卡人也经历了一场可怕的饥荒，这是上帝一手造就的，喀土穆则推波助澜。

厄尔尼诺带来两年的干旱，南方迫切需要援助。巴赫尔-加扎勒几十万人饥饿不堪，巴希尔趁着这次机会在南苏丹下了禁飞令，有效地阻止了这片区域从外界得到援助。援助好不容易来了，却又被苏人解和当地酋长截获，而他们并不总是公平分配。这一切使得卡库马的生活更有吸引力，营地人口剧增。然而如果从苏丹的大混乱中逃脱，并合法成为卡库马的一分子，得到应有的待遇和保护，就无所事事了。打发时间的方式除了学校，还有俱乐部、演义、艾滋病公益项目、木偶戏，连日本笔友都有。

日本人对卡库马各方面都很感兴趣，首先启动的是笔友工程。日本学生写来的是英文信，也说不清谁的英文更差。究竟有多少信息从肯尼亚传到东京和京都，这点存在争议，但此事对我和其他数百名参与者来说很重要。通信一年后，某一天，日本写过信的男生女生们来了，他们在灰尘中不停眨眼，挡住照射眼睛的阳光。他们待了三天，参观我们的教室，观赏营地里苏丹和索马里的传统舞蹈。虽然我见过皮肤白得像蜡烛的德国人、加拿大人，而日本人的到来仍是我见过的营地最奇怪的一幕。日本人不断到来，一直兴致勃勃，对营地里的少年尤感兴趣，当然卡库马居民中少年占了六成。日本人建造了卡库马医院，能救治没法去洛皮丁医院的病例。他们还建造了卡库马社区图书馆，捐赠了几千只篮球、足球、排球，还有运动服，于是年轻人能神气十足地搞这些运动了。

世界路德教联合会是许多文化项目的主要管理机构，指导员都是从肯尼亚人和苏丹人中间找来的。我起初参加了路德教联合会的公众演讲与辩论俱乐部，希望能提高自己的英语水平。不久，我又参加了"少年与文化"计划，后来这成了我的正式工作。一九九七年，我成了卡库马一期的少年领袖。这个职位是有薪水的，我的朋友中只有极少人能有这样的工作，我卡库马家庭中的孩子都得不到。少年指七岁至二十四岁，我们这部分营地有六千名少年。我在联合国难民署和这些孩子之间充当联络员，阿科尔·阿科尔对这份工作的印象比在多年前埋死人的工作好得多。

"如果你需要建议，我就过来。"他说。

阿科尔·阿科尔刚戴上眼镜，看上去很有几分书卷气，比以前严肃多了。一开口似乎就带上了深思熟虑的分量和高瞻远瞩的睿智。

"好的。"我说。

作为少年领袖与卡库马一期少年活动的协调者，我与格莱迪丝小姐有了接触。不久之后，卡库马所有的孩子都认识了她，夜晚独处时常想到她。

她被指派为剧社的指导员，我则是这个剧社成员和挂名的学生导演。第一天，来了十二名社员，其中有十个男孩，两个女孩。这次聚会我就是导演。路德教联合会对我们说，第二次聚会，这群人的成人讲师和指导员都会来。因为我是默认的负责人，我想说玛丽亚也来参加。首次聚会前两天，下午放学后，我去找她，看到她在养父家的棚屋后晾衣服。"你好啊，睡虫。"她说。

她没有掩饰自己的坏情绪。她从不这么做。心情不好时，她就耷拉着双肩，眉头皱得很夸张。她已经数周没去上学，当她父亲的那个人认为她一边上课一边做好家务是不成的。他妻子怀孕了，便要玛丽亚随叫随到。他说，这几个月孩子在他妻子的肚子里成长，妻子需要的帮助会越来越多，又说学校对玛丽亚这种孤女来说太奢侈了，不是她上得起的。

玛丽亚自己和我都没指望她能在剧社长待下去，但我叫她来参加首次聚会。我们一起到场，和其他成员共同高声朗读格莱迪丝小姐创作的剧本的前几幕。玛丽亚饰演的女主角是个挨丈夫打的女人，她立刻就进入了角色。她在满天星斗的夜晚救过我，我知道她是个有激情的人，但不曾想她竟有演戏的天赋。

玛丽亚参加了第二次聚会，可我记不得多少她当时说了什么做了什么，因为格莱迪丝小姐来了。格莱迪丝小姐一出现，我就将自己的权威丢得一干二净，此后几乎一句话都说不出来。

格莱迪丝小姐是年轻的肯尼亚人，脖颈修长，爱穿曳地长裙，走路时款款生姿。她当即坦言自己并没有很多舞台经验，可她从头到脚都是一个演员，明白她说出的每一个字、摆出的每一个姿势的力量。她知道自己被人注视着，事实上无论何时她都是众所瞩目的焦点。

我们得知，她在英国的东英吉利大学受过两年教育，写作十分娴熟。她在内罗毕最好的私立中学学过英语，在大学中得到了进一步修炼。

"那是哪里的口音?"后来我们彼此问道。

"听起来很有教养。"

"终有一天她会嫁给我。"我们说。

我们不明白,像格莱迪丝小姐这般尊贵而干净的人——她不流汗!为何会和我们这种难民待在一起。她真心喜欢我们,表面看来也是如此,这真不可思议。她对我们这些孩子露出的笑颜,简直可说是在挑逗我们,她显然喜欢自己受到瞩目。女孩们则违心地努力去喜欢她。

在她的管理下,剧社的目的是写作与演戏,演的是反映卡库马问题的独幕剧,并提出解决方案,还不能是纸上谈兵。举个例子,HIV感染风险不能通过印制传单和电视广告来解决,我们得先讨论将其戏剧化,然后希望能通过娱乐大众的方式,潜移默化地让人们学到,通过口耳相传,普及大众。

但格莱迪丝小姐记不清我们这些孩子哪个是哪个。在十个男孩里,有个叫多米尼克·杜特·马相的,是卡库马最幽默的孩子,至少在苏丹孩子中是最有趣的。我不清楚乌干达人的幽默感如何。不久,在格莱迪丝小姐指导的第一次聚会上,她喜欢上了多米尼克·杜特·马相,他每说一个笑话,她就笑个不停。

"再问一次,你叫什么名?"她问。

"多米尼克。"他说。

"多米尼克!我喜欢这名字。"

于是我们剧社十个男孩的命运注定了,因为她不记得其他人的名字。她说她记不大清名字,这倒像是真的。她极少叫女孩们的名,似乎唯一能记住的就是多米尼克了。于是我们都成了多米尼克。起初她是叫错了。有一天她漫不经心地把我也叫做多米尼克。

"对不起,"她说,"你们两个都是意大利名[①],是吗?"

"是的,"我说,"我叫瓦伦蒂诺。"

[①] 多米尼克和瓦伦蒂诺都是源自拉丁语的名字。

她表示歉意，但第二天又叫我多米尼克。我不在乎。我一点儿也不在乎。我同意她说的，我们的名字很相像。我无比同意她说的每一句话，虽然我并不总是听着她美丽的嘴中讲出的话。于是她叫我多米尼克，也叫其他男孩多米尼克，我们都不再纠正她。她干脆都叫我们多米尼克。我们没人在乎，再说，她也不太需要叫我们名字。我们的目光从不离开她，所以她只需把覆着又长又弯睫毛的眼睛对着听众即可。

男孩们空闲时间都在谈论她。我们在真正的多米尼克——多米尼克·杜特·马相家举办特别聚会来讨论她的优点。"她的牙齿是假牙。"一个男孩说。

"是啊，我听说她在英国校过牙。"

"在英国？你疯了吧。英国人不干这个。"

"但那口牙齿不可能是真的。看看你的牙，再看看她的。"

我们第一出戏叫《逼婚》，想戏剧化地表现出苏丹的传统婚姻方式，并提出了不同选择。我演一位长辈，他不赞成把年轻女孩逼入无爱的婚姻。在剧中，我演的角色的观点被其他多数长辈反对，他们认为现有制度是最好的。最终多数人取得胜利，剧中的那个女孩被嫁了出去。我们把问题留给年轻的观众思考，让他们思考这个制度是否合理。

这出戏我们在卡库马各处演了几十回，由于戏中时有笑点，更因为格莱迪丝小姐也上台演新娘的姐姐，大家都非常喜欢，鼓励我们再接再厉。于是我们写了并演了一出关于艾滋病防治的戏，还写了关于控制情绪和解决冲突的戏。有一出戏涉及营地的等级和社会歧视现象，另一出表现了战争对孩子的影响。我们演过呼吁两性平等的独幕剧，宣传苏丹的男孩女孩应该被一视同仁，就像肯尼亚的孩子一样。一次次地出乎我们意料，这些戏都受到欢迎，我们传达的思想几乎没受到阻力，至少没有公开的阻力。

但有些长辈不喜欢我们的叛逆，不支持我们的努力，那位照顾玛丽亚生活的人也是其中之一。有一天，玛丽亚放学后没来参加排练。她连续缺席三天后，我去找她。傍晚我在她家找到她，她蹲在屋外的火边烤阿思达馕。

"现在不行!"她低声说了一句,跑了进去。

我等了几分钟,离开了。过了好几天,我才又在水泵旁边见到她。

"他不让我去。"她说。

她的养父看来发火了,因为玛丽亚下午出门,而这段时间女人应该准备晚饭,并汲好晚上和次日早晨需要用的水。女人在天黑后不该冒险离开家门,所以放学后到日落这段时间对玛丽亚的家务工作就很重要。

"我会和他谈谈的。"我说。

自从成为少年领袖后,我曾与一些家庭谈过。如果有代沟问题,大家常请我去调解。"双手干净的孩子才和长辈一起吃饭。"这句话是高普教我的,每天都影响着我的行为举止,对我很管用。剧社还有一个骨瘦如柴的女演员叫艾迪耶,她也不被准许参加我们的聚会,这事我介入调解了。她先知会她父母,说我会和他们谈谈。他们答应见我后,次日傍晚我带着作为礼物的写字本和钢笔去了,和他们一起坐了一会儿。我说艾迪耶对剧社必不可缺,她的工作对营地的少年极其重要。了解到她父母也和玛丽亚的那位父亲一样等着她结婚拿彩礼,我就利用他们唯利是图的兴趣晓之以理、诱之以利。我告诉她父亲,艾迪耶如果有演戏技能,会对她将来的夫婿更有吸引力,她不断抛头露面,等要结婚时,只会带来更大的竞争市场。我这些论调都是对她父亲说的,结果比我想象的更有效。艾迪耶不仅得以参加每场排练,她父亲有时还和她一起来,要求她拿到重要角色,还要格莱迪丝小姐给她开小灶。既然如此有成效,我想对那个把玛丽亚称为女儿的男人也一样管用,但她不想这么做。

"不,不。别想了,他不是那种人。"她说。

她说,对那人什么都不管用。她想不出什么法子能反抗养父,因为知道自己会被打。她说,不管如何,不能去剧社里表演不是她最担心的事。她很开放,也信任我,所以坦率地告诉我,三天前在水泵旁她来了月经初潮。作为少年教师,我学到了大量的健康卫生知识,因此知道这在生理上对玛丽亚意味着什么。更重要的是,我知道在苏丹社会,她此刻已然被认为成人了。苏丹姑娘初次来潮时,就被认为到了适嫁年龄,通常过几天就有人上门提亲。

"有人知道吗?"我问。

"嘘!"她低声说,"还没人知道。"

"你确定吗?你母亲怎会不知道?"

"她就是不知道,睡虫。她问过我,但她不知道。不管怎么说,我还很小呢,我认识的都没有来了的。不要说出去。我不该告诉你的,忘了我说的话吧。"

她走开了。

那天玛丽亚让我不要将她的情况告诉别人。她还没想好该怎么从养父母鼻子底下藏好污物,但决定能瞒多久是多久。这种事卡库马不是没发生过,但很少见。大多数女孩即使想反抗包办婚姻,也不会隐瞒自己的生理状况。多数人接受了,有些人还为之庆祝。在南苏丹,有些部落会在女孩初潮后聚会庆祝,参加聚会的有家人和远近村子的求婚者。这是女孩即将出阁的大事,让当地的单身汉都明白,一个女孩成为女人了。某些人认为此刻摘了他们的新娘最是时候,因为她的纯洁是不容置疑的。

如果要我猜测玛丽亚当时的年龄,我想是十四岁吧。但在苏丹,重要的不是年龄,而是一个女人的体型和身体的成熟。即使是和玛丽亚自幼相识的我,也注意起她的第二性征来了。如果是在另一个时空,她没有那样一个指望着投资有所回报的坏脾气养父,我也许会追求她。她是我最了解的女孩,没有其他女孩的灵魂更像我自己。但我这种孤儿配不上玛丽亚这样的女孩。我们只能让她养父母的计划更趋复杂而已:如果有我这般的小伙子围着玛丽亚这般的女孩转,么不可避免地出现对她是否处女的怀疑。大家喜欢玛丽亚,而我只能当她朋友,而且是难得见面的朋友。

苏人解士兵和军官最热衷于来卡库马寻觅可意的新娘,像逛街购物一样。他们会地毯式搜索整个营地,通过传闻和亲见确定他们想弄回家的年轻女子。叛军也到卡库马和苏丹周边国家的其他营地募兵。数千名未来的战士在我们营地和平地生活,这让叛军震惊,而我这个年纪的人都惴惴不安。

剧社的多米尼克们开始严肃探讨加入苏人解的可能性，很多人觉得在卡库马无用武之地。这种情况时常发生，特别是叛军打了打胜仗或者大败仗之际。年轻人无论是上学的还是在营地里闲逛的，或多或少都参与讨论，入伍要么是支援萎靡不振的叛军，要么在战局快见分晓时才去。

仿佛知道我这年龄的小伙子都在打什么主意，有一天，卡库马来了一个方阵的士兵和军官，他们是来拉人去战场的，人越多越好。按照官方的说法，营地里不该有苏人解，但前苏人解和现苏人解军官都如入无人之境。他们说服了几百个年轻人离开营地，去南苏丹打仗，并开来运兵车载走了他们。

某晚十点，会议在一幢波纹钢和泥土搭建的房子里召开。五位苏人解军官坐在一张桌子旁，他们前面是两百个被邀请或强迫来参加这次通气会的年轻人。苏人解在许多年轻人中声名狼藉，不少人对他们的到场表示怀疑。有些人感觉被骗了，因为苏人解虽然从北巴赫尔-加扎勒大规模征兵，但并没有好好地保护那块地方不受攻击。另一些人反对他们征用童军，还有一些人对战胜苏丹政府遥遥无期而心怀不满。阿科尔·阿科尔和我，还有我们认识的那些年轻人，那晚都去开会了，一方面也想听听他们会讲什么，拿什么理由说服我们拿起武器，离开相对安全的营地。房间里挤满了人，阿科尔·阿科尔在前排附近找到了座位，我没找到，只能站在窗口。那晚屋子里人虽多，但很多年轻人尽可能地躲在后面，因为多年来，苏人解都宣扬见到逃兵就处决，而卡库马的逃兵还真不少。

那晚会议的负责军官叫桑托·阿杨，他矮胖而傲慢，走进来坐在我们面前的蓝木桌后，先特别声明了一点。

"如果这里有人离开过军队，不用担心，"他说，"关于逃兵的律令已经改变。欢迎你们回到军队，不会受惩罚。请转告你们的朋友。"

听众中扬起一片赞同的窃窃私语。

"这是新苏人解，同心协力的苏人解。"桑托指挥官说，"我们就要胜利了。你们知道我们正在打胜仗。我们在延比奥、卡亚、尼穆莱，还有伦拜克都打赢了，已经控制了南苏丹大部分重要地区，现在剩下的就是把这事做完。孩子们，你们有个选择……好吧，你们已不是孩子了，你们许多人都成人了，身强体壮，受过教育。现在你们有个选择。小伙子们，你们谁想终生都在卡库马度过？"

没人举手。

"既然如此，你们觉得怎样才能离开这里？"

没人说话。

"我猜你们是在想等战争胜利后回家。但战争怎样才能赢呢？谁赢呢？谁来打仗？我问你们，你们在卡库马，拿供给口粮，买昂贵的鞋子……"

他指着一个站在角落的椅子上的男孩，那男孩穿着簇新的胶底运动鞋，人造革皮面一尘不染，白得像骨头一样。

"你们躲在安全地带，等着我们打完仗，然后享受我们用鲜血换来的成果，返回家乡。我从你们的沉默中看出这确实是你们的想法。我得说，这是胆小鬼的想法，但你们觉得我们的军队是兔子和女人组成的吗？谁在打仗，我问你们！男人在打仗！我不管你们在营地里被叫成'迷途少年'，你们是男人，有责任去打仗！如果你们不打，战争就会打败，南苏丹会沦陷，你们就得在卡库马养育你们的孩子，你们的孩子也会在这里养孩子！"

一个叫马云·法艾尔的年轻人跳出来。

"我去！"

指挥官笑了，"你准备好了？"

"准备好了！"马云·法艾尔大喊。

我们都笑了。

"安静！"指挥官大喝一声。屋子里鸦雀无声，一方面因为指挥官说了安静，另一方面我们也意识到马云·法艾尔是认真的。"至少，这些孩子里有一个男人。"桑托接着说，"我很高兴。我们三天后走。星期四晚上，西大门外会有卡车。我们在那里见你，带上你的衣服和其他东西。"

这名新兵激动得不知如何是好，只好走出去。屋里挤满人了，他花了好几分钟才勉强挤出门。但接着他又觉得或许会漏听了会上的重要信息，便又回来从窗口看着。

"好了,"桑托指挥官说,"今晚我们有位特别的客人。"

一直坐在指挥官身后的一个人站了出来,手里拿着根弯拐杖。他是个精神矍铄的老爷爷,头发灰白,牙齿都掉光了,下巴松弛,眼睛细小。他穿黑色外套,浅蓝色宽松裤子,刻满细纹的头上戴了顶迷彩帽。桑托指挥官与他握了握手,将他介绍给我们。

"站在你们面前的人,是努巴的一位酋长,他会告诉大家巴希尔及其军队是多么无耻。或许他会让你们剩下的人跟随那位自告奋勇的勇敢小伙子。库库·考里·库库位高权重,很受尊敬,但他犯了个错,他相信了喀土穆的政府。他来这里就是要告诉你们那次误信的惨重后果。"

"谢谢你,桑托指挥官。"

"把你受骗的经历告诉他们。"

"指挥官,只要你准许我就说。"

"把你看到的欺诈和谋杀行为告诉他们。"

酋长张口欲说,但被打断了。还没到他说话的时机。

"等你准备好了,请告诉我们。慢慢来。"桑托补充了一句。

于是酋长等着,双手拄着拐杖,闭着眼。等到他感到桑托指挥官不会打断他时,满意地睁开眼说话了。

"孩子们,我是一个叫杰贝尔奥特罗的村子的酋长。你们知道,我们努巴人饱受政府和穆拉林的攻击。在一次攻击中,我失去了儿子。我去另一个村子调停纷争,结果他就在我们自己家里被烧死了。你们知道,几千努巴人都被送到'和平村'去了,那是你们听说过的拘禁营。"

此时我注意到阿科尔·阿科尔,他坐在靠前的位置。望着他的脸比望着库库·考里·库库嘴中蹦出单词来更为有趣。那人一开口,阿科尔·阿科尔就被吸引住了。

"通过这种方法,政府能监视我们,确保我们不会和他们作对。那些营地吸引了很多不想卷入战争的努巴人。他们在那里处于士兵的监管之下,吃得很差。在和平村里,女人们经常被绑架和强奸。政府明说了,如果努巴人不去住和平村,就是站在苏人解那边,就是敌人。努巴人和你们一样受着苦,我们想找法子结束这一切。"

阿科尔·阿科尔的舌头了伸出来,仿佛在品尝接下来情节转折的气氛。

"那时,政府召集会议的时候,我们很高兴。据说巴希尔要亲自会见所有努巴酋长。得承认这让我们感到自豪,我们都很得意。我们被喀土穆召唤去开会,就像傻瓜似的高高兴兴地去了。我们相信了,我们不该相信的。我们从战争中,从这个国家的历史上学到教训吗?我们相信了!我们的爷爷相信了,爷爷的爷爷也相信了,看看我们是怎么受骗的吧!"

酋长提高嗓门,声音变得嘶哑颤抖。我想起了那件事,以前酋长们就答应过让南北苏丹合并,大家都知道那是个让人后悔不迭的大错。

"所以没错,我们都很自豪地去了。全部六十八位努巴酋长都在指定的日子到了。很多酋长花了好几天才到那里,有些人还是走路去的。我们到了之后,发现并没有喀土穆的代表要和我们见面。这是个圈套。我们几十个村子的酋长都被赶上卡车,送进一所新监狱,那监狱以前是医院,我年轻时去过。他们把我们关在两个小房间里,关了两天,只给一点儿食物和水。我们要求他们放了我们。我们以为这也许是政府军里一群混账干的,以为组织这场会议的政府会对此事很生气,很快就会来帮我们。但不是所有的酋长都那么乐观。"

我看看周围,满屋子少年的神情似乎都已知道这些被关在一起的酋长的命运。他们已经准备好去战斗了。阿科尔·阿科尔眉头紧皱。

"我们恳请看守卫兵,说我们都是部落酋长,没有犯法。但一个卫兵说,你们在和政府作对,这就是犯法。这时候我们才知道自己命运堪忧,但以为最坏的情况也就是被关押到某个酋长'和平村',或许更严酷,会和族民分开。我们以为会被关押好几年,甚至被关到战争结束。但政府的计划不是这样。那晚夜还没深,他们把我们叫起来,推出医院监牢,赶进黑暗之中。我们被送上军用运输车。坐在车厢里,我们终于害怕了。他们绑了我们的手,我们叫天不应叫地不灵。我们在车上互相帮忙想解开绳子,但卡车开上了荒郊野岭,天很黑,我们在车里什么都看不见,路崎岖不平,颠簸转弯时我们被甩来甩去。而且你们要知道,很多酋长年事已高,身体不怎么强健。于是就成了这种情形:我们是努巴的领袖,却无法互相帮助。真是奇耻大辱。"

阿科尔·阿科尔缓缓摇头,双目含泪。

"不久卡车停了下来。'让他们出来!'军官喊了一声。我们一个接一个走下卡车,士兵一会儿就不耐烦了,把卡车上留在后面的酋长扔下来,其中一位酋长年纪很大了,因为手被绑着,重重地摔在马路上。我们都站在路上,他们让我们列队前进。空中出现了半轮明月,我们看见了士兵的脸,里面有个丁卡人。我记得盯着他看了很久,想知道他是怎么回事。我推测他先当了穆斯林,然后信了我们是敌人,与他的国家和信仰作对。但我还是觉得看到他转开了视线,他或许心中有愧。我能想象那一切。我希望他感到羞愧,但也许他和其他士兵一样,只是完成任务罢了。"

阿科尔·阿科尔一副怒不可遏的神情。

"我们被带到山脊上,他们让我们站成一排。有二十名带自动步枪的士兵。一个酋长想跑下山,立刻被射杀了。就在这时候士兵们开枪了。他们朝每个酋长射击,尽量射后脑勺。有几个人抬起脚来反抗,就被子弹打在胸口、脸上等处。这是我见过的最可怕的事,这么多人为了活命而搏斗,被捆住手乱踢乱跳。我不想这样死。到处都乱成一片。"

"处决花了很长时间?"指挥官问。

"不,不是,一下子就结束了。几分钟就完了。"

"但他们没杀你,为什么?"

酋长怒哼一声:"他们当然朝我开枪了!他们朝每个人开枪!我是酋长,我就得死!他们冲我后脑勺开枪,但子弹穿过去,从下巴穿了出去。"

屋子里有些孩子不信,酋长发觉了。

"你们不信?看看这个吧。"

他露出下巴一侧的锯齿状伤疤。

"这就是子弹穿出去的地方,这颗就是子弹。"

他从口袋里掏出一颗生锈的圆状物，怎么看都不像穿过一个人头骨的东西。

"一点也不痛。我以为自己死了，所以才不觉得痛。我躺在地上，对自己眼前和脑袋里的事感到奇怪。我死了，但还能看到。我看到另一个人的尸体，是另一位酋长，我听到士兵靴子的声音，听到卡车又开动了。那会儿我奇怪自己怎么能听到。死了应该看不到听不到才是。"

"我想我大概还没死，但也快死了。我躺在那里，一动都不能动，等着死亡降临。我想起家人、村里的族人。他们的酋长在这里，躺在六十七个死人当中。都是信任别人的傻瓜。我觉得这真可耻，所有的酋长死在一个地方，杀他们的是对生命一无所知的年轻政府军士兵。我咒骂我们的愚蠢。我们轻信于人，笨到家了，跟五十年前的先辈一样。我想我们算是完了。既然这么容易就杀害所有酋长，那么杀我们的孩子也易如反掌。

"我后来才发觉自己还活着。天亮了，我还能看，还能思考，这让我相信自己大概还活着。我试着动了动胳膊，让我惊讶的是，胳膊动了。我想到很快就会有另一队士兵来掩埋我们，掩盖大屠杀的证据，于是站起来就走。我向村子的方向走了三天，一路几乎没见到人。当我抵达路上的第一个村子时，见到那里的副酋长，他热情地接待我。他想了解会议情况如何，我只能告诉他情况不妙。

"他和他的族人护理我，带我到附近的诊所，在那里缝合我脸上的洞。过了一周，副酋长护送我回我的村子，族人已听说发生的事。我在那儿不安全，便藏了起来，直到一周后能够逃离。后来我遇见其他去卡库马的人，觉得这对我是唯一安全的地方。

"孩子们，我们永远不可能与北面、与喀土穆成为一体。我们永不能相信他们。除非南方独立，除非成立新苏丹，否则我们不可能得到和平。我们永不能忘记这点。对他们来说，我们即使不在他们家里和农场上干活，也是低人一等的奴隶。想想吧，他们的最终计划是把整个国家变成伊斯兰国家。他们要让我们改变信仰，这已经在逐步实行了。这个国家四分之三已是穆斯林的天下。他们目标的实现为期不远了。所以要记住，我们要么独立,要么就不再是一个民族。他们会收服所有可收服的人,然后把剩下的杀掉。我们不能与他们统一,不要相信他们。永不能!你们答应我吗?"

我们点头。

"那么和这些魔鬼斗争吧!"他怒吼道,"我恳求你们!"

当晚又有十二个人宣誓支持,其中十位在星期四随苏人解走了,一起走的还有十四个没参加会议的人,大多是苏人解军官们的儿子、兄弟、堂兄弟或侄子。我当时并没有认真考虑过加入苏人解。我在营地里很忙,有剧社事务和格莱迪丝小姐,但阿科尔·阿科尔犹豫不决了两天,每晚都过来找我分析他的想法。

"我觉得我得去。对不对?"他问。

"我不知道。我不觉得去了有什么用。"我说。

"你认为战争打不赢。"

"我不知道。已经打了这么多年,我不知道有谁知道会不会打赢。我们怎么知道呢?"

"如果我们独立就好了。"

"你真相信这可能发生?"

我们坐着想了一会儿。

"我觉得我该去,"他说,"应该去打仗的人是我。我从乌韦勒来,如果我都不回去打仗,那么谁会?"

"他们不会派你去乌韦勒。"

"那么我扛起自己的枪,回乌韦勒。"

"乌韦勒一个人都没有,没人会待在那里。"

"桑托指挥官说苏人解和以前不同了。"

"也许是,也许不是。但看看你自己,你这辈子没打过仗。你现在戴眼镜了,如果眼镜碎了,你还怎么开枪?"

我没觉得这番争论能见效,但起作用了。立竿见影,阿科尔·阿科尔的军旅生涯就此终结。我十分肯定,他无非是找个借口不去参军罢了,万一有人问到,他也有话可说。他从此再不提苏人解。

我不想失礼,但应该说明,我们刚过青春期不久,班里几个年龄较小的孩子正处荷尔蒙变化明显的时期,很关注异性。生理上的骚动已经够多了,这时格莱迪丝小姐又在年轻人中引发了大动乱。我刚开始长毛,短短的几簇,下身有几处,两边腋窝也各有一处。我比许多孩子发育迟,但听说因为心理创伤和持续营养不良,我们全都发育迟缓。但在我们成长的关口,格莱迪丝小姐给我们带来了极强的冲击。她开放而自信的女人味在我们心头燃起熊熊烈火。每周在剧社见她两次已经足够了,但她走入我们的历史课堂,就太过了。

"啊,多米尼克!真高兴见到你!"她说。

这是她接手纳帕塔剧社后的一个学期,之前没人通知我们要换历史老师,原来的老师是肯尼亚人乔治,似乎很能胜任而且会干下去。

"你来教这门课?"我问。

"你看起来不太高兴见到我。"她装腔作势地噘着嘴。

我不知道说什么好。她在纳帕塔剧社还好,因为我可以通过表演来掩饰自己的紧张和脆弱。但她当了历史老师,我立刻知道自己没法集中注意力,成绩要下滑了。她的出现本身就引发了问题,而这些问题又因为她新表现出来的特别个性而更加严重。历史课上的事使她愈发具有诱惑性,坐在她下面地上的五十八个男生大多被她硬生生地摧毁了。

她并不直接谈论性,但课上无论讲到谁,似乎总有法子提及他们的性习惯,不管与课文多么格格不入。

"成吉思汗是个暴君,"她会这么开头,"他对敌人很残酷,但他很喜欢女人,据说他性欲旺盛。传闻他让两百多个女人怀了他的种,常常一晚睡三个以上女人。还传说他在床上使用一些特殊工具……"

第一天,一个男生晕倒了。我们对此全无准备,没想到会讨论性欲,也没想到这种话会从女神般的格莱迪丝小姐口中出来。她为什么这么做?

373

她控制了我们五十八个男孩,把我们据为己有,有时毫不怜悯。关于成吉思汗之类的性习惯的讨论贯穿整个学期,我们都在煎熬。

我们迷惑而渴望的脸对她产生影响,反过来让她再接再厉,每天上课要插入或者顺口提及一些性话题。我们都知道上课会讲这些,都穿戴得整整齐齐。她讲这种话题时,那个晕倒的男生把纸团塞进耳朵,因为他父母也在营地,他能肯定,如果满脑子都是这种事,一回去就会被察觉。

班里的几名女生对格莱迪丝小姐的荒唐和男生们的着迷很恼火。但最小的那个女生却似乎很喜欢她,我们都还没意识到她讲了笑话,这个女生就哈哈大笑。这女生就是塔比莎·杜安妮·阿科。自从家政课结束后,我有一学期加一个夏天没见到她,很高兴能再见到她。格莱迪丝小姐讲起伊迪·阿明①在桑拿浴室的笑话时,只有她一个在笑。教室里一片沉寂,唯有靠边那排响起洪亮的笑声,塔比莎捂住嘴,与格莱迪丝小姐交换了互相欣赏的眼神。从那天起,我对她感兴趣了,想在课堂外见到她,无论什么机会都好。她在许多方面让我想起了玛丽亚,她的机智,她的口才,她的瓜子脸,但她比玛丽亚更像女孩子。她有一种烂漫的女人味,但控制得相当好,我觉得这是因为她无时无刻不在学习格莱迪丝小姐举止仪态的缘故。

同时,已习惯新历史老师的男生常单独或一同想念这位新老师,想念她变化多端的课。格莱迪丝小姐成了卡库马最出名和最受喜爱的老师,因为她的缘故,我们多米尼克们恶名远扬。历史课上有四个多米尼克,她对我们几个很熟,其他男生看着我们的目光简直能杀人,因为我们显然在她心中占有地位。每次有人说到格莱迪丝小姐,我们四个剧社的多米尼克也作为她喜爱的人被顺带提及。我们的真名也被多米尼克取代。恶名让我们团结在一起,一起打篮球时,队名就是多米尼克。我们一起走路时,大家说,"那就是多米尼克们"。无所事事的男生突然之间想学演戏,还有到我们班里学历史,不管他们住在营地哪个地方。这批人有增无减,但格莱迪

---

① 伊迪·阿明(1925—2003),乌干达二十世纪七十年代的军事独裁者。

丝小姐不让任何人加入，因为我们不需要更多男演员了。

我们已经有了太多男演员，而女演员只有两个，这越来越成问题。戏里大部分女性角色都得让男生反串。其中专门扮演女角的一个多米尼克——真名是安东尼·楚特·古欧特，敢于穿裙子等女人衣服，也不怕像女人那样走路说话。因为他勇气可嘉，在他反串一个漫画书侦探后，我们给他取了绰号叫"零号夫人"。他很喜欢这绰号，至少开始很喜欢。随着这绰号传到多米尼克圈子之外，他就不那么高兴了，这让他和格莱迪丝小姐坚持要我们为剧社征召年轻女孩，不管如何也要再找一个来。

于是，在一个灿烂的下午，塔比莎加入了纳帕塔剧社。

塔比莎和高普的大女儿阿布克是朋友，所以在家政与历史等课之外，我也能看到她，了解她的一些事情。我首先知道的是她被允许参加剧社是因为她母亲曾是演员，这个开明的女人要塔比莎抓住营地能提供的一切机遇。我还知道她有张完美得令人不安的面孔。我刚认识玛丽亚时，就对她很有好感，但看着她、与她说话，毫无困难。她就像我的姊妹一般，站在她面前，我觉得她是个和我一样的年轻人，我们都是难民，她身上没什么东西让我胆怯的。

可是塔比莎不是这样。她的脸庞匀称无比，我不是唯一发现这点的。她的肌肤完美无瑕，眼睫毛的长度前无古人。我老早就听说了这些，近距离观察后，发现她走路时步态缓慢从容，全身上下都不使劲，远远望去，仿佛飘行一般，脑袋从不上下起伏，裙下双脚的动作几乎无法察觉。我知道这些，我还知道她说话时常常拉住朋友的前臂，大笑时会抓住对方前臂连拍两下。

这些我都知道，我还知道有段时间里，在她面前我嗓子发哑，头脑迟钝。她比我小好几岁，我也比她高得多，但在她身边，我觉得自己像个小孩，应该在她裙角玩布娃娃。我只想待在她身边，一直望着她，然后再过片刻，就会进入一个没有她的世界。这似乎是让我能再集中注意力的唯一方法。

她刚开始参加剧社的前几次活动，就和其他人一样，被幽默多米尼克的滑稽吸引了。无论他说什么她都笑，一次次把手搭到他前臂上，还捏了一两把。我知道多米尼克另有所爱，但还是不忍目睹。假如她牵了其他小伙子的手，我定会一蹶不振。唯一的安慰是我知道自己每周都能见到她，相隔不远，都在创作、表演我们的剧本，不论她是否朝我直视，与我说话。

剧社欣欣向荣，部分归功于塔比莎和多米尼克们的努力，还有老师的风情万种，但也因为我们得到了慷慨的资助。"少年与文化"项目开始直接得到来自东京的非盈利组织"互助项目"的援助。他们的定位是在体育运动、戏剧、急救和灾难应变等方面指导卡库马少年，也装备起一支难民行进乐队，包括服装、乐器和一位擅长木管乐器的兼职指导老师。这个项目开始后，他们派来了一个二十四岁的年轻人，名叫高村纪彰，他后来成为我认识的对我最重要的人物之一，从他身上，我学会了如何去爱迢迢万里之外的弱者。

项目启动后，我被选为高村的得力助手。我为"少年与文化"项目工作过两年，在苏丹青少年和非政府组织的工作人员中小有名声。我得到这个职位，应该是毫无异议的，但当时以及后来，肯尼亚人不服我的任命，我们知道，他们想把每份工作都揽下来。我不在乎，欣然接受了工作，收入比原来高，而且有了一间办公室。苏丹人在办公室工作！我们在联合国大院里有一间小办公室，里面有一部卫星电话、两台电脑，其中一台是高村带来的，另一台是他为我订购的。我们成为同事的第一天，他就帮我订购了电脑。

"就是这儿了，多米尼克。"他说。

正如我所言，多米尼克这个名字把我们都一股脑儿叫进去了。

"是的，先生。"我说。

"我不是先生，我叫高村。"

"是的，对不起。"

"你很兴奋吗?"

"是的,先生。"

"高村。"

"是的,我知道。"

"我们得给你台电脑。你用过电脑吗?"

"没有,我见过别人用。"

"你会打字吗?"

"是的。"我撒谎了。我不知道为什么会撒谎。

"你怎么学会打字的?在打字机上?"

"不是,对不起,我理解错了,我不会打字。"

"你不会?"

"不会,先生。"

高村长长地呼出一口气,足够装满三个肺。

"不会,但我会学着用的。"

"我们得给你弄台电脑。"

高村开始打电话。一小时后他打通了内罗毕他的组织办公室电话,给我订了台笔记本电脑。我不相信电脑会被运送到卡库马,运到我手里,但我喜欢高村的姿态。

"谢谢您。"我说。

"应当的。"他说。

那天我们基本上谈的都是他在故乡的女友,他桌上就摆着她的照片。高村刚把照片拿出来。照片上的她穿着白T恤、白裙,手执网球拍。她淡淡的笑容透着勇敢,仿佛在抗拒脸上才干的泪水。

"她叫若菜。"他说。

"看上去是个好姑娘。"我说。

"我们订婚了。"

"喔,好事啊。"我说。最近从一篇英语课文中学到,这种情况下说恭喜是不礼貌的。

377

"还不是正式结婚。"他说。

"哦,你们会私奔吗?"

"不会,我们要举行正规的婚礼来结婚。但我得先求婚。"

我不知道在日本这些事具体是怎么办的,只隐约了解一些西方的婚礼仪式。

"你打算什么时间求婚?"我问。

我不确定这个话题上我能问多少问题,但高村似乎毫不介意。

"等我回家后,我想。我不能让她来这里看我。"

我们一起坐了一会儿,看着照片上女孩愁苦的笑颜。

第一天我就已经开始想念高村了。我没想过有朝一日他会离开卡库马,虽然我很清楚除了肯尼亚人,没人会长留卡库马,即使是肯尼亚人也只待上几年。第一天高村就成了我的好朋友,但他不仅仅是我的朋友,大家都喜欢他。他比我认识的苏丹人都矮得多,但有运动员的体魄,动作敏捷,对卡库马的任何体育活动都很在行,常参加足球、排球、篮球的临时赛。他好像每周都会换一个篮球网,总是拿得出新的白色尼龙球网。因为他一直换,这些网经常失踪,在卡库马镇上被卖掉,他们知道那个矮个子日本人很快会换网。大家都知道他名字,至少试着说过。

"诺亚基[①]!"

"诺基!"

从一开始起,高村就在营地里帮助苏丹人。走在路上,他会问我们需要什么。他和难民一起吃饭,一起活动。他开车时,会停下来搭载任何想上车的人,想去联合国大院的人他都搭载,直到卡车装满了喜爱高村的满面笑容的人,不管他们怎么称呼他。

"诺卡亚基!"

[①] 高村的英文读音为诺瑞亚克(Noriyaki),不会发音的苏丹人读诺亚基(Noyakee),或以下的诺基(Noki)、那卡亚基(Nakayaki)、诺拉卡卡(Norakaka)。

"诺拉卡卡!"

高村对这些都不在意,他带着羞涩的笑容穿行于卡库马。他为做了重要工作而愉快,我想,还因为他知道在东京有个非常美丽的女孩在等他。

高村抵达并给我订电脑的一周后,有趣的事发生了:电脑到了。那天从内罗毕来了一批空运货物,多为急需的药品,但飞机上还有一个方方正正的箱子,箱子里是为我订购的笔记本电脑。在卡库马很难找到这样一个形状周正、边角挺括的箱子,但这个在办公室地上的就是了。高村朝我开口大笑,我也朝他微笑。我望着高村时总是带笑,很难不笑。

箱子到的时候我们都在办公室用午餐,高村为我开箱——我不相信自己,觉得会弄坏它。我简直想拥抱高村,或者至少握住他的手。我热情洋溢地握了他的手。

高村开了两瓶橙色芬达汽水,庆祝电脑的到来。后来用芬达庆祝成为我俩之间的传统。那天我们缓缓喝着芬达,低头看着箱子和里面用塑料裹着、黑色泡沫垫着的非同凡响的东西。这台电脑的价值也许比我和卡库马兄弟姐妹所有的财物之和还要贵十倍。将这样的东西交给我,被信任的感觉让我自信满怀。自从我六岁那年父亲将一支步枪给我拿在手里之后,我就没有过这种自信。我再次感谢高村,然后假装知道怎么用这台电脑。

"拿回家去练习吧。"高村最后说。

"拿去哪里?"

"拿回家去练习。"

拿到笔记本后的几天里,高村注意到我对自己正在做的事一无所知。有一天我花了一小时想要开机,终于开机成功,打字又花了大量时间。我紧张得额头、胳膊、手指都在淌汗,汗水湿透了键盘,这给我的工作造成麻烦。别说工作,就是练习都不成。

"我们要送你去培训。"他说,"你去上电脑课。"

"去哪里上?"

"内罗毕。我们把这个写入预算。"

379

高村是个魔术师。内罗毕！写入预算！我不明白高村为何来卡库马，为何留在卡库马，尤其是他在日本还有家，还有女友。我想了很久，想弄清他到底是怎么了，是什么让他放着日本好好的工作不干，不远万里来到这里和我们在一起，这里工作艰难，薪酬又低。但我知道高村各方面都很出色，所以不可能是被迫来难民营的。他精通电脑技术，风度翩翩，和肯尼亚人、欧洲大陆人、英国人和美国人，尤其和苏丹人相处融洽，广为人知，苏丹人无一例外都崇拜他。我看不出他有身体缺陷。有一天吃晚饭时，我和高普一家谈起高村。我把笔记本带回了家，高普说吃饭时一定要放在我们视线所及之处。在我们这种住所，这真是个奇怪的东西，像堆积如山的牛粪上躺着一块金条。

"没准他在日本犯过罪。"阿延说。

"日本竞争激烈啊，"高普若有所思地说，"也许他厌倦了那里的生活。"

但他们都不想扫兴，我也不想。这事不同寻常，联合国难民署和非政府组织给苏丹成年人提供的职位极少，但他们需要一个懂得青少年需要的年轻人，于是我得到了这个工作，工资在非政府组织给难民的工资里头是极高的了。据说这个项目的基金只能维持一段时间，但高村总说要延长。

"日本政府钱很多。"他说。

他说，他和我务必保证这笔基金得到合理使用，要覆盖到项目涉及的每个难民，把一块钱当两块钱用。

我问他起先为何选择来肯尼亚。"为什么是苏丹人？"我问。

"小时候，老师让我们做一份关于非洲一个国家的报告。他对这片大陆很感兴趣，在非洲上花了相当多的时间。其实我不是那位老师最喜欢的学生。他在教室里绕了一圈，问大家想研究哪个国家，最后才问到我，这时候剩下的只有苏丹了。"

我不大相信这话，但还是感到伤心。此后几年，我多次想到那些日本学生都不要苏丹。

"我得说，关于你们国家的信息实在不多。我写的报告很短。"他说。

他笑了起来，我也勉强笑了一下。这似乎是他的目的。我肯定他每天走进办公室就是要我发笑，不管为何而笑。他说起家人和女友——未婚妻，显然他在苦苦地思念若菜，很多次我上班时发现他躲在桌子下打电话。我不明白他为什么要在桌子底下跟她说话，但他老是这么做。打完电话后，我常能在地上找到纸条，仿佛他在察看字条上要跟她说的话。每当他又开始相思，我就洗耳恭听，直到听不下去。

"你女友？"我会这么说，"你在抱怨相思之苦？我连家人都没有！"

他会笑着说："是啊，你会习惯的。"

我们觉得这很好笑，便成了我俩之间的口头禅。"是啊，你会习惯的。"虽然我笑这句话，但也在想是否确实如此。看起来他思念未婚妻比我思念家人还厉害，因为他确定她活着。我对家人的感情已经遥远而模糊，想不起他们的面容，也不知他们生死，身在苏丹还是别处。但高村有父母和两个兄妹，他知道他们每天都在哪儿。

"现在我的家人就是你的家人。"有一天，他说。

他说，他们都知道我的事，很想见我。他在桌上增加了一张父母和妹妹的照片，要我把他们当成自己的亲人。说也奇怪，他的计划起作用了。我渐渐觉得他的家人正看护着我，希望我好。我注视着他父母的照片——都穿着黑衣，双手叠放身前，站在巨大的冲锋士兵雕像前。我还相信有朝一日我们会在他们家中相见，也许就在高村和若菜要结婚时，我作为一个事业有成的人去访问日本。我不觉得这一天真会到来，但想想也高兴。

我正在给一场青少年足球赛当裁判，两个男孩骑车经过，我听到他们在说这条新闻，"他们炸了内罗毕！还有达累斯萨拉姆！"

有人炸了美国驻肯尼亚和坦桑尼亚的大使馆①。营地停止了一切活动，肯尼亚人停工。这里的电视机不多，但只要有电视机和收音机的地

---

① 历史上此事发生于一九九八年八月七日。

方,都围满了人。报道说,死了数百人,伤了五千人。我们一连几天看着尸体被从瓦砾堆里拖出。卡库马的肯尼亚人怒不可遏地要说法。消息传来,是伊斯兰原教旨主义分子干的,卡库马就有了麻烦,索马里人和埃塞俄比亚人情况不妙。那些日子,无论哪个国家的穆斯林都躲了起来,并声明自己反对恐怖分子做的事,反对乌萨玛·本·拉登。这是我第一次听说此人的名头,但这名字很快无人不知,还知道他就住在苏丹。高普每时每刻都守着收音机,吃饭时则给我上课。

"这是本·拉登干的,苏丹要因他的罪恶受到惩罚了。苏丹帮了他,就要付出代价。现在时候到了。"

高普对这一趋势似乎感到开心。他确信本·拉登的轰炸事件会让整个世界的注意力转向苏丹,这对我们只有好处。

"最后他们会抓到这个人!他无处不在。他是伊斯兰教徒革命的中心,阿沙克!他给了苏丹那么多钱!什么都是这人投资的,机器、飞机、道路。他参与了农业、商业、银行,所有一切。他带了几千名基地组织成员来苏丹培训和策划。他在苏丹建造工厂给遍布世界各地的恐怖组织筹钱。这都因为喀土穆配合!要不是有这种政府支持,本·拉登这种人可没那么容易办事,炸了旅行社他还不满足。他在苏丹有一家建筑公司,能从任何人手里买炸药,买多少都行。听起来不合法,对吧?在喀土穆的帮助下,他能把这些炸药运到也门、约旦,还有别的地方。"

"但苏丹不是只有他一个恐怖分子,对吧?"我问。

"不是,到处都有恐怖组织。真主党在这里有人,伊斯兰圣战组织也有,很多组织啊。但乌萨玛是最恶劣的。他声称在索马里杀了美国士兵的人是他在当地培训的。他发布伊斯兰教追杀令,要杀索马里所有的美国人。他还出钱炸纽约世贸大厦[①]。你知道这个建筑吗?"

我摇摇头。

"那是幢很高的楼,高耸入云。本·拉登出钱雇人开卡车撞进大楼的

[①] 指一九九三年世贸大厦地下室爆炸案。

地下室引爆了。他还想杀死埃及的穆巴拉克①,那件事里涉及的人都是从苏丹来的,全是本·拉登出的钱。这个人是大麻烦,之前的恐怖分子做不了这么多事,但他钱多,万事就都有了可能。他将给世界带来更多的恐怖分子,因为他出得起钱,能在他们自杀之前给他们好生活,就这样。"

几天后,高普盼望的事实现了,或者说貌似实现了。这次我还是在给一场足球赛当裁判,一辆联合国卡车开来,后车厢坐着两个肯尼亚援助人员,他们带来了好消息。

"克林顿轰炸喀土穆!"他们欢呼,"喀土穆被攻击了!"

球赛在狂野的欢庆中停止。整一天一夜,卡库马的苏丹区激动不已。大家纷纷讨论这意味着什么,并一致认为这表明美国显然对苏丹发怒了,苏丹被谴责要为肯尼亚和坦桑尼亚的爆炸事件负责。大家都认为这无疑证实了美国站在苏人解一边,他们不赞同喀土穆政府。当然,有些难民学者更有雄心,比如高普觉得南苏丹的独立近在眼前。

"这就对了,阿沙克!"他说,"这是终结的开始!美国决定轰炸谁,谁就完了。看看伊拉克入侵科威特后发生了什么。美国想要惩罚你,你就麻烦大了。哇,就是这样!现在美国马上就会推翻喀土穆,我们就要回家啦!我们会从石油中赚到钱,南北之间的边界也会建起来,会有一个新苏丹的。我想这会在未来十八个月内发生。你看着吧。"

我敬爱高普·肖尔,但说到政治问题,说到和苏丹未来有关的任何事,他从未说对过。

然而小范围内,南苏丹人民中发生了不少变化,有些可以被视为希望。苏丹人在卡库马这样一个八万人的难民营中,由一个思想进步的国际集团管辖,习俗与战前相比有了不少改变。我自己的态度和观念当然不会变得像管理者一般自由,但因为我是少年教师,对健康和人体方面的说法

---

① 穆巴拉克(1928—),埃及政治家,自一九八一年起任职总统。一九九五年,蛰居苏丹的本·拉登涉嫌在亚的斯亚贝巴刺杀穆巴拉克。

很熟悉，对性行为传播的疾病和预防方法也有所了解。我和女孩们说话时常过于随意，将健康课上的语言和爱情语言混淆起来。有一次，一位叫弗朗西丝的女孩问我，她在这个年纪算不算发育正常，我一开口就毁了和她交往的机会，原话是：

"你好，弗朗西丝，我刚上过健康课，我想知道你的女性部位发育得如何。"

人年轻时就会说这种话，话一出口就如同泼出的水。从此往后，她和她的朋友都瞧不起我。多年后这句话仍让我发窘。

我学到了很多重要经验，其中第一条是，用英语说话比用丁卡语说话更能让人接受。我们的英语掌握得很一般，对语调和确切意义含糊不明。我没法用丁卡语对一个新认识的女孩说"我爱你"，因为她完全明白其中含义，但用英语可以，同样的话被认为很有魅力。于是我常用英语，往往是为了让自己显得有魅力，不过并不总是起作用。

我花了很多时间调整接近女孩的策略，当我准备吸引塔比莎注意时，已经一点儿都不冒失了。当时我知道，像塔比莎这样能被准许上学的女孩子是很少的。她母亲在卡库马，为人开明，愿意让她得到各种机会，包括学业上的，甚至还有和我这种男孩之间的友谊。

每年有一天叫"难民日"，我相信卡库马一半年轻人的关系是在那一天开始或结束的。那天是每年的六月二十日，从早到晚卡库马所有难民都在欢庆，大人们不太管束孩子，各个民族和阶层的人处在一起，比其他任何时候都融洽。他们庆祝的不是自己的难民身份，也不是生活在西北肯尼亚，而是庆祝自己的文化还活着，不管已遭受怎样的破坏。那一天有艺术展览、民族舞蹈表演，有食物和音乐，还有很多苏丹人的讲演。

这是我与塔比莎说话的机会，我一整天都在注意她。她看着一场布隆迪传统舞蹈，我看着她；她品尝刚果食品，我在索马里工艺品展台后望着她。天色将暮，再过几分钟，她和其他女孩就要回家了。我大步朝她走去，充满自信，连自己都感到惊奇。我比她大四岁，我对自己说，她还小，在她身边你不该自觉像个小孩。于是我表情严肃地朝她走去，站到她身后。我走去时她一直背对着我,这让我的趋近变得容易多了。我拍拍她肩膀,她转向我,非常惊讶。她看看我左右,奇怪我怎么是一个人。

"塔比莎,很长时间来,"我说,"我都想和你聊聊,但总没有机会。我不知道你对我想说的话会有什么反应。"

她抬头看着我。当时她个头还不高,头才到我下巴。"你在说什么?"她说。

没有什么能比排练好的表白被当场拒绝而让人感觉更孤独了,但凭着肾上腺激素和一股子倔劲,我继续说下去。

"我喜欢你,想和你约会。"

我们那时候就是这么说的,并不意味着会有真正的约会。小伙子和年轻女孩单独去餐馆是不可以的,甚至散步也不行。约会大抵是指在教堂里见个面,或者在其他公众场合。我和塔比莎理解的约会就是这样。

塔比莎看看我,露出笑容,仿佛就是想让我煎熬。在那些日子里以及后来,她经常这么干,我认识她的岁月中都是如此。

"我过后会给你答案。"她说。

我并不意外。很少有女孩当场答复,通常几天之后,会约定一个时间,本人或是通过传信人来给答复。如果没有约定,便意味着答案是拒绝。

我们的情况是第二天我通过阿布克得知,星期日塔比莎会在教堂给我答复,弥撒之后,在南出口。之后几天我饱受折磨,但还经受得住,到了约定时间,她果然就在那里。

"你给自己的家庭作业做得如何了?"

我试图让自己显得有魅力。

"什么意思?"

我的意思是这样也许会显得有幽默感,胜过说请回答我先前关于约会的问题。我提问后,她回家考虑了五天。但这并不很幽默,至少没我所想的那么幽默。

"没什么,抱歉,当我没说。"我说。

她答应当我没说。我说过的很多话她都忘了,她很宽容。"我考虑过你的问题了,阿沙克,我有了决定。"她总是这样让人把心提起来。

"我打听过你……没听到不好的情况。"显然她没去问弗朗西丝。

"所以我接受约会。"她说。

"啊,感谢上帝!"我生来第一次妄称上帝二字,但绝非最后一次。

我不知道哪次算初次约会。那天后我们常在教堂碰面,但从不单独在一起。我们在教堂和学校时说说话,也通过妹妹阿布克仔细诉说我对她的思慕之情,我有多么想她,她也这么做。于是阿布克为传信的事忙得不可开交。如果事急,阿布克会穿过营地找我,挥舞着胳膊,上气不接下气,等到平静下来,就转达这么一条:"塔比莎今天朝你笑了。"

我们年轻人之间私下接触很少,即便是我与塔比莎热恋也不行。与大多数恋爱相同,我们的任何联系都要若无其事地进行,免得引起长辈疑问的目光和窃窃私语。但即使是白天在公共场合,在众人眼皮底下也能做很多事来满足我们小小的欲望。在皮尼亚多认识我的人,怀疑过在贵族女孩卧室里发生过什么的人,都为我与塔比莎之间纯洁的恋爱关系感到惊讶。但皮尼亚多的事已经过去了,那是孩子间的事,我们并不明白那种探索的意义。

我第一次拥抱塔比莎是在一个星期六上午,那是一场排球赛时,在数十人中间。那天上午,我在多米尼克队,对手是自负的索马里队,有十几名和我年纪相仿或者较小的女孩为我们加油。尽管卡库马有很多女孩参加体育运动,但没有正式的拉拉队。那天塔比莎到场为我欢呼,也为了和我拥抱。在任何文化中,被荷尔蒙左右的年轻人都会利用这个时机。在卡库马,我们知道女孩们为我们欢呼、在赢球后拥抱道贺,是说得过去的。

那天我们有五个多米尼克打排球,其中四个都对女性朋友说过,如果她们来为我们打气,就能在每场中间和得分后相互拥抱。我就这样第一次拥抱了塔比莎。她之前从未当过拉拉队,也没拥抱过,但立刻就学会了,而且做得非常好。第一次我擦着自负的索马里人脸边,扣了一个决胜球,塔比莎大声欢呼，激情迸发，跑到我身边，跳起来纵情地抱住了我。没人注意，但塔比莎和我品味着雀跃拥抱的一刻，仿佛是神圣的蜜月时光。

后来大家都知道了，这种拥抱只献给运动员，爱情上不怎么顺遂的男生们明白了什么事最重要。"我得去学点运动！"他们说，然后就去努力了，校内体育课一度火爆。然而当拥抱几乎发展到每项运动时，拉拉队和拥抱就被制止了。但还有的时候，真是无以言喻的美好。

"告诉我！"

高村对细节的胃口真是毫无餍足。

"告诉我，告诉我，告诉我！"

我很迷惑，因为我从未问过他和最近他订婚的对象若菜身体关系方面的事，但他毫不害臊地让我细述与塔比莎的每个约会。我被迫说了一些。有几周我为卡库马的少年们担心，因为"互助项目"的两个职员干活不多，却整天在讨论我和塔比莎的约会。谢天谢地，他还没逼我说气味和其他感觉。

但那真是不可思议。大约三个月后，塔比莎和我有了足够的勇气趁对方家里没人时，偶尔拜访一下。这种机会极少，因为她家有六口人，我家有十一口人。但每周我们都抓到一次机会，在无人的屋子里见面，手握着手，或者一起坐在床上，腿靠在一起，仅此而已。

"不过剧社旅行中就不同了，是吧？"高村激励道。

"希望如此。"我说。

我真的希望吗？我也不能肯定。我想在无人看管的情况下与塔比莎独处？这念头让我恶心。我已经在想我们待在一起的时间是不是太多了，哪怕是在公共场合。她的触碰比她所知道的更有力量。或许她也明白，只是不考虑后果而已。那些动作让我浑身上下都沸腾起来，也许我的自我克制让她觉得有趣和迷醉。

但我们要去内罗毕，我不愿也不能错过这个机会。高村提过的电脑课还没有实现，一方面是营地工作抽不出身，另一方面是需要批准。我从未见过城市，也有五年未离开卡库马，对真正的肯尼亚毫无概念。卡库马在某种层面上自成一国，或者说是在没有国家的地方建立起来的虚空。对于我们卡库马群众而言，返回苏丹的渴望被另一种更实际的计划取代了，就是去内罗毕，在那里生活、工作，过上新生活，成为肯尼亚公民。我不能说我已经接近这目标，但机会比别人更多。

我们剧社排练了一出戏，名为《声音》，在卡库马上演了好几个星期。内罗毕有个剧作家来卡库马拜访在营地工作的堂兄，他看了这出戏，立刻邀请我们去首都表演，参加肯尼亚业余剧社比赛。我们代表卡库马难民去内罗毕，听说这个比赛历史悠久，但还从未有难民参赛。所以我们都要去，塔比莎也要去，我们的领队只有一位，格莱迪丝小姐。

出发前几周，塔比莎和我几乎不谈这次旅行。很难想象我们将要独处一段时间，可能会有地方初次接吻。我想我俩都因这些可能性而不知所措了。我几乎无法入眠，绕着营地散步，不由自主地微笑，胃里却止不住地翻腾。

"初吻！"高村开始这么称呼我。我每天去上班，他的头一句话就是："你好，初吻！"不管我问什么，他都回答，是的，初吻，不是，初吻。

我只能郑重其事地求他不要说了。

阿布克是高普·肖尔的传信人，有一天她跑来我们办公室，带来紧急通知，叫我下班后立刻回家吃饭。我告诉她我会的，但她先得告诉我是怎么回事。

"我不能告诉你。"她说。

"那我不回家。"我说。

"求你了，瓦伦蒂诺！"她呜咽道，"我发过誓不能说。求你别为难我！如果我说了，他们会发觉的。"

阿布克正在经历人生中的感性阶段，她用了太多的强调词。

我没问出答案，让她回家了。傍晚回家路上，我努力不去想究竟有什么在等着我。我十分肯定高普会告诫我跟塔比莎小心相处，因为我们即将有一段时间独处。他从未与我说过这些。

我回到家,高普和阿延都在,还有我卡库马一家的所有成员,一群邻居,包括年幼的孩子到年长的大人。其中还有两位怎么都不该出现在我们棚屋里的,一位是格莱迪丝小姐。在我们吃饭的屋子里看到她,真是大吃一惊。她的美貌在这种环境下非但没有黯淡下去,反而加倍地光芒四射。她正与一个陌生女人说话,是一个怀抱小女孩的成熟丁卡妇人。阿延告诉我,这位是德博拉·阿戈克。

阿登对我说,她是位重要的女人,她带来的消息会改变我们的生活。阿登说这些是她父亲告诉她的,但因为高普做事向来夸张,我便也没花心思去探究到底是什么消息。高普曾有一次把我们大家集中到一起后,站到高处,宣布他弄到条新床单。

无论如何,看到这么多人在一处还是很震撼的。棚屋里简直无插针之地,因为原本不是为这么多人而建的。我仍然不知是什么风把这么多人吹来我家,但随即闻到一股熟悉的香味。是一种食物,叫什么我忘记很久了。

"康地昂!"阿延说,"你不记得了吗?"

我想起来了。康地昂是一道我多年没尝过也没听人提过的菜,那是我们地区的特色菜,而且不是家常菜。这是一种用白高粱粉、乳酪、脱脂酸奶做成的厚粥,这些配料都不容易得到。这道菜是富人家喜欢吃的,而且只有雨季奶牛出产大量牛奶时才吃。

"这是怎么回事?"我终于发问。我的卡库马妹妹们都用异样的目光看着我,大家似乎都围绕在我周围,脸上全是挂念和尊重的神色。我不喜欢这种氛围。

"你马上就会知道,"高普说,"先吃吧。"

我还没和格莱迪丝小姐说过话,她正在被屋里年纪大一些的女人们仔细盘问,她们异常关切她。而我们的客人德博拉·阿戈克也不看我,一直边与我妹妹们说话,边照顾怀中女孩,我得知那是她女儿妮亚蒂。小女孩骨瘦如柴,穿着浅粉色的裙子,眼睛长在她脸上显得太大。

大家用餐的速度慢得不可思议。我知道这顿饭和德博拉·阿戈克到访的目的将在餐后揭晓，要等到大人们喝过阿雷基——一种枣子酿的酒。这种大场面在丁卡不算特别，但这一晚我觉得过于郑重。

终于大家吃完饭、喝过酒，高普站了起来。他低头看了看坐在我们中间的德博拉·阿戈克，请她坐我们家的一把好椅子。阿戈克夫人推辞，但他仍坚持。一位年长的邻居从椅子上换到了阿戈克夫人原先坐的地上，高普继续说话。

"你们大多数人不认识德博拉·阿戈克，她是我们家的朋友，是受人尊敬的接生员，会苏丹的接生法，也会许多技术更先进的接生法。她在卡库马医院工作，在那里认识尊贵的格莱迪丝小姐，我们都从阿沙克那里听说过她，阿沙克一直很感激她的……教导。"

大家都笑了起来，我的脸红了。格莱迪丝小姐越发容光焕发。比以前更明显，她喜欢的就是这种关注。

"阿戈克夫人最近被国际救援委员会派去南苏丹给村子里的接生员传授新接生技术。她去的其中一个村子，叫马里尔拜。"

所有的目光落在我身上。我不知该如何反应。我喉咙哽住了，无法呼吸。这就是原因了，这就是整个谜团的答案，我家乡特色菜的答案。但用这种方式得知我家乡的消息似乎不对劲。我不想在一群听众中间听到我家人的任何情况。我在卡库马这么多年，德博拉是第一个带来马里尔拜确切的最新消息的人，我心中各种念头纷至沓来。那条河还与以前一样流淌吗？阿拉伯人扫荡了当地丰美的牧场和茂密的树林吗？她有我家人的消息吗？但要说这些是今晚这出戏的一部分，这无法接受。

我寻找门口。我要出去得走过十二个人，没那么容易离开，那种场面会让我感到不适，对收养家庭也显得不敬。我狠狠瞪着高普，希望他知道我对这种埋伏很不乐意。虽然气氛至今轻松，但似乎极有可能阿戈克夫人有我亲生家庭的坏消息，而高普召集来这些我认识的人，等着我被消息击倒后安慰我。

她是个高大强健的女人，脸上看不出年纪。她也许是个少妇，但从她紧致皮肤上的皱纹,还有明亮的眼角周围发丝般细小的纹路看,也许已经当奶奶了。她坐在椅上,双手搁在膝头,感谢高普和阿延的招待和情谊。她开口说话的声音沙哑低沉。光听这声音,别人还以为她已经三辈子没歇息过了。

"我的朋友们,我走过巴赫尔-加扎勒整个地区,去过尼阿姆勒、马洛尔康、马里尔拜和周边村子。马里尔拜的人让我带来衷心的问候,包括那里的苏人解高级军官保罗·马龙·阿万指挥官[①]。"

聚餐的人都看着我,仿佛保罗·马龙·阿万指挥官的问候对我来说是莫大的荣耀。

"是的,"她接着说,"我去过你们村子,看到了它现在的样子。当然穆拉林和政府军攻击过,我发现这导致营养不良现象严重,疾病无法控制,死了很多人。你知道,饥荒眼下最严重,巴赫尔-加扎勒今年要死几十万人。"

苏丹人说话的方式真是炉火纯青,顾左右而言他,就是不入正题。她怎么能这样对我?我只想听我家人的事。就算她是一片好意,这也太残忍了。

这时候,有人感觉到了我的焦躁,走到我身边。是格莱迪丝小姐,她带着水果和花朵的芬芳,还有女人的香汗味。她从未距离我这般近,我还没来得及习惯这个新处境,她就握住了我的手。她没看我,而是看着德博拉·阿戈克,但她在我身边。无论是什么消息,她都在我身边。我无数次梦想过这种最为亲密的接触,如今适时地成真了。

"因为我是接生员,"德博拉继续说,我尽量听着,"我认识了马里尔拜的一个接生员,她是个很强健的女人,大多数日子里都穿一条淡黄色的裙子,是落日的颜色。"

所有的目光再次投向我,我努力让自己不要落泪。我被这股子力量左拉右扯。我的手被一旁的仙女拉着,指间已经汗湿,同时耳朵听到的是母

[①] 保罗·马龙·阿万,苏人解高级军官,现衔中将,北巴赫尔-加扎勒州主席。

亲可能还活着，德博拉遇到了一位穿黄裙子的接生员。我忍不住湿了眼眶。我用空着的那只手按着眼皮下的皮肤，把泪水按回身体里去。

"那位接生员和我一起待了很长时间，互相比赛接生的经历。她接生过一百多个婴儿，在避免婴儿夭折方面非常成功。我把一些先进的接生术告诉她，她学得很快，很努力。我们很快成了好朋友，她请我到她家做客。我去了之后，她给我煮今天我们在卡库马吃的东西，跟我讲马里尔拜的生活，讲饥荒对村子造成的影响，还讲了穆拉林最近的攻击。我告诉她卡库马的世界，说到我自己的生活时，谈起了我的好友高普和阿延，还有他们领养的男孩。我对她提到阿沙克这个名字时，她很震惊，问这孩子长什么样，多大了。她说她很久以前认识一个同名的男孩。她问我能否等一会儿，我说可以，她就匆匆离开家门。"

格莱迪丝小姐握紧我的手。

"她带回来一个男人，说是她丈夫。她丈夫解释说她是他第一个妻子。她请我再说一遍刚才的话，关于我在卡库马认识一家收养了一个叫阿沙克的孩子。'营地里那人叫什么名字？'丈夫问。我告诉他叫高普·肖尔·科隆。那人对此很有兴趣，说高普也是马里尔拜人。但他们无从证实我认识的卡库马阿沙克就是他们的儿子阿沙克。我回到肯尼亚，把这事说给高普听，一切就明白了。所以现在为了求个确证，我要问你同样的问题。阿沙克的父亲叫什么名字？"她问。这是冲着高普问的。

我不知道她为什么这么做。她都没看我一眼。

"邓·尼贝克·阿伦。"高普说。

"他母亲呢？"她问。

"阿弥尔·吉欧·尼昂。"我回答道。

"阿沙克的父亲是在马里尔拜做生意吗？"她问。

"是的！"几乎屋子里所有人都回答了。

真受不了她的装腔作势。

"告诉我们！这两人是阿沙克的父母吗？"高普终于问。

她顿了顿，很不高兴高普打乱她的布阵。

"完全相同。阿沙克的父母还活着。"

接下来几天,在我去内罗毕之前,高普、阿延、高村和其他人都费尽心思想让我留在卡库马。既然我知道父母还活着,那么就不该和他们分开。我为什么不直接回马里尔拜,帮父亲做生意呢?我整个旅程的目的是让自己安全,并受到教育,如今我既安全,又学到了东西,健康长大了,怎么能不回去呢?几个月前马里尔拜刚经历过一次劫掠,但这对我不是问题,根本不是。

我陷入长时间的沉思,想着回家的事,渡河,穿过草地,走出灌木丛,进入村子,大步朝父母的院子走去,他们从家里出来迎接我。他们不会立刻认出我,但走近了就会知道这是他们的儿子。与逃离马里尔拜时相比,我身材长大了一倍,但他们知道这就是我。我想不出父母的模样,也记不起兄弟姐妹的样子。我大致想象了一下我家所有成员的样子,原型却都是我在卡库马认识的人。我母亲的脸是格莱迪丝小姐的,但更老一些。父亲则是高普再加上多年岁月后变得苍老的模样。

我们互相拥抱,母亲抹眼泪,之后我们整天整夜地坐在一起聊天,直到我了解别后的每一周,每一天。你们觉得我死了吗?我问。不,不,他们说,我们一直知道你会逃出生天。你们觉得我会回来吗?我问。我们知道你会回来的,他们说。你回来是对的。

"你忘了苏丹正在闹饥荒吗?"高普问。

高普很清楚我的打算,威胁着要把我绑在床上,砍断我的脚,阻止我离开卡库马。

"你忘了你得经过里克·马扎尔的努尔军队控制的地区,他会不乐意看到征兵年龄的丁卡少年?你放弃这里的舒适生活、教育和工作,却要回到那里?"

我不记得高普这么激动过。他整天跟着我,召集盟友——其他老师、营地里的长辈,请他们阻止我离开。我一直被看管着,虽然朋友和陌生人都恭喜我得到了家乡的消息,但同时也劝我要耐心谨慎,等到合适时机再回去。

"至少再等等，"有一天吃晚饭时阿延说，"再考虑考虑。去内罗毕想想。要记住，去内罗毕的路上，你和塔比莎、格莱迪丝小姐在一起。"

她说出这句，我没立刻回话，我看到她和高普迅速交换了眼神。他们知道抓住了我的兴趣点。

"为什么不去内罗毕，然后再决定？"阿延补充道，"如果你回家了，也能跟你父母讲讲你去过的这个城市。"

阿延的话很有说服力。

出行的那天终于到来，在联合国巴士上看到塔比莎让我感觉震撼。巴士停在那里，我走过去，塔比莎对称的瓜子脸隔着玻璃，并不理我。她与另一个苏丹女孩坐在一起，终于瞥了我一眼，都没表示出认识我的样子，接着又继续聊天了。应当说明，这是我们计划好的。我们商定不公开表露感情，虽然车上有几个人知道我们的关系。我扮演自己的角色，爬上巴士，坐在那个幽默的多米尼克身边，知道他会帮忙度过旅行时间，据说旅途很长，很考验人。

"嗨，零号夫人，你会去内罗毕买新裙子吗？"他问。大家哄堂大笑，安东尼勉强一笑。

很难形容在营地七年后，乘车前往内罗毕是何等重大的时刻。这种感觉无以言表。队伍里的大多数人境况还不如我。我和高普·肖尔住在一起，还有非政府组织的带薪工作，但剧社的大部分成员都一无所有。我们一共二十一人，都是苏丹或索马里人，十二岁到十八岁之间。除了塔比莎，还有八个女孩，多为苏丹人，这让多米尼克们觉得此次旅行很有意思，也不那么折磨人了。我们坐在标准的蓝色联合国巴士上，开着窗，凉风习习，歌声不断，鼓舞着两天行程中的士气。

风景令人惊异，山峰、溪谷、云雾、阳光。我们经过肯尼亚卡彭古里亚地区，一路大多是山区，降雨带来清凉。我们看到毛色鲜艳的鸟，看到鬣狗和瞪羚，看到大象和斑马。还有玉米！这么多庄稼，万物在生长！看到肯尼亚的这个地方，就越发沮丧地怀疑我们的难民营怎么会在那种地方。我们把脸贴着窗玻璃，心想为什么卡库马不能安置在这儿，或者这儿，这儿？别以为我们没注意到，肯尼亚人、观察并为离家失所的人提供生活所需的所有国际团体，常将难民营安置在世界上最没人想要的地方。在那里我们一切依靠外援，没法自己种粮，没法放牧自己的牲畜，没法自给自足地生活。我不想批评联合国难民署和收容了无国可归的人的国家，但我提出这个疑问。

随着大地在眼前飞驰，我看到了父母，在每座山上、每个转弯处，我都看到了心中描绘出来的他们的模样。他们出现在前方路上，似乎与那儿的其他事物一样合乎情理。他们为什么不能在这里？我们为什么不能重聚？我父亲在肯尼亚当然能找到谋生手段并兴旺发展。想到我母亲在这里，和我一起走在碧油油的小径上，走在河边，走在长颈鹿身畔，几个小时不知不觉便过去了。

我们住在基塔莱，宾馆里有床、被子、电、自来水。这城市虽然没内罗毕大，仍让我们目瞪口呆。我们不适应被灯光照亮的夜空，有几个索马里人曾经见识过，但南苏丹来的人从未见过。即使在我们家乡，在战前，村中也没有水管和这些舒适的设备，床被、毛巾都是人人艳羡的稀有品。在基塔莱的宾馆，我们在餐厅吃饭，喝从冰柜里拿出来的冷饮，把冰块放到嘴里嚼来嚼去——这东西队伍里有很多人以前从未碰过。即使我们次日就回返，只在基塔莱住一晚上，整趟旅程也够精彩的了。在基塔莱，塔比莎和我几乎没说过话，一切交流留待日后。我们知道会有机会，只需观察等待。

次日一早，我们继续行驶，下午和夜间一直在路上，第三天上午到了内罗毕。我们这群年轻人在世界边缘的营地度过那么多年后，猛然看到内罗毕这个非洲最大的城市之一，敬畏之情油然而生。我们没有什么东西能与内罗毕相提并论。巴士上一片沉默。你也许会想象一辆装满十几岁孩子的巴士，大家都对建筑物、汽车、桥梁和公园指指点点，叽叽喳喳，然而这辆车上鸦雀无声。我们的脸都贴在窗上，无人说话。我们看到的有些东西难以理解。房屋鳞次栉比，窗户密密麻麻。之前我见过的最高的楼房只有两层，这里的建筑物却傲然耸立，同时也安然无恙，这种永恒感我多少年都没体会过。

那天上午抵达内罗毕，我们在一座教堂下车，见到了赞助人。每个人都被分配到一个家庭，大多是和国家剧院有关系的人家。我去的那家主人叫迈克·穆瓦尼吉，相貌英俊非凡，气质成熟。他大约三十岁，是扎根于内罗毕的马维诺剧组的创办人之一。他们上演肯尼亚年轻剧作家创作的戏剧。

"就是你吗，嗯？"他对我说，"你是我们的人了！"

他重重地和我握手，在我背上拍了一下，递给我一块蛋糕。我从未吃过蛋糕，回想起来，他在上午九点半给我蛋糕，似乎说不通，但他给了，并且蛋糕很好吃。那是白色奶油蛋糕，嵌着向日葵形的橘瓣。

队伍的其他成员跟各自的赞助人走了，塔比莎也和一对上了年纪的夫妇一同离开，他们衣着绚丽，开着辆路虎车。格莱迪丝小姐很快与一位非常英俊，而且看起来很有钱的肯尼亚人走了，我们直到两天后表演当日才又见到她。我则跟着迈克走了。迈克与女友合住一套公寓，他女友叫格蕾丝，小小的身材，光彩照人。他们一起住在这城市的一个叫布鲁布鲁三期的地方，周边十分热闹，比我知道的所有地方都更繁华。卡库马有八万人，但车流极少，几乎没有汽车和鸣笛，也几乎不通电，听不到噪音。但在内罗毕，在布鲁布鲁三期，街道上的隆隆声无孔不入。摩托车、小汽车、巴士川流不息，柴油的气味处处可闻。即使在他们窗明几净的公寓中，还是看得见街道。马路上的气味、行人的杂音仍从窗口传来。汽车的颜色太多，我都不知道能有那些色彩。卡库马所有的交通工具都是清一色的白色，带着联合国的标志。

我住在迈克和格蕾丝的房间里，床垫又大又坚实。刚走进屋子，看到床被洁白，忍不住转过身去。我放下包裹，坐在角落的一把小藤椅上。我头痛得厉害,以为房间里只有我一人,就抱住头,用双手揉按脑袋,想让它好起来。但头痛经常忍无可忍,我一生的大部分时间都伴随着不明缘由的偏头痛。

"你没事吧?"迈克问。

我抬头,他站在门口。

"没事。"我说,"我很好,很开心。"

我勉强露出笑容,让他相信。

"我们今晚看电影,"他说,"你去吗?"

我说我会去。他和格蕾丝在这条街往前走的一家汽车销售店工作,白天要去上班,到了六点会来接我。迈克指点我看电视机和浴室,给了我前门钥匙和公寓钥匙,接着和格蕾丝慢慢跑下楼梯,离开了。

单独待在这里!他们给了我钥匙,我坐了一会儿,望着窗下来来往往的人。这是我第一次站在一幢建筑物的二楼,很没方向感,虽然这和为了偷听阿玛斯和她的姐妹们谈话,与摩西、威廉·K坐在她家旁边树上没太大区别。

我望了一小时窗下的街道,然后试着开电视机。之前我只看过几眼电视,所以把有十二个频道的一整台电视机交给我,是个问题。我不好意思地承认,三个小时里我一动不动。但我看到的东西多么神奇!我看了电影、新闻、足球、烹饪表演、自然纪录片。有部电影天空出现两个太阳,还有阿道夫·希特勒最后日子的调查。我找到了一个学习频道,是针对我这个年纪的学生,主持人教的书和我在卡库马学的是同一本。这让我有了某种自豪感,知道难民们的好东西,也是内罗毕肯尼亚人的好东西。

到了下午,我看了太多电视后,听见学生们放学回家的声音。我用钥匙锁了门,出去看那些穿着校服的男女学生,他们也看着我,窃窃私语。

"图尔卡纳人!"

"苏丹人!"

"难民!"

他们指点着,咯咯笑着,但并没有不友好,我为此而喜欢他们。这里的学生穿着干净的白衬衫、格子花呢裙子，搭配着围巾，自由地走来走去。这太过了。我也想穿校服。我想成为他们中的一员，知道每天穿什么，想成为肯尼亚人，沿着整齐的人行道上学，无忧无虑地欢笑。回家路上买点糖果，吃着，笑着！这就是我想要的。我睡觉的地方会有四壁，拧开水龙头，水就哗哗流出，洗我的手，想怎么洗就怎么洗，水冰凉彻骨。

迈克、格蕾丝和我那晚看的电影我记忆犹新，是《黑衣人》。我大致知道影片里发生了什么事，但无法分辨哪些是真的，哪些不是。这是我第一次进电影院。电影我看不大明白，但尽量跟着观众们的反应。他们笑时我也笑，他们胆战心惊时我也胆战心惊，但一直搞不清真假之间的区别。看完电影，迈克和格蕾丝带我去吃冰激凌，问我觉得《黑衣人》如何。我不可能承认大部分都没看懂，于是将片子盛赞一番，并附和他们的评论。他们说，他们是汤米·李·琼斯的影迷，看过四遍《亡命天涯》。

晚上我们沿着内罗毕的街道走回他们的公寓，我思考着这种生活。吃冰激凌！还得从两家冰激凌店中挑一家！我回味过来，这一晚稍纵即逝，两天后我就要回卡库马了。虽然我尽可能地藏起这念头，还是放慢了步伐。我无比地想要此夜持续下去。真是美好的夜晚，天气温暖，风中带着文明的气息。

回到公寓，迈克和格蕾丝和我道晚安，说我可以随意从冰箱里拿吃的，随意看电视。这大概搞错了。我什么吃的都没拿，因为已经撑饱，但我确实接受了第二个邀请。我换频道换到手酸，不知道自己是几时睡着的，只知道去睡时天空已露鱼肚白。次日一天我昏昏欲睡。

第二天早上，我听到格蕾丝在沙发上哭。我蹑手蹑脚走进起居室。她手里拿着一张报纸。

"不，不，不！"格蕾丝说，"不！我不相信！"

迈克过来看格蕾丝读的是什么。我胆怯地站住了，担心听到类似大使馆爆炸的事。我凑近报纸，看到一个坐在车中的白衣女子的照片。她非常漂亮，浅棕色头发。还有她的其他照片，有的刚走出飞机，有的给非洲小孩递鲜花，有的坐在敞篷汽车后座。我猜想这个女人，不管是谁，恐怕已经死了。

"太可怕了。"迈克说着坐到格蕾丝身边，揽住她肩膀靠着自己。我一言不发，仍然不知发生了什么事。

格蕾丝转向我，双目又湿又肿。

"你知道她吗？"她问。

我摇摇头。

"她是戴安娜王妃，英国的？"

格蕾丝解释说，这位女子给肯尼亚提供了大量金钱和援助，为禁雷工作过。她说，她是个美丽的人。

"车祸，在巴黎。"迈克说。他坐在格蕾丝身后，双臂抱着她。他们是我见过的最恩爱的一对。我知道我父亲爱我母亲，但这种公开的亲密举止在我们村里从未有过。

那天大家都在哭。我和塔比莎、大多数多米尼克和索马里人，一共十人走过城市，无论何处都看到有人在哭——集市上、教堂外、人行道上。似乎全世界都认识这个叫戴安娜的人，如果是这样，那么地球上人类之间的联系比我想象的更紧密。我寻思着假如迈克和格蕾丝死了，英国人会不会哀悼。当时我一头雾水，以为他们会哀悼的。

睡眠不足让我五感迟钝，但这说不定也有好处。午饭后，我们去剧院排练次日晚上的戏，假如我更清醒些，就会晕倒了。剧场空间宽敞，装修豪奢。我们上次排戏还是在卡库马的泥地上，观众们坐在我们前面的地上。营地没有像样的舞台，而如今我们站在真正的樱桃木地板上，望着一千两百个丝绒面的观众席位。那天我们排练的气氛有些阴郁。剧社的人都知道了戴安娜过世，还有她是谁，也都扮出一脸悲伤神色。

那天剧社人员单独在一起时，无论是大部队行动还是三三两两，都在探讨留下的问题。我们都想待在内罗毕，永远在这里生活，没人想回卡库马，即使那些有家人的也不愿意。我们研究如何才能留下来，有人说逃

399

跑，消失在城市中，躲到他们放弃寻找为止。但我们知道至少有几个人会被抓住，被严厉处罚，而且如果真有人跑了，就意味着卡库马人再也没有机会来内罗毕。最后我们知道唯一的办法是找赞助人。如果有肯尼亚公民愿意资助我们任何一人，或卡库马任何一个难民，那么此人就能与赞助人一同生活，在真正的肯尼亚学校读书，过上肯尼亚人的生活。

"你应该让迈克资助你。"一个多米尼克鼓励我，"我打赌他肯的。"

"我不能问他这个。"

"他还年轻，他能做到。"

我不觉得这是个好主意。我在卡库马和后来认识的许多人，都惯于利用他人的慷慨，而且涸泽而渔。

但我有时心防脆弱时想，我可以问问他，为什么不呢？我可以在离开前一夜问他，这样不会有任何害处，即使他说不，大家也不会尴尬。

于是我就想这么办了。在最后一天之前，我都表现得开心大方，展现自己的魅力，然后到了最后一夜，我会向迈克提出，像我这样的年轻人在内罗毕会有用武之地，会帮迈克和格蕾丝以及马维诺剧组做任何事。

排练后，迈克和格蕾丝提出带我和我的一个朋友去一家中餐馆吃饭。我选了塔比莎，但做好了心理准备会因为不妥而被拒绝，不料在肯尼亚我和塔比莎约会根本不算什么，迈克和格蕾丝同意了，欢迎她来。我的选择激起他们的兴趣，去接她的一路上问了我许多问题。"她是谁？""我们昨天有没有见过她？""是穿粉红色衣服的那位吗？"

我们吃饭的餐馆有干净的瓷砖地，墙上挂着肯尼亚昔日显要人物的画像。塔比莎和我吃了羊肉、蔬菜和汽水。那几天我迅速增重，大家也都一样。我从未吃得这么好。一顿饭上，迈克和格蕾丝面带忧伤的微笑看着我们吃，等到我们吃饱将注意力从食物上移开时，迈克和格蕾丝肯定已经察觉出我们在恋爱了。他们看看塔比莎，看看我，再看看塔比莎，然后心照不宣地笑了。

我们走出餐厅去了商场。商场有四层楼，到处是商店和人，那么多玻璃,还有一座电影院。塔比莎和我假装对这种地方很熟悉,不让自己显得过于震撼。

"哦,天哪,我们累了。"格蕾丝说,夸张地打了个哈欠。迈克笑着捏了捏她的手。他们在一家照相冲洗店门口停住脚步,一个大腹便便的男人走出来和迈克、格蕾丝热情招呼。

"好,"迈克对塔比莎和我说,"我想你们俩要独处一会儿,我们也很乐意。但首先我们要安排一下,这是我朋友查尔斯。"

大腹便便的男人向我们点头。

"他会在这里工作到十点,我们让你俩一起单独待在商场,只要十点钟你们到这家店来找查尔斯。他会关店门,然后送你们回去。"

我们觉得这条件相当不错,当即应允。迈克给了我一把先令,鬼鬼祟祟地朝我挤眉弄眼。我一手拿着钱,一手牵着塔比莎的手,觉得此时是我此生最幸福的时刻。塔比莎和我有将近两小时的独处时间,而且也不一定要待在商场里。

"十点钟回来。"查尔斯看着塔比莎说。

"你们没问题吧?"迈克问我。

"没问题,先生,"我说,"你们可以相信我们。"

"我们相信你们。"他说,又朝我眨眼。

"去吧,你们自由了!"格蕾丝说,一边嘘声一边摇着她小小的手臂赶我们走。

迈克和格蕾丝离开商场,查尔斯回到他的照片冲洗机器前。塔比莎和我单独在一起,面对着太多的选择。我开始想哪里是最合适的地方,可以让我抱紧她,双手捧着她的脸。高普教导过我,吻女人的时候要捧着她的脸,我决定这么做。

我对商场不了解,但知道在这种情况下,男人应该显得有决断力,于是带着塔比莎上了两层楼梯,进入商场中最大和最明亮的商店。我不知道那里卖什么,等到发现是家食品杂货店,已经来不及改主意,只能装作对自己的选择万分自豪。

当我过后回首往事，这些似乎并不怎么浪漫，我们的两小时大多都花在这家食品店里。店很大，光线比白昼还亮，里面的食物可以让卡库马所有人吃一星期。这家店同时也卖一些杂货和烟草，这里东西太多了，有十二条走道，有些摆满装着比萨和棒冰的冷柜，有些摆满家居用品和化妆品。塔比莎仔细地看口红、护发品、假睫毛，还有女性杂志，她那时就很爱打扮了。卡库马镇上的店都是木头棚屋，里面全是老式的东西，没有一样包装得好看，没有一样及得上内罗毕杂货店里这些东西新鲜悦目。我们在每条走道里来回走动，彼此给对方看一个接一个的惊奇：砌成墙的果汁和汽水，满架的糖果和玩具，电扇和空调，后面还有一个地方，闪闪发亮的自行车排成行。塔比莎发出小小的尖叫，跑到童车那里去了。

她坐上一辆给娃娃用的小三轮车，按了按喇叭。

"瓦尔，我要问你一个重要问题。"她说，两眼发光。

"什么？"我说。我只怕她问我要什么，而我还没法满足她。我一直担心，塔比莎内心对谈恋爱十分娴熟，等到我们独处，她就想加快进度，这就会显示出我毫无经验。看到她骑在三轮车上，我心中五味杂陈。

"我们跑吧。"她说。

我没料到这个。

"什么？跑哪里去？"我说。

"跑掉啊，留在这里，离开卡库马，我们不回去了。"

我对塔比莎说，她昏头了。她片刻之内没说话，我以为她恢复理智了，但还远没有完。

"瓦尔，你没发觉吗？迈克和格蕾丝希望我们今晚一起离开，所以他们让我们留在这里。"

"迈克和格蕾丝不希望我们离开。"

"你听听格蕾丝说的！她说'嘘'！我们可以离开，像他们一样生活。你不想像他们那样吗？我们可以，瓦尔，你和我。"

我告诉塔比莎我不可以。我不认为迈克和格蕾丝希望我们今晚离开。我想我们不见了，他们会有很大麻烦，警察和移民官员都会找他们麻烦。

同时我提醒塔比莎,我们犯了错,卡库马人就不会再被批准出行了。我们的内罗毕之旅会成为卡库马少年最后的旅行。

"好了,瓦尔!我们不能这么想。"她说,"我们得想想我俩能做什么。我们得活下去,不是吗?他们有什么权力告诉我们应该在哪里生活?你知道卡库马的生活不是生活。我们在那里不是人,你知道的。我们是动物,像牲畜一样被关着。你不觉得你应该过得更好吗?我们不应该吗?你服从的是谁?服从对我们一无所知的肯尼亚人?大家都会理解的,瓦尔。他们会在卡库马替我们高兴,你知道的。他们不希望我们回去。"

"我们不能,塔比莎。这样做不对。"

"你在世上生下来只有一次,你想让那些人叫你怎么活就怎么活吗?你不是他们的人!你是条虫!把握自己吧。"

她重重踩了我一脚。

"你是谁,瓦伦蒂诺?你从哪里来的?"

"我从苏丹来。"

"真的?怎么来的?你还记得那地方?"

"我会回去的。"我说,"我永远是苏丹人。"

"但你首先是个人,瓦尔。你有自己的灵魂。你知道什么是灵魂?"

她怒气冲冲,完全没有降低姿态。

"你的灵魂碰巧遇到了一个苏丹男孩的身体,但你并没有被束缚在上面,瓦尔。你并非只是一个苏丹男孩,你不需要受这些约束。你不需要服从规定你这样的人属于哪里的法律,不能因为你有苏丹人的皮肤,苏丹人的特征,你就是战争的产物,就是这该死的东西的一分子。他们叫你离开家乡,走到埃塞俄比亚,你就照办。他们叫你离开埃塞俄比亚,离开高尔科,你也照办。他们走到卡库马,你也跟着走。你每次都照办。现在他们叫你留在营地,允许你离开才能离开。你没看到吗?这些人有什么权力给你的生活画圈圈?是什么给了他们这等权力?只是因为碰巧他们生为肯尼亚人,你生为苏丹人?"

"我父母还活着,塔比莎!"

"我知道！你不觉得从内罗毕去找他们更可行吗？你能工作赚钱，然后从这里去马里尔拜更方便。你想想吧。"

现在回想起来，她当晚说的相当有道理，但在当时，塔比莎让我很沮丧，我对她的想法和她本人都感觉很差。我告诉她，她的说辞说服不了我犯法，降低卡库马数千年轻人的生活质量。

"我没有权力损害别人的生活。"我说。

谈话到此为止。我在店里逛了一会儿，不确定自己想和塔比莎发展下去。她不是我原先想的那个人。我觉得她自私，不负责任，目光短浅，不成熟。我决定到了十点就去查尔斯的店，希望塔比莎也在那里。但如果她选择离开，我不想成为阻拦她的人。我非常希望她不要走，但我不会这么对她说。我没有这份权力。我以为这一晚就是我们爱情的终结。她会视我为胆小如鼠、唯命是从的人。我从一开始就担心这个，塔比莎喜欢比我更危险的男人。当时我正与我那遵纪守法的人格作战，许多日子里，我都如此。这些年来，我积极取悦有权力的人只惹来了很多麻烦。

然而，不能这么快就下定决心，也不能这么快向塔比莎说这些。我站在自行车间，想起了沙漠中那个把新鲜食物藏在地下洞里的人。我想着那人，不自觉地摸了摸小腿上被铁丝网倒刺勾掉一块肉的地方。这时我看见塔比莎回来了。她跑过电扇、咖啡机和毛巾，从走道上旋风一般朝我奔来，很快就站在咫尺之外。

"笨小孩！"她叫道。

我对此无话可说，因为确实如此。

"来吻我！"她要求。

她从未这样愤怒，我从未见过一个人的额头能这样痉挛。但她撅着嘴，闭上眼，仰起脑袋对着我。一瞬间，我对她的所有意见都烟消云散。我的心怦怦跳着，俯身朝塔比莎吻去。我吻她，她吻我，直到食品店的店员请我们离开，指着表说他们要关门了。十点钟了。我们在自行车之间吻了四十分钟，她的手撑在自行车车把上，我的手搭在她身上。

第二天我什么都不记得。塔比莎乖乖地与她的赞助人共度一日。因为迈克和格蕾丝上班去了，我大部分时间都待在他们公寓里。偶尔在附近走走，想着除了我们那个吻还有什么事，哪怕只是一两秒钟的事。但想不出来。那天我上千次地回味着那个吻。我在公寓里吻冰箱，吻每扇门，吻很多枕头和所有沙发靠垫，全都为了再次体验那种感觉。

我应该关心一下塔比莎，想想她会不会出现在排练场上，但我还没走出前一天晚上的境况。那天下午塔比莎到剧院后，我仍然为前一晚的回忆神魂颠倒，几乎没注意到真正的塔比莎，而她也故意不理我。晚上她又决定生我的气，她能一连生气几个星期。

我们演戏那天晚上，剧院座无虚席。共有十八个剧组表演，来自肯尼亚各地。我们是唯一的难民剧社。感谢上帝那晚我们表现得很好，还记得台词，在灯光下，观众席前，我们仍能用台词和剧本表现出我们创作的那出戏。我们做得不错，我们知道自己做得不错。戏演完后，观众欢呼，有些人起立鼓掌。最后我们剧社得了第三名。我们于愿已足。

之后有一个庆功宴，然后我们各自回赞助人的家。走在路上，我脸上的挣扎之意一目了然。

"怎么啦？"格蕾丝问道，"你看起来有点不高兴。"

我说没什么，但心中烦忧，知道要和迈克、格蕾丝谈他们资助我的问题，今晚将是最后的机会。

但我什么都没对格蕾丝说，他们洗漱上床前，我没对他们说。格蕾丝去睡了，迈克也去睡了，但又回到起居室。"睡不着。"他说。

那晚我们坐在沙发上看了几小时电视，我问他各种看到的问题——那些戴弯帽子的人是谁？那些穿羽毛的女人是谁？但我想的是我能不能真的问他那事。我没法问他这样的事，我知道这太过分了。迈克太忙，无法负担起一个难民，但我又想，我可以帮忙啊。为了留下，我可以做很多事，可以煮饭、打扫卫生，剧院需要我干什么就干什么。我已经证明自己工作很有效率，而且招人喜欢，可以在剧院关门后打扫卫生，或是在开门前打扫，也可以开门前关门后都打扫，之后回家给迈克、格蕾丝铺床。迈克当然会知道我愿意做这些事,他知道我愿为我的膳宿干活,让自己顺顺利利地留下来。

我骂自己笨。迈克不需要也不想别人帮忙做这些。他不愿身边有个又细又长,一身苦难的苏丹小伙子。他收留我一周,已是做了善事,够了。如果我母亲知道我想这么求人,定会感到羞愧。

"好了,我要去睡了。"他说着站了起来。

"好。"我说。

"你还是要熬夜吗?"他问,"我不知道你什么时候睡觉。"

我微微笑了,张开了嘴,那几句辗转反侧的话,卑躬屈膝而又那么要紧的话,差点冲口而出。但我没说。

"晚安。"我说,"非常感谢您的盛情款待。"

他笑了笑,睡到格蕾丝身边去了。

次日一早我们所有的卡库马难民都回去了。大家都很疲倦,因为我不是唯一对电视感兴趣的。我没坐在塔比莎旁边,整个回程也没和她说话。这也不错。我被太多的念头淹没,需要从她那里抽身歇一歇,从所有能提醒我错过什么机会的人那里歇一歇。我头靠在玻璃窗上,想睡过去。这次我们没在基塔莱停留,而是直接回卡库马。我时而清醒,时而迷糊,望着飞驰而过的茂盛的肯尼亚大地,山色青青,倾盆大雨浇灌着远处的农田。我们飞驰过这片天地,回到一团糟的卡库马。

二十四

我到了世纪俱乐部停车场,离健身房开门还有二十分钟。即使我想睡觉,也没足够时间打盹,于是我打开收音机,找到BBC世界新闻台。在皮尼亚多,苏人解军官用喇叭播放这个台的非洲新闻,声音传遍整个营地,从那时起,长期以来这个节目就是我生活的一部分。过去几年,似乎BBC世界新闻没有一次不提及苏丹的。这天早上,先是一条没什么新意的达尔富尔新闻,一位非洲问题专家说,七千名非洲联盟的军队巡查一个有法国面积那么大的区域,想阻止金戈威德①恐怖活动的蔓延,无疑是杯水车薪。这支队伍的资金即将用完,而且似乎没人打算投入更多的钱,或者拿出阻止杀戮和逃难的新方法,连美国也不能。对我们这些在喀土穆及其民兵组织手下遭受二十年压迫的人而言,这毫不意外。

第二条苏丹新闻更为有趣,与一艘游艇有关。非洲联盟似乎要在喀土穆开会,苏丹总统巴希尔想用一条奢华的船赢得各国首脑的赞叹。这艘游艇准备泊在尼罗河,在重要人物停留期间载着他们沿河上下。巴希尔花了四百五十万美元从斯洛文尼亚订购了这条游艇。无须多说,这四百五十万美元对救济苏丹穷人会很有用。

这艘游艇被从斯洛文尼亚运到红海,然后驶达苏丹港。从苏丹港需要陆运至喀土穆,以便赶上大会。但运到首都比预料的难得多。这艘一百七十二吨的船对其经过的桥梁构成了挑战,沿途空中的电线也是个问题。一百三十二根电线不得不被切断,等游艇过后再重装。待到游艇见到尼罗河,非洲领导们已经走了。他们没了游艇、卫星电视、精美瓷器、贵宾房,也把事给办完了。

但在船抵达喀土穆之前,它成为巴希尔腐败和冷酷的象征。这人四面

---

① 金戈威德,达尔富尔的阿拉伯民兵组织,字面上的意思为"游牧民族"。

树敌，仇视他的不仅是南苏丹人。温和派穆斯林也恨他，而且组建了很多政党和联盟来反对他。在达尔富尔是非阿拉伯穆斯林团体，他们起来反对政府，对这片区域提出各种要求。如果种族屠杀没能激起苏丹人民推翻这个疯子和控制喀土穆的全国伊斯兰阵线，或许这艘船能做到。

我听着收音机播报，望着停车场对面的付费电话，觉得它像是在请我过去。我决定要拨一下自己的号码，让被偷的手机响起来。我这么做至少没什么损失。

我用了一张从阿科尔·阿科尔在纳什维尔的表弟那里买来的电话卡。他的电话卡卖五美元，但实际上可以打一百美元的国际长途。我不知道这是怎么做到的，但认识的难民都买这种卡。我手头的这张很奇怪，大概不是非洲人做的，上面的图案很少见：一个全副武装的毛利族人，手执长矛，背景是一头美国野牛。图案上印着几个字："非洲加利福尼亚"。

我很少打自己的号，想了一阵子才想起号码。想起来后我迅速拨了六个数字，顿了好一会儿，才拨完电话盘。我经常不相信自己在干什么。

响了。我喉头一紧。两声，三声。通话音。

"喂？"一个男孩的声音。迈克尔，电视迷。

"迈克尔，我是你们那晚上偷的那个人。"

一声又急又轻的喘气，然后是沉默。

"迈克尔，我有话跟你说。我想让你明白……"电话被扔下了，我听见迈克尔在一个有回声的房间里说话，模模糊糊的几声和"给我"，有人按了一个键，一切都结束了。

我把电话号码给过警察，但如今才知道他们根本没打过。电话还在偷窃者手里，他们抢了我，打了我，还在用这部电话。警察都懒得调查这案子，而罪犯也知道警察会这样。我前所未有地怀疑自己是否存在。如果警察认为我有点价值，或者罪犯认为我会发出声音，卷入这个事件的任何一方这么想的话，电话早就被扔掉了。但无疑这两方都没留意我的存在。

我回到车里平静呼吸，五分钟后又去了付费电话处拨自己号码，毫不意外地听到电话直接转语音信箱了。我习惯性地输入听取密码，听自己的留言。

有三条留言。第一条是马德莱娜留的，她是我几个月前去过的一所小耶稣会学院的录取工作人员，那次她没录取我。后来他们有几十个理由解释我的申请为何不完整。首先他们说成绩证明不够权威，我寄送了复印件，但他们要的是原本。其次我没参加他们之前说没必要参加的一场考试。我每次给马德莱娜打电话，她都不在。有时她给我回电，但总在知道我不会接电话的时候打来。我不知道她是怎么做到的，她很擅长此招。这次的留言比以前内容更丰富：

"瓦伦蒂诺，我和学院里的同事谈过，我们认为你应该从社区大学拿到更多的学分，"——说到此处她翻着纸头找到一个名字——"佐治亚佩雷米特大学。我们不希望你花时间来这里最后却没成功，所以还是过几个学期再联系吧，到时候看看你的程度如何……"如此又说了一番，她挂电话时，我能听到她声音里有种如释重负的感觉。她确定在一年内用不着和我打交道了。

正如在卡库马发生的事情一样，大家总是很惊讶我达到目标比他们想象得艰难许多。我在美国已五年，比刚来时并没有离大学更近一步。通过菲尔·梅斯和迷途少年基金会的帮助，我辞去了布料样品的工作，在佐治亚佩雷米特大学全日制读书。别人告诉我，我上了那些课，就能申请四年制大学。但事实并不如意。我没有连续升级，老师们也不鼓励我。我真能上大学吗？他们问。我没回答。我的基金会钱用完了，只能在健身俱乐部找了这份工作，但我仍决意要上大学。上好大学，成为正式录取的学生。我不达目的誓不罢休。

今年秋天，我好像终于快实现目标了。我在社区大学读了四学期，成绩总体尚可。虽然在鲍比·纽迈耶过世之后有过下滑，但我觉得这一点儿错不会妨碍申请。然而却是妨碍了。我申请全国各个耶稣会学院，但他们的答复彼此矛盾，令人摸不着头脑。

首先我到处求访。我去了七所大学，尽力记笔记，确保自己明白他们对一个好学生的期许是什么。杰拉德·牛顿让我直接问他们，"我要怎样才能在秋季入学？"我在每个学校都这么问，照搬了这句话。他们都很鼓励我，都很友好，貌似想录取我，但申请被全部退回，有些录取官连回音都没有。

我最后与一所学校的录取官谈话，这个人答应对我说实话，说了些有趣的话。

"你可能是年纪太大了。"

我请他解释一下。他的学校是另一所文科学院，本科生数量不多。我去过那学校，校容整洁，建筑物和我们在等飞机离开卡库马之前传阅的那份目录手册上的一样。

"这么看吧，"他说，"这里有寝室，有的女生才十七岁。你明白我意思吗？"

我不明白。

"你的申请书说你二十七岁。"他说。

"那又如何？"

"好吧，想象一下某些郊区的白人家庭，他们花了四万美元把自家的金发小姑娘送来大学，她从未离开过家门，在学校的第一天，他们就看到你这样的一个家伙在寝室区晃荡？"

按他的意思，他已说得够明白了。他想给我坦率和最终的建议，以为我会放弃。但我不相信追求大学学位之路就此终结。看来我可能要发挥创造力了。在卡库马时，只要压力和情况需要，我们就能为自己想个新名字，编一段符合要求的新经历。"你得发挥创造力。"高普多次说到，他的意思是卡库马没有什么规矩是不可转圜的，特别是不做就会贫穷的时候。

还有一条电话留言是丹尼尔·博尔，我在卡库马认识的人，是纳帕塔剧社成员。他说得虽然拐弯抹角，我还是听懂了，他又来要钱。"你知道我为什么打电话给你。"他说，然后夸张地呼了口气。一般我不会给他回电，但我想到了一个主意，也许可以一劳永逸地解决丹尼尔带来的麻烦。

我给他回电。

"喂?"是他。他醒着。他在的地方时间是凌晨三点十三分。我们寒暄了几分钟,说到他的新婚和三个月大的新生女儿,名叫希拉里。

丹尼尔不是个说话得体的人,所以我听着他笨拙地提到他那个电话的目的,多少有些乐趣。

"那么……"他说,然后沉默了。他指望我从中明白他需要帮助,最好现在就问距离他家最近的西联汇款是哪一家。我决心要他将自己的处境说得更清楚些。

"怎么回事?"我问。

"哦,阿沙克,你知道的,我家里多了个孩子。"

我提醒他我们刚刚还在谈她。

"是的,她上周病了,我做了件蠢事。我很惭愧,但事已如此,所以……"

他又盼着我来提接下来的事并汇钱。但我不会这么轻易让他如愿。想起旧日的演戏时光,我背台词般地说道:"你做什么啦?发生什么事?你的孩子还病着吗?"

我知道他的孩子没在生病,也没得过病,我奇怪的是他用这个来当开场白。

"没有,跟小孩无关。她现在没事。是我一个周末做的一件蠢事。两周前。你知道我在说什么。"

我一直好奇他为何不说赌博二字,仿佛他不想让这个词玷污我们的谈话似的。我又推了他一把,他终于说出来了,与我先前在语音信箱里听到他声音时猜的一模一样。丹尼尔常常离开妻子和孩子几天,花三刻钟去印第安保留地,那里有他喜欢的赌场。过去六个月他一共输了一万一千四百美元。认识他的所有人都想方设法帮他,但无济于事。起初我们都犯了错,只是给他钱。我给了他两百美元,这是我仅有的钱,因为他告诉我他的孩子没保险,出生费都要自己掏腰包。当时他教堂里的美国人、全国的苏丹人都给他寄钱,但后来我们知道他一直有保险,而我们二十八人给他的五千三百美元,每一个子儿都给了赌场。从那时起,对我们中还愿意捐

411

钱的人,他就小心翼翼地试探。他今早说的是有了新方向,会改过自新。

"多米尼克,我以后再不会了,我终于摆脱这恶习了。"他始终不说赌博或打牌这样的字眼,我听了十分钟,他还没说出口。

"如果我不付这笔钱,"他说,接着顿了一顿,"我只有……了结了。放弃,该死的。放弃一切。"

刚开始我听不懂他在说什么。放弃赌博?但接着我懂了,不过没将这威胁放心上。我认识的人中,丹尼尔大概是最不可能自杀的。他心胸狭窄但自视甚高。我与他讨论了几分钟他的威胁后,决定打出一直握着的那张牌。

"丹尼尔,我希望能在你需要时帮你,但我昨晚被抢劫了。"

于是我和盘托出,把这桩惨事从头讲起。我知道他是以自我为中心的人,所以他反应平平我并不奇怪。他听我诉说时发出几声冷淡的应答,也没问我怎么办,人在哪里,为什么凌晨五点二十六分醒着。但显然他知道没法继续问我要钱了。他只想挂电话,再给下一个人打,和我讲只是浪费时间。

我们被许多人当成实验失败的产物。我们是典型的非洲人,长久以来,这就是我们的宿命。大家赞赏我们勤劳有礼,尤其欣赏我们对信仰坚贞不二。教堂喜欢我们,他们资助和掌控的人青睐我们。但如今这种热情已然褪色。我们让许多赞助人筋疲力尽。我们年纪轻,容易犯错,四千人中,有的召妓,有的连月吸毒,更多的人酗酒,还有几十个成了眼高手低的赌棍、打手。

让大家灰心的那件事广为传播,而且很不幸是真的。不久前的一天晚上,亚特兰大的三名苏丹人出门狂饮作乐。这几人我在卡库马和这里都认识。他们先在小酒吧喝酒,然后去大街上喝,当这个城市的人都已入睡的时候,他们还醒着,不过醉醺醺了。两人开始为钱争吵,有人借了十美元没还。很快他们歪歪扭扭地打了起来,看起来不会出事。第三个人想劝架,但三人都头脑不清了,其中一个朝借给他钱的人当胸踢去,但自己失去平衡，头撞到地上。那晚的吵架立刻停止。三人分开了，踢人的那人脑袋肿了起来，第三个人扶他回家。半天后，那朋友叫了救护车，但已太迟。踢人的家伙昏了过去，两天后死了。

美国人会有这种事吗？一个人想要踢另一个，自己却死了？还有比这更可怜的事吗？为了十美元值吗？我想骂第三个人，那朋友，没及时送踢人的人去医院。我还想骂他告诉别人这事就为了这点钱，现在每个人都会说，苏丹人会为了十美元互相残杀。

我给很多人寄钱。因为卡库马的人都知道我在那儿有份工作，就以为我在美国也发达了。于是我接到营地的、内罗毕的、开罗的、喀土穆的、坎帕拉的熟人电话。我把能省下的都寄走了，虽然大部分钱都给了弟弟们，他们有三个在内罗毕上学。我离开马里尔拜时他们还那么小，我几乎记不得他们的模样。现在他们长大了，有了自己的目标。最大也是最矮的塞缪尔刚刚高中毕业，正在申请肯尼亚的商学院。彼得将从内罗毕一所英国人开的预备中学毕业，菲尔帮他付学费。彼得也许是最像我的人，他读书非常用功，成绩优秀，打篮球，还是空手道黑带。他性格沉静，同学和老师都很敬重他。因为他是我弟弟中最可信赖的，我把钱都寄给他，让他分给塞缪尔和菲利普。菲利普十六岁了，想当医生。我给他寄钱，心里高兴又自豪，有时一月能寄三百美金。但这远远不够。还有很多人，我想帮却没法帮。我父亲的妹妹住在喀土穆，带三个孩子，生活来源极少，没法照顾好自己。她丈夫在战争中丧生，丈夫的兄弟们也死了。我每月大概给她寄五十元，我希望自己能寄去更多。

最后一条留言是摩西的。马里尔拜的摩西，被带到北方当奴隶的摩西，被打上烙印后逃脱，然后被训练成叛军的摩西，去肯尼亚私立中学读书，然后上了不列颠哥伦比亚大学，如今在西雅图生活的摩西。卡库马之后我再没见过他，听到他的声音我满怀感激。他的声音如此坚定，永远阳光，充满希望。

"我的'出远门的'！"他用英语说，总喜欢叫我这个绰号。然后他转用丁卡语,"利诺给我打过电话,告诉了我事情经过。首先,别生利诺的气,他说我是他唯一会打电话告知的人,我也不会告诉别人。我发誓!他另外说,你现在很好,伤势不严重。送上我最诚挚的祝福,祝你早日康复。"

每当我怀疑我们要往哪儿去、我们是谁时,只要和摩西一说,我就坚定了。要是你与我在一起多好,摩西!你足够坚强,能带我们走过那可怕的早晨。

"嗯,我知道现在提这个不合时宜……"他说,我屏住了呼吸,"我组织了一场徒步活动……"我松了口气。他说他组织徒步是为了让大家知道达尔富尔人的苦难。他计划从他西雅图的家徒步走到亚利桑那的图森市。

"阿沙克,我想做这件事,我知道会有作用的。想想吧!如果我们都徒步会怎么样?如果我们都聚到一起,再次行走,这次是走在大路上,走在全世界的目光下?大家不会注意到我们吗?我们要让大家想到达尔富尔,想想被迫离开家园、被驱逐、前途未卜的滋味,成吗?能打电话时给我回电。我想要你参加。"

停顿了一下,摩西似乎挂电话了。但接着他提起话筒,噼里啪啦地又说了。

"塔比莎的事我很难过,我非常难过。你会找到另一个女孩的,我知道。你是个很有魅力的男人。"他停下来纠正自己,"当然是对女人有魅力,不是对我。我可不觉得你那方面有魅力,'出远门的'!"

他低声笑着挂断了电话。

二十五

"他来了!"

我推开前门走进世纪俱乐部,遇到了本恩,俱乐部的维修工程师。他身材瘦削,一双手小小的,眼睛显得极有同情心,前额宽阔。

"你好,本恩。"我说。

"哇,你看起来精神不好,孩子。"他把写字夹板放在柜台上,走到我面前,两手捧住我的脸。"你去哪儿了?看上去像是几星期没睡觉了。还有这里!"他摸了摸我额头上的伤口,"还有嘴唇!"

他捧着我的脸检查每个毛孔。

"你跟人打架了?"

我叹了口气。他以为所料不错,放下双手,露出不满的神色。

"你们苏丹人怎么老是打架?"

我拍了拍他肩膀,走了过去,不想解释发生的事。我得去洗个澡。

"洗好了跟我说说,嗯?"他喊道。

更衣室里只有我一个。我从门边一叠毛巾里拿了条干净的白毛巾,打开自己的锁柜。脱掉鞋后的感觉让我惊奇,双脚呼吸了,我也呼吸了。我立刻觉得好些了。我把鞋子扔进锁柜,慢慢地脱衣服。我浑身酸痛,仿佛一夜之间老了几十岁。

水温让我一震。水暖和起来,我的四肢和骨头也变得松软。我在淋浴中擦着脑袋,看着血滑下身体,流过瓷砖。血不多,一条整齐的玫瑰色细线被冲到下水道,消失了。

镜中的我看上去并没有太大不同。下唇割伤了,一道弧形擦伤从面颊划到额角,左眼一侧有一个红点,是眼白当中的一小点。

我穿上放在俱乐部的还算干净的T恤衫、运动裤和运动鞋。等到俱乐部的商店开门,我要另买件网球衫今天穿。虽然一夜没睡,但换了衣服,如在昨天的事情和今天之间划了道分割线。我深深呼吸了一口房间里的空气，便撑不住了，倒在角落的沙发椅上。我的脖子没力气了，下巴磕在胸口。这一刻我被打败了。我闭上眼睛，什么也看不见，没有颜色，什么都没有。我完全不想再站起来，脊椎仿佛离开了我。我是无脊椎动物，但这样舒服。怀着这个念头，我想永远瘫在椅子里不起来，刚开始还不错，但接着就觉得还不如直接去工作。

我关上锁柜，迅速恢复精神。我五点半开始上班，一分钟内必须到前台。

来到前台看到本恩已经走了，我松了口气。他自觉建议和想法很有帮助，但事实并非如此。如果他知道我昨天出了什么事，会一连几个小时建议我怎么做，给谁打电话，到哪里去投诉和打官司。我独自坐在门厅里，开了电脑。我的工作是在会员们进来时给他们登记，并给有可能成为会员的人分发宣传册。星期一我只需上班四小时，这个时段俱乐部不忙。来的是常客，虽然我没法都记住名字，但能认出他们。

第一位是马特·唐纳利，他经常和我同一时间进来。他从五点三十分到六点零五分踩脚踏车，做两百个仰卧起坐，洗澡，然后离开。今天他比往常晚到了几分钟。他体格强壮，紧抿的嘴唇又薄又紫。我在俱乐部开始上班时，有天早上他和我聊了一会儿，问我迷途少年的历史和我在亚特兰大的生活。他读书很多，对苏丹真的感兴趣，知道巴希尔、图拉比、加朗这些名字。他说他是律师，说我在需要帮助或法律咨询时可以给他打电话，但我想不出给他打电话的理由，从那时起我们只不过打过几次招呼而已。

"你好，瓦伦蒂诺，"他说，"有好事可讲吗？"

前几次他这么说时，我以为是要找某句具体的好话，对当天有意义的话。他头一次问，我说了"祝好运"，他说这是句问候，但我仍不知该如何回答。

今天我对他说你好，他把会员卡递给我。我扫了一下，他的照片就出现在我面前电脑的显示屏上，十二英寸高，颜色花哨。

"给我换张新照片，"他说，"我看着像从地底挖出来的，对吧？"

我笑了笑，他去更衣室了。但他的照片还在，这个电脑系统很古怪，会员照片会一直停留在屏幕上，直到下一位会员来。也许有办法从显示屏上消去，但我不会。

于是我看了一会儿马特·唐纳利。

马特·唐纳利，卡库马开始流行谈论美国起于一个谣言。一九九九年四月的某一天，上午大家谈的是各种不同的东西——足球，性，某个援助人员因为碰了一个索马里小男孩而被炒鱿鱼，但到了太阳下山，大家都在谈美国。谁会去美国？他们如何决定？多少人会去？

这是从一个多米尼克开始的。他在联合国难民署办公室听到有人在打电话。那人说了这样的话："这消息太好了，我们非常高兴，孩子们肯定也很高兴。对，是迷途少年。等你知道你们能带多少人走，请告诉我。"

之后几天，这几句话在卡库马孤儿中被重复了几百遍，也许几千遍。没有人能集中注意力，没有人能打篮球，学校里一团乱。到处都是一群群的男孩，二十人或五十人一群，围在知道新情况的人周围。有一天有消息说，所有迷途少年都会被送去美国。第二天又说美国、加拿大会收留我们，然后是澳大利亚。没人了解澳大利亚，但我们想象这三个国家是连在一起的，也可能是一个国家的三个地区。

起初阿科尔·阿科尔自诩为移民权威，尽管他并不是专家。

"他们会带走每个班里的第一名，"阿科尔·阿科尔说，"我觉得我会去的，但你们大多数人都得留下。"

这个观点遭到大部分男孩反对，很快也被事实驳倒了。美国计划移民几百或几千个卡库马年轻人。这件事成了我心中唯一的念头。我们知道营地里曾经有过难民重新安置，但总是条件苛刻，机会绝少，只留给出名的政治反对派、强奸受害者以及其他人身安全不断受到威胁的人。但看来这次很不一样，我们这些孤儿大部分或全部都会被接走，跨越大洋去美国。

417

这是我听过的最奇怪的事。

我们讨论了数日,探讨美国为什么要把我们带走。这国家没有义务安置肯尼亚营地的四千名年轻人,这种慷慨的行为,他们没有物质利益。我们不是科学家也不是工程师,没有一技之长,没受过好的教育。我们一贫如洗,只能尽力去上大学,让自己进步。其他就没有了。这些考虑让此事显得更古怪。

我们并不了解美国,但知道那里没有战争,安全,每人都有家、有电话,能完成学业,不必担心食物和其他威胁。我们将电影里的各种东西拼成想象中的美国——高楼大厦、明亮的色彩、连绵的玻璃窗、刺激的撞车,还有罪犯和警察才用的枪。沙滩、大海、摩托艇。

一旦种种设想在我们脑中成真,我盼望着随时被带走。没人给我们时间表,看来很可能某天我早上还在上课,下一刻就坐在飞机上了。阿科尔·阿科尔和我讨论如何才能时刻做好准备,因为不知哪天就会来一辆巴士,直接开到机场,然后就去了美国。我们定下死约定,无论如何也不抛下对方。

"如果汽车来的时候你在学校,我会跑去通知你。"我说。

"你也会这么做吗?"阿科尔·阿科尔说。

"那当然,如果我在上班,你会来找我?"

"我会的,会的,我不会抛下你独自走的。"

"好,好,我也不抛下你独自走。"我说。

上课时我努力集中精神但无济于事,不停眺望马路,看有没有车来。我信任阿科尔·阿科尔,但担心两人都错过。我们都以为只会来一辆车,谁上了车就能去美国,没上车的去不了。这让我们度日如年,每时每刻都在守望。好几周里,我们只有晚上才能放松下来,因为晚上汽车肯定来不了或不会来。我们的理由是夜间飞机不飞,所以汽车不会夜间来接人。我们还认为周末也不会来,于是那几天也可以放松。这当然很奇怪,没人告诉我们有关汽车的事,更不用说日程。种种想法和计划只是我们的无端猜测。但那些日子里,每个人都有自己的一套说法,每个人都言之凿凿,貌似什么都有可能。

可是过了两周,汽车还没来,我感到意外,阿科尔·阿科尔和其他人也都觉得意外。我们想难道有了阻挠?又会是什么阻挠呢?在各种不可知与不可抗拒的因素之外,也有些我们是知之甚详的,卡库马的苏丹长辈中有相当一部分不愿我们去美国。

"你们会忘了自己的文化。"他们说。

"你们会得病,得艾滋病。"他们警告说。

"等战争结束,谁来领导苏丹?"他们问。

许多孤儿以为是这些长辈从中阻挠,于是我们的领导层和他们的领导层开了个会。数百人参加,但只有少数人能进入开会的教堂。小小的波纹钢房子被十几层人围得水泄不通。阿科尔·阿科尔和我都是年轻人代表,我们到的时候,里面已经找不到位置了,只好站在最外面那圈外围听着。教堂里传出叫喊和争执声,他们在谈那些普遍存在的忧虑:我们会丢弃自己的传统和历史吗?移民真的会发生吗?少了我们四千个年轻人意味着什么?

"我们失去了年轻人,国家还怎么复兴?"他们说。

"你们是国家的希望,孩子们。和平之后我们国家怎么办?我们冒着生命危险让你们在埃塞俄比亚受教育,把你们带到卡库马,如今你们会说很多语言,能读能写,而且学过各种行业技能。你们是我们的民族中受教育程度最高的。眼看即将胜利,和平快要到来,你们怎能一走了之?"

"但现在没有和平,将来也不会有!"一个年轻人说。

"你们无权阻拦我们。"另一个说。

如此等等。这个会持续到晚上,阿科尔·阿科尔和我一直听着唇枪舌剑和十几次的跑题,站了八小时才离开。那晚什么都没有解决,但长辈们明白他们已无法控制这四千名少年。我们人多,都万分急切,怎么都说不动。我们成了一支代表自己的小型部队,人高马大,身体健康,一意孤行要离开营地,无论他们是否祝福。

离开卡库马的第一步是写履历。联合国难民署和美国要知道我们从哪里来，受过什么苦。我们要用英文来写经历，如果写不好英文，就请人代笔。我们被要求写内战，写如何失去家人，写营地生活。"你们为何想离开卡库马？""你们是否害怕回到苏丹，即使已经和平？"他们问这些问题。我们知道在卡库马和苏丹受到迫害的人会得到特殊考虑。也许你在苏丹的家人对另一家做了什么，你担心被报复？或许你叛逃了苏人解，害怕受处罚？可能性很多。无论我们采取何种策略，都知道故事得编圆，得记住所有见过和做过的事，所有遭遇的不幸损失都很重要。

我把我的经历写在一本划着蓝线的小练习册上。这是我第一次讲自己的故事，很难分辨哪些重要，哪些无关。初稿只有一页纸，我拿给阿科尔·阿科尔看，他哈哈大笑。他已经写了五页，还没写到埃塞俄比亚呢。"吉罗河呢？"他问，"高尔科呢？我们朝飞机跑，以为会投食物，结果扔的确是炸弹，炸死了八个孩子，这段呢？"

那些我忘了，我忘了很多事。怎么才能将所有事都写到纸上？似乎完全不可能。不管怎样，都会漏掉大部分生活，故事只能记叙我的经历的碎片。但我还是努力写，撕了初稿重新开始写。我写了几星期，回忆我见过的每件事，每条路，每棵树，每双黄浊的眼睛，每个我掩埋的人。

写完后，有九页长。交上去时，联合国给我拍了张护照照片，贴在档案上。这是我第一次见到这样的照片。我曾拍过集体照，自己在人群之中模模糊糊，但这张新照片上只有我一人，目光直视，很真切。我盯着照片看了几小时，好几天都带着档案夹，问自己这张照片、这些文字，是不是真是我的。

有一天我将照片带给玛丽亚看。现在我知道自己做错了，但当时想让她看看，想让所有人都看看。我想四处讲讲，我现在是拍了照片、即将去美国的小伙子。我在她家外面找到她，她在晾衣服。

"从未见你这么笑过。"她说。她久久地拿着照片，这种照片在当时很罕见。"我能留下吗？"她问。

我说不行，档案上要用，对我的申请至关重要。她还给了我。

"你觉得我们也会去吗？我们女孩？"

我对这问题毫无准备。我没听说有人提到这次移民要带女孩们去。我觉得不可能。

"我不知道。"我说。

玛丽亚苦笑了一下。

"但肯定是有希望的。"我说，几乎相信自己的话了。

"我开玩笑的，"她说，"再说我也不想去。"

她说谎的本事很差，总被一眼看穿。

我决心弄清女孩们是否可以申请，几天后得知确实可以，许多女孩都已经开始申请了，有好几十个。我跑去告诉玛丽亚，但她不在家。邻居说她在水龙头那里，我找到她，将我知道的告诉她：只要证明自己没有家人并且未婚，女孩也可以申请。我告诉她后，她眼睛亮了亮，又熄灭了。

"也许我会想想我能做什么。"她说。

"我明天带你去那里，"我说，"我们去拿一份申请表。"

她答应次日早晨与我在联合国大院碰头，但第二天我到的时候，她不在。

"她在水龙头那里。"她妹妹说。

我又在队伍里找到她，她带着两只扁桶坐着。

"我先看看你们会怎么样，"她说，"我下次再去。"

"我觉得你应该现在就申请，要花上一段时间。"

"那么下周吧。"

她似乎对申请不太热心，也许是天气的缘故，炎热多风，许多人都躲在屋里。那天玛丽亚没看我一眼，不愿考虑逃离的想法。我不喜欢她的态度，便让她自个儿坐在尘土里，就离开了。队伍移动，玛丽亚拿起空桶，往前移了几步，又坐下来。

"你的申请怎样了？"高村问我，"有消息吗？"

移民刚开始的热潮已过数月，我们都递交了各自的履历，从那时起，许多年轻人被请到联合国大院面试，但我没被叫到。我告诉高村还没消息，递交材料后全无音信。他点头微笑。

"好，好，"他说，"这是好事，说明一切都在进行中。"

高村是个魔法师，能叫我相信很多不可思议的事。那天他劝我说，虽然联合国那头没有消息，我也会是第一批被安排去美国的。他说，我应该据此安排，拿定主意喜欢那支 NBA 球队，因为我肯定会被邀请去打职业篮球赛。我大笑，但随即想是否真能靠打篮球谋生呢。也许我能为大学打球，不管是哪所大学录取了我？卡库马每个球打得不错的人都梦想着有一天能像马努特·博尔一样一飞冲天，荣耀加身。那天我也想入非非了一阵。

"我该告诉你了，"那天高村说，"我也要离开卡库马。两个月后。我想让你第一个知道。"

他说他已经来了很久了，要回家去陪未婚妻。我也要走了，他觉得该将"互助项目"交给下一个团队。我觉得这样不错。我们都为彼此高兴，我们走完生活中这一程，再一起向前走，虽然将天各一方。一整天，我们讨论以后如何联系，我们崭新而丰富多彩的生活方式会让日子过得多么容易。我们可以每隔一天打个电话或者写封电子邮件，发发笑话、回忆录和照片。我们开了两瓶芬达，碰了碰，一起喝了下去。

"你要来参加我的婚礼！"他突然说，像是刚想到这念头。

"好！"我说，接着问，"怎么参加？"

"容易。你有正式移民身份，想去哪里都成。那是一年之后了，瓦伦蒂诺，我们已经定了日子。你来日本，我和若菜结婚时你要来。"

"我会的！"我毫不怀疑地说，"我一定会到场。"

我们喝着芬达，一下午都在品味这个想法，太美好太奢侈了：飞机、城市、汽车、晚礼服、蛋糕、钻石、香槟。我们再次相会，就都有钱了，生活舒适，事业有成。那一天似乎指日可待。

那些天营地一片喜乐，原因很多，其中之一是罗马教廷有史以来第一次追封苏丹殉教者，约瑟芬·柏姬达[①]被封为圣人，她曾为奴隶，二十世纪四十年代后期死于意大利，死时是嘉诺撒修女，如今成了圣人。我们都很激动和骄傲，许多人都不知道苏丹人也有可能会被封圣。她的名字每天在教堂被祷告，停留在卡库马每个骄傲的丁卡天主教徒的嘴边。我们觉得这是个非同一般的时刻，多年来第一次觉得丁卡强大了，上帝和远方也需要我们。南苏丹的一个女人能成为圣人，迷途少年也能飞跃大洋代表苏丹去美国，如果一件事可能，另一件也可能。没有什么是绝对不可能的。

第一批移民飞机起飞时，卡库马一片欢腾，我和阿科尔·阿科尔去机场看飞机消失在天际。我为这些年轻人高兴，坚信自己也快要随他们去美国了。但飞机不断飞走，我不停地听到这个那个小伙子的好运，渐渐对他们的幸福麻木了，只能自问我为何如此不顺。几个月过去了，大约走了五百个年轻人，我仍没有得到联合国的任何消息，我变得不那么为中选的人高兴了。每每有公告出来，就是一窝蜂的聚会，家庭办庆祝活动，名字出现的年轻人们一起跳舞。每周他们都有无尽的欢乐，而余下的人则很沮丧。

我离走还远，甚至连面试都没有。面试只是第一步，距离名字出现在公告上也还早。好像出了什么差错。

"太对不起了。"有一天，阿科尔·阿科尔说。

我已听说，阿科尔·阿科尔的名字那天早晨出现了。

"你什么时候走？"我问。

"一周后。"

消息就这么快，仿佛某人的名字一出现，然后就走了，之间只隔了短短几天。我们都得做好准备。

我还是恭喜了他，但因他的好运而感到的喜悦被心中的困惑抹平了。

[①] 约瑟芬·柏姬达（1869—1947），意大利修女，原为苏丹奴隶，二〇〇〇年十月被罗马教廷封为圣人。

我觉得自己每件事都没做错,通过工作甚至还认识了几个联合国员工,他们就在帮忙办移民手续。可我并没有因为这些有一点儿的优势。我没当过兵,在卡库马表现不错,为什么很多人在我之前去了美国?不止我一个对此感到困惑。没人知道怎么回事,但各种说法都有。最有可能的说法是,有个出名的苏人解士兵叫阿沙克·邓,我们两个被混淆起来了。此事从未得到证实,但阿科尔·阿科尔有他自己的说法。

"也许这里的人不想失去你。"

我听了并不高兴。

"你对营地太有价值了。"他开玩笑道。

我不想对营地这么有价值,寻思是否应该暂时少担当点责任,是不是应该消极怠工,让自己显得不那么有能力?

"下次我见到联合国的人,会跟他们说说。"他说。

住在高普家的男孩们都已被选拔走了,去底特律、圣迭戈、堪萨斯城。很快,我这年纪的留在营地的已经不多。其他人是因为被人知道是苏人解军官或罪犯,申请才被置之不理或驳回。我认识的人中,我是唯一没有污点却至今未得到面试的。我被安排过面试,然而每当日期临近,总有事情发生,面试不是推迟就是取消。一次是营地里的苏丹人和图尔卡纳人发生冲突,双方都死了人,卡库马禁止访客入内。另一次是所有面试都必须在场的一位美国律师,在最后时刻不得不回他纽约的家。他们说,他三个月后回来。

遭拒和被抛弃的感觉掺和到一起,没什么比这感觉更糟的了。我读过被提①,六万四千人在世界末日前被带去天堂,到了世界末日,地球会被火焰吞没。在二〇〇〇年接下来的半年中,我总觉得自己被遗弃在卡库马,而我认识的人都被拉出炼狱,去了上帝的天国。那力量审视过我,然后判定我要在永恒的地域之火中煎熬。

---

① 被提为宗教术语,指在一些比较保守的新教基督徒(包括基要派、福音派、五旬节派、浸信会和许多独立团体)的末世论中,活着的基督徒将要同时被送到天上与基督同在,凡体升华为不朽的身体。

一天早晨,阿科尔·阿科尔走了,我们道别时没有装腔作势。他穿了件冬衣,因为有人跟他说亚特兰大很冷。我们握了握手,我拍拍他鼓鼓的肩膀,两人都装出一副很快就会再相见的模样。他与"十一人"中的阿科克·阿内一同走,我目送他们走在通往机场的路上,阿科尔·阿科尔回望我的眼神泄露了他的悲伤。他觉得我永不会离开营地了。

阿科尔·阿科尔之后,又走了几百人。几十架飞机飞向天空,满载着与我一样的迷途少年,很多人的名字我都没听过。

大家都觉得我继续出现在卡库马是件有趣的事。

"他们会重新给你安排,直到就剩你一个!"幽默多米尼克说。他是多米尼克中最后一个与我一起留下的,但他已经面试过,自信满怀。"'出远门的',你哪里也去不成!"他笑道。他不是故意说残忍的话,但已失去了让我发笑的能力。

高村还想保持乐观。

"如果他们不想让你走,就不会一直给你重新安排面试。"

他在卡库马的时间延长了。他用各种机构术语和上级在日本发来的指示来解释这点,但我有种可怕的预感,他是为了等我先走才留下的。后来我得知他确实这般打算。

"也许他们在等你先走。"我对他说。我非常希望他回家去陪未婚妻,她已等了他太久。

"我觉得这不是我能掌控的,"他笑着说,"我有命令。"

终于,天翻地覆的日子到了。我一直在祈祷的一天终于来了。一天早晨,我同时接到消息,我要被面试,而塔比莎和她弟弟们也获准移民。那真是疯狂的一天,先是塔比莎天刚破晓就跑到我家门口。

"我们要走了!"她大喊着。

我还没开门,她从未在天还没大亮就独自一人出现在我门口。我赶紧小声对她说,我们正冒着让社区不满的危险,我们这样一定在考验他们的忍耐力了。

425

"我不在乎!"她拔高声音说,"我不在乎!我不在乎!"

她跳着舞,大呼小叫,雀跃不已。

等我站定,清醒,能听清并消化她带来的消息,她已经跑开去叫醒每个她打算告知的人。我并不奇怪她这般满不在乎地来告诉我这个消息,事实上卡库马诞生的爱情永远不能和离开这里的希望相提并论。后来我得知,从那天起两周后她就离开,我也知道不会再在营地里见到她了——以有意义的方式。我看过几百人离开,知道接到通知和离开之间只有几天,几乎来不及做任何事,更不用说谈情说爱。我会看见她和弟弟或朋友穿梭于人群中,做各种琐事。我想我们能有几段时间在一起,但她已不再有同样的心情。太多的人离开了肯尼亚,那些日子里,所有的爱情烟消云散。就算一起坐在她和我无人的家里,塔比莎也只会谈美国,谈西雅图,谈她将在那里发现什么——大很多倍的内罗毕!喔,她会笑起来,大千世界!

她告知我消息的那天上午,我也接到了自己的消息。塔比莎的气息还在空气中逗留,从我另一侧冒出来一个声音。

"阿沙克!"

还在叫我阿沙克的人已不多了。

"谁啊?"

是柯尼利厄斯,我的小邻居,一个八岁男孩。他在卡库马的一个雨天出生,好像消息总比别人灵通。几个月前,他知道是哪个难民让一个图尔卡纳女孩怀孕,而今天,他说听说我被安排国际移民组织面试了。众所周知,柯尼利厄斯的消息总是没错。

果真如此。2001年7月,移民开始十八个月后,我终于坐在一间白色的煤渣砖屋里,面前有两个人,一个是白种美国人,一个是苏丹翻译。美国人长着一张圆脸和冷冷的蓝眼睛,自我介绍说是个律师,然后向我道歉。

"多米尼克,我们非常抱歉。我们知道你一直很困惑为何申请延迟了这么久,你也许在想这到底是怎么回事。"

我没否认。我几乎忘了我是用多米尼克这个名字申请的。

他们的问题从很简单的我叫什么名字,家乡何处,到更复杂的我遇到过什么危险。我已经从很多迷途少年那里了解到会有些什么问题,但他们问我的略有变化。大部分苏丹人都说应该加油添醋,说一定要说自己家人和认识的亲戚都死了。我却决定不管这些建议,尽可能如实回答。

"你父母还活着吗?"律师问。

"是的。"我说。

他笑了,似乎觉得这答案挺新鲜。

"你的兄弟姐妹呢?"

"我不知道。"我说。

从这里开始问题深入我的难民经历:那些人想要杀你?为何想杀你?他们携带或使用什么武器?你离开村子前,见过有人被这些攻击者杀害吗?是什么促使你离开苏丹?你是哪年离开苏丹的?你何时到达埃塞俄比亚,怎么到的?你参加过苏丹战争吗?你了解苏人解/苏人运吗?你被叛军招募过吗?你在卡库马面临的安全问题是什么?最后,你听说过一个叫美国的国家吗?你认识在美国的人吗?你想定居到除美国之外的国家吗?

我一五一十地回答这些问题,二十分钟就结束了。我与他们握了握手,离开房间,既困惑又沮丧。显然这不是那种决定一个人是否跨越大洋成为另一个国家公民的面试。我站着感到头晕,翻译打开门,搀住我胳膊。

"你做得非常好,多米尼克。别担心。你看起来很担心。我肯定这事马上就解决。笑一笑,朋友,想想你快离开这里了。"

我不知道该相信什么。一切都延误了那么久,任何期待都叫我不安。我知道除非名字公布出来,否则一切都不作准,同时我还得继续工作、上学。

但高村却更肯定。

"哦,你要去了。"

"真的?"我说。

"哦,是的,只差几星期了,也许几天,没多久了。"

我谢谢他的鼓励,但毫无打算。他却有打算。他终于做出离开营地的安排。他已晚回去快一年,现在终于要回家了。我感到心头一块大石落地。他为了我在卡库马太久了,在这里的每时每刻对我都是折磨。我希望他回归自己的生活,希望他让长期受苦的未婚妻成为快乐的女人。我们用橙色的芬达汽水庆祝他即将离开,将我们日历上剩余的事务标出来。余下的事情已不多,只有常规比赛、课程、器械运送,以及和少年篮球队去一趟肯尼亚中部。我俩是领队和教练,决定把这当作"互助项目"最后的喝彩,至少是我们管理下的最后一次。

七月底,天气清朗。高村和我坐在一辆改装卡车的前车厢里,后车厢坐着少年篮球队,一共十二名苏丹和乌干达男孩。我们要坐四小时的车去洛德瓦和一支肯尼亚高中篮球队比赛。

早晨天气很好,我清楚地记得自己感受到了上帝的存在。女人们醒来干活了,那天她们叫做好日子,这样的早晨是我们感恩的时候。

我们大清早离开营地,大约是五点。所有男孩、高村和我,都因为即将上路而兴高采烈。卡库马的难民只要离开营地,不管什么原因,也不管有多长时间,总是欢欣鼓舞。其实那天离开时也拖延了一阵子,因为像往常一样,形形色色的卡库马人都哀求要搭篮球队的车。很快我们十四人离开卡库马一小时了,太阳升起,我和高村坐在驾驶室里,十二名不到十六岁的球员在后车厢的凳子上,坑坑洼洼的路上每颠簸一下,他们就会弹跳一下。洛德瓦大约在一百九十公里以外,但因为路不好,还有关卡,过去要四个多小时。不过大家都兴致很高,唱着传统歌曲和他们自编的歌。

第二个清晨常客来了。
"瓦伦蒂诺,亲爱的①,你怎么样啊?"

---

① 原文为法语。

是南希·斯特拉泽里，五十多岁的优雅妇人，一头短短的白发，穿着鲜红色天鹅绒运动套装。她曾经给我带过她自己做的咖啡蛋糕。

"很好，谢谢您。"我说。

"最近伤了谁的心没？"说着她递给我她的卡。

"我想没有。"我说。

我扫了她的卡，替换了马特·唐纳利的脸。

"一小时后见，伙计①。"她哼着歌走了。屏幕上的她面带倦容，目光中流露出往日的悲伤。

南希，通往洛德瓦的路坑坑洼洼，到处是裂缝，成了一道道蜿蜒的小裂谷。高村竭尽全力驾车，这车他只开过一次，而且没开这么远。车是手排挡，但他在卡库马开的卡车都是自动挡。我从未坐过任何车子的驾驶室，尽量保持镇静，尽管高村的车开得很不稳当。

时间过得缓慢，我们转过一个弯时看到路上有障碍物。左侧道上有一大堆不该在那里的泥土，没道理有堆土在那里的。

高村用日语喊了一声，向右猛打方向盘想避过去。

卡车猛烈倾斜，一个个人影从我窗侧飞了过去，后车厢的球员被抛到了路上。高村又打方向盘，这次是左拐，但他控制不了，卡车两轮着地往一边倒。

高村又叫了一个我听不懂的词。后车厢传来惊叫声，又抛出三名球员。卡车呻吟着缓缓滑出道路，滑下路肩，底朝天翻转。玻璃破碎，机械发出刺耳的摩擦声。翻车过程不算快，但无可挽回，等明白过来这车出事了，高村挥出一条胳膊挡在我胸前，然后他自己摔了出去。

卡车侧面着地停住了。我还在车厢里，透过碎裂的挡风玻璃，我看到两个少年躺在地上。我望向高村。他摔出了卡车，车子滚动时压住了他的胸口。他头上血流如注，脸颊和前额都扎着碎玻璃，身边到处都是被他的鲜血染红的玻璃碎片。

---

① 原文为法语。

429

"哦！"他叫了一声就闭上了眼。

"高村！"我没想到自己发出的声音这么低弱。我手伸出窗外碰他的脸，他没反应。

我这一侧有人拉我，我这才想到身外的世界，我还活着。

有人帮我爬出车厢，我站了一会儿。路上都是不认识的人，是另一辆车上下来的肯尼亚人，那是辆食品车，他们目睹了车祸。篮球队男孩被甩得到处都是，路上有，路基上也有。死了几个？谁还活着？大家都在流血。

"多米尼克！"一个男孩的声音，"出了什么事？"

这孩子似乎没事。他是谁？我四肢无力，仿佛已离我而去，脖颈酸痛，脑袋也像和身子分了家。我站在太阳下呆望，眼睛被汗水刺痛，一切都那么沉重。

"一，二，三！"肯尼亚人把卡车从高村身上抬起。他们先搬动卡车的一头，再搬另一头，等车从高村身上抬起来，一个人钻下去将他拖了出来，卡车又倒在他躺过的地方。大家把高村抬到路上，他的身体软绵绵的，头上已经不流血。

这是我昏倒前看到的最后一幕。

我被抬上食品车，带去卡库马，半路上醒了。

"他还活着！"

"看到了吗，西蒙？"

"啊，好！好！我们不知道你怎样了，苏丹人。"

"要不是我们开车路过，你已经死了。"

"保持清醒，孩子，我们还有一小时才到。"

"祈祷吧，苏丹人，我们在为你祈祷。"

"他不需要祈祷，上帝今天已经宽恕了他。"

"我觉得他应该祈祷，他应该感谢上帝，然后不停祈祷。"

"好吧，苏丹人，祈祷吧。祈祷，祈祷，祈祷。"

又有两人进了俱乐部，是一对夫妻，我不记得他们的名字。他们朝我笑笑，没有说话，丈夫的手搭在妻子的后腰上。他们穿的是职业装，递给我会员卡。杰西卡·拉福特，马尔科姆·拉福特。他们又笑了笑，走了。

我看着屏幕上马尔科姆·拉福特的脸，真希望他们的扫描顺序反过来。他妻子黑发、黑眼，脸庞温柔宽和，他却相貌严峻。一个没耐心的男人。没耐心的男人让我生活变得更艰难。他给了我一个自认为真诚的淡淡的微笑，就进了俱乐部。

马尔科姆·拉福特，在营地里，我死了。许多天里成百上千的人都以为我故世了。关于卡车事故死亡人数的传闻时时在变，每天不同。最初是车上人都死了，随后篮球队员自己回到了卡库马，显然一个都没死，大家都认为是奇迹。

但我死了，大多数人都很肯定。瓦伦蒂诺·阿沙克·邓死了。

高普和他家人听说此事，痛哭流涕。认识我的人都骂高村，骂卡库马、篮球队和一塌糊涂的肯尼亚道路。我的联合国难民署的同事都情绪低落。纳帕塔剧社为我举办了纪念仪式，格莱迪丝小姐带领多米尼克、零号夫人和其他所有成员致辞。塔比莎哭了，三天没起床，听说我其实没死，才又起来。

我在洛皮丁医院醒来。一名护士把手搁在我额头上，她一边看表，一边对我说话。

"你知道发生什么事了吗？"她问。

"知道。"我说，但不太确定。

"你的朋友一个都没死。"她说。

我放下了心。我记得高村脸色苍白，浑身扎着玻璃，但这位小姐似乎说他还活着。

"但那位日本司机死了。"她站着说道。

她离开了，只我一个人了。

高村的家人！我想。哦，上帝，这太过分了。我见过无谓的死亡，但已很久没见过这样的事。

我对高村的死负有责任。有我这样的孩子才有卡库马,没有卡库马,高村就不会来肯尼亚,他会待在家里,与家人和未婚妻在一起,过着正常的生活。日本是个和平的国家,和平国家的人不该卷入其他国家的战争。他万里迢迢前来赴死,这荒唐无比,大错特错。为了带几个难民去打篮球而死?为了等我离开营地而死?我的上帝这回做了坏事。我看不起上帝,也看不起我的民族。苏丹人是地球的负担。

见过全世界为戴安娜哀悼,我也有些期待高村的死会在营地、肯尼亚乃至全世界引发悼念和悲痛。但我一无所闻。我问护士有没有关于车祸的电视报道,她说没见有。卡库马的援助人员当然都很伤心,但并无世界范围的哀悼,也没头版讣告。他死后两天,遗体被运到内罗毕火化。我不知为何。

"你怎么在这里?"

有人站在我身旁,阳光透过矮窗勾勒出他脸部的轮廓。他走近了些,是亚伯拉罕,做假肢的人。刹那间眼泪滚下我脸颊。我在医院已有几天,醒来,睡去,又醒来。

"别担心,"他说,"你四肢健全,我只是作为朋友过来看看。"

我想开口,但喉咙太干。

"别说话,"他说,"我知道你头上的伤,知道他们给你用了什么药。我就过来陪你坐一会儿。"

他坐了下来,轻轻地唱起歌来,是很久以前他哼过的那首歌。我又睡了过去,后来再没见过他。

我在医院待了九天。他们检查我的脑袋,测试听力、视力和骨骼。他们在我头上缝了针,包扎了四肢。我大多时间都在睡觉,在镇痛药的迷雾中挣扎时,塔比莎走了。

我想自己在潜意识中知道这天正在迅速逼近,但直到某天早餐后收到一张便条,才确定此事。我不知道塔比莎在营地里怎么能找到粉红色的信封,但她就是找到了,连信封的气味也与她仿佛。便条是用英语写的,我猜她找了个肯尼亚写作指导,便条写得正式而流畅。

亲爱的瓦伦蒂诺:

我听说车祸后非常担心。我以为你死在路旁,悲痛欲绝。当知道消息是假的,你还活着,会好起来,可以想见我多么快乐。我想来看你,但除了你的监护人,他们不让人进来。于是我等着你的消息,好在后来得知你会完全康复的。高村去世,我太难过了。他那么受人爱戴,一定会上天堂。

你知道,我的航班不能等。我就在飞往内罗毕前几个小时口授这封信。我心情很沉重,但你知道我得走,这个营地不能决定我们应该在哪儿生活,我不能错过飞走的机会。我知道你在这点上是理解我的。

我会与你再相会的,亲爱的瓦伦蒂诺。我不知道我们在美国的生活会如何,但我知道我们都会成功。下次我见你,我们都会开着车,坐在干净昂贵的餐馆里。

爱你的朋友,塔比莎

五点五十分,又有一批会员拥进俱乐部。最前面是两位七十多岁的老妇,都戴着棒球帽。接着是一个身材高大的女人,一头螺旋状鬈发,向四面炸开。后面跟着一对更年轻的姐妹,体型健美,扎着马尾辫。人流停了一停,我望向停车场,从汽车车身的反射中看到一轮金日升起。一位白发男人走进俱乐部,斜着身子向前走,他是这批人中最后一个,名叫斯图尔特·古多尔,两眼间距很小,笑容不大老实。

斯图尔特·古多尔,你能想象那样的一封信吗?每个我认识的人都去了盼了无数次、当成天堂的那个地方,我却还是落在后头,现在连塔比莎也走了,在我睡觉时溜走了。

休养一周后,我回到"互助项目"组。这个项目只有两个员工,我不赶紧回来，工作就会废弛。高村的东西大多还在——信件、运动套装、电脑、若菜穿着白色网球裙的照片。我没有做好在这里看不到他的心理准备。我将他所有的物件都放进一个箱子，但屋子整天都在诉说他的名字。我知道自己得快些离开。

我需要找人替代高村。日本人打算继续支持这个项目，让它运作下去。我得选一名新员工。我面试了多位候选人，大多是肯尼亚人。找工作时，由苏丹难民来面试肯尼亚人，在卡库马这是头一回。

我找了一位叫乔治的肯尼亚人，他成了我的助手。我们继续策划卡库马的少年活动。回去不久，我收到一大批货物，有足球、篮球运动服、东京生产的球鞋。高村为这批货花了好几个月募集资金，如今我看到办公室堆满这些东西，这么多新东西，心里十分难受。

医生每周给我检查一次身体恢复状况。我骨骼和关节酸痛，但医生担心的晕眩、视觉模糊和恶心症状没有出现。麻烦的是头痛，白天疼痛程度不一，晚上加重。我痛得把头埋进枕头，却只有更痛。朋友和家人小心看护着我。我在洛皮丁掉了十磅体重，他们给我增加口粮，找一切能找到的东西来分散我的注意力——一副手工棋具、一本漫画书。我能睡着时总是睡得很沉，据说几乎听不到呼吸声。好几次高普戳我肩膀把我弄醒，确定我是否还活着。

一个月后，我身体痊愈，精神上则进入一种麻木状态，这种状态我自己形容不出，别人也觉察不到。表面上我照常工作生活，胃口也恢复了正常，只有自己知道，我已决心改变。之前几天，我终于做出决定，回苏丹和家人生活，就算所有人都反对也不管。待在卡库马已无意义，在这里的每一天都是折磨。上帝和大地的神明说，这就是我应得的，作为一只叫瓦伦蒂诺·阿沙克·邓的虫豸，这生活够好的了。但塔比莎的信让我心中的某个东西破碎了，如今我不骂卡库马，也不骂我的职责，不骂别人对我期望过多。我想先去洛基，然后设法去马里尔拜。我想我的钱足够贿赂援助飞机上的人，让我上去。我听说别人这么干过，花的钱比我已经存下的要少。

高普无意间加强了我离开营地的信念。他当时一直在说南苏丹即将出现和平，指出许多积极趋势，包括二〇〇〇年《利比亚/埃及关于苏丹的联合倡议》①。这一倡议后来虽然未竟全功，但为过渡政府做好了准备，促进了权力分配、政治改革和新的选举。就在数日前，布什总统任命前参议员约翰·丹福斯为苏丹和平特使。他们说此人肯定认为和平必不可缺，美国人的力量能确保和平实现。

"你今天看上去好些了。"有一天我的新助手乔治说。乔治脖子上挂着一个哨子，他喜欢带着哨子。我们正去篮球场上换网。

我把自己要离开的计划告诉乔治，他差点打了我。他朝我抬起手，又忍住了，哨子含在嘴里。

"你疯了吗？"他说。

"我必须走。"

他冲着我的脸吹了一下哨子。

"苏丹还是战区，老兄！你自己说穆拉林仍在你们那个地区活动。你怎么去跟他斗争？你打算读书给他们听吗？还是给他们写个剧本？这世上没人愿意离开这儿去那里，南苏丹人也不会去。我要你也走不成，用这些网把你捆起来，砍掉你一只脚。"

我笑了，乔治没改变我的心意。仍有人回苏丹，像我这般强壮的年轻人当然也能回去，我比当年尝试往返再生时年龄更大，也更聪明了。待在卡库马的想法站不住脚。并且大家都以为我被拒绝了，四千人去了美国我却没那资格。怀着这种耻辱在这里过日子太难了。

乔治又吹了一声哨子，想唤起我的注意。

"听着，我打赌只要你愿意，'互助项目'会给你全职工作，你每月收入一万先令，足够在联合国餐厅吃饭，开一辆他们的路虎，挑个漂亮新

---

① 一九九九年七月，利比亚联合埃及提出苏丹问题和平倡议，苏丹政府和反对派均表示接受。二〇〇〇年十一月，三国在喀土穆举行的伊加特首脑会议期间开会讨论启动联合倡议的问题。

娘，在这里过得舒舒坦坦。"

"没错，"我笑着说。

"别发疯了。"

"好。"我说。

"别犯傻。"

"我不会的。"我说。

"这里是你的家。"他说。

"好的。"

"接受现状，在这里图发展。"

我点点头，和他一起装好新网。

六点半，世纪俱乐部真正的高峰到来。房间拥挤起来，健身器械都被占用，会员们变得神经紧张。大家都想健身，如果没法按计划进行，他们就不高兴。我在五分钟内登记了十二个人。他们都是上班族，面带职业表情。他们朝我微笑，有几位还跟我讲几句话。一位中年男子告诉过我他在中学教历史，问我学业进展如何。我撒了谎，对他说都没问题。

"就要上大学了？"他问。

"是的，先生。"我说。

这批人的最后一个女人是多塞塔·露易丝，她是俱乐部里少有的几位非洲裔美国人之一，大约四十岁，气质迷人，既充满自信，又总是略微羞涩地向右微微侧头。

"你好啊，瓦伦蒂诺。"她说着递给我会员卡。

"你好，多塞塔。"我说，扫描进去。照片上她似乎正捧腹大笑，嘴张得大大的，露出全部牙齿。我从未听她笑过，有时想逗逗她。

"还在这里坚持？"她问。

"是啊，谢谢你。"我说。

"好吧，"她说，"很高兴听到这个。"

她走进更衣室。

但其实我不喜欢在这里坚持下去。我觉得自己天生应该做更多的事。或者说,我活到现在就该做更多。多塞塔已婚,有三个孩子,开一家餐馆,她干很多事,远非只是在这里坚持。我讨厌"在这里坚持"这种说法。

俱乐部安静了一会儿,我下意识地打开电子邮箱。有封弟弟塞缪尔的信。

"你会给她打电话吗?"他问,"这有张照片。"

塞缪尔最近从内罗毕去了趟喀土穆,和我父亲碰面。他们安排了这趟旅行,父亲准备购置些货物,在马里尔拜重振家业。菲尔·梅斯寄给父亲五千美元,有了这笔钱,他打算买足东西重新开店。塞缪尔在喀土穆听说了一位年轻的单身女子,出身富裕家庭,目前在喀土穆学英语和商务。塞缪尔去见了她,立刻觉得她适合我。我想他一定自己先追求过她,但他现在缠着我,要我给她打电话,说这样她和我就会发现我们适合结婚。我看了看附件里的照片,确实很漂亮,一头长发,鹅蛋脸,笑起来嘴角弯弯,牙齿整洁。塞缪尔肯定地对我说,这女子会抓住这次机会移民美国和我结婚。

既然上了网,我就应该给还记得地址的人发封电子邮件。我可以打电话,但所有的号码都在失窃的手机里,我记住的只有几个。我想起了杰拉德和安妮的电子邮箱,玛丽·威廉姆斯和菲尔的,黛博·纽迈耶的,还有阿科尔·阿科尔的,他会将这事转发其他人。到了这时候,我已不在乎谁知道了。

朋友们:

我写信是告诉你们,最近我在自己公寓里被两个危险分子袭击了。袭击者问我借电话用,我一开门,他们就用枪胁迫我,踢我的脸、额头和后背,直到我昏过去。他们抢走了我的手机、数码相机、支票簿,还有五百多块现金。谢天谢地他们没一枪打死我。有段时间有个叫迈克尔的小男孩看守我,我觉得是袭击者的儿子。

437

我给你们写信的时候，没有手机，也没有你们的联系方式。请告知我你们的号码，我明天给你们打电话。我得把所有的信息都找回来。

祝好。

您真诚的，瓦伦蒂诺·阿沙克·邓

又及：请提醒我你们的生日。

多塞塔，我假装知道自己是谁，其实不然。我不是美国人，现在称自己为苏丹人也觉得很困难。我只在苏丹待过六七年，离开时年纪尚小。我能回去，或许也应该回去。这个国家直言需要迷途少年回南苏丹。"如果你们不来建设国家，谁还会来？"他们问。我们从一个营地辗转到另一个，路上损失了一半人，如今却被当成国家的希望，真可谓最意想不到的转折。虽然我们有工作，比如这种每小时挣八块五毛钱的工作，比我们国家大多数人都有钱。我们住的公寓和房子，在苏丹只有叛军军官及其家人能住。虽然一路危机重重，但我们最终成了南苏丹有史以来受教育程度最高的一批人。

那些回到苏丹的朋友去见各自家人、娶新娘，对当地原始的生活不约而同地目瞪口呆。没有汽车、公路、电视机、空调、百货商场。我的家乡几乎不通电，就算有电，基本上也是发电机和太阳能供给的。某些生活设施比如卫星电话，在大城镇渐渐不再稀奇，但总体上苏丹与我们已经习惯了的生活水准相比，落后好几百年。我认识的一个人，与大家一样喝了河水，结果在床上躺了一星期，把一整年吃的都吐出来了。也许我们在美国过的日子，把身体给惯坏了。

多塞塔，事故之后，我登上另一辆车再次驶往基塔莱，我为什么要去？我的骨头都还在痛，丝毫不想再上那条路，但这趟旅行已经计划了数月，我不能让孩子们失望。他们有三十个人，都是九岁，两个队，去基塔莱与当地儿童队比赛。这种活动通常只是做做表演，我们的孩子打不过任何一支肯尼亚队,但比分不重要,重要的是能离开营地。于是我去了。车祸数周后,九月五日,我再次登上汽车。

这回是有车顶的联合国巴士,我和乔治站在车边,看着孩子们从营地各处奔来。他们都是好孩子,满脸欢笑,其中三分之一在营地里出生。出生在这里!我从未觉得这是有可能的。其他孩子来自苏丹各地,许多人来时还在襁褓中,饿得奄奄一息。我有时想,其中一个会不会是长大了的安静宝宝呢?也许安静宝宝是男孩,这当然有可能。无论如何,我爱这些孩子,对他们一视同仁。

他们上车后,都如痴如狂地到处摸着巴士的每一处,我在队伍花名册上核对他们名字。

少了两个人。

"路克·博尔·杜特?"我叫道。

孩子们大笑,这种日子他们无论碰到什么都笑。

"路克·博尔·杜特?"

我朝窗外望去,天气晴朗,空气清新。两个孩子正朝巴士跑来。是路克和另一个还没到的孩子,戈里安·阿杜克。他们穿着球衣,逃命一样飞奔而来,好似上了巴士就能活命似的。

"多米尼克!"

是路克。他异常兴奋地跳上巴士,说不出后面的话,只能又叫一声:"多米尼克!"

过了十五秒钟他才喘过气来。

"怎么啦,路克?"

"你的名字在布告栏上!"

我笑着摇摇头,这不可能。

"千真万确!而且不止在布告栏上!你的名字还在文化培训的名单上。你成功了!你要走了!"

文化培训是最后一步,在此之前,还有许多步骤:先是写信,接着是另一场面试,然后是名字挂上布告栏,再然后是通知文化培训。这些通常

439

要花好几个月,但这个疯小孩对我说,布告栏上我一蹴而就了。

"不可能。"我说。

"是的!是的!"戈里安叫道,他想拍拍我后背。

"等等。"我小声说。

我让巴士司机等我一下,让孩子们留在车上,我转向乔治,舌头打结了一秒钟,然后叫他等一会儿,我……

他吹了吹哨子:"快去!"

我朝布告栏奔去。这是真的吗?高村是对的!他们真的要我!他们当然要我!他们为什么不要我?如果他们不要我就不会等这么久。

我跑着。

跑到一半,我恢复神志。我在做什么?我停下脚步。我看起来像个傻瓜,因为两个九岁孩子告诉我名字出来了就跑向布告栏。误信会变成笑柄,这种事常有发生,一点都不好玩。我放慢速度,考虑转身回去。

我刚放慢脚步,就听到了叫声,抬头只见路克和戈里安朝我奔来,后面跟着一大群孩子。

"快去!"他们喊道,"快去布告栏!"

他们的样子好像一追上我就要把我扑倒,我转身就跑,这群孩子紧紧跟着。我们都在跑,孩子们在我身边兴高采烈地蹦蹦跳跳着。高普·肖尔从水龙头那里回来,看见我们一路狂奔。

"你们去哪儿?"他喊道。

他的面孔让我又清醒了,我应该把孩子们的话告诉他,说我跑向哪里吗?

我笑了笑继续跑,纵情奔跑,我只在年幼时才这么跑过。

"布告栏!"戈里安冲他叫,"多米尼克在布告栏上!"

"不!"高普喘着气说,"不!"

他扔下手里的扁桶就跟我们跑。一起跑的人有十五个了。

"你觉得布告栏上真有你的名字?"他在我身边有点儿烦恼地说。

"是的,是的!"卢克叫道,"我识字的!"

我们跑着，泪水从脸上滑落，因为都在笑着，可能还在哭着，也许已经癫狂了。我们终于到达布告栏，那是世界路德教联合会的信息亭，他们在那里展览难民的艺术品和手工艺品。

我快速浏览那些名字，高普俯下身，手叉着腰。名字有很多，日光太强，墨水又太淡。

"在这儿!"戈里安叫道。他戳着布告栏，挡住了我的视线，我拨开他的小手指，看到了自己的名字。

多米尼克·阿伦 九月九日 亚特兰大

高普和我一起读着。

"九月九日?"他说，"是礼拜天，还有四天。"

"啊，天哪!"我说。

"四天!"他说。

孩子们编了歌唱起来："四天! 四天! 多米尼克四天后要离开!"

我拥抱高普，他说要去告诉全家人。他跑开了，我也跑开了，跑回巴士。"我要走了!"我对乔治说。

"不!"他说。

我又告诉孩子们。

"去哪里? 和我们一起去?"

"不，不，是去美国。我的名字在布告栏上了!"

"不!"他们都喊起来，"不，绝不!"

"你真的要走?"乔治问。

"我想是的。"我说，但自己都不怎么相信。

"不! 你终生都要在这里的!"孩子们开玩笑说。

最后大家接受了这消息，那天我不和他们走了，也许再也见不到他们了。有几个孩子似乎感到伤心，但最后也为我高兴。乔治握住我的手，他们在座位上跳了起来，围住我，拍着我的背和头，用他们的小胳膊小手抱着我的腰和腿。我不知道离开前还能否看到他们。我拥抱身边的每一个孩子，一起为这份疯狂又哭又笑。

已经是星期三晚上了，我星期天就要走。飞往内罗毕之前有几百件事要做，我在头脑中过了一遍所有必须完成的任务。没时间了。朋友们都在我之前离开，我看着他们走的，知道需要做的每一件事。三天中有两天我要参加文化培训，剩下的时间做什么都不够。星期六要对我的卡库马家人和朋友说再见，在那之前将忙得一塌糊涂。

当晚我回到布告栏前再看我的名字。确实是我的名字。现在不会错了，他们没法从名单上把我名字删除。其实我知道他们能，他们能做任何事，而且常这么做，但现在如果他们要反悔，我至少有根据去反驳了。那晚我看着布告栏，也看到我的名字在移民归化局信件名单上。他们还没寄出这信，等收到信后我才能放下心中的石头。所有的事一下子发生，我不知道联合国是什么逻辑，但这不打紧。我三天后就走，很快大家都知道了。

我碰到人就说，一传十，十传百，处处一片欢腾，但也有人担忧。高普一家和很多朋友虽然当面表示高兴，却为我担心：车祸后马上就要上路，能行吗？他们觉得这没好处，看起来与死亡擦肩而过后就踏上旅程太冒险了。但没人对我说这些。我这么高兴，毫不担心，他们都不想泼凉水。他们祈祷，我也祈祷，大家都在祈祷。有时我又想这样做不对，我才得知家人还活着，怎能到世界的另一头去呢？我至少应该留在卡库马，等到苏丹变得安全吧？为了与家人团聚，我等了十五年，如今却自愿选择离他们更远。无论如何，这是上帝的计划，除了他我别无所信。我确信上帝将这次机会放在我面前，而后来得知CB先生提供的东西之后，越发相信上帝真的存在。

那时卡库马出了件新鲜事，通过一位索马里企业家的聪明才智，已可能联系上东非战乱地区的亲人。讲英语的难民称呼这位索马里人为CB先生，他知道怎样联系各个战乱地区的非政府组织，能不时将住在附近的人带到无线电电台那儿，与他们在卡库马的家人通话。如果想联系南苏丹的人，我们可以找CB先生，通过无线电讲四分钟，需要付给他二百五十先令，这对大部分营地居民是一笔很大的数目。然后他会确定联系该亲属的最佳方案。如果那个地区有苏人解的电台，他就用，如果那里有非政府组织，他能与他们协商。后一种方法更难些，因为非政府组织一般限制个人使用他们的电台来联络。无论如何，如果一切障碍都扫清了，CB先生或他的员工（他有卡库马所有民族的代表员工）会说，我们正在寻找这样一个人，你能叫他们来电台吗？线的另一端会派人到村里、营地或该区域任何地方去寻找此人。有时候这人就在一百码外，有时候则在一百英里外。

我有联络马里尔拜所需的钱，听说国际救援委员会在那里有个合作的非政府组织员工。我知道必须联系我父亲，眼下更是亟须，我要告诉他我的生活，我被选去移民美国。CB先生开始做这项业务不久，我就携带二百五十先令到了。

CB先生的工作场地总是挤满了人，那是间泥墙和茅草顶的长方形房子。妻子在联系丈夫，孩子在寻找父母。这个索马里人的主要客户是丁卡人，但我去的那天有一个卢旺达少女在找她姑姑，那是她唯一还活着的亲人。还有一个班图妇女在寻找她丈夫和孩子。我坐在另两个迷途少年之间，他们都比我小，过来是为了看看流程，先确定是否可靠，再筹钱来打电话。

我们都坐在这间长屋两头的排凳上，CB先生坐在中间椅子上，面前粗木桌子上放着电台，他一侧是一个丁卡人，另一侧是一个埃塞俄比亚人，他们在需要时进行翻译。

听了两小时的静电干扰，也看了两小时的失望表情后，终于轮到我了，此时我的希望已经很现实。排队等候的时候，没人能联系上对方，因此我期望不高。我在桌前坐下，听CB先生和他的助手联系马里尔拜的国际救援委员会员工。令所有人大为吃惊的是，几分钟内就联系上了。我旁边的迷途少年听到那头的丁卡话，都张大了嘴。但这太快了，我还准备好。

　　CB先生用简单的阿拉伯语说他正在寻找我的父亲，邓·尼贝克·阿伦。丁卡助手翻译过去，然后我听到那位非政府组织的员工说他当天就在机场见过我父亲。那天早晨有一架"合作生命线"① 的物资运输飞机，整个村子都出来看运来了什么东西。CB先生请他们把我父亲邓·尼贝克·阿伦找来电台，他一小时后再呼过去。马里尔拜那人答应了。我坐回长凳，两个迷途少年恭喜我，他们都一下子满怀希望，突然激动起来，我却完全呆掉了，说不出话来。我会在一小时后与父亲通话？这怎么可能。我都没准备好说些什么。他还记得我吗？我知道他有许多孩子，现在年纪又大了……等在狭窄的房间里，听索马里人在电台上大呼小叫，这一个小时让我难熬。

　　我前头有一对布隆迪夫妇，他们想联系一个叔叔，以为那人会给他们寄钱，但他们运气不佳。很快又轮到我，CB先生面露得色，他知道至少有一趟联系会成功，就是我的。他收了我的钱，再次联系马里尔拜的员工。

　　"喂？"他说，"他在吗？好。"

　　话筒递给我，我盯着话筒，它像石头一样默无声息。

　　"说话啊，孩子！"丁卡助手催道。

　　我把话筒移到嘴边。

　　"爸爸？"

　　"阿沙克！"一个声音说。我压根认不出这声音。

　　"爸爸？"

　　"阿沙克！你到底在哪儿？"

　　那声音变成一阵大笑。是我父亲！听到父亲叫我名字，我不得不相信就是他。我知道是他。正当我开始相信的时候，联络中断了。索马里人趾

---

① 合作生命线创立于一九八九年，是各个联合国机构与大约三十五个非政府组织在南苏丹合作的项目，旨在为南方战乱地区和灾区提供人道援助。

高气扬地再次呼叫,几分钟后,父亲的声音再次从音箱中传出。

"阿沙克!"他叫道,"你能说话就说话!像兔子一样赶紧!"

"爸爸,他们要把我送去美国。"

"是的,"他说,"我听说他们把孩子送去那里。那里怎么样?"

联络又中断了。CB先生再次联上马里尔拜,我继续说。

"我不在美国,我在卡库马。我想问你我该怎么办。我想见你。我知道你和妈妈还活着,不知道是不是应该离开你们到那么远的地方去。我想回家。"

电台又断了。这次索马里人花了二十分钟才联系上国际救援委员会的员工,信号更弱了。

等到我们又能听到对方时,他还在说话,仿佛从未被打断过。他提高声音教导我,这时一点儿也不风趣了。

"你必须去,孩子。你疯了吗?村子不久前刚受过袭击,别来这里。我不准你来。去美国,明天就去美国。"

"但我再也见不到你们可怎么办?"我说。

"什么?你会见到我们的。你想见我们,唯一的法子就是去美国。你要衣锦还乡!"

"但是爸爸,什么……"

"是的,就是'什么'。没错,去找它吧。就这样,去吧。我是你父亲,我不准你回到这地方——"

联络咔嚓一声彻底断了,这回索马里人再也连不上了。

于是就这样了。

临走前几天,我四处奔走。次日是培训的第一天,也是我在"互助项目"工作的最后一天。我跑到教室,和其他五十个人坐在一起,他们大多是我不认识的年龄更小的少年,我这个年龄的都已经走了。有两名老师,一个是美国人,一个是埃塞俄比亚人。美国人被热得萎靡不振。这间教室是室内的,位于国际移民组织中心内,是卡库马最好的教室,有真正的屋顶和地板，我们都坐在椅子上。我们听着，但都太兴奋了，没法集中注意力，听而不闻。

他们说的是美国的生活，如何找工作、挣钱、按时上班。他们也说了住公寓、买食品、付房租的事。他们说我们大多数人每小时赚五六美元，这看上去是很大一笔钱。接着他们告诉我们买食品、付公寓房租大约需要多少钱，让我们计算一下，结果我们发现靠一小时五六美元没法过活。没有解决方案，但我们心情太好，压根没去留意这些细节。我们尽可能听取每一个字，但过于兴奋了，第一天里，听清那些数字和事实，就好比去抓飞离洞口的蝙蝠。美国人想抓住我们的注意力，拿出一台冷却器，让大家传看一大块冰。我见过冰，虽然比这块要小，但其他男孩没一个见过的，他们笑着叫着，不停地传来传去，仿佛拿久了冰就会永远改变他们似的。

那天工作时，我想把所有知道的事都告诉乔治。他得接过整个项目了。他很用心，但我们都知道这么快离开会造成问题。这项目在一月内失去了两名创始员工。

"他们可能会再派一个日本人来。"乔治说。

"我希望不会。"我说。

我不希望再有人来卡库马，除非他们别无选择。我希望我们自力更生，自己解决问题，别再把无辜的人带进我们挖的坑里来。至少在那天，这想法看上去合乎情理。下午我们锁上了办公室门，我解决了自己在营地的又一桩事，心满意足。

我走回家，下午的阳光仍然强烈，我看到妹妹阿登快步向我走来。她双手抱胸，表情古怪。

"快来。"她说。

她拉住我的手。她从未拉过我的手。

"为什么，怎么回事？"我问。

"有辆车，"她说，"在我们家门口，是来找你的。"

我们的棚屋外只停过一次车，就是阿布克来的那次。

我们快步回家。

"看到了?"她说。

到达后我看见四辆车,是联合国的车,黑色,干净,而周围都是尘土。我站在阿登身边。车门开了,一下子走下来十几个人。两个白人,两个肯尼亚人,其他都是日本人,全都身穿正装,西服领带,干净的白衬衫。一个穿褐色西装的高个子年轻日本人,上前自我介绍是翻译。于是我明白了。

"这是高村纪彰的父母,"这人说着朝一对中年夫妇抬了下胳膊,"那位是高村的妹妹,他们从日本来看你。"

我差点站立不稳。这世界太艰难了。

他父母握住我的手向我问好。他们长得很像高村,他妹妹也拉着我的手,她与高村看上去像双胞胎。

"他们说很抱歉,"翻译说,"若菜,就是高村的未婚妻,身体不好。她想来见你,但没办法,现在躺在联合国大院的床上。她捎给你祝愿。"

高村的父亲和我说话,穿褐色西装的人翻译给我听。

"他们说为你经历过的痛苦感到抱歉。他们听说过你很多事,知道你受了苦。"

"请告诉他们这不是他们的错。"我说。

翻译把这话翻成日文,他们又对我说了。

"他们说很抱歉让你雪上加霜。"

高村的母亲哭了,很快我也哭了。

"我很难过你们失去了高村,"我说,"他是我的好朋友,营地里每个人都喜欢他,我求你不要为我哭。"

现在大家都哭了。高村的父亲坐在地上,头埋在手里。穿褐色西装的人停止了翻译。在我的棚屋前,在卡库马营地的热浪和日头下,高村父母哭着,我也哭着。

还有两天我就要前往内罗毕,接着经阿姆斯特丹转亚特兰大。那晚我没睡好,早早醒来,离次日的文化培训课还有几小时。我在黎明前墨蓝的天色下绕着营地散步,心下肯定自己再也见不到营地了。我再也没见过苏丹,逃离埃塞俄比亚后也没有回去过,迄今为止,一切都是单向前进。我总在逃。

最后四十八小时内,我有太多事要做,知道自己做不好几件。文化培训课两点结束,天黑前我得注销口粮卡,打理行包,去见几百个再也不会见到的人。

我知道大多数东西都得送掉,因为凡是有人离开营地,一下子就很受欢迎,常有访客。按惯例即将离开的人得把所有财物留给营地里的人,还有预订的习惯,与他关系亲近的人,在他临走时,能想要什么就要什么。

大家知道我要走,一日之内我所有的东西都被预订了。床垫被邓·卢奥订走,床被马比尔·阿布克订走,自行车被隔壁的孩子柯尼利厄斯订走,手表被忘年交阿谢克·涅特订走,他曾多次称赞这块表,说非常喜欢。我花了点存款给自己买了新衣服和几条轻薄时髦有侧袋的裤子。

那晚和次日上午,我骑车从一个地方冲到另一个地方,大家看到我,都不相信我要走。

"你真的要走?"他们问。

"我希望如此!"我说,我当真不知道这一切是不是真的。

那天是周六,第二天下午我就要走。我仍然无法肯定自己会离开,因为已经搞错过很多次了,每次都很残酷。还有,我细想来觉得自己并没有要去美国做的事,无论哪个理由都站不住脚。即使整件事被取消,也不是没道理。当我在营地里跑来跑去,与认识的人握手,似乎我要走的可能性也随之增加——我大概是要走了。所有知道我要离开的人都祝福我,我开始相信了。不可能骗得了这么多人。

我回到家中,这是在卡库马的最后一夜。我与收养我的高普一家一起用了一顿悲欣交集的晚餐,阿延和她女儿都因为我要离开而哭了。妹妹们哭也是因为她们每一个都不比我差,却没有机会离开,除非能嫁给在苏丹的富人。联合国不会考虑安置她们,因为她们有家,没有危险。似乎没有一个移民国欢迎全家过去,时至今日高普和他的妻子女儿仍在卡库马。

晚餐后,我整理了几件要带走的东西:新买的裤子,保留的文件如成绩报告单、裁判经历证明、心肺复苏术证书、剧社会员卡等,总共十二张。我找了两片大小适当的硬纸板,把文件夹在当中,确保路上不会弄坏。接着最意外的事发生了:玛丽亚走进我房间。我原打算明天和她道别,但她现在就来了。

我不知道她是怎么晚上离开家门的,也不知道她对高普夫妇说了什么,他们肯放她进我的棚屋。此刻她双臂抱胸,犹豫不决地站在门口。

"我觉得你不该走。"

我说我很抱歉要离开她,但我也会想她的。

"不是因为我会想你——我的意思是,我会想你,睡虫,但我觉得上帝计划做什么事。他带走了高村,我觉得他对你也有打算。我有不好的预感。"

我握住她的手,感谢她替我担忧。

"我知道自己在说疯话。"她说。她摇摇头,仿佛要摇走她的顾虑,她一直这样甩脱自己的希望和想法。但她表情又严肃起来,凶狠狠地盯着我的眼睛。

"明天不要走。"她说。

"我明天早上和你见面。"我说,"我会去看你,如果你还觉得我不该走,我们再作打算。"

她虽然对我半信半疑,还是同意了,溜出棚屋。我再也没见到她。我没告诉她自己也有她那样的担忧,而我的恐惧比她更紧迫鲜明。我对谁都没说,但十分肯定这次旅程会出意外。然而我无法再在营地里生活。我在卡库马待了近十年,不想终老此地。不论要冒什么险,我觉得都值得一试。

八点后,世纪俱乐部的门厅一片静寂。会员们正在玻璃后运动,踩车、跑步、举重,我望着他们,思考自己的健身计划该如何调整。两个月前，我有时换班后开始做运动。经理叫特蕾西，是一个身材娇小但强健的女人，她说如果我办一张准会员卡有半价优惠，我就利用了这个机会。两个月内我体重增加了四磅，自觉胸肌和二头肌增多了。我再不想照镜子时看到自己像虫子一样。

一位面生的女子走进俱乐部，我没见过。她是白人，身形高大，姿态十分优雅。她看到我似乎吃了一惊。

"你好，"她说，"以前没见过你，你笑起来真好看。"

我想皱眉做出严肃的表情。

"我叫西德拉，"她说着伸出手，"我是新来的，只来过两次。嗯，我正想做一些改变。"她面带羞涩低头看了看自己的腰围，我立刻觉得自己应该说点什么。我要让她感觉好些，要让她觉得受人祝福，要让她知道自己是一直被祝福的。来了这里，过着这种生活，一直待在这个国家，西德拉，你是被祝福的。

她把会员卡递给我，我扫了进去。她的照片出现了，嘴角上扬着忧伤的笑容。她进了健身房。

西德拉，最后那天早晨我四点起床，确保自己不会在水龙头那里排队。我到的时候，那里没有队伍，我觉得是个好兆头。我提水回家，冲了个澡。我走出淋浴间，就看到预定我床的邓·卢奥站在门口。

"天还没亮呢。"我说。

"我从来没有床垫，"他说，"我有个妻子，她非常想要床垫。有了床垫，我就是她的英雄。"

他祝我一路平安，头顶床垫走了。

我穿好挺括的新衣服，把东西都收拾在塑料包里，只有洗漱用品，一套替换衣服，还有文件。没别的了。

家里的人都醒了，都在哭。

"要让苏丹人为你骄傲。"高普说。

"我会的。"我说，当时我觉得我会的。

我对每个卡库马妹妹说再会，对阿延说再会，在营地这么多年，她就是我的母亲。我很快告辞，再待下去就太让人窘迫了。我走得太急，忘了带新衬衫，还落下了新鞋子。我后来发觉，也不想回去了。

我走出屋外，看到柯尼利厄斯，预订我自行车的孩子。那是辆好车，中国造的十速自行车。柯尼利厄斯已坐上它干净的塑料椅，没放下撑脚，前后踩动脚踏板，练习骑车。

"准备好了？"柯尼利厄斯说。

"好了，我们走吧。"

一整天都会万里无云。我愿意步行到联合国大院，从那儿坐车去机场，但柯尼利厄斯得了新车，坚持要载我过去。于是我坐上后架，把包放在腿上。

我坐在车上，他花了好一阵工夫才扶稳车把。

"踩啊，孩子，踩啊！"我说。

很快他稳了下来，骑上了去往大院的主路。上路后，我们看到了其他人，有成百上千个。那天仿佛半个卡库马的人都走在路上，去送别四十六个少年。每个要走的人都有几百个朋友陪着走，分不清谁是要走的，谁又是送人的朋友。这支队伍浩浩荡荡，女人都一脸悲戚，鲜艳的裙子绽放在通往机场的坑坑洼洼的土路上。

柯尼利厄斯飞快地穿梭在人群中，按着车把上的车铃，让前面的人让路。

"当心！"他叫道，"靠边，靠边！"

离开的人为留下的人难过，留下的人为自己留下而难过，但我止不住地微笑，坐在车上头痛也暂时好了。我坐在自己的自行车上穿过营地，大家一边让路一边冲我喊。

"走的人是谁？"他们说。

"是我，"我说，"瓦伦蒂诺！是我！"

柯尼利厄斯越骑越快，我在卡库马认识的那几千人变成颜色各异的一片模糊,他们走出家门追赶着我,叫着我的各种名字祝福我。
"走的是谁?不可能吧!"他们说,"是你吗?是阿沙克吗?"
"没错!"我笑着喊道,"我要走了,阿沙克要走了!"
他们挥手大笑。
"祝你好运!我们会想你阿沙克的!"
"再见,多米尼克!"
"别再回这个破地方了,瓦伦蒂诺!"
我坐在十速自行车跳动的后座上,望着与我擦身而过的脸庞,希望他们也能离开营地,虽然我明白只有极少人能走。我们抵达大院时,太阳已经升得很高了。柯尼利厄斯放慢速度,我跳下车。他刚要转身骑车回家,想起还没说再见,就握了握我的手,走了。这么小的孩子却有这样一辆车?这在营地中前所未有。

我走进门。大院里要走的人聚在一起,坐在卡库马最大的那棵树的宽广树阴下。飞机下午两点起飞,但乘客已经离开了,已经在思考和计划了。我们的心离开了卡库马,离开了肯尼亚,离开了非洲。我们思忖将在美国做的工作,那里的学校,好多人都觉得几周内就能进美国大学念书。有个人有份某大学的宣传册,我们彼此传阅,艳羡那美丽的校园,各个种族的大学生在树阴下漫步,走过天然石头砌成的建筑物。
"我还以为耶利米·杜特会来。"一个少年说。
"他没得到批准,他们查出他当过兵。"
大家悄悄谈了一会儿,比较各自撒过的谎。很多孩子说父母双亡,只有几个人没这么说。在树荫下坐了一小时后,一架飞机飞过山头,望上去微小。
"是那架飞机?"有人说。
"不会吧。"我说。
它盘旋着飞近了,终于着陆,那一刻,我确信这就是那架要送我西去的飞机。

我们走进机舱,飞行员是法国人,身材比十多岁的女孩大不了多少。我们四十六个人坐在飞机上,其他人或多或少都经历过我走过的路。他们我一个都不认识,我的朋友早已离开。飞机引擎发动时,一个孩子呕吐了,吐到了我的鞋子上。我前面的孩子闻到呕吐味,把他的早饭吐在了我前面的座椅上。飞机晃动着前进,又有三个孩子吐了,其中两个及时找到了晕机袋。除了呕吐声,没人发出声音。能看到窗外的人都大为震惊。

"看那个建筑物!是座桥?"

"不是,那是幢房子!"

机舱中阳光太亮,我们只得拉下遮光板让眼睛休息。

星期天,飞机很晚才到。我们以前都没来过肯雅塔国际机场,都目瞪口呆。如此庞大的机场,比卡库马的简便机场大多了,也比我们见过的任何地方都大,一眼望去无边无际。

夜幕降临,我们在机场等巴士带我们去内罗毕的格尔,那是国际移民组织开设的一个难民事务中心。我们要在那里等到次日乘飞机去阿姆斯特丹,再去更远的地方。

在机场周围的黑暗中,我们这样的小伙子不可能知道看在眼中的是什么。是什么在发光?那是飘浮在空中的,还是在建筑物上的?因为电很少,夜间的卡库马基本一片漆黑。但肯雅塔人们此刻都还醒着,没人睡觉。

"还有汽车!"

整个卡库马一度只有几辆车。

"伙计,这可真大!"一个人说。

大家都笑了,因为这正是我们所有人不约而同的想法。我们从机场驶向内罗毕,敬畏之情渐增。除了我,没人进过城。

"这些楼房!"一个少年说,"我可不敢在楼下面走路。"

其他人都没见过三层楼以上的建筑物,他们不相信那些将影子投到路上的高楼能矗立不倒。我们在格尔入住,拿到了行程表,吃了一顿自助餐,有豆子,玉米,马拉吉——一种玉米粒、豆子和卷心菜做的食物。我们被领去房间,六个少年住一间,睡三张上下铺。

"哇,看看这些!"

和我住一间的少年从未睡过干净的白床单。一个叫查尔斯的跳上床,做出游泳的动作。其他人也学样,我也照做。我们都在白床单上游啊游,笑啊笑,直到身体发痛为止。

那晚我时睡时醒,听着室友们没完没了地聊天。

"你是去哪儿来着?"

"芝加哥。"

"没错,芝加哥。公牛队!"

我们又都笑了。

"圣何塞冷吗?"

"一点不冷,我想那儿很暖和。"

"那你太惨了,芝加哥!"

我们又笑开了。

次日是星期一,天气晴朗潮湿,我们一早用了早餐,然后就没事可干了。大家都不能离开旅馆,有肯尼亚士兵驻守看管,我们不知这是什么原因。

当晚又无人入眠,屋里很黑,大家讲笑话,同样的问题又提起了。

"谁是要去芝加哥的?"

"我。我是公牛。"

很难说清楚这有什么好笑的,但当时我们笑个不停。那晚另一个广受欢迎的笑话与圣何塞有关。屋里有三个人是去那儿的,但没有一个能念出这地名。

"我们要去圣乔斯!"他们说。

"没错,就是去萨乔斯。"

第二天,我们终于要去机场坐真正的飞机,飞往阿姆斯特丹,然后是纽约。到了纽约，我们会被送往十二个不同的城市：西雅图、亚特兰大、奥马哈、法戈、杰克逊维尔等。

乘上巴士，我们终于累了。那天是星期二，我们在格尔已待了三十六小时，大家最多只睡了几分钟。终于要去机场了，我们都穿着相同的国际移民组织T恤衫，巴士所有窗子上都靠着正在休息的人的脑袋。肯雅塔机场入口外的路上有个坑，把大伙都震醒了，车内再次欢腾起来。我想安安静静的，因为头很重，痛得厉害，我简直怀疑是不是身体出什么事了，一度想对那位引我们上巴士的肯尼亚人说说，问他要点药，但还是打消了主意。这种情况下让自己引人注目不明智，闹出事来，机会就没了。事事抱怨，就一无所获。

这天机场有数千人，有肯尼亚人，浅肤色黑人，还有一百多个皮肤晒红了的白人，让人眼花缭乱。我们看见一群白人，大约有五十位，我们还是第一次在一个地方见到这么多白人，他们聚在一起，带着大件行李，都在找护照。我想和他们聊聊，练习练习英语，告诉他们我很快就会去他们的世界了。我不知他们是哪国人，但满脑子只有一个念头：我即将离开一个世界，前往另一个，美国人的世界是白色的，所有的白人，甚至连内罗毕的这些人，都是美国人。

我们等在登机口附近，尽量不让自己引起注意。大家都担心如果被警察或机场管理人员发现了，就可能会被送回营地。于是没人离开座位，没人上厕所。我们双手放在膝上，等了一个小时，终于等到了。我们登上的飞机比来内罗毕的那架大五倍，各方面都讲究得多。我们扣好安全带，等着。我的头越来越痛。

我们坐等所有人都登机，然后又等了三十分钟。我们都坐在机舱中段的一片区域里，个个安安静静。又过了一小时，我们什么都没说，因为不知道飞机起飞去阿姆斯特丹和纽约要等多久，但飞机上的其他人，那些白人和肯尼亚人开始质疑了，于是播音器里不断传出各种保证。"我们在等航空塔的出港许可。""我们准备起飞了，正在等指令。""请与我们一起等待。感谢您的耐心。请系好安全带坐在座位上。"

又过了三十分钟,喇叭又响了。

"纽约出事了,飞机不能去那里了。"

沉默了好几分钟。

"请按秩序下飞机,暂时不会有飞机飞离内罗毕,请回登机口,等待进一步通知。"

我们的巴士是第二辆到旅馆的,大堂里有几百个人,旅馆的苏丹、肯尼亚工作人员,甚至包括厨师和维修工都围在电视机前,看着两幢高楼像烟囱一般燃烧,然后倒塌,接着是五角大楼的画面。我们苏丹人从未见过建筑物被袭击的景象,但知道美国在打仗,我们没法去那儿了。

"敌人是谁?"我问一个肯尼亚服务生。

他耸耸肩。没人知道是谁干的。

我们努力吃饭睡觉。这世界正在决定怎么办,而我们被困在格尔。正如我预见的,也正如玛丽亚预见的,上帝给我传来讯息。我不属于这架飞机,也不属于任何一架。

我们以为会被立即送回卡库马,但第一天没回去,第二天也没回去。我们对自己的处境和他们的计划一无所知,随着时日流逝,对未来重燃信心。说不定我们会在内罗毕定居呢。有人觉得我们会在格尔旅馆工作,或者至少我们当中条件合适的人能在这儿工作。他声称自己是出色的厨师。

我们中有几位不想再去美国了,觉得苏丹也比纽约安全,猜测事态会更严重,美国会施加报复,然后引发更大规模的冲突。大家都认为,美国涉入的战争,将是有史以来最大的战争。我把电影中看到的爆炸场面推展一番,即将到来的战争中,火光漫天,遍布全球。美国的建筑物,所有的建筑物,也许全都会像纽约那两座一样相继倒塌。先冒烟,然后倒下。

星期三,星期四,星期五,国际移民组织一直没消息,其他人也没有。到了星期六,不幸的事发生了,又有难民从卡库马来了。另一架飞机从营地来到内罗毕,如今旅馆里又来了四十六名苏丹少年。那天傍晚又来了一支队伍。星期天，又有两架飞机带来一百名乘客。这和我们搭乘的一样是固定航班，而且没改时间。很快格尔有了三百个难民，而现有设施只能容纳这个数字的三分之一。每张床上睡两个人，物资商店和医院运来了床垫，不久只剩下狭窄的通道供人走动，其他地方放了毯子和床单，我们整天都睡在上面，能睡就睡。

从新来的人里，我听说了玛丽亚的消息。就在我见她那晚，她劝我不要走之后不久，就企图自杀。她吞下掺了阿司匹林的洗衣精，要不是她的监护人发现她躺在床上，嘴角挂着一道白色液体，她就死定了。她被送到洛皮丁，眼下情况稳定。那天我因这件事大受打击，但西德拉，感谢上帝，她有个不错的结局。后来她在医院遇到一位乌干达女医生，她听了玛丽亚的事，便决定担起责任，不让她回到那个只想从她身上拿到最高彩礼的男人那儿去。这位医生照顾她，后来安排她去坎帕拉读中学，那所学校有钢笔和铅笔，有校服，还有墙壁。玛丽亚如今在伦敦上大学。我们通过电子邮件和手机短信联系。现在我也能叫她睡虫了，因为她曾想一眠不醒，如今醒着似乎也心满意足。

在格尔的第二天，一场热雨浸泡了内罗毕，旅馆马上开始发臭。卫生间不干净，食物也不足。不少人带了存款，想用自己的钱在内罗毕买吃的，但安全防卫却比以前更严，所有人都不得进出。争夺格尔的食物导致了丑陋的行径。难得餐中有肉，却引起争夺，只有小部分人能吃到。

没事可干。我们每天早晚祈祷，但我感到无助而昏乱。我大部分时间都有无力感，以往从未有过这种经历。有些人责怪我们巴士的司机，说他开得太慢，要是再快些，就能早到机场，在禁飞令之前就离开机场了。人到了绝境才会有这种念头。但很少人认为我们仍可能去美国，说不定是去澳大利亚或加拿大，就是去不成那个遭受袭击的国度了。我们对被美国接受的细微可能忐忑不安，并不觉得板上钉钉，都知道他们若是改变主意，只是转眼间的事，而且也不是没道理。一个遭受袭击的国家为什么需要我们这样的人呢？我们只能雪上加霜而已。

第八天下午,雨停了,内罗毕在晴空下暖和起来。我坐在与另一个叫丹尼尔的共用的床上,盯着墙壁和天花板。

"我希望自己永远都不知道有美国。"下铺的人说。

我寻思自己是不是也这么想。我不记得那天做了什么,应该连动都没动。

我们三百个人等待着。听说在我们前面那些载着迷途少年的飞机转去了加拿大和挪威,旅行者被困在世界各地。"世界停摆了。"一个肯尼亚人说。我们都点头。

不久卡库马的班机停了,但难民仍然陆续抵达格尔。从另一个肯尼亚营地达达布来了群索马里人,一共七十个,他们现在待在格尔,中心的管理人员不得不让大家在外面逗留更长的时间。我们轮流呼吸院子里的空气。

我和其他格尔的年轻人都在看新闻,希望听到美国总统发表关于战争的言论,指出敌人是谁。日子过去了,没有新的袭击,我们渐渐恢复了信心。但不可能只攻击一天就结束了,这不是我们习以为常的那种战争。我们守着电视机,等着坏消息。

"你们苏丹人想去美国!"

一个索马里人从房间那头冲我们说话,他和我见过的索马里人年龄差不多,站在那儿看着我们看新闻。我们都不了解这个人,有人说在卡库马见过他。

"你们要去哪里?他们在打仗!"索马里人说。

我听说过他,格尔的人叫他"失意人"。失意人立刻让我火冒三丈。

"你们觉得去了那儿会好?"他大喊。电视里播出飞机撞进大厦黑色玻璃的场景,是一个新角度。

没人搭理他。

"不会更好的!"他接着说,"你们以为自己会没问题了吗?只是不同的问题罢了,蠢蛋!"

我没听他说话。我知道他受了挫折,判断失误。我知道在美国,即使有这样的袭击，我们也会过上充满希望的轻松生活，对此我深信不疑。我们做好准备，克服一切困难。我们准备好了，我准备好了。我在卡库马获得成功，在美国也会成功的，无论这国家所处的状态是战争还是和平。我会到美国，然后立刻上大学，晚上工作，白天上学。在上四年制大学之前，我不会睡觉，相信自己很快就会获得学位，然后在国际关系研究上继续深造，在华盛顿找到工作，在那儿我将遇到一个苏丹女孩，她也是美国学生，我们恋爱，结婚，组建家庭，有三个孩子的普通家庭，充满无条件的爱。美国会以自己的方式给我们一个家：玻璃，瀑布，干净的桌子上放着盛满鲜亮橙子的碗。

失意人还在口出狂言，和我一起坐飞机从卡库马来的一个人终于对他忍无可忍。

"但你也要去那里，傻瓜！"他叫道。

失意人让人奇怪的地方是，他也要去美国。

我们很熟悉坦桑尼亚和内罗毕大使馆遇袭一事，过了段时间，整个世界渐渐确定眼下这事是同一个人干的。美国没再出现更多的袭击，我们发觉那里并没有陷入战争，去那里还算安全。我们比以前更想去了。

九天后，我组织了一个年轻人代表团去恳请出发，一共四人，都是苏丹和索马里人。我要求与国际移民组织的代表面谈，我看到他每隔几天就在格尔进出。难以置信的是，他们答应了面谈。

他是一个混血南非人。他一到还没开口，我就开始请愿。我们会去打仗！我说。只要你们把我们送去美国，我们什么都干，我说。我们等了太久！等了二十年，才等到这样的好事！你能想象吗？别剥夺我们这个权利。你们不能这么做。我们任何事都干，什么都行，我说。我的同伴警惕地看了看我，我怀疑自己是不是说得过火了。我太累了，也许说得不顾一切。

那人走出房间，什么都没说。他留下一张纸，上面印着联合国移民组织的指示：一旦美国机场重新开放，航班就继续飞过去。在格尔的传说中，我的这番话成为恢复航班的决定性因素。众人捧了我好几天，尽管我多次否认是我的功劳。

九月十九日开始出现了布告。每天都有二十名难民的名单张贴在电视机旁的窗户上，当天下午就会有车来接这些人去机场。第一天，名单上的人将信将疑地收拾行李，两点半上了车。巴士开走了，就是这样。其余人都弄不懂整个过程怎么会这么迅速简单。走了三组人，都没再回来，我们渐渐相信只要登上下午的车，就会永远离开格尔。

我从没因苏丹人消失不见而这般欢喜。每天格尔的人都在减少，先是三百人，然后两百六十，两百二十。到了第四天，我被安置到另一间房间，房间很小，有一扇高高的拦着铁栅的窗子。我有了自己的床，但房间里还有十四人。每晚我听见飞机飞离内罗毕，只要知道自己次日不会走，就睡得很好。

第五天，我的名字出现在贴在窗户上的名单上。我次日下午会上车。那晚我躺在床上，看着屋子里的其他人，他们都在暗处，只有几个人是睡着的。他们中有一半将在次日与我同行，要走的人都睡不着觉。大家的情绪与八天前截然不同。我们认识的苏丹人如今遍布全球各地，被困住然后重新分配目的地，有些本来要去一个国家，却要无限期地待在另一个国家。但我们明天就要起飞了，没人肯定自己还能再看到大地。从非洲起飞，越过太平洋，目的地是一个飞机撞大楼的地方？不仅因为那是个处于战争中的国家。还因为我们离开了熟悉的一切，或者说，我们以为熟悉的一切。每个人都只携带一个小包，身无分文，去的地方举目无亲。踏上这趟旅程，我们太鲁莽了。

我们的小屋里一片漆黑，头顶的电扇纹丝不动。我们当中年龄最小的本杰明还醒着，面朝墙壁发抖。

"别害怕。"我对他说。

我是这群人中年龄最大的，自觉有责任安慰他。

"是瓦伦蒂诺吗？"他说。

"是我。今晚不要害怕，本杰明。明天也别害怕。"

屋子里的人低声应和。我下了床，走到本杰明床边。我近距离看到了他，他看上去还不到十二岁。

"我们已经比大多数长辈都见多识广了，就算在飞往目的地的途中消失了，也应该心怀感激，本杰明。你记得来内罗毕的飞机吗？里面那么亮，我们不得不关了所有窗子。我们从天上望见大地，还望见内罗毕的灯光，望见全世界的人都在大街上来来往往。我们的先辈做梦都想不到这些。"

本杰明的呼吸缓下来了，屋里的人认为确实如此。我受到鼓舞，继续对本杰明和黑暗中的这些人劝说。我告诉他们，我们之前丁卡人犯的错是因为太过胆怯，只选择眼前利益，放弃了长远。我说，我们的民族为自己的错误受了几百年的惩罚，如今有机会纠正错误了。我们经受的考验前无古人，一次次被送到未知之地，好比暴风雨中狂风卷动着的雨滴，被抛到东又掷到西。

"但我们已不再是雨滴了，"我说，"也不再是种子。我们是人。我们站起来了，自己拿主意。这是我们第一次有机会去选择未来。我的兄弟们，我为我们的所作所为深感骄傲，如果有足够的幸运，起飞并降落到一个新的地方，我们必须继续下去。我们一定要不断前行，说得出就做得到。没错，我们受过苦，但幸福就在前方。我们有过痛，但宁静就在前方。没有人像我们这样被考验过，但现在我们就要得到补偿，无论那里是天堂，还是不如天堂。"

我说完后，本杰明振奋起来，屋子里的人都在黑暗中表示赞同。我爬回自己的床，觉得自己在床的上空飘浮，身体的每一部分都激动不已。我胸口发痛，脑袋里面因为明早那可怕之极的风险而阵阵跳动。天亮时，天空洁白如洗，一切都是崭新的。我一夜未眠。

二十六

　　上午过后,我做完世纪俱乐部的工作就离开了。我知道我不仅要离开这份工作,也要离开亚特兰大。我走出门外,这是普普通通的一天。我知道自己不会想念这个城市的天空,这儿的天就像把锤子,一直敲打着我。我要尽快搬离,搬到安静些的地方,能有些时间思考的地方。我要在这儿的云朵看不到的地方制定新计划。

　　我的计划现在还是一团乱麻,但知道有些事可以做,有些事不能做。我不会再去整理样品面料,也不去搬运电视机,不去打扫圣诞节主题商店地板上的金属片,不去内布拉斯加或堪萨斯屠宰牲畜。我并非对这些职业怀有偏见,因为大多自己都干过,但不会再回去做这样的工作。我要奋发向上,去做更好的。我不想成为别人的负担,那些帮过我的人已经帮了我够多的了。对于曾经的快乐,还有将来的快乐,我将永远心存感激。再有机会,我会抓住,但同时决不轻信,再开门前会看清谁在门口。我要努力变得凶狠,必要时要敢于争辩,勇于战斗,再不条件反射似地对每个人微笑。我要做上帝的好孩子,他再带走其他我爱的人时我会原谅他,要努力理解他对我的计划,决不顾惜自己。

　　今天这个普通的日子开始了,我要先开车回家,和阿科尔·阿科尔遮住地板上的血迹,用一株植物或一盏灯,也许可以用一张桌子,然后补上被偷走的东西。我要告诉阿科尔·阿科尔我将离开公寓,他会理解的。他很短时间内就能找到新室友,我在亚特兰大的很多教友会喜欢这套公寓,下一个住进来的不会在意里面发生过什么。

　　现在我有不少选择。我有个朋友刚有了孩子,他其实是多米尼克中的一个,和妻子住在梅肯,也许我可以开车到那儿,带上礼物和问候。去梅肯,抱抱新生儿,过上一段时间,然后要是有力气,我就开去佛罗里达见菲尔、斯黛西和他们的双胞胎女儿。这个时节海水还很冷,但我仍可以尝试游泳。或者应该换个方向开？我可以开一天一夜去西雅图找摩西，和他在一起，然后参加他的徒步计划。我真想再和摩西谈谈，我会的，我暗自保证要这样做，除非他计划赤脚徒步。他会那样做吗？赤脚走到亚利桑那来表达某种意思？那样的话我就不去找他了，太疯狂了。

我的视线越过前车车顶，看到延展到远方的田野。我闭眼不看苍空，眼前浮现了那抹落日明黄。我清晰地看到她高挑的身影正沿着路向我快步走来。我应该回家。不在家陪着她看来是错了。我要抛开这儿的奋争，和她在一起，和父亲在一起，待在我在马里尔拜的大家庭里，那儿是我的出发地。在这儿的压力之下挣扎，头痛如影随形，这些大概不是我的命运。几年来我一直发誓回家，但要等到读完大学之后。我看见自己走出飞机，穿着西装，拎着装有皮封面毕业证书的手提箱，投进家乡和家人的怀抱。我跟父亲也讲过这个计划，他很喜欢，但坚持让我等到他也取回本属于他的土地再回去。他在重振事业前不想让我看到，想要我回去时能看到的院子和我降生到这个世上时一样。

我相信这一天终会到来，虽然花的时间比我预想得要长。

不管做什么，不管怎样生活，我都会讲出这些经历。过去那艰难的几天里碰到的每个人，还有今天早晨几个小时里每个进入俱乐部的人，我已经向他们默默地讲述，因为只有这么做才让我更像是个人。我情不自禁地跟他们说话，跟你说话。这给了我力量，不可思议的力量，让我知道你在那儿。我渴望你的眼睛、你的耳朵，还有我们之间可以缩短的距离。我们能有对方是多么的幸运啊！我活着，你也活着，所以我们一定要用话语填满四周。我今天就填，明天也填，每天都填，直到我被上帝带回。我会把经历讲给愿意听的人，不愿意听的人，找到我的人，离开的人。我会知道你始终都在那儿。我怎么能装作你不存在？那就像你装作我不存在一样，是不可能的。